카모르트

가넬로크

푸트나이

타치셸   라루튼

하얀 늑대들

White Wolves

VI

윤현승 장편소설

제우미디어

윤현승

1978년생. '다크문'으로 1999년부터 작품 활동을 시작해 이후 '하얀 늑대들',
'라크리모사', '뫼신사냥꾼' 등을 출간했으며. 2018년 현재 온라인에서
'이스트로드 퀘스트'를 연재하는 등 활발한 활동을 이어가고 있다.

하얀 늑대들·VI

초판 1쇄 2019년 4월 17일
초판 6쇄 2023년 5월 18일

지은이 윤현승
펴낸이 서인석 I **펴낸곳** 제우미디어 I **출판등록** 제 3-429호
등록일자 1992년 8월 17일 I **주소** 서울시 마포구 독막로 76-1 한주빌딩 5층
전화 02-3142-6845 I **팩스** 02-3142-0075 I **홈페이지** www.jeumedia.com

제우미디어 네이버 포스트 post.naver.com/jeumediablog
제우미디어 트위터 twitter.com/Jeumedia
제우미디어 페이스북 facebook.com/jeumedia

ISBN 978-89-5952-616-1
　　　　978-89-5952-610-9 (set)

만든 사람들
출판사업부 총괄 손대현 I **편집장** 전태준 I **책임 편집** 성건우
기획 홍지영, 박건우, 장윤선, 안재욱, 조병준
디자인 총괄 디자인그룹 헌드레드 I **영업** 김금남, 권혁진

3부

하늘 산맥의 마법사

✦ 차례 ✦

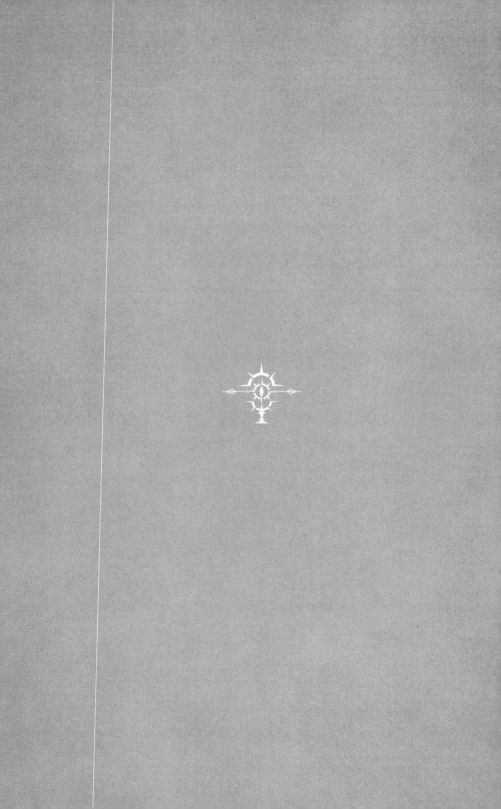

사라진 카셀

"어린 시절부터 이곳은 전설 속에나 있는 곳이고 나 같은 농부는 절대 밟지 못하는 곳이라고 생각해 왔어요. 좀 정신없는 와중에 와 버리긴 했지만 뭐라 말할 수 없이 감동적이군요."

아이나카스트 산을 통해 하늘 산맥에 처음 발을 디딘 지 거의 한 시간 만에 카셀이 입을 열었다. 제이메르도 말로만 듣던 하늘 산맥에 들어온 것이 제법 흥이 났지만, 카셀처럼 감정 풍부한 녀석이 말하는 '뭐라 말할 수 없는 감동'이라는 게 뭔지 쉽게 와닿지는 않았다.

제일 앞서 걷는 사람은 데다인이었다. 바로 옆을 따라 걷는 카셀은 앞으로 일어날 일보다 뒤에 남겨 둔 일이 더 걱정인지 자꾸 뒤를 돌아보았다. 그러다 제이와 눈이 마주쳤고, 그럴 때마다 제이는 저도 모르게 같이 뒤를 돌아보게 되었다. 그러면 제이는 또 제일 뒤에서 따라오고 있는 타냐와 눈이 마주쳤다.

'마법사가 앞뒤로 둘이라니, 끔찍한 일이군.'

예전에도 그랬고, 지금도 제이는 마법사가 싫었다. 아이린과 함께 회색 로브의 마법사를 상대로 한밤중에 싸움을 벌인 후에는 더욱 싫어 졌다. 이런 식으로 본의 아니게 눈을 마주치게 되는 것도 질색이었다. 제이는 노골적으로 고개를 돌려 버렸다.

"할 말이 있으면 그런 식으로 눈치를 보지 마십시오."

타냐가 무뚝뚝하게 말했다.

'마법사라 그런가? 눈치가 빠르군!'

제이는 앞만 보며 쏘아붙이듯 말했다.

"할 말 없어. 눈치 보는 거 아니고."

"하나 궁금한 게 있는데 물어봐도 되겠습니까, 제이메르?"

"묻지 마."

"카셀과 제이메르, 두 사람은 완전히 성격이 다르고 하는 행동도 말 도 다른데, 어떻게 그렇게 오래 사귄 친구처럼 지낼 수 있는 겁니까? 정말로 두 사람이 만난 지 일주일도 안 된 사이입니까?"

"묻지 말라고 했는데도 물을 거면, 뭐 하러 물어봐도 되겠냐고 묻는 거야?"

"예의상 하는 말이죠."

"예의 따위는……!"

제이는 쏘아붙이려다 말을 바꿨다.

"……중요하지."

"다른 의도가 있는 질문은 아닙니다. 진짜로 궁금해서 물었을 뿐."

제이는 걸음을 멈추었고 타냐도 덩달아 섰다. 거의 부딪힐 정도로 얼굴이 가까워졌는데도 타냐는 당황하는 기색이 없었다. 실제 거리는 한 걸음, 제이가 마음으로 잴 수 있는 검의 거리로는 여섯 걸음. 조금도 위험하지 않은 거리였다. 그러나 마법사를 상대로는 간격 재기가 통하지 않는다는 걸 경험으로 배웠다.

'마스터라면 마법사를 상대로 싸울 수 있는 방법을 가르쳐 줬을 텐데.'

제이는 카셀이 루티아에 같이 갈 사람으로 자신을 지목해줘서 기뻤지만, 그런 이유 때문에 나디움에 남지 못한 점이 섭섭했다. 그 반대 상황이었어도 섭섭하긴 매한가지였을 테지만…….

'잠깐, 내가 왜 카셀과 같이 가게 된 것을 기뻐한 거지? 타냐가 궁금한 부분이 이거였나?'

제이는 타냐를 앞에 두고 깊은 생각에 빠졌다.

"마스터 데다인께서 꽤 앞서 계십니다. 뒤따르시지요."

제이는 자신이 한참이나 타냐의 길을 막아서고 있었음을 뒤늦게 깨닫고 화들짝 놀라며 돌아섰다. 그러다가 또 되돌아서 말했다.

"카셀은 좋은 친구다. 그 외에 달리 이유는 없어."

"그렇습니까?"

타냐는 높낮이 없는 말투로 대꾸하며 빨리 따라가기나 하라는 눈짓을 보냈다. 제이는 투덜대며 다시 걸었다. 그러나 데다인이 보이지 않아 잠시 어리둥절했다.

"직진하십시오."

그가 머뭇거리자 타냐가 뒤에서 말해 주었다.

"내가 바보인 줄 알아? 앞에 없으니까 하는 말이잖아."

"지금 당신은 정면을 보고 있지 않습니다."

타냐는 제이가 생각하는 정면과는 전혀 다른 방향을 가리키며 말을 이었다.

"아무리 당신이 뛰어난 사냥꾼이라 해도 하늘 산맥의 숲에서는 본래 가지고 있는 방향 감각이 통하지 않지요. 오직 나디우렌의 증표를 가지고 있는 사람과 마법사만이 하늘 산맥에서 길을 잃지 않습니다."

아닌 척하고 있었지만 제이는 '어디로 가야 할지 모르겠다.'라는 익숙하지 않은 상황에 당황하고 있었다. 잠깐이라도 앞서있는 데다인을 보고 있지 않으면 자꾸 딴 길로 샜다. 멀지 않은 곳에서 카셀의 목소리가 들렸다.

"이쪽이야."

겨우 방향을 잡아 걸으니 앞서 갔던 카셀이 기다리고 있었다.

"제이메르는 발자국만으로 저를 쫓아왔을 정도로 뛰어난 사냥꾼이에요. 그런 사람도 이곳에서는 길치나 다름없다는 건가요?"

두 사람의 대화를 모두 들었는지 카셀이 뒤따라온 타냐에게 물었다.

타냐는 별거 아니라는 듯 대꾸했다.

"사냥꾼만이 아니라 누구든 그렇습니다."

"조심해야겠군요. 또 주의해야 할 건 없나요?"

카셀이 물었고, 데다인이 대신 대꾸했다.

"없다. 그냥 내 뒤만 따라오면 돼. 다른 하얀 늑대 두 사람도 내 뒤만 얌전히 따라왔으면 길을 잃지 않았을 것이다."

제이는 데다인도 마음에 들지 않았다. 말끝마다 상대를 깔보고 있는 모습이 보이지도 않는지, 카셀은 데다인에게 공손하게 물었다.

"루티아의 일을 자세히 설명해 주십시오. 괴물이 공격해 왔다는 것 외에는 아무런 정보가 없어서요."

루티아로 먼저 떠난 하얀 늑대들 네 명을 누구보다 걱정하고 있어야 할 카셀이, 어째서인지 실종된 두 사람에 대해서는 묻지 않았다.

데다인은 앞만 보고 걸으며 설명했다.

"루티아가 정체를 알 수 없는 괴물들에게 함락되었다. 정확히 말하면 요새가 무너졌고, '다운서치'가 놈들의 손에 들어갔지. 그 싸움에서 하얀 늑대 둘은 크게 도움이 되었으나 괴물들의 숫자가 워낙 많은 터라 중과부적이었다. 그래서 나는 적어도 같은 수준의 기사 스무 명 정도는 기대했으나 새나디엘 여왕은 응하지 않더군."

데다인은 더 이상의 질문은 용납하지 않겠다는 투로 말을 끊었다.

제이는 같이 싸운 동료로서 울프 기사단이 막 마음에 들어가던 참이었다. 그런데 방금 데다인은 카셀과 울프 기사단, 둘 모두 무시했다. 화가 부글부글 끓는 제이를 보고 카셀은 고개를 저었다. 나서지 말라는 뜻이었다.

'나중에 두고 보자.'

제이는 속으로만 중얼거리고 참았다.

울창한 나무 사이로 한 시간쯤 빗방울이 떨어지다가 갑자기 밤이 되었다. 데다인은 걸음을 멈추고 여기에서 밤을 샌다고 말했다. 제이는 평상시에 하던 대로 땔감을 준비하거나 먹을 것을 장만하기 위해 자리를 벗어나려 했으나 데다인이 즉시 저지했다.

"길을 벗어나지 마라! 몇 번을 말해야 알아듣겠나? 이곳에서는 정해진 길을 벗어나면 길을 잃게 된다."

제이는 자신이 얼마나 대단한 사냥꾼인지 한 차례 떠들고 싶었다. 하지만 바로 말하면 또 헷갈릴 테니 먼저 머릿속으로 할 말을 정리했다. 그사이 카셀이 말을 꺼냈다.

"아즈윈과 게랄드가 길을 잃었다고 했는데, 어떤 경로로 그런 사고가 발생했는지 듣고 싶군요."

데다인은 지팡이로 마법의 빛을 밝히며 말했다.

"그건 루티아에 도착해서 설명해 주겠다. 아니면 미리 가 있는 하얀 늑대들에게 묻든가. 지금은 안전하게, 그리고 가급적 빨리 루티아에 도착하는 것만 신경 쓰도록 해라. 도착하자마자 일을 해야 할지도 모르니 일찍 자 두고."

카셀이 더 할 말도 없게 쏘아붙이고 돌아서는 데다인을 타냐가 불러 세웠다.

"마스터 데다인!"

"뭔가, 마스터 타냐?"

"지금 당신에게 묻고 있는 사람이 누구인지 좀 더 신경 쓰십시오. 카셀은 루티아를 구하러 가는 아란티아 울프 기사단의 캡틴입니다."

데다인은 다시 카셀을 바라보더니 한숨을 푹 쉬고 돌아섰다.

"신경 쓰도록 노력하지. 나는 주변을 좀 살펴보고 오겠다."

그의 지팡이가 내는 빛이 어둠 속으로 사라졌다.

세 사람은 숲의 어둠 속에 갇혔다.

"데다인은 원래 여유 있고 남을 배려하는 마법사였습니다."

타냐는 목에 걸고 있는 구슬로 주위를 밝히며 말을 이었다.

"또 누구보다 루티아의 미래를 걱정하는 사람이기도 하지요. 저건 지금 루티아가 처한 상황에 안절부절못하는 것이지, 카셀을 무시하는 게 아닙니다. 이해하세요."

"괜찮습니다. 엄청난 숫자의 원군을 기대하고 왔는데 고작 두 사람, 그것도 한 명은 칼도 잘 못 쓰는 어린 녀석이니 마음에 안 들겠죠."

카셀은 젖은 머리를 털며 말을 이었다.

"솔직히 로일이 무슨 근거로 저를 지목했는지 이해를 못하겠어요."

"그럴 만한 사정이 있겠지요."

셋은 낙엽이 몇 년 동안이나 쌓였는지 푹신하기까지 한 바닥에 주저앉았다.

"마스터 타냐, 하늘 산맥에 대해서 더 얘기해 주시겠습니까?"

카셀은 마른 빵을 뜯어 둘에게 나눠 주며 물었다.

"어떤 얘기 말이죠?"

타냐는 빵을 한 입 베어 물며 되물었다.

"여러 가지요."

카셀은 손동작을 크게 하며 말을 이었다.

"신화나 전설. 아시겠지만 하늘 산맥을 모르는 우리 같은 일반인들에게는 어린애들을 위한 동화밖에 없습니다. 어떤 유명한 모험가가 하늘 산맥을 올랐다가 길을 잃었는데, 거대한 괴물 새를 발견해 그 새를 타고 돌아왔다더라 하는 정도? 또 유명한 사냥꾼이 기이한 동물을 잡으려고 하늘 산맥에 들어갔다가 영원히 돌아오지 않았다는 베갯머리에서 애들 겁줄 만한 얘기도 있고……."

"흐음, 그런 얘기 좋네."

제이는 빵을 씹다가 고개를 끄덕였다.

"할아버지께서 겪은 제 이름과 같은 모험가 얘기는 좀 자세히 들었지만 그거야 하늘 산맥 얘기가 아니라 하늘 산맥에서 내려온 요정의 얘기니까요. 정확히 말해 하늘 산맥은 어떤 곳입니까?"

카셀이 물었다.

타냐는 신중하게 고민한 뒤에 얘기했다.

"마법사의 기준으로 보자면, 하늘 산맥은 드래곤들의 성지입니다. 그건 들어 보신 적 있습니까?"

"가넬로크의 드래곤 기사단과 함께하는 네 마리 드래곤이 하늘 산맥에서 왔다는 정도만요."

"실제 역사가 너무 오래된 나머지 전설처럼 흐려진 부분이죠. 드래곤들이 이곳을 지배하고 요정들은 그 지배 안에서 삽니다. 요정들은 스스로를 레미프라고 칭하죠. 레미프들은 크게 두 부류로 나뉘는데 서로가 서로를 경멸하고 증오한다더군요. 저도 그 부분에 대해서는 잘 몰라요."

"요정, 그러니까 레미프들도 부족을 구성하고 삽니까?"

"부족이라기보다는 나라죠. 하늘 산맥의 크기를 작게 보지 마십시오. 이 안에 몇 개의 레미프 국가가 있는지, 하늘 산맥의 남쪽 끝이 어디이며 거기에 무엇이 있는지 아직 누구도 알지 못하니까요."

"타냐는 레미프들을 본 적이 있나요?"

"루티아를 찾은 레미프라면 본 적이 있습니다. 1년에 한두 번 정도 오가는 간단한 교역이 있거든요. 그들과 직접 얘기를 나눈 적은 거의 없어요. 저는 레미프어에 그다지 능통하지 않아서."

제이는 한참 그 얘기를 듣다가 고개를 갸웃했다.

"요정 얘긴데, 되게 재미없네. 옆집에 누가 살고, 키우는 개가 점박이라는 등……, 그런 얘기 같잖아. 이야기꾼들한테 들은 얘기는 그런 게 아니었어. 어, 내 말은 하늘 산맥에 점박이가 있다는 소리는 아니고."

카셀이 웃음을 터트렸다.

제이는 그가 왜 웃는지 몰라 당황했다.

타냐가 딱딱하게 물었다.

"그럼 제이메르가 들은 하늘 산맥의 재미있는 얘기란 어떤 거죠?"

"그냥…… 요정이 인간 세계로 내려와 인간과 사랑에 빠졌고……, 애를 낳았는데……, 그 요정이……, 내 말은 어린 애가 요정인데, 새로 낳은 애 말이야. 그 두 사람이 임신해서 낳은 애라는 소리지. 아니, 두 사람이 임신한 건 아니고 한 사람이. 당연히 여자 쪽. 남자가 요정인지, 여자가 요정인지는 모르고. 그 애한테 날개가 달려서 하늘로 날아 갔다는…… 음, 그만할래."

제이는 우울해졌다.

"그런 얘기라면 저도 술집에서 들은 적 있지만, 현실성도 없는 그런 얘기가 뭐가 재미있죠?"

타냐가 제이의 우울함을 거들었다.

카셀이 중간에 없었다면 제이는 아마 오래전에 타냐와 목숨을 걸고 한판 벌여, 자신의 '간격 재기'가 마법사에게 통하는지 시험해 보다가 일찌감치 목숨 하나를 버렸을 것이다.

전 같으면 그런 일에 목숨을 아까워할 제이는 아니었다. 그러나 나디움에서 무지막지한 녀석들을 잔뜩 만난 후 때로 나중을 위해 목숨을 아껴둬야 할 상대도 있다는 걸 배웠다. 그래서 지금도 제이는 그냥 참기로 했다. 그리고 그 결정에 스스로도 놀랐다.

"타냐는 루티아의 마스터인데도 루티아에 머물지 않고 대륙을 떠돌아다니는 중이라고 들었는데, 특별한 이유라도 있습니까?"

카셀이 물었고 타냐는 길게 생각했다. 이런 이야기까지 해줘야 할지 말아야 할지 고민하는 것으로 보였다.

"제 마스터를 찾아다녔습니다."

마침내 타냐는 입을 열었다.

"타냐의 마스터?"

"루티아의 그랜드 마스터 테일드입니다. 열두 살 때 그분이 저를 데려다 마법사로 키웠죠. 그게 대략 13, 14년쯤 전 일입니다. 어렸을 때 일이라 잘 기억이 안 나는군요."

제이는 속으로 덧셈을 해서 의외의 사실을 알아냈다.

'나보다 한두 살밖에 안 많네?'

타냐는 계속 말했다.

"마스터는 십여 년 전 아란티아에 위기가 닥쳐올 거라며 저와 헤어져 전쟁에 개입했죠. 아실 겁니다. 그리고 론타몬이 항복을 선언하며 물러갔을 때, 당시의 하얀 늑대들과 함께 '죽지 않는 자들의 군주를 끝내야 한다.'며 떠났죠. 그게 아마 8년쯤 전 일일 겁니다. 그 후 마스터는 다시 돌아오지 않았습니다."

카셀은 심각한 얼굴로 물었다.

"그분께 무슨 일이 생겼나요?"

"사라졌습니다. 저도 자세한 내막은 메이루밀이라는 분께 전해 들은 게 전부입니다."

"예전 하얀 늑대들이었던?"

"맞습니다. 그러고 보니 이건 울프 기사단의 캡틴인 당신이 반드시 알아야 할 중요한 얘기가 될 것 같군요. 마스터 퀘이언께서도 이 일을 당신에게 얘기해 주고 싶었을 겁니다."

"너무 급히 떠나왔어요. 듣고 싶은 얘기를 거의 듣지 못했군요."

"루티아에 도착하면 좀 더 공을 들여 천천히 얘기해 드리겠습니다."

타냐는 목에 건 구슬을 만지작거리며 말했다.

제이는 타냐의 손을 바라보다가 대뜸 물었다.

"너, 얼굴, 왜 그런 거야?"

제이가 물었다.

"뭐가 말이죠?"

타냐가 예민하게 눈을 치켜떴다.

제이는 구슬을 만지는 그녀의 손을 가리키며 말했다.

"아까 나이 계산해 보니까 생각보다 어리더라? 손을 보니 확실하네. 피부 곱잖아. 그런데 얼굴에는 왜 주름이 그렇게 많아? 일흔 살쯤 된 것처럼."

카셀이 질책하듯 소리쳤다.

"제이메르!"

"왜? 이상하잖아. 꼭 얼굴이랑 손이 다른 사람인 것처럼……."

그때 타냐가 갑자기 가슴에 걸린 구슬을 치켜들었다.

제이는 순간적으로 자기가 마법으로 공격당해야 할 정도로 엄청난 말실수를 저지른 건가 싶어 등골이 오싹했다. 이내 그녀가 뒤에서 들리는 묘한 진동음에 반응했음을 알았다.

카셀은 두 사람이 주시하는 뒤쪽을 목을 길게 빼어 바라보았다.

"무슨 일이야?"

제이와 타냐는 동시에 카셀에게 대꾸했다.

"거기서 움직이지 마!"

"움직이지 말아요!"

카셀은 엄마한테 난데없이 한 소리 들은 꼬마 같은 눈을 하고서 얼어붙었다.

제이는 칼을 꺼내 소리가 들리는 쪽으로 내밀었다. 처음에 그 소리는 사방에서 들리는 것 같았으나 점점 한쪽 방향에서 모여들었다. 느리지도 빠르지도 않게 규칙적으로 가까워지는 진동과 나무가 부러지는 소리, 거기에 큰 숨소리가 섞여 있었다.

"동물의 발소리야. 근데 커. 너무 커."

제이의 말에 타냐가 대꾸했다.

"코끼리보다 더 클 것 같군요."

"코끼리가 뭐냐?"

"아크랜드에 살지 않는 동물입니다. 예를 잘못 들었군요, 제가."

거대한 짐승이 다가오는 소리가 멈췄다. 그다음 낙엽을 밟는 사람의 발자국 소리가 다가왔다. 제이와 타냐는 동시에 서로의 얼굴을 바라보더니 조금 더 앞으로 나섰다. 둘 다 싸움이 벌어질 경우 카셀을 바로 뒤에 두고 싶지 않았다.

"제가 방어를 맡겠습니다. 할 수 있다면 당신이 공격을 맡아 주십시오."

본능적으로 다가오는 자가 호의적이지 않다는 걸 직감했는지 타냐가 말했다.

"지금 오는 거, 마법사야?"

제이가 조심스럽게 물었다.

"마법사입니다. 그것도 막강한."

타냐는 잠시 주위를 둘러보았다.

"하필 마스터 데다인께서 자리를 비웠을 때 이런 일이 벌어지다니……."

타냐의 목소리는 이런 상황에서도 냉정했다.

잠시 후 타냐의 구슬이 내는 푸른 불빛 안으로 검은 로브를 뒤집어 쓴 마법사가 느릿느릿 다가왔다. 마법사는 말없이 두 사람을 주시하는 것 같더니 로브 안에서 지팡이를 꺼냈다.

"저 자식, '그 자식' 아니야?"

제이의 말이 끝나기도 전에 지팡이 끝이 하얗게 타들어 갔고, 동시에 타냐가 뒤로 나가떨어졌다. 시간차 없이 지팡이의 방향이 제이메르를 향했다.

'검의 간격'을 재는 것으로 모든 공격과 방어를 하는 제이였기에 간격을 보여 주지 않는 마법의 공격을 막는 건 생소했다. 제이는 아이린이 죽지 않는 자들의 군주를 상대로 했던 싸움에서 어떻게 했는지 떠올렸다.

그 순간 지팡이가 가리키는 방향으로 빛이 번쩍했다.

'화살이라 치지 뭐.'

제이는 아무것도 없는 허공에 칼을 내질렀다. 그 순간 보이지 않는 뭔가가 칼끝에 닿아 폭발했다. 벽에 세게 부딪친 것처럼 온몸의 뼈가 흔들렸다. 이빨이 시릴 지경이었다.

제이는 뒤로 주르륵 밀려났다. 쓰러지지는 않았다.

마법사는 그 공격으로 제이까지 무너뜨릴 수 있을 거라 생각했는지 한 걸음 내디뎠다가 아직 제이가 서 있는 것을 보고 멈췄다. 제이는 르고가 준 칼을 슬쩍 살폈다. 박쥐 마법처럼 칼날이 녹슬지는 않았다.

'칼이 좋아서인가? 아니면 다른 마법이라서? 어쨌든 칼 걱정할 필요는 없겠군.'

제이는 뜨겁게 달아오른 칼을 손바닥 위에서 한 번 돌린 다음 자세를 잡았다.

"이제 마법사랑 싸우는 방법을 조금 알 것 같다."

"다행이군요. 혼자서는 좀 벅찬 상대였는데."

타냐가 뒤에서 다가오며 말했다. 그녀는 머리를 흔들어 머리카락에 묻은 나뭇잎과 흙을 털었다.

"괜찮나?"

제이는 전방의 경계를 풀지 않고 물었다.

"조금 위험했습니다만 두 번 당할 정도는 아닙니다."

타냐는 거의 들리지 않는 목소리로 제이의 귓가에 속삭였다.

"저자의 마법, 죽지 않는 자들의 군주가 쓰는 마법과는 다릅니다. 힘은 막강하나 생명과 시간을 빼앗지는 않아요. 약간 스치는 정도는 감수해도 됩니다."

"쉽게 말하지 마. 방금 거 스쳤으면 나 두 동강 났을 거야."

"이젠 제가 막아드리죠."

"너 방금 한 방에 날아갔잖아?"

"저자는 방금 실수했습니다. 자기 마법이 나와 같은 종류라는 걸 드러냈거든요. 이제 막을 수 있습니다."

"좋아. 네가 또 내동댕이쳐지지만 않으면 내가 죽이겠다."

제이는 자신감 넘치는 목소리로 말했다.

검은 로브의 마법사는 양팔을 벌리더니 주문을 외우기 시작했다. 제이는 상대에게 그럴 시간을 주고 싶지 않아 뛰어들 준비를 했다. 그 순간 그 마법사의 뒤편에서 거대한 머리가 앞으로 튀어나왔다.

시커먼 얼굴 좌우에 박힌 사람 머리만 한 붉은 눈동자가 어둠을 밝히고 있었다. 지금까지 맹수를 보고 두려움을 가져 본 적이 없는 제이조차 단번에 다리가 굳었다. 냉정함을 잃은 적 없는 타냐도 얼굴에 핏기가 가셨다.

"물러서요!"

타냐가 소리쳤다.

허연 이빨이 이중으로 나 있는 입안에서 뜨거운 것이 밀려 나왔다. 처음에는 불이라고 생각했지만 그것은 빛을 집어삼키는 어둠의 덩어리였다. 제이는 왼쪽으로 몸을 날렸고 괴물의 입에서 터져 나온 뜨거운 기운은 제이를 지나쳐 뒤에서 폭발했다.

터진 자리를 중심으로 주위의 나무들이 뿌리째 뒤로 밀려났고 제이도 공중으로 나가떨어졌다. 타냐의 푸른빛도 어둠에 먹혀 사라졌다.

제이는 아무것도 보이지 않는 어둠 속에 처박혀 바닥을 뒹굴었다. 날카로운 잔가지가 그의 얼굴을 베고 지나갔고 뜨거운 바람과 차가운 흙이 등을 덮었다.

제이는 숨도 쉬지 못하고 엎어져 있었다.

한순간 아무 소리도 들을 수 없었다. 갑자기 조용해진 게 아니었다. 폭발이 일어나는 순간의 폭음으로 인해 일시적으로 귀청이 마비된 것이었다. 제이는 멍한 얼굴로 비틀거리며 몸을 일으키려다 도로 주저앉았다. 망치로 관절 하나하나 꼼꼼하게 두들겨 패 놓은 것처럼 온몸이 뻐근했다. 사지가 움직이지 않았다.

'당황하지 마. 이럴 땐 하나씩 하는 거야. 우선 숨을 쉬는 것부터!'

제이는 숨을 쉬었다. 곧 호흡이 정상적으로 돌아왔다.

그다음에는 손가락, 발가락을 움직였고, 마지막으로 팔을 움직였다. 아직 칼이 손에 쥐어져 있다는 사실을 알기까지는 상당한 시간이 소요됐다.

제이는 칼을 지팡이 삼아 자리에서 일어났다.

'얼마나 엎어져 있었지?'

마법사의 빛이 아니면 코앞도 보이지 않던 아까와는 달리 주위의 사물을 인식할 만한 조명이 있었다. 하늘을 올려다보니 희미하게 가라앉기 시작한 먼지 사이로 달과 별이 보였다.

'어? 아까까지는 안 보이던 별이 왜 보이지?'

주위의 나무가 모조리 넘어져, 하늘을 가리던 지붕이 사라졌기 때문이었다.

제이는 폭발의 중심에서 한참이나 떨어진 곳에 서 있었다.

"카셀!"

목이 아파서 큰 소리가 나지 않았다. 얼굴과 피부도 화끈거리고, 눈이 따끔거려 오래 뜨고 있을 수가 없었다.

"카셀, 어디 있냐? 타냐? 대답해!"

대답이 들리지 않았다. 아니, 카셀이 대답을 했더라도 제이는 지금 청각이 돌아오지 않아 들을 수 없었다.

제이는 계속 귀를 두들겼다. 방방 울리는 진동만 느껴졌다. 머리가 어지러웠다. 그래서인지 바로 뒤에서 다가오는 인기척도 뒤늦게 감지하고 칼을 내밀었다.

데다인이었다.

"무슨 일이 벌어진 건가?"

그는 제이의 칼이 아니라 나무가 쓰러진 광경을 보고 놀라 물었다. 귀가 멍해 그의 목소리가 웅웅 들렸다.

제이는 칼을 접고 대답했다.

"큰 놈이 나타났어."

"큰 놈?"

"짐승. 엄청나게 큰 짐승."

제이는 윙윙 울리는 머리를 짚으며 말을 이었다.

"그놈이 입에서……, 뭔가를 뿜어냈는데, 뜨거웠어. 그거 한 방으로 이 꼴이 되어 버렸다."

데다인은 괴물이 나타났던 자리를 손바닥으로 더듬어 보더니 중얼거렸다.

"어째서 이곳에……? 아니, 아니다. 서둘러라. 여기 오래 있다가 또 그 괴물이 나타나면 우리 힘으로는 감당할 수 없다!"

방금 나타난 괴물이 뭔지 궁금하긴 했지만, 제이에게 더 중요한 건 카셀이었다.

"어이, 카셀을 찾아야지. 어디 있는지 알아?"

"네가 무사한 걸 보니 타냐도 안전할 것이다. 그녀는 드래곤을 만났다 하더라도 살아남을 수 있는 수준의 마법사니까."

"드래곤? 어, 음, 카셀은?"

"전투가 있었겠지? 카셀이 있던 자리가 어디였나?"

제이는 대충 짐작으로 한 지점을 손가락으로 가리켰다. 정확히 폭발이 일어난 중심이었다. 그 괴물이 노리던 건 어쩌면 타냐와 제이가 아니라 카셀이었던 걸지도 몰랐다.

"젠장."

제이는 욕설을 내뱉으며 손가락을 내렸다. 그가 가리킨 자리에 누군가 서 있었다면 그게 누구든 절대로 살아남지 못했을 것이다.

"난 먼젓번 두 명의 하얀 늑대가 아무 소리 없이 사라진 것을 보고 단순히 길을 잃은 거라고 생각했는데 일이 이렇게 되고 보니 실종 원인을 다시 찾아봐야겠군. 루티아를 위협하는 적 중에 내 움직임을 파악하고 있는 이가 있다는 뜻이니까……."

데다인은 벌써 길을 한참이나 걸어간 뒤라 뒷말이 제이에게 잘 들리지 않았다.

"어이, 이봐. 카셀을 찾아야지!"

제이가 소리쳤다.

"그의 살 조각이라도 찾으라는 건가?"

데다인이 대답했다.

제이는 화가 울컥 솟았다. 데다인은 곧 손을 흔들어 사과했다.

"아니, 미안하군. 내가 너무 성급했다. 그럼 잠시 너는 나무가 무너진 곳을 중심으로 수색해라. 나는 이 근처 숲을 더 살펴보겠다. 하지만 그 괴물이 아직 있을지 모르니 소리는 내지 말도록. 폭발 중심지에서 너무 벗어나지도 말고. 길을 잃는다."

"그 괴물이 대체 뭔데? 드래곤?"

"직접 보지도 못한 내가 어찌 알겠나? 하늘 산맥에는 나이 많은 루티아의 학자들조차 모르는 생물이 많아."

데다인은 인내심을 가지고 말했고 제이도 말싸움으로 시간 낭비하고 싶지 않았다.

데다인의 말이 옳았다. 반 시간을 돌아다녔지만 카셀의 흔적은 조금도 찾아내지 못했다.

여전히 제이는 어디가 북쪽이고 어디가 남쪽인지조차 구별하지 못하고 있었다. 카셀이 살아 있을지도 모른다는 희망이 슬슬 꺾이기 시작했다.

데다인이 다시 어둠 속에서 돌아왔다. 그 역시 최선을 다해 수색을 했는지, 숨이 가빴고 얼굴은 땀으로 흠뻑 젖어 있었다.

"이제 내 말을 조금 믿어 주겠나? 이곳에서 카셀은 찾을 수 없다. 일반인이 길을 벗어나면 어지간한 수색으로는 찾아내지 못해. 나를 믿어라. 네가 카셀을 찾고 싶은 것 이상으로 나도 타냐를 찾으러 가고 싶다. 그러나 네가 말한 괴물의 두 번째 공격이 없다고 장담 못한다. 지금은 루티아로 돌아가야 한다."

제이는 데다인을 믿을 수 없었지만, 또한 그를 따라갈 수밖에 없었다.

'그 빌어먹을 마법사가 누구든, 잡히면 가만두지 않겠어!'

Chapter 1

하늘 산맥의 밤

'잊지 마라, 테마르. 너는 내가 본 누구보다 재능 있는 아이다. 네가 마음만 먹는다면 어느 누구도 너를 따라오지 못할 것이다.'

던멜은 나뭇가지에 서서 숲을 내려다보다가 문득 죽기 전 유언처럼 남긴 스승의 말을 떠올렸다.

'갑자기 왜 이런 게 생각나지? 가슴만 아픈데.'

던멜은 생각을 털어냈다.

꽤 오랫동안 숲을 관찰했으나 지표로 삼을 만한 사물은 보이지 않았다. 보이는 거라고는 물결 대신 나무로 가득 찬 망망대해 같은 지평선뿐이었다. 한참 쳐다보고 있으면 착란이 일어날 것처럼 광활한 숲의 연속이었다. 낮이었다면 멀리 하늘을 뚫을 듯 솟아 있는 산들이 보였을 테지만 지금은 달빛에 반사된 숲만 보였다.

하늘 산맥. 인간의 출입을 거부한 신들의 땅.

던멜은 불어오는 바람을 맞으며 뭔가가 나타나기를 기다렸다. 소용 없다는 걸 알면서도 이런 것 외에는 달리 할 수 있는 것도 없었다. 가끔 나무 하나가 바람도 없는데 이유 없이 가지를 움직이거나 바위라고 생각했던 물체가 슬금슬금 움직이는 광경을 발견하기도 했는데, 던멜이 찾던 것은 아니었다. 그것은 그저 하늘 산맥에 살고 있는 수만 종의 무해한 생물 중 하나라고, 루티아의 마법사 데다인이 설명했다.

'지금쯤 데다인은 저 넓은 숲 어디를 수색하고 있을까?'

던멜은 밑을 내려다보았다. 회색빛의 어둠 속에서 로일이 수신호를 보내고 있었다. 로일의 수화는 다른 친구들에 비해 느렸지만, 정확한 의사소통을 하기 위해 항상 노력했다.

'뭐 보이는 거 있어?'

'없다.'

던멜도 손동작을 크게 해서 로일이 알아보기 쉽게 수화를 보냈다.

'보이는 게 있으면 알려 줘.'

'너도 들리는 게 있으면 알려 줘.'

던멜도 수화로 대꾸해 주고 나뭇가지에 기대어 앉았다. 나무 아래는 어두웠다. 시각에 의지해 움직이는 그에게 어둠은 공포였다. 그래서 조금이라도 별빛과 달빛이 살아 있는 나무 위가 더 편했다.

'아즈윈과 게랄드, 둘 다 무사할까?'

불가능하다는 걸 알면서도 던멜은 숲 어딘가에서 아즈윈과 게랄드의 흔적을 찾으려고 애썼다. 세상 어디에 던져 놓아도 걱정되지 않는 두 사람이지만 막상 하늘 산맥 안에서 사라지자, 던멜은 시장 바닥에서 자식 잃어버린 아버지처럼 걱정되었다.

얼마 전까지만 해도 던멜을 포함한 하얀 늑대들은 카셀을 데리고 나 디움으로 향하는 즐거운 여행 중이었다. 하지만 이틀 전 저녁 폭우가 쏟아졌고 여관을 찾아 떠난 카셀이 돌아오지 않으면서 뭔가 틀어졌다.

카셀은 다음날, 그러니까 바로 어제 새벽까지 돌아오지 않았고 대신 그들이 머물고 있던 헛간으로 루티아의 마법사 데다인이 찾아왔다.

데다인은 모두를 루티아로 데려가고 싶다고 요청했다. 루티아에 마 법사들만으로는 해결하기 어려운 위험한 일이 발생했으며, 하얀 늑대 들이 와 줘야 한다는 것이었다. 데다인과 하얀 늑대들은 카셀을 두고 간다 만다 하는 문제 때문에 '작은' 마찰이 있었다.

논쟁 끝에 쉐이든이 남기로 하고 나머지는 데다인을 따라나섰다.

하늘 산맥으로 오는 동안 아즈윈은 내내 자신이 남았어야 했다고 불 평했다. 나머지도 데다인을 따라 하늘 산맥으로 향하는 것을 내켜 하지 않았다. 던멜은 명령이라면 따라야겠다고 생각하기는 했으나, 그렇다 고 다른 친구들을 설득하려고 애쓰지는 않았다.

사고는 세 시간쯤 전, 안개가 끼기 시작한 저녁 무렵 벌어졌다.

거의 앞이 보이지 않을 지경이라 걱정했지만 데다인은 당연하다는 듯 말했다.

'하늘 산맥을 걸어서 여행하면 태반은 안개나 빗속을 이동하게 된 다. 지금까지가 운이 좋았던 거지.'

'비 오는 게 낫겠네. 졸려 죽겠는데 잠이나 깨지, 뭐.'

그것이 아즈윈의 마지막 말이었다.

로일이 그대로 전해 준 그녀의 말을 듣고 던멜이 실실대고 웃은 지 채 몇 분 지나지도 않아 아즈윈이 사라졌다.

그때까지는 아즈원이 잠깐 자리를 비운 것쯤은 크게 문제 삼지 않았다. 그녀는 원래 일일이 보고하고 옆길로 빠지는 성격이 아니었다. 그러나 게랄드도 동시에 같이 없어지자, 던멜은 뭔가 잘못되었다는 걸 깨달았다. 앞서가던 셋은 그대로 멈춰 서서 게랄드와 아즈원을 불렀지만 대답은 돌아오지 않았다.

데다인은 로일과 던멜에게 한 발자국도 떼지 말라고 명령한 후 황급히 자리를 떠났다. 한 시간쯤 지난 후 그는 땀을 뻘뻘 흘리며 돌아와 말했다.

'두 사람이 사라졌다.'

아무리 숲이 우거지고 나무가 시야를 가리고 있다 해도, 던멜은 얼마든지 사람을 찾을 수 있었다. 기척으로 사람을 찾기 때문에 오히려 사람들이 북적거리는 도시에서보다 숲에서 사람을 더 잘 찾는다. 하지만 하늘 산맥의 숲은 아크랜드의 숲과 달랐다. 나무와 풀숲이 내는 기묘한 기운에 덮여 사람의 기척은 거의 느껴지지 않았다.

던멜은 데다인의 말을 믿을 수밖에 없었다.

데다인은 야영하기 쉬운 곳으로 이동한 뒤 다시 둘을 찾기 위해 자리를 비웠다. 던멜과 로일은 세 시간가량이나 그를 기다리는 중이었다.

로일은 별로 걱정하지 않았다. 사라진 사람이 둘 중 하나라면 모르지만, 둘이 같이 사라졌으니 아마 같이 어딘가로 비밀 얘기를 하러 갔다가 길을 잃어버린 것에 불과할 거라고 추측했다. 던멜은 하얀 늑대들이 된 후 처음으로 로일의 단순한 추측이 맞기를 바랐다.

밤의 숲을 바라보고 있자니, 던멜은 붉은 장미 백작의 지하에서 보았던 암흑을 다시 떠올리게 되었다.

동굴 속 거대한 그림자와 붉은 장미 백작의 괴이한 대화는 아직도 선명하게 기억에 남아 있었다. 그리고 백작이 죽은 후 라틸다를 들쳐 업고 달려 나왔던 과정과 들리지 않아야 할 자신의 귀로 스며들던 속삭임도 기억났다.

죽은 줄 알았던 라틸다는 다시 살아났다. 던멜은 무너지는 성을 바라보다가 라틸다가 살아나자 기겁을 했다. 다른 사람이라면 그저 살아 있는 걸 죽은 걸로 착각한 것이겠거니 하고 넘어갔겠지만, 생명을 직접 느낄 수 있는 던멜에게는 그녀가 죽음에서 되살아난 과정이 명확하게 보였다.

어찌 보면 끔찍한 광경이었고 어찌 보면 아름다운 광경이었다. 그것은 시체가 되살아나는 모습이기도 했고 생명이 재탄생하는 기적이기도 했다.

'제가…… 살아났나요?'

라틸다가 살아나 제일 처음 한 말이자, 던멜이 먼저 묻고 싶은 말이었다. 그녀는 바닥에 떨어진 뾰족한 돌을 하나 집어 들었다.

'그렇게 애원했건만 아버지는 언제나 제멋대로군요.'

라틸다는 돌로 자신의 이마를 찍었다. 붉은 피가 후두둑 떨어졌다. 그녀는 아랑곳 않고 돌을 쥔 손으로 한 번 더 이마를 쳤다. 던멜이 그 직전에 그녀의 손을 잡았다.

'당신은 누구죠?'

라틸다는 피가 흐르는 얼굴을 들어 물었다.

던멜은 그녀의 손을 놔주고 단검으로 바닥에 글씨를 썼다.

- 로일의 친구.

'그가 당신을 제게 보냈군요.'

던멜은 희미하게 웃는 그녀를 보고 다시 바닥에 짧은 단어를 이어 갔다.

- 죽지 마시오.

'당신도……, 하얀 늑대인가요?'

던멜은 고개를 끄덕인 후 다시 글씨를 남겼다.

- 로일을 데려오겠소.

'이제 와 제가 어떻게 그를 만날 면목이 있겠어요?'

던멜은 좀 더 큰 글씨로 강조했다.

- 기다리시오.

라틸다는 무표정한 얼굴로 고개를 끄덕였다. 그러나 로일을 데려올 때까지 이 여자가 살아 있어 줄지 당시 던멜은 자신할 수 없었다. 그리고 그녀를 살려두어야 할 이유도 알지 못했다.

'이 여자는 사악한 힘으로 되살아난 건 아닐까? 그렇게 되살아나 자신의 아버지처럼 사악한 힘을 발휘하는 게 아닐까?'

그런 걱정을 안고 던멜은 블랙풋으로 달려갔다. 중간에 그는 몇 번이고 뒤를 돌아보았다. 라틸다가 암흑의 마녀가 되어 자신을 따라오고 있는 것만 같아서.

노르만트의 사건이 끝난 후 모두와 함께 덴모주로 돌아갔을 때 라틸다는 평범한 생명의 기운을 풍겼다. 겉으로 보기에 죽음에서 되살아난 어떤 징조도 없었다. 하지만 던멜은 어렴풋이 미래가 보였다. 라틸다는 저대로 평범하게 생을 마치지 않을 것이다. 가까운 미래에 그녀를 중심으로 뭔가 벌어질 것이다. 좋은 쪽이든, 나쁜 쪽이든.

카셀을 제외한 모두가 카모르트에서 벌어진 끔찍한 사건을 잊어 가고 있지만, 던멜은 그 사건이 대륙에 일어나고 있는 안 좋은 일의 시발점이라고 생각하고 있었다. 메이루밀은 그들에게 이 일을 여왕께 알리고 대책을 세우라고 말한 후 자기도 나름대로 이 사건이 독립된 사건인지 아니면 큰 사건의 일부분인지 조사하겠다고 말했다.

던멜은 이 사건이 자신의 과거와도 연결되어 있을지 모른다는 것을 털어놓지 못해 괴로웠다. 또 말해 봤자 뭐가 달라진단 말인가? 마스터 칼스텐은 때가 되면 이 일을 공개하라고 했지만 그게 언제인지는 가르쳐 주지 않았다.

아란티아로 돌아가면 던멜은 여왕과 이 일을 상의하고 싶었다. 하지만 여왕은 지금껏 암살을 의뢰한 사람이 누구인지 묻지 않았다. 던멜이 먼저 털어놓으려 해도 얼버무리거나 슬쩍 화제를 넘겨 버렸다.

마스터 칼스텐. 아란티아의 여왕. 붉은 장미 백작. 라틸다. 블랙풋. 모든 것이 연결되어 있을 것 같았다. 하지만 말하지 못했다.

'카셀이라면 언젠가 얘기할 수 있을 것이다.'

던멜은 생각했다.

'일을 끝내고 돌아가면 폐하가 아니라 카셀과 상의해야겠어.'

나무에서 내려와 보니 로일은 가슴에 걸고 있는 목걸이를 만지작거리고 있었다. 던멜은 그게 뭔지 수화로 물었다.

"라틸다가 준 거야. 이 목걸이를 볼 때마다 자신의 부탁을 기억해 달라고."

'무슨 부탁?'

"언젠가 자기가 아버지처럼 변해 버리면 다시 돌아와 죽여 달라는 부탁."

라틸다 역시 자신의 부활이 좋은 일이 아니라고 직감했을 것이다. 정말로 하얀 늑대들이 다시 돌아가 라틸다를 대면할 일이 벌어지면 던멜은 선두에 자기가 서야겠다고 결심했다. 로일에게 그 일을 맡길 수는 없었다.

"나는 처음 라틸다를 만나고 폐하께서 내리신 숙제를 떠올렸지. 누군가를 지키면서 싸워 보라고. 난 그게 무슨 뜻인지 몰랐어. 하지만 라틸다를 지키지 못한 후에야 폐하께서 무슨 말씀을 하고자 하셨는지 조금 알게 되었지. 난 숙제를 끝내지 못한 거야. 그래서 그녀의 옆에 남고 싶었다."

'좋아하게 되었나, 그녀를?'

"그렇게 보여?"

'나야 모르지.'

던멜은 웃어 보였다.

'그런 감정을 갖지 말라고 해도, 마음대로 안 된다면 그냥 흘러가는 대로 내버려 두는 것도 좋다.'

"네 수화를 잘 못 따라가는 건가? 미안하지만 무슨 뜻인지 모르겠는데?"

'라틸다를 좋아하게 된 것 같나? 그럼 이 일이 끝난 후 카모르트로 돌아가라. 억지로 울프의 자리에 남는 것보다 언제라도 떠날 수 있다는 마음가짐이라면 오히려 현재의 일에 집중할 수 있을 거다.'

로일은 고개를 끄덕였다. 하지만 던멜의 말을 온전히 받아들이고 끄덕이는 건 아니었다.

던멜은 그 순간 미세한 땅의 진동을 느꼈다. 나무의 흔들림이 범상치 않았다. 지진인가?

던멜은 자리에서 몸을 일으켰다.

"왜 그래?"

로일도 감각이 뛰어난 편이지만 던멜만큼은 아니었다.

'잠시 기다려.'

던멜은 다시 나무를 타고 올라갔다.

진동의 근원을 찾는 건 오래 걸리지 않았다. 던멜은 이 넓은 숲에서 단 두 명의 기척을 찾아내려고 집중력을 극한까지 끌어올린 상태라 지금 것은 거대한 파문처럼 또렷하게 보였다.

진동이 일어나고 있는 위치는 반나절쯤 걸어가야 할 정도로 먼 곳이었다.

나무들의 높이가 거의 같아 해수면처럼 보이는 숲에 물결이 일고 있었다. 물결은 북서쪽에서 남동쪽으로 이동하고 있었다. 하늘 산맥의 숲이 가끔 스스로 움직이기는 하지만 이번 것은 전혀 다른 움직임이었다.

뭔가 커다란 것이 나무를 흔들며 지나가고 있었다. 낮이었다면 숲을 뒤흔드는 저 거대한 물체 또는 짐승이 뭔지 보였을 테지만, 밤인 데다 너무 멀었다.

쿠궁 쿠궁.

땅과 나무와 공기를 진동하는 저음만 전해지다가, 숲의 검은 물결 위로 깃발 같은 것이 불쑥 튀어나와 펄럭였다. 마치 유령 같았다.

'사람?'

나무로 가려진 숲속에 뭔가 거대한 생명체가 걸어가고 있었고, 그 위에 망토를 걸친 사람이 타고 있는 형상이었다. 그것은 이내 숲 안으로 도로 들어가 버렸다. 자세히 관찰할 여유도 없이 눈에 맺혔다가 사라져, 던멜은 그게 자신의 착각이었는지 유령이었는지 분간하지 못했다.

나무를 통해 퉁퉁 치는 신호가 느껴졌다. 계속 다른 곳을 보고 있던 던멜은 뒤늦게 로일이 나무를 주먹으로 두들기고 있는 것을 알았다.

던멜은 거의 추락하는 속도로 나무에서 미끄러져 내려갔다.

"뭔가가 우리를 포위했다."

로일이 짧게 말했다.

던멜은 주위를 살펴 금방 포위한 녀석들의 숫자를 확인했다. 눈으로 보이는 자리에는 아무것도 없었다. 하지만 던멜은 기척으로 알았다. 숲의 마력에 감각을 잃었다고는 해도 이렇게까지 가까우면 모를 수가 없었다.

던멜은 손가락 다섯 개를 펼쳤다.

"다섯 명?"

로일이 말했다.

던멜은 수화로 수정해 주었다.

'다섯 마리.'

놈들은 위치를 숨기지도 않고 다가왔다. 놈들의 생긴 모습은 뭐라 말하기 힘들었다. 그것은 털 긴 원숭이 같기도 했고, 끔찍한 저주를 받아 등이 굽은 인간의 모습 같기도 했다. 뭉툭한 코와 늘어진 귀를 가진 얼굴은 보는 것만으로 혐오감이 일었다.

어둠 속에서 번뜩이는 다섯 쌍의 눈동자가 사방에서 덮쳐 왔다. 놈들은 끝에 돌을 묶은 몽둥이를 휘둘렀다. 내리친 자리가 움푹 파였다. 몸놀림도 빨랐고 들이댄 칼에 막무가내로 뛰어들듯이 덤벼드는 바람에 대응하기가 힘들었다. 하지만 둘은 침착하게 등을 맞대고 서서 기습에 맞섰다.

로일은 단칼에 두 마리를 베어 버렸고 던멜도 두 마리의 목에 칼을 꽂았다. 그러자 마지막 한 마리가 머뭇거리다가 달아났다. 던멜은 놈의 뒤통수를 겨냥해 단검을 던질 준비를 했다. 하지만 그보다 더 빨리 하얀빛이 번쩍하더니, 괴물은 공중에 떠올라 나무에 부딪쳐 기절했다.

데다인이 와 있었다. 마법사의 지팡이에서 나는 밝은 빛이 주위를 밝히자 던멜은 마음이 놓였다.

"이제 이런 곳까지 괴물이 퍼져 있군."

던멜은 이 괴물보다 방금 전에 먼 곳에서 발견한 거대한 짐승에 대해 묻고 싶었지만, 데다인이 먼저 로일에게 말했다. 그의 말은 굉장히 빠르고 던멜을 배려하는 대화를 하지 않아 입 모양을 알아볼 수가 없었다. 로일은 그의 말에 강하게 반발했고 데다인은 난처한 듯 고개를 저었다.

던멜은 참을성 있게 두 사람의 논쟁이 끝나기를 기다렸다가 수화로 물었다.

'뭐라고 하는 건가?'

"두 사람을 포기하고 루티아로 가자는군."

로일이 말했고 데다인이 즉시 수정했다.

"아니, 포기한다는 게 아니야!"

비로소 데다인은 던멜에게 자신의 얼굴을 보여 주며 말했다.

"잠시 보류한다는 뜻이다."

그는 마흔 살 정도 되는 얼굴에 강한 의지가 돋보이는 눈을 가지고 있었다. 마법사들은 얼굴로 나이를 측정하기 힘들었는데, 던멜은 대충 그가 겉으로 보이는 것보다 훨씬 나이가 많을 거라고 짐작했다.

"그게 그거 아니오? 나는 두 사람을 찾기 전까지는 여길 떠나지 않겠소."

로일이 말했다.

"말했듯이 숲에서 사람을 잃어버리면 어지간한 마법사들은 손도 댈 수 없다."

데다인은 얼굴에 잔뜩 힘을 주며 말을 이었다.

"지금까지 이 근처를 샅샅이 수색했지만 거의 흔적이 남아 있지 않더군. 그리고 난 사실 숲의 수색에는 전문가가 아니다."

"수색하는 건 던멜이 꽤 하는데 같이 찾아보는 게 어떻소?"

"증표가 없으면 아무리 뛰어난 길잡이라도 길치가 되는 곳이 하늘 산맥이다. 그러니 지금은 루티아로 가서 이쪽 전문가의 도움을 얻는 게 좋다."

"루티아에 가면 두 사람을 찾을 수 있는 마법사가 있소?"

로일은 벌써 눈앞에 쓰러져 있는 처음 보는 생명체에 대해 관심을 끊어 버리고 그것만 따져 물었다.

로일이 관심을 두는 것은 오직 친구들뿐이었다. 자신에게 관심을 가져주고 자신을 떠나지 않는 사람에 대해, 지나칠 정도로 강한 애착을 가졌다. 왜 그런지에 대해서는 아직 이유를 듣지 못했다.

"적어도 그랜드 마스터께서는 찾을 수 있지."

던멜은 수화로 로일에게 말했다.

'루티아의 그랜드 마스터라면 론타몬 정복 전쟁에서 아란티아를 도운 후 실종되었다고 들었다.'

로일은 건성으로 던멜의 말을 전했다.

"루티아의 그랜드 마스터는 실종되지 않았소?"

"오래전 일이지. 그 자리를 계속 공석으로 둘 수는 없지 않나? 지금은 이전 그랜드 마스터께서 다시 그 자리를 지키고 계신다. 자, 잃어버린 두 사람도 걱정이지만 나는 루티아도 걱정이다. 서두르도록 하세."

로일은 자신이 해치운 괴물 두 마리를 가리키며 말했다.

"지금 이것들이 루티아를 공격한 괴물들이오?"

"그렇다."

"숫자가 얼마나 많은지 모르나 이 정도의 괴물들이라면 당신들의 마법으로도 해결할 수 있지 않소?"

데다인은 허탈한 미소를 지었다.

"한 마리 한 마리가 장정 두셋은 한 손으로 집어 던질 수 있는 괴물들인데 그걸 '이런 정도'라고 표현하나?"

로일은 그게 어쨌다는 건가 하는 표정으로 팔짱을 끼었다.

"어쨌든 마법과 괴물들에 관해서는 문제점이 몇 있네. 그러니 가면서 얘기하지."

데다인이 제안했으나, 로일은 움직일 기색을 보이지 않았다.

던멜은 벗어 놓은 배낭을 짊어지며 로일을 설득했다.

'일단 저 말대로 하자. 루티아에 사람을 찾는 데 능한 마법사가 있다면 차라리 서둘러 루티아로 가는 게 아즈원과 게랄드를 위해 좋을 것

같다.'

로일은 모든 게 마음에 들지 않는 표정이었다.

"우린 벌써 카셀과 쉐이든을 뒤에 두고 왔다. 그런데 이번에는 아즈원과 게랄드마저 버리고 가는군."

로일도 별수 없이 배낭을 짊어지고 앞서서 기다리고 있는 데다인을 따라갔다. 데다인은 품에서 나뭇잎으로 싼 주먹만 한 꾸러미를 꺼내어 둘에게 내주었다.

"뭐요, 이게?"

"계속 '모즈'들을 무시하니 미리 경고하는 의미로 주는 약초다."

"모즈?"

"우리가 이 괴물들을 칭하는 단어다. 모즈의 손톱에 긁히거나 이빨에 물리면 이틀도 못 가 죽게 돼. 마법의 보호가 없다면."

"안 긁히면 되오."

로일이 그렇게 대꾸하면서도 두 개의 약초 봉지 중 하나는 자기가 챙기고, 하나는 던멜에게 주었다.

"그러길 바라지."

데다인은 말하며 앞장섰다.

던멜은 약초를 받아 배낭에 넣고, 긁힌 자리가 없나 살폈다. 하지만 로일은 시큰둥하니 데다인을 따라가기만 했다.

✦ Chapter 2 ✦

루티아

두터운 숲의 그림자가 누르는 압력이 어느 순간부터 가벼워졌다. 반 시간쯤 더 걸어가니 찌를 듯이 높이 솟아 있는 나무 대신 더 키가 작은 나무들이 나왔고 점차 감각이 살아났다. 데다인이 알려 주지 않았어도 던멜은 루티아가 가까워졌음을 느꼈다.

루티아에 대해 알고 있는 사람은 아란티아의 왕실 내에서도 드물었다. 새나디엘 여왕과 마스터 퀘이언, 여왕을 보필하는 시녀 한둘, 나이 많은 울프 기사 두어 명 정도.

평소 말수 적은 여왕의 시녀들조차도 루티아에 갔다 오면 그렇게 멋진 곳은 처음이라고 호들갑을 떨 정도였다. 다른 울프들은 무관심했지만, 던멜은 그런 얘기를 듣고 나자 루티아에 꼭 한 번 와 보고 싶었다. 놀러 온 게 아니라 싸우러 온 것이며 오다가 친구 둘이 실종이 되었는데도, 나무 너머로 하얀 탑이 보이자, 저도 모르게 설레는 마음을 억누를 수가 없었다.

"여기서부터 루티아다. 아직 하늘 산맥에서 이어지는 숲이 계속되고 있지만 벌써 뭔가 달라졌다는 걸 알 거다. 우린 이곳을 '아웃서치'라고도 부르고 '아웃서치 숲'이라고도 부르지."

데다인은 이제 던멜과 얘기할 때면 잊지 않고 얼굴을 보고 말했다. 처음에는 말이 거칠고 행동도 성격도 급하다고 생각했으나, 조금 겪어보니 사려 깊은 사람이라는 걸 알 수 있었다. 다른 친구들은 모두 그를 싫어하지만 상황이 여의치 않아 저럴 뿐, 실제로는 괜찮은 사람이라고 던멜은 생각했다.

"그러나 이제 여기는 더 이상 루티아의 땅이라고 할 수 없다. 모즈들의 땅이 되었지. 놈들이 얼마 전 여기를 점령해 우리 마법사들은 더 이상 발을 들일 수 없게 되었다."

데다인은 탑으로 향하는 걸음을 늦추더니 귀를 기울였다.

로일도 걸음을 멈추고 던멜에게 수신호를 보냈다.

'앞에서 무슨 소리가 들린다. 뭔가 있는 것 같다. 아마도 괴물들.'

던멜이 물었다.

'기척이 많군. 몇 마리인지 소리로 분간되나?'

'아주 많다는 것만.'

데다인이 로일에게 말했다.

"하필 놈들이 공격하는 시점에 돌아와 버렸군."

"뚫고 갈 거요?"

"굳이 지금부터 싸움을 벌일 필요는 없다. 게다가 여기서부터는 그 괴물들에게 내 마법이 통하지 않는다."

데다인의 말에, 던멜은 의아해하며 수화로 물었고 로일이 전해 주었다.

"던멜이 말하길, 루티아 안에서라면 마법사들의 힘이 더 강해져야 하는 거 아니냐고 물었소."

"잘 아는군."

데다인은 나뭇가지 사이에 부분 부분 보이는 하얀 탑을 가리켰다.

"저기가 루티아의 탑이고 탑 꼭대기에 있는 거대한 보석 '화이트비 White bee'가 마법의 힘을 집중해서 루티아를 보호해 주고 있었지. 때문에 일반 짐승들은 아웃서치 안으로는 접근조차 하지 못했다."

"지금은 아니오?"

"아니니까 괴물들이 설치고 다니지."

뭔가가 폭발했다. 그 소리를 들을 수는 없지만 공기의 진동만으로 꽤 큰 규모의 폭발이라고 던멜은 짐작했다.

데다인도 깜짝 놀라며 소리가 나는 쪽으로 고개를 돌렸다.

로일은 얼얼한 귀를 후비며 물었다.

"방금 그건 뭐였소?"

"마법이지, 뭐긴?"

데다인은 걸음을 빨리했다. 로일은 어깨를 으쓱하며 던멜을 바라보았다. 던멜도 로일과 같은 생각이었다. 저런 커다란 소리를 낼 정도의 마법을 쓸 수 있는 마법사들이 대체 왜 칼을 쓰는 기사들을 필요로 하는가?

데다인은 지팡이나 커다란 보석 달린 목걸이 대신 칼을 들었다.

"나도 검에 문외한은 아니지만 저 숫자의 괴물들에게 들이댈 실력은 못 되지. 우리 쪽 경비 중에도 검술에 뛰어난 젊은이들이 있지만 아무래도 숫자가 많이 부족하다 보니…….”

데다인은 생각도 하기 싫은 듯 말을 끊고 계획을 간략히 설명해주었다.

“우리는 지금부터 아웃서치를 돌아 북쪽의 리버 포레스트를 통과해 다운서치로 갈 거다. 모즈들은 항상 서쪽의 게이트만 공격하니 우리는 북쪽의 망루를 이용할 수 있겠지.”

그는 누구에게 들으라고 한 말은 아닌 듯 말끝을 흐렸다.

“괴물들의 숫자가 날이 갈수록 늘어나고 있어…….”

가까이 갈수록 규모가 짐작이 안 갈 정도로 탑이 높아 보였다. 던멜은 어떻게 저런 높은 탑을 저렇게 정교하게 만들어 냈는지 궁금했다. 데다인은 칼끝으로 탑 꼭대기에 있는 햇빛을 하얗게 반사하는 거대한 보석을 가리키며 말했다.

“탑을 잃어버리면 더 이상 루티아는 루티아가 아닌 게 된다. 우리의 싸움은 결국 저 탑을 수호하기 위한 싸움이지.”

루티아의 탑이 가까워지며 감각이 평상시대로 돌아왔다. 이제 어느 방향에서 어느 정도 규모의 괴물들이 움직이고 있는지도 계산할 수 있었다.

멀지 않은 곳에서 강이 흐르고 있었다. 물 흐르는 소리는 들을 수 없지만 던멜은 알았다.

괴물들의 숫자는 오십 정도고 거기에 맞서는 사람의 숫자가 오십 정도 되었다. 그러나 셋이 피해 간 쪽 방향에는 괴물들이 훨씬 많았다. 던멜은 눈을 감고 숫자를 세어 보더니 데다인의 어깨를 잡았다.

"왜 그러나?"

던멜은 로일에게 수화로 말했다.

'이쪽 숲에도 괴물들이 있다. 백 마리 정도.'

로일이 전해 주자 데다인은 깜짝 놀랐다.

"그럴 리가! 모즈들은 한 번도 리버 포레스트를 따라 내려온 적이 없어."

로일이 대신 설명했다.

"던멜도 나도 여기가 처음이니 그런 적이 있는지 없는지는 모르오. 하지만 던멜이 있다고 그러면 대체로 있는 거라고 믿어도 좋소."

"소리도 못 듣는다고 하지 않았나?"

"지금 저쪽 숲에서 괴물들의 소리가 들리시오? 나는 들리지 않소. 그러니 소리를 못 듣는 던멜이 맞소."

때론 복잡한 설명보다 로일의 단순한 설명이 더 잘 먹혔다. 그리고 로일은 자기 말이 먹히지 않아도 곧장 행동에 옮기는 성격이었다. 지금도 로일은 데다인보다 앞서 걸으며 숲의 경계에 섰다. 안내해야 할 데다인이 오히려 로일의 뒤를 따라갈 수밖에 없었다.

마을을 둘러싼 요새는 굵은 통나무를 바닥에 박아 세운 큰 울타리에 불과했다. 그리고 방어를 위한 장비라고는 나무를 뾰족하게 깎아 만든 창을 울타리 바깥쪽으로 세운 게 고작이었다.

싸움은 5미터도 안 되는 높이의 울타리를 사이에 두고 격렬하게 벌어지고 있었다. 기형적으로 팔이 긴 괴물들은 통나무에 매달려 벽을 넘으려고 바둥거리고 있었고 루티아의 병사들은 올라오는 괴물들을 향해 창을 찌르고 있었다.

괴물을 죽이겠다기보다 그저 넘지 못하게 방해하는 정도였다. 양쪽 다 효과적인 공격을 하는 것도 효과적인 방어를 하는 것도 아니었다. 그러나 양쪽 다 필사적이었다.

망루에 있는 마법사가 지팡이를 휘둘러 요새 입구 쪽으로 몰려오는 괴물들에게 불덩어리를 날렸다. 멀리 떨어진 곳이었건만 코앞까지 열기가 도달해, 던멜은 반사적으로 고개를 뒤로 젖혔다.

'블랙풋의 메첼과는 비교도 안 되는 수준의 마법이군.'

던멜은 감탄했다. 그러나 정작 불길에 휘감겨 나가떨어진 괴물들은 긴 털이 조금 그을린 것 외에는 별다른 피해를 입지 않았다. 불길에 날려 높은 곳으로 튕겨 올라갔다가 추락해서 죽는 놈은 있어도, 불에 타 죽는 괴물은 없었다.

"저 괴물들이 불에 안 타는 거요, 마법이 약한 거요?"

로일이 손가락으로 가리키며 물었다.

"루티아의 마스터가 마법이 약하다는 말을 듣다니, 안타까운 노릇이군. 모즈들에게 안 통하는 거다. 어쨌든 숫자가 너무 많으니 공격이 끝나길 기다렸다가 들어가는 수밖에 없군. 두어 시간 저러다가 물러날 거다. 놈들은 항상 그랬으니까."

로일은 목덜미를 손가락으로 긁적이다가 말했다.

"동료들을 돕지 않을 생각인 거요, 아니면 저 치열한 전투 광경이 보기보다 위험하지 않은 거요? 내가 보기에는 꽤……."

"몇 주 되지도 않는 전투 중에 죽은 마법사의 숫자가 삼십이고 그보다 열 배 이상 많은 민간인이 죽었다. 치열하지 않다니?"

데다인이 흥분하여 말했다.

"그럼 지금은 왜 참는 거요?"

"몇 번 말해야 알아들을 건가? 저 괴물들은…….

"창이 통하는 걸 보니 칼도 통할 것 같소만?"

로일은 칼을 뽑아 들었다. 데다인은 보일 듯 말 듯 어깨를 움츠렸다.

말을 할 때의 로일은 항상 무시당한다. 그러나 로일이 검을 들면 어떤 웅변가도 침묵을 지킨다. 루티아의 마스터도 예외는 아니었다. 저 칼 앞에서 할 말 다할 수 있는 사람이 누가 있겠는가?

'로일, 네가 후방에 서라. 내가 앞장서겠다.'

던멜이 수화로 지시를 내렸다.

로일은 던멜의 작전을 데다인에게 설명했다.

"던멜이 앞서갈 거요. 등 뒤에 바짝 붙어 가시오. 그리고 내가 당신의 뒤를 지킬 거요. 하지만 돌발 상황이 벌어질 경우 자기 몸은 알아서 지키도록 하시오."

데다인이 손을 내저었다.

"잠깐, 잠깐! 자네들 지금……, 저 난장판을 맨몸으로 뚫고 가자는 건가?"

"칼이 있는데 왜 맨몸이오?"

로일은 고갯짓으로 요새 쪽이 아닌 숲 쪽을 가리키며 말을 이었다.

"그리고 숲에 숨어 있는 괴물들 백여 마리보다 다른 쪽에 정신 팔린 오십 마리에 뛰어드는 게 더 안전하지 않겠소? 혹시 마법으로 나는 건 가능하시오? 그게 가능하다면 혼자 들어가시오. 그렇게 하면 우리는 따로 들어가겠소."

"으음."

데다인은 고민하며 뒤를 돌아보았다. 괴물 놈들은 세 사람이 서 있는 곳에서 스무 걸음쯤 떨어진 숲의 경계에 잔뜩 몰려 있었다. 나름대로 나무 기둥에 몸을 숨기고 바깥으로 잘 안 보이게 불쑥불쑥 머리를 내밀었다가 숨겼다 했다.

어째서인지 던멜은 그게 굉장히 웃겼다. 물론 녀석들이 손에 뭉툭한 무기를 하나씩 치켜들고 있는 것을 보면 절대 웃을 수 없지만.

이럴 때는 로일의 무신경함이 도움이 되었다.

"갈 거요, 말 거요?"

데다인도 이제 선택의 여지가 없다고 생각했는지 동의했다.

"가지!"

로일이 신호하자마자 던멜은 요새의 입구 쪽으로 달려갔다. 데다인은 나이 든 사람이라고 생각하기 힘들 정도로 빠르게 던멜의 뒤를 따라왔다.

요새를 공격하던 괴물들 중 일부가 일행을 발견하고 몸을 돌렸다. 던멜은 단검을 쥐고 괴물들을 뚫고 들어갔다.

던멜이 후려친 두 마리 괴물이 좌우로 튕겨 나가며 다른 괴물들까지 와르르 넘어졌다. 뒤따르는 로일이 놀란 괴물들 얼굴에 칼을 그으니 대여섯 마리가 동시에 쓰러졌다.

던멜은 멈추지 않고 괴물들을 찌르고 베었다. 정면만 신경 쓰던 괴물들은 갑자기 뒤에서 달려든 세 사람에게 대응하지 못했다. 놈들은 체계적으로 싸울 줄 몰라, 많은 숫자가 이점이 되지 않아 서로가 서로의 움직임에 방해만 되었다. 그리고 던멜과 로일은 녀석들이 대처할 시간적인 여유도 주지 않았다.

던멜이 놈들을 베면서 전진하다 보니 뛰는 속도에서 걷는 속도로 느려졌고 로일과의 간격이 좁아졌다. 그는 괴물들의 무리를 뚫고 가면서 데다인이 걱정되어 돌아보았다. 별 무리는 없었다. 로일과 던멜이 쓰러뜨리는 괴물 숫자에 비할 바는 아니었으나 데다인의 칼도 큰 도움이 되었다.

결국 포위망이 뚫렸고 셋은 요새의 앞에 도달했다. 데다인이 재빨리 던멜보다 앞서 나가 요새의 입구 앞에 섰다. 그리고 던멜과 로일은 데다인의 등을 지켰다.

어깨가 뜨끈하니 아팠다. 던멜은 오른손으로 쥔 단검을 앞으로 내민 채로 왼손을 다친 자리에 대보았다. 부러진 무기 파편 하나가 박힌 모양이었다. 로일도 목에 할퀸 자국이 있었고 상처에서 흐르는 피가 가슴을 적시고 있었다.

"약초는 언제 써야 하는 거야?"

로일은 상처에 손을 대고 물었다.

괴물들은 두 사람 앞을 선뜻 나서지 못하고 으르렁댔다. 꽤 많이 죽였다고 생각했지만, 어지간한 부상을 입은 녀석들은 도로 일어나 있었다.

밤에는 몰랐지만 낮에 보니 그것들의 눈동자는 피처럼 붉었다. 그런 게 수십 개나 노려보니 솔직히 좀 무서웠다. 그러나 이 무신경한 데다 배려도 모르는 로일은 한 손을 허리에 올린 자세로 엉뚱한 제안을 했다.

"지금 다 해치우는 건 어때?"

'아니.'

칼을 들고 있어서 긴 수화를 하지 못하고 던멜은 그냥 칼끝으로 그들이 왔던 숲 쪽을 가리켰다. 아까 숲의 경계에서 세 사람의 등 뒤를 압박하던 백여 마리의 괴물들이 어슬렁거리며 요새 쪽으로 다가오고 있었다.

"문을 열게, 마스터 루더!"

데다인이 망루를 향해 소리쳤다.

"마스터 데다인, 왜 이리 늦었나?"

아까 불덩어리를 날렸던 마법사가 소리치며 밑의 병사에게 문을 열라고 명령했다.

"최대한 빨리 온 거네."

데다인은 숨을 몰아쉬며 대꾸했다.

요새를 막고 있는 통나무 문이 묵직한 소리를 내며 위로 올라갔다. 데다인이 먼저 들어가며 두 사람을 불렀다. 로일은 괴물들 쪽을 힐끗 노려보더니 던멜과 함께 안으로 들어갔다.

문은 즉시 닫혔고 괴물들은 다시 문으로 몰려들었다.

세 사람은 망루 쪽으로 올라갔다.

루더라는 마법사는 짧은 흰 머리카락에 뺨과 턱 모두를 뒤덮는 길지 않은 흰 수염을 가진 노인이었다. 그는 데다인을 보자 양팔을 활짝 펼쳐 안았다.

"내가 얼마나 자네를 기다렸는지 모를 걸세."

데다인은 포옹을 짧게 끝낸 후 그에게 두 사람을 소개했다.

"아란티아 울프 기사단에서 우리를 돕기 위해 와 준 두 사람일세. 이쪽이 로일 울프, 이쪽은 던멜 울프."

"반갑소."

루더는 웃는 얼굴로 악수를 청하긴 했으나 실망한 표정을 감추지 못했다.

"모즈들에게 쏟아내는 엄청난 검술을 보고 짐작했소. 그것은 마스터 퀘이언이 고안한 울프 기사단의 검술이오?"

로일은 칼날에 묻은 피를 털어 내며 재미없게 대꾸했다.

"아니, 이건 그냥……, 휘두른 거요."

루더는 눈을 동그랗게 뜨고 데다인을 힐끗 보았다.

데다인은 망루 바깥쪽으로 시선을 돌려 몰려 있는 괴물들을 바라보았다.

"이제 모즈들이 저 정도 숫자로 공격해 오는 건 일반적인 게 되었군."

"그러게 말일세. 하지만 오늘은 더 올 것 같지 않군. 저 두 사람에게 당한 모즈들의 숫자를 보고 놀란 건 우리보다 저놈들일 테니까."

"리버 포레스트에서도 모즈들이 나타나기 시작한 건가? 하마터면 등 뒤를 기습당할 뻔했네."

"이틀 전부터 나타나더군. 처음에는 멍청하게 문에 머리를 들이받던 녀석들이 이제는 벽을 타 넘기 시작했고, 아웃서치 쪽으로만 공격해 오던 녀석들이 최근에는 다운 포레스트와 리버 포레스트를 관통해 오고 있다네."

루더가 설명하는 동안 대부분의 괴물들은 물러났지만, 몇몇은 입구 근처에서 계속 서성댔다. 루더가 굳은 표정으로 내려다보며 말했다.

"다운서치도 이제 안전하지 못해."

놈들은 위를 올려다보고 뭐라고 고함을 지르거나, 자기 동료들의 시체를 발로 툭툭 건드려 보더니 결국 모두 되돌아갔다.

두 마법사와 경비들은 안도의 한숨을 길게 내쉬었다.

데다인이 루더에게 말했다.

"우선 난 두 사람을 데려가겠네. 오늘 안에 '루티아노'가 한 번 더 열릴 테니 서둘러 정비를 마치고 오게. '케인스윅'의 선생들을 몇 불러오지."

"알았네. 아, 그리고…… 이틀 전에 콜리튼 선생이 죽었네."

"저런……. 안 됐군."

데다인은 뭐라 긴말을 하지 않고 망루를 내려갔다.

로일과 던멜은 데다인을 따라 내려갔다.

"힘이 센 건 그렇다 치더라도, 잘 죽지 않는군."

로일이 말했다. 던멜도 동의했다.

이미 숲에서 한 번 조우했을 때부터 심상치 않았다. 그들의 피부는 르고가 벼린 칼로도 잘 베어지지 않을 만큼 질겼고 한 치 정도 칼에 베인 정도는 아무렇지도 않게 후속 공격을 할 수 있을 정도로 생명력이 강했다. 급소를 찌른 놈들이 일어나기도 했다. 즉사한 건 로일이 두 동강을 낸 놈들 정도였다.

'제대로 훈련받지 못한 병사들에게는 까다롭겠군. 그리고 몇 주 동안 저런 괴물들과 맞섰다면 공포와 피로감도 클 것이다.'

던멜은 통나무 울타리 근처에 서 있는 병사들을 살폈다. 오십 마리의 괴물들을 뚫고 들어온 두 사람을 바라보는 병사들의 시선에는 경이로움이 가득 차 있었다.

"그런데 약은 어찌 먹는 거요? 좀 긁혔는데."

로일이 물었다.

지인의 죽음을 듣고 우울한 얼굴로 걷던 데다인은 로일의 말을 듣자마자 깜짝 놀랐다.

"저런! 자네 다쳤군."

로일이 아까 다친 목의 상처가 쉽게 지혈되지 않아 어깨까지 피가 젖어 있었다. 로일은 나뭇잎에 싸인 축축한 약초 뭉치를 들고 다시 물었다.

"이건 먹는 거요?"

"아니, 바르는 거다. 이리 줘 보게."

데다인은 직접 손으로 약을 떠 로일의 목에 문질러 주었다.

"붕대는 감지 말게. 보기 흉해도 그냥 두는 게 효과가 더 좋아. 약은 상처 입은 부위보다 더 넓게 바르는 게 좋고. 물론 다치자마자 바르는 게 가장 좋다."

데다인은 뭔가 더 말하려다 말고, 그냥 탑 쪽으로 걸어갔다.

투구를 쓴 십수 명의 청년들이 울타리 쪽으로 뛰어가다가 로일과 던멜을 발견하고 가던 길을 멈추었다. 이 싸움에 뒤늦게 합류하려고 온 병사들인 모양이었다. 울타리의 병사들이 그들에게 해주는 설명을, 던멜은 입 모양으로 알아들었다.

'아란티아에서 온 하얀 늑대들이래.'

소식을 들은 모두가 놀라는 모습을 보였다.

"던멜, 봐봐. 루티아 안에 마을이 있어."

로일이 놀랍다는 뜻으로 말하니 데다인은 의아해했다.

"마을이 있는 게 이상한가?"

"루티아에는 온통 마법사들뿐이라 이런 통나무나 짚으로 만든 집이 있을 거라고는 생각 못했소."

"외부에 알려진 루티아란 건 다른 나라에 알려진 나디움과 비슷하다. 거기에도 사람이 살고 있다는 사실을 잊지."

호기심 섞인 시선으로 두 사람을 바라보는 건 병사들만이 아니었다. 마을 사람들도 몇 명 나와 로일과 던멜을 구경했다. 데다인은 마을을 가리키며 말을 이었다.

"루티아는 크게 세 부분으로 나눠진다네. 숲과 마을, 그리고 탑. 아까 말했던 게이트의 바로 앞의 숲을 아웃서치, 요새의 북쪽에 강을 따라 나 있는 숲은 리버 포레스트고 아직 자네들이 보지 못한 남쪽의 숲은 다운 포레스트일세. 북쪽에서 내려온 강은 루티아를 가로질러 다운 포레스트로 이어져 있지."

데다인은 멀리 보이는 강을 손으로 가리키며 손가락을 북쪽에서 남쪽으로 그어 보였다.

"저 강이 마을을 둘로 나눈다네. 강을 기준으로 동쪽인 이곳이 다운서치고 강을 기준으로 서쪽에 있는 탑 근처의 마을이 '넌서치'일세. 그쪽이 비교적 안전하니 이주를 권고했지만 모든 밭이 다운서치에 있다 보니, 농사짓는 주민들은 무시하고 여기에 머물러 있는 실정이지."

'그럼 우릴 구경하고 있는 사람들은 다운서치의 농부들이군.'

던멜은 나름의 방식으로 머릿속에 정리하며 데다인의 얘기를 들었다.

"사실 우리의 식량이 모두 여기에 달려 있으니, 마냥 피하라고 할 수도 없는 노릇이긴 하지. 그저 다운서치와 아웃서치의 경계를 강화하고 있을 수밖에……."

데다인은 어두운 표정으로 하던 설명을 끊었다.

마을 사람들은 먼 곳에 서서 세 사람에 대해 수군대고 있었다. 멀어서 들리지 않을 거라 생각하고 하는 말들이겠지만 입을 보고 알아듣는 던멜에게는 가까이에 있나 멀리 있나 차이가 없었다.

"괴물들 수십 마리를 몇 분도 안 되어 해치웠대."

"아란티아에서 온 원군이란 게 저 사람들인 모양이야."

"저 두 사람이 다야? 우릴 지켜 줄 엄청난 군대가 온다면서?"

호기심과 신기함은 사라지고, 주변 공기가 희망에서 실망으로 변했다.

던멜은 왔던 길을 돌아보았다. 통나무를 세로로 쌓아 만든 울타리는 밖에서 봐도 부실해 보였지만 안에서 보니 그 정도가 심각했다. 적어도 이중으로 쌓아야 버틸 텐데, 간신히 무너지지 않을 정도로만 지지대가 받치고 있었다.

'적이 불을 지르는 것에 대해서는 염두에 두고 있을까? 사다리를 타고 넘어올 것은? 괴물들이 제대로 된 무기를 쓸 줄 안다면 저 요새는 반나절도 버틸 수 없어.'

던멜은 가슴이 조여들 정도로 불안해졌다.

던멜이 수화로 그 사실을 말했고, 로일이 데다인에게 전했다.

"마스터 데다인, 내 친구가 말하길 다운서치를 지키는 저 나무 요새는 그다지 안전해 보이지 않는다고 하오."

"원래 없던 걸 루티아의 마을 경비대를 맡은 청년들과 가구나 만들던 목공들이 급조해 놓은 거다. 우리는 평생 저런 게 필요해 본 적도 없었으니까."

데다인이 변명하듯 말했다.

"하늘 산맥에는 짐승 같은 게 없소? 숲속에 있는 마을이라면 그런 것 때문에라도 요새가 필요했을 거라고 생각하오만?"

"없긴? 사람을 공격할 만큼 큰 맹수는 없지만 닭이나 염소 같은 가축 하나 물고 달아날 육식 동물은 많지. 그러나 아까도 말했듯 화이트 비의 영향력 덕에 어지간한 야생 동물은 루티아에 발을 들여놓지 못한다네."

원래대로라면 마법사들이 지켜주는 '세상에서 가장 안전한 마을' 안에 사는 사람들의 얼굴에는 여유가 넘쳐야 했다. 화이트 게이트의 보호 아래 사는 나디움 사람들처럼. 그러나 이곳 주민들은 함락 직전의 성에 사는 사람들처럼 초조한 모습이었다.

요새 안쪽 마을에도 불타거나 부서진 흔적이 많았다. 다리를 한쪽 잃거나 머리에 붕대를 동여맨 사람도 많이 보였다. 요새가 뚫린 적이 몇 번 있었던 게 분명했다.

딴 곳을 바라보느라 데다인과 로일의 대화에 신경을 못 쓰던 던멜에게 로일이 지금까지의 얘기를 전달해 주었다.

루티아의 마법사들은 이제 자신의 마법으로 보호를 받던 사람들에게 도리어 보호를 받는 형편이었다. 탑 근처에 넝쿨이 덮고 있는 지붕의 건물이 마법 학교 케인스윅인데, 좀 전에 말한 '죽은 서른 명의 마법사'는 그곳 소속이었다. 그리고 괴물의 독에 중독되어 입원해 있는 사람은 현재 스무 명인데, 다행히 지금은 해독제가 만들어져 있어 최악의 상황까지는 가지 않았다.

하지만 마법사가 아닌 마을 사람들의 피해는 아직 정확하게 파악하지도 못했다.

'지금 우리는 탑으로 가는 건가?'

던멜이 수화로 묻고, 로일은 입으로 말했다.

"탑에 루티아의 마스터들이 있고 그 마스터들이 하는 회의에 참가한다고 그러네."

'우리가 노르만트에 입성했을 때와 비슷하군.'

"어떤 점이?"

'위기감.'

"그렇긴 하지만, 거기서 너희들은 잘해 냈잖아. 나야 엉망진창이었지만."

로일이 웃으며 말했다.

던멜도 희미하게 웃으며 수화를 이었다.

'솔직히 말해 그때 그 사건을 해결해 낸 친구들은 지금 이 자리에 없다. 나는 뒤에서 주시하기만 했다. 무엇보다 우리에겐 지금 캡틴이 없다.'

"그렇군."

로일은 부정하지 않았다. 던멜이 보기에 그것은 굉장히 흥미로운 반응이었다.

카셀과 가장 짧은 시간을 보냈음에도 로일은 그와 묘하게 친했다. 왜일까? 누구와도 억지로 사귀려 들지 않았던 로일이 어째서 카셀과는 그렇게 잘 지내는 걸까? 던멜도 사람 사귐에 능한 카셀의 능력을 인정하지만, 오히려 그런 부분이 로일과는 안 맞을 거라고 예상했다.

스스로 고백했듯이 카셀은 어렸을 때 친구가 별로 없었다. 그는 이제야 겨우 친구가 생겨서 좋다고 서슴없이 모두에게 말하며 매일 매일 행복한 얼굴이었다.

그 '이제야 겨우 생긴 친구'라는 게 하얀 늑대들과 카모르트의 국왕,

과거에는 도적 두목이었지만 지금은 왕실 기사단의 캡틴인 팔콘, 왕실 수호 가문의 고디머 백작과 에노아 후작이었다. 내내 친구가 없다가 느닷없이 그런 친구를 만든 카셀이 이상한 건지, 어떻게 보면 별 볼 일 없는 카셀과 친구가 된 그 사람들이 이상한 건지 던멜은 구별을 할 수 없었다.

다운서치를 지나 루티아를 남북으로 가르는 강이 나왔다. 한참이나 지난 후에야 알았지만 그 강의 이름은 크보츠, 고대어로 '가로지르다.'라는 의미를 가지고 있었다. 숲을 통과하는 강치고는 수심이 깊고 강폭도 넓었다. 강을 건너는 하얀 석조 다리는 골드 게이트 앞에 있는 알라야의 다리를 연상시켰다.

다리의 이름은 '라르비튼'이고, 처음 루티아를 건설할 당시의 석공 이름을 달았다고 데다인이 설명했다. 루티아의 탑도 같은 사람의 작품이었다.

던멜은 다리 중앙에 서서, 건축 당시의 웅장함을 상상해보았다. 좌우를 튼튼하게 묶은 아치형 구조물 위쪽이 조금 부서져 있었고 두꺼운 바닥재도 금이 가고 부서져 있었다. 역사에 기록하기도 힘든 많은 일화들이 이 다리에 묻혀 있을 것 같았다.

좌우 기둥 위쪽에는 지금 남아 있는 것보다 더 많은 구조물이 있었다는 흔적이 남아 있었다. 아마도 다리의 아름다움을 더욱 부각시킬 만한 조각상 같은 것······.

최근 부서진 것은 아니었다. 몇십 년, 어쩌면 몇백 년 전 모즈의 공격보다 더 격렬했던 어떤 일로 부서졌을지도 몰랐다. 다른 나라 사람이 한없이 평화로웠을 거라고 믿는 아란티아에도 아란티아만의 전쟁과 역사가 있었다. 마찬가지로 루티아에도 루티아만의 역사가 있었을 것이다.

'이 다리는 항상 그 역사의 중심에 있었겠지.'

다리 건너에서 로일이 손짓하고 있었다. 던멜은 그런 상상을 흘러가게 내버려 두며 가급적 천천히 다리를 건넜다.

루티아의 탑은 대칭을 이루지 않는 네 개의 첨탑 중심에 몇 층인지 세기 힘든 높이로 솟아 있었다. 탑 중간에 불규칙적으로 드문드문 창문이 나 있었다. 세월의 흔적 탓에 순백이라고 할 순 없지만, 녹색의 나무들을 배경에 두고 푸른 하늘을 찌르고 있어 눈을 시원하게 할 만큼 멋졌다. 나디움의 성이 하늘 산맥의 웅장함에 녹아드는 조화를 이루고 있다면, 루티아의 탑은 하늘 산맥의 웅장함과 어깨를 겨루기 위해 경쟁하고 있었다.

데다인은 탑 주변을 둘러싼 건물로 안내하며 몇 번이나 '할 일이 많고 시간은 없다.'는 말을 반복했다. 3층 높이의 건물은 탑의 균형을 잡아 주는 것처럼 넓게 퍼져 둥글게 탑을 에워싸고 있었다. 건물 지붕 위에서 흘러내린 넝쿨이 벽을 타고 커튼처럼 늘어져 있었다.

건물 입구에는 하얀 옷을 입은 젊은 남자가 기다리고 있었다.

"어서 오십시오, 마스터 데다인."

"베드포드 선생, 이쪽은 아란티아에서 온 두 명의 기사들이오."

"아, 울프 기사단의 그……."

베드포드가 인사도 나누기 전에 데다인은 말을 끊었다.

"난 루티아노를 소집하기 위해 가 봐야 하니, 두 사람을 숙소로 안내해 주시오."

데다인은 던멜과 로일에게 인사도 하지 않고, 복도를 따라 빠른 걸음으로 사라져 버렸다. 발을 빨리 놀리는 것 같지도 않은데 그의 몸은 미끄러지는 듯 빨랐다.

"성격이 급한 분이긴 하지만 오늘은 더하시는군요."

베드포드는 데다인의 뒷모습을 바라보다가 뒤늦게 자기소개를 했다.

"저는 케인스윅의 교사, 베드포드라고 합니다."

"로일 울프입니다. 이 친구는 던멜 울프."

시작부터 안 좋은 관계였던 데다인을 상대로는 툭툭 내뱉듯이 말한 로일이지만, 다른 사람에게는 한결 부드러웠다. 듣지는 못해도 로일의 목소리에 실린 힘이 달라졌음은 금방 알았다.

"반갑습니다. 여러분들의 소문은 익히 들어 알고 있습니다. 따라오시지요."

베드포드는 30대 초반에 깔끔하게 다듬은 금발의 미남이었다. 눈매가 너무 선해서 학생들을 가르칠 수나 있을지 걱정되는 외모였다.

"이 건물에는 당신 같은 마법사가 몇 분이나 거주합니까?"

로일이 물었다.

"마법사라니요?"

그가 난처한 미소로 말을 이었다.

"루티아에서 그런 거창한 호칭으로 불릴 수 있는 분은 여덟 마스터와 유일한 그랜드 마스터, 이 아홉 명뿐이지요."

"마법사라는 개념이 여기에서는 다르게 쓰이나 보네요?"

"그렇다기보다 잘 쓰지 않는 거라고 해야죠. 여러분들은 누군가에게 자신을 소개할 때 '위대한 기사'라고 하시나요? 저희들은 마법사라는 개념을 그런 식으로 두고 있습니다."

"흥미롭군요. 외부에서는 손에서 불을 일으키는 사람은 전부 마법사라고 불러요."

로일이 진지하게 말했다.

베드포드는 농담이라고 생각했는지 웃었다.

"우리에게 마법사란 현자의 개념입니다. 마스터라 하지요. 현재 루티아에 머물러 계신 마스터는 여섯 분입니다. 에틀리, 저스틴, 루더, 필립, 골베인, 그리고 여러분을 이곳까지 안내하신 데다인입니다."

"마스터는 여덟이라고 하지 않았나요?"

"두 분은 이곳에 없습니다. 한 분은 타냐라는 이름의 마법사로, 마스터 중에 유일하게 여성입니다. 케인스웍에는 절반 넘는 여성분들이 교사로 활동 중이지만 마스터의 경지에 오르는 여자는 역사적으로 봐도 드물죠. 어쨌든 그분은 아크랜드의 케인스웍 지부들을 관리하는 일을 자진해서 맡아 루티아에 오지 않은 지 좀 되었답니다. 실종된 그랜드 마스터를 찾으러 다닌다는 소문도 있죠."

'루티아의 그랜드 마스터? 또 그 얘기군.'

던멜은 혼자서만 고민에 잠겼다.

다른 친구들은 관심이 없어 모르겠지만, 던멜은 그가 바로 아란티아의 보검에 쓰인 마법 금속을 가져다준 현자이자 전쟁 때 아란티아를 도와준 마법사임을 알고 있었다. 그가 언제 어떻게 실종되었는지에 대해서는 아는 바 없었고 퀘이언도 자세한 언급을 피했다.

퀘이언은 언제나 사라진 사람들에 대한 이야기를 피하는 경향이 있었다. 또 자신의 스승이면서 전 여왕 수호기사인 그란돌에 대한 이야기도 피했다. 들은 이야기라면 딱 하나뿐이었다.

'그분은 여왕 폐하가 당한 어떤 큰일에 책임을 지고 전쟁이 끝나자마자 내게 수호기사 자리를 물려주었다. 지금은 홀로 대륙을 여행하다가 낚시하기 좋은 곳에 자리를 잡고 오두막에서 살고 있지 않을까?'

베드포드가 계속 말했다.

"그리고 마지막 한 분이 그 실종된 그랜드 마스터, 테일드입니다. 바깥에서 어떻게 평가되고 있는지는 모르지만 그분 하나의 힘만으로도 론타몬의 군대는 아란티아에 접근하지 못했을 겁니다."

외부에서는 그냥 '루티아가 도왔다.'라는 식으로 알려져 있었다. 그러나 실제로 그 도움은 굉장히 컸다. 삼천 명 넘는 군대가 전투에 끼지도 못하고 아란티아 여기저기를 헤매다가 사기와 군량을 모두 잃고 되돌아간 일도 있었고, 멀쩡한 땅이 늪으로 변한 나머지 진군을 못한 부대도 여럿이었다.

사람들은 그걸 단순히 론타몬 군대의 아둔함이라고 비웃었으나 세 개의 나라를 무너뜨린 경험을 가진 군대가 그런 어처구니없는 실수를 반복할 이유가 없었다. 불길로 사람을 태우고 차가운 바람으로 사람을 얼리는 것만이 마법은 아니었다.

루티아의 그랜드 마스터 테일드는 그런 방식으로 아란티아를 도왔다. 그가 끼면 전장에 피 한 방울 떨어지지 않았다.

"들은 바가 없어서 전 잘 모르겠네요."

로일은 고개만 까닥이며 말했다.

"의외군요. 전 울프 기사단이라면 아란티아의 전쟁에 대해 잘 아실 거라고 생각했었습니다만?"

"그때 전 도망자 처지여서……."

로일은 굳이 할 필요가 없는 얘기를 했고 베드포드는 입맛만 다셨다. 그는 두 사람이 묵을 방의 문을 열어 주었다.

"학생을 위해 준비해 두는 방들 중 제일 큰 방입니다. 필요한 게 있다면 언제든 제게 말씀하세요. 전 항상 같은 자리에 있겠습니다."

"회의가 있다 들었는데요? 그 뭐라더라, 루티아모……?"

"루티아노. 아무리 마스터 데다인께서 서두르신다 해도 루티아노가 열리려면 반나절은 걸립니다. 제 생각에는 저녁때쯤 열릴 텐데 그사이 여기서 점심이라도 드시겠습니까?"

"그게 좋겠군요. 고맙습니다."

"기다리세요. 곧 올리죠."

베드포드는 빙그레 웃어 보인 후 방문을 닫고 나갔다. 로일은 괜히 방 안을 서성거리다가 어깨를 으쓱하며 물었다.

"어떻게 생각해?"

던멜은 고개를 갸웃했다.

'뭘?'

"적군이 여길 쳐들어온다. 그 적군이란 오늘 새벽 우릴 공격한 그 눈 뻘건 괴물이다. 숫자는 여기 병사들보다 많다. 마법은 안 통한다……. 또 뭐 있지?"

'독.'

"그래. 그런 것을 고려하면 여기의 위험성 말이야. 어떻게 생각해?"

던멜은 희미하게 웃으며 침대에 걸터앉았다.

로일도 맞은편 침대에 앉았다.

"왜 웃어?"

'너, 변했다.'

"뭐가?"

'그런 거 별로 관심 안 두잖아.'

로일은 뒤통수를 한 대 맞은 것처럼 멀뚱히 던멜을 바라보다가 말했다.

"지금 나 이상해 보여?"

'아니, 책임감을 갖게 된 것 같아 좋아 보인다.'

로일은 한참이나 고민하다가 라틸다의 목걸이를 쥐고 말했다.

"여왕 폐하의 숙제에 대해 했던 말 기억나? 그 숙제에 대한 해답은 카셀이 가르쳐 주었다. 힘도 없는 주제에 우리를 지키기 위해, 우리의 명예를 지키기 위해 그 애는 홀로 싸웠지. 그건 책임감이야. 혼자서 싸움에 나서는 건 조금도 두렵지 않아. 하지만 누군가를 지키기 위해, 뭔가를 지키기 위해 싸운다는 것은 어깨에 걸린 무게가 달라."

'그거 알아, 로일? 카셀이 우리의 캡틴이 된 후 모두 자기 생각을 잘 말하게 됐다는 거.'

로일은 웃음을 터트렸다. 던멜은 로일의 질문을 다시 한 번 곱씹었다.

'이 마을의 위험성? 지금까지 들은 한정된 정보만으로 속단할 수는 없지만, 만약 내가 저 괴물들의 지휘관이라면 루티아는 하루 안에 함락시킬 수 있다.'

로일은 고개를 끄덕였다.

"나도 그렇게 생각했어."

샤워를 마치고 옷을 갈아입을 무렵 누군가 문을 두들겼다. 당연히 베드포드라고 생각하고 로일은 웃옷을 아직 입지 않은 채로 문을 열었다.

"식사……, 가져왔습니다."

한 여자가 음식이 잔뜩 담긴 쟁반을 들고 문 앞에 서 있었다. 쟁반이 무거워서인지, 아니면 갑자기 남자의 벗은 상체를 봐서인지 두 손이 부들부들 떨렸다. 로일이 금방이라도 떨어질 것 같은 쟁반을 들어 주려고 하자 그녀는 얼른 거부했다.

"제가 할게요."

그녀는 황급히 방 안으로 들어와 방 중앙에 있는 탁자에 쟁반을 내려놓았다. 그리고 고개를 푹 숙인 채 두 사람이 웃옷을 입어 주길 기다렸다. 그녀의 잘못은 아니었다. 굳이 따지자면 당연히 베드포드가 식사를 가져올 줄 알고 웃옷을 벗은 채로 있었던 로일과 던멜의 잘못이었다.

'로일의 호의를 거절하느라 오히려 난처한 꼴이 되었군.'

던멜은 옷을 입으며 생각했다.

그녀는 붉은 얼굴을 감추고, 가지고 온 음식을 테이블에 하나씩 내려놓았다. 그사이 로일도 옷을 입었다.

"죄송해요. 고의는 아니었어요."

그녀는 음식을 다 내려놓고 말했다. 두 사람은 식탁에 앉았다.

"괜찮습니다. 못 보일 꼴을 보인 건 우리 쪽이죠."

"아니에요. 전 근육질 남자를 굉장히 좋아하는데 두 분 다 근육이 좋아 저한테는……."

그녀는 애써 어색함을 이기려고 말하려다 어색함을 더욱 늘리는 말을 해 버리더니 그만 또 입을 다물었다. 금방 울 것 같은 그녀의 난처한 표정에 둘은 더욱 곤란해졌다.

던멜이 손짓을 하니 로일이 사태를 수습해보려고 말을 꺼냈다.

"복장을 보아하니 마법사군요?"

"이 탑에 거주하는 사람 대부분은 마법을 쓸 줄 알지만 자기 스스로 마법사라고 하진 않아요. 저는 그냥 케인스윅의 교사예요."

그녀는 탁자 위에 놓인 두 개의 양초 위에 양손을 살짝 올렸다가 뗐다. 촛불이 저절로 붙었다.

"식사 맛있게 하세요."

"다음부터는 갖다 주지 마시고, 그냥 식당으로 부르십시오. 위치만 알려주면 알아서 찾아가겠습니다."

그녀는 두 손을 가지런히 모으고 한참 속으로 말을 정리했다. 다시는 말실수를 하지 않겠다는 의지가 보였다.

"케인스윅의 학생 식당에 두 분을 안내할 수는 없죠. 그리고 실은 두 분을 뵙고 얘기하고 싶어서 베드포드 선생님 대신 자청해서 왔습니다. 제 이름은 플로라예요."

"우릴 보고 싶어서라고요?"

눈치 없이 로일이 묻자 그녀는 당황한 나머지 사과하고 나가려 했다.

던멜이 그녀의 어깨를 툭툭 두들기고는 눈짓으로 의자를 권했다.

"아, 전……."

얼굴이 붉어진 그녀는 어찌할 바를 몰라 하면서도 권하는 자리에 앉았다. 속에서 그냥 나가야 한다는 예절 문제와 두 사람이랑 대화하고 싶다는 욕구가 충돌하고 있는 게 눈에 보였다.

던멜은 수화로 로일에게 말했고, 로일이 대신 말했다.

"던멜이 말하길, 아, 우선 제 이름은 로일입니다. 이 친구는 던멜인데 말을 할 줄 모릅니다. 던멜이 말하길, 같이 식사를 하고 싶다고 합니다. 물론 저도 그러길 원하고요. 사과드려야겠군요. 진작 권해야 했는데 제가 이런 말을 잘 할 줄 모릅니다."

"아니, 천만에요. 기사분들께 방해나 되지 말아야 할 텐데……."

그녀는 앉은 자리가 불편한지 엉덩이를 들썩거렸다.

로일은 수화로 던멜에게 말했다.

'실디레가 이런 성격이면 정말 재미있을 텐데.'

말도 안 되는 로일의 농담을 무시하고 던멜은 수화를 했다.

'케인스웍이란 곳에 대해 몇 가지 물어봐 줘. 내가 생각하는 마법사의 체계와 다른 것 같군. 이곳의 구조나 체계를 알아야 여기 일에 빨리 대응할 것 같다. 그리고 숙녀분이 당황하지 않게 대화를 잘 이끌어 가봐라.'

'대화를 잘 이끈다는 게 뭔데?'

'알아서 좀 해. 그리고 우리 둘이 하는 수화가 길어질수록 불안해할 테니 가급적 나 빼고 둘이서 얘기해라.'

플로라는 눈이 굉장히 큰 반면 눈썹이 좌우로 처져 있어, 무표정으로 있어도 난처해하는 것으로 보였다. 그래서인지 지금 그녀의 표정도 '내가 왜 여기 앉아 있는 거지?' 하고 말하는 것 같았다.

"아, 던멜이 케인스웍에 대해 물었어요. 어떤 곳이죠, 구체적으로?"

로일은 그녀가 또 한 번 사과하기 전에 얼른 물었다.

"마법을 가르치는 학교예요. 대륙에 있는 마법 학교는 대부분 가짜랍니다. 진짜라 해도 거기에서 마법을 가르치진 않아요. 그냥 능력이 있는 사람들을 가리는 곳이죠. 거기를 케인스웍 지부라고 부릅니다."

"이를테면 선발 시험을 보는 곳인가요?"

"시험이랄 것까지는 없지만, 마법을 쓸 수 있는 자질을 가졌는지 확인은 해요. 그리고 여기로 데려오는 것까지가 그곳의 역할이죠. 가르치는 건 이곳 케인스웍에서 해요."

얘기를 하면서 비로소 플로라는 안정을 찾았다.

"사실 가르친다는 말도 맞는 표현은 아니에요. 그 사람이 가지고 있는 본연의 능력을 '끌어낸다'는 쪽이죠. 마법이란 타고난 능력이 없는 사람이 연습으로 익힐 수 있는 기술이 아니니까요. 반대로 잠재력을 깨닫는 계기만 있으면, 어제 나무 막대나 그을릴 수 있었던 사람이 내일 산을 불태우는 힘을 얻기도 한답니다. 검술과는 조금 달라요."

"어찌 보면…… 울프 기사단과 비슷하네요. 우리도 배운다기보다 자신의 재능을 끌어내는 데 열중하거든요."

"얘기 들었어요. 아란티아의 울프 기사단은 그 검술이 어찌나 대단한지 마치 마법을 보는 것과 같다고. 저는 그 수준이 어느 정도인지 짐작도 할 수 없겠네요. 오늘 다운서치 바깥 요새에서 들어오면서 모즈들 수십 마리를 단숨에 해치웠다면서요?"

"수십 마리라는 건 부풀려진 소문 같군요. 전 열 마리 정도밖에 안 죽였어요. 던멜은?"

던멜은 수화로 말했다.

'그런 건 말할 필요 없으니까 다른 얘기나 해.'

로일은 도로 플로라에게 물었다.

"그런데 모즈라는 건 그 원숭이 같은 못생긴 괴물들을 뜻하는 단어 죠?"

플로라는 입을 가리고 웃었다. 이젠 거의 긴장이 풀어진 것 같았다.

"예. 고대어로 흉악한 괴물을 뜻하는 단어죠. 저녁에 있을 루티아노 에서 자세한 얘기를 들을 수 있을 거예요. 제가 설명하기에는 너무 끔 찍한 일이군요."

"루티아노라는 건 마법사들 모임?"

"마스터들만 모이는 회의입니다. 가장 중요한 안건을 처리할 때 소 집하죠. 여러분들께 원군을 요청하기로 한 것도 열흘쯤 전 루티아노에 서 내린 결정이에요."

'모즈들에게 왜 마법이 통하지 않는지 물어봐.'

던멜이 수화로 말했다. 로일은 열심히 버터를 발라 놓은 빵을 내려 놓고 던멜의 질문을 대신해 주었다. 그사이 버터를 바른 빵은 던멜이 먹었다.

"그 모즈들은 어째서 마법이 통하지 않습니까?"

질문하면서 로일은 던멜을 쏘아보았고 던멜은 모른 척했다.

"그건 아무도 몰라요. 그 이유를 알고 해결할 수 있었다면, 저 정도 숫자의 짐승들은 큰 문제가 되지 않았을 것이고 여러분들을 부를 일도 없었을 거예요."

플로라는 목소리를 낮추어 말을 이었다.

"괴물들의 숫자는 겉으로 드러난 숫자보다 훨씬 더 많아요! 마을 사람들이나 요새를 지키는 병사들의 사기를 위해서 언급을 자제하지만 수치를 생각하면 절망적일 정도랍니다. 많은 사람들이 희생당했고……."

그녀는 느닷없이 눈물을 보였다가 황급히 소매로 훔치며 일어났다.

"제, 제가 말이 너무 많아 두 분의 식사를 방해한 것 같군요. 일어날게요. 만나서 반가웠어요."

그녀는 로일의 만류에도 불구하고 나가 버렸다.

"우리가 무슨 눈치라도 줬나? 나 저 선생님 이름도 못 외웠는데 가 버리네."

'플로라다. 우리 잘못이 아니라, 말하기 힘든 사연이 있었던 것 같다. 그보다 루티아노에서 있을 회의 내용이 대충 그려지는군. 그리고 그들이 바라는 게 저 모즈들 전부를 퇴치할 원군이라면 하얀 늑대들 전원이 와도 별 소용없을 것 같은데.'

"하지만 저것들 그냥 괴물이잖아. 지휘관이 따로 있다면 모를까……. 아니, 있다 해도 말을 알아듣기나 하겠어? 그냥 짐승인데! 오늘 너도 봤지만 별로 높지도 않은 요새를 타 넘지도 못했잖아. 그러니 울타리를 더 높이, 이중으로 세우면 막을 수 있을 거야."

'그 말이 맞다. 그런데 난 왜 이렇게 불안할까?'

던멜은 우유를 한 잔 따랐다. 그것은 로일이 마셔 버렸다.

✦ Chapter 3 ✦
마법사들의 회의

던멜은 회의가 시작되기 전에 소개된 여섯 명의 루티아 마스터들 이름을 재빨리 외워 두었다. 로일은 그들의 이름을 소개받은 후 회의가 끝나기도 전에 잊어버렸고 그 이후로도 그들의 이름을 외우지 못할 게 분명하니, 던멜이라도 챙겼다.

'내가 이 처지에 있으니 알겠군. 쉐이든도 하고 싶지 않은데 다른 네 명이 워낙 책임감이 없으니 억지로 했던 거야. 녀석이 사무관 출신이다 보니 하고 싶어서 하고 있는 거라고 지레짐작했던 게 조금 미안하네.'

이제 와서 생각해 보니, 카셀이 캡틴이 되고 나서부터는 쉐이든도 한결 여유로워졌다.

'게랄드 말이 맞았어. 우리에게 필요했던 건 캡틴이 아니라 귀찮은 일을 책임져 줄 사람이었어. 그리고 카셀은 그런 일을 너무나도 좋아하는 녀석이었고.'

마스터 에틀리는 마스터들 중에서는 나이가 어린 축에 속했다. 금발에 잘생긴 외모는 젊었을 때 플로라처럼 순진한 여자 마법사 여럿을 가슴 조이게 했을 법했다. 하지만 잔잔하면서도 강한 얼굴선은 확실히 젊은 현자라는 이미지에 걸맞았다. 말도 또박또박 조리 있게 잘했다.

마스터 필립은 에틀리보다 나이가 많아 보였지만 푸른 눈동자가 워낙 맑아 얘기하다 보면 에틀리보다 젊다는 느낌이 들었다. 무엇보다 어깨 밑으로 찰랑이는 긴 금발은 뒤에서 보면 여자라는 오해를 살 정도로 결이 좋았다. 얼굴에 주름이 많았지만, 그게 나이 때문에 저절로 만들어진 인상은 아닌 모양이었다. 나중에 그의 나이가 쉰둘이라는 말을 듣고 당황한 것도 그 주름 때문이었다. 마법사들이라고 항상 실제 나이보다 젊어 보이는 것은 아닌 모양이었다.

요새의 망루에서 만난 루더라는 지저분한 마법사는 옷을 가지런히 하고 깨끗이 씻은 지금에야 비로소 루티아의 현자다워 보였다. 짧은 흰 수염과 머리카락 때문인지 로브로 가려져 있는 육체가 근육으로 다져져 있을 거라는 인상을 주었다. 마법사는 허약할 거라는 사람들의 편견을 없애 줄 만한 외모였다.

마스터 저스틴도 기르면 필립 같은 멋진 금발이 될 것 같지만 그의 머리는 젊은 병사처럼 짧았다. 동글동글한 얼굴에 머리까지 짧으니 젊다 못해 어려 보였다. 나이는 필립보다 두어 살 더 많았다. 두 사람을 비교하면서 던멜은 외모로 마법사들의 나이를 측정하길 포기했다.

마스터 골베인은 흑인이었다. 그는 자신을 소개하면서 이런 피부색에 놀라는 건 익숙하니 굳이 그렇지 않은 척하지 말라며 웃어 보였다. 말라와 몇 년 지내 온 두 사람은 정말로 아무렇지 않았는데, 그는 두 사람을 예의 바른 기사라고 칭찬했다.

그들 틈에 끼어 있는 데다인은 처음 만났을 때와 마찬가지로 벽을 뚫어 버릴 것 같은 눈매로 두 사람을 응시하고 있었다. 마스터들 사이에 있어도 확연히 드러날 만큼 그의 시선은 매서웠다.

알게 모르게 던멜도 마법사들에 대한 고정관념을 가지고 있었음을 인정해야 했다. 그들은 같은 마법사지만 모두 개성이 달랐고, 말투가 달랐고, 생김새가 달랐다. 그러나 마스터 러스킨은 던멜이 오랫동안 생각해 온 마법사의 이미지와 일치했다.

러스킨은 좌우에 빈 좌석을 둔 탓에 원탁임에도 상석에 앉아 있는 것 같았다. 허리까지 내려오는 긴 은발에 하얀 로브와 긴 눈썹, 긴 수염에 선한 눈매, 끝에 푸른 보석이 박혀 있는 검은 지팡이를 손에 들고 느긋하게 앉아 있는 자세. 설명해 주지 않아도 던멜은 그가 루티아의 모든 마법사들의 위에 선 그랜드 마스터라는 것을 짐작했다.

"간단한 소개가 끝났으니 이제 회의를 시작하도록 하겠습니다."

회의의 진행은 골베인이 했다. 차분하게 깔린 그의 목소리는 아무리 민감한 주제를 가지고 격렬한 논쟁을 하더라도 사람들을 진정시켜 줄 것 같았다. 골베인은 로일과 던멜을 위해 시간을 들여 각 마스터들이 맡은 업무를 설명해 주었지만, 던멜은 이름만 기억하기도 바빠 나머지는 거의 잊어버렸다. 대충 에틀리가 마을을 관리하고, 루더는 경비, 골베인이 케인스윅의 교장을 맡고 있다는 정도만 기억할 수 있었다.

"아란티아의 여왕께서는 건강하신가?"

그랜드 마스터 러스킨이 묻는 바람에 던멜은 뭔가 떠오르려던 것이 끊겼다.

"잘 계십니다. 요새 한두 달쯤 떨어져 있긴 했지만 잘 계실 거라고 생각합니다. 언제나 그래 왔으니까."

로일이 대답했다. 러스킨은 먼 곳에 시집보낸 딸을 생각하는 아버지 같은 흐뭇한 미소를 지었다. 나이로 따져 보면 당연히 그 반대일 테지만 외모 때문에 그런 식으로밖에 상상되지 않았다.

"새나디엘 여왕께서 하얀 늑대들을 보내 주신 점 크게 감사하고 기뻐할 일이긴 합니다만 겨우 두 명이란 건 곤란합니다."

에틀리가 갑자기 공격적으로 본론을 꺼냈다.

"그건 우리 잘못이 아니오."

로일이 퉁명스럽게 대꾸했다.

데다인이 대신 설명했다.

"작은 사고가 있었네. 원래 네 사람이 왔어야 했지만 두 사람이 여기 오는 도중 실종되었지. 그 점에 관해서는 마스터 러스킨과 상의했네. 비록 지금은 어떤 이유에서인지 약해지긴 했지만 화이트비의 힘을 이용하면 두 사람 정도는 하늘 산맥 안에서 찾을 수 있을 거라고 생각하네."

에틀리는 고개를 저었다.

"말처럼 쉬운 일이 아니라는 걸 아시지 않습니까, 마스터 데다인? 화이트비의 힘이 가장 강할 때도 하늘 산맥에서 잃어버린 사람을 찾는 건 쉽지 않았었죠. 마스터 러스킨께서 전력을 다하신다면 모르나 지금은 또 그럴 때가 아니잖습니까?"

러스킨은 에틀리의 지적에 허허하고 웃었다.

"그건 나를 탓하는 말로 들리는군, 에틀리. 저 두 사람은 동료까지 잃어버린 상태로 우리를 돕기 위해 여기에 와 준 손님들이자 원군들이야. 회의를 시작하자마자 몰아세우다니 자네답지 않네."

"그건 사과드리겠습니다. 그러나 마스터 러스킨, 루티아는 아란티아와 유일하게 어깨를 나란히 할 수 있는 동맹국입니다. 그들이 위험에 처할 때 우리가 도왔고 이제 우리가 위험에 처했으니 그들이 돕는 게 당연하지 않습니까? 그런데 두 명이라니요? 예, 중간에 사고가 있었던 점은 유감이라고 생각합니다. 그러나 모두 다 왔어도 네 명이었습니다."

가만히 있던 루더도 거들었다.

"언제나 현명한 판단으로 우리 현자들을 이끌어 주셨던 아란티아의 여왕께서 이번만큼은 루티아의 위기에 대해 잘못 이해하신 걸지도 모릅니다. 우리에게는 더 많은, 그리고 더 확실한 원군이 필요합니다. 분명 제 눈앞에서 활약을 보인 두 사람의 힘은 대단했습니다. 그러나 아주 뛰어난 검사가 두 명 있다고 군대를 막을 수는 없습니다."

로일은 뭐라 할 말을 찾지 못해 침묵했다. 던멜도 딱히 반박할 의견이 있는 것은 아니었다. 가끔 할 말 있냐는 식으로 마법사들이 쳐다봤지만 던멜은 의사를 표현하지 않았다. 이럴 때 말을 못한다는 장애가 그럴듯한 핑계가 되어 주었다.

로일과 던멜은 의자에 파묻혀 회의를 구경하기만 했다.

"여기 계신 분들은 아시겠지만 사태는 탑 밖에 알려진 것보다 더 심각합니다."

마스터 에틀리가 내키지 않는 표정으로 원탁 위에 자신의 손을 올렸다.

"사실 이 영상은 열 명 이상의 울프 기사들을 위해 준비된 것인데, 단 두 사람에게 보여 주는 게 조금 아깝다는 생각이 드는군요."

"마스터 에틀리!"

러스킨이 엄히 말했다.

에틀리는 고개를 가로저은 후 한숨을 내쉬었다. 그의 손이 빛을 내더니 원탁 위에 희미한 평면의 지도가 떠올랐다. 언뜻 보기에 양피지에 잉크로 그린 지도 같았지만, 지도를 관통해 원탁이 비치고 있었다. 로일과 던멜은 신기해하며 지도를 살폈다. 중앙에 배치된 마을과 높은 탑만 보아도 루티아 지도라는 것을 알 수 있었다. 서쪽에는 바위산이, 그 외의 세 방향에는 숲이, 하늘에서 내려다본 것처럼 정확하게 묘사되어 있었다. 그리고 동쪽의 숲, 즉 아웃서치에는 붉은 점들이 띄엄띄엄 있었다.

"붉은 점들이 모즈들을 표기한 겁니다."

에틀리가 설명하려 할 때 로일이 지도를 손가락으로 가리키며 한마디 했다.

"그리 많아 보이지는 않는 것 같소만?"

"한 점당 열 마리씩을 표시한 거요."

에틀리는 잘라 말했다. 로일은 다시 입을 다물었다.

"한 달 전에 비하면 다섯 배나 늘었습니다. 처음 모즈들이 아웃서치를 공격하던 1년 전과는 비교할 수치도 아니고요. 어쩌면 한 달 후에는 저 한 점당 백 마리로 표기해야 할 겁니다."

던멜의 머릿속에 마을의 풍경과 거기에 살고 있는 평범한 사람들이 그려졌다. 그러자 정확한 이유도 모른 채 가슴이 두근거리기 시작했다.

"그에 비해 루티아를 지키는 병사들은 한정되어 있고 모즈들과의 전투로 나날이 그 숫자가 줄어들고 있습니다."

던멜은 지도 위로 떠올라 있는 마을과 요새의 위치를 눈에 새겼다. 그리고 라르비튼의 다리를 둘러싼 루티아의 역사를 떠올렸다. 이곳 사람들의 전쟁과 외적 침입에 대한 발상을 추측해 보았다. 그리고 놀라운 사실을 깨달았다.

'큰일 났군.'

마법사와 마법이 통하지 않는 괴물들.

던멜은 지금까지 막연했던 불안감의 정체를 알았다.

"이대로 가면 우리는 더 이상 괴물들의 공격을 막아 낼 수 없습니다. 솔직히 말해 절망적입니다."

에틀리가 말했다. 플로라도 좀 전에 같은 말을 했다. 절망적이라고……. 하지만 마스터 에틀리는 사실 이런 종류의 절망감을 경험해 보지 않은 사람이었다. 던멜보다 나이는 많았지만 던멜보다 전투의 경험이 없는 마법사였다.

괴물들의 숫자가 늘어나고 있다. 그런데 루티아는 그 괴물들을 막아 낼 힘이 없다. 그 간단한 명제에서 나오는 결론은 너무 당연했다.

'루티아가 멸망한다.'

던멜은 이 현실적이지 못한 상황에 잠시 정신이 얼떨떨했다. 그리고 루티아에 들어오면서 봐 왔던 풍경과 지금 떠오른 생각들이 합쳐졌다.

이곳은 외적의 침입에 대해 어떤 방비도 되어 있지 않은 곳이었다. 마을 외곽의 요새는 홍수를 막겠다고 지푸라기를 이어붙인 방벽에 불과했다. 그곳을 막는 경비병들은 전투를 경험해 본 적도, 배워 본 적도 없는 농사꾼들에 불과했다.

루티아는 군대가 모자라서 원군을 요청한 게 아니었다. 마치 다 끊어진 밧줄에 의지해 천 길 낭떠러지에 매달린 남자가 자기 밧줄이 얼마나 위태로운 줄도 모르고 도와달라고 부탁해 온 격이었다. 론타몬의 정복 전쟁을 경험해 봤던 마스터들조차 전쟁이 뭔지 모르고 있었다.

'에틀리는 한 달 뒤면 점 하나당 백 마리가 될 거라고 말했어. 그렇게 되지 않아. 그 정도 숫자가 되기 전에 끝나.'

던멜은 눈앞이 깜깜해지는 당혹감을 드러내지 않으려고 숨을 깊이 들이마셨다.

"괴물들이 어디에서 왔는지는 아직 밝혀내지 못했소?"

러스킨이 모두에게 물었다.

"모릅니다. 왜 그들에게 우리의 마법이 통하지 않는지도 밝혀내지 못했습니다."

에틀리가 대답했고 데다인이 말을 이었다.

"누군가 우리의 마법을 막는 마법을 쓰고 있다고 생각됩니다."

"그 이론은 여러 차례 제기되었지만 사실 화이트비의 보호를 뚫고 그런 마법을 쓸 만한 마법사가 대륙 어디에 있겠소?"

골베인의 힘없는 대꾸에, 데다인이 딱딱하게 맞섰다.

"아크랜드에는 없을지 몰라도 하늘 산맥에는 있을지도 모르네, 마스터 골베인."

"그런 식으로 치면 케인스윅 선생들이 하는 말에 동조하는 거요, 마스터 데다인. 우리 중 한 사람이 배신자라는 얘기 말이오."

사람 좋은 검은 얼굴에서 그런 말이 나오니 회의가 잠시 멈춰 버렸다. 그사이 던멜은 혼자서 이 일에 대한 결론을 생각해 보았다.

괴물이 쳐들어오고 있다. 그 괴물들만 해결하면 루티아의 문제는 끝이다. 여기에는 속마음을 숨기고 접근하는 검은 사자 백작 같은 귀족도 없고, 검은 사자를 견제하는 붉은 장미 백작도 없고, 정치적으로 얽힌 이해관계도 없으므로, 이 일에 대한 여파가 국가 간 전쟁으로 발전될 일도 없었다.

공격해 오는 모즈들을 해치우는 것, 그게 다였다. 그러나 너무 간단하기 때문에 자칫 잊어버릴지도 모를 일이 하나 있었다.

루티아가 멸망한 후의 여파는 반드시 아란티아까지 피해를 줄 것이다. 생각 이상으로 커다란 피해가!

만약 루티아의 멸망이 단순히 괴물들의 공격에 의해서라면, 이 괴물들의 공격은 단순한 게 아니었다.

'누군가 의도적으로 루티아를 노리고 있구나.'

던멜은 조심스럽게 혼자 결론을 내렸다.

한참 후 골베인은 스스로 만든 침묵을 수습했다.

"배신자니 어쩌니 하는 얘기는 우선 접어 둡시다. 나는 그런 말도 안 되는 음모 따위는 믿고 싶지 않소. 모즈들에게 어째서 마법이 통하지 않는지는 나와 케인스윅 선생들이 어떻게든 밝혀내도록 하겠소. 또 이 괴물들이 어디에서 나타나 왜 하필 루티아를 공격하는지에 대해서도……. 아, 마스터 러스킨께서 하실 말씀은?"

러스킨이 손을 드니 골베인이 발언권을 주었다.

"루티아노에서 벌써 같은 말이 여러 차례 나온 걸로 아네. 누군가 루티아를 노리고 그 모즈들을 보내고 있다는 이론 말일세."

마침 그 생각을 하고 있던 참이라 던멜은 조금 놀랐다. 러스킨은 던멜을 보고 희미하게 웃어 보이더니 말을 이었다.

"마스터 골베인, 이에 대한 결론은 아직 내리지 못했나?"

"앞뒤가 맞지 않습니다. 하늘 산맥의 '레미프'들이 우리를 공격하지 않는 이상에야 아크랜드의 어떤 나라가 우리를 공격해 이익을 얻겠습니까?"

"아직 레미프들과는 연락이 닿지 않는가?"

"가능한 연락은 모두 취해보고 있습니다만 회신이 없습니다."

모르는 단어가 섞여 나오는 어려운 얘기다 보니 로일은 벌써 지루해하고 있었고 던멜은 대화의 몇몇 부분을 소화시키기 힘들었다. 그저 이 사람들 역시 그 괴물들의 실체를 모른다는 결론만 받아들였다.

"자, 그럼 그간 수없이 얘기해 봤어도 결론이 나지 않았던 문제는 접어 두고 아란티아에서 온 원군들을 위한 회의를 계속 이어가도록 하겠습니다. 마스터 에틀리, 계속해 주게나."

골베인은 다시 회의를 진행시켰다.

"모즈들은 이제 서로 협동해서 울타리를 기어오르기도 합니다. 그 짐승들은 경험을 통해 전투 방법을 익혀 가고 있습니다. 이제 문만 걸어 잠그고 버티는 것만으로는 한계가 있습니다. 마을 경비대는 오히려 역습을 하자는 의견을 제시하고 있습니다만 그들은 아직 모즈들의 수치를 알지 못해 그런 말을 하는 것이고, 우선은 방어에 최선을 다해야 하는 시점입니다."

마을 경비에 관련된 이야기가 나오니 그 일을 맡고 있던 루더가 처음 입을 열었다.

"아시겠지만 방어도 이제 한계에 다다랐습니다. 언제까지 무작정 방어에만 집중한단 말입니까?"

"요새를 좀 더 강화하는 건 어떤가?"

"근본적인 해결책이 못 되네. 본격적으로 모즈들이 쳐들어올 경우 요새 강화는 하루나 이틀 정도 시간 벌이밖에 되지 않아. 물론 난 그 하루를 위해서라도 요새 강화에 힘을 쓰겠네. 그러나 정작 시간을 벌어 놓은 후에 뭘 더 할 수 있겠는가? 그걸 생각하는 게 이번 루티아노의 목적이 아닌가?"

회의는 길어졌고 같은 이야기가 반복되었다. 그들은 가끔 로일과 던멜을 쳐다보며 회의에 참여해 주길 바랐지만, 둘 다 침묵으로 일관했다. 루티아노에서 두 사람이 할 수 있는 일은 아무것도 없었다.

회의는 밤까지 진행되었고 결론은 나지 않았다. 던멜은 몇 가지 의견을 떠올렸으나 표현하지 않았다. 로일은 회의를 무심하게 바라보기만 했다. 로일의 성격을 생각하면, 졸지 않은 게 다행이었다.

회의를 끝내며 러스킨이 말했다.

"너무 오래 화이트비를 비워 놓았군. 마스터 루더, 두 기사분을 마을 경비대에 소개시켜 주고 앞으로의 방어 전선을 어떻게 짤 것인지 정해 주시오. 할 수 있는 모든 협력을 두 사람에게 제공했으면 하오."

"물론입니다."

러스킨이 일어나자 모두 자리에서 일어나 그에게 인사하고 나머지도 헤어졌다. 다들 로일과 던멜에게 루티아에 온 것을 환영한다는 인사를 잊지 않았으나 데다인만은 누구와도 인사하지 않고 회의실을 나가 버렸다.

"날 따라오시게, 울프의 기사들."

루더가 두 사람을 안내해 탑 밖으로 나갔다.

던멜은 밤하늘의 별을 바라보며 무거운 마음을 진정시키려 했다. 그러나 중요한 것을 잊어버린 것 같은 허전함만 커졌다.

중요하지만, 그런 만큼 단순해서 잊기 쉬운 것. 이를테면 전투가 시작되었는데 무기도 없이 뛰쳐나왔다거나, 와인을 마시려는데 잔이 없다거나, 수프를 먹으려는데 스푼이 없다거나……. 로일에게 물어보려 했더니 그는 벌써 루더와 얘기하느라 바빴다.

'나중에 물어봐야겠군. 까먹지만 않는다면.'

루더가 로일에게 물었다.

"회의가 별로 마음에 와닿지 않았던 모양일세?"

"그렇습니다. 생소한 말도 많고……, 회의실의 분위기가 꼭 잘못도 없는데 혼나는 기분이었습니다."

로일은 솔직하게 대꾸했다.

"나 역시 에틀리의 말을 부드럽게 바꾼다는 게 그만 그쪽 분위기로 흘러 버렸었지. 사과하겠네. 맞아, 자네들 잘못이 아니야. 우리들 잘못이지. 너무 기대가 컸던 탓도 있고……. 사실 아무리 뛰어난 기사라도 결국 병사들 중 하나인데 말이야, 안 그런가?"

같은 말을 노르만트에서도 들었다. 그때와는 상황이 다르지만 역시나 로일은 어정쩡하게 대처했다.

"어쨌든 전 싸우는 일에는 자신 있습니다. 하지만 저런 이론 쪽으로는 무지해서요."

"기분이 나빴나 보군?"

"좋진 않았지요. 던멜은 어땠어?"

로일이 물었다.

'동감이다. 카셀이 있었으면 한바탕 퍼부어 주었을 텐데 아쉬웠다. 마법사들을 상대로 카셀이 무슨 말을 했을지 궁금하군.'

로일은 웃으며 던멜의 말을 전달했다.

"던멜 말이, 우리 캡틴이 왔으면 당신들과 열심히 떠들어 줬을 거라는군요."

루더는 껄껄대고 웃었다.

"그럼 캡틴과 같이 오지 그랬나?"

"그야……."

로일은 말하다 말고 흠칫 놀라며 던멜을 쳐다보았다. 방금 있었던 회의실 상황, 얼마 전 하얀 늑대들끼리 잡담했던 상황과 거의 일치하고 있었다.

던멜은 카모르트에서 돌아오는 날 친구들에게, '카셀이 없었다면 카모르트의 일이 어떻게 끝이 났을까?'라는 화제를 던진 적이 있었다. 다들 일어나지 않은 일을 논한다는 걸 달가워하지 않았지만, 아마도 대신들과 귀족들이 낀 회의 석상에서 아무 말도 하지 못하고 있다가 그냥 아란티아로 돌아가게 되었을 것이라고 예상했다.

방금 루티아노에서 그 일이 벌어졌다. 그것도 검은 사자 백작처럼 하얀 늑대들에 대해 적대적인 귀족이 아니라 호의적인 마법사들을 상대로 두 사람은 아무 말도 못했다. 그래서 로일이 놀랐던 것이다.

던멜은 짧게 수화를 했다.

'잠깐 둘이 이야기하자.'

로일은 루더에게 양해를 구하고 던멜 앞으로 다가가 수화로 물었다.

'뭐 잘못된 거라도 있어?'

'있다. 회의 내내 그런 생각이 머릿속에 떠돌았다. 그게 뭔지 이제야 알겠어. 멍청하게도.'

'그게 뭐지?'

'우리에게는 지금 입이 없다.'

'내가 네 수화를 못 알아보는 건가? 입?'

'생각해 봐라. 우리가 아직 다섯 명이었을 때 대외적으로 활동하면 누가 주로 말을 했지? 아즈윈이었다. 그 애는 언제나 제일 앞에 나서서 상대가 누구든 상관하지 않고 독설을 쏟아냈지. 그래서 반발을 사기도 했지만 그런 방식이 하이로드들에게는 잘 먹혔어. 귀여워했다고 봐야지. 게랄드도 유머는 엉망이지만 이야기하는 건 항상 즐겨 해. 그리고 그런 둘을 제어하면서 사실상 캡틴의 역할을 했던 건 쉐이든이었다.'

'그랬지.'

로일도 깊이 공감했다.

'우리는 카셀을 캡틴으로 만들었고 녀석은 훌륭히 그 역할을 수행해 주었다. 기대 이상으로! 그때 제일 기뻐했던 게 누구였을 것 같나? 쉐이든?'

던멜은 고개를 저으며 수화를 이어갔다.

'우릴 제어할 필요가 없게 된 이후 짐을 벗었다는 기분 정도는 들었겠지. 아즈윈은 자기가 지나치게 흥분하면 옆에서 말려 줄 캡틴이 있다는 사실에 즐거워했고 게랄드도 기분 좋게 복종할 사람이 위에 있다는 걸 환영했다. 하지만 생각해 봐. 정말 카셀이 있어 좋았던 사람이 누군

지 말이다.'

로일은 멍뚱히 생각하다가 숨을 들이켰다.

"나다."

던멜은 고개를 끄덕였다.

'나도 비슷하다. 카셀이 생긴 후 우리는 우리가 절대 하고 싶지 않은 일, 그러니까 앞에 나서서 공식적으로 말해야 하는 임무에서 완전히 벗어나게 되었다. 그런데 우린 그런 캡틴을 놓고 와 버렸다. 그것도 쉐이든과 함께.'

"거기다가 아즈원과 게랄드까지 잃어버렸지. 맙소사, 우리 둘에게는 지금 '입'이 없어."

로일은 흥분한 나머지 루더가 듣고 있다는 사실도 잊고 소리 내어 말했다.

'네가 없을 때 카셀이 이런 말을 한 적이 있다. 하얀 늑대들은 그 이름 자체로 무기가 될 수 있다고. 그런데 우리 두 사람의 힘으로는 그 이름을 무기로 만들 수 없는 거다.'

"좀…… 노력하면 되지 않을까?"

'네가 할 수 있어?'

로일은 조금 고민하다가 고개를 저었다.

'사태는 우리가 생각했던 것보다 훨씬 심각하다. 현자라고 불리는 사람들조차 자기들의 위기 앞에서는 흔들리고 있어. 그런데 나는 그 사실을 말할 자신이 없다.'

'그럼 어쩌지?'

'우선은 입이 없는 채로 있자. 의견을 말하기보다 따라가는 수밖에.'

던멜은 문제점을 알았지만, 해결 방법까지 아는 것은 아니었다. 어쩌면 마법사들도 해결책을 모르기 때문에 이 사태의 핵심을 외면하는 걸지도 모를 노릇이었다.

두 사람은 다시 루더의 뒤를 따랐다. 루더는 두 사람의 대화 내용을 궁금해했지만 굳이 묻지는 않았다.

Chapter 4

자경단

루티아 자경단의 캡틴, 코렛은 짧고 붉은 머리에 키가 로일보다 한 뼘 정도나 더 큰 남자였다. 가장 근육 단단한 남자를 대장으로 뽑은 건가 싶을 만큼 덩치도 좋았다. 그는 로일 앞에 뻣뻣이 서서 말했다.

"바, 반갑습니다. 아란티아의 울프 기사단에 대한 명성은 익히 들어 알고 있습니다."

로일은 그의 굳은 손을 잡고 악수를 했다. 옆에 있는 다른 이들도 얼굴이 상기되어 있었다.

"두 분께서 우릴 지휘해 주신다는 말을 듣고 모두들 기다리고 있었습니다. 아까 낮의 전투도 잘 봤습니다. 그런 위험한 상황에서 침착하게 칼을 쓰는 모습은 정말 감동스러울 정도였습니다."

그런 칭찬에 익숙하지 않은 로일은 민망해했다.

"혼자였다면 모를까 두 사람이 같이 있어서 그리 위험한 상황은 아니었습니다."

로일은 나름대로 겸손함을 내보이려고 말했다. 하지만 그들의 기대에 불을 붙인 셈이 되어 버렸다. 그래서인지 이어서 내뱉은 말에 그들의 실망은 더욱 컸다.

"그리고 우리는 당신들을 지휘할 수 없습니다."

루더가 막 한 사람씩 소개하려던 찰나에 모두의 표정이 굳었다.

마스터 루더는 자경단을 대표하는 스무 명을 앞에 두고 작은 소리로 물었다.

"그게 무슨…… 소린가?"

로일은 목소리도 낮추지 않고 말했다.

"지휘는 못합니다. 저는 주로 명령을 듣고 움직이는 쪽이었고, 던멜은 어느 정도 작전에 능하지만, 말을 못하기 때문에 지휘를 맡을 수 없고요. 우리 두 사람은 지휘관이 될 수 없습니다."

"아무리 그래도, 기사라면 최소한 우리들보다야 이쪽 방면에 능숙할 거 아닌가?"

"아는 것과 지휘를 직접 맡는 것은 전혀 다릅니다."

코렛은 뒤에 있는 병사들의 눈치를 보았고 병사들도 뭐라 할 말이 없어 서로를 바라보았다. 한껏 달아오른 분위기가 팍 식어 버렸다. 싸우기도 전에 사기를 깎아 먹은 꼴이었다.

"아……, 그, 그럼 우선 저희가 세운 요새라도 구경하시겠습니까?"

어색한 분위기를 깨고 코렛이 앞장서서 두 사람을 안내했다.

로일이 던멜에게 수화로 말했다.

'안에서 떠드는 소리가 들리는데, 우리더러 기사 맞냐고 그러네?'

'내가 보기에도 충분히 그런 오해를 살 만한 소지가 있었다.'

'내가 그렇게 이상한 말을 했어?'

'딱히 이상하지는 않았지만 근사하지도 않았지.'

코렛은 요새의 망루에서 경계 근무를 서고 있는 병사들에게 손짓으로 격려하며 말했다.

"모즈들은 주로 밤이나 새벽쯤에 공격해 오지요. 하지만 요즘 들어서는 시간에 상관없이 공격해 오니 저렇게 하루 종일 경계를 설 수밖에 없게 되었습니다."

코렛은 열심히 마을 경비 상황을 설명해 주었다. 던멜은 어둠 속에서 부정확한 입 모양을 보이며 말하는 그의 설명을 모두 알아들을 수 없었다. 그러나 그가 가리키는 요새의 각 부분과 거기에서 창을 들고 서 있는 병사들의 위치만으로 상황을 모두 판단할 수 있었다.

제대로 된 게 하나도 없었다.

적들이 전략이라고는 모르는 짐승들이라는 점이 다행스럽긴 하나 병사들 역시 전투에 무지한 건 마찬가지였다. 그리고 그들은 막연히 위험에 처해 있다고 여길 뿐 던멜이 생각하는 만큼의 위기감을 가지고 있지 않았다.

던멜은 그들에게 위기감을 알려주고 싶었다. 여기가 뚫리면 루티아가 멸망한다! 너희들이 다 죽는다고! 하지만 던멜은 아무 얘기도 해주지 않았다. 알려 줘 봐야 혼란과 공포만 안겨 줄 뿐이었다. 다른 방식으로 위기를 전할 방법이 필요했다.

"일단 괴물들이 기어 올라오는 것을 막기 위해 통나무 끝을 뾰족하게 깎고 대규모 공격을 대비해 화살 부대를 준비 중입니다. 망루마다 돌과 긴 창을 두고 기습 공격에 대비했지요."

코렛의 설명에도 그다지 위기감이 묻어 나오지는 않았다. 여전히 그들은 끊어지기 직전의 밧줄에 의지한 채 도움을 요청하면서도 밧줄이 얼마나 약한지 모르고 있었다.

던멜은 요새의 경계를 이루는 통나무를 두들겨 보고 수화로 물었다.

'불에 대한 대비는?'

로일이 통역해 주자 코렛은 어깨를 으쓱했다.

"건조한 시기에는 물을 뿌려 주고 있지요. 그리고 이곳은 비가 많은 곳이라 걱정할 것 없습니다."

루더는 코렛에게 약해 보이는 자리에 통나무를 이중으로 세우라고 명령을 내렸다. 불평 한마디 없이 즉시 작업이 시작되었다. 그 힘이 미약할 따름이지 마을을 지키고자 하는 의욕은 대단했다.

던멜이 수화로 말했다.

'우린 이 요새 가까운 곳에 머물러야겠다.'

로일도 수화로 대꾸했다.

'왜?'

'괴물들이 진짜로 쳐들어오면 병사들의 힘으로는 막을 수 없어.'

'여태까지 막아 왔는데 굳이 우리가 나서?'

'뭔가 이상해. 내가 보기에는 괴물들이 일부러 공격을 서서히 하는 것처럼 보인다. 지금 안에서 점검 사항을 보니 더욱 확실하군. 아까도 말했지만, 괴물들을 누군가 지휘하고 있다면 이 정도 요새는 언제든 부술 수 있다.'

'정말 누군가 지휘한다고 생각해?'

'모르지. 안 그랬으면 좋겠지만.'

로일은 더 따지지 않았다.

두 사람이 자경단 청년들의 숙소에서 묵겠다는 말을 듣고 루더는 난색을 표했다.

"아무리 상황이 이렇다 한들, 귀한 손님을 이런 누추한 곳에 모실 수는 없네. 탑에서 머물고 비상시에만 자경단에 합류해 주시게."

"여기 온 이상 당신들의 명령을 들어야겠지만 그냥 우리는 우리가 하고 싶은 대로 하겠습니다."

로일은 단호하게 말했다.

소식을 들은 코렛은 루더보다 더 놀랐다.

"그럴 수는 없습니다! 이곳에는 개인 방조차 없습니다."

"저기 침대가 몇 개 남는데 안 되나요?"

"그건 자경단의 병사들이 교대 시간마다 번갈아 가며 쓰는 침대입니다."

"교대할 병사가 잘 시간이 되면 비워 드리겠습니다."

"아니, 그런 뜻이 아니라……."

우기는 것에 관해서는 로일도 아즈원 못지않았다. 녀석에게는 논리가 잘 통하지 않았다. 결국 코렛은 그나마 제일 깨끗한 침대보가 있는 창가 쪽 침대 두 개를 내주고 물러섰다.

'시키는 대로 하긴 했다만 이런다고 달라지진 않는다.'

울프의 기사가 같은 방에서 묵는다는 사실에 잠을 못 이루는 병사들이 뒤척이는 와중에, 로일이 수화로 말했다.

던멜도 동의했다.

'그래도 우선 우리가 할 수 있는 일은 해야지. 자고, 내일 생각을 정리해 보자.'

로일은 침대에 누우려다 마지막으로 수화로 말했다.

'아즈윈과 게랄드, 무사할까? 두 사람이니 걱정할 필요는 없겠지만. 아까 루티아노에서도 어떻게 찾을지 논의하던데.'

던멜은 뭐라 말할까 하다가 그냥 수화를 접었다.

'그것도 내일 생각하자.'

둘은 동시에 각자의 침대에 누웠다. 던멜은 등불이 희미하게 밝혀져 있는 천장을 바라보다가 새벽녘에야 잠들었다. 그리고 던멜은 느닷없이 과거 칼스텐을 만난 그 순간을 꿈꾸었다.

"저 아이가 우리 측 암살자 세 명을 죽인 꼬마라고?"

"네. 그것도 부러진 칼로."

쇠사슬에 묶인 소년을 앞에 두고 두 사람이 조용히 말을 주고받고 있었다. 딴에는 안 들리게 속삭이고 있었지만 아이는 이미 입 모양으로 그들의 말을 알아듣고 있었다.

"예, 마스터. 유랑 극단에 있던 귀머거리인데 말도 못하는 것 같습니다."

"몇 살이야?"

"말을 못하니 물어보나 마나 소용없죠. 열두 살 정도 되어 보이지 않습니까?"

"유랑 극단에서 뭐 하던 놈이었지?"

"전들 알겠습니까? 의뢰하지도 않은 일을 억지로 한 것부터가 잘못이었습니다."

"유랑 극단인 척하고 가는 마을마다 불 질러서 돈이 될 만한 건 다 빼돌리는 놈들이었잖나? 그리고 유랑 극단 주인 놈은 현상수배도 되어 있었어. 현상금이 금화 백은 되던걸. 그 수배에서 벗어나려고 포장하고 있던 게 그 극단이지. 인형 놀이로 애들 홀려서 납치까지 하는 놈들이었어! 자네도 반대는 안 했잖나?"

"그놈이 훔친 거 챙겨 보려고 찬성하긴 했지만……. 셋이나 죽었다니까요, 마스터 칼스텐!"

"그럼 우리 요원 세 명이나 죽인 살인마와 거래라도 해 볼까?"

"예?"

칼스텐이라 불리는 남자는 소년에게 가까이 다가갔다.

"내 말 알아듣나?"

"제가 못 알아듣는다고 하지 않았습니까?"

"아니, 잘 봐. 우리가 말하는 걸 뚫어지게 쳐다보고 있었잖아. 알아듣는 거야. 그렇지?"

칼스텐의 말에 소년은 고개를 끄덕였다.

"이름은?"

칼스텐이 물었다.

아이는 대답할 수 없었다. 칼스텐은 아이의 손에 묶인 쇠사슬을 풀어 주었다.

"위험합니다!"

뒤에서 그의 부하가 놀라 소리쳤다.

"호오, 이 꼬마가 대단하다 못해 날 위협할 정도인가?"

칼스텐의 부하는 소리 지른 게 무안했는지 뒤통수만 긁적였다.

"글씨를 쓸 줄 안다면 이름을 바닥에 남겨 보아라."

"그깟 애가 무슨 글을 쓸 줄 알겠습니까?"

"자네는 닥치든가 나가든가 해 주겠나? 나 정신 사나운데."

그의 부하는 닥치는 쪽을 택했다.

"자, 이름을 내게 가르쳐다오."

아이는 천천히 손가락을 내밀어 글씨를 썼다.

- 테마르.

그것이 칼스텐과 테마르의 첫 번째 대화였다.

"나이는?"

- 열두 살.

"극단에서는 뭘 했지?"

- 칼춤.

"그래서 칼을 쓸 줄 아는군. 누가 칼을 가르쳐 주었지?"

- 아버지.

"아버지는?"

테마르는 대답을 멈추었다.

"혹시 우리 요원이 죽인 극단 사람들 중 하나가 네 아버지였나?"

테마르는 고개를 저으며 다시 바닥에 글씨를 썼다.

- 단장이 죽였다. 술에 독을 타서.

"그럼 넌 아버지의 원수 밑에서 일하고 있던 셈인가?"

- 복수를 위해서.

"이런! 네가 준비한 복수를 우리 쪽 요원이 대신해 버렸구나. 그래서 화가 난 거였나? 그래서 요원들을 죽였나?"

- 그건 그냥 살기 위해. 날 죽이려고 해서.

칼스텐은 한참이나 테마르의 얼굴을 바라보았다.

"마스터, 여기 너무 오래 머물렀어요. 그만 가셔야 합니다."

뒤에서 그의 부하가 초조하게 말했으나 칼스텐은 테마르에게만 집중했다.

"글씨를 쓰는 것 말고 어떤 방식으로 의사소통을 하지?"

- 수화.

"그걸 내게 가르쳐다오."

테마르는 글씨 쓰길 멈추고 큰 눈을 깜빡였다. 그의 부하도 놀란 눈을 했다.

"무슨 생각을 하시는지 여쭤도 되겠습니까, 마스터?"

"이 애는 지금부터 내가 관리하겠다. 그러니 먼저 이 녀석과 대화할 방법을 익혀야지."

"저, 이런 말 하면 마스터께서 제 몸의 급소란 급소에는 다 칼침을 박아 놓으시겠지만, 그래도 하고 싶은 말을 참을 수가 없군요. 제정신이십니까?"

"제정신이다. 생각해 봐. 내가 열두 살 때는 겨우 어른 하나를 목검으로 이길까 말까 했었지. 그런데 이 녀석은 같은 나이에 벌써 세 명이나, 그것도 훈련받은 요원을 죽였어. 누군들 가르치고 싶지 않겠나?"

"마스터께 배우고 싶어 하는 재능 있는 녀석들이야 줄을 세우면 론타몬을 횡단시킬 수도 있겠습니다만?”

“내가 가르치고 싶은 녀석과 내게 배우고 싶은 녀석은 엄연히 다르지.”

“그 애가 죽인 세 명은 모두 우리 요원이었다니까요!”

“그럼 생판 모르는 어른들이 자기를 죽이려고 오는데 자네라면 가만히 서서 죽어 줬겠나?”

“손들고 가만히 있으면 살려줬을 테니 가만히 있었겠죠.”

“그래서 난 자네를 가르치지 않는 거야.”

그 남자는 충격을 먹고 입을 다물었다. 칼스텐이 계속 말했다.

“뭐, 가르치다가 안 되면 마는 거고, 이 녀석이 지금 싫다고 하면 마는 거고. 자, 내 말을 모두 알아들었느냐, 테마르?”

테마르는 고개를 끄덕였다.

“그럼 내 제자가 되겠느냐?”

그 질문에도 역시 테마르는 오래 고민하지 않고 고개를 끄덕였다.

“좋다. 넌 지금부터 내 제자다. 앞으로 날 마스터라고 부르도록.”

그는 테마르의 손을 잡아 일으켜 세웠다.

앞으로의 인생에 대해 아무것도 생각할 여지가 없는 어린 소년의 결정이었으니 사실상 그것은 테마르 본인의 결정이 아니라 칼스텐의 의지였다. 그러나 만약 칼스텐과 비슷한 나이가 된 지금 다시 같은 질문을 받는다 해도 같은 결정을 내렸을 것이다.

테마르에서 던멜로 이름이 바뀐 지금도 그의 생각에는 변함이 없었다. 지금은 울프 기사단이고 퀘이언의 가르침을 받았으나 여전히 그의 스승은 칼스텐이었다.

그리고 칼스텐은 새나디엘 여왕을 암살하려다 퀘이언에게 패하고, 죽음을 맞이했다.

지금은 카셀의 칼이 된, 아란티아의 보검에 의해.

오후의 따가운 햇살을 피해 망루 밑에 선 던멜은 바다처럼 넓게 퍼진 아웃서치의 숲을 바라보고 있었다.

바람도 없이 나무가 흔들렸다. 그것은 하늘 산맥만의 괴이한 움직임이 아닌 괴물들의 이동 때문이었다. 어제 루티아노의 회의 석상에서 마법으로 떠오른 투명한 지도 위에서 움직이던 붉은 점들이 떠올랐다. 확실히 던멜이 느끼기에도 괴물들의 숫자는 지도에 표기된 것보다 많았다.

인기척이 있어 뒤를 돌아보니 어제 방에서 만난 케인스윅의 여선생, 플로라가 있었다. 그녀는 망루 계단에 올라 다소곳이 서서 말했다. 가정교사에게 잘 교육받고 평생 저택에서 보호받으며 살아온 작은 숙녀 같은 가지런한 자세였다.

"방에 안 계셔서 깜짝 놀랐어요. 숙소를 자경단 건물로 옮기셨다고요?"

플로라는 아쉬워하는 표정이었다.

던멜은 고개를 끄덕였고 그녀는 어색하게 웃은 후 잠시 멈춰 있었다. 던멜이 한참 동안 가만히 있자 그녀는 머뭇거리더니 작별 인사를 하고 계단으로 되돌아가려 했다.

던멜이 손짓해서 그녀를 불러 세웠다.

"네······?"

그녀는 당황했다. 던멜은 자신의 옆자리를 가리켰고 그녀는 자기 걸음 수를 체크하는 것 같은 느린 걸음으로 다가와 섰다. 던멜은 망루의 난간에 손가락으로 글씨를 썼다.

- 할 말이 있는 것 아니었습니까?

그녀는 두 손을 크게 저었다.

"아니, 없어요. 그냥 얘기를 나누고 싶었지만 제가 기사님의 수화를 알아보지 못하니······."

던멜은 다시 난간에 글씨를 썼다. 문득 이렇게 글씨를 쓰고 있자니 처음 칼스텐을 만나 했던 대화가 기억났다. 그 후로 이렇게 손가락으로 글씨를 쓰며 대화한 적이 거의 없었던 것 같았다.

- 느리긴 하지만 이런 식으로도 제 뜻을 보일 수 있습니다.

"그렇군요. 하지만 제가 너무 폐를 끼치는 것 같아서요."

- 그렇게 생각하신다면 플로라 선생님께서 더 말씀을 많이 하시면 됩니다.

플로라는 귀까지 빨개진 얼굴로 안절부절못했다.

"죄송해요. 하지만 앞에 서니 너무 긴장이 되어서요."

던멜은 그녀 스스로 긴장을 풀길 기다릴 수밖에 없었다.

플로라는 숲 쪽을 바라보며 어깨까지 내려오는 갈색 머리카락을 귀 뒤로 넘기며 숨을 골랐다. 투명한 보석이 달린 화려하지 않은 귀걸이가 그녀의 수수함을 돋보이게 했다.

"실은 제게 남동생이 있어요. 지금은 떨어져서 살지만 기사 지망생이었죠."

플로라는 던멜에게 입을 보이며 얘기했다.

"재능은 있어요. 마을에서 아무도 못 당해 내죠. 성격도 거칠어서 싸움터에 어울릴 만한 아이지만 안타깝게도 그런 싸움의 재능은 고작해야 동네 술꾼들 제압하는 수준이었어요. 그 애는 항상 울프 기사단에 들어가는 꿈을 꾸었답니다. 저는 그 애의 꿈을 소중히 해 주고 싶어서 이것저것 노력을 했지만 그 애는 제가 마법사라는 것부터 싫어해요. 집에서 얌전히 설거지나 하라고 혼나기도 했죠."

그녀는 웃으며 손을 내저었다.

"그래도 나쁜 애는 아니에요. 노력도 많이 해요. 하지만 이로피스 왕실 기사단 시험에 세 번 정도 떨어지고 나서부터 의욕을 잃고 지금은 결혼해서 가업을 이어받아 빵을 굽고 있죠. 그래서인지 저는 항상 왕실의 기사들을 존경해 왔어요. 제 동생처럼 칼 잘 쓰는 사람도 붙지 못하는 시험에 합격한 기사들은 얼마나 대단한 사람일까? 그런데 그중에서도 울프 기사단은 최고라고 하잖아요. 그래서 하얀 늑대들이 왔다는 소식을 들었을 때 꼭 한 번 뵙고 이야기를 나누고 싶었어요. 아, 얘기 재미없나요?"

그녀는 흐뭇하게 웃으며 얘기하다가 이내 혼자만의 자책에 빠져들었다. 자기 얘기가 재미없으면 듣는 사람 잘못이라고 성질부리는 아즈윈이나 두 마디 이상의 대화를 하는 법이 없는 왕실의 시녀들만 만나다가 이런 유형의 여자를 보니, 차라리 신기했다.

- 계속하십시오. 제게 있어 재미없는 이야기란 없습니다.

던멜은 다시 글씨를 써서 그녀를 안심시켜 주었다.

"그래도 이런 사소한 얘기에 제가 시간을 뺏는 것 같아서."

플로라는 안심이 되지 않는지 또 자리를 피하려고 했다. 던멜은 계속 숲을 바라보고 있기가 지루하던 차에 나타난 대화 상대가 도망칠까 봐 얼른 손가락을 놀렸다.

- 사소한 얘기를 하는 게 걱정이라면 중요한 이야기를 해 주시겠습니까?

플로라는 한참 던멜의 손가락을 바라보다가 빙그레 미소 지었다.

"당신은 친절한 사람이군요. 제가 생각하던 울프의 기사와 이미지가 달라요……. 나쁜 뜻은 아니에요. 그럼 어떤 이야기를 해 드릴까요? 제가 알고 있는 얘기는 모두 해 드릴게요."

- 하늘 산맥의 요정들에 대해 설명해 주십시오.

"어려운 이야기군요. 저도 두 번 정도밖에 본 적이 없어서요. 우선 우리는 요정이라고 부르지 않고 그들의 언어대로 레미프라고 불러요."

플로라는 '레미프'라는 단어를 말할 때는 좀 더 입 모양을 정확히 하고 손가락으로 글씨도 써주었다. 그녀는 안 들리는 사람과 대화하는 세심한 노력을 기울이고 있었다.

"우리와 생긴 모습이 약간 다르고 쓰는 언어가 약간 다르고 풍습과 생활이 다를 뿐 그들도 인간과 비슷하답니다. 우리는 가끔 식량이나 마법 물약 같은 것을 그들의 옷감, 가축과 교환해요. '베논' 같은 하늘 산맥의 숲에 사는 가축도 받았는데 길들이지 못해서 교역에서 손해 보기도 하죠."

플로라는 그때 일이 생각나는지 즐겁게 웃었다.

- 레미프는 어떻게 생겼나요?

"키는 사람보다 조금 큰 편이지만 생김새는 거의 같아요. 조금 날렵하다고 할까, 연약하다고 할까. 새처럼 깃털 달린 날개가 등에 나 있고 뾰족한 귀가 굉장히 커요. 제 손바닥만큼. 어떤 레미프들은 그게 늘어져 있기도 하죠."

플로라는 머리 옆에 자신의 손을 갖다 대며 큰 귀를 표현했다.

"어릴 때는 날기도 한다는데 다 큰 레미프들은 날지 못해요. 레미프라는 말은 그들이 자기들을 지칭하는 단어인데 원래는 '레미 쿠아프', 레미프어로 인간이란 뜻이죠. 그리고 그들은 인간을 '우그'라고 불러요. 그건 레미프어로 요정이라는 뜻이고요."

던멜이 재미있다는 표정을 짓자 그녀는 웃었다.

"그들에게 있어 아크랜드는 인간에게 있어 하늘 산맥과 같아요. 우리가 요정이고 자기들이 인간인 거죠. 틀린 말은 아니지 않나요?"

– 지금도 루티아에 옵니까? 꼭 보고 싶습니다.

"안타깝지만 레미프들은 최근 몇 개월 동안 전혀 찾아오지 않았어요. 꼭 정기적으로 오는 건 아니지만 이맘때면 오는데 소식이 없네요. 아마 모즈들 때문일 거예요. 이렇게 공격당하고 있는 상황을 보면 왔다가도 돌아가 버리지 않겠어요?"

플로라의 얘기로 즐거워하던 던멜은 갑작스러운 기척에 숲 쪽으로 시선을 돌렸다. 요새의 다른 쪽 망루에 있는 병사들도 알아채고 숲을 주시하고 있었다. 괴물들 몇 마리가 숲 언저리에서 서성대며 요새 쪽을 바라보고 있었다.

모즈들은 의미를 알 수 없는 언어로 고함을 지르기 시작했다. 그게 뜻이 있는 언어인지 그냥 괴성인지, 듣지 못하는 던멜은 알 수 없었다.

하지만 모즈들이 나타나기만 하면 겁을 집어먹는 병사들의 모습을 보니 꽤 효과적인 작전이라는 것은 알 수 있었다.

병사들에게만 통하는 것도 아니었다. 옆을 보니 난간을 꽉 쥐고 있는 플로라의 손이 핏기 없이 하얗게 질려 있었다. 방금까지 요정들의 얘기를 하며 미소 짓던 그녀의 눈동자가 떨렸다.

던멜은 플로라의 손을 잡아 주었다. 자신의 손을 감싸는 촉감에 그녀는 화들짝 놀랐다. 그는 난간에 글씨를 썼다.

- 괜찮습니다. 제가 옆에 있습니다.

괴물들은 한참 동안 의미 없이 소리만 지르고는 다시 숲으로 사라졌다.

플로라는 던멜의 손을 잡고서 공포를 인내하고 있었다. 무서우면 돌아가도 좋다고 해도 돌아가지 않더니 겨우 말문을 열었다.

"사실 여기에 가까이 오고 싶지 않았어요. 괴물들이 처음 아웃서치를 공격해 올 때 저는 학생들과 밖에서 수업을 하고 있었어요. 폭발이 있을 수 있는 수업이라서 밖에서 할 수밖에 없었죠. 그때 괴물들이 공격했어요."

던멜의 손을 잡은 플로라의 손에 힘이 잔뜩 들어갔다.

"저는 필사적으로 학생들을 지키기 위해 싸웠지만 소용없었어요. 예, 아시다시피 괴물들은 제 마법은 물론이고 마스터들의 마법에도 죽지 않거든요. 제가 가르치던 학생들이 다섯 명이나 물렸고 그중 둘은 죽었어요. 그리고 제 가장 소중한 사람은 저를 구하려다가 희생당했죠. 모즈들만 보면 그때 생각이……."

플로라는 손을 뺐다.

"추한 모습을 보여서 죄송해요. 그리고 고마워요."

플로라는 도망치듯 망루에서 빠져나가 버렸다. 던멜은 손을 잡아 준 게 오히려 그녀를 괴롭게 된 것 같아 씁쓸했다.

⚜

로일은 자경단의 청년들을 모아 놓고 간단한 검술 훈련을 시켜 주고 있었다. 애초에 기본이란 걸 배워 본 적이 없는 로일이 가르치는 거라 봐야 카셀에게 가르쳤던 내리치기 연습이 다였다. 그러나 그 정도도 큰 도움이 되었다. 그만큼 여기엔 제대로 검술을 아는 이가 없었다.

던멜은 한참 훈련을 지켜보다가 로일을 불러냈다.

"왜?"

'검술보다 창을 가르쳐라.'

"난 창술 몰라."

'찌르고 휘두르는 정도만. 짧은 시간 안에 효과를 발휘하려면 그게 좋다.'

"별로 자신은 없는데."

'넌 창술 하면 쉐이든을 떠올리지? 그러지 말고 네 기술을 가르쳐라. 네 창술은 울프 기사단 내에서도 열 손가락 안에 든다. 가르칠 수 있어.'

로일이 웃으며 물었다.

"그러는 넌 다섯 손가락 안에 들어?"

'기술은 내가 쉐이든보다 위지.'

"나중에 그 말 쉐이든한테 해도 돼?"

'쉐이든도 안다. 모른 척하는 거지.'

"어쨌든 내일부터는 창으로 바꿔 보지."

로일은 주위의 듣는 사람을 의식해 뒷말은 수화로 했다.

'창만으로 막을 수 있는 놈들이 아니라는 거 알지?'

'벽을 넘어오는 것 정도는 막을 수 있겠지. 나머지는 우리가 처리한다. 문 쪽은 네가 맡아라. 제일 허술해 보이는 북쪽은 내가 맡겠다.'

'남쪽은?'

'이 중에서 제일 실력이 좋은 사람 몇 명을 네가 선별해서 배치해라.'

"알았어. 그런데 넌 어디 가려고?"

로일은 다시 소리 내어 물었다.

'탑으로. 두 사람을 찾았는지 알고 싶다.'

"그럼 내가 가는 게 낫지 않을까? 말하기 불편할 텐데."

'괜찮아.'

탑으로 가는 길에 보이는 마을 사람들의 눈에는 여전히 불안감이 차 있었다. 이곳이 마법 도시 루티아임을 보여 주는 것은 하늘을 찌르는 탑과 햇빛에 반사되어 낮에도 빛을 내는 꼭대기의 커다란 보석뿐이었다.

던멜이 찾아간 곳은 데다인의 집무실이었다. 그는 문서를 정리하느라 정신이 없었다. 미리 소식을 보내 놓고 갔는데도 거의 저녁 무렵까지 기다리고 나서야 만날 수 있었다.

"차라도 마시겠나?"

데다인은 초췌한 얼굴이었는데도 목소리에 힘이 실려 있었다. 던멜은 고개를 저은 후 의사소통을 위해 미리 적어 놓은 쪽지를 내밀었다.

- 아즈윈과 게랄드는 찾았습니까?

데다인은 쪽지를 묵묵히 내려다보더니 가라앉은 목소리로 말했다.

"그 두 사람의 행방을 찾아내는 건 쉽지 않네. 마스터 러스킨께서 화이트비를 이용해 직접 찾고 계신데도 시간이 걸리고 있지. 더구나 화이트비의 힘을 그쪽으로 모두 쏟아내면, 그렇지 않아도 약해진 루티아의 성스러운 힘이 무너질 게 두렵네."

오랫동안 잠을 자지 못해 피곤한 기색이 역력한 얼굴로 데다인은 말을 이었다.

"동료를 걱정하는 마음도 크겠지만 여기 일도 크다네. 잠시 자리를 비운 사이에 처리해야 할 일도 쌓였고."

그는 거기까지 말하고 남은 할 말을 접었다.

"두 사람 찾는 일은 최선을 다한다고만 말해 두겠네. 이 이상은 무리야."

던멜도 데다인을 이해해 주고 싶었다. 그러나 마음속의 불안이 커져가는 것은 어쩔 수가 없었다.

데다인의 집무실을 나오니, 벌써 하늘이 어두워졌다. 숙소에서 로일은 낮에 훈련을 같이했던 자경단 청년들과 맥주를 마시고 있었다. 던멜도 한 모금 했는데, 한 통을 다 마셔도 취할 수 없을 정도로 맥주가 묽었다.

던멜은 데다인의 얘기를 전해주었다. 로일은 걱정스럽게 말했다.

"나도 좀 불안해. 절벽에서 떨어뜨려도 살아남을 것 같은 두 사람이 왜 이렇게 걱정되는 거지?"

'단순한 사고였다면 난 걱정하지 않았을 것이다. 만약 길을 잃고 헤매는 사람이 나라면 난 너희들이 날 걱정하고 있기를 바라지 않았을 거다. 그러니 나 역시 두 사람의 실종을 걱정하지 말아야 한다고 생각했다. 그런데 점점 불안해진다.'

로일은 마시던 잔을 한 번에 털어 넣고 사람들이 없는 구석으로 갔다.

둘은 듣는 사람이 혹시 있을까 봐 다시 수화로 대화를 나누었다.

'안 좋은 예감이라도?'

로일이 물었다.

'두 녀석이 사라진 게 단순한 사고였을까?'

'사고가 아니면?'

'나도 모른다. 함부로 결론을 내리고 싶지도 않고.'

'괴물들과의 전투에 대해서는? 계속 여기 사람들의 작전에 따를 건가?'

'생각 중이다.'

'나도 해 보는 데까지는 해 보겠지만……'

로일의 약한 표정을 보고 던멜은 오히려 마음을 굳게 먹을 수 있었다. 지금은 적극적으로 나서야 할 때였다.

'우리만으로 이 일을 해결할 수 있을지 모르겠지만 해보는 데까지는 해보자.'

둘은 피곤한 하루를 끝내고 뒤늦게 잠에 들었다. 해결할 수 있을지 없을지는 이튿날 새벽 바로 알게 되었다.

✦ Chapter 5 ✦
모즈들의 공격

"제라르, 보이십니까? 제 수제자 테마르입니다. 몇 살인지 제가 말씀드렸던가요? 열여덟입니다. 열여덟. 믿어지세요?"

칼스텐은 흐뭇하게 말했다.

늙은 제라르는 희미한 시야 너머에 있는 테마르를 보며 가래 낀 목소리로 대꾸했다.

"아비는 자식 자랑할 때 팔푼이가 된다더니 네가 꼭 그 꼴이구나."

"그런 소리 들어도 별로 기분이 나쁘지 않군요. 하지만 이 녀석, 겨우 열여덟에 제가 가진 모든 기술을 흡수해 버렸습니다. 제가 고생했던 날들을 생각하면 질투까지 날 정돕니다."

"블랙풋에 또 한 명의 마스터를 길러 놓은 건 그렇다 치고, 그럼 저 터무니없는 녀석을 어떻게 써먹을 생각이냐?"

"글쎄요, 일단 자잘한 암살 임무에는 쓰고 싶지 않습니다."

"실전에서 사람을 죽여 보는 경험이 필요하지 않을까?"

"몇 번이면 충분했습니다. 많이도 필요 없었지요. 솔직히 저도 고민입니다. 저런 천재를 제게 맡긴 하늘에 대고 묻고 싶다니까요! 어디다 써먹죠? 그냥 본인한테 물어볼까요?"

칼스텐은 손짓하여 테마르를 가까이 불러 물었다.

"넌 앞으로 무얼 하고 싶으냐?"

테마르는 오래 생각하다가 수화로 대답했다.

'가르치고 싶은 사람이 한 명 있습니다.'

"벌써 제자를 두려고?"

'재능도 있고 특이하게 저를 잘 따릅니다.'

칼스텐은 테마르의 머리를 헝클어뜨렸다.

"같은 암살자들조차 너를 무서워하지. 그런데도 너를 잘 따른다면 확실히 가르쳐 보고 싶긴 하겠구나. 이름이 뭐냐?"

'헤더. 열 살쯤 되는 여자아이입니다.'

"원하는 대로 해라."

테마르가 헤더를 처음 만난 건 암살자들이 임무를 마친 후 데리고 온 포로들 틈에서였다.

자세한 내막은 잘 모르겠지만, 복수를 위해 어떤 부자가 노예 상인 하나를 죽여 달라고 의뢰했다. 요원들은 단숨에 의뢰를 완수했지만 노예 상인이 데리고 있던 어린아이들은 처분할 길이 없었다. 그 부자는 암살만 원했을 뿐, 상인이 데리고 있는 아이들에 대한 언급은 하지 않았다.

원래대로라면 죽여야 했지만 요원들은 아이들을 블랙풋으로 데려와 버렸다. 그 일을 결정한 상급 요원은 크게 문책을 당했으나 칼스텐은 아이들을 다시 자기들 고향으로 돌려보내는 것으로 끝내라고 간단히 지시했다. 그 아이들 중 하나가 헤더였다.

헤더는 처음 볼 때부터 테마르를 따랐다. 다리에 매달려 떨어지지 않는 소녀를, 테마르는 별생각 없이 데리고 다녔다. 아이는 글자를 쓸 줄 몰랐고 수화도 모르니 두 사람은 의사소통을 하지 못했다. 그래서 테마르는 내버려 두면 지겨워져서 떨어지겠거니 하고 그냥 옆에 두었다.

그런데 언제부터인가 그 소녀는 테마르의 수화를 따라 하기 시작했다. 그리고 검술까지 흉내 내더니, 언제 글씨를 배웠는지 쪽지에 자신의 뜻을 적어 보였다.

- 저도 마스터의 기술을 배우고 싶어요.

결국 테마르는 칼스텐에게 부탁해서 다른 아이들이 고향으로 돌려보내질 때 헤더만은 남겨 두었다.

헤더는 암살자들 틈에서 정이란 걸 경험하지 못한 테마르에게 유일하게 인간의 정을 느끼게 해 주었다. 그러나 헤더를 제대로 가르쳐보기도 전에 둘은 헤어지게 되었다.

그것은 칼스텐에게 직접 암살을 의뢰하러 온 '그 남자'를 본 후에 일어난 일이었다. 그가 누구인지 테마르는 알지 못했다. 그러나 그 얼굴은 결코 잊지 않았다.

'테마르, 꼭 돌아와야 해요. 기다리고 있을게요.'

누구도 배웅 해서는 안 된다는 명령을 어기고 나온 헤더는 눈물을 흘리며 작별 인사를 했다. 그녀를 떼어 놓고 가는 테마르는 딸을 강제로 빼앗긴 심정이었다.

"눈물을 보여선 안 된다, 테마르. 너의 첫 번째 임무이자 가장 성스러운 임무이기도 하다. 눈물로 그 가치를 떨어뜨리지 마라."

언제나 칼스텐의 말에는 복종했으나 그 말에는 반발심이 일었다. 그래도 명령은 지켜, 돌아보지 않았다. 돌아보면 눈물을 참지 못할 테니까.

"다시 돌아올 생각은 버려라, 테마르. 우리의 상대는 아란티아 여왕의 수호기사인 마스터 퀘이언이다. 그가 아란티아를 벗어나지 않는 한, 그를 꺾는 건 불가능하다."

던멜은 반사적으로 눈을 떠 침대를 박차고 일어났다. 아직 방 안은 어두웠고 바깥도 아직 이른 새벽빛만 옅게 떠돌고 있었다.

던멜은 급히 로일을 깨웠다.

'왔다.'

길게 설명하지 않아도 로일은 금방 사태를 짐작했다.

"모두 일어나!"

로일은 소리치면서 갑옷을 입었다. 다들 영문을 몰라 웅성거리면서도 로일을 따라 갑옷을 입었다.

잠시 후 요새 쪽에서 비상을 알리는 종이 시끄럽게 울렸다.

로일과 던멜이 요새의 게이트 쪽으로 달려가고 있을 때는 이미 괴물들의 공격이 시작된 후였다. 로일이 칼을 던멜에게 내밀었다.

"조심해라."

던멜은 로일의 칼에 자신의 단검을 부딪쳤다.

낮에 미리 얘기를 해 두었던 대로 로일은 요새 입구 쪽으로, 던멜은 북쪽의 망루 쪽으로 달려갔다. 아직 망루에는 괴물들이 없었다. 녀석들은 모조리 입구 쪽으로 몰려간 모양이었다.

"입구 쪽을 지원하러 갑시다!"

북쪽 망루를 지키던 병사들이 나가려 하자 던멜이 만류했다. 그리고 나무에 칼끝으로 간단히 '여기.'라고 글씨를 새겼다.

"예? 하지만 여기에는 아무것도⋯⋯."

망루에 있던 세 명의 병사들은 입구 쪽과 던멜 쪽을 번갈아 보았다. 아직 어둠이 완전히 가시지 않은 새벽 여명 너머로 요새의 입구로 몰려가는 괴물들의 무리가 보였다. 백 마리는 족히 넘어 보였다. 이번 공격 숫자가 평상시보다 많다는 건 당황하고 있는 병사들의 눈빛으로 알았다.

그들은 동료들을 도우러 가고 싶어 했다. 던멜은 길게 설명할 길이 없어 그저 침묵으로 그들을 붙들어 놓았다.

잠시 후 던멜의 예상대로 괴물들이 북쪽 망루 쪽으로도 몰려왔다. 입구로 몰려간 숫자만큼 많았다.

"이런 맙소사!"

세 명의 병사들은 괴물들의 달려오는 기세만으로 겁에 질려 뒷걸음질 쳤다.

던멜은 투척용으로 뾰족하게 깎은 나무창을 하나 들어 선두의 괴물을 향해 집어 던졌다. 망루에서 화살처럼 날아간 창이 정확히 한 마리의 가슴에 박혔다.

'활을 가져왔어야 했는데.'

던멜은 후회하며 나무창을 하나 더 집어 던졌다. 또 한 마리가 쓰러졌으나 그것들의 돌진 속도를 줄이진 못했다. 대신 얼어 있던 병사들이 정신을 차릴 수 있게 해주었다. 그들은 허둥지둥 창을 쥐고 전투를 준비했다.

따로 격려의 말을 해 줄 수는 없으니 던멜은 그저 고개만 한 번 끄덕여 주었다. 병사들도 겨우 용기를 되찾고 고개를 끄덕였다.

괴물들은 예전에도 그랬을 게 분명한 무식한 방법으로 요새의 통나무를 기어오르기 시작했다. 병사들은 위에서 창을 내리 찔러 그들을 떨어뜨렸다.

병사들 중 하나가 던멜의 어깨를 다급하게 치며 요새의 벽 한쪽을 가리켰다.

괴물들 중 몇 마리가 사다리를 벽에 걸쳤다. 그리고 사다리를 처음 타는 어린애처럼 어색한 발놀림으로 기어오르기 시작했다.

이번에도 병사들의 반응을 살펴보니, 괴물들이 사다리를 쓰는 건 처음 있는 일이 분명했다.

던멜은 요새를 병사들에게 맡기고 좁은 나무 벽 위를 달려 사다리를 걷어찼다. 사다리에 매달려 있던 괴물들이 우르르 떨어졌다. 하지만 금방 그다음 괴물들이 사다리에 올라탔다.

던멜은 난간 끄트머리에 서서 사다리를 타고 올라오는 괴물들을 하나씩 베어 떨어뜨렸다. 그사이 다른 쪽 사다리를 통해 올라온 괴물들은 아무 저지 없이 요새 안쪽으로 넘어 들어오고 있었다.

뒤늦게 달려온 자경단의 병사들이 안쪽으로 침투한 괴물들을 막았다. 망루 위에서 창을 휘둘러 괴물들을 공격하는 병사들도 필사적이었다. 처음에는 그럭저럭 통했으나 점점 감당하기 힘들어졌다.

던멜은 일단 눈에 보이는 사다리를 다 부순 다음, 다시 요새 안쪽으로 뛰어 내려갔다. 그리고 병사들과 괴물들이 혼잡하게 뒤엉켜 있는 싸움판 한가운데에 뛰어들었다. 던멜의 단검에, 순식간에 네 마리 괴물들이 피를 터트리며 바닥에 쓰러졌다.

녀석들의 급소가 인간의 급소와 크게 다르지 않다는 점이 그나마 다행이었다. 반사적으로 휘두르는 공격이면 충분했다.

던멜은 단순하고 작은 동작으로 한 번 찔러 한 마리씩 쓰러뜨렸다. 상대 숫자가 파악되지 않은 상황에서 최대한 체력을 비축하고 싶었다.

어느새 그의 옆에 죽은 모즈들의 숫자는 열 마리가 넘었다. 던멜은 다시 벽을 타고 올라가, 새로 요새에 걸린 사다리를 칼로 베어 버렸다.

싸움은 그런 식으로 반복되었다. 던멜이 기억하기로 기둥에 오르고 사다리를 떨어뜨린 횟수만 열두 번이 넘었다. 요새 안쪽에 있는 모즈들의 시체는 서른이고 거의 대부분은 병사들이 아닌, 던멜이 죽인 것들이었다.

괴물들의 공격이 주춤해졌다. 로일이 지키는 입구 쪽을 확인해 보니 거기도 숫자가 많이 줄어 있었다. 로일은 전투 경험이 다른 하얀 늑대들에 비해 부족하다 보니 다수를 상대하는 싸움에 익숙하지는 않을 테지만 걱정 없었다.

게랄드에게 몇 가지 배운 걸로 충분할 것이다.

'남쪽은 어떻게 됐을까?'

던멜은 보이지 않는 남쪽 망루가 걱정되었다. 그러나 여길 비울 수가 없었다.

던멜은 팔에 붙은 괴물의 살점을 털어 내고 다시 망루로 뛰어올랐다. 모즈들은 끈덕지게 벽을 기어오르고 있었다. 아래쪽에 남아 있는 숫자는 적어도 삼사십은 되어 보였다.

"거의 다 막았습니다."

자경단의 병사가 힘들어하며 말했다. 망루 내에는 모즈의 시체 둘이 있었고 병사 한 명이 쓰러져 있었다. 깨진 이마 안이 보였다.

갑자기 밑에 있던 괴물들 중 몇 마리가 동시에 망루로 몸을 날렸다. 처음에는 엄청난 도약으로 뛰어오른 건가 싶었다. 하지만 알고 보니 밑에서 몇 놈이 힘을 합쳐 동료를 던져 올린 것이었다. 대책 없이 날아온 녀석들은 제대로 착지도 못하고 과격하게 떨어져 정신을 잃기도 했다. 그러나 그중 한 마리는 운 좋게 착지에 성공했다.

던멜은 놈이 착지하는 즉시 놈의 목을 벴다. 하지만 그사이 그런 무지막지한 투척이 계속 이어져, 망루 안이 금방 괴물 몇 놈으로 채워졌다. 던멜은 뒤를 공격하려는 놈부터 발로 걸어차고 정면으로 달려드는 녀석의 목을 잡아 망루의 천장에 집어 던졌다. 걷어 채인 녀석은 요새 바깥쪽으로 한참이나 날아가 자기들 무리 사이로 도로 떨어졌고, 천장에 머리를 부딪친 녀석은 머리부터 떨어져 목이 꺾였다. 그 동작 사이에 휘두른 칼에 망루에 매달려 달려들던 세 마리 역시 밑으로 떨어졌다.

방금 던멜이 두 바퀴를 돌면서 몇 가지 동작을 했는지 알아보는 것으로도 울프 기사단 테스트를 할 수 있을 정도였다. 물론 이곳 병사들은 그 정도가 안 되었고 어째서 괴물들이 망루에 들어왔다가 도로 튕겨 나갔는지 놀라기만 했다.

던멜은 여길 계속 지키라는 뜻으로 바닥을 손가락으로 가리켰다. 병사들은 얼른 정신을 차리고 힘 있게 대답했다.

"알겠습니다."

몰려오는 괴물들의 숫자는 부쩍 줄었으나, 부상당한 병사들도 몇 있었다.

'이놈들 발톱에 독이 있다고 했지?'

정신없이 싸우는 통에 긁힌 곳이라도 없나 던멜은 몸 여기저기를 짚어 보았다. 그러나 처음 루티아를 찾은 날 다친 곳 빼고는 특별히 아픈 곳은 없었다. 그의 몸에 뚝뚝 흐를 정도로 범벅이 되어 있는 피는 모두 괴물의 것이었다.

그는 남쪽 망루 쪽으로 달려갔다.

테마르는 울프의 기사 두 명을 상대로 싸우다가 마지막 순간 다리를 크게 베여 쓰러졌다. 동시에 그 기사들도 근시일 안에 회복하기 힘든 상처를 입고 무릎을 꿇었다.

무릎을 꿇은 울프 기사들 중 한 명이 말했다.

"어려 보이는데 실력이 대단하군."

칼스텐은 울프의 기사 둘 앞에 서서 말했다.

"이 아이의 칼에는 독을 바르지 않았다. 응급조치를 하면 살 수 있을

게다. 너희를 죽이러 온 거였다면 너희들은 이런 말을 들을 기회도 없었을 것이다. 그러니 물러나라. 내가 원하는 건 너희들의 여왕뿐이다."

"원하는 게 여왕 폐하라면 그냥 독을 바르고 싸워라."

두 명의 울프는 꼿꼿하게 자리에서 일어났다. 그 말을 하는 울프는 눈도 제대로 뜨지 못할 정도로 출혈이 심했다. 그리고 끝내 걸음을 내딛지도 못했다.

멀지 않은 기둥 뒤에서 여왕의 시녀들이 그들을 주시하고 있었다. 겁은 먹었으되 달아나지 않는 여자들의 모습이 테마르에게는 울프의 기사들만큼이나 인상적이었다.

"이 두 기사들을 치료해 주시오."

칼스텐은 시녀들에게 정중히 부탁했다. 즉시 시녀 네 명이 치마를 붙들고 달려와 기사 둘을 보호했다. 시녀 하나가 다소곳이 두 손을 맞잡고 말했다.

"어째서 여왕 폐하를 해하려는 겁니까?"

칼스텐은 씁쓸하게 웃었다.

"그 이유는 말씀드릴 수 없소이다. 그저 내가 할 수 있는 말은 여왕의 수호기사를 믿으라는 거요."

칼스텐은 다른 울프 기사들이 오기 전에 서둘러 여왕의 방을 향했다. 테마르는 비틀거리면서도 마스터의 걸음에 뒤쳐지지 않게 서둘렀다. 들어오는 사람이라면 누구든 경건한 마음이 들게 할 정도로 깨끗한 복도 끝에, 하늘로 머리를 치켜세운 늑대가 양각으로 새겨진 나무 문이 있었다.

"테마르."

칼스텐은 방문 앞에 서서 테마르의 어깨에 손을 얹었다.

"언제고 때가 된다면 그 의뢰인을 밝혀 내가 '하지 못했던 일'을 하여라."

테마르는 의아해하며 수화로 말했다.

'블랙풋을 떠날 때도 비슷한 말씀을 하셨습니다만 전 아직도 이해하지 못하겠습니다. 마스터께서 의뢰를 수락한 것부터 뭔가 잘못되어 있었습니다.'

칼스텐도 수화로 말을 했다.

'안에서 나의 이야기를 엿들으면 여왕의 수호기사는 전력을 다하지 않을지도 모른다. 그자는 내가 암살자라고만 알아 둬야 하며 최선을 다해 나와 싸워줄 것이다. 그러니 지금부터 수화로 말하겠다. 내 뜻을 곡해하지 말고 잘 새겨 두어라, 테마르. 이것은 나의 유언이다.'

'마스터 칼스텐! 그런 말씀 마십시오. 당신은 세상 누구도 따르지 못할⋯⋯.'

'스승의 유언을 방해할 셈이냐?'

테마르는 당황하며 손을 밑으로 내렸다.

'네가 직접 보지 않았더냐? 우리가 단순히 경비병에 불과할 거라고 생각했던 울프 기사단 두 명이 블랙풋에서 나 말고는 건드리지도 못할 너를 전투 불능으로 만들어 놓았다. 그런데 이곳에는 그런 녀석들이 쉰 명 가까이 있다고 들었다. 그리고 이 방에는 그들 중 가장 강한 기사가 있을 것이다. 그의 이름은 퀘이언. 나는 알고 있다. 조만간 그의 이름은 칼을 쓰는 모든 사람들 사이에서 전설이 될 것이다.'

'질 걸 알면서 싸우려는 겁니까?'

'의뢰인의 요구는 아란티아 여왕의 암살이었다. 난 그 의뢰를 맡을 생각이 전혀 없었다. 그러나 그 의뢰를 거절했을 경우 그는 단숨에 우리 블랙풋을 없애버릴 힘을 가지고 있었다. 이상한 일이지. 그런 힘을 가지고 있는데 왜 굳이 타인의 손을 빌리려 했을까? 여기 오며 게이트들을 통과하는 순간 알았다. 그의 사악한 힘은 그곳을 통과하지 못한다.'

그건 테마르도 이미 느끼고 있었다.

'그래서 그자는 나를 이용하려 했던 것이다. 나는 그 의뢰를 듣는 순간 결정을 내려야 했다. 그를 죽이든가, 아니면 블랙풋이 멸망하든가.'

테마르는 방 안에 있는 두 명의 기척을 확실하게 느끼고 있었다. 하나는 지금까지 경험해 본 적이 없는 강한 기운이고 또 하나는 있는 듯 없는 듯 투명하게 느껴지는 기운이었다.

'나는 세 번째 방법을 생각해 냈다. 내가 죽는 것이다. 아란티아의 여왕을 암살하려 든다면 분명 수호기사가 나를 막을 테지. 그 수호기사란 분명 익셀런의 캡틴 웰치를 쓰러뜨린 울프 기사단의 캡틴일 것이고.'

칼스텐은 잠시 수화를 멈추고 눈을 감았다.

'이런 기분을 이해할 수 있겠느냐? 나는 언제나 강한 힘을 추구해 왔다. 그 정점에 있다고 알려져 있는 모든 이들과 싸워 져 본 적이 없다. 그러니까 지금까지 살아남은 게지. 그런데 어느 날 저녁 나를 질책하는 목소리가 들렸다. 정말 강한 자와 싸워서 살아남았다 할 수 있겠느냐고.'

칼스텐은 천천히 문을 열었다. 그리고 입 모양으로만 말했다.

'그 정점에 있는 자가 이 방문 너머에 있다. 이 싸움에서 나는 죽을 것이다. 만약 내가 퀘이언을 이긴다면…….'

칼스텐은 빙그레 웃어 보이더니 테마르의 가슴을 툭 쳤다.

'네가 날 죽여다오. 이것이 내 유언이다.'

테마르는 대답하지 못했다.

투명한 커튼이 쳐져 있는 침대 옆은 작은 연못이 펼쳐져 있는 산의 중앙이었다. 여왕은 연못의 앞에 서서 보일 듯 보이지 않는 눈빛으로 칼스텐과 테마르를 바라보고 있었다. 그녀의 앞에는 아직 뽑지 않은 칼에 손을 얹은 남자가 서 있었다.

"대답은?"

칼스텐은 테마르의 어깨에 부드럽게 손을 얹었다. 테마르는 이를 악물고 고개를 끄덕였다.

"고맙다."

스승은 말없이 퀘이언의 앞으로 다가갔다. 그리고 아란티아의 예법대로 고개를 살짝 숙여 인사를 한 후 손에 크로우를 꼈다.

퀘이언도 고개를 까닥여 인사한 후 검은 칼날의 칼을 뽑았다. 아란티아의 보검이 희미한 빛을 발했다. 그게 칼날이 햇빛을 반사하는 것인지, 칼날이 스스로 빛을 내는지 테마르는 알아볼 수가 없었다. 눈물 때문에 아무것도 볼 수가 없었다.

두 마스터 사이에 길지 않은 침묵이 흘렀다.

'늦었어.'

이미 남쪽 경계를 넘어온 괴물들이 다운서치 안까지 도달해 있었다. 마을 사람들이 비명을 지르며 달아나고 있었다. 혼란이 마을을 휩쓸고 있었다.

괴물 한 마리가 넘어뜨린 노인의 등에 몇 번이고 칼을 내리치고 있었다. 이미 노인이 죽었는데도 뭉툭한 칼의 움직임은 그치지 않았다.

던멜은 순간 머리로 피가 솟구치는 것 같았다. 그는 곧장 달려가 괴물의 목에 단검을 꽂아 그 상태로 목을 꺾었다. 괴물은 던멜의 팔목을 잡고 짧게 발버둥 치며 손톱으로 팔을 긁었다.

던멜은 칼날로 놈의 목뼈를 부러뜨리고 머리를 통째로 잘라냈다. 그리고 왼손에 든 놈의 머리를 바닥에 패대기쳤다. 머리 없는 목에서 터져 나온 핏줄기가 괴물이 쓰러지는 방향으로 포물선을 그렸다.

던멜은 달려오느라 지친 폐를 달래기 위해 짧고 강하게 숨을 내뱉었다.

초가지붕 위에서 한 마리가 던멜을 향해 뛰어내렸다. 하지만 그는 보지도 않고 몸을 돌려 놈의 머리에 발을 내리꽂았다. 깨진 머리뼈에서 질척한 액체가 터져 바닥에 퍼졌다.

어떤 놈은 두 다리로 뛰어왔고 어떤 놈은 네 다리로 뛰어와 한꺼번에 여러 마리가 던멜을 덮쳤다. 던멜은 두 자루 단검으로 다가오는 족족 벴다.

다운서치 한가운데 모즈의 시체 스무 구가 쌓일 무렵에야 병사들이 나타났다. 던멜은 시체들의 중심에 주저앉아 숨을 고르고 있었다.

모두들 혼자서 이 많은 괴물들을 해치운 던멜을 보고 기가 찬 모양인지 저들끼리 뭐라고 말을 주고받았다. 병사들 중 하나가 던멜이 궁금할 만한 정보를 얘기해주었다.

"입구는 막았습니다. 기사 로일께서 괴물들을 전부 해치웠어요."

멀리서 부상자를 실어 나르는 들것이 바쁘게 오고 갔다. 그중 하나에는 자경단의 캡틴인 코렛도 있었다. 피투성이인 얼굴만 봐서는 죽었는지, 단지 부상으로 기절한 것인지 분간이 잘 가지 않았다.

요새의 동쪽 입구에는 훨씬 치열한 전투의 흔적이 남아 있었다. 괴물들의 시체 틈에 끼인 자경단 병사들의 시체가 그 치열함을 간접적으로 설명해 주었다.

던멜은 입구 앞에 서 있는 로일을 찾았다. 로일도 온몸이 피투성이였다. 던멜은 시뻘건 게 묻어있는 로일의 뺨을 한 손으로 닦아주었다. 살점이 묻어나왔다. 닦아낸 자리는 깨끗했다.

'다친 곳은?'

던멜이 수화로 물었다.

"칼에 베인 곳이 두어 군데 있지만 신경 쓸 정도는 아니다."

'목은 어때?'

"목?"

로일은 처음 다쳤던 상처를 만져 보더니 어깨를 으쓱했다.

"아무렇지도 않군, 이제. 마법사의 약이라 그런지 금방 낫네."

'아군 피해는?'

"잘 모르겠어. 정신없이 싸우느라. 하지만 아까 들어 보니 다섯 명 정도 죽은 것 같더라."

이어지는 로일의 말에는 후회가 가득했다.

"처음부터 나 혼자 싸웠어야 했는데…….”

‘자신하지 마라. 폼은 엉망이지만 녀석들의 힘, 방심해서 한 대라도 맞으면 그걸로 끝이다.’

로일은 물기가 젖어 있는 눈으로 입구 쪽을 바라보았다.

"다음에는 더 많이 올 것 같아.”

‘내 생각도 그렇다. 그리고 이것보다 더 많이 오면 우리 둘만으로는 막기 어렵다.’

탑 쪽에서 말을 탄 마법사들 네 명이 달려왔다. 던멜은 차례로 이름을 떠올려 보았다.

에틀리, 저스틴, 루더, 필립. 회의에서 던멜과 로일을 가장 심하게 몰아세웠던 에틀리가 가장 걱정스러운 표정으로 다가와 말했다.

"괜찮으시오? 우리가 조금 늦었소.”

"마법이 안 통하는 괴물인데, 오셔도 할 일이 없지 않습니까?”

로일은 별 뜻 없이 말한 거겠지만 마법사들에게 반발을 살 만했다. 그러나 긴 금발의 마법사 필립은 부드럽게 넘겼다.

"마법 자체는 통하지 않지만 우리에게도 쓸 만한 기술이 좀 있네.”

에틀리가 필립의 말을 받았다.

"녀석들에게는 마법의 불꽃도, 냉기도 통하지 않지만 물리적으로 패대기치면 칼로 치는 정도의 효과는 있소.”

그는 손가락으로 방향을 가리켰다.

"그보다 방금 내 지도로 알아본 결과 숲 쪽에 모즈들이 삼백에서 사백 정도 집결해 있었소. 바로 쳐들어올 것 같아 우리도 합류한 거요.”

던멜은 로일을 통해 의사를 전달했다.

"던멜이 말하길, 남쪽 경계가 허술하니 그쪽을 맡아 달라 하는군요. 요새의 입구는 내가, 북쪽은 던멜이 맡겠습니다."

루더가 고개를 끄덕였다.

"전부터 그런 식으로 방어를 펼치고 싶었지만 그럴 만한 병력이 없었지. 하긴 이 정도로 쳐들어온 적도 없지만."

루더는 말을 탄 두 사람에게 지시를 내렸다.

"필립, 에틀리. 두 사람이 남쪽 경계를 맡아 주게. 나는 기사 로일과 함께 요새 입구를, 저스틴은 기사 던멜과 북쪽 망루를 맡는 걸로 하지."

던멜은 그가 지시하는 대로 북쪽 망루로 달려갔다. 저스틴이 말을 타고 도착했을 때 던멜은 이미 도착해 있었다.

"자네, 마법을 써서 달렸나?"

저스틴이 놀라 말했지만 남쪽과 북쪽 거리를 왕복해서 달린 던멜은 지쳐서 그의 입 모양을 확인하지 못했다. 저스틴이 말에서 몸을 구부려 던멜의 어깨에 손을 얹었다. 하얀빛이 어깨를 타고 전신을 한 번 감았다가 사라졌다.

던멜의 손가락 끝이나 팔꿈치 같은 곳에서 빛이 가루처럼 떨어졌다.

"어느 정도 도움이 될 걸세."

금발의 마법사는 빙그레 웃어 보이며, 하얀 나무와 붉은 나무가 꼬아 올라간 지팡이를 들었다. 지팡이를 타고 빛의 가루가 반짝이며 흘렀다. 고삐를 쥐고 등을 편 자세로 앉아 있는 마법사는 말만 수년을 타 온 기사들과 비교해도 손색이 없을 정도로 폼이 좋았다.

"지금 케인스윅의 선생들도 이쪽으로 오는 길이오. 그들까지 가세하면 모즈들 삼백 정도는 어느 정도 막아 낼 수 있을 거요."

그가 격려하는 뜻에서 말했다. 던멜은 고개만 끄덕여 보였다.

멀리서 땅을 밟는 진동이 전해졌다. 저스틴은 지팡이를 들고 망루의 병사들에게 뭐라고 소리쳤다. 병사들은 '예, 마스터.'라고 대답했다. 그는 나이에 비해 심각할 정도로 어려 보이는 얼굴이었으나 말에 올라 지팡이를 휘두르니 노장의 기세가 엿보였다.

곧 요새의 벽 너머로 모즈들이 들이닥쳤다. 벽에 걸치는 사다리의 숫자가 아까보다 세 배는 더 많았다. 던멜이 앞으로 나가려 하자 저스틴이 지팡이로 그의 어깨를 툭 쳤다.

"처음은 내가 하겠소."

저스틴은 지팡이를 들어 올려 눈을 감고 뭔가 중얼거렸다. 그사이 괴물들이 벌레처럼 벽을 넘어오고 있었다. 망루의 병사들이 필사적으로 괴물들을 창으로 찌르다 도저히 감당이 되지 않아 망루에서 후퇴했다.

저스틴의 지팡이가 형체를 똑바로 바라보기 힘들 정도로 환하게 빛을 냈다. 요새 가까이에 있던 열대여섯 명의 병사들이 후퇴해 저스틴이 타고 있는 말 뒤로 피했다.

저스틴은 괴물들이 열 걸음 앞으로 다가오길 기다렸다가 지팡이를 앞으로 내밀었다. 보이지 않는 힘에 타고 있는 말이 뒤로 밀려났고 동시에 서른 마리 가까이 되는 모즈들이 한꺼번에 요새의 벽 쪽으로 나가 떨어졌다. 튼튼한 통나무 벽이 크게 진동했고 뒤통수를 들이받은 괴물들은 앞으로 고꾸라졌다. 몇몇 놈들의 머리가 깨져 벽이 피로 물들었다.

병사들은 함성을 지르며 쓰러진 괴물들에게 창을 들고 달려갔다.

저스틴이 타고 있는 말도 놀랐는지 몸을 부들부들 떨고 있었다.

"지금까지 우리는 이런 식으로밖에 괴물들을 막을 수 없었소. 이 뒤는 부탁드리겠소. 같은 마법을 또 쓰려면 시간이 필요해서."

저스틴은 던멜에게 차분한 목소리로 말했다. 하지만 얼굴에는 벌써 식은땀이 두어 방울 흐르고 있었다. 이런 게 마법이 안 통하는 괴물들에게 억지로 짜 맞춰서 쓴 마법이라면, 제대로 쓰는 마법이 어떤 수준일지 상상이 가지 않았다.

벽에 걸렸던 사다리는 마법의 충격으로 다 쓰러졌고 벽에 뒤통수나 등을 들이받은 괴물들 중 절반은 이미 뼈가 부서져 죽거나 움직이지 못했다. 몇몇 움직일 수 있는 모즈들은 그나마 정신을 차리지 못해 자경단 청년들이 찌르는 창 공격을 막지 못했다.

던멜이 나설 것도 없이 1차 공격은 쉽게 마무리되었다.

뒤이어 십수 개의 사다리가 다시 요새의 벽에 걸렸다. 던멜은 사다리가 걸린 쪽 벽을 타고 올라갔다. 벽을 사이에 두고 사다리를 타고 올라온 괴물과 던멜의 얼굴이 딱 마주쳤다.

던멜이 먼저 괴물의 코를 이마로 들이받았다. 그 녀석이 사다리 밑으로 떨어지니 뒤에 타고 올라오던 괴물들이 멈칫했다.

던멜은 힘주어 한 손으로 다섯 마리가 매달려 있는 사다리를 밀었다. 그것들은 사다리에 몸을 의지한 채 바둥대다가 맨바닥에 등부터 떨어졌다.

던멜은 벽 위에 올라서서 괴물들을 내려다보았다. 몰려 있는 모습이 개미 떼가 커다란 사냥감을 노리는 모습과 닮았다.

'잠을 잘 못 잤나? 피곤하군.'

여기에도 많지만 동쪽 입구 쪽은 더 많았다. 로일 혼자서는 감당해 내기 힘들 것이다.

'빨리 처리하고 도우러 가야겠어. 혼자보다는 둘이 같이 있는 편이 효율적일 테니.'

던멜은 병사들이 있는 요새의 안쪽이 아니라 괴물들이 몰려 있는 바깥쪽으로 뛰어내렸다.

내려가는 순간 걷어찬 던멜의 발길질에 나가떨어진 모즈가 다른 모즈들을 같이 넘어뜨렸다. 넘어지지 않은 녀석들은 즉시 던멜에게 달려들어 둔기를 휘둘렀다. 녀석들은 다운서치에서와 똑같이 동료를 찌르거나 베는 것에 개의치 않고 던멜을 공격했다. 규칙도 작전도 없었다. 던멜도 계산이 아닌, 반사적인 움직임으로 반격했다.

더운 피가 얼굴로 튀어도 던멜은 그게 따뜻하게 느껴지지 않았다. 불쾌한 액체가 몸에 닿았다는 느낌 이상은 없었다. 던멜을 중심으로 피와 땀, 그리고 무리가 움직이며 흔들어 댄 공기가 점점 달궈졌다.

'움직임을 가볍게 하자. 녀석들은 불규칙한 움직임을 가진 돌덩어리다.'

절벽에 매달려 떨어지는 돌을 피하고 날아오는 화살을 피하는 훈련을 밥 먹듯 해 온 던멜이었다. 그런 훈련이 그 후 살아남은 수많은 싸움보다 더 치열했었다.

괴물들의 머리를 손으로 짚어 그다음 머리로 이동하면서는, 흐르는 냇물에 둥둥 떠 있는 속 빈 호박을 밟고 뛰는 훈련을 생각했다. 내려오며 모즈의 머리통 하나 박살 내는 것은 바위를 발뒤꿈치로 부수는 것에 비하면 어려운 일도 아니었다. 괴물들의 숫자가 하나씩 줄어들었지만, 던멜은 집중력을 잃지 말자고 스스로 다잡았다.

마지막 남은 다섯 마리는 던멜이 손도 대지 않았는데 투명한 바위에 짓눌린 것처럼 바닥에 납작 엎어졌다. 바둥거리는 녀석들의 몸뚱이 위로 열 개 넘는 나무창이 박혔다. 망루에 병사들과 마법사 저스틴이 서 있었다. 그가 놀라 소리 질렀다.

"괴물들 무리 안으로 뛰어들다니, 이런 무모한 짓이 어디 있소?"

던멜은 괜찮다며 손을 들었다.

"화라도 내고 싶지만 그 무모한 짓이 당신한테는 무모한 짓이 아니었나 보군."

사실 무모한 짓이었다. 던멜은 무모한 짓을 할 수밖에 없었던 이유를 손가락으로 가리켰다. 괴물들이 요새의 동쪽 입구에 잔뜩 몰려들어 있었다. 그리고 다시 북쪽의 숲을 가리켰다.

또 스무 마리 정도가 던멜 쪽으로 왔다. 던멜은 자신을 가리킨 후 멀리 떨어진 요새의 입구를 가리켰고, 다시 저스틴을 가리킨 후 숲에서 몰려오는 스무 마리를 가리켰다.

저스틴은 그 뜻을 이해했다.

"좋소. 여긴 우리가 맡겠소."

던멜은 병사들 중 한 명이 가지고 있는 활과 화살통 두 개를 넘겨받았다. 던멜은 백여 마리가 새까맣게 붙어 있는 동쪽 입구를 향해 달려가며 화살집 하나는 등에, 다른 하나는 허리에 맸다.

동쪽 입구 벽에는 이미 사다리가 열 개 넘게 걸려 있었다.

던멜은 달려가면서 화살을 하나 쏘아 사다리를 막 넘는 한 마리를 맞혔다. 그는 시간차를 두지 않고 그 옆의 사다리, 그다음에는 지상의 모즈들을 공격했다. 일정 거리에 이른 후 그는 제자리에 멈춰 서서 쉬지 않고 화살을 날렸다. 화살 하나에 모즈 하나씩. 허리에 멘 화살통은 금방 비어 버렸다.

동료 스무 마리가 죽는 동안 모즈들은 공격이 어디에서 이뤄지고 있는 줄도 모르고 있었다.

던멜이 등에 맨 화살집으로 손을 옮길 때야 녀석들은 던멜의 위치를 알았다. 그리고 요새를 타 넘기 위해 사다리 밑에 대기하고 있던 모즈들이 방향을 바꾸어 던멜을 향해 달려왔다.

'그래. 나한테 와라. 너희들은 나만 보는 거야.'

던멜은 당황하지 않고 계속 화살을 쏘았다. 소나기처럼 쏟아지는 공격에 모즈들은 무수히 넘어졌지만 그래도 멈추지 않았다. 던멜 역시 뒷걸음질 치지도, 활 공격을 멈추지도 않았다.

한 놈이 넘어지면 그 시체를 밟고 다음 놈이 달려들었고 그 위에 다른 놈이 넘어지면 또 다른 놈들이 달려들었다. 눈, 목, 가슴, 얼굴……던멜이 노리는 대로 한 마리씩 넘어졌고, 그다음 목표에게 시위를 놓는 순간 이미 다음 목표가 정해져 있었다. 던멜에게 달려오는 선상으로 모즈들의 시체가 일렬로 늘어졌다.

그때 아웃서치 숲 쪽에서 끝이 뭉툭한 나무 기둥을 어깨에 짊어진 스무 마리의 괴물들이 달려오고 있었다.

화살이 떨어진 데다가 더 이상 몰려오는 괴물들의 숫자도 감당할 수 없게 되자, 던멜은 요새의 벽을 타 넘어 올라갔다. 망루에 있던 병사가 던멜을 향해 뭐라고 소리 질렀으나 투구에 입이 가려 보이지 않았다.

그 병사는 던멜에게 화살집을 하나 던져 주었다. 그걸 줄 테니 받으라는 소리인 모양이었다. 던멜은 거기에 담긴 화살을 등에 있는 통에 털어 담았다.

던멜은 벽 위에서 기우뚱한 자세로 서서 기어 올라오는 모즈들을 향해 화살을 쏘았다. 잠깐 뒤를 돌아보니 이미 벽을 타 넘고 건너간 괴물들이 요새 안쪽에서 병사들과 전투를 벌이고 있었다. 그 안에 끼어 있는 로일이 수없이 베어 넘겼지만 넓게 퍼져 오는 공격을 모두 막을 수는 없었다.

그 방어 라인까지 통과한 괴물들도 있었다. 그것들은 막는 이 하나 없는 마을 쪽으로 달려가기 시작했다.

공격은 걷잡을 수 없게 되었다. 던멜은 다시 벽을 기어오르는 괴물 두 마리를 화살로 떨어뜨리고 숲에서 나무 기둥을 메고 달려오는 괴물들을 살폈다.

괴물들은 나무 기둥을 요새의 입구에 들이박았다.

입구의 문이 크게 뒤흔들렸다.

'이 자식들, 공성전을 하고 있잖아?'

요새 위쪽 망루는 이미 괴물들에게 점령당해 있어 문에 기둥을 들이받는 공격을 막을 사람이 없었다. 망루와 문을 막아야 할 병사들은 요새를 타 넘은 모즈들과 싸우는 것만으로 벅찼다.

던멜은 화살로 입구를 공격하는 괴물들을 착실하게 하나씩 쓰러뜨렸다. 하지만 하나가 비면 다른 녀석이 그 자리를 메우는 바람에 입구를 부수는 속도를 늦출 수가 없었다.

그때 던멜은 숲 쪽에서 뭔가 다른 존재를 느꼈다.

모즈는 아니었다. 그런데 모즈들 사이에 있었다.

던멜이 그걸 확인하느라 잠깐 한눈을 판 순간, 벽을 타 오른 괴물 한 마리가 몸을 날려 도끼를 휘둘렀다. 던멜은 가까스로 몸을 틀어 피했지만 균형을 잃고 요새 안쪽으로 떨어졌다. 바닥에 발이 닿는 순간 몸을 굴렸으나, 제대로 착지하지 못해 주저앉았다.

공격해 온 녀석은 바닥에 고양이처럼 착지하더니 네 다리로 뛰어 던멜 쪽으로 몸을 날렸다. 던멜은 내리꽂는 녀석의 도끼를 피하고 활처럼 휜 몸을 튕겨 바닥에서 일어났다. 그러자 모즈가 도끼를 집어 던졌다. 도끼라고 해 봐야 그저 뭉툭한 쇳덩어리를 나무 끝에 묶어 놓은 정도지만 워낙 던지는 힘이 좋아 몸의 어딜 맞아도 위험한 수준이었다.

던멜은 고개를 젖혀 도끼를 피하자마자 화살로 모즈의 목을 꿰뚫었다. 가까운 거리라서 화살은 놈의 목을 뚫고 뒤통수로 튀어나왔다.

던멜은 등에 멘 화살집에 손을 가져갔다. 몸을 굴리는 사이에 몇 개 안 남은 화살이 모두 쏟아져 버렸다. 던멜은 포기하고 뒤로 물러나 아군 쪽에 붙었다.

로일이 검붉은 피로 목욕이라도 한 듯한 몰골로 기다리고 있었다.

"내가 벤 숫자만도 오십인데 이제부터 삼백은 더 올 것 같다."

던멜은 수화로 말했다.

'문이 부서질 거다.'

손가락에 끈적끈적하게 붙은 피가 수화를 할 때 팔뚝을 타고 흘렀다. 정신없이 화살을 쏘는 동안은 몰랐지만, 손에 묻은 피가 활시위에서 튕길 때마다 튀어 얼굴도 엉망이었다.

'마법사들에게 말해라. 문이 부서진 후 들어오는 첫 번째 무리를 막

아 달라고.'

로일은 지팡이와 칼을 같이 들고 있는 마스터 루더를 힐끔 바라보았다.

"그런 마법을 벌써 세 번이나 썼다. 그때마다 열 마리씩 놈들의 머리통을 부수어 버렸지만 그런 힘을 더 쓸 수는……."

로일의 말을 가로막으며 루더가 말했다.

"할 수 있네. 자네들이 하라면 해야지!"

루더의 지팡이가 하얗게 빛을 냈다. 마을 경비의 총책임을 지고 있는 마법사가 그런 일을 거절할 리가 없었다. 그가 걱정하는 건 자기 몸이 아니라 요새였다.

"내가 마법을 쓰고 난 다음은 무슨 작전을 쓸 텐가? 이제 병사들도 한계네."

병사들의 절반은 죽거나 다쳤고 나머지도 지쳐서 칼을 지팡이 삼을 지경이었다. 여길 넘어오기 직전 입구를 점거하고 있던 모즈들의 숫자가 이백 마리가 넘는다는 사실을 이미 확인했던 던멜이었다. 그러나 던멜은 굳이 그 수치를 표현하지 않고 로일에게 지금부터 할 일을 설명했다.

로일은 수화를 보자마자 동의했다.

"던멜에게 좋은 작전이 있습니다. 설명할 시간 없으니 처음 기세만 꺾어 주세요. 나머지는 우리 둘이 알아서 하겠습니다."

루더는 즉시 알았다고 말하려다가 멈칫했다.

"방금 '둘'이서 한다고 말했나?"

"시간 없습니다, 마스터 루더."

"차라리 뒤에서 오고 있을 케인스윅 선생들과 힘을 합쳐 공격하는 게 나을 걸세. 그들도 괴물 한두 마리 정도는 해치울 마법을 가지고 있으니……."

루더는 말을 하다 말았다. 선생들이 온다고 한 시간은 이미 지났다. 그들은 아마 방어선을 통과해 마을을 유린하는 모즈들과 맞닥뜨렸을 게 분명했다.

"마스터 루더, 전 말을 잘하지 못하니 이럴 때 어떻게 설득해야 하는지 모릅니다. 하지만 우릴 부른 게 이걸 위해서가 아니었습니까?"

"솔직히 나는 더 많은 숫자의 원군을 기대했었네."

"그럼 우리 둘이 그 기대한 몫을 다 하겠습니다."

요새의 문이 안쪽으로 꺾였다. 성질 급한 괴물들은 또 사다리를 걸고 다른 쪽 벽으로 넘어오고 있었다. 문 너머로 모즈들이 들이박는 나무 기둥이 충돌하는 소리가 들렸다.

쿵! 쿵! 쿵!

곧 괴물들이 통과하기에 충분한 구멍이 생겼다. 썩은 나무에서 애벌레가 빠져나오는 것처럼 모즈들이 뚫린 구멍을 통해서 꾸물꾸물 기어들어 왔다.

던멜은 궁수를 맡은 다른 병사들의 화살을 넘겨받아 다시 두 통을 채워 넣었다. 로일은 짧게 심호흡을 한 후 말했다.

"카셀이 있었다면 루더에게 좀 더 멋지게 말할 수 있었을 거야. 아즈윈이 있다면 우리 둘이 어떤 포메이션으로 싸워야 할지 가르쳐 줬을 것이고 게랄드와 쉐이든은 우리 둘보다 이런 싸움에 더 능숙하지. 아무래도 여기 올 사람이 뒤바뀐 모양이다."

로일은 마치 격려라도 해 달라는 듯 말했다. 싸움의 절반을 활로 이어 온 던멜도 이 정도로 지쳤는데 로일이 지치지 않았을 리 없었다.

던멜은 머뭇거리다가 수화로 말했다.

'덥다. 그렇지?'

"맞아. 이 갑옷, 너무 무거워."

로일은 검을 들었고 던멜은 시위에 화살을 올려놓았다. 문을 통과한 모즈들, 벽을 넘은 모즈들, 수십 마리의 괴물들이 두 사람을 향해 우르르 쏟아져 왔다.

⚜

상대방의 심장을 뚫은 단검을 따라 흐르는 그 검붉은 피를 바라보며 테마르는 생각했다.

'더럽다……'

죽은 이의 눈동자에는 고통인지, 공포인지, 분노인지 모를 핏대가 진하게 새겨져 있었다. 죽은 이가 죽인 이에게 되돌려 주는 마지막 공격인 양 그 눈동자는 던멜을 괴롭혔다.

"그자는 이 지역에서 가장 흉악하면서 가장 강한 자다."

칼스텐은 테마르의 옆에 서서 말했다. 테마르는 아무 의사 표현도 하지 않고 마스터의 입 모양만 바라보았다.

"이 녀석에게 죽은 죄 없는 피해자만 쉰다섯이고 장래가 촉망되는 젊은 기사들이 이자의 비겁한 기습에 열 명 가까이 죽었다. 어떻게 생각하느냐?"

테마르는 한참 후에 수화로 대꾸했다.

'그렇게 강한 자라고는 생각되지 않았습니다.'

"그걸 물은 게 아니야. 이런 녀석이라고 해도 우리가 죽일 권리가 있느냐를 물은 거야."

'아무도 그런 걸 묻고 살인을 저지르지 않습니다. 정당한 일도 아니었고 나쁜 일도 아니었습니다. 전 이자를 죽이면서 제 기술이 정확한지에 대해서만 생각했습니다. 아마도 그게 가장 잔인한 행동이 아닐까 생각합니다.'

"어이쿠, 우문현답이구나. 난 이 녀석이 죽어 마땅하다고 여겨 의뢰도 받지 않고 죽이기로 결정했다. 하지만 네 말대로야. 살인은 살인이지. 그러나 보아라. 피를 두려워하지 않고 검에 재능을 둔 녀석을 내버려 두면 보통 이런 식으로 된다. 피를 즐기게 되는 거지."

'저도 가끔 그런 생각을 합니다. 마스터가 아니었다면 저도 이 사람처럼 되었겠군요.'

"그렇게 잘 싸우면서도 피를 싫어하는 건 네 재능이 될 거야. 난 천성이 피를 좋아하는 쪽이었다. 괜히 암살자 노릇을 하고 있겠느냐?"

'저도 그렇게 되길 원하십니까?'

"아니."

칼스텐은 테마르가 죽인 살인마의 머리를 걷어찼다. 단순하게 찬 게 아니라 암살 기술로 걷어찬 것이어서, 놈의 목뼈가 부러지며 머리통이 거리를 잴 수 없을 만큼 먼 곳으로 날아갔다.

"이 개자식이 겁탈한 여자는 죽인 사람의 세 배 이상이다. 그리고 그 여자들은 어딘가에서 평생 그 고통을 인내하며 살고 있겠지. 그 여자

중 한 명이 자살한 걸 본 후 네 첫 번째 실전 상대를 이 녀석으로 정했다. 유치해 보일지 모르지만 난 그 피를 좋아하는 천성을 이런 식으로 돌렸다."

칼스텐은 숨을 짧게 몰아쉬고 말을 이었다.

"그러다 보니 자연히 강한 녀석들을 찾아다니게 되었단다. 그중에는 죄가 없는 이도 있었다. 나는 그들에게 항상 내 이름을 밝히고 목숨을 건 싸움을 해도 좋은지 물었지. 진짜 강한 녀석들은 거절하는 법이 없었고 나는 항상 그 목숨만을 앗아 갔다. 그래, 난 아직 나와 필적할 정도의 강자를 만나 본 게 아니었어."

테마르는 그때 나눈 대화를 잊을 수가 없었다. 그리고 하루가 지나고 한 달이 지나고 1년이 지난 후 나이가 들면서 그는 스승의 생각을 이해하게 되었다. 그리고 아란티아의 여왕을 암살하라는 의뢰인과의 대화를 통해 스승의 진짜 목표가 무엇인지 알았다.

"의뢰비가 얼마든 그 의뢰는 받을 수 없소. 내가 뭐하러 모든 살아 있는 인간들의 여신과도 같은 분을 죽이겠소?"

쳐다보기도 힘들 정도로 끔찍한 분위기를 풍기는 그 의뢰인을 앞에 두고도, 칼스텐은 당당했다. 그 남자는 쇠가 찢어지는 것 같은 듣기 싫은 목소리로 말했다.

'목소리가 들리고 있어?'

테마르는 깜짝 놀라며 귀를 막았다. 난생처음 '들린다'는 감각에 그는 당황했다. 그러나 그것은 정확히 말해 '들리는 것'이 아니라 '이해되는 것'이었다.

특정 언어를 통해서가 아니라 의미 그 자체가 전달되는 것이었다.

"사례비는 그대가 평생에 걸쳐 원하던 것이다."

테마르는 겁에 질려 부들부들 떨었다. 마스터, 의뢰를 받지 말아요! 그렇게 속으로 외쳐 댔지만 칼스텐은 태연하기만 했다.

"나한테 그런 것도 있었나? 그게 뭐요?"

"아크랜드에서 가장 강한 자."

눈살을 찌푸린 채로 칼스텐은 생각할 시간을 달라고 말했다. 테마르는 겁에 질리기도 했거니와 의뢰 내용이 너무 터무니없어 당연히 칼스텐이 거절할 거라고 생각했다. 하지만 그는 결국 의뢰를 수락했다.

테마르는 마스터가 보인 심경의 변화가 납득이 가지 않았다.

아란티아 여왕의 수호기사 퀘이언과 마스터 칼스텐이 싸우는 모습을 보고 테마르는 살인마를 죽였던 그때가 떠올랐다. 그때 했던 대화 한 마디 한 마디가 이제야 가라앉아 있던 망각으로부터 드러났다.

퀘이언의 검이 칼스텐의 가슴을 베고 뒤이어 배를 찔렀다. 찔린 후에도 칼스텐은 움직일 수 있었으나 저항하지 않았다. 지금까지 봐 온 중 가장 빠르고 정확하게 들어간 마스터의 기술이 퀘이언의 검 앞에 막히는 순간, 이미 테마르는 스승의 패배를 알았다.

테마르는 머릿속이 하얗게 타 버린 기분이었다. 그러나 하얀 바닥 위에 흐르는 붉은 피의 기억만은 선명했다.

서로 등을 기댄 채 앉아 있는 던멜과 로일을 감싸고 있는 것은 모즈들의 몸 안에서 방금 전까지 뜨겁게 흐르고 있던 검붉은 피였다.

로일이 던멜의 어깨를 툭툭 두들겼다.

던멜이 돌아보니 로일이 물었다.

"안 덥냐?"

던멜은 고개만 끄덕였다. 아무도 접근하지 못하는 두 사람에게 가장 먼저 다가간 사람은 데다인이었다.

"공포를 모르는 괴물들이 스스로 물러났군."

데다인은 질척한 피와 살점이 묻어 있는 두 사람의 어깨에 손을 얹었다. 하얀빛이 어깨를 따라 몸 전체로 흘렀다. 상처와 피로가 회복되는 것은 아니었으나 숨 쉬기는 한결 편해졌다.

"마을은 안전하오?"

로일이 물었다.

"뒤따라온 케인스웍의 선생들과 학생들이 마을 안으로 진입한 괴물들을 몰아냈지만, 그 과정에서 마을 사람들 몇 명이 당했네. 미리 대피를 시키지 못해 피해가 컸어."

"지금이라도 다운서치의 주민들을 모두 넌서치로 대피시켜야겠네."

루더가 다가오며 말했다. 그도 이마에서 피를 흘리고 있었다.

"괴물들은 아직 많고 요새는 부서졌어. 즉시 수리를 시작했지만 오늘처럼 들이닥친다면 아무 의미가 없네."

"최후의 경우에는 크보츠 강 너머로 대피한 후 다리를 무너뜨려야겠지."

"라르비튼의 다리를?"

루더는 루티아의 탑을 무너뜨리겠다는 소리를 들은 것처럼 놀랐다.

로일은 사무적으로 물었다.

"다리를 무너뜨리는 게 어느 정도나 효과가 있습니까?"

"크보츠 강을 통과하는 다리는 하나뿐이다. 강폭이 넓어 헤엄을 못 치는 모즈들은 강을 건너지 못할 것이다. 시간은 조금 벌 수 있겠지. 하지만 루티아를 상징하는 건축물 중 하나를 내 손으로 부수고 싶지는 않아. 우선 이 경계는 최후까지 지켜야 할 것이다. 그보다 루더, 상처는 괜찮나?"

"무기에 스친 거야. 독은 퍼지지 않아."

"그래도 모르니 치료를 하게. 그리고 마스터 에틀리가 죽었네."

데다인은 짧게 말했고 루더는 놀란 표정조차 짓지 못했다.

"마법을 쓸 수 없게 된 마지막 순간까지 칼을 휘두르다가 그만 도끼에 맞은 모양이야."

"직접 확인했나?"

"확인했네. 하지만 자네는 보지 않는 편이 좋을 걸세."

데다인은 다시 로일과 던멜의 어깨에 동시에 손을 얹었다. 한 번 더 기분을 좋게 해 주는 빛이 두 사람을 감쌌다.

"두 사람은 선천적으로 마법이 잘 통하지 않는군. 보통 사람이라면 벌써 상처가 아물었을 만큼 내 힘을 다 쏟아 내었는데도 겨우 출혈을 막는 정도니……."

"몇 군데 괴물에게 할퀸 부위가 있소. 치료를 따로 받아야겠소."

로일이 말했다.

"들것을 불러주겠네."

"그런 게 있으면 다른 부상자에게나 쓰고 우리에게는 그냥 그 약초나 주시오. 그리고 숲 너머의 모즈들은 아마……."

"알고 있네. 짧은 후퇴지. 우리가 쉴 틈을 주지 않고 더 많은 숫자로 공격해 올 거야."

별거 아닌 듯 말하는 데다인의 입술이 떨렸다. 애써 눈물을 감추는 루더와 아예 눈물조차 보이지 않기 위해 억지로 냉정함을 보이는 데다인 중 어느 쪽이 더 에틀리의 죽음을 슬퍼하는 건지 던멜은 알 수 없었다. 그리고 생각하고 싶지도 않았다.

그런 죽음은 앞으로 더 많이 있을 것이다.

"덥군."

로일이 다시 한번 말했다. 해가 머리끝에 걸려 있었다.

Chapter 6

카구아

"우선 칼이 스물여섯 자루고……."

자경단의 캡틴 코렛이 말했다.

"부러진 걸 빼면?"

로일이 물었다.

"스물둘이요. 창은 마흔네 자루인데 모즈의 살갗을 뚫을 만큼 튼튼한 걸 추려내면……."

코렛은 나무 끝에 쇠붙이를 단 것에 불과한 아홉 자루를 옆으로 치웠다.

"서른다섯 자루네요. 전투 도끼가 네 자루 있지만 한 자루는 날이 상해서 못 쓰고……."

"이 도끼들은요?"

"그건 요새 지을 때 쓰던 장작 패는 도끼인데요."

"이 정도면 쓸 수 있을 거요."

"그럼 합쳐서 도끼 열다섯 자루입니다."

코렛은 머리에 붕대를 동여매고도 쉬지 않았다. 전날 전투에서 전투 개시 후 얼마 되지 않아 머리에 돌도끼를 얻어맞고 기절했는데 그때 싸우지 못한 것에 죄책감을 느끼는 것처럼 보였다.

"창을 배운 사람들에게 창을 쥐여 주고 도끼질에 경험이 많은 사람들은 도끼를 쥐여 주도록 하시오. 그리고 나머지에게는 칼을 주고 밖으로 집합시키도록 하시오."

로일은 간단히 지시했다.

코렛은 경계 근무를 서는 병사들을 제외한 모든 병사들을 모았다. 병사들이라고 해 봐야 이제 자경단의 청년들은 반도 남지 않았고 나머지는 자원해서 온 마을의 중년들이나 아직 나이가 차지 않은 소년들이었다. 생각 같아서는 모두 보호자에게 맡겨 최후방에 두고 싶은 이들이었다. 하지만 이런 식으로 무리를 해서 병사들을 모아 봐야 백 명이 겨우 될 정도였으니까 선택의 여지도 없었다.

거기에 지팡이 대신 칼을 꿰 찬 케인스윅의 교사들과 학생들이 또 백 명 정도 되었다. 앞으로 대륙으로 나가면 사람들 앞에서 마법사라며 존경을 받고 다닐 사람들이 고작 병사들에 섞인 샌님들 꼴을 하고 있으니 던멜은 보기 안타까웠다.

마법사는 신비함을 가지고 있기 때문에 마법사……, 라는 걸 감안하면, 모즈들이 이곳을 침략해 첫 번째로 부순 건 요새의 벽이 아니라 그 신비함이었다.

"어쩔 수 없어요. 한 마리를 해치우기 위해 마법을 모조리 쏟아붓고 지쳐서 쓰러지는 것보다 저게 낫죠."

바닥에 주저앉아 활을 다듬는 던멜의 옆에 플로라가 앉았다. 그녀도 몹시 피곤한 얼굴이었다.

"간밤에 다시 한번 괴물이 쳐들어올 거라고 해서 저는 무서워서 잠도 못 잤어요. 아, 참. 옆에 앉아도 되나요?"

그녀는 뒤늦게 묻고, 앉으면 안 되는 거 아니었나 하는 쓸데없는 걱정을 했다. 피곤한 성격인 것 같으면서도 귀여운 매력 같기도 했다. 어쨌든 그녀의 축 처진 눈과 그런 성격은 잘 어울렸다. 간밤에 똑같은 근심으로 밤을 샌 던멜은 그녀의 자잘한 행동에서 마음의 위안을 얻었다.

딱히 할 이야기는 없었던지 그녀는 막상 앉아 놓고선 아무 말도 하지 않았다. 던멜도 묵묵히 활시위 점검을 마쳤다.

플로라는 기다리고 있다가 말없이 어디론가 가 버렸다. 항상 옆에 오면 혼자 떠들다가 방해해서 미안하다며 달아나 버리는 그녀답지 않았다. 있어도 있는 것 같지 않았지만, 있다가 없어지니 허전했다.

던멜은 어제 피만 닦아 둔 단검을 꺼내 날을 다듬었다. 르고가 만든 검은 어지간해서는 상하는 법이 없었다. 어떤 마법의 힘인지 모르겠지만, 적당히 무뎌진 정도는 이튿날 날카롭게 일어서 있었다.

녹이 스는 일도 없었다. 때문에 지금 칼을 다듬는 것은 긴장된 마음을 다스리기 위한 시간 보내기에 불과했다. 전날의 피로를 남기지 않기 위한 휴식이기도 했다. 언제 괴물들이 또 대규모로 쳐들어올지 모르니까.

갈증이 나 자리에서 일어나려고 할 때 플로라가 돌아왔다. 그녀의 손에는 커다란 주전자와 컵 하나가 들려 있었다.

"드시겠어요?"

던멜은 그녀가 준 물을 마시며 요새의 문을 고치는 과정을 지켜보았다. 웃통을 벗고 작업하는 젊은이들 사이에서 긴 금발의 마법사 필립이 유난히 눈에 띄었다. 햇빛에 하도 반짝거려서 밤에도 빛을 낼 것처럼 보였다.

던멜이 누굴 보고 있는지 알고, 플로라가 말했다.

"마스터 필립은 마스터 에틀리와 친분이 두터운 분이셨어요. 장례식조차 치를 시간이 없다는 것에 누구보다 안타까운 사람도 저분이겠죠. 그러니 이 일에도 가장 앞장서고 싶으실 거예요."

던멜은 나뭇가지를 하나 들어 바닥에 글씨를 썼다.

- 마스터들의 마법,

- 괴물들 죽였습니다.

"예, 그렇죠. 우리들도 한두 마리 정도는……."

- 모즈는 마법이,

- 안 통한다고 들었습니다.

"아, 그거라면 이렇게 설명해야겠군요."

플로라는 손바닥 위에 작은 불꽃을 만들어 허공에서 터트렸다. 작은 폭발이었지만 던멜은 반사적으로 뒤로 고개를 젖혔다.

"죄송해요! 좀 셌군요."

플로라는 버릇처럼 사과를 한 후 말을 이었다.

"이게 마법의 불꽃이에요. 이 불꽃은 자연의 불꽃과 거의 같은 힘이에요. 자연의 힘을 극단적으로 높이거나 내리는 게 마법이라고 생각하시면 돼요. 불, 얼음. 작은 물건이라면 저도 이런 식으로 이동할 수 있어요."

플로라는 다섯 걸음쯤 떨어져 있는 주먹만 한 돌을 손도 대지 않고 휙 집어던졌다. 공교롭게도 지나가는 병사의 어깨에 맞았다. 그녀는 벌떡 일어나 사과했다.

"아, 미안해요. 정말 미안해요. 괜찮아요? 정말요?"

플로라는 맞은 이가 괜찮다고 몇 번을 말해도 미안하다는 말을 반복한 후에야 도로 자리에 앉았다.

"전 항상 사고뭉치군요."

그녀는 머리를 긁적이며 말을 이었다.

"어쨌든 마스터들은 이런 마법에 굉장히 능숙해요. 저도 집중하면 화살도 쓸 수 있어요. 싸움이 벌어지면 제가 맡은 임무도 사실 그런 마법이에요. 제가 칼을 들고 서 있어 봐야 방해만 될 테고, 그렇다고 케인스윅의 교사 정도 되는 이가 구경만 할 수는 없으니까요."

던멜은 다시 글씨를 썼다.

- 어제 저스틴,

- 모즈들 열 마리, 던졌습니다.

"가능해요, 마스터들이라면. 사람 한 명 무게라면 저도 공중에 들었다 놓을 수 있어요. 하지만 기사님께서 가지는 의문 그대로 괴물들은 마법이 통하지 않으니 당연히 집어던질 수도 없죠. 모즈들을 내던진 것, 그건 간접적인 거예요. 공기를 움직이는 거죠. 또 바위 같은 사물들을 움직여 공격해요. 저처럼 화살을 쓰거나."

플로라는 한숨을 푸우우욱 내쉬었다.

"문제는 화살도, 바위도, 무기 삼아 집어 던질 만한 물건도 부족하다는 거죠. 그러니 마법사들까지 칼을 쓸 수밖에 없게 된 거예요."

활에 맞아 죽은 괴물들에게서 화살을 도로 빼서 모으는 담당이 따로 있을 정도로 화살 부족은 심각했다.

로일에게 검술을 배우던 마법사 중 익숙한 얼굴 하나가 두 사람 곁으로 다가왔다. 처음 탑 안을 안내해 주었던 베드포드였다.

"두 사람 얘기를 듣자니 저도 끼고 싶어지는군요. 물 좀 주시겠습니까, 기사 던멜?"

던멜이 내주는 물을 한 잔 마시고 베드포드는 깊게 숨을 내쉬었다. 여긴 만나는 사람마다 얘기하기 전에 한숨부터 내쉬었다.

"마법사들의 도시에서 전투가 벌어지니 가장 쓸모없는 게 마법을 가르치는 케인스웍의 교사가 되어 버리는군요."

"저도 동감이에요, 베드포드. 이곳에 위험이 닥친다면 언제나 우리가 스스로의 힘으로 해결할 줄 알았는데, 그러지 못하고 있네요."

베드포드는 웃으며 던멜에게 말했다.

"얘기 많이 들었습니다. 두 하얀 늑대들의 활약에 모든 병사들이 깊은 감명을 받았어요. 두 사람이 어제 하루 해치운 모즈들의 숫자가 자경단 청년들이 지금까지 죽인 괴물을 모두 합한 것보다 더 많다더군요. 게다가 요새의 문이 부서진 후의 두 사람은 정말 놀라웠다고 들었어요."

던멜은 고개만 끄덕였다. 던멜은 사실 정신없이 싸웠다는 것 말고는 기억나는 게 별로 없었다. 뭔가 호응을 기대했던 베드포드는 그냥 웃으며 얘기를 마무리 지었다.

"솔직히 말해 이 도시가 얼마나 오래 모즈들의 공격에 버틸 수 있을 것 같습니까?"

베드포드의 노골적인 질문에 던멜은 망설이다가 플로라의 눈치를 보았다. 그녀가 말했다.

"저도 솔직한 대답을 듣고 싶어요. 아무에게도 말하지 않을게요."

결국 던멜은 두 사람의 바람대로 나뭇가지로 글씨를 썼다.

- 한 번.

둘은 침묵했다. 두 사람 다 질문을 한 것을 후회하고 있을 것이다. 던멜 역시 솔직하게 대답해 버린 것을 후회했다.

베드포드는 루티아에 대해, 마을 인구가 이천 명 가까이 되지만 거의 노인들이 대부분이며 그중 케인스윅 교사 정도의 마법을 쓸 수 있는 사람은 고작해야 백여 명에 불과하다는 등의 이야기를 늘어놓았다. 얘기 중에 던멜은 마법 수련생들과 마을 사람들의 관계가 하숙생과 하숙집의 관계라는 것에는 흥미가 당겼으나 위기를 앞두고 그런 유쾌한 얘기에 집중하고 싶지 않았다.

베드포드는 혼자 열심히 얘기를 늘어놓다가 다시 검을 배우러 가야 한다며 자리를 떴다.

플로라는 딱히 할 이야기도 없고 할 일도 없는데, 계속 던멜의 옆에 있었다. 던멜도 그녀를 내치지 않았다. 그녀는 옆에 있는 것을 창피해했지만, 왜 옆에 있고 싶어 하는지 설명하는 걸 더 창피해한 나머지 아무 말도 하지 않는 바람에 어색함이 배가되었다. 하지만 어느 쪽도 다른 한쪽을 귀찮아하거나 같이 있는 걸 싫어하지 않았다.

저녁 식사 시간이 되니 계속 옆에 있어 주던 플로라가 말도 않고 사라졌다. 던멜은 식사를 따로 하려나 보다 하고 신경 쓰지 않았다. 대신 로일이 와서 같이 밥을 먹으러 갔다.

낮에 잠깐 존 것을 빼면 어제 전투 이후 한잠도 자지 않은 탓에 무척 피곤했다. 로일도 마찬가지였다. 하지만 둘은 겉으로 티 내지 않고 구운 빵에 염소젖과 치즈를 먹었다. 뜨거운 닭고기 수프는 지친 몸을 달래 주었다.

부녀자들은 마을을 지키는 전투에 나서지 못한 걸 억울해하기라도 하는 것처럼 식사 준비에 열성이었다.

경계 근무 교대에서 돌아온 병사들이 합류하며 임시로 차려진 천막 아래 식당이 북적댔다. 횃불을 밝히고 모닥불이 활활 타오르는 막사에 날벌레가 우글거렸다. 모깃불을 지피던 청년 하나가 화이트비에 벌레 퇴치 기능은 없냐고 케인스월의 선생한테 따지고 있었다.

"둘 중 한 명씩은 자도록 하자. 둘 다 깨어 있는 건 효율적이지 못해."

음식 먹는 동안 내내 말이 없던 로일이 입을 열었다.

던멜이 수화로 제안했다.

'네가 먼저 자라. 새벽에 깨우겠다.'

"밤에는 내가 더 유리하지 않아?"

'내가 더 유리해. 안 보이니 더 예리해지지.'

던멜은 농담처럼 자신의 귀를 가리켰다.

"다들 아즈윈이나 게랄드가 낙천적이라고 하지만, 그건 그냥 걔네들 성격이고 진짜 낙천적인 사람은 너인 것 같아. 배우고 싶어."

'그건 네가 만든 게랄드식 농담이냐?'

"진심이야. 듣지도, 말하지도 못하는 약점에 대해 넌 아무 콤플렉스도 없잖아. 그건 굉장하다고 생각해."

던멜은 빵을 마저 입에 욱여넣었다. 로일은 잠시 그를 바라보다가 말했다.

"호이로―모."

던멜은 입을 우물거리며 한참이나 로일을 바라보다가 물었다.

'그게 무슨 소리냐?'

"칼이 내게 했던 말이다. 어제 자다가 불쑥 떠올랐다."

'칼이 말을 하다니?'

"기억나? 내가 카모르트에서 보검을 잃어버렸던 거. 나도 지금까지 그것을 자다가 잃어버린 거라고 생각했다. 그런데 아닌 것 같다. 칼이 날 버린 것이다."

던멜이 놀란 건 빵을 삼킨 뒤였다. 로일은 자세히 설명했다. 어차피 이런 얘기는 다른 사람이 듣든 말든 상관없었는지 수화로 하지 않고 그냥 말했다.

"갑자기 졸음이 온 거다. 난 실수로 잠든 거라고 생각했다. 라틸다를 지킬 때도 몇 번이나 떠올랐던 생각이었지. 그런데 아니었어. 호이로……, 모. 그런 목소리가 들렸다. 난 칼이 내게 무슨 말을 했는지 기억이 안 나. 하지만 대충 뜻은 알겠더라. '날 놔라. 날 버려라. 다시 돌아올 테니 지금은 날 놔라.' 그런 말이었다."

로일은 어딘지 기분 나빠하는 표정으로 말을 이었다.

"그래, 난 보검을 잃어버린 게 아니라 무의식중에 보검이 시키는 대로 했던 거다."

던멜은 한참 후에야 수화로 말했다.

'왜 말하지 않았나? 모두에게 할 필요는 없겠지만, 카셀이나 쉐이든 에게는 상의할 수 있었잖아.'

"기회가 없었다. 아니, 변명하는 것 같아서 싫었다. 내가 보검을 잃어버린 건 어쨌든 사실이잖아. 그래서 카셀이 왔던 건데 내가 뭐라고 설명해? 설명할 자신 없어."

'그럼 왜 지금 와서 말하는 건가?'

"보검은 다시 돌아온다고 했다. 검은 사자 백작 앞에서 카셀이 내게 보검을 줄 때, 나는 그때가 그 순간인 줄 알았다. 하지만 칼은 목소리를 내지 않았다. 그때가 아니었던 거야. 나는 카셀에게 다시 칼을 돌려주었고 언젠가 다시 칼이 돌아올 거라고 생각했어."

로일은 조금 슬픈 눈으로 던멜을 돌아보았다.

'그렇다면 칼의 목소리대로 언젠가 네게 돌아가겠지. 기다려.'

"난 보검이 돌아오길 기대하고 있는 게 아니야. 무서운 거다."

'왜?'

"그게 다시 돌아오는 순간에, 내 앞에 검은 사자 백작을 감싼 그 어둠의 힘과는 비교도 안 되는 적이 서 있을 것 같아서."

던멜은 아무 말도 못했다.

로일은 그의 어깨를 툭툭 치고 자리를 떠났다.

"그럼 내가 먼저 잘게. 새벽에 깨워."

던멜은 고개를 끄덕이는 것 외에는 달리 할 것도 없었다.

로일을 보낸 후 던멜은 망루에 섰다. 자정이 넘도록 숲에는 별다른 움직임이 보이지 않았다.

모즈들은 가끔 숲 밖으로 고개를 내밀었다가 도로 사라지기도 하고, 요새의 앞까지 장난치듯 다가왔다가 이쪽에서 공격하려 들면 도망쳤다. 병사들은 그럴 때마다 한층 긴장했지만 사라지면 맥이 탁 풀리곤 했다.

반복되는 괴물들의 행동이 꺼림칙했다. 던멜 혼자만 그런 느낌을 가지는 건 아니었다.

"점점 똑똑해진다는 생각이 드는군."

마스터 루더는 생각만큼 요새 방어에 전력을 다하지 않았다. 그는 괴물들의 공격이 있을 때나 자신의 경계 근무 시간에만 열심이었고, 그 외의 다른 시간에는 탑으로 돌아갔다. 어떤 중요한 임무가 있는지 모르겠지만, 요새의 방어가 그의 본래 임무라면 거기에 전력을 다해야 할 것이 아닌가 하고 던멜은 생각했다. 그러나 마법사들의 생활에 대해 그는 가급적 개입하지도 않았고 추측만으로 단정을 내리지도 않았다.

"저 녀석들이 숲에서 모습을 드러내길 반복하는 것만으로도 우리의 체력을 빼앗아갈 걸세."

모두들 어제의 공세 이후, 밤에 한 번 더 공격이 있을 거라고 예상하고 경비를 섰다. 그러나 저런 식으로 긴장만 시키더니 가 버렸다. 지금도 놈들은 같은 짓을 반복하고 있었다.

"이럴 때 울프 기사단이 있다면 어떤 작전을 짜겠나?"

루더가 물었다.

던멜은 난간에다 손가락으로 짧게 뜻을 남겼다.

- 작전, 없소.

- 오면, 싸운다. 그뿐.

"자네 같은 기사들이 오십이면 것도 이상할 게 없군. 마법이 통한다면 우리도 그런 말을 자신 있게 할 텐데…….'

자기들만의 무기를 잃어버린 마법사들은 자신감도 잃어버렸다. 플로라도 그렇고, 베드포드도 그랬는데, 루더도 예외는 아니었다.

루더가 떠난 후 교체라도 하듯 다섯 명쯤 되는 무리가 망루 밑으로 다가왔다.

횃불 아래로 플로라가 보였다. 그녀는 던멜에게 내려와 보라고 손짓했다. 그러고 보니 루티아에 와서 던멜에게 가장 말을 많이 건넨 사람은 플로라였다. 그녀는 자기 행동을 수줍어할 뿐 정작 던멜의 언어 문제는 개의치 않았다.

"제가 가르치는 학생들이에요. 던멜을 만나고 싶다고 해서 데려왔어요."

플로라가 데려온 사람들은 열일곱 살밖에 안 되는 어린 소녀에서부터 서른 살이 넘는 남자도 있었다. 특별히 나이 제한을 두고 학문을 가르치는 학교가 아니니 이런 연령 구성은 당연한 것이었다.

"아, 그리고 우리 다섯 명이 모즈들과 대항하기 위한 마법을 연구했어요. 특히나 우리들은 전투라고는 전혀 모르는 약골들이라서 전부터 검술을 익히기보다 이런 방법을 구상해 왔거든요. 한 번 봐주시겠어요?"

플로라가 설명했고 메트라는 청년이 나섰다. 그는 네모난 나무통을 옆구리에 껴서 안이 들여다보이게 들어 올렸다. 위쪽에 홈이 파여 있고 안에는 화살이 들어 있었다.

"볼품은 없어도 꽤 효율적이라고 생각해요."

그는 활을 쏘는 연습을 하는 과녁을 앞에 두고, 주문을 외웠다. 팔뚝에 끼고 있던 통에서 화살 네 개가 팔뚝 주위로 떠올랐다. 땀을 흘리며 마지막 주문을 끝내자 화살 네 개가 과녁에 후드득 박혔다.

가까운 쪽 망루에서 구경하던 자경단 청년들이 박수를 쳤다.

박히는 깊이를 보니 활로 직접 당기는 것보다 위력이 강했다.

"이런 식으로 홈을 따라 화살을 끌어내면 여러 대를 한꺼번에 쓸 수 있죠. 원래대로라면 마법으로 화살을 쏘는 건 효율성에서 많이 떨어지지만 지금은 거꾸로 좋은 방식이라고 생각합니다."

메트가 말했다.

던멜은 진지하게 지켜보다가 따라오라고 수신호를 보냈다. 플로라의 학생들은 영문을 모르고 망루에 올랐다.

던멜은 숲을 한번 가리킨 후 쏴 보라고 했다. 메트는 시키는 대로 팔을 뻗었다. 던멜은 그 팔의 각도를 조금 더 위로 하게 한 후, 다섯 손가락을 쫙 펼쳐 보였다.

"화살을 흩어지게 쏘라는 뜻인가요?"

던멜과의 대화에 익숙해진 플로라가 금방 손짓을 이해했다. 던멜은 고개를 끄덕였다. 메트는 시키는 대로 화살을 공중으로 쏘아 올렸다. 화살 네 대가 숲 가까운 쪽에 박혔다. 던멜은 엄지손가락을 펴 보인 후 난간에 글씨를 썼다.

- 화살이 박힌 위치, 방금 쏘았던 팔의 각도, 강도를 기억하시오.

메트는 던멜이 뭘 원하는지 금방 알아챘다.

"고맙습니다. 녀석들이 쳐들어오면 제일 먼저 내 화살에 쓰러질 거예요!"

플로라도 웃으며 모두에게 말했다.

"여러분들도 몇 번 연습을 해 봅시다. 그리고 코렛에게 가서 이 공격 방법에 대해 말씀드리세요. 전투 시 각자의 위치를 지정해 줄 거예요."

화살을 아끼기 위해 연습을 길게 하진 않았으나 굳이 여러 번 할 필요는 없었다. 강도나 정확도보다는 거리감만 잡으면 충분했다. 어제 같은 공격이 들어오면 던멜은 이 마법으로 모즈들 오십은 넉넉히 잡을 수 있겠다고 계산했다.

"모두에게 용기를 주셨어요."

플로라는 화살 쏘는 연습으로 흥분한 학생들을 보내고 던멜 옆에 서서 말했다.

"저 역시 마찬가지고요."

던멜은 난간에 글씨를 썼다.

- 도움, 될 겁니다.

"어떻게든 힘이 되고 싶어서 생각해 본 건데 다행이네요. 물체를 움직이는 마법은 아주 힘들어요. 시위를 떠나는 화살만큼의 위력을 내는 학생은 메트 정도죠. 저 통은 좀 더 연구해 볼 가치가 있어요."

- 플로라는 어느 정도?

플로라는 화살을 하나 쥐어 허공에 날려 보냈다. 어둠 속에서 망루 위를 한 바퀴 회전한 화살은 도로 그녀의 손에 얌전히 올라갔다.

"이 정도요."

아마 그녀가 마음만 먹으면, 블랙풋의 마법사 메첼이 단검을 이용해 보여 줬던 무서운 암살 기술쯤은 손쉽게 해낼 것이다. 겉으로는 약해 보이지만 플로라 역시 케인스웍의 선생이었다. 블랙풋 최고의 암살자라고 해도 여기 오면 플로라 밑에서 배워야 할 학생 수준인 것이다.

"아까 저녁에 베드포드는 사실……."

플로라의 얼굴에서 웃음기가 사라졌다.

"우리 중에 배신자가 있을지도 모른다는 얘기를 하고 싶어 했어요."

던멜도 루티아노에서 그 이야기가 나온 뒤로 계속 머릿속에 담고 있던 이야기였다.

"처음 그런 의심을 하게 된 건 누군가 하늘 산맥의 숲에서 모즈들을 공격하면서 제기되었어요. 그러니까 여기 루티아가 아니라 하늘 산맥의 다른 곳이요. 거기에서는 모즈들이 마법의 불길에 새까맣게 타서 죽었지요. 그런데 이상하게도 아웃서치 안으로 들어온 모즈들에게는 마법이 안 통하는 거예요."

플로라는 어떻게 이야기를 이어야 할지 고민하다가 다시 입을 열었다.

"마법만 통한다면 우리 힘만으로 막을 수 있었을 거예요. 마스터들이 나설 필요조차 없었을 테죠. 그런데 이 괴물들에게는 마법이 통하지 않아요. 애초에 마법이 통하는 짐승이라면 화이트비가 내는 신성한 빛의 영역 안에 발을 들이지 못한답니다."

플로라는 희미하게 빛을 내고 있는 탑 위의 보석을 가리켰다. 까마득히 높은 곳에서 반짝이는 보석은 이제 더 이상 신비로운 느낌이 들지 않았다. 나디움의 화이트 게이트는 단 한 번도 그 은은한 신비감을 잃은 적이 없었던 걸 생각하면 지금 루티아는 크나큰 힘을 하나 잃은 셈이었다.

"일정 라인 안에 들어올 때만 마법이 통하지 않는 것 때문에 '누군가 괴물들을 보호하고 있다!'라는 의심이 들 법하죠. 하지만 우리 같은 케인스윅의 교사들은 저 엄청난 숫자의 모즈들을 보호할 정도의 마법을 쓸 수 없어요. 굉장히 어려운 마법이에요. 적어도 루티아의 마스터는 되어야죠."

플로라의 마지막 말에 던멜은 고개를 갸웃했다. 그녀는 황급히 손을 저었다.

"제가 표현을 잘못했군요. '배신자가 있을지도 모른다, 그 사람이란 루티아의 마스터 수준의 마법사다.' 이런 뜻이지, 루티아의 마스터들 중 한 명이 배신자라는 소리가 아니에요. 그분들이 무슨 이유로 루티아를 공격해 오는 괴물들을 보호하겠어요?"

루티아에 배신자가 있어 괴물들을 보호한다는 건 울프 기사단 중 하나가 배신해 나디움을 공격하려 한다는 것과 비슷한 의미였다. 던멜은 그런 장면을 상상할 수가 없었다.

- 보호 마법이 괴물들에게 걸려 있다면 그 보호 마법을 없앨 수도 있지 않겠습니까?

던멜이 시간을 들여 천천히 글씨를 써서 물었다.

"역마법을 쓰려면 어떤 마법이 모즈들에게 쓰이고 있는지 알아야 해요. 마스터 골베인과 케인스윅 교사들이 전력을 다해 연구하고 있지만 아직 찾지 못하고 있어요. 그랜드 마스터인 러스킨조차 해결하지 못하고 있죠."

갑자기 덴모주의 지하실이 생각났다. 어둠을 타고 흘러들어오는 무형의 공격에 던멜은 처음 마법이란 것에 공포를 느꼈었다.

"솔직히 전 그런 음모가 사실로 밝혀진다 해도 믿지 않을 것 같아요. 루티아의 마스터들은 저에게 있어 또 다른 부모님이자 선생님이에요. 어떤 이유에서 그분들이 절 죽여야 한다고 말한다면 저는 거기에 따를 수도 있어요."

플로라의 눈에는 눈물이 맺혀 있었다. 그녀가 가진 루티아에 대한 애정은 아란티아에 대한 던멜의 애정보다 진했다.

갑자기 플로라가 겁에 질려, 던멜의 어깨를 꽈악 쥐었다. 던멜은 공포에 찬 그녀의 눈동자가 향하는 숲을 살폈다. 다른 쪽 망루에서도 병사들이 동료를 불러 모으고 있었다.

던멜은 분명 모즈들의 의미 없는 도발이 시작된 거라고 생각했다. 그러나 모즈들의 움직임은 없었다.

다른 것이 있었다!

나무와 나무 사이를 뛰는 기묘한 움직임이 시커먼 어둠 속에서 힐끗 보였다. 요새에 켜진 햇불과 화이트비가 밝히는 조명만으로는 그게 뭔지 알 수가 없었다. 던멜은 기묘한 느낌을 좇아서 숲의 왼쪽에서 오른쪽으로 시선을 옮겼다.

언젠가 이런 광경을 본 것 같은 기분이 들었다.

이상한 그림자가 나무 밖으로 모습을 드러냈다. 말처럼 생겼지만 갈기가 무성하고 눈은 툭 튀어나온 것이 말과는 전혀 다른 느낌의 동물이었다. 무성한 갈기는 위에 타고 있는 기수의 가슴까지 가리고 있었다. 송곳니가 입 밖으로 나와 있어 초식 동물 같지는 않았다. 짐승 위에 타고 있는 기수는 검은 로브로 몸을 가리고 있었다.

마치 유령 같았다.

어두워서 로브 안쪽은 보이지 않았다. 로브 바깥으로 드러난 팔과 다리는 모두 검은 갑옷으로 무장되어 있었다. 기묘한 복장의 기사는 빨리 달리는데도 느리게 달리는 것처럼 보였다.

그 기사는 숲 밖으로 나와 다시 한번 요새의 오른쪽에서 왼쪽으로 달려갔다. 망루에 있는 병사들은 그 모습을 관찰하기만 할 뿐 공격을 준비하지 않았다.

본 적이 있는 존재라는 뜻이었다.

"'카구아'예요."

플로라는 던멜의 팔뚝을 잡은 손에 힘을 빼지 않고 말했다.

"정체가 뭔지는 가장 나이 많은 마법사들도 몰라요. 단지 부를 명칭이 없어 루티아의 전설 속에 나오는 유령의 이름을 붙였지요. 정확히 기억은 안 나지만 아마 5, 6년 전부터 나타났던 것 같아요. 그냥 조용히 나타나 루티아의 마을 주변을 뛰어다닌 후 갑자기 사라져 버려요. 최근에는 나타나는 횟수가 더욱 잦아졌어요."

- 유령? 전설?

던멜이 물었다.

처음 하늘 산맥에 들어왔을 때 숲을 흔드는 거대한 물체와 함께 순식간에 나타났다가 사라져 버린 검은 형체와 동일한 존재인지도 몰랐다. 그럼 저자는 나무 위로도 뛰어오를 수 있단 말인가? 노르만트의 성벽을 타 넘었던 열두 검은 기사들처럼?

"카구아에 대한 전설은 많아요. 사악한 드래곤의 피가 레미프의 몸에 닿아 변한 존재라는데 형체도 모양도 없지만 달빛을 받으면 모습이 나타난다는 전설이 제일 유명하죠. 하늘 산맥에서 길을 잃은 인간들을 잡아먹고 산다고 하죠."

플로라는 하늘을 가리켰다. 커다란 보름달이 보였다.

"마스터 필립이 해 준 레미프들의 전설 중에는 이런 얘기도 있어요. 엄청난 실력을 가진 인간 사냥꾼이 하늘 산맥에 도전했다가 길을 잃고 죽어 가면서 자신을 여기에 가둔 하늘 산맥의 신과 레미프들을 저주했 대요. 그리고 다시 태어난 게 저런 모습이고 레미프들을 사냥하고 다닌 대요. 그냥 자기 전에 애들한테 해 주는 무서운 얘기에 불과한데 이제 는 둘 다 무시할 수 없게 되어 버렸네요."

로브를 펄럭이는 검은 기사는 세 번이나 요새 주위를 맴돌다가 플로 라가 말한 대로 갑자기 사라져 버렸다. 겨우 긴장이 풀린 플로라는 얼 른 던멜의 팔에서 손을 뗐다.

"죄송해요. 또 이러는군요. 제 버릇이 이래요. 겁을 먹으면 옆에 있 는 사람이 누구든 붙들어 버리거든요. 전에는 그랜드 마스터를 껴안는 바람에 마스터들에게 혼나기도 했어요."

플로라는 또 자책했다.

- 신경 쓰지 마십시오.

- 그보다, 카구아에 대해서 더.

"아아, 죄송해요. 그게 다예요, 제가 아는 건."

- 카구아를 등에 태우고 있는 동물은?

"잠깐 말씀드린 적 있죠? 저게 베논이에요. 전에는 루티아에도 몇 마리 있었지만 모두 풀어 줘 버렸죠. 레미프들의 가축이라 인간의 손에 는 길들여지지 않아요. 기운 좋은 녀석은 사람을 태운 채로 나무 위로 뛰어오를 수도 있어서 잘만 길들이면 꽤 유용할 텐데 아무도 성공 못했대요."

플로라는 덧붙여 말했다.

"아, 한 가지 이상한 점이라면 베논은 검은 털이 없어요. 흰 털이나 회색 털만 있대요. 하지만 저 카구아들은 검은 털의 베논을 타고 다녀요. 있을 수 없는 동물을 타고 다니니까 저주받은 사냥꾼의 유령이라는 소리까지 듣게 된 거죠."

던멜은 잠시 생각해보다가 바닥에 손가락을 놀려 물었다.

- 5, 6년 전에 나타났다?

"예."

- 모즈들이 나타난 시점은?

"1년쯤 전이죠. 아, 혹시 카구아들이 모즈를 조종한다고 생각하시는 건가요?"

- 그냥 추측.

플로라는 카구아가 사라진 어둠의 숲을 주시했다.

"그런 생각을 하는 사람도 있어요. 무엇보다 최근에는 카구아들이 나타난 후 다음날에는 반드시 모즈들이 요새를 공격해 왔거든요."

- 내일도?

플로라는 고개를 끄덕였다.

"어쩌면요."

다시 두 사람 사이의 대화가 멈췄다. 곧 플로라는 옆에 있어 줘서 고맙다는 말을 하고 망루를 내려갔다. 이번에도 그녀는 수줍음이 너무 앞선 나머지 던멜이 답례 인사를 할 기회도 주지 않고 달아나듯 사라졌다.

던멜은 카구아의 모습을 반추해 보며 숲을 바라보았다. 아직도 숲의 어딘가에서 베논이라는 동물을 타고 돌아다니고 있는 유령 기사의 모습이 보이는 듯했다.

'내 생각이 지나친 건가?'

던멜은 아무리 따로 생각을 하려 해 봐도 그놈들이 붉은 장미 백작의 열두 기사들과 비슷하다는 생각을 버릴 수가 없었다. 그때의 끔찍한 느낌도 없었고 하고 다니는 꼴도 달랐고 타고 다니는 동물도 달랐지만, 저절로 같은 기분이 드는 건 막을 수가 없었다.

그 일은 카모르트에서 끝나지 않았다. 던멜은 새나디엘 여왕이 걱정되었다. 아란티아에 두고 온 카셀과 쉐이든도 걱정되었다.

던멜이 카모르트에서 하얀 늑대들의 암살을 의뢰한 의뢰인이 검은 사자 백작임을 알아내고 블랙풋을 떠나오던 날, 제라르 역시 끝나지 않았다고 말했다. 그런데 그 일이 이 먼 루티아의 일과 연결되었을 거라고는 생각하기 힘들었다.

던멜은 약속대로 새벽에 로일을 깨워, 이 일을 상의했다.

"마법 보호라······. 모즈에게 마법만 안 통하는 보이지 않는 방패를 씌워 주었다고 생각하면 이해하기 편하려나? 그런 게 가능하긴 해?"

로일이 물었다.

'우리의 상식으로는 루티아 마법사의 능력을 잴 수 없다.'

"카구아는 또 뭐냐? 붉은 장미 백작의 검은 기사들이 생각나는군."

'너도 그러냐?'

자경단 청년들이 침대를 정돈하고 건물 안을 청소하느라 먼지가 날렸다. 새벽의 바쁜 일상이 다시 시작되고 있었다.

던멜은 창문을 열었다. 신선한 공기가 두 사람의 품에 안겼다.

"카모르트의 사건과 이게 연관이 있다고 생각해? 그러니까 라틸…… 붉은 장미 백작 말이야."

로일이 물었다. 라틸다라는 이름을 언급하지 못하는 걸 보니, 쟌스테인 백작을 라틸다의 아버지라고 생각하고 싶지 않은 모양이었다.

'네가 더 잘 알겠지만 백작은 덴모주의 군주라기보다 그 지역 종교의 지도자였다.'

던멜도 라틸다를 언급하지 않았다.

'또 메이루밀이 이런 말도 해 주었지. 카모르트와 같은 사건이 이로피스에서도 있었다고. 그 사건은 왕실 기사단이 해결했다고는 하나 아마 피해가 심각했을 거다. 잘 생각해 봐. 여러 곳에서 그런 일이 일어났다면 붉은 장미 백작은 그 본체가 아니야. 그 검은 기사들의 주인은 분명 네가 보검으로 모두가 보는 앞에서 죽였다. 하지만 붉은 장미 백작은 덴모주의 지하실에서 딸을 살리며 죽었다.'

수화를 하다 보니 결국은 라틸다가 언급되어 버렸다. 로일은 금방 우울한 얼굴을 했으나 던멜은 하던 이야기를 이어 갔다.

'즉, 그 백작에게 힘을 주었을 다른 존재는 아직 우리 앞에 나타나지도 않은 거다. 난 그 동굴의 지하실에서 백작이 아닌 또 다른 어둠의 힘을 목격했다. 만약 그런 힘이 실제로 카모르트와 이로피스에 영향을 미쳤다면 하늘 산맥이라고 예외는 아닐 것이다.'

로일은 머리카락을 헝클어뜨리며 침대에서 일어나 물을 한 모금 마셨다.

"카구아는 모즈들이랑 같은 편인가?"

던멜은 로일의 추리에 고개를 저었다.

'근거는 아직 없다. 대략 5년 전부터 출몰했다는데 이제야 공격하는 것도 앞뒤가 안 맞고.'

로일은 물을 한 컵 다 마신 후 말했다.

"던멜, 너 여기 온 후 마음속에 있는 말을 많이 꺼내는구나."

'수다 떠는 사람들이 없으니 나라도 해야지.'

로일이 큰 소리로 웃어 버리는 바람에 전날 밤을 꼬박 새우고 이제야 겨우 잠을 청하는 청년들 몇 명이 깨버렸다.

로일이 나간 후 던멜도 침대에 누워 잠을 청했다. 그리고 잠깐 눈을 붙였더니 누군가 또 잠을 깨웠다.

로일이었다.

'갑자기 왜?'

던멜은 눈만 겨우 뜨고 누운 채로 수화로 물었다.

"갑자기라니?"

그 말에 로일은 오히려 의아해하더니 말했다.

"뭐, 어쨌든 이상한 일이 일어났다. 나와 봐."

나와 보니 저녁이었다.

던멜은 잠깐 놀라 고개를 갸웃하며 물었다.

'내가 얼마나 잔 거지?'

"새벽에 잠들었고 지금은 해가 지기 직전."

하루 종일 잤다고? 던멜은 믿을 수가 없었다.

"그래서 '갑자기'라고 물어본 거구나? 편히 잘 잤나 보네."

로일이 웃으며 말했다.

겨우 이틀 밤을 새운 것뿐인데 그렇게까지 피곤했나 싶었다. 던멜은 온전히 정신을 차리지 못하고 로일을 따라갔다. 아침에 일어나서 이렇게 몸이 무거운 건 처음 있는 일이었다.

로일이 안내한 곳은 요새의 망루가 아니라 병사들의 식사를 제공하는 막사 쪽이었다. 저녁 식사를 준비하는 아낙들의 손길이 바빴다. 둘은 막사 옆의 크지 않은 집으로 들어갔다. 자고 났더니 그 집은 마스터들의 회의실이 되어 있었다.

안에는 루더와 데다인, 필립, 그리고 그랜드 마스터 러스킨이 있었다. 긴 수염의 늙은 마법사 러스킨은 옆에 있는 것만으로도 모두를 압도하고 동시에 편하게 하는 신비한 힘을 가지고 있었다.

러스킨은 가만히 고개를 들어 두 사람을 눈빛으로 환영했다. 던멜은 저도 모르게 고개 숙여 인사했다.

골베인과 저스틴은 자리에 없었다.

"나와 루더가 연구해서 에틀리의 마법 문서를 마무리 지었소. 요새 경비와 이 일 모두에 힘을 다해 주신 마스터 루더에게 감사드리겠소."

다른 마스터들도 루더에게 수고했다는 말을 건넸다.

최근 요새 방어에 자리를 비운 건 저 일 때문인 모양이었다.

"시간이 없으니 서론은 생략하고 모두 탁자 앞의 지도를 잘 보시오."

데다인은 탁자를 완전히 가리는 양피지를 펼쳤다. 수십 조각을 이어 붙인 커다란 지도였다. 그의 목에 걸린 보석이 빛을 내더니 그 빛이 지도에 옮겨졌다.

지도에 그려진 탑과 집의 일부가 투명하게 위로 떠올랐다. 넌서치를 가리키는 부분에서 뿌연 빛을 내는 점들이 미세하게 움직이고 있었고 다운서치에도 같은 점들이 어지럽게 움직였다.

"회색 점은 루티아에 거주하는 사람들을 표시하고 있습니다. 화이트 비의 힘을 직접적으로 연결한다면 점 하나하나가 세부적으로 나타나게 됩니다. 물론 실시간으로 말입니다."

마법의 문외한인 던멜은 그저 지도에 움직이는 점이 투명하게 떠 있는 걸 신기하게 여길 따름이었다. 그러나 러스킨이나 다른 마스터들은 눈을 크게 뜨고 놀라고 있었다.

"방금 기사 로일 앞에서 잠깐 시험을 해 봤는데 이런 모습이 나타나더군요. 실패한 줄 알았습니다. 그래서 루더를 불러 검토해 봤으나 이상은 없었습니다. 즉, 이게 진실입니다."

데다인은 다운서치를 감싸는 요새 밖을 가리켰다. 숲의 나무를 표현하는 녹색의 물결이 희미하게 떠올라 있었다. 그 외에는 달리 특별한 건 없었다.

전에 루티아노에서 봤던 붉은 점들이 하나도 보이지 않았다.

"어째 안 보이는데……? 색깔을 바꿨나?"

필립이 물었다.

"마스터 에틀리가 했던 대로 모즈를 붉은 점으로 표시하려 했네. 그런데 아무것도 떠오르지 않았지. 몇 번을 검토해 봤네. 심지어 기사 로일이 위험을 무릅쓰고 직접 요새 밖으로 나가 보기까지 했고."

던멜이 돌아보자 로일은 어깨를 으쓱했다.

러스킨이 물었다.

"모즈들이 사라졌다는 뜻인가?"

"맞습니다, 마스터. 모즈들은 아웃서치의 숲에 단 한 마리도 남아 있지 않습니다."

마스터들이 놀라 서로의 얼굴만 바라보았다. 턴멜도 심각하게 지도를 바라보기만 했다.

"이게 처음 있는 일인지 여러 번 있었던 일인지 알 도리가 없군. 이 지도를 개발하기 전에 모즈들이 아웃서치를 비운 적이 있다 해도 우리는 알지 못했을 테니까."

러스킨의 말에, 루더가 걱정스러운 얼굴로 대꾸했다.

"놈들이 사라진 게 좋은 징조로 보이지는 않는군요. 오히려 경비를 더 강화해야겠습니다."

"그럼 나도 오늘 밤에는 화이트비의 빛을 더욱 강하게 뿌려야겠군."

러스킨은 지팡이를 짚고 자리에서 일어났다.

로일이 갑자기 그를 불러 세웠다.

"마스터 러스킨, 제 친구들을 찾는 일은 어찌 되었나 궁금합니다만?"

여왕 폐하 앞에서도 고개를 숙이지 않는 로일이니 러스킨의 눈빛에도 지지 않고 바라볼 수 있는 거지, 턴멜은 노인의 선한 눈매에 그만 밀려날 것 같았다.

"사실대로 말해야겠군, 로일 울프. 내가 할 수 있는 범위 안의 하늘 산맥을 모조리 뒤져 보았네. 억지로 내 마법에서 벗어나기 위한 특별한 방법을 쓰지 않은 이상에야 진작 발견되었어야 했네. 아니면, 음, 안 됐지만 그 두 사람은……."

"죽었다는 말은 하지 마십시오! 아직 못 찾았다면 찾을 때까지 찾아 봐 주십시오!"

로일이 흥분해서 소리 질렀다.

데다인이 로일의 앞을 막았다.

"무례하다, 로일 울프!"

러스킨은 오히려 데다인을 말렸다.

"아니, 내가 사과해야지. 자네 말이 맞네. 좀 더 찾는 범위를 넓혀 보도록 하겠네. 있을 수 없는 일이지만 '하푸' 너머로 이동했을지도 모르니까."

러스킨이 자리를 떠난 후, 데다인은 부탁하듯 로일에게 말했다.

"누구보다 루티아를 사랑하기에 누구보다 근심이 크신 분이다. 그런데도 일부러 시간과 공을 들여 그 친구들을 찾는 중인데, 고마워하지는 못할망정 그게 무슨 짓인가?"

"난 루티아와 아란티아의 동맹 관계보다 내 친구들의 행방이 더 소중하오. 여기 오면 친구들을 찾을 수 있다는 말을 믿고 온 거 아니오?"

로일은 여전히 데다인에게 적대적이었다.

"자네가 생각하는 국가 간 동맹이란 게 그렇게 가벼운 거란 말인가?"

"동맹이 가벼운 게 아니라 내 우정이 무거운 거요."

로일은 지지 않고 으르렁댔다. 데다인도 그를 쏘아보았다.

'그만 해라. 이럴 때가 아니잖나?'

던멜이 말렸다.

"넌 두 사람 걱정도 안 돼?"

카구아

165

로일이 화를 냈다.

'걱정된다. 하지만 우리에게는 선택의 여지가 없다. 그리고 그 두 사람은 스스로 살길을 찾아낼 것이다. 여기서 우리가 흥분하면 안 돼.'

로일은 마지막까지 데다인을 노려보다가 나가버렸다. 던멜은 이 정도로 민감하게 반응하는 로일을 본 적이 없었다. 루티아에는 점점 어둠의 기운이 드리워졌고 사라진 친구들의 행방은 알 수 없으며, 이제는 아란티아까지 걱정되었다.

다시 피로가 몰려왔다. 왜 이렇게 피곤한지 알 수가 없었다.

'왜 이러지?'

던멜은 머리를 짚었다.

퀘이언의 칼에 찔린 후 칼스텐은 무릎을 꿇은 채 말했다.

"나의 제자를 맡기고 싶다, 퀘이언."

"무슨 뜻인가, 칼스텐?"

퀘이언은 테마르 쪽으로 시선을 돌렸다.

"저 아이를 암살자의 제자로 두고 싶지 않았다. 받아다오."

퀘이언은 고개를 끄덕였다.

"그럼 말해 달라. 여왕 폐하의 암살은 누구의 의뢰였지?"

"내게는 그걸 말할 수 있는 자격이 없다. 그러나 테마르는 알고 있다. 그 애가 스스로 선택한 시기에 의뢰인이 누구인지 밝히게 될 것이다."

칼스텐의 피가 매끈한 돌바닥에 넓게 펼쳐졌다. 즉사했어도 이상할 게 없는 중상이었다. 그러나 칼스텐은 살아서 아란티아의 여왕 앞으로 걸어갔다. 나디움의 마법이었을까? 아니면 그의 의지였을까?

칼스텐은 여왕 앞에 무릎을 꿇었다. 그리고 뭔가 말했다. 등을 보이고 있어 테마르는 스승이 무슨 말을 하는지 알 수 없었다.

"뜻은 잘 알겠다."

새나디엘 여왕은 칼스텐의 머리에 손을 얹은 후 말을 이었다.

"마음에 원하는 것을 품고 있구나. 말하라."

칼스텐은 또 뭔가 말했다. 테마르는 여전히 칼스텐의 입을 볼 수가 없었다. 새나디엘은 테마르를 자세히 뜯어본 후 말했다.

"네 제자는 스스로 원하는 대로 행할 것이다."

칼스텐은 마지막으로 테마르를 바라보며 말했다. 테마르는 이미 그가 목소리를 내지 못하고 입만 벌리고 있다는 것을 알았다.

'잊지 마라, 테마르. 너는 내가 본 누구보다 재능 있는 아이다. 네가 마음만 먹는다면 어느 누구도 너를 따라오지 못할 것이다.'

그것은 칼스텐이 던멜에게 남기는 유언이었다. 그리고 자신을 죽인 남자에게 고개를 돌려 말했다.

'테마르를 부탁한다, 마스터 퀘이언.'

그리고 칼스텐은 숨을 거두었다.

테마르는 울지 않았다. 스승의 죽음 앞에서 의연한 자세로 버티기 위해 주먹을 꽉 쥐었고 어금니가 부서질 정도로 이를 악물었다. 그리고 스승님의 시체에서 새나디엘 여왕 쪽으로 시선을 돌렸다. 그녀는 작게 숨을 내쉬며 말했다.

"나디우렌의 힘이 그대의 영혼을 인도할 것이다, 마스터 칼스텐."

그리고 그녀는 테마르에게 손을 내밀어 엄히 말했다.

"자, 아이야. 네 스승의 시신을 네 손으로 수습하여라. 나디움의 첫 번째 산에서 네가 원하는 방식으로 장례를 치러라. 그리고 다시 돌아와 스승의 유언대로 할지 아니면 이대로 떠날지 선택하라. 어느 쪽을 택하든, 나를 죽이려 한 일에 대한 책임은 따르게 될 것이다."

테마르는 비틀거리며 일어나 칼스텐의 시체를 안고 여왕의 방을 나왔다. 그의 좌우로 여왕의 시녀들이 따랐다. 뒤늦게 도착한 수십 명의 울프 기사단이 테마르를 막았다.

"폐하께서 허락하셨습니다. 보내 주십시오."

시녀 중 한 명이 말했다.

기사들은 말없이 물러났다.

테마르는 여왕이 말하는 장소에서 스승의 시신을 화장했다. 시녀들은 테마르를 돕지 않았으나 끝까지 그의 옆에 있었다.

테마르는 타는 불꽃을 바라보며 칼스텐이 옆에 있었던 순간들을 되짚어 보았다. 그리고 칼스텐이 없는 자신의 인생을 내다보았다.

마스터는 나를 이곳에 버리기 위해 스스로 죽음을 택한 것인가?

마지막 순간 그의 머리에 남는 의문은 그것 한 가지였다.

'이제 무엇을 해야 하는가?'

테마르는 떠오르는 태양빛을 반사하며 뿌옇게 보이는 나디움의 성을 바라보았다. 마침내 그는 자리에 일어나 시녀들에게 글씨를 써서 뜻을 전했다.

- 여왕께 돌아가고 싶소.

던멜이 반쯤 조는 눈으로 난간에 걸터앉아 숲을 내려다보고 있을 때 플로라가 찾아왔다.

"마스터 루더께서 급히 찾으세요. 기사 로일도 함께 회의실에서 기다리고 계세요."

던멜은 세수하려고 준비해 둔 물통의 물을 아예 머리에 들이부었다. 그래도 정신이 수습되지 않았다. 그대로 벽에 손을 짚고 호흡을 가다듬고 있으니 플로라가 그의 목 위로 수건을 올려 주었다.

"제가 한 번밖에 안 쓴 거예요. 그거라도……."

플로라는 미안해하며 말했다. 던멜은 고개만 끄덕여 감사를 표했다.

회의실에 도착해 보니, 다른 이들은 이미 탁자 앞에 모여 어제 보았던 마법 지도를 내려다보고 있었다. 데다인과 루더가 탁자 앞에 서서 로일에게 뭔가 말했다. 지도 위에는 루티아의 모습이 입체적으로 떠올라 있었다. 얼결에 던멜과 같이 들어와 버린 플로라는 사과하고 돌아가려 했다.

"아, 플로라 선생. 그냥 같이 있게. 이 일은 케인스웍 선생들도 같이 알아야 할 일이니까. 대표로 듣고 나중에 전달해 주게나."

루더가 자기 옆에 서라고 손짓했다. 하지만 플로라는 던멜의 옆에 섰다. 루더는 뭐라 말하려다 말았다.

데다인이 지도를 가리키며 말했다.

"어제 밤새 힘을 더 확대해서 아웃서치 바깥 구역까지 모즈들을 찾아보았네. 그랬더니 이런 결과가 방금 떠오르더군."

데다인의 보석은 지금까지 중에서 가장 강하게 빛을 발하고 있었다.

지도 위에 펼쳐진 붉은 점들의 움직임에 모두의 얼굴이 굳어 있었다. 던멜은 이미 그런 일이 벌어지고 있지 않을까 추측하고 있었다.

제일 늦게 방으로 들어온 필립은 지도를 보자마자 설명도 듣지 않고 상황을 파악했다. 그리고 비명에 가까운 탄성을 내질렀다.

"대체 이건 몇 마리야?"

아웃서치 숲 너머 동쪽에 모즈들을 표시하는 붉은 점들이 잔뜩 찍혀 있었다. 어찌나 많은지 수를 셀 수조차 없었다.

"녀석들은 사라진 게 아니라 여기에 집결하고 있었던 모양일세."

데다인이 말했다.

"저게 저 녀석들의 일방적인 패턴인가? 꼭 작전 회의라도 하고 있는 것처럼 보이는군."

루더가 심각한 얼굴로 말했다.

"에틀리가 이 지도를 연구할 시점부터 보자면, 녀석들은 한 번도 저런 움직임을 보인 적이 없네."

필립이 딱 잘라 말했다.

로일이 개입했다.

"아웃서치 바깥쪽이라면 마법이 통하는 구역 아니오?"

던멜의 세계에서는 좌중의 침묵이라는 개념이 없었다. 그러나 지금 이 순간 던멜은 방 전체에 그런 침묵이 깔렸다는 걸 피부로 느꼈다.

"선제공격이라? 좀 과격한 발상이긴 하지만……."

루더가 조심스럽게 말했고 필립은 적극적으로 나섰다.

"나쁘지 않을 것 같네. 어떤가?"

"함정일 수도 있지만, 어쩌면……."

여전히 루더는 조심스러웠다. 카리스마로 뭉쳐 있을 것 같은 짧은 흰 머리의 노인이었지만 막상 결단을 내려야 할 때는 과감하지 못했다.

"되레 역습을 당한다는 건 생각 안 해 봤나?"

데다인은 찬물을 끼얹으며 말을 이었다.

"녀석들이 모인 자리는 아웃서치에서 한 걸음 바깥쪽에 불과하네. 놈들이 마법이 통하는 자리와 통하지 않는 자리에 대한 개념을 알고 있다면 끝장일세. 마법에 당하는 순간 전력을 다해 아웃서치의 숲으로 뛰어들 테니까. 그럼 우리가 도로 놈들에게 잡아먹히러 들어가는 꼴이 될 걸세."

"그래도 아예 시도 못할 건 아니지. 이건 어쩌면 좋은 기회가 될 수 있어. 물론 자네 말대로 신중해야겠지만."

필립과 데다인이 말다툼했고 루더는 곰곰이 작전을 머릿속에 굴려 보고 있었다. 이 지도를 처음 본 게 아니었는지 플로라도 금방 사태를 이해했다. 그리고 그녀는 떨리는 손가락으로 지도를 가리키며 말했다.

"저, 우, 움직이고 있는데요."

붉은 점들은 도로 아웃서치로 들어오고 있었다. 필립은 안타깝게 손을 휘저으며 말했다.

"역습의 기회가 있었다 해도 우리가 늦은 모양이군……."

다시 한 번 던멜도 알 수 있는 정적이 찾아 들었다.

붉은 점들이 그리는 이동 경로는 거의 직선이었고 그 끝은 다운서치 요새의 정문 쪽이었다. 처음에는 일렬이었다가, 이동하며 넓게 펼쳐졌다. 얼마 안 가 지도 안을 붉게 물들일 정도로 점들이 확장되었다. 그 점이 지도 밖으로 튀어나오기라도 하듯 반사된 빛이 모두의 얼굴을 붉게 물들였다.

"지도의 축척을 생각하면 이건 전력을 다해 뛰어오는 속력이군. 데다인, 자네 생각에는 몇 마리 정도나 될 것 같나?"

루더가 물었다.

"점으로 헤아릴 수 있는 수치는 아니지만……."

길게 느껴지는 몇 초 안 되는 시간이 흐르고 데다인이 말했다.

"천오백."

루더는 바로 방을 나갔다.

로일은 루더가 '전투 준비!'라고 소리치고 있다고 가르쳐 주었고, 수화로 말했다.

'이번 건 전과 같은 방법으로는 안 될 거야.'

던멜이 수화로 말했다.

'데다인에게 최악의 사태에 대해 설명해라.'

'최악?'

'그가 말했잖은가? 다리를 부숴야 할지도 모른다고.'

로일은 고개를 끄덕였다.

던멜은 플로라를 데리고 밖으로 나갔다.

던멜은 그녀에게 피신하라는 뜻에서 탑 쪽을 가리켰다. 그녀는 거부했다.

"저도 이제 맡은 구역이 있어요. 마법사들은 지금까지 마을의 젊은 병사들에게 이 싸움을 모두 내맡겼었어요. 그러나 이제는 모두가 싸울 거예요. 화살을 쓰는 방법을 알아냈잖아요! 그게 큰 도움이 될 거라고 하셨잖아요."

던멜은 플로라와 그녀의 학생들에게 전투 방법을 가르쳐 준 것을 후회했다. 충분한 화살이 있다면 마법으로 화살을 날리는 것도 꽤 쓸모가 있을 것이다. 그러나 지금은 화살 한 자루로 모즈 두 마리를 죽인다 해도 모자랄 지경이었다.

던멜은 그녀의 고집을 막지 못했다. 대신 그는 벽에 글을 썼다.

- 싸우다가 요새의 문이 부서지면,

- 지체 말고 넌서치로.

"알았어요. 던멜도 조심하세요."

던멜은 그녀에게 간단한 수화로 말했다.

"그건 무슨 뜻이죠?"

- 난 괜찮다,

- 는 뜻.

그녀는 같은 수화를 흉내 내어 던멜에게 말했다.

'난 괜찮아요.'

플로라는 자신이 맡은 구역으로 달려갔다.

문을 나선 로일이 옆에 섰다.

"우려하던 일이 터지면 데다인이 다리를 무너뜨리기로 했어. 가자."

던멜은 망루 쪽으로 갔다.

병사들은 괴물들이 몰려온다는 소식을 듣고 잔뜩 긴장하고 서 있었다. 몇몇 마법사들이 요새의 벽 뒤편 궁수들 옆에 자리를 잡았다.

던멜도 활을 준비해 두었다. 눈앞이 잠시 흐릿하게 보였다가 도로 회복되었다. 피곤해서 그런 게 아니었다. 던멜은 팔뚝에 가려운 상처를 긁적였다가 모즈의 발톱이 긁고 지나간 자리를 발견했다.

'놈들에게 지휘관이 있다.'

던멜이 로일에게 수화로 말했다.

숲의 유령.

사냥꾼의 저주.

그들이 나타난 후에는 반드시 모즈들이 쳐들어왔다던 플로라의 말…….

'처음에는 모즈들이 전투를 경험하며 스스로 배워 간다고 생각했다. 연장을 쓸 줄 아니 그런 간단한 사고도 할 수 있을지 모른다고. 이건 이곳 마법사들이 그렇게 생각하니 당연히 나도 그러려니 하고 안일하게 생각해버린 거야. 하지만 아니다. 놈들에게는 지휘관이 있고 그 지휘관이 괴물들을 가르치고 있는 것이다. 전투에 익숙해지고 새로운 무기를 쓰는 건 녀석들 스스로 익히는 게 아니라 누군가에게 배워 가고 있는 거다.'

로일도 수화로 말했다.

'누가? 무슨 목적으로? 그것도 괴물들을 이용해서?'

'그건 나도 모른다. 들었던 대로 루티아의 배신자일지도 모르고 우리가 아직 모르는 외부의 공격일지도…….'

던멜은 수화를 하던 손을 멈췄다.

숲이 흔들리고 있었다. 모즈들이 한꺼번에 이동하면서 수많은 나무들이 동시에 들썩이는 모습이, 마치 숲 전체가 움직이는 것처럼 보였다. 그리고 숲을 벗어난 요새의 정면에 검은 로브를 뒤집어쓰고 검은 털의 베논을 타고 있는 기사가 서 있었다.

'카구아.'

어둠 속이라 검게 보인 게 아니었다. 로브도 검은색이었고 로브 바깥으로 드러난 갑옷도 검은색이었다.

하필 검은 갑옷……. 생각날 듯 말 듯 뭔가가 머릿속을 맴돌았다. 12쏜즈들? 아니, 달랐다.

병사들이 들썩였다. 밤의 유령이 낮에 나타났으니 당연히 놀랄 만했다.

검은 기사가 허리의 칼을 뽑았다. 던멜이 떠올렸던 추리가 지금 이 광경을 보는 모든 병사들의 머릿속에 일제히 떠올랐음이 분명했다. 모즈들에게 지휘관이 있다. 그리고 그 지휘관은 하늘 산맥의 유령 카구아였다.

검은 기사가 칼을 밑으로 내리자, 숲에서 모즈들이 동시에 달려 내려왔다. 녀석들의 괴성으로 공기가 진동했다.

✦Chapter 7✦

라르비튼의 다리 위에서

　뒤늦게 내린 명령에 궁수들과 마법사들이 날린 화살이 허공을 날았다. 몰려오는 괴물들의 파도에 화살이 빨려 들어갔고 달려오던 모즈들이 바닥을 구르면서 먼지가 뽀얗게 올라왔다. 엄청나게 많은 모즈들이 화살에 맞았고 그보다 더 많은 숫자의 모즈들이 쓰러진 놈들에게 발이 걸려 넘어졌다. 그러나 그 정도 공격으로는 돌격을 막을 수 없었다.

　십수 개의 사다리가 동시에 요새의 벽에 걸렸다. 새까맣게 몰려드는 모즈들의 무게만으로 벽이 뒤로 크게 흔들렸다. 병사들은 있는 힘을 다해 벽에 걸린 사다리를 밀어 넘어뜨리거나, 놈들이 넘어올 수 없도록 창으로 찔러 댔다. 하지만 너무 많았다.

　벽을 넘어온 모즈들은 병사들과 한데 엉켜 혼전을 이루었다. 마법사들과 마법 학교 수련생들은 마법으로 화살을 날렸다. 많은 괴물들이 그 화살에 죽었다. 그러나 더 많은 숫자가 요새를 넘어왔다.

던멜은 화살을 쉬지 않고 쏘았으나 한 마리를 쓰러뜨리면 열 마리가 그 자리를 채우고 있었다. 입구 쪽을 맡으러 내려간 로일은 혼전에 뒤섞여 어디로 갔는지 보이지도 않았다.

던멜의 바로 옆에서 계속 망루 아래로 창을 찌르던 병사 중 하나가 모즈에게 목덜미를 물렸다. 던멜은 그놈의 얼굴에 단검을 찔러 넣어 벽 아래로 떨어뜨리고 병사를 구해 냈다. 그러나 크게 부상당한 병사는 그대로 쓰러져 정신을 잃어버렸다.

잠깐 동안 던멜의 공격이 뜸해진 틈을 타서 모즈 두 마리가 망루를 올라왔다. 던멜은 두 마리의 공격을 피하면서 둘의 목덜미를 베었다. 뒤를 이어 세 마리가 올라왔고, 세 마리를 쓰러뜨리자 네 마리가 올라왔다. 좁은 장소에서 모즈들의 시체가 쌓였고 쌓인 만큼 모즈들이 뒤따라 올라왔으나 던멜은 망루를 내주지 않았다.

갑자기 뒤에서 누군가 창으로 등을 찔렀다. 던멜은 보지도 않고 창을 피해 공격한 녀석을 발로 걷어찼다. 이제 망루의 뒤쪽도 모즈들에게 빼앗겨 계단에서도 꾸역꾸역 올라오고 있었다.

요새가 이미 함락되었고, 망루는 모즈들로 포위되고 말았다.

던멜은 모즈 한 마리의 배에 검을 찔러 넣은 채로 들어 올려서 계단으로 올라오는 녀석들을 향해 패대기쳤다. 계단을 타고 있던 모즈들이 뒤로 와르르 떨어졌다.

던멜은 계단 난간을 타고 미끄러져 내려가 넘어진 모즈들의 등을 밟고 뛰었다. 그는 착지하기도 전에 활을 들어 두 마리를 쏘아 맞혔다.

'후퇴 시기가 너무 늦었어.'

요새는 단 한 번의 돌격도 막아 내지 못했다. 애초에 요새는 이 정도 공격을 고려하고 만들어진 게 아니었다. 더 증축하지도 않았다. 마법사들은 괴물들에게 어째서 마법이 통하지 않는지, 어떤 사악한 존재가 루티아를 노리고 이런 짓을 했는지, 또는 내부의 배신자가 누구인지를 알아내는 것에 바빴다. 아무도 이 정도 규모의 공격에 대한 방어책을 준비하지 않았다.

이틀 동안 지친 병사들은 괴물들을 맞아 전력을 다해 싸우지도 못했다. 경험 적은 루티아의 청년들은 체력을 보존해 가며 밤을 새우는 법을 알지 못했다. 언제 후퇴해야 할지도 몰랐다. 정확한 타이밍에 그런 명령을 내려줄 지휘관이 아군 쪽에는 없었다.

순수하게 전투력으로만 보자면, 루티아는 전 대륙이 힘을 합쳐도 무너뜨릴 수 없었다. 그러나 마법이 통하지 않는 적을 상대로는 그 계산법이 통하지 않았다.

던멜은 물러서면서 루티아의 전투를 눈여겨보았다.

케인스윅의 선생 중 한 명이 화살로 모즈들 다섯 마리를 한꺼번에 쓰러뜨렸다. 마법으로 움직이는 칼이 저 혼자 춤을 추며 모즈들을 헤집어 놓기도 했다. 마스터 루더가 아군의 퇴로를 확보하기 위해 스무 마리나 되는 모즈들을 공중으로 내던지기도 했다.

괴물들만 전략과 전투에 익숙해진 건 아니었다. 마법사들도 그리되고 있었다.

마법이 통하지 않는 괴물들을 상대로 그들은 다른 방법을 찾아냈으며 앞으로 더 좋은 방법을 알아낼 것이다. 조금만 더 경험을 쌓으면 그리될 수도 있었다. 그러나 모즈들의 지휘관은 마법사들이 어떤 잠재력을 발휘하여 이 위기를 극복할 여유를 주지 않았다.

그것이 지난 수개월 동안 결정적인 공격 없이 산발적으로만 공격해 온 이유였다. 적들은 일부러 허술한 공격을 계속해서 위기감에 무뎌지게 만들었다. 그리고 숫자가 확실히 늘어난 시점에서 단 한 번의 공격으로 루티아를 함락시킨 것이었다.

던멜은 두 개 남은 화살 중 하나를 쏘아 모즈 한 마리의 목에 박아 넣고 몸을 돌렸다. 함락된 요새 위에 검은 털로 뒤덮인 베논 한 마리가 올라가 있었다. 그리고 베논의 등에는 검은 로브를 입은 검은 기사가 타고 있었다.

'카구아!'

모즈들의 시체를 밟고 서 있는 던멜과 눈이 마주친 카구아는 단숨에 베논을 채찍질하여 달려왔다. 던멜은 시위에 마지막 화살을 먹여 쏘았다. 화살은 정확히 카구아의 머리 쪽으로 날아갔다. 그러나 카구아는 고개만 슬쩍 꺾었고 화살은 빗나갔다.

'피했어?'

분명 맞으리라 생각한 나머지 카구아가 휘두른 창에 반응이 늦었다. 던멜은 아슬아슬하게 피하며 바닥을 굴렀다.

말과 달리 베논은 육식 동물처럼 방향 전환이 빨랐다. 네 발이 미끄러지는 자리로 흙먼지가 일어났다. 카구아는 유령처럼 망토를 나부끼며 능숙하게 베논을 조종했다.

놈이 다시 창을 휘둘렀고 던멜은 뒤로 몸을 날려 상대의 사정거리 밖으로 피했다. 그러자 검은 기사는 창을 던졌다. 직선으로 뻗어 날아온 창이 던멜의 옆구리를 찢으며 스쳐가 돌 벽에 박혔다.

큰 부상도 아니었는데 던멜은 옆구리를 붙잡고 주저앉았다. 갑자기

다리에 힘이 풀려 움직이기가 힘들었다.

던멜은 자기 몸에 일어난 심상치 않은 변화에 당황했다.

'이상하다? 왜 이러지?'

그런 생각을 할 틈도 없었다. 검은 기사는 등에 메고 있던 창을 한 자루 더 들어 던멜에게 달려들었다. 던멜은 벽에 박힌 창을 뽑아 같이 죽는다는 각오로 달려오는 검은 기사를 향해 뻗었다.

순간 검은 기사는, 타고 있는 베논과 함께 달려오던 방향의 왼쪽으로 강하게 밀려났다. 허공에 떠오른 베논은 날렵하게 몸을 비틀더니 고양이처럼 바닥에 네 다리로 착지했다. 베논의 등에 붙어 있던 검은 로브의 기사도 허공에서 몸을 같이 틀어 착지를 도왔다.

다운서치의 골목을 걸어 나온 마스터 루더가 지팡이를 세웠다.

"어디, 너도 마법이 통하지 않는가 보자."

루더의 지팡이에서 일어난 세 가닥의 불줄기가 물속에서 꿈틀대는 뱀처럼 검은 기사를 향해 뻗어 갔다. 검은 기사는 창을 들어 불줄기를 막았다. 그래 봐야 형체 없는 불길은 창을 뚫고 순식간에 그의 상반신 전체에 옮겨붙었다. 일순 불길은 검은 로브를 불태우는 것처럼 보였다.

검은 기사는 약간 틀었던 몸을 서서히 일으켰다. 타오르는 불길 속에서 그는 꿈쩍도 하지 않고 루더를 노려보았다. 마치 마법사를 비웃는 것 같았다.

검은 기사는 불이 옮겨붙은 창을 집어 던졌다. 서른 걸음 넘는 거리를 단숨에 날아간 창이 루더의 어깨를 뚫고 그대로 벽에 꽂혀 버렸다. 워낙 순식간에 벌어진 일이라 던멜도 어쩌지 못했다.

마법의 불길에 휩싸인 카구아는 베논을 몰아 천천히 루더에게 다가가 창을 다시 뽑았다. 던멜은 뒤늦게나마 창을 던졌고 거의 동시에 카구아도 루더의 피가 묻은 창을 던졌다. 두 자루 창이 공중에서 살짝 스치더니 상대를 향해 뻗어 나갔다. 던멜은 몸을 틀어 창을 피했고 카구아도 아까 화살을 피할 때처럼 상체만 꺾어 피했다.

마법의 불길이 꺼질 동안 카구아의 검은 로브는 실오라기 하나 타지 않았다.

던멜은 두 자루 칼을 뽑아 양손에 들었다. 창에 어깨를 뚫렸다 뽑힌 상태에서도 루더는 다시 지팡이를 들었다. 하지만 다리는 휘청거리고 출혈은 극심했다.

카구아는 양쪽을 번갈아 보더니 잽싸게 베논을 움직여 마을의 골목 속으로 달아나 버렸다.

던멜은 급히 루더에게 달려갔다. 루더는 어깨를 손으로 막고 있었지만 손가락 사이로 피가 콸콸 쏟아졌다.

"이 정도로는 죽지 않네."

루더는 입술을 지그시 깨물고 일어났다. 모즈 몇 마리가 먹이를 발견한 야수처럼 둘에게 달려들었다. 던멜은 루더의 앞에 서서 달려드는 모즈들을 모조리 베어 넘겼다.

"설마 카구아가 모즈들을 이끄는 지휘관일 줄이야……."

루더는 숨을 헐떡이며 말했다.

던멜은 탑 쪽을 손가락으로 가리켰다.

"달아나자고? 아니 그럴 수는 없네. 아직 후퇴하지 못한 병사들이 많네. 내 명령이 너무 늦었어. 그러니 내가 책임져야지."

그건 딱히 누군가의 책임이 아니었다. 그러나 루더는 그것을 자신의 책임이라고 여겼다.

금방 또 모즈들이 달려들었다. 루더는 다친 몸으로 지팡이를 휘둘러 그것들을 날려 버렸고 던멜은 그의 옆에 서서 마법을 쓴 후 생기는 공백을 지켜 주었다.

"살아남은 병사들은 내 쪽으로 집결하라. 내 쪽으로 오지 못할 병사들은 라르비튼의 다리 쪽으로 후퇴하라."

그다지 힘들여 말하지도 않았는데 루더의 목소리가 마을 전체에 쩌렁쩌렁 울려 퍼졌다. 마법의 목소리였다. 던멜에게 그의 목소리는 바로 옆에서 나팔이 울린 것처럼 몸을 울렸다. 그의 목소리를 들은 병사들이 다운서치의 골목을 통과해 달려왔다.

병사들은 후퇴하면서도 활을 쐈지만 그리 효율적인 공격이 못 되었다. 쫓아오는 모즈들은 화살 몇 대 맞았다고 멈추지 않았다.

루더는 후퇴하는 병사들이 자신의 뒤쪽으로 피한 것을 확인한 후 지팡이와 양손을 번쩍 들었다. 땅이 크게 울리며 다운서치의 집 대여섯 채가 단박에 박살이 났다. 그리고 부서진 돌무더기가 수십 마리 모즈들의 머리 위를 덮쳤다. 돌무더기에 모즈들이 무른 과일처럼 짓이겨졌다.

'놈들에게 마법이 통했다면 루더 혼자서도 이 돌진을 막아 낼 수 있었을 거야. 백 마리든, 천 마리든.'

던멜은 감탄했다.

"가세."

커다란 마법을 쓴 후라서 그런지 루더는 비틀거렸다. 던멜은 그를 부축해서 탑 쪽으로 달려갔다.

이미 라르비튼의 다리를 사이에 두고 모즈들과 병사들의 공방전이 벌어지고 있었다. 다친 병사들이 다리를 뛰어서 건너고 있었고, 마을을 관통해 쫓아온 모즈들이 그들을 쫓다가 화살에 맞아 쓰러졌다.

아직 서너 마리 정도만 산발적으로 다리로 달려왔지만 조만간 몇백 마리가 다리로 몰려들 것이다. 그전에 모두 다리를 건너야 했다. 적어도 여기만 건너면 모즈들은 라르비튼의 다리 아래를 흐르는 크보츠 강을 넘어올 수 없을 것이다. 놈들이 수영을 아무리 잘해도 무모하게 헤엄을 쳐서 올 것 같지는 않았다.

남쪽의 다운서치 쪽에서도 한 무리의 병사들이 다리로 달려왔다. 그들을 보호하고 있는 것은 로일이었다.

필립과 데다인을 필두로 북쪽에서 후퇴하는 병사들이 다리를 건넜다. 데다인은 루더와 던멜이 올 때까지 기다렸다가 다리를 건너갔다. 다리를 무너뜨릴 준비를 하는 모양이었다.

던멜은 다친 루더를 데다인과 함께 먼저 보내고 로일을 기다렸다. 로일이 이끌고 후퇴하는 병사들 뒤로 엄청난 숫자의 모즈들이 따라오고 있었다. 데다인이 지도로 보여준 수치를 넘었다.

마지막 병사들까지 보낸 후 로일과 던멜이 다리 앞을 막았다. 로일은 짧게 숨을 몰아 내쉰 후 모즈들을 노려보았다.

"데다인이 뒤에서 다리를 부순다는군. 후퇴하자."

로일이 말했다.

'잠깐.'

던멜은 잠시 그를 세웠다.

모즈들이 진격을 멈췄다. 전력을 다해 달려오던 녀석들마저도 무슨 신호를 들었는지 급하게 멈춰 섰다. 다리를 무너뜨릴 시간을 벌기 위한 작전을 생각 중이던 던멜은, 오히려 놈들이 멈춰주니 얼떨떨했다.

잠시 후 검은 기사, 즉 카구아가 모즈들의 앞에 섰다. 그제야 던멜은 상황을 눈치챘다. 만약 모즈들이 인간의 군대였다면 별로 이상할 것도 없었지만 괴물들이었기에 적응하기 힘든 사실이었다. 그것들은 지휘관의 '명령'을 기다리고 있었다.

로일이 먼저 소리쳤다.

"넌 누구냐?"

잠시 후 로일은 멈칫했다. 그는 멀뚱히 카구아 쪽을 바라보았다가 던멜에게 시선을 돌렸다.

"저 자식 방금 말했다!"

'뭐라고?'

투구를 쓰고 있어 입 모양을 읽을 수 없는 던멜에게 로일이 설명했다.

"우리더러 '너희들이야말로 누구냐.'라고 말했다. 저거, 인간이었어?"

그 기사는 한참이나 대답을 기다렸고 로일은 입을 다물고만 있었다. 던멜은 라르비튼의 다리 건너에서 기다리는 데다인을 돌아보았다.

데다인은 아직 다리를 무너뜨리지 않고 두 사람을 기다렸다. 마법사들과 병사들은 무슨 일이 벌어지고 있는지 궁금해하며, 또는 두려워하며 기다리고 있었다.

'말해라, 로일.'

던멜이 신호했다.

"뭐라고 말해?"

'우리의 정체를 물어봤잖은가? 대답해줘라.'

로일은 고개를 끄덕인 후 소리쳤다.

"우리는 아란티아의 울프 기사단이다."

- 여왕께 돌아가고 싶소.

바닥에 쓴 글씨를 보고 두 시녀는 테마르를 왕실로 안내했다. 궁궐의 여기저기에 울프의 기사들이 경계하는 눈빛으로 그를 노려보고 있었다.

테마르는 칼스텐이 그랬던 것처럼 아란티아의 여왕 앞에 무릎 꿇었다. 여왕의 옆에는 마스터를 죽인 퀘이언이 서 있었다.

테마르는 이대로 퀘이언과 싸우다 죽어 버리고 싶었다. 스승을 잃은 슬픔을 지울 수 있다면 뭐든 하고 싶었다.

밤새 꺼지지 않는 작은 불씨를 바라보며 테마르는 블랙풋에 돌아갈 생각도 했다. 블랙풋의 암살 기술 전부를 아는 두 사람이 모두 사라지게 되면 블랙풋의 미래는 없다. 그가 돌보던, 그를 따르던, 그가 유일하게 정을 주었던 헤더도 보고 싶었다. 그걸 위해서라도 돌아가고 싶었다.

칼스텐에게 화가 났다. 이대로 죽을 거라면, 죽을 걸 알았다면 왜 이곳에 왔는가?

테마르는 둘 중 어느 것도 선택하지 않았다. 그저 여왕 앞에 무릎 꿇고 힘없이 하얀 돌바닥 위에 글씨를 썼다.

- 마스터의 유언에 따르겠소.

새나디엘은 테마르를 한참 내려다보더니 말했다.

"망설임이 있구나. 그런 아이는 받고 싶지 않다."

- 상관없지 않소.

테마르는 새나디엘을 노려보았다. 그녀는 가는 손을 내밀어 테마르의 이마에 손을 댔다. 느렸지만, 이상하게도 피할 수가 없었다. 갑자기 머리가 깨질 듯 아파 테마르는 뒤로 물러나려 했다. 그러나 힘도 주지 않은 그녀의 손바닥 안에서 테마르는 한 뼘도 벗어나지 못했다.

테마르는 겁에 질려 반사적으로 허리에 차고 있는 칼에 손을 가져갔다. 여왕의 뒤에 서 있는 수호기사 퀘이언도 거의 동시에 허리의 칼을 쥐었다. 그러나 새나디엘은 두 사람 사이에 흐르는 긴장감에 개의치 않는 냉정한 눈빛으로 테마르를 쏘아보았다.

"네 스승의 목소리를 들어라!"

귀가 찢어질 것 같은 커다란 소리가 머리를 흔들었다. 던멜은 온몸에 바늘이 꽂힌 것 같은 전율을 느꼈다.

들어 본 적이 없으니 그것이 마스터 칼스텐의 목소리인지는 알 수 없었다. 소리라는 진동이 머릿속을 울린다는 것은 그에게 쾌감과 고통을 동시에 안겨 주었다. 칼스텐에게 여왕 암살을 의뢰한 의뢰인의 목소리는 불쾌감과 공포심을 안겨 주었지만, 새나디엘이 전달해 주는 칼스텐의 목소리는 차가움을 전해 주었다.

'……아란티아의 여왕 폐하께 인사드립니다. 저에게 기회가 닿지 않아 울프의 기사가 되지는 못했으나 이런 식으로나마 폐하를 뵙고 싶었

습니다.'

뒤이어 새나디엘의 목소리도 들렸다. 그것은 어제 칼스텐이 죽기 전에 있었던 두 사람 사이의 대화였다. 마찬가지로 언어가 아닌 의미 그 자체가 전달되고 있었다.

'뜻은 잘 알겠다. 마음에 원하는 것을 품고 있구나. 말하라.'

다시 칼스텐의 목소리가 들렸다. 그의 목소리에는 아무 힘도 느껴지지 않았다. 죽어 가고 있었다.

'테마르가 스스로 자신의 길을 개척하도록 해 주십시오.'

그 말을 듣는 순간 테마르는 스승이 죽는 순간에도 흘리지 않았던 눈물을 쏟았다.

'선택의 여지가 없었던 저 아이의 인생에 첫 번째 선택을 할 기회를 부여해 주십시오.'

테마르는 머릿속으로 비명을 질렀다.

'무슨 뜻입니까, 마스터? 무슨 뜻으로 그런 말을 하십니까? 당신이 제 선택이었습니다. 당신이 제 인생이었습니다. 그런데 어째서 제게 선택이 없었다고 말씀하십니까?'

지금까지 스승이 그에게 했던 말들이 차례로 떠올랐다.

'내 제자가 되겠느냐?'

처음 만났을 때 했던 그 말은 선택이 아니었다. 어린 테마르는 있을 곳을 잃었다. 아버지의 복수를 위해 머물던 유랑 극단이 블랙풋의 손에 사라지는 순간 머물 곳도 사라졌다. 그래서 고민도 않고 그러겠다고 대답했다. 한 개밖에 없는 선택지에서의 선택은 선택이 아니었다.

'넌 앞으로 무얼 하고 싶으냐?'

던멜은 가르치고 싶은 사람이 있다고 대답했다. 그게 헤더였다. 벌써 제자를 키우려고? 그건 핑계였다. 제자를 키우며 마스터라는 자리에 올라 블랙풋에 머물고 싶어서였다.

'나의 제자를 맡기고 싶다, 마스터 퀘이언.'

칼스텐은 정말 자기 제자를 명성만 알고 아무것도 모르는 남자에게 맡기고 싶었던 걸까? 아니, 칼스텐은 처음부터 테마르가 원하던 것을 알고 있었다.

'피를 좋아하지 마라. 그런 건 너와 어울리지 않아.'

칼스텐은 듣지도, 말하지도 못하는 검술의 천재가 암살자들 틈에서 살기를 원하지 않았다. 그러나 블랙풋이 아니면 안주할 장소를 찾지도 못하는 제자를 함부로 내보낼 수도 없었다. 칼스텐은 자칫 악한 힘에 이용당할지 모르는 그의 재능을 보호하고 싶었던 것이다.

칼스텐은 모든 것을 알고 있었다. 그 후 던멜로 이름을 바꾸고 수년이 지나고서야 깨달은 사실을, 그의 스승은 이미 그때 알고 있었다.

테마르는 안주하고 싶었다.

여왕의 목소리가 들렸다.

'네 제자는 스스로 원하는 대로 행할 것이다.'

테마르의 귀는 다시 원래 그랬던 것처럼 아무 소리도 들리지 않았다. 테마르는 소리 없이 흐느끼고 있었다. 여왕은 천천히 뒤로 물러나 그가 고개를 들기를 기다렸다.

"이제 다시 말해 보아라, 아이야."

얼음처럼 차가웠던 여왕의 얼굴은 이제 세상에 둘도 없는 아름다운 모습으로 빛이 나고 있었다.

"네가 원하는 것이 무엇이냐?"

테마르는 떨리는 손으로 바닥에 글을 썼다.

- 제가 있을 곳을 찾고 싶습니다.

여왕은 빙그레 미소 지었다.

"여기 있어도 좋다."

⚬

아란티아의 울프 기사단이라고 소리 지른 로일의 목소리에 검은 기사는 잠시 멈칫했다. 그리고 천천히 칼을 들었다. 모즈들이 그의 행동을 따라 들고 있는 무기를 치켜들었다. 자경단의 병사들에게서 빼앗은 무기들이었다.

로일은 갑자기 뭐가 즐거운지 던멜의 어깨를 툭 쳤다.

"잊어버릴 뻔했다, 던멜. 맞아. 우린 아란티아의 늑대들이야."

피 묻은 그의 얼굴에 떠오른 천진한 미소는 마치 새나디엘 여왕과 같았다. 차가우면서도 따뜻한 느낌. 녀석이 처음 울프 기사단을 찾아왔을 때도 그랬다. 로일도 머물 곳을 찾았고, 같이 있어도 자기를 무서워하지 않는 친구들을 원했다. 던멜도, 로일도 서로가 자기를 무서워하지 않아 줘서 고마웠다.

던멜도 미소 지으며 칼을 내밀었다.

'맞다, 로일. 하얀 늑대가 등을 보이면 안 되지.'

로일은 거기에 칼을 부딪치며 소리쳤다.

"여왕 폐하를 위하여!"

두 사람의 신호에 맞추기라도 하듯 모즈들은 일제히 라르비튼의 다리로 달려왔다. 던멜과 로일은 그 엄청난 숫자를 보고도 전혀 기죽지 않고 자리를 지켰다.

그때 지금까지 느껴 본 적 없는 엄청난 기운이 등을 덮쳤다. 다리가 크게 흔들리고 몸이 떠오를 것 같은 세찬 바람이 밑에서 위로 올라갔다.

둘은 놀라 뒤를 돌아보았다. 처음에는 데다인이 작전대로 다리를 부숴 버리는 거라고 생각했다. 하지만 진동은 다리가 아니라 다리 밑에서 잔잔하게 흐르던 강 쪽에서 올라오는 것이었다.

강물이 일어서고 있었다!

하얀 거품을 담은 물기둥이 까마득히 높은 하늘로 솟구쳐 올라가더니 모즈들을 향해 폭포처럼 쏟아졌다. 괴물들은 기겁을 하고 후퇴하려 했으나 강물이 만들어 낸 파도를 벗어나기에는 너무 늦었다. 마치 물로 만들어진 거대한 손바닥이 내리치듯 모즈들은 물살에 휩쓸려 뒤로 나가떨어졌고 카구아도 하얀 거품 속으로 사라졌다.

머리 위로 올라가 있던 물이 던멜과 로일 쪽으로도 떨어졌다. 그러나 모즈들을 공격한 것 같은 강한 힘이 없었다. 그저 세차게 소나기를 한번 맞은 정도였다.

던멜은 물길에 휩쓸린 모즈들의 무리 속에서 몸을 털며 일어나는 베논을 발견했다. 그 뒤로 검은 기사가 비틀거리며 일어나는 모습도 보였다.

베논은 검은 기사를 태우고 다운서치로 멀어졌다.

던멜과 로일은 서둘러 다리를 건너 마스터들이 기다리는 곳으로 돌아갔다. 거기에 나무 지팡이를 쥔 러스킨이 서 있었다. 그의 이마에 땀이 송골송골 맺혀 있는 걸 보니, 방금의 기적과도 같은 마법이 누구의 힘이었는지는 묻지 않아도 알 수 있었다.

"루티아노를 개최하도록 하세. 최후의 결단을 내려야 할 때가 왔군."

러스킨은 비틀거리며 탑으로 돌아갔다.

"다리는 그냥 두는 게 나을 것 같다."

피를 흘리는 어깨에 손을 짚은 채 루더가 말했다.

데다인은 다리를 부수려던 마법을 접었다.

"모즈들이 완전히 후퇴한 건 아니잖소? 다리는 부수는 게……."

로일의 질문에, 루더는 고개를 저었다.

"아까 놈들이 공격해 올 때 잡힌 동료들이 많아. 모즈들은 움직일 힘을 잃은 몇몇 병사들을 산 채로 잡았네. 또 다운서치의 집에 몸을 숨긴 병사들도 아직 살아 있을지 모르고……. 그들이 건너올 마지막 길을 우리 힘으로 차단하고 싶지 않네. 다리를 부수는 건 언제든 할 수 있으니 지금 당장 하지는 말아야 해."

던멜은 주위를 돌아보았다. 그사이 코렛이 다가와 루더에게 뭔가를 말했다.

루더는 크게 놀라며 진짜냐고 몇 번이나 물었다. 던멜은 그 입 모양을 보고 전에 같이 북쪽 망루를 지키며 싸웠던 마스터 저스틴이 모즈들에게 잡혔다는 사실을 알았다.

죽음의 기운이 사방에 널려 있었다. 피를 흘리며 동료의 부축을 받아 걸어가는 병사들이나 들것에 실려 가는 마법사들, 상처의 고통에 비명을 지르는 마을 사람들.

한 명이 울면서 팔 하나가 떨어진 병사를 업고 달려가고 있었다. 시체를 부여잡고 우는 병사도 있었고 강 건너를 바라보며 절망하는 케인스윅 학생들도 있었다. 부상자들을 치료하는 바쁜 움직임에 그들의 슬픔이 묻혔다.

다리에서 멀지 않은 넌서치는 금방 야전 병원이 되어 버렸다.

던멜은 사람들 틈을 바쁘게 살피다 눈에 익은 한 명을 찾았다. 서로 찾고 있었는지 그 역시 던멜을 보자 달려왔다. 그는 플로라의 제자였다.

"플로라가……."

그의 얼굴에는 발톱에 할퀸 자국이 있었고 피가 턱선을 따라 굳어 있었다.

"……괴물들에게 잡혔어요. 우리를 마지막까지 다리 쪽으로 보내다가 뒤처져서 그만……."

던멜은 뒷말을 모두 보지 못하고 그만 눈을 감아 버렸다.

나중에야 알았다. 던멜과 로일이 지키는 게이트가 뚫린 순간, 플로라가 지키던 북쪽 망루는 뚫리지 않았다는 사실을……. 플로라는 뭔가를 해냈다. 그래서 거꾸로 후퇴가 늦어져 버렸고 이런 일이 벌어진 것이다.

던멜은 이마를 짚었다. 온몸에서 힘이 빠졌다.

❖Chapter 8❖
루티아노의 결정

아직 움직일 수 있는 모든 병사들이 동원되어 라르비튼의 다리를 중심으로 다시 방어 전선을 만들기 시작했다. 근처에서 벨 수 있는 나무란 나무는 모조리 베어다가 벽을 올렸고 혹시라도 모즈들이 강을 헤엄쳐 건너오더라도 대응할 수 있게 강을 따라 목책을 쌓았다.

다리는 언제든 무너뜨릴 수 있도록 항시 마스터 중 한 명이 지키기로 했다. 혹시라도 그 다리를 통과해 넌서치로 돌아올지 모를 생존자를 기다리며.

던멜은 목책을 만드는 작업을 도우며 루티아의 뒷산을 돌아보았다. 강을 배경으로 루티아의 북서쪽은 깎아지를 듯한 바위산으로 막혀 있었다.

던멜은 루더에게 모즈들이 저 산으로 넘어올 가능성이 있는지에 대해 물었다. 그는 불가능하다고 딱 잘라 말했다. 그러나 이내 다시 생각해보더니 했던 말을 고쳤다.

"돌아들어 오면 가능할지도 모르겠네. 난 놈들이 머리라고는 없는 놈들이라고 단정했었으니까. 허를 찌르기 위해서라면 바위산을 타 넘어 돌아올 수도 있겠군. 하지만 놈들에게 머리 좋은 지휘관이 있기에 더더욱 바위산을 넘어오지는 않을 걸세."

- 어째서?

"바위산을 타고 오는 건 녀석들에게도 그다지 좋은 방법은 아닐세. 워낙 험해서 소규모로밖에 올 수 없어. 그런 식으로 와 봐야 우리들에게 그다지 위협이 되지 않을 테니까. 그래도 우선 경비를 두도록 하지. 놈들의 기준으로 강을 건너는 게 빠를지, 뒷산을 넘어오는 게 빠를지, 속단할 수 없으니까."

던멜은 목책 작업을 하면서도 계속 다리 너머를 지켜보았다. 모즈들의 움직임은 보이지도 느껴지지도 않았다. 플로라가 살아 있기를 바라는 건 지나친 욕심일까? 자꾸 미련을 두고 바라보게 되었다.

가끔은 눈을 감고 플로라의 기척을 다운서치 쪽에서 찾아보려고도 해 보았다. 그러나 강한 생명력을 뿜어내는 모즈들의 무리 속에서 여자 한 명의 옅은 기운을 찾기는 어려웠다.

던멜은 목책 작업을 끝내고 탑을 올라가 데다인의 방을 찾았다. 빙글빙글 돌아 올라가는 엄청난 높이의 계단을 걸으며 던멜은 희한하게도 숨이 찼다. 어지럽기도 했다. 지난번에 오를 때도 이랬나?

데다인은 케인스웍의 교장인 골베인과 같이 뭔가를 의논하고 있었다. 하도 집중해 있어서 던멜이 나타나 있는 줄도 모르고 있었다.

던멜은 열려 있는 문을 노크했고 뒤늦게 두 사람이 돌아보았다.

"무슨 일인가, 기사 던멜?"

던멜은 다가가 플로라의 이름을 테이블에 적었다. 이번 전투로 수많은 사람들이 죽고 실종되었는데 유독 한 명의 이름을 언급하는 것에 대해 데다인은 살짝 놀라는 눈치였다.

"이미 그 일에 대해 연구해 봤네."

데다인은 '에틀리의 지도'라고 명명된 양피지를 펼쳤다.

"지도의 힘을 이용하면 인간과 모즈를 구별해서 볼 수 있으니까 만약 포로들이 잡혀 있다면 지도에도 나타날 거라 생각했지. 위치를 파악하면 구하러 갈 수도 있을 테니까. 그래서 지도를 가장 마법의 힘이 강한 이 탑 아래로 옮겨 왔네. 이걸로 저스틴을 찾아낼 수 있을지 모르고……."

저스틴이 모즈의 창에 찔려 죽었다는 걸 목격한 사람은 많았다. 그러나 아직 시체를 발견하지 못했다는 것에, 데다인은 작은 희망을 품고 있었다.

양피지 위로 붉은 점들 백여 개 정도가 점령당한 마을 여기저기를 떠다니고 있었다.

탑 주변에는 민간인들과 마법사들의 점들이 잔뜩 표시되어 있었지만 모즈들이 점령하고 있는 마을에는 아무 점도 표시되어 있지 않았다.

던멜은 아찔한 기분이었다. 포로들을 살려 두지 않은 건가? 아니면 루티아 바깥으로 옮겨 간 건가?

"거기 말고 이쪽을 보게."

데다인은 지도의 넌서치 쪽을 가리켰다. 야전 병원을 차린 자리인데, 떠돌아다니는 반짝이는 점들이 오십 개쯤 되었다. 하지만 탑을 오르기 직전 부상당한 병사들과 그들을 돌보는 마을 사람들의 숫자는 모두 백 명이 넘었던 기억이 났다. 왜 오십 개밖에 표시되지 않는지 물어보려는데 데다인이 먼저 설명해 주었다.

"화이트비의 보호 아래 있으면 이 지도는 사람 한 명 한 명을 표시할 만큼 강력하게 작동하지. 그러나 생명의 힘이 미약한 부상자들은 제대로 표시되지 않는다네. 만약 괴물들에게 사로잡힌 우리 측 마법사들이나 병사들이 살아 있다 해도, 부상당해 있다면 이 지도로는 알 수 없다는 뜻이네."

데다인은 끝까지 저스틴이나 플로라가 죽었을 거라는 가정은 말하지 않았다.

던멜도 희망을 가져 보기로 했다.

'아!'

지도를 접기 전에 던멜은 아주 희미한 흰 점을 다운서치에서 발견했다. 그러나 이내 그 점은 꺼져 버렸다. 던멜은 들었던 손가락을 접었다.

"왜 그러나?"

던멜은 아무것도 아니라는 뜻으로 고개를 저었다.

"피곤해 보이는군. 여긴 우리에게 맡기고 좀 쉬게."

던멜은 병사들이 있는 곳으로 돌아가려고 했지만 멀리 가는 것이 힘들어 그냥 베드포드가 처음 안내해 주었던 방으로 갔다. 이렇게 피곤한 것이 모즈의 독 때문일지도 모른다는 생각이 들어, 자기 전에 데다인이 주었던 약초를 팔뚝의 다친 부분에 발랐다. 독한 풀 냄새가 코를 찔렀다. 그리고 베개에 머리를 대자마자 잠들어 버렸다.

던멜은 카모르트에서 블랙풋을 찾아갔던 순간을 꿈꿨다. 정확히 기억과 일치한 나머지, 꿈이 아니라 그냥 과거를 회상하고 있는 건가 싶을 정도였다. 블랙풋을 떠날 때 그를 배웅한 헤더가 어린 소녀의 모습이라는 것만 달랐다. 그녀를 딸로 여겼던 감정이 꿈속에 그대로 투영된 모양이었다.

'너에게는 네가 안주할 곳이, 나에게는 내가 안주할 곳이 있어야 한다.'

던멜은 일부러 냉정하게 굴었다. 헤더가 아닌 자신에게 하는 말이기도 했다.

꿈속에서조차 던멜은 서둘러 노르만트로 돌아가려고 했다. 그때는 암살 의뢰인이 검은 사자 백작이라는 사실이 제일 큰 정보라고 생각했으나, 지금 와서 생각해 보니 더 중요한 건 제라르가 말한 8년 전의 진실이었다. 새나디엘 여왕을 암살하라고 의뢰했던 남자는 아직도 던멜과 이어져 있었다.

'완전히 돌아오신 게 아니었군요.'

헤더가 급히 걷는 던멜을 따라오며 수화로 말했다.

'나는 더 이상 블랙풋의 요원이 아니다.'

던멜은 수화로 말하며 걸었다.

헤더 역시 걸어가면서도 익숙하게 한 손으로 수화를 했다. 한 손으로 하는 던멜식 수화는 하얀 늑대들 중에서도 쉐이든만 할 수 있는 것이었다. 수년간 만나지 않았던 그녀가 할 수 있다는 건 그동안에도 꾸준히 연습을 해 왔다는 뜻이었다.

이별을 앞두고 눈물을 글썽이는 헤더를 보자, 8년 전 아란티아로 떠나던 순간이 떠올랐다. 마스터 칼스텐은 헤더와 이별하며 눈물을 보이는 던멜을 꾸짖었다. 다시 돌아올 생각을 버리라고…….

헤더는 수화로 말했다.

'후계자를 두지 않는 문제에 대해 조직 내에서도 불만의 목소리가 커져 가고 있었습니다. 솔직히 언제 반란이 터질지 불안할 지경이었죠.'

헤더와 던멜의 주변에는 아직도 노려보는 암살자들이 여럿 있었다.

'만약 오늘 테마르가 와서 발락에게 기술 전수를 하지 않았다면 정말 위험할 뻔했습니다. 이제 발락을 중심으로 블랙풋을 재조직할 수 있을 겁니다.'

던멜은 고개를 저었다.

'네가 해야 할 일이다, 헤더. 발락은 암살 기술의 마스터가 되는 것뿐 여전히 블랙풋의 지도자는 너다. 그걸 잊지 마라.'

던멜은 헤더를 껴안았다. 다른 사람들처럼 사랑하는 사람을 안고 귓가에 조용히 말해 주고 싶었지만 그럴 수가 없어 안타까웠다.

헤더는 그를 꽈악 껴안고 오랫동안 놔주지 않았다.

포옹을 풀고 헤더는 눈물을 참는 미소로 말했다.

"도울 일이 있다면 언제든 말씀하십시오."

던멜은 여기서 차갑게 말해 미련을 남기지 않는 인사를 해버리고 싶었다. 하지만 애써 눈물을 참는 헤더의 미소를 보고 도저히 진심을 숨길 수 없었다.

'영원한 이별은 아닐 것이다. 언젠가 더욱 성장한 널 보고 싶구나.'

"물론이죠. 발락이 제라르의 아들이라면 저는 테마르의 딸입니다."

던멜은 희미하게 웃으며 그녀의 머리를 쓰다듬었다. 그리고 천천히 뒤로 물러났다.

"부디 몸조심하시길."

그렇게 던멜은 떠났다. 하지만 시야에서 사라지는 마지막 순간까지 헤더는 돌아서지 않고 던멜을 바라보고 있었다. 루티아에서 곯아떨어진 꿈속에서도 이런 광경이 나타나는 것에 던멜은 작별의 순간을 후회했다.

'좀 더 냉정하게 돌아섰어야 했어. 그렇게 하지 못하는 바람에 지금도 이렇게 괴로운 거야.'

이슬비가 내렸다.

아침에 열릴 줄 알았던 루티아노가 점심 무렵에 열렸다. 라르비튼의 다리를 지키고 있는 필립과 실종된 저스틴, 죽은 에틀리를 제외한 나머지 마스터들이 모두 한자리에 모였다. 로일과 던멜도 참가했다.

"더 미룰 수 없습니다. 우리에게는 원군이 필요합니다."

루더가 그랜드 마스터 러스킨에게 말했다. 늙은 마스터도 생기를 잃은 듯 피곤한 얼굴이었다. 러스킨은 큰 전투 후 계속 모습을 보이지 않았다. 게다가 며칠은 잠을 못 잔 듯 눈밑이 거뭇거뭇했다.

데다인이 러스킨 대신 대꾸했다.

"진작 그러려고 했지만 누가 자리를 뜬단 말인가? 에틀리에 이어 저스틴까지 잃으면서 그 공백이 더 커졌거늘."

"그렇기에 더욱 원군을 부르는 걸 서두르는 편이……?"

골베인이 조심스럽게 끼어들었다.

데다인은 답답해하는 얼굴로 말했다.

"사실 최근 울프의 기사 두 명이 활약해 주는 것을 보면 처음에 별 기대하지 않았던 내 자신이 민망할 정도요."

데다인은 따로 고개를 돌려 굳이 사과했다.

로일은 사과를 받지도 않고 그냥 무뚝뚝하게 있었다.

"그래서 하는 말인데, 사실 마스터 퀘이언이 하는 말이 이러했소. 루티아에 어떤 위험이 있는지 모르나 하얀 늑대들 다섯 명이 가서 해결 못할 일이라면 울프 기사단이 모두 가도 해결 못할 일일 것이다…… 난 그 말을 의심했으나 이제 조금은 믿을 수 있을 것 같소. 만약 내가 오는 길에 두 사람을 잃어버리지 않았다면 이번 참사가 달라졌을 것이오."

던멜과 로일, 두 사람의 활약을 직접 목격한 마스터들은 데다인의 말에 크게 동의했다. 데다인은 사과하는 표정 그대로 말을 이었다.

"그러나 마스터 러스킨께서 힘을 다하였음에도 그 두 사람을 찾지 못했소. 이 일을 어찌 해결해야 할지 솔직히 나도 잘 모르겠소."

가만히 있던 러스킨이 말했다. 워낙 기척 없이 말을 시작하는 바람에 던멜은 그의 입을 보는 타이밍을 약간 놓쳤다.

"……는 잘못이 없네. 누구의 책임도 아니니 앞으로 자신의 책임 운운하는 말은 하지 말게들. 그보다 나는 다시 한번 아란티아의 여왕에게 이 일을 고하고 원군을 요청해 보는 게 어떨까 하는데?"

던멜은 몸이 으슬으슬 떨렸다. 감기라도 걸렸나? 눈이 침침해서 사람들의 말도 알아보기 힘들었다.

"솔직히 말씀드리자면 그분을 다시 뵐 면목이 없습니다."

데다인이 자신감 없이 말했다.

"외교는 모두 데다인에게 맡긴바, 우리에게 필요한 전력을 다시 아란티아에 부탁했으면 하오. 어떻게 생각하시오, 두 기사분은?"

루더가 로일과 던멜에게 물었다.

던멜은 사실 저런 엄청난 괴물 군대를 앞에 두고 '하얀 늑대들만 모두 왔으면 이번 참사를 막을 수 있었을 것이다.'라는 말에는 동의할 수 없었다. 이런 병력 차이면 둘이 오나 넷이 오나 별반 다를 게 없었다.

"아란티아에 원군을 요청하는 점에서는 찬성입니다. 그 원군은……."

로일은 천천히 말을 이었다.

"……아직 오지 않은 하얀 늑대 한 명과 우리들의 캡틴 한 명이면 됩니다."

다들 놀랐고, 던멜도 놀랐다.

'카셀과 쉐이든만?'

로일은 고개를 끄덕인 후 던멜에게만 하려던 말을 루티아노에 있는 모두에게 했다.

"캡틴 울프는 하얀 늑대들 다섯 명이 모두 힘을 합쳐도 하지 못했을 기적과도 같은 일을 카모르트에서 해냈고, 쉐이든 울프는 모두가 의지하는 울프 기사단의 형과도 같은 존재입니다. 전략 전술에도 능하지요. 그 두 사람만 온다면 이 일도 어떻게든 견뎌 낼 수 있을 겁니다."

"그건……, 두 사람만 더 오면 저 엄청난 모즈들의 무리를 격퇴할 수 있다는 뜻인가?"

"아마도."

"어떻게?"

"그걸 알면 제가 했을 겁니다. 모르니까 그걸 해낼 수 있는 사람을 부른다는 거고."

로일은 고집스럽게 자신의 의견을 주장했다.

러스킨이 중재했다.

"그럼 데다인은 방금 얘기를 아란티아의 여왕에게 전하고, 원군을 부탁해 보시오."

최소한의 원군이 그들 두 사람이고, 그보다 더 많이 불러 달라는 뜻을 우회한 말이었다. 데다인은 별로 하고 싶어 하지 않는 외교를 결국 수락했다.

이후 루더는 던멜이 말한 후방 산에 대한 수비와 앞으로의 경계에 대한 작전을 논의했다. 골베인은 케인스윅 학생들의 보호와 선생들의 죽음에 대한 문제로 길게 얘기했으나 딱히 결론은 없었다. 마지막으로 골베인은 마법으로 괴물들을 퇴치하는 몇 가지 방법을 제시했다. 그중 두어 가지는 실제로 전투에도 써먹을 만했기에 루더는 귀담아들었다.

던멜은 회의에 집중하지 못했다. 플로라의 문제와 로일이 말했던 아란티아의 원군 문제만으로도 머리가 복잡했다.

회의가 끝나고 던멜이 로일에게 물었다.

'왜 카셀을 언급했나? 지금 상황에서 카셀이 온다고 일이 극적으로 해결되지 않아. 차라리 가급적 많은 울프의 기사들이 오는 편이 더 좋다.'

"나도 대단한 계산을 하고 한 말이 아니다. 카셀이 오면 뭔가 바뀔 거라고 생각한 것뿐이야."

로일은 자신의 손바닥을 내려다보았다.

"카셀이 검은 기사들의 군주를 앞에 두고 내게 아란티아의 보검을 내줬을 때의 기분은 설명해 줘도 모를 거다. 누군가 날 믿고 내게 의지한다는 느낌이 그때만큼 충실했던 적이 없었어. 그래서 내가 전력을 다하는 모습을 무서워하지 않고 좋아해 줄 사람에게 숨김없이 보여 주고 싶었다. 그건 내게 있어 기적이었어. 난 그 기적을 믿어."

로일은 그날 제일 먼저 카셀 앞에 무릎 꿇었다. 가장 짧은 시간을 같이 보냈지만 누구보다 카셀을 믿었다.

"내 의견을 데다인이 나디움에 전달해 주면 나머지는 폐하께서 알아서 하실 거다. 만약 폐하께서 필요하다고 생각하시면 내가 반대해도 울프 기사단 전체를 내주시겠지."

'간혹 불같은 성격을 내보이시는 폐하의 성격이라면 오히려 하얀 늑대 두 사람을 잃어버린 일을 추궁하시지 않을까?'

로일은 힘없이 웃었다.

"그럴지도. 그런데 너 어제부터 계속 아파 보인다? 독에 감염된 거 아니야?"

'약은 발랐다.'

"걱정이 너무 많아서 그런 걸 거야."

'그럴지도 모르지.'

로일과 헤어진 후 다시 방으로 돌아온다는 게 정신을 차려보니 케인 스윅에 와 있었다.

"기사 딘멜."

복도에서 마주친 베드포드가 먼저 아는 척을 했다.

"도울 일이라도 있습니까?"

던멜은 멍청히 서 있다가 플로라가 생각나서 왔다고 베드포드가 내민 펜으로 종이에 적었다. 베드포드는 슬픈 미소를 지으며 그를 플로라의 사무실로 안내했다. 플로라가 케인스웍에서 얼마나 소중한 존재였는지는 이 와중에서도 그녀의 방을 청소하는 학생들이 있다는 것만 봐도 알 수 있었다.

베드포드가 나타나니 그들은 인사하고 물러났다.

"전 가 보겠습니다."

베드포드는 던멜을 혼자 내버려 두고 방을 나왔다.

오래된 종이 냄새가 가득한 방에는 용도를 알 수 없는 온갖 잡동사니들이 널려 있었다. 벽에는 방대한 분량의 책들이 꽂혀 있었고 하나하나 손때가 묻어 있었다. 방금 학생들이 치운 후라는 점을 고려하면 평소에는 얼마나 지저분하게 하고 살았을지 상상이 갔다.

책장에 꽂지 못한 책들이 책상마다 높이 쌓여 있었고 옷걸이에는 여러 겹의 옷이 겹쳐 있었다. 그중 한 벌은 처음 만나 식사를 가져올 때 입었던 옷이었다. 몸 상태가 좋지 않아 정신까지 몽롱한 데도 그녀에 대한 기억은 이상하리만치 선명했다.

뒤에서 인기척이 나서 돌아보니 한 어린 소년이 숨을 헐떡이며 문앞에 서 있었다. 눈에는 분노가 가득 차 있었고 입에서는 더운 김이 샜다. 급히 달려온 모양새였다.

"당신이군요. 듣지는 못해도 알아듣는다고 했어요, 맞죠?"

던멜은 고개를 끄덕였다.

"그럼 똑바로 잘 들어요. 선생님은 당신 때문에 죽었어요."

소년은 손가락을 치켜세우고 악을 썼다. 던멜은 소년의 얼굴만 바라보았다.

"선생님은 모즈를 누구보다 무서워했어요. 그래서 모즈들이 쳐들어온다는 신호만 나면 이 방에 숨어서 부들부들 떤다고요. 왜 그런지 알아요? 선생님의 남자 친구가 선생님 눈앞에서 죽어서예요. 처음 모즈들이 아웃서치를 공격해 올 때 가장 먼저 죽은 사람이 바로 선생님의 남자 친구였으니까요."

소년은 눈물을 쏟아냈다.

"알아들어요? 지금 제 말 알아듣고 있는 거죠?"

던멜은 고개를 끄덕였다.

"그럼 계속 잘 들어요! 그 뒤로 선생님은 모즈들이 나타날 때마다 숨었어요. 당신이 나타나자 외부에서 온 사람도 루티아를 위해 이렇게 애쓰는데 자기만 숨어 있을 수 없다며 싸움터에 나선 거예요. 다들 말렸는데 말이에요. 그러니까 당신이 싸움터로 내몬 거나 다름없어요. 당신이 싸우라고 부추긴 거라고요!"

소년은 달려들어 던멜의 옷을 움켜쥐었다. 던멜은 저항하지 못했다.

"난 차라리 선생님이 죽어 있었으면 좋겠어요! 잡혀 있는 게 아니라 잡히기 전에 고통 없이 죽었기를 바라요. 만약 살아 있다면…… 맨정신으로 그 괴물들 틈에 잡혀 있을 모습은 상상하고 싶지 않아요. 선생님이 얼마나 무서워하는지 알기나 해요?"

수많은 학생들이 달려와 소년을 뜯어말리는 걸 보니 그 애의 목소리가 복도 전체를 쩌렁쩌렁 울리고 있었던 모양이었다.

던멜은 오직 소년의 얼굴만 바라보고 있었다.

"당장 가서 구해 와. 구할 수 없으면 멀리서 활로 쏴서 그분을 죽여 드리란 말이야. 활 잘 쏜다며? 아란티아에서 왜 왔어? 당장 너희 나라로 돌아가!"

베드포드까지 나타나 소년을 던멜에게서 떼어 냈다. 소년은 저항하며 끝까지 던멜에게 입을 보여 주려고 했다. 던멜도 시선을 피하지 않았다.

"당신이 있었어도 괴물들에게 점령당했을 거라면 차라리 오지 말지. 그랬다면 선생님은……."

소년은 학생들의 만류에 결국 고개를 숙이고 울었고 던멜은 그 자리에서 움직이지 않았다. 다른 케인스웍의 선생들까지 찾아와 소년을 달래 데려갔고 곧 학생들도 뿔뿔이 흩어졌다.

베드포드만 남아 던멜을 위로했다.

"시저라는 이름의 아이입니다. 마법사였던 두 부모님을 잃고 플로라를 엄마처럼 여기던 아이였죠. 충격이 클 겁니다. 어린아이의 말이니 부디 모른 척 넘어가 주십시오. 당신이 없었다면 라르비튼의 다리마저 지켜 내지 못했을 거라는 걸 다들 알고 있습니다."

베드포드가 위로하고 떠났으나 던멜은 자신에 대한 분노와 죄책감으로 몸을 떨었다.

벽에는 플로라가 마지막까지 연구하던 '마법을 이용한 활'을 그린 그림이 걸려 있었다. 여기서 몇 차례 실험했는지 화살이 벽에 몇 대 박혀 있었다. 그는 그것을 뽑아 다른 쪽 벽에 집어 던졌다. 화살은 활로 쏜 것처럼 날카롭게 날아가 나무 기둥에 박혔다. 박힌 화살 끝이 희미하게 떨렸다.

갑자기 호흡이 거칠어졌다. 던멜은 벽에 손을 짚고 문밖에 서 있다가 머리부터 바닥에 떨어졌다. 충격은 전혀 없었다. 그저 앞이 조금 희뿌옇게 보이기만 했다. 황급히 달려오는 누군가의 발이 보였다. 그리고 의식이 끊어졌다.

✦ Chapter 9 ✦

넌서치

다시 눈을 떴을 때 던멜은 침대에 누워 하얀 천장을 올려다보고 있었다.

"깨어났네요? 이제 혈색이 좀 도는군요. 절 알아보시겠어요?"

케인스웍의 교사이자, 플로라와 절친한 친구인 하이디였다. 그녀는 넌서치의 야전 병원에서 모두를 지휘하는 의사이기도 했다.

하이디는 다리를 꼬고 앉아 빙그레 웃으며 말했다.

"궁금하실 것 같아 미리 말씀드리자면 당신은 어제 오후에 기절했고 만 하루 동안 잠들었어요. 지금은 아침이고요. 새벽에 마스터 데다인께서는 루티아노의 결정에 따라 바위산을 따라 아란티아로 떠났어요. 새로운 원군을 데리러 간다는군요. 기억나세요?"

그녀는 펜과 종이를 던멜의 무릎 위에 놔주고 가까이 앉았다.

"묻고 싶은 게 있나요?"

던멜은 흔들리는 손으로 펜을 놀렸다.

- 제가 왜 기절했습니까?

"당신은 모즈의 독에 중독되었어요. 약하게 긁히는 바람에 신경 쓰지 못했나 봐요? 모즈의 독에 대해 마스터 데다인께서 좀 더 강하게 주의를 주었어야 했는데. 게다가 당신의 경우에는 오히려 약하게 중독되는 바람에 몸속에 깊숙이 침투해서 천천히 체력을 깎아 먹을 때까지 모르고 있었던 거죠. 특별히 건강한 덕에 오래 버티다가 갑자기 기절! 그렇게 된 거예요. 준비해 준 약도 늦게 발랐죠?"

하이디는 나뭇잎으로 싼 가루약을 세 개 주었다.

"이걸 하루에 하나씩 드세요. 원래대로라면 일주일은 침대에 누워 쉬어야 하지만, 상황이 이러니 힘들겠죠. 당신이라면 보통 사람들보다 금방 회복할 거예요."

- 고맙습니다.

하이디는 던멜의 손을 한번 잡았다가 놔주고 침대에서 일어났다.

"아, 그리고……."

하이디는 갑자기 생각난 듯 말을 꺼냈다.

"플로라가 당신에 대한 말을 많이 했어요. 그 애는 항상 자신을 지나치게 낮추어서 말했죠. 그래서 이런 말까지 한 적이 있어요. 당신을 좋아하게 된 것 같다고. 하지만 지금 상황에서 그런 감정을 가지는 것 자체가 죄악이니 아무 말도 해선 안 된다고요."

평소라면 웃었을 테지만 지금은 눈물이 날 것 같았다.

"아마도 목숨을 잃은 예전의 남자 친구를 생각하느라 감정을 다스리지 못했던 거겠죠."

하이디는 웃으며 말했지만 눈에는 눈물을 글썽였다.

"플로라를 잃은 슬픔을 건드린 것은 죄송하지만 꼭 말씀드려야 할 것 같아서요."

던멜은 잉크가 말라 잘 나오지 않는 펜으로 종이 위에 짧게 썼다.

- 미안합니다.

하이디는 왜 그가 사과를 한 건지 알지 못했다.

강의 방어선을 중심으로 2교대로 경계를 서는 병사들이 일렬로 줄을 서 있었다. 그들의 얼굴에는 피로와 패배감이 쌓여 있었다.

던멜이 라르비튼의 다리 옆으로 나타나자 마스터 루더가 걱정했다는 말을 건네며 다가왔다. 그러나 던멜은 대꾸 없이 마법사를 지나쳤다.

아직 회복되지 않은 발로 던멜은 라르비튼의 다리를 건너기 시작했다. 말리려던 병사들은 그가 다리 끝까지 건너가 버리자 더 이상 다가오지 못했다. 그는 가상으로 그린 머릿속의 지도에 모즈들의 기운을 표시해 나가기 시작했다.

모즈들이 없는 공백으로 그는 달려갔다. 그리고 놈들의 눈에 띄기 전에 지붕 위로 뛰어 올라갔다.

던멜은 지붕에서 머리만 내밀어 모즈들이 뭘 하는지 살폈다. 사악한 계획을 준비하고 있을까, 아니면 전투 준비를 하고 있을까. 하지만 녀석들은 아무것도 하고 있지 않았다.

'노닥거리고 있군.'

놈들의 흉악한 얼굴을 보면 딱히 어울리는 말은 아니겠지만 그 말밖에 떠오르지 않았다. 넌서치 쪽에서 마법사들이 역습을 해 올 것에 대비하지도 않았고 강을 건너 공격할 준비를 하고 있지도 않았다. 던멜은 속에서 불이 끓어오르는 기분이 들었다.

에틀리의 지도에 표기된 걸 보면 괴물들의 숫자가 다시 이천을 채웠고 더 늘어나고 있었다. 던멜은 방심하고 있는 놈들을 차례로 죽여서 이천이라는 숫자를 채워 버리고 싶은 충동이 들었다. 하지만 자경단의 부상자들이 회복할 시간 여유를 얻은 지금, 그들을 자극할 수는 없었다.

던멜은 지붕과 지붕 사이를 뛰어 다운서치의 동쪽 끝으로 이동했다. 자경단의 청년들이 수개월 동안 힘겹게 세운 요새는 이제 형체만 남아 있었다. 다운서치의 외곽 요새 쪽에 모여 있는 모즈들도 넌서치 쪽 놈들처럼 노닥거리고 있었다.

마침 커다란 나무를 들쳐 메고 모즈들 몇 마리가 마을 안으로 들어오고 있었다. 그러고 보니 요새의 근처 공터에도 통나무가 여럿 보였다. 몇몇 모즈들이 통나무에 올라가 도끼로 남은 가지들을 쳐 내고 있었다.

던멜은 잠시 그들의 목적을 알 수 없는 작업을 바라보다가 인간 포로들을 찾기 시작했다. 모즈들 틈에 섞여 있을 거라 기대했지만 인간의 기운은 느껴지지 않았다. 벌써 죽였는지, 아니면 여기가 아닌 다른 곳에 가둬 두었는지 알 수 없었다. 던멜은 자신이 어느 쪽을 바라고 있는지도 알 수 없었다.

그때 던멜의 시야를 가리며 검은 베논이 불쑥 지붕 위로 올라왔다.

던멜은 뒤로 물러나 칼을 뽑았다. 베논의 위에는 검은 로브를 입은 기사가 타고 있었다. 그자의 손에는 칼이라고 해도 좋을 만큼 긴 날이 달린 창이 들려 있었다.

카구아.

그러고 보니 에틀리의 지도에서는 이자의 모습이 보이지 않았다. 모즈들과 같은 붉은 점이었을까? 아니면 전혀 다른 색깔이라 못 보고 지나쳤을까? 지도를 체크할 때마다 우연히 범위 바깥으로 피해 있었던 건가?

던멜은 자세를 낮추었다.

그때 또 다른 기척이 옆집의 지붕 위에 나타났다. 같은 복장에 같은 무기를 들고, 같은 생김새의 베논을 탄 카구아였다. 그들은 하나가 아니었다. 그리고 이 둘은 처음 이곳을 공격해 올 때 모즈들을 지휘했던 그자도 아니었다.

'그럼 셋? 아니면 그 이상?'

던멜은 양쪽을 번갈아 보았다. 그들은 서로에게 신호를 보냈다. 뭔가 말을 하고 있다 해도 로브와 투구를 쓰고 있어 던멜은 알아볼 수가 없었다. 다른 쪽 지붕 위에 있던 녀석이 가볍게 몸을 날려 던멜이 있는 지붕 위로 올라왔다.

던멜은 지체하지 않고 달아났고, 카구아들은 즉시 따라왔다.

던멜은 놈들이 따라오는 속도에 맞춰 뒤를 돌면서 검을 휘둘렀다. 뒤에서 찌르는 창이 이미 코끝까지 다가와 있었다. 창과 칼이 부딪치며 던멜은 빗물 고인 지붕 위에서 주루룩 밀려나 밑으로 떨어졌다.

착지야 부드럽게 했지만, 그곳은 모즈들이 잔뜩 있는 자리였다.

모즈들이 깜짝 놀라며 공격 자세를 취했으나, 던멜은 무시하고 다리 쪽으로 달렸다. 카구아가 쫓아와 그의 등을 창으로 찔렀다.

던멜은 옆으로 굴러 피했다. 뒤이어 오른쪽에서 덤벼든 카구아의 창을 연속으로 피하면서 던멜은 몸을 날려 베논의 갈기를 쥐고 옆구리에 매달렸다.

베논은 던멜을 떨쳐 내려고 벽을 타고 달리더니 공중으로 뛰어올랐다. 던멜은 털을 움켜쥐고 버틴 후 베논 위의 카구아에게 칼을 휘둘렀다. 카구아는 팔을 내밀어 단검을 막았다. 찌릿한 통증이 던멜의 손바닥을 타고 흘렀다. 허공에 떠 있는 베논이 바닥에 착지하기 전에 던멜은 카구아의 옆구리를 걷어차며 다시 지붕 위로 착지했다.

어느새 다른 카구아가 옆으로 접근해 창을 휘둘렀다. 던멜은 피하기보다 오히려 그에게 뛰어들어 단검을 휘둘렀다. 카구아 역시 얼굴을 돌려 던멜의 공격을 흘렸다.

둘 다 공격에 실패하고, 서로를 지나쳐 지붕에서 떨어졌다.

던멜은 착지하자마자 벽에 등을 붙이고 상대가 어느 쪽에 있는지 기척을 느껴 보았다. 던멜은 녀석들의 기척을 느끼고 두 방향에서 조여들어 오는 것을 알았다.

던멜이 벽에 달라붙듯 매달려 다시 지붕 위로 올라가니, 이번에도 둘은 귀신같이 위치를 알아내고 같이 지붕 위로 따라 올라왔다. 카구아 둘이 타고 있는 두 마리의 베논이 코를 킁킁거리며 던멜을 노려보았다.

'저놈들이 내 위치를 알아내고 있구나.'

바람은 없었고 태양빛이 달군 지붕 위는 프라이팬처럼 뜨거웠다. 땀이 던멜의 눈썹에 매달려 흔들렸다.

'놈들은 안 더울까? 저런 갑옷을 입고서? 모를 노릇이지.'

던멜은 한쪽 손이 바닥에 닿을 정도로 자세를 낮추고, 앞으로 달려나갔다. 동시에 카구아를 태운 두 마리 베논도 던멜에게 달려왔다. 두 검은 기사의 창이 교차하며 던멜을 찔렀다. 던멜은 바닥을 구르며 두 개의 검을 좌우로 휘둘렀다. 두 자루 창 중 하나가 던멜의 목덜미를 긁은 후 지붕에 박혔고, 던멜이 휘두른 두 자루 검 중 한 자루에서만 베는 느낌이 있었다.

던멜은 처음부터 카구아 둘을 상대하는 걸 포기하고 그들을 태운 짐승의 다리를 노린 것이었다. 하지만 성공했는지 확인하지 않고, 그대로 지붕에서 뛰어내려 일직선으로 다리까지 달렸다. 한참 달린 다음 돌아보니 아무도 쫓아오지 않았다. 공격이 통한 건 한 마리뿐이지만, 양쪽 다 쫓아오지 않았다.

던멜은 피가 흐르는 목덜미에 손을 짚고 다리로 돌아갔다.

다리를 건너며 던멜은 놈들이 제작하고 있던 거대한 통나무의 용도가 걱정되기 시작했다.

'뭣에 쓰려는 거지? 강에 걸쳐 다리를 놓으려고? 그러기엔 좀 짧아 보였는데?'

목책을 쌓는 작업은 계속되었지만, 이런 게 얼마나 실용성이 있는지 모를 노릇이었다. 사기는 급격히 떨어졌고, 며칠 동안 교대 근무하며 경계를 서던 병사들은 간혹 창에 기대어 졸기도 했다.

적 지휘관, 아마도 방금 싸우고 돌아온 두 검은 기사는 이곳 병사들이 정규군이 아니라는 것을 잘 알고 있다. 대신 강물을 뒤엎거나 다리를 무너뜨릴 수 있는 마법사들이 버티고 있다. 섣불리 공격하면 공격하는 쪽도 큰 피해를 감수해야 할 것이다. 그러니 내버려 두고 저절로 무너지기를 기다린다······.

'어째서 병력을 아끼는 작전을 쓰고 있을까? 루티아를 점령하는 것이 목표라면 굳이 기다릴 필요가 없을 텐데.'

최종 목표가 여기가 아닌 다른 곳이라면 납득할 수 있었다. 하지만 그럴 리는 없다. 녀석들은 분명 루티아의 탑을 무너뜨리기 위해 공격해 올 것이다. 문제는 그게 언제냐는 거다.

'얼마나 기다리게 만들 셈인가? 일주일? 한 달?'

공격은 마법사들이 전투 방법에 익숙해지기 전일 것이다. 그러나 또한 병사들이 지칠 시기를 기다려야 했다. 그런 것을 고려하자면, 사흘 내 공격을 감행하는 것이 제일 적절했다. 그때까지 아란티아에서 적절한 원군이 와 준다 해도, 막을 수 있을까? 적 지휘관은 알아도 막지 못할 공격을 준비하고 있을 것만 같았다.

다리를 건너자, 루더가 달려와 붕대로 피를 막아 주었다. 곧 하이디가 와서 약물치료까지 도왔다.

"이게 대체 무슨 짓인가?"

"하루 동안은 쉬라고 제가 그러지 않았나요?"

둘은 보자마자 앞 다투어 던멜을 혼냈다. 하지만 곧 질문을 바꾸었다.

"포로들은 있던가?"

던멜은 고개를 저었다.

던멜이 다리를 건너는 순간부터 뭔가를 기대하고 다가왔던 많은 병사들과 마법사들이 실망한 듯 돌아갔다. 루더도 그의 어깨를 두들겨 주고 돌아서려다 몸에 붙은 털을 하나 떼었다.

"이건…… 무슨 털인가?"

던멜은 아까 베논의 갈기를 붙들었을 때 손에 붙은 털을 떼 보았다. 메모도 수화도 안 통했지만 당시 상황을 설명하는 데는 그리 오래 걸리지 않았다.

"이게 그 검은 털의 베논 것이라고?"

루더는 깜짝 놀랐다. 베논은 흰털과 회색 털만 존재한다고 플로라가 설명해 준 적이 있었다. 그래서 카구아가 타고 있는 검은 털의 베논은 존재 자체로 이상한 짐승이라고. 그런데 지금 던멜의 손에 붙은 털은 진짜 검은 털이 아니었다. 털의 뿌리 쪽 한 마디 정도가 하얀색이었다.

"털을 염색했군?"

루더는 흥분해서 말했다.

"자네도 봤지? 내 마법 불꽃에 휩싸여도 끄덕 않던 녀석들을!"

루더는 던멜의 손과 몸에 붙은 털을 신중히 떼어서 탑 쪽으로 달려갔다.

"루더가 예상했던 대로일세."

골베인이 하얀 종이 위에 베논의 털을 깔아놓고 설명했다.

"마법을 보호할 수 있는 물질이 '코팅'되어 있네. 나한테 이런 게 조금 있지만, 베논 한 마리를 통째로 염색시킬 정도의 분량은 없어. 이런 건 우리 마법사들에게는 그리 좋은 게 아니니까 외부 유출을 철저히 막고 있네. 심지어 이 염료의 존재를 아는 사람도 루티아 전체에서 열다섯 명이 채 안 되지."

던멜이 카구아와 접촉한 지 하루가 지났다. 그사이 모즈들은 특별한 움직임을 보이지 않았다. 좋은 조짐으로는 보이지 않았다.

골베인은 필립에게 힘없이 입을 열었다.

"그런 의미에서 내가 실수했네. 이 털에 대한 연구를 할 때 시간이 없어 케인스윅 선생들의 도움을 받았거든. 이 털을 염색시킬 정도로 마법 물질에 대해 정통한 자가 저쪽 편에 있다는 게 알려지면 루티아 내에 배신자가 있다는 의심을 더욱 증폭시킬 거야."

필립은 고개를 끄덕였다. 그의 찰랑거리는 금발 머리도 오랫동안 감지 못했는지 지저분하게 헝클어져 있었다.

"카구아가 쓰고 있는 검은 로브도 같은 종류일 거라 생각하네. 모즈들은 루티아 경계 안쪽에서만 마법이 통하지 않지만, 녀석들은 어디에서도 마법이 통하지 않는다는 게지. 마스터 러스킨께는 말씀드렸나?"

"저녁때부터 화이트비 옆에 계신다고 하셨네. 방해하고 싶지 않아서 아직 말씀 못 드렸네. 방에 들어가시기 전에 내게 레미프들의 마법사와 연결해 보겠다고 하신 뒤로는 통 나오지 않으셨지. 그분께는 그분의 방법이 있을 거라 믿어. 이대로 루티아가 무너지는 꼴을 보고만 있지는 않으실 걸세."

골베인은 힘주어 말을 마쳤다. 마법의 빛이 아닌 촛불로만 밝혀진 방 안이 더욱 어두워진 기분이 들었다.

"마법이 안 통하는 괴물 이천에, 마찬가지로 마법이 통하지 않는 카구아가 최소 셋. 답이 안 나오는군.”

필립이 한숨을 쉬며 말했다.

“카구아가 모즈들의 지휘관이라고 알려진 뒤로 병사들의 공포심이 더해졌어. 그게 모즈들과 상관없다고 생각했을 때도 무서워했는데…….”

골베인이 말하다가 팔짱을 끼고 듣고만 있는 로일에게 물었다.

“솔직히 말해 보시게, 로일 울프. 일대일이라면 이길 자신이 있나?”

“내가 일대일로 못 이길 상대는 내 스승과 내 친구들뿐이오.”

로일은 언제나처럼 단언했다.

던멜은 그렇지 않다고 말하고 싶었다. 아직 서로 전력으로 부딪친 게 아니지만, 베논을 타고 창을 휘두르는 녀석들의 힘은 결코 쉽게 말할 수 있는 수준이 아니었다.

“놈들은 어떤 식으로든 강을 건너올 것이고, 그때는 막을 수 없소. 그러니 방어가 아닌 다른 방법을 생각해야 할 때요.”

던멜이 로일의 입을 빌려 말했으나, 모두 난색을 표했다.

“역습을 하자고? 불가능하네.”

‘난 역습을 말하는 게 아니요.’

곧 두 마법사는 기가 질려 말을 잃었다.

필립이 말했다.

“혹…… 루티아를 버리자는 건가?”

던멜은 고개를 끄덕였다.

“그런 건 생각도 해 본 적 없어!”

필립이 자리를 박차고 일어났다. 그리고 탁자 위의 양피지 지도에 손을 댔다. 넌서치를 중심으로 넓게 하얀빛이 펼쳐졌다. 루티아 사람들의 위치였다.

"보이나? 이 빛이 존재하는 건 루티아가 있기 때문일세. 이 점 하나하나가 루티아에 꿈을 실었고, 그 꿈이 루티아를 만들어 가고 있네. 우리는 루티아가 아니면 살 수 없는 사람들이야! 그런데 어떻게 루티아를 버린다는 말을 그리 쉽게 하는가?"

던멜은 이렇게 될 줄 알고 있었다. 그들은 고작 다리 하나를 부수는 것조차 망설였던 사람들이니까.

골베인이 필립의 흥분을 가라앉히려고 달랬다. 그러나 필립은 머리를 쓸어 넘기며 도리어 검은 얼굴의 마법사에게 화를 냈다. 던멜도 너무 경솔하게 말을 꺼냈나 싶어 사과하려는데, 문득 지도의 다운서치 부분에서 빛나는 하얀 점을 발견했다. 그 빛은 다운서치의 다른 점에 비해 유난히 밝았다.

던멜은 눈을 가늘게 뜨고 그 빛과 동일한 크기의 빛을 가진 또 하나의 빛을 넌서치에서도 발견했다. 라르비튼의 다리에서 미세한 움직임을 보이는 그 빛이 넌서치에 있는 하얀빛과 같은 크기였다. 다른 위치에 있는 같은 크기의 점. 하나는 괴물들이 우글거리는 장소에, 하나는 병사들이 머물러 있는 자리에.

던멜은 서둘러 로일에게 자신의 말을 전달해 달라고 부탁했다.

"두 분 다 진정하십시오. 던멜이 하나 묻는군요. 베논을 염색한 그 물질, 그걸 뒤집어쓰면 에틀리의 지도에도 표기가 안 되는 겁니까?"

"이것도 기본적으로는 마법이니까. 그래서 아마 지도상에는 카구아가 표기되지 않는 게지."

골베인은 겨우 필립을 진정시켜 앉힌 후 말했다.

로일은 다운서치의 하얀 점을 가리켰다.

"그럼 저건 뭡니까?"

두 사람은 그 하얀빛을 발견하고 화들짝 놀랐다.

"우리 쪽 마법사임에 틀림없다!"

필립이 말했다.

"부상자는 빛이 거의 안 보인다고 하지 않았소? 하지만 이건 꽤 큰데?"

로일의 말에, 필립도 동의했다.

"여기 다리 쪽에 있는 큰 점을 보게. 이건 루더야. 이건 생명의 힘을 감지하는 지도지만, 마법이 강한 자라면 상대적으로 더 강한 빛을 띠게 되지. 이 마법 지도 자체가 마법을 감지하기 때문이야. 그래서 자네들처럼 강한 기사도 일반인과 같은 밝기의 점으로밖에 표기되지 않아."

"그럼 지금 다운서치에 있는 저 점은……."

"저스틴이야."

로일이 말을 채 끝내기도 전에 필립이 환호에 가깝게 말했다.

"저스틴이 아니라면 저렇게 강한 빛을 낼 마법사가 없지!"

"구하러 가는 거요?"

로일이 물었다.

"좀 더 생각해 볼 일일세. 지금까지 힘을 숨겨 오다가 갑자기 이렇게 드러낸 건 어쩌면……."

빛은 금방 다시 사라져 버렸다. 네 사람은 멀뚱히 서로의 얼굴만 바라보다가 다시 그 빛이 떠오르기를 기다렸다. 그러나 반 시간을 기다려도 빛은 되돌아오지 않았다.

그들은 결론을 내지 못했다. 저스틴이 살아 있다면, 이쪽에 기회를 만들어 주기 위해 잡혀 있는 척한 걸지도 모른다는 희망 섞인 말을 하면서 회의가 끝이 났다.

그 빛의 정체를 알게 된 것은 이틀 후였다. 그때까지는 그게 진짜로 희망의 빛인지, 아니면 절망을 예고하는 경고인지 확신하지 못했다.

"던멜, 잠깐 와 보시겠소?"

베드포드가 어둠 속에서 다가와 손짓했다. 던멜은 해독 치료를 받은 후 근육이 물러진 기분이 들어 목책 건설 작업을 도우며 몸을 풀던 중이었다.

던멜은 무슨 일인지 묻지도 않고 따라갔다.

넌서치의 작은 집에 베드포드를 비롯한 케인스웍의 교사들과 제법 나이가 많은 학생들이 모여 있었다. 촛불만 밝혀 놓고 숨죽이고 있는 모습이 역적모의라도 하는 것처럼 보였다.

베드포드는 던멜과의 의사소통을 위해 펜과 종이를 준비해 두고 말을 꺼냈다.

"시간을 절약하기 위해 소개는 간단히 하고 본론으로 들어가고자 합니다. 다들 아시겠지만, 이쪽은 아란티아에서 오신 던멜 울프."

베드포드는 빠르게 왼쪽에서 오른쪽으로 돌아가며 모두의 이름을 알려 주었다. 그들의 표정에는 뭔지 모를 비장감마저 서려 있었다.

"우리들은 루티아의 탑이나 케인스윅과는 별개의 조직입니다. 아시겠지만 모즈들에게는 마법이 통하지 않지요. 그래서 왜 그런지에 대한 조사를 이어 가던 중 뜻을 같이하는 사람들끼리 이런 모임을 만들게 되었습니다."

베드포드는 촛불을 가까이 두고 말했다.

"당신이 오래 자리를 비우면 의심을 받을지도 모르니 요점만 말씀드리죠. 모즈들에게 누군가 보호 마법을 쓰고 있는 게 틀림없습니다. 그것도 우리가 익히 알지 못하는 다른 종류의 마법이자, 화이트비의 힘에 맞설 수 있을 정도로 강력한 마법!"

던멜은 루티아노에서 마스터들이 걱정하던 내분이 여기서 시작되고 있다는 사실을 깨달았다.

"외부의 마법사라고 생각하는 이도 있습니다만, 순진한 발상이죠. 그 정도의 마법사가 루티아가 아닌 다른 곳의 마법사라는 건 생각할 수 없습니다. 무엇보다 모즈들은 루티아에 가까이 접근할 때만 마법이 통하지 않아요. 그건 내부 소행자라는 뜻입니다."

베드포드는 조심스레 던멜의 표정을 살폈다. 뭔가 써 주길 바라며 그가 쥐고 있는 펜 끝을 살피는 시선도 많았다. 그러나 던멜은 가만히 있었다. 그러자 다른 한 명이 조심스레 던멜에게 말했다.

"이건 우리 손으로 해결하기에 너무 큰 문제입니다. 그래서 당신을 불러 이 이야기를 하는 겁니다, 기사 던멜."

던멜은 재촉하는 눈빛을 이기지 못하고 펜에 잉크를 묻혀 짧게 썼다.

- 누가 의심스럽소?

베드포드는 그제야 굳은 얼굴을 펴고 말했다.

"우선 우리는 가장 마법이 뛰어난 그랜드 마스터를 생각했습니다. 그러나 직접 관리하는 화이트비만 깨 버리면 간단히 루티아를 멸망시킬 수 있는 분께서 뭐하러 굳이 이런 복잡한 과정을 거치겠습니까? 오히려 그분은 최근 화이트비를 보호하는 방에 오래 머물러 계십니다. 제가 보기에 그건 내부의 배신자로부터 화이트비를 지키기 위해서라고 생각합니다. 그분도 배신자가 있다고 여긴다는 간접적인 증거죠."

말이 너무 느린 베드포드 대신 다른 이가 나서서 추리를 이었다.

"마스터 에틀리도 의심 가는 첫 번째 인물이었습니다. 사실 그는 언제나 모두에게 신경질적으로 대하고 별로 인기가 없는 마법사이기에 억측을 한 면도 없지 않아 있었지요. 하지만 그분은 돌아가셨습니다. 그분을 의심한 우리를 용서하소서……."

그는 짧게 고개를 숙인 다음 바로 이어서 말했다.

"마스터 골베인은 모두의 선생님이라고 할 만한 분이시지만, 그래도 마스터 러스킨 다음으로 모든 마법에 능통한 점을 들어 의심해 보았습니다. 그러나 항상 그분 옆에는 우리가 붙어 연구를 도우니, '배신할 시간'을 가질 수 없을 겁니다. 그러니 그는 아닙니다. 마스터 루더? 모즈들이 쳐들어올 때 제일 앞에서 목숨 걸고 싸우는 분이? 의심을 사지 않기 위해 그런 행동을 한다고 보기에는 너무 위험하죠. 실제로 이번 전투에서 그는 어깨를 크게 다쳤으니까요."

루더의 부상은 던멜이 직접 옆에서 봤다. 창이 반 뼘만 옆으로 비켜났다면, 자칫 죽을 수도 있는 상황이었다.

던멜은 마스터들 중 남은 인물들을 체크해 보고 그들이 누굴 의심하는지 금방 짐작해 냈다.

"마스터 필립은 사실 의심하기조차 힘든 선한 분입니다. 그래도 우리들은 예외 없이 그분을 조사해 보았습니다. 딱히 그가 아니라는 증거를 찾기도 힘들지만, 그가 괴물들을 돕고 있다는 증거를 찾기도 힘들었습니다. 그리고 그분은 하이디 선생님과 연인 관계죠. 결혼까지 준비하시는 분이 그런 끔찍한 일을 꾸밀 수는 없을 겁니다. 마스터 저스틴도 마찬가지로 의심이 가지 않은 분이긴 했지만 돌아가셨지요. 전투가 일어나면 항상 제일 앞에 서시던 분이었건만⋯⋯."

던멜은 저스틴이 살아있을지도 모른다는 정황을 굳이 말하지 않았다. 베드포드가 이어 말했다.

"우린 현재 공석으로 계신 마스터 타냐까지 의심해 보았습니다. 그러나 아까 말씀드렸던 이유로, 외부에서 이런 일을 꾸미기는 불가능하지요. 때문에 우리는 한 사람으로 가능성을 좁혔습니다."

"마스터 데다인."

마스터를 배신자로 지목한다는 사실에 그들은 긴장했다.

베드포드는 물을 한 모금 마시고 말했다.

"마스터 데다인은 전투가 일어나면 항상 늦게 나타나거나 후방에서만 싸웁니다. 그가 원군을 데리러 간 사이에는 모즈들이 쳐들어오지 않았습니다. 보십시오. 또다시 자리를 비우자 모즈들이 잠잠하지 않습니까? 저는 그가 하얀 늑대 네 명 중 두 명을 잃어버리고 두 명만 여기 데려왔다는 소식을 들었을 때 이미 확신했습니다. 그 두 사람의 실종도 데다인이 저지른 일일지 모릅니다."

괜히 왔다는 후회가 밀려왔다. 데다인은 성격이 급하고 과격하고 말을 함부로 했지만, 오히려 그런 사람일수록 조직을 배신하는 인물과는 거리가 멀었다. 무엇보다 그들의 추리에는 결정적인 부분이 비어 있었다.

카구아! 배신자는 어떤 식으로든 카구아와 연계되어야 했다.

하지만 그런 걸 추리하기 이전에 던멜은, 모두가 힘을 합쳐야 할 시기에 서로를 의심하는 상황이 안타까웠다. 그리고 이런 추측을 들은 후 어떤 식으로 대처해야 할지 몰라 난감했다.

계속해서 이들의 정보를 들으려면 어느 정도는 동조하는 편에 서는 게 좋을 것 같았다. 그렇다고 지금까지 힘을 합쳐 싸운 마스터들을 의심하는 자리에 섞이고 싶지도 않았다.

'쉐이든, 너라면 어떻게 하겠는가? 아즈윈이나 게랄드라면 이런 심각한 고민 따위 하지 않겠지. 왜 이들은 로일이 아니라 나를 선택해 이런 복잡한 고민거리를 던져주는가?'

던멜은 솔직히 못 들은 걸로 하고 싶었다. 그러나 이미 들어 버렸고 또 못 들은 걸로 하기에는 사안이 컸다.

- 나도 따로 생각해 보겠소.

- 이 일이 밖으로 새어 나가지 않도록 합시다.

던멜은 고민 끝에 펜으로 적어 모두에게 보인 후 자리에서 나왔다. 뭔가를 기대하는 눈빛이 부담스러웠다.

밖으로 나와 찬 공기를 마시자 갑자기 카셀의 빈자리가 크게 느껴졌다. 로일은 본능적으로 카셀을 데려오라고 지목했다. 뒤늦게 던멜도 로일의 생각에 동의했다.

교대하기 위해 새벽에 로일을 깨울 때 갑작스럽게 루티아노를 소집한다는 소식이 전해졌다. 다리를 지키는 마스터 필립이 빠지는 바람에 이제 루티아노라고 해 봐야 골베인, 루더, 러스킨 세 사람뿐이었다.

"어제 있었던 말 중에 루티아를 버리자는 의견이 나온 걸로 아네. 이 점에 대해 논하고 싶어 내가 급히 루티아노를 열었네."

러스킨은 천천히 말을 이었다.

"그전에 케인스웍의 학생들 사이에서 루티아 내 배신자 문제로 말썽이 있다더군."

그랜드 마스터의 눈과 던멜의 눈이 마주쳤다. 그 말썽을 일으킨 장본인이라도 된 것처럼 던멜은 가슴 한쪽이 뜨끔했다.

"예. 아무래도 괴물들을 감싸고 있는 보호 마법을 쓰려면 루티아의 마스터 정도는 되어야 한다는 생각을 하나 봅니다. 비밀리에 퍼지는 소문을 모아 봤더니 놀랍게도 데다인이 의심받고 있더군요."

루더는 혀를 차며 말했다.

"공포는 사람들의 마음을 여리게 하고 판단력을 흩트려 놓지. 누구보다 루티아를 사랑하는 사람이 배신자로 지목받다니……. 슬픈 일이로군."

러스킨은 하얀 수염을 만지작거리다가 갑자기 생각난 듯 물었다.

"마법 보호 말인데, 카구아의 소행이라고 생각할 수는 없나?"

골베인이 대답했다.

"던멜이 관찰한 바에 따르면, 그들은 마법으로부터 보호받는 로브를 쓰고 있었습니다. 그걸 쓰고 있으면 자기도 마법을 못 쓰는데, 그럴 리가 없습니다. 그들은 마법사가 아닐 겁니다."

러스킨은 고개를 끄덕이며 말했다.

"어쨌든 모두에게 자중하라고 일러두게. 적이 외부에 있든, 내부에 있든, 이런 소문이 퍼지면 안에서 먼저 무너지는 법이니. 자, 마스터 루더. 루티아를 버리고 달아나는 문제에 대해 설명해 주겠나?"

러스킨은 '버린다'라는 단어를 각별히 강조했다.

"우선 서쪽 바위산을 타고 가는 길을 점검해 봤습니다. 하지만 오백이 넘는 노인과 여자들, 그리고 사백 명에 가까운 부상자들을 데리고 그런 험한 길을 통해 달아나는 건 무리입니다. 그래서 생각해 본 계획은 강을 따라 리버 포레스트를 통해 루티아를 빠져나가는 것입니다. 숲만 벗어나면 마법이 통하니까 그땐 모즈들과 대등하게 싸울 수 있습니다."

루더는 지도를 짚어 가며 공을 들여 설명했다.

"물론 병사들을 동원해 퇴로를 확보해야겠지만, 적에게 경로를 들키면 위험하긴 매한가지니 우리 측이 선제공격을 해서 관심을 돌려보는 건 어떨까 생각해 봤습니다."

"퇴로도 확보하고, 선제공격도 한다? 그렇지 않아도 모자란 병력을 분산시키자고?"

골베인이 걱정스레 말했다.

"내 계획이 완벽하다는 뜻은 아닐세. 가다듬어야지. 난 그저 루티아를 버리는 계획이 그렇게까지 현실성 없지는 않다는 걸 말하고 싶었네. 어떻게 생각하십니까, 마스터 러스킨?"

"그들이 노리는 게 루티아라는 이 땅인지 아니면 루티아에 사는 주민인지 알 수 없군. 차라리 저쪽이 어떤 정치적인 목적을 가지고 움직이는 존재면 좋으련만……."

"협상을 할 생각이었다면, 애초에 모즈들을 앞세우고 요구 조건부터 말했겠지요."

"그렇겠지. 힘들겠지만 자네 말대로 계획을 보완해 주게. 그다음 일은 아란티아에서 원군이 온 다음에 논해 보세나. 그 원군으로 루티아를 지킬 수 있을지, 아니면 퇴로를 보호하는 것에 급급할지 모르는 일이니까."

러스킨과 다시 눈이 마주친 던멜은 속내를 들키지 않기 위해 아무 표정도 짓지 않았다. 그러나 이미 그는 던멜이 무슨 생각을 하는지 읽어 낸 것처럼 빙그레 웃었다.

"루티아노를 마치겠네."

러스킨이 방을 떠난 후 루더가 의자에 등을 기대고 중얼거렸다.

"우리의 운명은 데다인이 누굴 데려올지에 달려 있군."

던멜은 탑을 나와 나디움이 있는 북쪽을 바라보았다.

'여왕님께서는 지금 무슨 생각을 하십니까? 루티아에 누구를 보내시겠습니까?'

불길한 새벽빛이 하늘을 채우고 있었다.

라르비튼의 다리 너머로 쫓겨 온 이후 처음으로 모즈가 다리 가까이에 모습을 드러냈다. 병사들 사이에 불안감이 고조될 대로 된 상황이라, 즉시 비상을 알리는 종이 울렸다.

병사들은 성급하게 활시위를 당기다가 화살을 떨어뜨리거나, 정해진 자리로 가려다 넘어지는 등 혼란과 공포가 삽시간에 퍼져나갔다. 하지만 다운서치 방향에서 다리 쪽으로 접근한 모즈는 고작 한 마리에 불과했다.

"진정해라. 한 마리다!"

필립은 발 빠르게 병사들을 진정시켰다.

'타이밍도 좋군. 저쪽 지휘관은 보통 수준이 넘는 전략가야.'

던멜은 팔짱을 끼고 모즈가 하는 행동을 지켜보았다. 녀석은 다리 근처에 멈춰 서더니 하얀 천을 휘휘 흔들어 보였다. 다리를 지키는 필립은 어처구니가 없어 좌우에 서 있는 던멜과 로일을 번갈아 보았다.

"저게 뭐 하자는 짓 같나?"

로일은 어깨를 으쓱했다.

"정치적인 목적이 있어 보이지 않습니까?"

로일답지 않은 적절한 말이었다.

러스킨은 화이트비를 지키는 방에, 골베인은 베논의 염색에 쓰인 마법 약품을 알아낼 연구실에, 루더는 퇴로 확보를 위해 리버 포레스트에 있었다. 그러니 필립이 이 황당한 상황에 대해 판단을 내려야 했다.

어깨를 잔뜩 구부리고 뭉툭한 코를 벌름거리며 모즈는 이쪽의 답변을 기다렸다. 다른 병사들의 화살은 닿지 않을 거리겠지만 던멜은 충분히 쏴 맞힐 수 있는 거리였다. 하지만 필립의 결정을 기다렸다. 잠깐 동안의 고민을 마친 필립은 옆의 병사를 시켜 아무 깃발이나 흔들어 보이라고 했다.

"저쪽 지휘관 놈이 무슨 생각을 하고 있는지 알 수 있는 좋은 기회일세."

필립은 중얼거리고 모즈의 행동을 살폈다.

한 병사가 루티아를 상징하는 깃발을 몇 번 흔들어 보였다. 그러자 그 모즈 한 마리는 밀 포대 같은 것을 질질 끌며 다리 가까이 다가왔다. 끌리는 모양새가 포대 안에 꽤 무거운 물건이 들어 있는 것 같았다.

"뭐 같아 보이나?"

필립이 물었다.

던멜은 이미 뭔지 짐작하고 있기에 대답하지 않았다. 모즈는 다리에 세워 놓은 목책을 피해 지그재그로 걸어오더니 다리 중간쯤에서 포대를 놔두고 어슬렁어슬렁 되돌아가기 시작했다.

병사들은 돌아가는 모즈와 필립을 번갈아 보며 명령을 기다렸다. 필립은 내키지 않는 표정으로, 혼자 다리 중간으로 걸어갔다. 던멜이 그의 뒤를 따랐다.

모즈가 두고 간 포대에 가까이 다가갈수록 필립의 걸음은 점점 느려졌다. 포대에는 피가 묻어 있었다. 필립은 포대를 잡고 안을 보더니 뒤로 확 물러났다.

안에는 발가벗겨진 인간의 시체가 들어 있었다. 온몸이 칼로 난도질되어 있었다. 끈적끈적한 피가 포대 안에 가득 차 있었다. 악취가 심했다. 피가 완전히 굳지 않은 걸 보니 죽은 지 얼마 되지 않은 것으로 보였다. 두 눈이 파여 있었으나 얼굴은 알아볼 수 있었다.

마스터 저스틴이었다.

"이놈!"

분노한 필립은 마법이 통하지 않는다는 사실도 잊고 모즈에게 지팡이를 휘둘렀다. 주위 공기를 달구는 보이지 않는 열기가 공간을 일그러뜨리며 뻗어가 모즈에게 닿았다. 허둥지둥 달아나는 모즈의 몸이 사람 키만큼 허공으로 떠오르더니 화르륵 불에 타올랐다. 고통스러운 몸부림 끝에 녀석의 몸은 숯처럼 바닥에 떨어져 동강 났다.

분노를 참지 못하고 마법을 쓴 필립은 물론이고, 대체 모즈가 가져온 포대 안에 뭐가 들었기에 필립이 분노하는지 모르던 병사들도, 잡혀 있는 다른 사람들도 같은 꼴을 당했을지 모른다는 생각에 치를 떨던 던멜도, 모두 그 자리에 얼어붙었다.

마법이 통했다!

"캡틴 코렛!"

필립이 다리를 되돌아가며 소리쳤다.

코렛이 황급히 달려와 필립의 명령을 받았다.

"마스터 루더를 찾아와라."

모즈들에게 마법이 통하는 순간, 병사들 사이에서 대혼란이 일어났다. 당장 마법사들 전부 이끌고 역습에 나서야 한다는 둥, 다리 밖으로 모두를 유인하기 위한 작전일 테니 조심해야 한다는 둥, 마스터 필립이 그때 쓴 마법만 통하는 거라는 둥, 화이트비의 힘이 회복되었다는 둥

온갖 의견들이 목책 주위를 떠돌았다. '왜'를 중요하게 여기는 이는 없었다.

이제 루티아의 모든 것에 대한 책임을 떠안고 있는 필립과 루더는 신중했다.

마법이 통한다는 사실에 도리어 루더는 괴로워했다.

"겨우 모즈 한 마리가 불에 탄 걸 가지고 총공격을 하자는 건 너무 성급한……."

반면 필립은 흥분했다.

"그렇지만 기휠세. 어떤 이유에서인지 놈들을 감싸는 보호 마법이 사라졌어. 이 기회를 활용하지 않으면 다른 방법이 언제 또 있겠나? 아니, 우선 다운서치 한가운데에 마법을 한번 써 보면?"

"인질이 있을지 모르네. 그들을 무시할 수는 없잖은가?"

"……그렇긴 하네만……."

"또 카구아가 아직 다운서치를 지배하고 있네. 그건 어쩔 텐가? 모즈들의 숫자를 고려해 보면 마법이 통하지 않게 되었다 해도 어설프게 그들을 자극할 수는 없어."

"……마스터 러스킨은 뭐라 하시던가?"

"아직 말씀드리지 못했네. 화이트비를 보게. 빛이 더 강해져 있어. 보고를 받지는 않으셨어도 이 일을 잘 알고 계신 모양이야."

"골베인은?"

"사태에 변화가 생기면 알려 달라고 하고 지금 방에 있네. 우리 두 사람이 외곽 경비로 빠지는 바람에 탑의 업무를 혼자 맡느라 지칠 대로 지쳐 있어. 그런데도 불평 한마디 없군."

던멜은 잠시 돌아보겠다고 하고 두 사람의 대화에서 빠졌다. 화이트비의 하얀빛이 넌서치를 환하게 비추고 있었지만 다운서치까지 밝히지는 못했다.

던멜은 카구아 셋을 혼자 상대할 각오로 다시 한번 모즈들에게 접근해 볼까 고민하며 목책에 몸을 기대고 섰다. 그때 베드포드가 다가와 말했다.

"데다인이오."

베드포드는 손톱을 물어뜯다가 다시 한번 강조했다.

"데다인이 없을 때마다 괴물들은 쳐들어오지 않았고 데다인이 없는 지금 모즈에게 마법이 통했소. 다음 그랜드 마스터로 지목 받을 정도의 힘과 지식을 가진 그라면 화이트비에 맞서는 강력한 보호 마법을 알아냈을지도 모르오. 그가 언제 돌아온다고 했소?"

던멜은 모른다고 했다.

"기대하지 마시오. 어쩌면 그자는 당신의 동료를 데리러 가서 또 한번 그 동료를 버리고 빈손으로 올지도 모르니까. 어서 이 사실을 그랜드 마스터께 고하고 우리끼리 이 위기를 극복해 내야 하오. 하얀 늑대의 말이라면 들어주실 거요. 부탁하겠소."

베드포드는 던멜에게 떠넘기듯 말하고 가 버렸다. 처음 만났을 때 여유로웠던 미소는 완전히 잃어버린 그였다. 모두들 그랬다.

루티아는 이제 성스러운 마법의 도시가 아니었다. 붉은 장미 백작의 공격이 들어오기 직전의 노르만트 같았다. 아니, 그 이상이었다. 적어도 그때는 적이 인간이었으니까.

병사들은 공포에 빠졌고, 마법사들은 결정을 내리지 못했다. 던멜도, 로일도 뭘 해야 할지 몰랐다. 던멜은 이 순간 어느 누구보다 카셀이 있기를 바랐다. 지금 루티아에 필요한 건 모즈들과 싸울 만한 병력이 아니라 가지고 있는 힘을 규합시킬 캡틴임을, 로일은 본능적으로 짐작하고 카셀이 와 주었으면 하고 바랐던 것이었다.

결국 그대로 의견만 난무한 채 아무것도 하지 못하고 하루가 지났다.

데다인은 아직 오지 않았다. 시간상 나흘 거리였으니 빨라야 그날 저녁이나 내일 아침에나 올 테지만, 던멜은 아침부터 그가 돌아오길 기다렸다. 원군도 원군이지만, 서둘러 돌아와서 그가 배신자가 아님을 스스로 입증해 주길 기대하는 건지도 몰랐다.

선제공격에 관한 마법사들의 회의가 있었지만, 던멜은 참가하지 않았다. 그저 로일에게 결과만 알려 달라고 하고 강을 따라 걸었다.

'카구아들을 계략에 능한 장수라고 가정해 보자.'

마스터 저스틴의 시체를 던져 병사들의 사기를 깎으려다 마법이 통한다는 사실을 들킨 게 의도한 것이었든, 갑작스러운 사고였든, 그들은 충분히 그 일에 대해 준비하고 있을 것이다.

모즈들이 마법이 통하는 아웃서치 외곽 숲에 물러났을 때도 마찬가지였다. 그때 만약 이쪽에서 빠른 행동으로 선제공격에 나섰다면 역습 자체는 성공했더라도 결과적으로 피해는 마법사 쪽이 더 컸을 것이다.

적의 지휘관은 유인 작전을 쓴 것이다. 하지만 우유부단한 마법사들에게 유인 작전은 먹히지 않았다. 그러자 그냥 숫자로 밀어붙였고 고작 라르비튼의 다리 건너 다운서치만 점령하게 되었다. 루티아 측은 다리 너머로 후퇴한 것을 치욕으로 여겼지만 반대로 모즈 측은 라르비튼의 다리까지밖에 점령하지 못한 것을 실패로 여기고 있을 수도 있다.

'그럼 그다음 전투는? 역습을 노린 역습? 저스틴의 시체를 내준 것이 함정인가, 실수인가?'

아직도 가장 중요한 명제는 풀리지 않았다.

그들은 왜 공격해 오지 않는가? 저 숫자와 저 병력을 가지고 어째서 이렇게 기다리고만 있는가? 전략은 던멜의 전문 분야가 아니었다. 머리 좋은 마법사들은 던멜보다 더 좋은 전략을 생각해 냈을 테지만, 자신이 없어 실행에 옮기지 못하고 있었다.

던멜이 고민하는 동안, 회의가 끝났다.

마법사들은 역습을 하기로 했다. 결행 시각은 해가 가장 높은 정오. 마스터 루더를 중심으로 한 마법사 스무 명과 병사들 서른 명이 다리 끝에 서서 공격을 준비했다. 로일이 선두에 나서기로 하고 던멜은 만일의 사태에 대비해 필립과 함께 라르비튼의 다리를 지키기로 했다.

정오가 가까워 오자 던멜은 좋지 않은 예감이 들어 혼자 다리를 건너가 보았다. 아직 괴물들의 움직임은 보이지 않았으나, 그 느낌만은 분주했다. 지금 이 작전을 알고 있든 모르고 있든, 적어도 기습이라는 이름은 달 수 없게 되었다.

녀석들은 뭔가를 준비하고 있었다.

"무슨 일이야?"

로일이 옆으로 다가와 물었다.

던멜은 잠시 그 느낌을 정리해 보았다.

'놈들이 움직이고 있다.'

"설마…… 마법이 다시 안 통하게 된 거야?"

'그건 나도 몰라. 모즈들의 움직임이 분주해졌어.'

움직임은 반 시간가량이나 계속되었다. 루더는 초조하게 기다렸다. 어느새 정오가 지났으나 작전대로 선제공격을 할 수가 없었다.

던멜은 지금 들리고 있는 소리가 어떤지 로일에게 물었다.

"모즈들의 괴성이 들려온다. 가까워. 루더는 놈들의 최후 공격이 지금 시작되는 거라고 걱정하는군."

'네가 보기에는?'

"공격의 기미는 아니다. 그냥 전진하고 있을 뿐."

모즈들 몇 마리가 보이기 시작했다. 로일과 던멜은 아직 다리 너머로 돌아가지 않고, 녀석들의 움직임을 주시했다.

처음 나타난 녀석들의 좌우로, 나중에 나타난 녀석들이 일렬로 섰다. 늘어선 숫자는 대략 서른 마리 정도 되었다. 충분히 많은 숫자였지만, 얼마 전에 몇백 마리를 봐서인지 적어 보였다. 녀석들은 열을 맞춰 천천히 다가오기 시작했다.

"늦었다. 어젯밤에 쳤어야 했어. 이제 다시 마법이 안 통하게 되어 버린 걸세. 그러니 지금 또 공격을 해오려는 거야."

필립이 말했다.

다리 너머에 있던 루더가 무슨 생각을 했는지 다리를 건너와 던멜 옆에 섰다. 그리고 지팡이를 앞으로 내밀었다. 그의 지팡이가 여러 가지 색깔의 빛을 띠더니 뜨거운 열기를 뿜었다. 불길이 화살처럼 공기를 가르며 날아갔다. 선두에서 걸어오던 모즈 네댓 마리가 동시에 불길에 휩싸여 잿더미가 되었다. 다가오던 모즈들은 일제히 움츠리며 걸음을 멈췄다.

"어?"

본인이 해 놓고도 당황한 나머지 루더는 마법사답지 않은 외마디를 질렀다. 녀석들은 또 마법 공격이 있을까 걱정되는지 한참이나 머뭇거리다가 다시 줄을 맞추어 다가왔다.

루더는 되레 난감해했다. 던멜이라도 망설였을 것이다. 마법이 통한다는 걸 알게 된 이 순간 병사들에게 '돌진하라.'라고 외칠 것인지, '도망쳐라.'라고 외칠 것인지. 그러나 루더는 그저 '경계하라.'고만 외쳤다.

역시나 어제 모즈가 시체를 들고 온 건 마법이 통한다는 사실을 '일부러' 보여 주기 위해서였다. 적 지휘관은 루티아의 마법사들이 과감하게 역습을 해 오길 기다렸던 것이다. 그리고 지금은 역습을 기다리다 지쳐 또 한 번 뭔가를 하려고 나타난 것이다.

모즈들은 강에서 어느 정도 떨어진 곳에서 멈췄다. 행렬의 좌우에 다른 녀석들이 계속 붙으면서 최종적으로는 이백여 마리 정도가 되었다. 무기를 가지고 있긴 했으나, 딱히 마법사들을 상대할 전력은 못 되었다. 혼란스럽고 당황해서 그렇지, 마법만 통한다면 이 정도 숫자는 루더 혼자서 쓸어버릴 수 있었다.

"저 자식들, 뭔 꿍꿍이일 것 같아?"

로일이 던멜의 어깨를 두들겨 물었다.

'모르겠다. 저게 다가 아니라는 정도는 알겠는데.'

모즈에게 마법이 통한다는 건 양쪽 다 알고 있었다. 그런데도 녀석들은 달아나지 않았다. 그렇다고 공격해 오지도 않았다. 마법이 통할 때 가서 불로 태우고 태운 재는 얼려 버리자고 역설했던 마법사들도 막상 그 기회가 오니 그러지 못했다.

뒤이어 다운서치에서 모즈들 제2진이 강 쪽으로 제1진과 똑같이 횡렬로 밀고 내려왔다. 제2진은 제1진의 반 정도 되는 숫자였다. 그리고 그들 중 일부는 나무 기둥을 어깨에 짊어지고 있었다. 모두 열두 개였다.

처음에는 그 나무 기둥이 다리를 건너는 도구일지도 모른다고 생각했다. 하지만 그러기에는 너무 짧았다. 던멜은 저 나무로 배를 만들어 노를 저어 오는 게 낫겠다는 엉뚱한 생각이 들었다.

이내 그게 어설프게나마 십자가의 모양을 하고 있다는 것을 발견했다. 던멜은 호흡을 멈추었다. 그 십자가에는 사람들이 묶여 있었다.

제1진으로 대기하고 있던 괴물들은 제2진이 가져온 십자가를 세우는 데 합류했다. 누워 있던 나무가 똑바로 서자 나무에 묶여 있던 사람들이 몸무게가 끌어당기는 압력만으로 고통에 비명을 토해냈다. 헝클어진 머리에, 찢어진 옷에, 피 묻은 얼굴은 그동안 그들이 얼마나 고통스럽게 잡혀 있었는지 간접적으로 설명해 주었다. 일부는 거의 실신해 있었고 일부는 깨어서 비명을 질렀다. 어떤 이는 고통조차 느끼지 못하는지 멍청히 다리 건너를 바라보고만 있었다.

그중 하나에 플로라가 묶여 있었다.

Chapter 10

플로라

'내가 루티아에 온 지 며칠째 되었더라……?'

던멜은 끔찍한 상황을 눈앞에 두고 루티아에 도착한 후의 하루하루를 따져 보았다. 열하루. 그 시간 동안 어떤 다른 조치를 취했다면 이 일을 막을 수 있었을까? 답을 알아도 후회밖에 남지 않을 질문이었다. 그리고 지금은 후회할 시간도 없었다.

모즈들은 십자가 기둥을 장난처럼 발로 툭툭 차고 있었다. 자신의 발길질 한 번이면 통나무에 묶인 포로는 나무를 등에 짊어진 채로 얼굴부터 바닥에 떨어질 거라고 협박하는 꼴이었다. 어떤 놈은 포로의 배에 칼을 대고 톱질하는 시늉을 하고 있었다. 던멜은 어느 쪽이 벌어지건 부디 고통이 없기를 간절히 빌었다.

루더와 필립이 다급히 병사들에게 명령을 내리고 목책 뒤에서 수십 명이 바쁘게 뛰어다니는 와중에, 던멜은 가만히 서 있었다. 상대방이 뒤통수에 대고 말해도 느낌으로 아는 그였지만, 이번에는 로일이 등을 두 번이나 칠 때까지 대꾸를 못하고 있었다.

"아직 내가 이성이 남아 있을 때 네가 명령을 내려다오."

로일의 눈에는 분노 외에 아무 감정도 보이지 않았다. 내버려 두면 로일은 모즈들 한가운데에 뛰어들어 수십 마리의 모즈를 죽이고 저도 죽고 인질도 죽는 일이 벌어지고 말 것이다.

'참아라. 그리고 내 지시에 따라라.'

냉정을 잃은 건 던멜도 마찬가지였으나, 마지막 남은 이성의 끄트머리를 잡고 자신에게 말했다. 천천히 생각하자. 죽이고자 마음먹었다면 저 인질들은 진작 죽었을 거다. 아직 시간은 있다…….

던멜의 시선은 열두 개의 십자가 중 플로라 쪽에 꽂혔다. 십자가에 매달린 그녀는 고개를 숙이고 늘어져 있었다. 갈색 머리카락이 얼굴을 가리고 있어 그녀의 상태를 알아볼 수도 없었다. 이미 숨을 거둔 게 아닌가 싶을 정도로 그녀의 기운은 미약했다.

'시작은 카모르트였다. 카셀을 만나고 붉은 장미 백작을 만나고 블랙풋을 만났다. 검은 사자 백작의 야망은 엉뚱하게도 패잔병에 불과했던 카셀에게 무너졌고, 어둠 속에서 힘을 키우고 있던 암흑의 마법은 로일의 검에 깨졌다. 하지만 나디움을 향하던 발길을 돌려 하늘 산맥으로 들어오는 순간 아즈윈과 게랄드가 실종되었다.'

이 각각의 사건에는 검은 기사라는 공통분모가 있었다.

'카구아는 카모르트의 열두 기사와는 전혀 다르다. 분위기도, 모습도! 대체 왜 나는 이 둘을 같은 존재라고 생각하고 있는 거지?'

모즈들을 헤치고 검은 털의 베논을 탄 카구아가 느긋하게 모습을 드러냈다. 카구아는 다리 쪽으로 접근한 후 기다렸다.

인질 중 키가 큰 남자는 그래도 바닥에 발이 닿아 십자가에 매달린 몸을 버틸 수 있었다. 그러나 그러지 못하는 키 작은 여자들은 매달려 있는 것만으로도 고통스러워 실신하거나 비명을 질렀다. 던멜은 그들의 비명을 귀가 아닌 마음으로 듣고 있었다.

'난 차라리 선생님이 죽어 있길 바라요!'

시저의 바람은 어긋났다. 플로라는 살아있었다. 그녀는 힘없이 고개를 들어 강 건너를 주시했다. 그녀의 눈동자에 생기라고는 보이지 않았다.

던멜은 갑자기 손아귀에 있던 뭔가가 빠져나가는 느낌이 들었다. 내려다보니 쥐고 있던 목책의 한 부분을 손으로 부숴 버린 걸 알았다.

로일, 던멜, 그리고 마스터 루더와 베논을 타고 있는 카구아는 열 걸음도 안 되는 거리를 사이에 두고 멈춰 섰다. 로브 안쪽에, 놈이 쓰고 있는 검은색 투구가 햇빛에 반짝였다. 투구의 정확한 모양은 확인할 수 없었지만, 카모르트의 검은 기사와 같은 모양이라 해도 던멜은 놀라지 않을 것이다.

'지금 저자가 무슨 말이라도 하고 있나?'

던멜이 로일에게 물었다.

"아무 말도 안 한다. 계속 보고만 있는걸. 내가 뭔가 말할까?"

그러자 루더가 두 사람 앞에 나섰다.

"내가 말해 보겠네."

던멜에게는 루더의 등만 보였다. 그래서 로일이 던멜에게 입만 움직여 루더가 무슨 말을 했는지 가르쳐 주었다.

"원하는 게 뭔가, 카구아?"

루더의 질문에 카구아가 대답했다. 로일은 굵직한 남자의 목소리라고 하면서 그의 말을 전달해 주었다.

"나는 카구아가 아니다."

"하긴, 그 이름은 우리가 붙인 거지. 그럼 이제 스스로 그 정체를 밝혀 보지 않을 텐가?"

루더가 계속 물었다.

"나는 루티아의 멸망을 바라는 자다."

"루티아의 아이들을 저렇게 묶어 놓은 건 무슨 연유에서인가? 협상을 원하나?"

"협상?"

고개를 젖히는 로브의 움직임만 봐도, 던멜은 놈이 비웃고 있다는 것을 알았다. 화는 났지만, 대신 대화가 진행되면서 점차 긴장이 풀리고 시야가 넓어졌다.

모즈들은 혹시라도 이쪽에서 마법 공격을 가해 올 것을 고려해 인질 가까이 붙어 있었다.

"그쪽에는 제대로 된 전술가도, 장수도 없는가? 우리가 협상을 제시할 것도 없이 여길 박살 낼 수 있음을 알 만한 인재가 그쪽에는 아무도 없나?"

"그럼 인질을 왜?"

"인질? 이게 어딜 봐서 인질로 보이나? 나는 네가 루티아의 아이들이라고 부르는 이 녀석들을……."

로일은 그 말을 완전히 전달하지도 못하고 입을 다물었다. 던멜은 그 뒷말이 뭔지 몰라 로일의 입과 검은 기사를 번갈아 보았다. 로일은 분노로 떠는 입술로 한참 뒤에야 카구아의 말을 옮겼다.

"……처형하려고 데리고 온 거다."

그 후 로일은 루더와 검은 기사 사이에 오고 가는 대화를 전달하지 못했다. 그러나 상황이 모든 것을 설명했다.

루더는 인질들을 해치면 이쪽에서도 공격하겠다고 말했을 것이고, 검은 기사는 해 볼 테면 해 보라고 말했을 것이다. 하지만 먼저 공격해 봤자 인질들을 구할 방도는 없다. 그리고 다리를 건너오는 순간 다운서 치에 대기하고 있는 모즈들이 몰려올 것이다. 마법이 통한다 하더라도 이래서야 싸울 수가 없었다. 이성을 잃고 다리를 건너오는 건 저쪽이 바라는 바일 것이다.

처형은 왼쪽 첫 번째 십자가에서부터 시작되었다. 인질의 배에 칼을 대고 있던 모즈는 갑자기 그 칼을 떼더니 세워 놓은 십자가를 앞으로 밀었다. 양팔을 십자가 좌우에 묶인 남자는 그대로 밀려 얼굴부터 바닥 에 떨어졌다.

루더는 그만 고개를 돌려 버렸다. 던멜은 그 후에 모즈가 통나무를 밟고서 확인 차 죽은 남자의 등에 칼을 찔러 넣는 것까지 지켜보았다.

"이걸 원한 거였나?"

로일이 입술을 부르르 떨며 말했다. 던멜은 그게 로일이 루더의 말 을 전달한 건지, 자신의 생각을 말한 건지 분간이 가지 않았다.

던멜은 플로라가 왼쪽으로부터 여섯 번째에 있는 것을 확인했다. 이 미 모즈들은 통나무를 지지하고 있지도 않았다. 통나무가 실수로 넘어 져도 별 상관없다는 의미였다.

검은 기사의 말대로 이것은 처형이었다. 그리고 도발이었다. 이쪽에서 구하러 가든 말든 인질은 모두 죽는다. 그런 상황을 연출하여 이쪽 사기를 바닥까지 끌어내리려는 속셈이었다.

이번에는 왼쪽에서 두 번째에 있는 통나무를 밀었다. 루더가 지팡이를 내밀었다. 넘어지는 통나무가 공중에서 멈칫하며 천천히 밑으로 떨어졌다. 루더는 필사적으로 나무가 넘어지는 방향을 뒤틀었다.

"멈춰라!"

루더가 소리쳤다.

던멜도 보고만 있기가 힘들었다. 인질을 잃더라도 나가 싸워 최소한 후회 없이 플로라를 보내고 싶었다. 시저의 말대로 편하게 죽는 게 더 나을 수도 있으니까!

던멜은 순간 로일보다 먼저 이성을 잃고 뛰쳐나갈 뻔했다. 그러나 모즈들 틈에서 원래 없어야 할 것을 발견한 순간 던멜은 정신을 차렸다.

'침착해. 아직 늦은 게 아니야!'

던멜은 서둘러 로일에게 수화를 보내려 했다. 그러나 로일이 먼저 말했다.

"저 자식, 방금 마법도 통하니, 어디 해 볼 수 있는 데까지 해 보라고 도발했다. 여기 있는 모즈들을 다 마법으로 불태운다 해도 뒤에는 그 열 배의 병력이 있다고 하면서!"

로일의 입이 너무 빨라서 다 알아볼 수가 없을 지경이었다.

"그리고 모즈들에게 마법이 통하지 않는 시간이 찾아오면 그때 다시 공격하겠다고 말하고 있다. 던멜, 날 잡지 마라. 저 자식 먼저 죽여 버리겠다. 어차피 인질들이 다 죽을 거라면 이대로 멍청히 보고 있지 않는다!"

'로일, 침착해라.'

"뭘 침착해!"

그 순간 왼쪽에서 세 번째 통나무 하나가 쓰러졌다. 마법을 회복하지 못한 루더는 그것을 막지 못했다. 거기에 매달린 사람은 자경단의 청년이었다. 나이는 스물세 살이고 열일곱 살의 빨간 머리 여동생이 있으며 부모님과 함께 다운서치에서 밭을 갈던 평범한 농부의 자식이었다.

던멜은 수화로 말했다.

'침착해라. 한 명이라도 더 구하려면 내 수화를 봐!'

로일은 멈칫했다.

왼쪽에서 네 번째 나무가 넘어지니 루더는 다시 지팡이를 내밀어 통나무를 막았다. 그 지팡이 끝에 검은 기사가 서자, 보이지 않는 실에 걸린 듯 허공에 머물렀던 통나무는 도로 바닥에 떨어졌다. 검은 기사의 창끝이 한참 떨어진 루더를 가리켰다.

루더는 거의 본능적으로 얼마 전에 창에 찔린 어깨를 감싸 쥐었다.

쓰러진 통나무에 올라탄 모즈가 칼을 내리찍었다. 거기에 매달려 있던 여자는 케인스윅의 교사였고, 올해 서른에 남편이 재작년에 병으로 죽은 후, 혼자서 꿋꿋하게 살림을 이끌어 오던 존경받는 마법사였다. 그러나 모즈의 칼날 아래 그녀가 가진 모든 것이 사라졌다.

던멜은 수화를 빨리했다.

'모즈들을 누군가 공격할 것이다. 그때 너는 검은 기사를 공격해라. 나는 인질들을 구하겠다. 루더에게 이 말을 전해라. 무조건 사람들을

지키는 것을 최우선으로 하라고.'

로일은 즉시 루더의 귀에 대고 그 말을 전했다. 카구아에게 당장 그 만두라고 울부짖듯 소리치던 루더가 동그란 눈이 되었다. 설명할 시간이 없었다.

던멜은 모즈들 사이에 있어서는 안 되는 그 사람이 움직이는 것을 확인했다. 마침내 '그'의 공격이 시작되었다!

플로라의 오른쪽 십자가를 지키던 모즈들 머리 네 개가 한꺼번에 떨어져 나갔다. 그리고 동시에 한 자루 창이 날아와 베논의 엉덩이에 박혔다.

베논이 크게 몸을 일으키는 바람에 검은 기사가 위에서 떨어졌다.

던멜이 굳이 신호를 보낼 것도 없이, 그것이 신호가 되어 주었다. 로일이 약간 먼저 뛰쳐나갔고 뒤따라 던멜이 달려나갔다.

검은 기사는 쓰러진 베논 옆에서 검은 로브를 펄럭이며 벌떡 일어났다. 처음부터 그자 외에는 시야에도 없었던 로일은 지체 없이 칼을 내리쳤다. 검은 기사가 로일의 칼을 막았다.

던멜은 로일과 기사의 싸움을 내버려 두고 계속 달려갔다. 모즈들 틈에 모즈가 아닌 자가 끼어 있었다. 어찌나 기가 막히게 기척을 숨기고 있었던지 던멜조차 그걸 알아채는 데 시간이 걸렸을 정도였다.

'그 남자'는 좌우에 있는 모즈들의 공격을 단번에 제압하고 통나무를 밀려고 하는 모즈의 팔을 잘라냈다. 그러나 그 끈질긴 모즈 놈은 뒤로 넘어지면서도 기어이 발로 통나무를 걷어찼다.

그것은 플로라의 것이었다.

플로라의 얼굴이 바닥을 향한 채 십자가가 밑으로 뚝 떨어졌다. 던멜은 달려가 떨어지는 통나무를 향해 손을 내밀었다. 그 순간 허공을 가르며 한 자루 창이 가슴으로 날아들었다. 반사적으로 창을 막았으나, 그의 몸이 뒤로 밀려났고 플로라의 십자가는 바닥으로 떨어졌다.

'늦었다!'

던멜은 눈을 질끈 감았다가 떴다. 창을 던진 건 다운서치에서 다가온 또 다른 검은 기사 중 하나였다.

던멜은 나무에 깔려 끔찍한 몰골로 죽어 있을 플로라를 상상하며 시선을 돌렸다. 그러나 플로라를 묶고 있는 통나무는 바닥에 떨어지지 않고, 한 자 정도 높이에 떠 있었다. 던멜은 서둘러 다가가 플로라를 묶은 밧줄을 끊어냈다. 그녀는 그대로 바닥에 두 손을 짚었다.

'루더가 막았나?'

다른 모즈들도 동시에 통나무를 걷어찼다. 거기 묶인 인질들은 지금까지 처형된 사람들처럼 등에 통나무를 짊어진 상태로 얼굴부터 떨어졌다. 필립과 루더가 필사적으로 넘어지는 십자가를 마법으로 막으려고 애썼다. 그러나 거리가 멀어서 나무를 가까스로 비껴서 쓰러지게 하는 것이 고작이었다.

반면 플로라를 묶은 통나무는 아직도 둥둥 떠 있었다. 즉, 그녀를 구한 건 필립과 루더가 아니었다.

로일은 검은 기사와 싸우고 있었고 던멜이 달려들 찬스를 만들어 준 청년은 접근하는 모즈들을 무수히 찌르고 베고 있었다.

루티아에서는 본 적이 없는 엄청난 실력이었다. 순간 떠올린 것은 아란티아에서 온 원군이었다. 하지만 그는 울프의 기사가 아니었다.

그 청년의 정체도 정체지만 지금 플로라의 상태도 놀라운 일이었다.

던멜은 순간 지도 안에 보였던 다운서치의 가장 밝았던 점을 떠올렸다.

루티아노에서 마스터들이 저스틴이라고 했던…….

모즈들은 십자가를 넘어뜨려 처형하는 걸 포기하고 칼로 찌르려 했다.

그때 플로라가 던멜이 내민 손에 의지해 일어서더니 오른손을 들었다. 오른쪽 라인에 있는 모즈들의 무기가 모조리 허공으로 떠올랐다. 그다음 그녀는 왼손을 들었다. 왼쪽 라인에 있는 모즈들의 무기도 떠올랐다. 모즈들은 둥둥 떠 있는 자기들의 칼을 멀뚱히 올려다보았다.

플로라는 양손을 좌우로 펼쳤다. 십자가에 묶여 있던 인질들의 밧줄이 모조리 끊어졌다.

그때부터는 동시에 많은 일이 일어났다. 두 검은 로브 입은 기사와 다운서치에서 몰려오는 모즈들의 무리 앞에 두 길 높이의 불길이 치솟았다. 남쪽에서 시작된 불의 벽이 공기를 진동시키며 북쪽으로 질주했다. 성급하게 불로 뛰어든 모즈들이 그 자리에서 증발되어 버렸다. 검은 기사 둘에게 다가가던 정체 모를 청년도 불길에 놀라 뒤로 물러났다.

반대편에서는 로일이 아직도 검은 기사와 싸우고 있었다. 둘의 격렬한 싸움에는 모즈들이 개입을 한 것도 아니었고 딱히 로일이 부상 중인 것도 아니었다. 그런데도 싸움이 끝나지 않았다! 아니, 언뜻 보기에 밀리고 있는 건 오히려 로일이었다.

'그때 내가 부상 중이라서 상대하기 어려웠던 게 아니었어. 이 검은 기사들, 강하다!'

모즈들은 맨손으로라도 밧줄에서 풀린 인질들을 죽이려 했다.

그때 허공에 떠 있는 칼들이 저 혼자 움직여 모즈를 베었다. 처음에는 느렸지만 점점 가속이 붙어 나중에는 허리 위에 있는 사물을 모조리 베고 지나갔다. 다섯 자루, 열 자루, 스무 자루…… 점점 날아다니는 칼의 수가 늘었다.

던멜조차 바닥으로 몸을 숙여야 했다. 그것은 칼날이 바람처럼 회오리치는 폭풍이었다.

칼날의 소용돌이가 치고 지나가는 자리에 아직 세워져 있는 십자가가, 베어지다 못해 부서졌다. 회전하는 범위가 점점 늘어나면서 격렬히 싸우던 로일과 검은 기사도 싸움을 멈춰야 했다.

검은 기사는 날아오는 칼을 몇 개 쳐서 부러뜨렸지만, 수십 개가 넘는 칼날을 감당하지 못한 나머지 베논을 몰아 물러났다.

로일도 다리 쪽으로 후퇴했다. 던멜을 도우려고 달려오던 루더와 필립, 그리고 자경단의 병사들도 그대로 멈춰서야 했다.

칼날에 묻은 모즈의 핏방울들이 허공에 흩어지며 붉은 안개가 드리워졌다. 그 안에서 몸을 세우고 서 있는 건 플로라 한 명뿐이었다. 그녀의 몸 주위로 흐르는 뜨거운 공기가 서서히 가라앉았다.

힘을 잃은 칼들이 바닥으로 와르르 떨어졌다. 모즈들은 물론이고 인질들조차 바닥에 엎드린 채 꼼짝도 못하고 있었다. 던멜도 칼날의 소용돌이가 끝난 후에야 자리에서 일어날 수 있었다. 플로라는 희미한 미소를 지으며 던멜에게 배운 수화로 말했다.

'난 괜찮아요.'

그리고 그대로 쓰러졌다. 던멜은 달려가 쓰러진 그녀를 품에 안았다.

뒤늦게 플로라가 했던 말이 기억났다. 마법이란 천천히 배우는 게 아니라 어떤 계기로 한순간에 깨닫는 거라고.

'하지만 이런 일이 계기가 되다니, 플로라 당신은…….'

던멜이 그녀를 안아 올리는 순간 근처에서 엎드려 몸을 사린 모즈 한 마리가 발톱을 세우고 두 사람에게 달려들었다.

던멜은 플로라를 약간 거칠게 내려놓아서라도 반격을 하려 했지만 그전에 이미 다른 칼이 모즈의 목을 날려 버렸다. 인질들을 구하는 싸움을 시작한 붉은 머리의 청년이었다.

"내가 만나는 여자 마법사들만 이런 거야, 아니면 여자 마법사는 다 이런 거야?"

그 남자는 왠지 이해가 될 것 같으면서도 이해가 안 되는 말을 했다.

불의 벽은 아직도 살아서 모즈들의 진로를 막고 있었다.

필립과 루더가 이끄는 수십 명의 병사들이 다리를 건너와, 칼의 폭풍 속에서 살아남은 모즈들을 공격해 십자가에 묶였던 인질들을 구해 냈다.

그런 다음에야 불의 벽이 꺼졌다. 불 때문에 접근하지 못했던 모즈들과 검은 기사들은 이미 후퇴하고 없었다.

라르비튼의 다리를 넘어오니 마스터 데다인이 기다리고 있었다. 불의 벽은 그의 마법이었다. 그는 지친 얼굴로 말했다.

"내가 너무 늦었네. 조금만 더 빨랐으면 아무도 죽지 않았을 텐데……."

데다인은 턴멜이 안아 들고 있는 플로라의 얼굴을 내려다보았다. 그리고 손수 그녀의 얼굴에 묻은 피를 닦아 냈다.

"수고했다, 플로라."

루더는 지친 얼굴로 다가와 데다인을 살짝 포옹했다.

"오늘 저녁에나 도착할 줄 알았네, 마스터 데다인. 와줘서 참으로 다행이야."

그리고 루더 역시 따뜻한 눈길로 기절한 플로라를 내려다보았다.

구조된 인질들은 하이디를 중심으로 한 교사들이 막사로 옮겨가 치료했다. 병사들도, 마을 사람들도 힘을 더했다. 모두의 얼굴에 의욕이 넘쳤다. 검은 기사가 이번 처형으로 노렸던, 사기를 저하시키는 작전은 실패한 셈이었다.

로일도 마지막 남은 모즈까지 처리하느라 약간 늦게 돌아왔다. 필립도 돌아와 데다인과 포옹했다. 그리고 그들 사이로 사나운 눈매를 하고 지저분한 옷차림에 헐거운 배낭을 멨으며, 몇 년 동안이나 썼는지 알 수 없는 낡은 망토를 걸치고 있는 남자가 끼어들었다. 이제 보니 머리카락은 완전히 붉은색이 아니라, 갈색에 가까웠다. 온통 모즈들의 피가 튀어 색깔 따위 알아볼 수도 없게 되었지만.

데다인이 그를 소개했다.

"이번에 아란티아에서 데려온 원군일세. 처음에 이 친구가 제대로 기습을 해주지 않았다면 싸움이 시작되기도 힘들었지."

"그렇군. 이름을 듣고 싶네, 기사 울프?"

필립이 악수를 청하며 묻자 그 청년은 손만 탁 쳐 주며 시큰둥한 눈으로 말했다.

"아란티아에서 온 건 맞지만, 울프는 아니다."

필립이 로일의 눈치를 살피니 로일도 의아해하며 말했다.

"그 말 그대로 이자는 울프의 기사가 아니오. 넌 누구냐?"

청년은 삐딱하니 허리에 손을 얹고 불만 많은 얼굴로 대꾸했다.

"제이메르다."

✦ Chapter 11 ✦
카셀이 남긴 흔적

열두 살의 타냐는 높은 절벽 위에 서 있었다. 가끔 아빠, 엄마, 네 살 위인 언니, 두 살 아래인 남동생과 이곳으로 소풍 나오면 그녀는 절벽 가까이 가지 말라는 아빠의 경고도 잊고 여기에 서서 치마를 펄럭이며 홀로 춤을 추곤 했다.

언니는 미친 짓 말라고 만류했다. 남동생은 같이 하고 싶어 했지만 자기는 가벼워서 바람에 날려갈 거라며 무서워서 못했다.

이곳에 오면 타냐는 자유였다. 동생 말대로 강풍에 날려 몸이 뜬 적도 있었다. 그녀는 언제고 또 한 번 그런 일이 일어나면 잽싸게 팔을 날개처럼 펄럭여 절벽 아래로 활공해 보리라고 다짐했다.

하지만 지금은 소풍 때문에 온 게 아니었다. 절벽은 위험하다고 말려줄 부모님은 돌아가셨고 동생과 언니는 저택에 갇힌 채 불에 타 죽었다. 타냐는 긴 시간 동안 불탄 저택 앞에서 엎드려 울다가 마지막으로 자유를 얻을 수 있는 절벽에 와 있었다.

아빠가 가지 말라고 정해 놓았던 영역을 넘어간 건 한두 번이 아니었지만, 정말로 이 바람 센 낭떠러지 끄트머리에 선 것은 처음이었다. 타냐는 신발을 벗고 밑을 내려다보았다. 발가락 아래로 검은 바위를 두들기며 하얀 포말을 일으키는 파도가 보였다. 까마득한 거리였는데도 물방울이 얼굴에 닿는 기분이 들었다.

타냐는 왠지 지금 날 수 있을 것 같았다. 눈을 감고 뛰어내리면 까만 바닷물에 얼굴을 들이박는 게 아니라, 파란 하늘을 맞이할 것만 같았다.

만약 그렇게 되면 얼마나 기분이 좋을까? 타냐는 눈을 감고 몸을 앞으로 기울였다.

'난 날 수 있어.'

찬바람이 송곳처럼 몸을 찌르며, 얼굴이 절벽 아래로 향했다. 하지만 발바닥이 바닥에서 떨어지고 몸이 허공에 내던져지는 순간, 생각을 바꿨다.

'아니야. 안 날 거야. 날 수 있어도 날지 않겠어.'

부디 얼굴부터 떨어지길. 누가 시체를 건지더라도 처참하고 끔찍한 나머지 쳐다보지도 못하게!

그 순간 타냐의 몸이 절벽 중간 지점에서 멈췄다. 암벽에 부딪치고 있는 검은 파도에 부딪치려면 떨어진 만큼 더 떨어져야 했다.

타냐는 등 뒤를 돌아보았다. 보기만 해도 눈물이 나올 것 같아 절대 보지 않았던 파란 하늘이 눈동자를 적셨다.

타냐는 무슨 일이 있을 때마다 울었다. 언니는 남동생보다 많이 우는 울보라고 놀렸다. 이번에야말로 울지 않겠다고 결심했지만, 새침한 언니의 놀리는 목소리가 귀에 어른거리자 또 눈물이 나왔다.

타냐의 몸은 천천히 떠올라 뛰어내렸던 자리로 되돌아왔다.

"큰일 날 뻔했구나. 조금만 늦었어도 널 못 띄웠을 거야. 네가 그렇게 서슴없이 뛰어내릴 줄은 몰랐다."

푸른 로브를 입은 남자가 절벽 끝에 서 있었다. 어려 보이는 얼굴에 왜소한 체격, 예쁜 눈동자를 가진 잘생긴 남자였으나, 타냐는 목소리만 들어도 끔찍했다. 그래 봤자, 남자니까.

여기까지 올라오느라 힘들었는지, 그는 가슴에 손을 얹고 숨을 헐떡이고 있었다.

"아이고, 난 좀 쉬어야겠다. 멀리서 보기보다 여기 경사가 꽤나 높구나."

그는 떨어지는 게 무섭지도 않은지 다리를 바깥으로 내놓고 낭떠러지 끄트머리에 걸터앉았다.

"하늘이라도 날 생각이었니? 하지만 그 높이라면 무사히 착지하는 것만도 많은 훈련이 필요하지."

남자는 강의라도 시작할 것처럼 말을 늘어놓았다.

타냐는 높낮이 없는 목소리로 물었다.

"아저씨가 날 날게 했어요?"

"계기는 줬지만 방금은 네가 날았단다. 넌 아직 죽고 싶은 게 아닌 거야."

"내가 날았다고요?"

"응. 네 힘으로."

타냐는 한참 동안 남자의 얼굴을 바라보기만 했다. 남자도 기다리기만 했다.

"아저씨, 칼 있어요?"

"칼은 뭐 하게?"

"있어요?"

없으면 불탄 저택으로 가지러 가기 위해 타냐는 자리에서 일어났다. 남자는 주머니칼을 꺼내 내밀었다.

"날카로우니까 조심하렴."

"잘됐네요."

타냐는 칼을 들자마자 자신의 뺨을 확 그었다. 뽀얀 피부에 선명한 칼자국이 새겨지며 붉은 피가 퍽 튀었다. 과감한 손놀림으로 칼날이 뼈에 닿는 바람에 타냐는 고통을 이기지 못하고 몸을 떨었다. 하지만 멈추지 않았다. 타냐는 한 번 더 얼굴을 그었다. 별로 아프지는 않았지만 어째서인지 손에 힘이 들어가지 않았다. 그래도 또 그었다. 아팠고 힘들었다. 네 번째 얼굴에 칼을 댈 때는 손이 부들부들 떨려 칼을 쥐고 있기가 힘들었다.

"뭐 하는 거야!"

남자가 타냐의 손목을 잡았다. 칼이 바닥에 떨어지며, 칼날에 묻은 피가 바위에 튀었다.

타냐는 얼굴이 베이는데도 지르지 않던 비명을 질렀다.

"놔! 놔!"

타냐는 몸부림치며 뒤로 물러났고 남자는 손을 놓아주었다. 소녀는 바닥에 쓰러져 다친 얼굴이 아닌 어깨를 감쌌다. 흐르는 피가 젖은 바위 위로 후드득 떨어졌다.

"내 몸에……, 손대지 마……."

타냐는 피로 물든 얼굴을 들어 핏대가 선 눈동자로 노려보며 말했다.

"무슨 일을 당했는지는 묻지 않으마. 하지만 여기에서 네가 이러면 크림로스 백작은……."

"아빠 얘긴 하지 마! 날 내버려 둬."

타냐는 힘 빠진 목소리로 계속 중얼거렸다. 얼굴 위에 흐르는 피가 눈동자로 스며들고 입으로 흘러 들어갔다.

"손대지 마……."

타냐는 몸을 부들부들 떨며 어깨를 감싸 쥔 채 같은 말을 반복했다. 남자는 다가가 타냐의 얼굴에 손을 내밀었다. 타냐는 그 손을 낚아채며 으르렁거렸다.

"건들지 말라고 했잖아!"

"나는 마법사다. 지금 너에게 고통스러운 기억이 남아 있다면 네 기억을 지워 줄 수도 있고 네 얼굴의 상처를 없애 줄 수도 있다."

타냐는 마법사라는 단어를 들었는데도 전혀 놀라지 않았다. 12살밖에 되지 않는 어린 소녀의 눈동자는 오직 분노로만 가득 차 있었다.

"아무것도 하지 마."

하지만 남자는 끝까지 침착했다.

"그럼 적어도 출혈은 막고 싶다. 얼굴은 혈관이 많은 곳이라 한번 피가 나기 시작하면 잘 멈추지 않는 자리니까. 그리고 네 기억을 지우는 대신 내게 네 기억을 말해다오."

"그럼 뭐가 달라져?"

"네 분노와 기억이 더 선명해지겠지. 지워지지 않을 정도로 깊게 새겨지는 거다. 영원히."

남자의 몸 주위로 차가운 바람이 불어왔다.

타냐는 어쩐지 그 냉기가 마음에 들었다.

"아저씨…… 누구야?"

"나는 루티아의 마법사, 테일드다."

하늘 산맥의 밤은 고요했다. 방금 전의 굉음은 아예 존재하지도 않았던 소리처럼 사라지고 숲의 소리만 남아있었다.

마스터 타냐는 바닥에 손을 짚고 눈을 감았다. 그녀의 손길을 따라 흘러나간 푸른 마법의 힘이 땅에 흡수되고, 나무를 타고 밤하늘로 뻗어 갔다. 숲의 바람과 나무의 향기가 전해 주는 작은 속삭임이 귓가에 맴돌았다.

타냐는 다시 눈을 떴다. 짙은 푸른빛을 발하는 눈동자는 어둠을 뚫고 낙엽이 깔린 진흙 속에 새겨진 뚜렷한 발자국을 발견했다. 신발의 모양과 크기로 미루어 완전히 일치하는 또 다른 존재가 하늘 산맥에 있지 않는 한 그것은 카셀의 것이었다. 그리고 그 옆에는 희미하게나마 또 다른 한 사람분의 발자국이 존재했다.

지금 카셀은 혼자가 아니었다.

'누군가 카셀을 따라가고 있는 건가? 아니면 동행하거나. 아니면 잡

아가고 있거나.'

카셀과 같이 있는 게 분명하지만, 흔적을 거의 드러내지 않는 이 정체불명의 동행 때문에 타냐는 추적하는 내내 혼란에 빠져 있었다.

한 시간 전, 타냐와 카셀, 제이메르는 검은 로브의 마법사에게 공격을 당했다. 그리고 그 마법사의 뒤에서 나타난 거대한 괴물체에게 두 번째 공격을 당했다.

제이메르는 급히 몸을 날려 피했지만, 타냐는 자신의 뒤에 있을 카셀을 지키기 위해 피하지 않았다. 그리고 전력을 다한 마법으로 괴물이 입에서 뿜어낸 어둠의 입김을 밀어냈다. 하지만 그녀의 구슬에서 터져 나온 푸른빛은 순식간에 어둠에 잡아먹혔다. 그녀는 괴물체가 뿜어낸 힘을 가까스로 방향만 꺾을 수 있었다.

공교롭게도 타냐를 비껴 나간 어둠의 힘이 곧장 카셀을 향해 뻗어갔다. 타냐는 아찔한 기분으로 뒤를 돌아보았다. 그 순간 누군가 카셀을 낚아채어 숲 쪽으로 피했다. 그 직후 폭발이 일어났고, 타냐는 거기에 휘말려 수풀 속에 떨어졌다.

'봉인을 깨야 하나?'

타냐는 절대 망설일 일이 없을 거라고 오랫동안 믿어 왔던 일을 망설였다.

폭발의 충격으로 한동안 움직이지 못하던 타냐는 목에 건 구슬을 먼저 들어 올렸다. 빛을 머금은 구슬이 주먹만 한 크기에서 수박만 한 크기로 부풀어 올랐다.

위대한 지혜를 가진 학자는 몇 번 주고받는 대화만으로 상대의 지혜를 측정할 수 있으며, 뛰어난 실력의 전사는 검을 잡는 자세만 보아도 상대의 실력을 알 수 있듯 뛰어난 마법사는 상대가 쓰는 마법의 색깔만 봐도 상대의 힘을 측정할 수 있었다.

타냐는 방금 괴물을 끌고 나타난 마법사가 자기와 같거나 그 이상의 힘을 가진 마법사라는 걸 알아보았다. 어둠의 힘을 뿜어낸 거대한 생명체 역시 단순히 큰 짐승이 아니라 초월적인 마법을 쓰는 존재였다.

'드래곤? 아닐 거야! 하늘 산맥의 신이 어째서 마법사와 같이 다니고 있단 말인가?'

드래곤과 마법사, 상상만으로도 위협적인 연합이었다. 만약 그 둘이 타냐를 또 공격해 온다면 봉인을 풀고 전력을 다해도 이길 자신이 없었다. 하지만 다행히 구슬의 빛 안에는 괴물도, 마법사도 보이지 않았다.

타냐의 마법을 봉인한 건 그녀의 마법을 깨운 당사자인 마스터 테일드였다. 그는 타냐의 잠재력을 알아본 나머지 숨겨진 힘까지 끌어내어 싸울 수 있는 요령을 가르쳤다. 그래서 마흔 살에나 익혀야 할 마법을 열여덟 살에 완성해버렸다.

테일드는 타냐가 힘을 한계까지 끌어 쓰다가 마법의 샘이 말라 버릴 것을 걱정했다. 최악의 경우 죽을 수도 있기에, 스스로 마법을 억제할 수 있는 나이가 될 때까지 마법을 봉인하기로 결정했다.

그 봉인에는 후유증이 따랐다. 그녀의 외모가 변한 것이었다. 그러나 그녀는 후유증 따위는 신경도 안 썼다. 오히려 원하던 바였다.

테일드가 실종된 후 타냐는 그를 발견하기 전까지는 자신의 봉인을 풀지 않기로 다짐했다. 사실 봉인이 있는 편이 아크랜드에서 활동하기에 편했다. 그런데 하늘 산맥에 돌아온 지금, 그녀는 봉인을 풀어야 할지 고민하게 됐다.

타냐는 잘 움직이지 않는 몸을 일으켰다. 사라진 카셀이 걱정되어 도저히 몸 상태가 나아지기까지 기다릴 수가 없었다.

폭발한 자리에는 흔적이 전혀 남아 있지 않았다. 그녀는 아까 잠깐 봤던 기억과 직감으로 카셀이 갔을 것 같은 방향으로 달려갔다. 멀리서 제이메르가 카셀을 부르는 소리가 들렸다.

'대단한 실력의 사냥꾼이니 혼자 둬도 괜찮겠지? 데다인이 곧 올 거고. 하지만 카셀은 아니야.'

타냐는 카셀의 흔적을 따라가며 괴물체에 대해 생각했다. 그 정도 크기와 그 정도 마법, 아무리 생각해도 그 두 가지를 모두 가지고 있는 생명체는 드래곤 하나뿐이었다. 하지만 그녀는 드래곤이 하늘 산맥을 돌아다니며 다른 생물을 공격한다는 얘기는 들어 본 적이 없었다. 드래곤은 레미프들에게는 신이었고 인간들에게는 성스러운 수호자였다. 테일드와 함께 가넬로크에서 만나 본 드래곤은 인간으로 치면 루티아의 현자였다. 하지만 오늘 밤 그들을 공격해 온 드래곤은 사악한 힘을 전신에서 풍기는 '악마' 같았다.

'누가 알겠어? 인간도 국경 하나 건너면 풍습이 달라지고 바다를 건너면 피부색이 달라지며 산을 넘으면 쓰는 언어가 달라지는데, 드래곤이라고 모두 현자 같을 수는 없는 법이야. 마법사들은 잘난 척하지만, 우린 하늘 산맥에 대해 아무것도 몰라. 드래곤에 대해서는 더 모르지.'

드래곤들이 천 년 동안 살아온 가넬로크에서도, 그곳 대학이나 도서관의 드래곤 전문가들도, 드래곤에 대한 정보를 극히 일부만 알고 있었다. 드래곤은 알에서 태어난다고 했지만, 알을 본 사람이 한 명도 없는데 정말 알을 낳는다고 확신할 수는 없었다. 테일드는 드래곤에 대해

아는 척하는 학자에게 알껍데기도 본 적 없는 놈이 드래곤이 난생인지 태생인지 어떻게 아냐고 따졌던 적도 있었다.

드래곤에 관한 타냐의 지식은 케인스윅의 생물 교과서를 넘어서지 못했다. 그러니 지금 나타난 그 괴물이 드래곤이냐 아니냐, 드래곤이라면 그게 왜 공격을 해 왔느냐를 놓고 추측할 근거가 부족했다.

타냐가 확신을 가지고 있는 건 괴물 쪽이 아니라, 그 괴물 이전에 공격해 온 검은 로브의 마법사 쪽이었다. 그자의 마법은 자신의 것과 너무나도 흡사했다. 거울을 보고 마법을 쓴다면 그런 느낌이 날 것이다. 즉, 루티아의 마스터였다.

당장 떠올릴 수 있는 마법사는 그랜드 마스터 러스킨, 데다인, 루더, 저스틴 그리고 그녀의 스승 테일드 정도였다. 골베인이나 필립, 에틀리는 마법을 쓰는 방식에 큰 차이가 있었고, 타냐만큼 강하지도 못했다.

타냐는 자연스럽게 다른 네 사람에게 초점을 맞추다가 그만두었다. 식구처럼 지낸 루티아의 마스터 중 한 명이 자기를 공격해 왔다고는 생각하고 싶지 않았다. 그녀는 카셀을 찾는 일에만 집중하기로 했다.

오래지 않아 카셀의 흔적이 나타났다. 타냐는 당황했다. 흔적이 하나뿐이었다. 그리고 일직선으로 달리고 있었다. 카셀이 괴물을 보고 정신이 나간 나머지 혼자서 숲속을 전력 질주해서 달리고 있는 것으로밖에 보이지 않았다.

타냐가 그동안 지켜본 카셀이란 남자는, 가끔 무모함을 발휘하긴 하지만 그럴 경우에는 항상 이유가 있었다. 하늘 산맥의 위험성을 잘 알고 있는 그가 이런 엉뚱한 짓을 할 리 없었다.

그렇다면 누군가 같이 있고 그 사람이 카셀을 이끌고 있어야 했다. 그런데 그자의 흔적이 전혀 없었다.

대신 기대하지 않은 흔적이 겹쳐 있었다. 아까 그 괴물의 것으로 보이는 거대한 발자국이었다. 발자국만 보자면, 10년 전 익셀런 기사단에게 죽은 가넬로크의 드래곤보다 더 컸다.

'카셀을 따라가고 있다?'

카셀은 달아나고 있고, '드래곤으로 추측되는 괴물'이 그 뒤를 따라가고 있는데, 카셀을 구해 준 동행인의 흔적은 없었다. 앞뒤가 맞지 않는 흔적을 따라가느라 타냐는 금방 피곤해졌다.

겨우 제삼자의 흔적을 발견한 후에야 타냐는 안도했다. 발자국의 크기로 미루어 보면 카셀보다 키가 큰 자였고 몸무게도 조금 더 나갔다. 진흙 바닥을 벗어나는 순간 그의 발자국은 또 사라졌다. 이 발자국을 용케 찾아낸 자신이 대견스러울 지경이었다. 만약 이자가 혼자서 움직이고 있다면 타냐의 실력으로는 절대 추적할 수 없을 것이다.

'흔적을 감추는 것에 있어서는 제이메르보다 한 수 위인 사냥꾼이야.'

계속 티격태격하긴 했지만 타냐는 제이메르를 높이 평가했다. 대륙을 여행하며 수많은 사냥꾼들을 봤지만 제이메르처럼 뛰어난 사람은 없었다. 만약 이런 추적을 하거나 위험한 여행을 할 때 울프 기사단 전체에서 한 명을 택하라면 타냐는 제이메르를 택했을 것이다. 놀랍게도 카셀도 이번 임무를 위한 동행으로 제이메르를 지목했다. 그걸 파악하고 그런 건지, 단지 친해서 그런 건지는 모르겠지만.

시간을 지체하더라도 제이메르를 데려올 걸 했나 하는 후회가 들었지만, 그때는 카셀을 찾아 이렇게 멀리 움직이게 될 줄은 몰랐다.

괴물의 발자국은 여전히 이어지고 있었다. 보폭이 아까보다 두 배나 늘어난 걸로 미루어 보면 이 거대한 괴물체는 지금 달리고 있었다. 이 정도 보폭으로 뛰고 있다면 카셀의 걸음으로는 금방 따라잡힐 것이다. 거대한 괴물체가 나무를 밀어 넘어뜨린 흔적도 많았다. 덕분에 따라가기는 쉬웠으나, 불안감은 더 커졌다.

카셀의 흔적은 산을 내려가는 방향으로 나 있었다. 숲의 경사가 급해질수록 카셀의 발자국은 더욱 또렷해졌고 따라가는 괴물의 발자국도 선명했다. 간혹 카셀이 미끄러지면서 수십 년 동안 쌓인 낙엽을 엉덩이로 파낸 흔적도 있었다. 넘어지면서 어지간히 당황했는지 닥치는 대로 그 위에 손바닥 자국을 내놓기도 했다.

내리막길을 따라 달리며, 타냐는 두 가지 가정을 세웠다. 앞다리에 비해 뒷다리가 월등히 큰 드래곤에게 불리한 도주로를 택해 달아나고 있거나, 그냥 우연이거나!

'카셀을 너무 높이 평가해선 안 돼. 집채만 한 괴물이 따라오면 누구라도 냉정할 수 없어. 이성적으로 길을 택해 달아나는 게 아닐 거야.'

타냐는 가벼운 발걸음으로 거인의 손가락처럼 툭 튀어나온 나무뿌리에 뛰어 올라갔다. 바닥에 펼쳐진 뿌리의 두께만도 두 아름은 족히 되고, 펼치고 서 있는 가지가 밑에 선 사람의 시야 전부를 가리고 있어 마치 하늘을 떠받치는 대들보 같은 나무였다.

타냐는 괴물이 발톱으로 할퀴고 지나간 흉한 자국 위에 서서 주변을 살폈다.

뿌리 끝에 귀가 머리보다 더 큰 다람쥐가 경계심 많은 까만 눈동자를 깜빡거리며 타냐를 쳐다보았다. 나무 위에는 풀을 뜯어 먹고 사는 초식 구렁이가 호기심 어린 시선으로 혀를 날름거리고 있었다. 그 동물들을 보고 있자니, 타냐는 스쳐 가는 것만으로 나무란 나무의 껍질을 다 벗겨 내고 있는 이 괴물의 정체가 드래곤이라고 더욱 확신했다.

그리고 놈이 지금 카셀을 추적하고 있다! 그럼 처음 일행을 공격해 온 마법사의 목표도 세 사람이 아니라, 카셀 하나라는 뜻이 된다.

결국 루티아를 도우러 가는 아란티아의 울프 기사단 캡틴을 공격했다는 건데, 고작 한 달 전에 캡틴이 된 카셀의 정체를 아는 자가 하늘산맥에 대체 누가 있단 말인가? 데다인조차 하얀 늑대들에게 캡틴이 없다고 알고 있었고 심지어 마스터 퀘이언도 타냐보다 카셀의 얼굴을 늦게 봤다.

타냐는 혼란에 빠졌다. 그리고 몇 번이고 이 흔적의 끝에 카셀의 시체가 없기를 빌었다.

스물여섯이라 봐야 마법사의 세계에서는 소녀를 갓 벗어난 어린 나이에 속했다.

루티아에서는 스물다섯이 넘어야 겨우 케인스윅 교사직을 내주고, 거기에서 10년 정도 지식을 쌓으면 '마법사'라는 칭호로 불릴 자격이 생기며, 다시 경력을 쌓은 후 루티아노의 동의를 얻어야 비로소 마스터의 자리에 오르게 되어 있었다.

대륙 전체에서 열 손가락 안에 꼽힌다는 자리에 타냐는 스물다섯이라는 나이로 올랐다.

부담스러운 칭호였으나, 타냐는 다른 목적을 위해 받아들였다. 그녀는 루티아를 떠나 스승을 찾으러 아크랜드를 떠돌고 싶었다. 그러려면 마스터라는 호칭이 필요했다. 마스터의 임무 중에 아크랜드 각 나라에 퍼져 있는 루티아의 지부를 관장하는 일이 있는데, 나이 든 마스터들이 꺼려하는 업무였다.

마스터들은 타냐의 요청을 받아들였다. 그들도 그랜드 마스터였던 테일드를 찾고 싶었는데 타냐라면 누구보다 적임이었다.

테일드가 실종되는 바람에 한 번 은퇴했다가 도로 그랜드 마스터의 자리에 앉은 러스킨이나, 다음 그랜드 마스터로 가장 적합한 실력과 경험을 갖췄으나 그 자리를 부담스러워하는 데다인과 골베인이 타냐의 여행을 반대할 리가 없었다.

여행에 기한이 정해진 것은 아니었다. 타냐는 테일드를 찾을 때까지 루티아로 돌아가지 않으리라 마음먹었다. 하지만 어느 날 문득 밤하늘을 올려다보다가 외롭다는 생각이 들었고, 그 길로 루티아로 향했다. 혼자 별자리를 관찰한 게 한두 해가 아니었는데 어째서 그날은 사람의 온기가 그리웠을까? 모를 일이었다. 그런데 바로 그 길목에서 그녀는 카셀과 함께 사건에 휘말렸다.

그녀는 카셀을 돕지 않을 수도 있었다. 그 순간 다른 해야 할 일이 얼마든지 있었다. 그러나 그녀는 카셀과 동행해 나디움으로 갔고, 지금도 카셀을 따라가고 있었다.

따지고 보면 타냐는 그 자리에서 제이메르와 함께 데다인을 기다릴 수도 있었다. 그런데 뒤도 안 돌아보고 카셀을 따라갔다. 뭔가가 끌어

당겨 강제로 움직인 기분이 들었다. 마법사인 자신이 다른 영향을 받아 움직였다는 사실이 불쾌했다. 그리고 그게 무엇인지 아직 잘 알지 못해 더욱 불쾌했다.

'차라리 카셀이라는 남자에게 이성적으로 반한 나머지 움직이고 있다고 생각하는 편이 낫겠군.'

타냐는 한참 경사를 내려가다가 길을 멈췄다. 계속 전진만 하던 드래곤의 발자국이 처음으로 머뭇거린 흔적이었다. 드래곤은 한 자리에서 맴돌았으며 심지어 뒷걸음질 치기도 했다. 분석할 수 없는 흔적이었다.

'제이메르라면 드래곤이 왜 멈췄는지 발자국만 보고 알아낼 수 있을까? 아니, 그런 건 경험인데, 본 적 없는 드래곤의 흔적까지 분석할 수는 없을 거야.'

타냐는 혼자서 그 흔적의 의미를 파악하려고 머리를 굴렸다. 그녀는 괴물의 발자국 너머에서 또 다른 발자국을 발견했다. 그것은 카셀과 함께 있어야 했지만 여태까지 거의 흔적을 남기지 않고 있던 또 다른 사람의 것이었다.

진흙땅이 아닌 곳에서 나타난 그자의 두 번째 흔적이었다. 카셀의 발자국은 더 뒤로 이어져 커다란 나무 뒤에서 머물렀다.

타냐는 현재까지의 흔적을 바탕으로 여기에서 무슨 일이 벌어졌는지 유추했다.

'제3자, 일단 툭툭이라고 지칭해 두자. 흔적이 툭툭 튀어나오고 있으니까. 제이메르, 나, 카셀, 데다인이 있는 장소에서 멀지 않은 곳에서 처음부터 툭툭이는 따라오고 있었다. 툭툭이는 우리 넷에게 접근하는 드래곤과 마법사의 정체를 알고 있었다. 그렇게 적절한 타이밍에 나타나 카셀을 구해 낸 걸 보면 아주 가까이 있었다. 그런데도 나와 제이메르는 그걸 눈치채지 못했지…….'

타냐는 사건이 벌어지기 직전 제이메르와 말다툼했던 순간이 떠올라 창피했다.

'일단 툭툭이는 카셀을 구해 내서 다시 나나 제이메르에게 인도한 게 아니라 그대로 드래곤을 피해 달아났다. 어째서?'

첫 번째 의문이었다. 툭툭이가 카셀을 구했다면 당연히 타냐나 제이메르와 힘을 합치는 게 순서였을 것이다.

'툭툭이는 카셀을 하늘 산맥의 남쪽, 산을 내려가는 방향으로 안내하고 있고 드래곤은 그 두 사람을 뒤쫓고 있다. 그리고 내가 그 뒤를 따라가는 형국이다. 그런데 이 자리에서 드래곤은 멈췄다. 어째서?'

두 번째 의문이었다. 드래곤이 저 혼자 판단으로 멈춘 거라면 뒷걸음질 치는 발자국과 발뒤꿈치 부분이 깊게 파인 흔적은 나올 수 없었다.

드래곤은 툭툭이와 카셀을 추적해, 이 자리에서 마침내 따라잡은 것이다. 여기서 카셀은 나무 뒤로 숨었다. 툭툭이는 드래곤의 정면으로 나타났다.

드디어 나타난 툭툭이와 뒤로 물러나는 드래곤…….

'툭툭이가 드래곤을 밀어냈다? 말도 안 돼.'

이건 드래곤의 돌진을 막아선 거라고 봐야 했다. 또한 멈추고 뒷걸음질 치기는 했으나, 드래곤은 달아나지 않았다. 여기에서 잠시 머물렀던 그들은 다시 추격전을 시작했다.

갑자기 타냐는 자기들을 공격해 온 검은 로브의 마법사가 누구인지보다, 카셀을 데리고 달아나고 있는 툭툭이가 누군지 더 궁금해졌다.

'아직 이자가 카셀을 구해 준 거라고 단정할 수는 없겠어.'

나무의 숫자가 줄고 날이 점점 밝아지며 흔적이 또렷하게 보였다. 덕분에 흔적 찾기에 신경을 덜 쓸 수 있게 되었고 타냐의 걸음은 점점 빨라졌다. 빨라지고 빨라져서 더 이상 두 다리가 그녀의 의지를 감당하지 못하게 되면서 두 손이 바닥에 닿고 두 다리는 뒤로 뻗어 옷 대신 하얀 털이 그녀의 몸을 뒤덮었다.

타냐는 늑대가 되어 달렸다. 주위의 나무들이 옆으로 흘러갔다. 멍청한 하늘 산맥의 노루가 재미있어 보였는지 그녀의 옆을 비슷한 속도로 따라왔다. 그러나 늑대의 속도가 더 빨라지자 결국 노루는 뒤처져 그녀의 시야에서 사라졌다.

뭔가 앞에 있었다.

타냐는 즉시 걸음을 세웠다. 그녀를 뒤따라오던 바람이 스쳐 가며 털을 흐트러뜨렸다. 그녀의 앞에는 검은 로브를 입고 검은 털의 베논을 타고 있는 기사가 길을 막고 있었다. 유령처럼 음산한 기운이 그자의 주위를 가득 채우고 있었다.

'카구아?'

타냐가 아직 아크랜드로 여행을 떠나기 전, 루티아에는 한 가지 좋지 않은 소문이 돌고 있었다. 존재할 수 없다는 검은 털의 베논이 유령을 태우고 나타난다는 소문이었는데, 사람들은 그것을 '카구아'라고 불렀다. 그 당시 타냐는 소문의 진상을 확인하고 싶어서 유령 기사를 쫓아가 본 적이 있었다. 하지만 그것은 진짜로 유령인가 싶을 정도로 흔적을 남기지 않고 사라졌다.

　아무리 이상한 일이 일상으로 벌어지는 하늘 산맥이라 하더라도 인과 관계는 있다. 그래서 검은 털의 베논도, 유령처럼 나타나는 검은 기사도 이유가 있어 나타난 것이라고 생각했다. 하지만 타냐가 여행을 떠나기 전 그것은 더 이상 나타나지 않았고, 그 뒤로 대륙을 떠돌아다니면서 테일드를 찾는 일로 머리가 가득 차 있던 터라 지금까지 잊고 있었다. 그런데 하필 지금 여기에 갑자기 나타났다.

　타냐는 우선 상대의 반응을 기다렸다. 카구아의 정체가 뭔지는 오래전부터 풀고 싶었던 수수께끼였으나, 지금은 아니었다.

　'내가 그렇게 널 알고 싶어 쫓아갔을 때는 정작 달아났잖아. 그러니 지금도 그냥 꺼져버려.'

　타냐는 상대의 공격에 대비해 자세를 낮췄다. 늑대의 육체다 보니 자기도 모르게 입에서 으르렁거리는 소리가 새어 나왔다. 하지만 어쩐지 겁에 질린 자신의 마음을 내보이는 기분이 들었다.

　카구아는 한참이나 타냐를 쏘아보더니 베논의 입에 건 고삐를 잡아당겼다. 그리고 흐느적거리는 베논을 타고 나무 수풀 사이로 천천히 멀어졌다. 새벽이 가까워졌으나 아직은 어두운 데다가, 검은 망토까지 뒤집어쓰고 있어 카구아의 모습은 금방 사라졌다.

　타냐는 후들거리는 다리를 진정시키며 몸을 일으켰다.

　'다행이다. 물러나 줘서……'

　그 순간 검은 기사가 사라진 방향에서 창 한 자루가 날아왔다. 반사적으로 몸을 빼지 않았다면 머리에 창이 꽂힐 뻔했다. 땅에 박힌 창이 파르르 떨렸다.

타냐는 인간으로 변할 시간적 여유가 없어, 조금 약하더라도 늑대 상태로 마법을 썼다.

늑대의 이마 앞에 서린 마법의 기운이 파란빛의 구슬 모양으로 형상화되었다. 구슬이 폭발하며 뻗어 나간 푸른빛이 수풀 사이에 숨어 있는 표적에 정확히 박혔다.

가려져 있는 어둠이 터져 나가며 카구아의 몸이 파랗게 타올랐다. 생각보다 훨씬 먼 거리였다.

'저기에서 여기까지 이 정도 속도로, 이렇게 정확하게 창을 던졌다는 거야?'

놈은 타냐의 마법을 정면으로 맞았는데도 즉시 움직였다. 보통 사람이라면 그대로 상반신이 얼어붙어 즉사할 것이고, 갑옷으로 보호받는다 해도 벽에 장식으로나 쓸 딱딱한 동상이 되어 버렸을 것이다. 하지만 그자는 아직 파란 불꽃이 몸에 남아 있는 상태로 베논을 몰아 타냐에게 달려왔다. 늑대 상태에서 전력 질주하는 자신과 비교해도 뒤지지 않을 것 같았다.

지금은 싸우고 있을 시간이 없었다.

타냐는 바닥에 박힌 창을 물어 옆으로 내던져 버리고 숲 쪽으로 달아났다.

달아나는 와중에도 타냐는 지금까지 카셀을 추적해 왔던 방향을 유지했다. 뒤에서 그녀를 쫓는 베논의 발자국 소리가 가까워졌다. 아무래도 숲속에서 달리는 거라면 늑대는 베논을 이길 수가 없었다. 그러나 카구아는 어째서인지 점점 속도를 늦추더니 곧 그녀의 시야에서 사라져 버렸다.

타냐는 방심하지 않고 계속 달렸다. 한참 지난 후 그녀는 잠시 멈춰 베논의 발자국 소리나 다른 기척이 가까이 있나 살폈다. 쫓아오는 것 같지는 않았다.

타냐는 바닥을 킁킁거리며 카셀의 흔적을 다시 찾아냈다.

이제는 고려해야 할 게 하나 더 늘었다.

검은 로브의 마법사, 드래곤, 툭툭이, 그리고 카구아.

타냐는 수색을 생략하고 달렸다. 드래곤의 흔적은 사라지고 카셀의 흔적만 남아 있었기 때문이었다. 이제 숲은 나무도 비교적 적어지는 구역이라 덩치 큰 추격자에게 유리했고, 내리막이 아닌 평지라 드래곤의 신체 조건으로 치면 아까보다 훨씬 달리기 편해졌다. 그런데도 추적은 없었다.

'이건 또 왜지? 도대체 앞뒤가 맞는 구석이 하나도 없어. 차라리 아무 생각 말고 뛰기나 할걸.'

타냐는 문득 드래곤이 추격을 멈춘 자리가 카구아가 나타난 자리와 일치하지 않았나 의심해 보았다.

'카구아가 그 길목을 막고 있었기 때문에 드래곤이 오지 못했다?'

단서가 늘었다기보다 혼란만 가중되었다. 더구나 괴물의 흔적이 사라진 대신 다른 흔적들이 늘어났다.

숫자는 열 이상, 그리고 흔적의 주인공들은 근처에 있었다. 늑대로 변하면서 밝아진 청각으로 그들의 위치까지 파악이 되었다. 그러나 상대도 청각과 시각이 꽤 좋았던지 타냐의 접근을 알아채고 몰려왔다.

타냐는 인간의 모습으로 변해 구슬을 손에 쥐었다. 푸른빛이 옅게 그녀의 몸 주위를 에워쌌다. 사소한 마법이라면 그 마법을 쓴 상대에게 반사할 것이고, 어지간한 칼이나 화살이라면 푸른 안개에 닿는 순간 부러질 것이다.

곧 타냐의 주위로 다가온 존재가 수풀 사이에서 모습을 드러냈다. 귀 쪽으로 길게 찢어진 눈매에 담긴 인형처럼 동그란 눈동자 수십 개가 그녀를 노려보았다. 늘어진 긴 귀에 하얀 피부, 녹색과 파란색을 섞어 놓은 듯한 짙은 색의 머리카락이 나무 사이에 점을 찍어 놓은 것처럼 드러나 있었다. 등 뒤에 달린 하얀 깃털의 날개는 호흡과 같은 패턴으로 들썩였다.

하늘 산맥의 요정들, 즉 레미프들이었다. 그리고 그들은 창과 활로 무장되어 있었다.

그들 중 하나가 말했다.

"아그 요에 모루 요에브 모에들 우 바 요에, 우그 와자이브트."

원래 레미프들의 목소리는 항상 노래하는 것처럼 부드러웠지만, 지금의 목소리는 어떻게 들어도 경고나 위협이었다.

열 개가 넘는 창과 활을 주위에 두고 제대로 된 대화를 할 수는 없었다. 타냐는 일단 손을 들어 보였다. 그들은 그런 작은 움직임에도 창을 움찔거리며 공격할 태세였다.

기습이나 포위 공격이 가능했던 상황에서 굳이 경고를 했다는 것 자체가 당장 공격할 의사가 없다는 뜻이기도 했다. 타냐는 기본적으로 순한 레미프들의 천성을 믿고 손을 든 채로 이들이 했던 말을 머릿속으로 곱씹어 보았다.

타냐는 마스터 골베인을 통해 레미프들이 쓰는 언어를 조금 배워두었다. 그래서 듣기는 어느 정도 가능했다. 하지만 말하기가 미숙했다. 그나마 지금은 양쪽 다 오래 사용하지 않아 자신이 없었다.

그래도 마지막에 했던 두 단어만은 확실하게 들렸다. '우그'는 '요정'이라는 뜻으로 레미프들이 '인간'을 지칭하는 단어였고, '와자이브트'는 '마법사'였다. 그들이 타냐가 마법사라는 걸 알고 있다는 뜻이었다.

타냐가 자신의 귀를 가리키며 고개를 저어 보이자, 처음에 협박을 가했던 레미프가 다시 한번 같은 말을 반복했다.

그제야 타냐는 그들이 했던 말을 모두 알아들었다.

'말을 하면 죽이겠다, 인간 마법사.'

타냐는 자신을 소개하려고 열었던 입을 도로 닫았다.

"고호우 무."

그 말은 금방 알아들을 수 있었다.

'따라와라.'

그들을 자극하지 않도록 유의하며, 타냐는 뒤를 따라갔다.

검은 로브의 마법사가 공격해 왔고, 드래곤으로 추정되는 거대한 생명체가 카셀을 추적했고, 그 흔적을 따라왔더니 루티아에 나타나는 유령이 공격해 왔다. 그리고 겨우 거기에서 벗어나나 했더니, 레미프들이 나왔다?

나무 사이로 뜨는 아침 해를 바라보며 그녀는 적어도 한 가지 의문은 풀어냈다. 드래곤이 추격을 멈춘 건 이곳이 레미프들의 영역이기 때문이었다. 카구아가 쫓아오다가 멈춘 것도 같은 이유일 가능성이 높았다. 그러나 그녀가 가진 수많은 의문 중 가장 핵심은 레미프들의 출현 때문에 얽혔다.

'툭툭이는?'

레미프들은 맨발이지만, 진흙에 찍힌 툭툭이의 발자국은 신발 자국
이었다. 신발 신은 레미프가 아닌 이상에야 카셀을 구해 준 툭툭이는
인간이었다. 그리고 툭툭이가 정말 카셀을 구해준 사람이라면, 지금
그는 카셀을 레미프들의 땅으로 데리고 온 것이다.

타냐는 처음 질문으로 되돌아갔다.

'대체 누구지?'

✦ Chapter 12 ✦
즈비 레미프

레미프들은 인간을 요정이라는 뜻의 '우그'라고 불렀고 자기들을 인간이라는 뜻의 '레미프' 또는 '레미 쿠아프'라고 칭했다. 하늘 산맥에 사는 레미프에 대한 이야기는 스승님에게 많이 들었지만 딱히 케인스웍에서 관련 과목을 배워 두지는 않았다.

'지금 와서 케인스웍 교양 과목 선택을 후회할 줄은 몰랐군.'

몇 가지 단편적인 기억을 조합해 보면 이들은 하늘 산맥의 레미프들 중에서도 '즈비' 족에 해당했다. 하얀 얼굴에 인간보다 긴 얼굴, 긴 다리에 긴 팔, 큰 키를 가진 호리호리한 체형, 하얀 깃털의 날개는 즈비 족의 대표적인 외형적 특징이었다.

반면 '프보에' 족 레미프들은 검은 얼굴에 전통적으로 머리를 길게 기르고 날개도 검은 깃털이었다. 하지만 프보에 레미프를 본 인간은 극히 드물어 아직 그들의 외모를 확실하게 묘사한 문서나 증언은 없었다.

루티아와 교역을 하는 즈비 레미프도 전체에 비하면 극히 일부였고, 이들이 그 레미프들인지는 아직 알 수 없었다.

레미프들은 타냐의 주위를 포위한 채로 걸었다. 묶지는 않았으되, 그녀가 하품이라도 하면 당장 찌를 준비를 했다.

그들의 선한 눈에 보이는 적의에 타냐는 당혹스러웠다. 몇 번 루티아에서 본 레미프들은 언제나 조용했으며, 폭력을 싫어해 이런 식으로 몰려다니지도 않았다.

그들은 갑옷을 입거나 날카로운 무기를 쓰는 것도 별로 좋아하지 않았다. 전쟁이 벌어져도 날이 없는 둔기로 뼈를 부러뜨리는 게 그들이 아는 가장 잔인한 싸움 방식이었다. 이렇게 창을 들이댈 정도로 과격한 종족이 아니었다.

'좋지 않은 일이 있구나.'

그런 생각을 하니 루티아가 더욱 걱정이 되었다.

곧 레미프들의 마을이 보였다. 그들은 인간들처럼 다듬은 건축 자재를 쓰지 않고 울퉁불퉁한 나무판자를 그대로 사용해 집을 지었다. 곁가지만 쳐 낸 굵은 나뭇가지 등을 밧줄로 엮기만 한 움막도 많았다. 그나마도 상당수가 나무 위에 지어져 있었다. 산맥 깊숙한 숲에 비할 바는 아니지만, 이곳을 덮고 있는 나무들도 워낙 크고 굵어서 어지간한 나뭇가지도 집 한 채 올리기에 충분해 보였다.

그중 마을 중심에 있는 가장 큰 나무에는 30채 정도의 집이 올라가 있었는데, 나무 밑동에 집이 제일 많고 위로 갈수록 적어지면서 탑 같은 구조를 이뤘다. 가장 높은 위치에 있는 집은 밑에서 거의 보이지도 않았다. 고개를 꺾어 위를 보던 타냐는 나뭇잎 사이로 내리쬐는 빛줄기에 눈이 부셔 얼굴을 옆으로 돌렸다.

'벌써 아침이군. 아무것도 한 게 없이 밤이 지나가 버렸어.'

나무 위 집에는 날개를 파닥이며 매달려 있는 꼬마 레미프들도 있었다. 아직 어릴 때는 날개를 써서 날 수 있지만, 쉰 살을 넘어 성인이 되면 점점 몸무게가 늘고 날개는 자라지 않아 결국 날지 못하게 된다고 했다. 노인이 되면 날개가 거의 퇴화해서 큰 귀만 빼면 인간과 별다를 바 없는 외모였다.

레미프의 기준에서는 쉰 살이 성인의 문턱이었다. 이백 살 정도는 너끈히 산다는데, 소문에는 드래곤만큼 오래 산다고도 하고 인간보다 조금 더 오래 살 뿐이라는 얘기도 있었다.

마을 외곽에는 뾰족하게 깎은 나무창이 날을 세우고 있었다. 목책이라고 하기에는 허술했으나 레미프들 기준으로는 전시 체제인 게 분명했다. 그리고 희미하게 보일락 말락 한 반투명한 그물들이 목제 창이 없는 부분에 걸려 있었다. 작은 새들이 몇 마리 그물에 걸려 힘없이 날갯짓을 하곤 했다.

'새를 잡으려고 그물을 친 건가? 즈비 레미프들은 초식이라고 알고 있는데.'

막 그런 생각을 할 즈음에 그물에 걸린 새를 떼 주고 있는 레미프들이 보였다. 잡은 새는 그대로 날려 주거나 나뭇가지 위에 올려놓고 알아서 날아가도록 내버려 두었다. 사냥용 그물이 아니라, 목책처럼 방어용이라는 뜻이었다. 조화로운 마을 입구의 외관과 어울리지 않는 걸 보면 최근 만들어졌다고 짐작해 볼 수 있었다. 레미프에 대해 잘 알지 못하는 타냐지만, 전체적으로 마을에 깔려있는 살벌한 분위기는 결코 일상적이지 않았다.

마을 안으로 깊이 들어갈수록 타냐 주위로 몰려드는 병사들이 많아졌다. 귀여운 꼬마 레미프들이 허공에 떠서 다가오니 어른들이 강압적으로 막았다. 바람 한번 불면 눈알이 톡 빠져나올 것 같은 크고 호기심 가득한 어린 레미프의 눈에 눈물이 한 모금 정도 맺혔다. 얼결에 심하게 혼낸 병사가 미안하다고 말했다.

레미프들은 타냐를 마을 중앙의 동그란 움막으로 안내했다. 움막 앞의 나무문은 두 개의 긴 기둥에 매달려 있었고 나무 기둥에는 각기 다른 자세를 취하고 있는 드래곤이 조각되어 있었다. 두 조각 모두 안으로 들어오는 사람을 향해 입을 벌리고 협박하는 모습이었다.

문을 지탱하는 기둥은 깎아서 마법 지팡이로 써도 될 만큼 강한 마법의 기운을 뿜어내고 있었다. 아크랜드로 가져가면 같은 무게의 금과 바꿀 수도 있는 귀한 나무가 여기에서는 그저 기둥으로 쓰이고 있는 셈이었다.

타냐는 카셀이 이 마을 어디엔가 있을 거라고 믿었다.

'나처럼 잡혔을까? 그럼 어디 갇혀 있겠지?'

타냐는 움막 안으로 들어갔다. 내부는 밖에서 보던 것보다 넓고 시원했다.

둥그런 방에 나이 든 레미프들이 짚으로 만든 방석에 앉아 있었고 창을 든 경비들이 타냐의 등 뒤에 섰다. 가장 중앙에 있는 등이 굽고 날개는 거의 보이지 않게 쪼그라든 늙은 레미프가 입을 열었다.

타냐는 조금씩 레미프어에 익숙해지며 몇 개의 단어 빼고는 그들의 말을 듬성듬성 알아듣게 되었다. 타냐는 속으로 그들의 말을 통역하며 대화를 들었다.

"후이루 룹 입트 요에 구드 오에드."

'이 '룹'은 내버려 두고 너희들은 '구드 오에드'하라.'

다른 레미프가 당황하며 대꾸했다.

"케드, 마이 홉트……."

'하지만 '홉트'시여.'

"투 포드 워비. 우그 와자이브트 시포드 우럽 도에클 무."

'걱정 마라. '우그'의 '와자이브트'는 날 건드리지 못할 테니까.'

대강 거기까지 알아들은 타냐는 조용히 입을 열었다.

"루티아의 마법사를 상대로 함부로 그런 말을 할 수는 없을 겁니다, 레미프들의 홉트시여."

말을 하면 찌르겠다고 경고했던 경비가 창을 치켜세웠다. 동시에 타냐는 뒤에 서 있는 네 명의 경비들을 휙 돌아보았다. 그 순간 창 네 자루가 두 동강 나 바닥에 떨어졌다.

늙은 레미프들이 놀라 엉덩이를 들썩였고 창이 깨진 경비들은 당장 바깥의 동료들을 불렀다. 그러나 그보다 더 커다란 목소리로 레미프들의 왕이 소리쳤다.

"자흡쿠!"

'조용히 해라!'

움막 안의 병사들은 물론이고 안으로 들어오려 했던 병사들도 모두 그 자리에 얼어붙었다.

"자이 지아트 퍼드 오에드 옥 루부!"

'내가 '오에드'하라고 하지 않았는가!'

당황한 경비들은 늙은 레미프에게 허둥지둥 말했다. 타냐는 뭉개진 경비의 발음을 알아들을 수가 없었다. 짧은 말싸움 끝에, 결국 병사들은 뒤로 몇 걸음 물러났다.

레미프들의 홉트는 키도 작고 얼굴 형체를 알아볼 수 없을 정도로 주름이 많았다. 그러나 기세는 젊은이 못지않았다.

"레미프어를 알아들을 수 있나 보군, 루티아의 마법사?"

갑자기 레미프의 왕이 아크랜드의 언어로 말을 걸어왔다. 순간 놀랐으나, 타냐는 느긋한 표정으로 대꾸했다. 그녀의 얼굴은 만들어진 것이나 다름없어 표정을 숨기는 것은 어렵지 않았다.

"알아듣는 것만 어느 정도 가능합니다. 대화는 미숙합니다."

"그럼 내가 인간의 말을 쓰는 편이 낫겠군."

늙은 왕은 살짝 사투리가 섞인 것 같은 어색한 억양이라는 점만 빼면 거의 완벽한 아크랜드 공용어를 구사했다.

타냐는 잠시 공백을 두었다가 다시 말했다.

"우선 소란을 피운 점 사과드리겠습니다. 그러나 저는 그 경비들에게 잡혀서 온 게 아니라 스스로 이 자리에 섰음을 간접적으로 보여 드리고 싶었습니다."

"이런 자리에서 그런 식으로 자신을 보여 주려 하다가는 목숨을 부지하기 힘들 거야, 우그 와자이브트."

"별로 힘들지 않을 거라 봅니다."

타냐의 말에 그는 크게 웃음을 터트렸다.

"내 앞에서 그런 말을 할 수 있는 우그는 아란티아의 홉트나, 루티아의 그랜드 마스터 정도지. 그대의 이름이 무엇이냐?"

"타냐."

"내 이름은 후딘틴, 라든의 홉트다."

라든은 레미프들의 나라들 중 루티아와 가장 가까워 교류가 활발한 나라였다. 그럼 타냐가 오래전에 루티아에서 봤던 레미프들은 바로 이곳 레미프들인 셈이다.

홉트는 그들 말로 '왕'이라는 뜻이긴 하지만 인간들이 쓰는 왕이라는 단어와 미묘하게 달랐다. 오히려 루티아의 그랜드 마스터 쪽에 더 가까운 의미였다. 그는 레미프들을 대표할 뿐 지배하지는 않는다. 또 마을의 중대 사안을 결정하긴 하지만, 권력을 갖지는 않는다.

"뵙게 되어 영광입니다."

타냐는 고개를 꾸벅 숙여 인사했다. 하지만 그게 이들에게 예의로 보이는지는 알 수 없었다.

"이런 걸로는 영광이라 하지 않지. 그럼 어째서 이 자리에 섰는가?"

늙은 홉트가 말했다.

"아시지 않습니까?"

"짧게 해도 될 대화를 굳이 늘리고 싶은 건가? 그대가 먼저 우리의 영역을 침범하지 않았느냐?"

홉트는 '나의 영역'이라고 하지 않고 '우리의 영역'이라고 표현했다.

"침범한 게 아니라 유도된 것이라고 말하고 싶습니다. 제가 호위하고 있는 중요한 사람…… 아니, 우그 한 명이 이쪽으로 잡혀 왔습니다. 잡혀 온 것인지 구출된 것인지는 모르오나, 그의 흔적이 여길 향한 것만은 분명합니다. 그러니 그를 다시 데려가야겠습니다."

"성급함은 모든 우그들의 공통점이지, 타냐. 그러나 서둘지 말게.

'기더'가 그를 이곳으로 인도했다면 그가 여기에 있을 이유가 있기 때문이지, 강제로 끌려온 게 아니야."

'기더라는 단어가 무슨 뜻이었더라?'

타냐는 괜히 그 뜻을 물어 대화의 흐름을 끊기보다 그대로 홉트의 말을 받았다.

"그와 저는 이곳에서 머뭇거릴 여유가 없습니다. 루티아에는 커다란 위험이 닥쳤고 거기에는 그의 힘이 필요합니다. 늦으면……."

"자훔쿠, 타냐."

후딘틴은 레미프어로 타냐의 말을 막더니 늙고 힘없는 손을 천천히 앞으로 내밀었다.

"그대의 힘이 설사 내 우위에 선다 하더라도 이 방 안은 나의 영역이고, 그대가 아무리 급하다 해도 여기에 있는 이상 나의 시간 안에서 움직여 줘야지."

홉트가 내민 손은 타냐에게서 열 걸음이나 떨어져 있었지만, 마치 그의 손이 직접 몸을 훑는 듯한 기분이 들었다. 그것도 엄청나게 큰 손이 타냐의 머리를 인형처럼 쥐고 다리를 쓰다듬어 모았고 가냘픈 두 팔은 고정시켰다.

기분 탓이 아니었다. 타냐는 진짜로 움직일 수가 없었다.

'침착해라, 타냐. 전력을 다하면 벗어나지 못할 정도는 아니야. 그러니 오히려 벗어나지 못하는 척하는 게 나아.'

기본적으로 레미프들은 인간보다 육체적인 면에서나 정신적인 면에서 강했다. 루티아를 제외하면 아크랜드의 어떤 나라도 제대로 된 마법사를 열 이상 데리고 있지 않다. 그러나 레미프들은 셋 중 한 명이 마법사라고 해도 과언이 아닐 정도로 마법에 능했다. 물론 그들이 생각하는 마법과 인간이 생각하는 마법은 체계가 다르니, 어느 한쪽이 다른 한쪽에 완전한 우위에 서는 것은 또한 아니었다.

어쨌든 그런 레미프들 중에서도 가장 강한 마법사가 왕, 즉 홉트가 되는 것이었다. 그래도 타냐는 기죽지 않았다. 평균은 인간보다 레미프들이 위일지 모르지만 최상위 레벨에서의 싸움이라면 타냐도 지지 않을 자신이 있었다.

"루티아가 위험에 처해 있다고 했나? 그것은 그쪽에서 스스로 해결해야 할 게야. 왜냐하면 루티아는 루티아 자신의 힘에 의해 멸망할 처지에 놓여 있으니까."

"방금 뭐라 하셨습니까? 루티아 내부의 힘?"

타냐는 후딘틴이 단어의 착오를 일으켜 잘못 말한 것이길 바라며 물었다.

"그렇다. 그리고 그 엄청난 힘은 우리까지 누르려 하고 있지. 솔직히 말해 나마저도 그 힘에 억눌리지 않기 위해 겨우 버텨야 할 정도로 강력하다. 그대의 말대로야. 루티아의 마스터가 상대라면 방심은 금물이지."

식은땀이 흘렀다. 지금 후딘틴은 조용히 말하고 있으나 말의 내용이 호의적이진 않았다.

"바로 그 힘이 '모즈'들과 함께 우리들을 공격하려 하고 있다."

언뜻 후딘틴의 보이지 않는 힘은 타냐를 따뜻하게 감싸 주는 것 같았다. 하지만 그녀가 손가락 하나라도 까닥이면 후딘틴은 간단히 그녀의 목을 부러뜨릴 수 있었다. 그걸 저항하면 타냐는 움막에 있는 모든 레미프들을 다 죽일 각오로 싸울 수밖에 없었다.

'상황을 알기 전까지는 복종하는 편이 낫겠어.'

타냐가 물었다.

"모즈가 뭐죠?"

"우그나 레미프처럼 두 발로 서고 지능을 가지고 있지만 태고의 연못에서 기어 올라온 듯 괴이하게 생긴 괴물이지."

"지금 루티아를 공격하고 있는 그 괴물들이 여기 라든도 공격하고 있다는 뜻입니까?"

"그렇다네. 그리고 그들을 루티아로 끌어들이는 건 루티아의 마법사야."

"말도 안 됩니다!"

타냐는 저도 모르게 힘을 썼다. 목에 건 구슬이 저절로 허공에 떠올랐다. 타냐는 서둘러 냉정을 되찾고 공중에 떠오르는 구슬을 도로 진정시켰다.

후딘틴은 그런 모습을 보고 빙그레 웃었다. 타냐는 홉트의 미소 속에 담겨 있는 의심을 읽어 냈다. 레미프들은 눈이 커서 쉽게 마음을 읽을 수 있었다. 아니, 아예 레미프들이 쓰는 언어에는 '거짓말'이라는 단어가 없었다. 마스터 골베인이 그녀에게 레미프어를 가르칠 때 제일 먼저 알려 준 상식 중 하나였다.

"혹시 그 마법사가 저라고 생각하시는 겁니까?"

타냐가 물었다.

"우리들이 처한 위험 수준을 생각하자면 경비들이 자네를 살려서 데리고 온 것도 살생을 싫어하는 우리 천성 덕분이지."

"어떻게 하면 오해를 풀어 드릴 수 있겠습니까?"

"우리 처지를 이해해 주고 지금 자신이 놓인 상황을 이해한다면, 쉽지. 우선 그 구슬을 내려놓게."

그것은 기사에게 칼과 갑옷을 벗으라는 것보다는 차라리 파티에 나서는 귀족 여인에게 드레스를 벗으라는 말에 가까웠다. 그러나 이미 타냐에게는 선택의 여지가 없었다.

타냐는 목걸이를 풀었다. 보이지 않는 손이 목걸이에 걸린 구슬을 쥐어 후딘틴 앞으로 가져갔다. 그는 구슬을 자신의 발 앞에 놓인 하얀 천 위에 내려놓더니 말했다.

"뒤를 보게."

어깨너비가 타냐의 두 배는 족히 될 것 같은 근육질 덩치의 레미프가 서 있었다. 날개는 상대적으로 작았지만, 칼로 찔러도 안 들어갈 것 같은 탄탄한 근육은 인간과 비교할 게 못 되었다. 그자는 반만 뜬 눈으로 타냐를 보더니 후딘틴에게 레미프어로 뭐라고 말했다.

후딘틴은 곧 타냐에게 말했다.

"그는 여기 라든의 군대를 지휘하는 판커틴이다. 따라가게. 다시 오면 이 구슬을 돌려주겠네, 마스터 타냐."

판커틴은 말없이 앞서 걸어갔다. 타냐는 판커틴의 넓은 등만 보며 따라가다가 주위로 시선을 돌렸다. 시야에 들어오는 숲 전부가 라든의 영역이라고 가정하면, 이곳은 그중에서도 중심가임에 분명했다. 레미프들도 많았고 집도 다른 곳에 비해 밀집해 있었다.

나무가 없는 넓은 곳에서는 많은 레미프들이 칼과 창으로 전투 훈련을 받거나, 활 쏘는 연습을 하고 있었다. 호기심 가득한 꼬마들이 타냐에게 몰래 다가와 뭐라고 말을 걸었지만 알아들을 수가 없었다. 그 외 대부분은 판커틴이 무서워 제대로 접근하지도 못했다.

판커틴이 안내한 곳은 이 마을 기준으로는 특이하게도 돌로 지어진 집이었다. 그는 문을 두들기며 말했다.

"시나비아."

"쿠무 에이프."

안에서 부드러운 여자의 대꾸가 들렸고 판커틴은 문을 열어 주었다. 무섭게 쏘아보는 시선은 무언의 경고였다.

'허튼짓 마라.'

타냐는 자신에게 구슬이 없다는 손짓을 보였다. 판커틴은 고개를 끄덕이며 물러났고 타냐는 그를 지나쳐 안으로 들어갔다.

'내가 구슬이 없으면 마법을 못 쓰는 줄 아나 보군. 그럼 그렇게 알게 두자.'

안은 창문 없이 기름 등불만 두 개 켜 있어 어두웠다. 벽에는 장식물이나 가구 하나 없이 깨끗했다. 바닥에 깔린 양탄자에는 기하학적인 무늬가 나무의 형태로 보이게 수가 놓여 있었다. 양탄자 끝에 레미프 여인이 한 명 앉아 있었다.

한쪽으로 늘어뜨린 옅은 색 머리카락은 즈비 족으로서는 드물게도 아주 길었다. 하얗고 얇은 옷 위로 머리카락이 작게 솟은 가슴과 배를 덮었다. 등불 아래에서 희미하게 보이는 얼굴 윤곽은 도자기처럼 매끄러웠다.

레미프 여인은 손을 내밀어 타냐에게 말했다.

"즈딥트 드루부, 타냐."

그리고 약간 어색한, 그러나 홉트보다 훨씬 정확한 억양의 아크랜드 공용어로 말을 이었다.

"거기 앞에 서세요, 타냐. 제 이름은 시나비아예요."

듣는 사람이 남자라면 그 목소리만으로 유혹당할 정도로 아름다웠다. 자신의 거친 목소리에 비교하고 싶지 않았으나, 무시하기도 힘들었다.

"옷을 벗어요."

타냐는 이 레미프가 제대로 된 단어를 선택해서 말한 건가 의심스러워하며 물었다.

"옷을?"

시나비아는 나직이 웃음을 터트렸다.

"참, 허락을 먼저 받아야겠지요? 예, 당신들 우그들도 우리와 거의 신체 조건이 같고 수치심도 같지요. 하지만 염려 마세요. 이 방은 제 허락이 없으면 누구도 들어오지 못합니다. 그리고 전 앞을 보지 못해요."

시나비아는 귀가 보이게 머리카락을 넘기고 타냐 쪽으로 살짝 고개를 기울이고 있었다. 그녀가 느릿느릿 말을 이었다.

"세상을 보는 눈을 얻은 대신 앞을 보는 능력을 잃었지요. 저는 당신의 현재가 아니라, 과거를 보려 해요. 그래서 당신이 우리에게 위협을 가할 존재인지 아닌지 알아볼 거예요."

"그래서 당신들의 홉트가 저를 이곳에 보냈군요."

"그럴 수밖에요. 지금 제 힘은 한정되어 있습니다. 그건 루티아의 힘이 저를 억압하고 있기 때문이에요. 우리는 그 사실을 알아낸 순간 루티아와의 교역을 끊고 누가 배신자이며, 무슨 목적으로 우리를 공격하려고 하는지 알아내려고 노력하고 있지요. 그래서 루티아의 마법사인 당신에게 이런 무례를 저지를 수밖에 없답니다."

"알았어요. 제가 당신들에게 믿음을 주려면 제가 먼저 당신들을 믿어야겠지요."

타냐는 천천히 옷을 벗었다. 상관없을 줄 알았지만 막상 벗고 나니 아무리 장님 앞이라 해도 수치심이 드는 건 사실이었다.

"그러고 보니 당신이 찾으려고 온 그 사람도 같은 과정을 거쳤습니다. 아주 재미있는 과거를 가진 우그더군요."

"카셀도? 그가 여기에 있습니까?"

타냐는 벗어놓은 옷을 옆으로 내려놓으며 물었다.

"그래요. 이 방을 무사히 나가면 그를 만날 수 있을 거예요."

타냐는 그녀가 '무사히'라고 말한 부분이 신경 쓰여 물었다.

"만약 제가 루티아의 배신자라면 어쩔 생각입니까?"

"죽습니다."

아름다운 목소리와 외모에 어울리지 않게 시나비아의 대답에는 망설임이 없었다. 그녀는 얼굴의 절반을 가린 머리카락을 옆으로 살짝 밀고 눈을 떴다. 그 순간 타냐는 강한 빛을 쐰 것처럼 눈이 부셨다. 타냐는 휘청하고 뒤로 물러섰다가 겨우 균형을 잡았다.

시나비아는 다시 눈을 감고 있었다.

"슬픈 과거가 있군요."

"사정상 당신의 뜻에는 따랐으나, 비밀은 지켜 주시겠죠?"

"그런 '먼 과거의 일'은 상관이 없습니다. 볼 생각도 없었고요. 제가 보고자 한 건 최근의 과거였습니다. 하지만 당신의 잠재의식이 워낙 먼 과거의 일에 집중되어 있어 저절로 보인 것입니다. 사과드리지요. 그리고 그 기억은 제 안에서 타 없어졌다고 생각하셔도 좋습니다."

눈을 감은 채 미소 짓는 시나비아의 얼굴을 보니 화가 났다가도 삼킬 수밖에 없었다.

'이 레미프의 앞에서 카셀도 벌거벗은 채 서 있었다는 거지? 그는 무슨 생각을 하고 무슨 대화를 나눴을까?'

시나비아가 말했다.

"최근에 가까이하기조차 싫은 암흑의 마법사를 둘이나 만났군요. 당신의 기억 속에서 하나는 죽지 않는 자들의 군주, 그리고 또 하나는 루티아의 마법사군요."

"어제 만난 마법사가 루티아의 마법사인지 아닌지는 아직 모릅니다. 둘은 둘이 아니라, 같은 존재일지도 모릅니다. 로브의 색깔이 다르다고 속까지 다른 마법사랄 수는 없지요."

"당신은 이미 알고 있어요. 한 명은 당신과 완전히 다른 존재고 한 명은 당신과 같은 종류의 마법사죠. 당신 스스로 그 추리를 엮어 나가면 누구인지 정확하게 지목할 수 있을지도 몰라요."

"제가 그자의 정체를 알고 있단 말입니까?"

"지금은 모르지만 곧 알게 될 거예요. 그러니 알게 된다면 제일 먼저 저에게 알려 주시길. 그리고 죽지 않는 자들의 군주는 하늘 산맥에 들어오지 못합니다. 그자가 화이트 게이트에 들어오지 못했듯."

"자세히 알고 싶군요."

"저는 당신의 기억 속에서 지식을 얻었습니다. 저보다 당신이 더 많이 알겠죠. 그 이상은 모릅니다. 해답을 찾으세요. 당신은 생각보다 더 많은 것을 알고 있어요. 아, 그리고!"

시나비아는 손가락을 하나 들며 말을 이었다.

"아란티아의 홉트는 대단한 분이시군요. 기억 속에서 보이는 그분의 힘은 저 같은 작은 존재의 힘과는 비교할 수가 없네요. 과연 하늘 산맥 북쪽의 가장 위대한 우그라는 말이 틀린 게 아닌가 보네요."

"그분은 제 상식으로는 알 수 없는 분입니다. 당신이 그분을 제 기억에서 보셨다면 아마 왜곡되어 있을 겁니다."

"그런 말씀 하나하나에도 그분에 대한 당신의 존경심이 깊이 느껴지는군요."

시나비아는 빙그레 미소 지었다.

"자, 이제 됐어요. 타냐. 끝났습니다. 당신은 루티아의 배신자가 아니며 라든에 해를 끼칠 이유도 전혀 없는 분이시군요. 이 방을 나가셔도 좋아요."

타냐는 다시 옷을 입었다. 눈이 보이지 않는다고는 하나, 시나비아는 마치 앞이 다 보이는 것처럼 행동했다. 과거를 끌어내어 보듯 현재도 다른 힘을 이용하여 볼 수 있는 것처럼 느껴졌다.

"아, 타냐. 저 역시 그 두 암흑 마법사의 존재에 대해서는 잘 모르지만, 오늘 새벽 당신이 만난 '인간이 아닌 존재'에 대해서는 알고 있습니다."

타냐는 문을 나서려다 멈칫했다.

"거대한 생명체 얘기죠? 저에게 암흑의 불길을 뿜은 괴물."

시나비아는 고개를 끄덕였다. 타냐는 밤새 궁금했던 부분을 물었다.

"그건…… 드래곤입니까?"

"맞습니다. 그분은……."

타냐는 시나비아가 드래곤을 상대로 존칭을 쓴다는 사실을 놓치지 않았다.

"……프보에 족의 수호 드래곤 중 한 분인 '구아닐'입니다. 프보에 족이 아무리 우리와 적대 관계라 해도 지금까지 서로 드래곤을 끌어들여 싸움을 한 적은 없었습니다."

"암묵적인 규칙이었겠군요. 왜 그 규칙이 깨진 거죠?"

"거기에 대해서는 '오파이'가 대신 설명해 줄 거예요."

"오파이가 누구입니까?"

"본래 이름은 오푸 아이붐. 우리말로 '한 팔'이라는 뜻이지요. 그를 좋아하는 여자들이 오파이라는 애칭으로 부르다가 그게 이름처럼 굳어졌습니다. 구아닐의 문제로 이 마을에 머물고 있는 우그이며, 그가 바로 당신이 찾는 첫 번째 의문의 해답입니다."

첫 번째 의문, 툭툭이가 누구인가?

방금 시나비아는 툭툭이를 오파이라고 불렀다.

'정체는 안 밝혀지고 이름만 늘어나고 있군.'

타냐는 수수께끼가 더 늘어나는 걸 원치 않았다.

"카셀은 어디 있습니까?"

"이 집을 나서면 금방 찾을 수 있을 거예요."

타냐는 살짝 고개만 까닥여 인사하고 문을 열었다. 문을 열고 나서자 무거운 것을 벗은 것처럼 홀가분해졌다. 후딘틴에 이어 연속 두 번으로 저런 위압감을 가진 와자이브트를 만난 것이 하늘 산맥을 밤새도록 달려온 것보다 더 피곤했다.

'카셀이 이 두 레미프를 연속해서 만났다면 지금쯤 어디 기절해 있겠군.'

마법사도 버티기 힘든 압박을 보통 사람이 받았다면 적어도 반나절은 제정신으로 있지 못할 것이라는 생각이 퍼뜩 들었다. 타냐는 어디에서 그를 찾을 수 있을까 걱정했으나 시나비아의 말대로 금방 찾을 수 있었다.

카셀은 두 집 건너 오른쪽에 있는 길가에서 레미프 꼬마들과 공깃돌 놀이를 하고 있었다.

카셀은 어찌나 놀이에 집중을 하고 있는지 타냐가 바로 옆으로 다가와도 모르고 있었다.

꼬마 레미프들은 존경심을 담은 시선으로 돌을 던졌다 받는 카셀의 손동작을 유심히 관찰하고 있었다. 시범이 끝나자 꼬마들은 레미프의 언어로 요란하게 떠들면서 그대로 따라 하기 시작했다.

"목숨을 걸고 당신을 구하러 왔더니 여기에서 애들과 놀고 있군요. 이럴 줄 알았으면 그냥 루티아로 돌아가 버릴 것을 그랬습니다."

타냐가 그의 등 뒤에 대고 차갑게 말했다.

"타냐!"

카셀은 벌떡 일어나 타냐의 손을 덥석 잡았다. 밤사이 몇 번이나 뒹굴었는지 얼굴이 마른 진흙으로 지저분했고, 헝클어진 머리카락이 눈썹 위를 덮고 있었다. 있는 감정 없는 감정 다 드러내고 활짝 풀어지는 얼굴을 보고 있자니, 타냐는 화가 날 지경이었다.

"아아, 당신이 와 줄 거라고 믿었어요. 혼자서 얼마나 무서웠는지 몰라요."

타냐는, 돌멩이를 이용해 손 놀이를 하는 건지 자기가 던져 올린 돌멩이가 땅으로 떨어지는 과정을 구경하는 건지 모를 꼬마들을 힐끗 내려다보았다.

"돌을 쥔 레미프 꼬마 다섯 명이라는 엄청난 병력에 포위당했으니 무서워할 법도 하군요."

카셀은 어색하게 웃었다.

"무시무시하죠. 애들 놀아 달라는 표정이 고양이 못지않네요."

"농담하는 게 아닙니다."

타냐는 좀 더 강한 어조로 말했고 카셀은 쩔쩔매며 사과했다.

"죄송합니다. 하지만 이해해 주세요. 저도 사실 지금 죽을 지경입니다."

"피곤해서?"

"아뇨. 무서워서요."

카셀은 불안하게 왼손으로 오른손을, 그다음에 오른손으로 왼손을 쥐고 주물럭거렸다.

"지금 전 조금만 정신을 놓으면 기절할 것 같아요. 공깃돌도 그래서 시작한 것이지, 딱히 애들을 가르치려고 했던 건 아니고……."

"공깃돌 얘기는 빼고 상황이나 설명하십시오."

"전 드래곤한테서 밤새도록 쫓겨 다녔어요. 그야말로 밤새도록 이 요! 그리고 이곳으로 들어서면서 겨우 살았다 싶었는데 늙은 레미프가 절 쏘아보는 게 거의 드래곤 같았어요. 특히 발가벗고 시나비아라는 여 자 앞에서 뭔가 점검당할 때는 정신이 혼미해질 정도였어요. 정말 아름 다운 여자였지만 역시나 아름다움에는 항상 독이 있는 거죠. 새나디엘 폐하나, 아즈윈이나, 타냐처럼요."

"그 목록 안에 억지로 저를 끼워 넣지 않아도 됩니다만?"

"네, 뭐가요?"

"됐습니다. 뒤돌아보십시오."

타냐는 카셀이 또 변명을 하려는 걸 막고 단호히 말했다.

카셀은 우울한 표정으로 뒤를 돌았다.

"강력한 마법의 힘을 세 번이나 경험해서 몸이 흥분한 것뿐입니다. 당신은 죽지 않는 자들의 군주 앞에서도 칼을 들고 설쳤던 사람인데, 레미프 마법사 두 명 만났다고 진짜로 무서운 건 아닐 겁니다. 그래도 용케 기절하진 않았군요."

타냐는 카셀의 셔츠를 들추고 그의 등에 손바닥을 댔다.

"좀 진정시켜 드리지요. 그동안 밤사이 무슨 일이 있었는지 얘기해 주십시오."

"어디서부터 얘기하면 좋을까요?"

카셀은 잠시 기억을 반추하려다가 레미프 꼬마 둘이서 공깃돌 가지 고 다투는 것을 보고 중재해 주었다. 하지만 흥분한 꼬마들은 날개를 파닥거리면서 말을 듣지 않았다. 허공에 둥둥 떠 있는 작은 발로 서로를 걷어차는 모습이 귀여웠다. 다리가 짧아서 서로를 맞추지 못하는 데다가 가끔 자기 힘에 자기가 못 이겨 공중에서 헛돌기도 했다.

카셀은 버럭 소리 질렀다.

"자드!"

씩씩거리면서도 결국 꼬마들은 다시 앉았고 공깃돌 놀이를 시작했다.

타냐는 의아해하며 물었다.

"레미프어 하시네요?"

"여기 와서 몇 마디 배웠어요. 아까 이 아이들이 저에게 계속 '자드, 자드.'라고 해서 대충 앉으라는 뜻이라고 짐작하고 있었지요."

"그러고 보니 아란티아에서도 저에게 레미프어 몇 마디를 물어본 적이 있지 않습니까? 칼이 말을 했다면서⋯⋯."

"아! 그래서 레미프들이 하는 언어가 좀 귀에 익숙했군요."

카셀은 크게 고개를 끄덕였다.

타냐는 카셀의 등에서 손을 뗐다.

"이 정도만 해두면, 갑자기 기절하는 일은 없을 겁니다. 그렇다고 피로까지 없애 준 건 아니니까 조금 이따 주무셔야 합니다."

"아아, 정말이네요. 고마워요. 타냐는 괜찮아요?"

"전 마법사니까 괜찮습니다."

"마법사라도 서서 얘기하는 것보다는 앉는 게 좋죠?"

카셀은 옆에 있는 나무 의자 두 개를 끌어다 앉았다. 두 명의 인간이 길가에 있는 것을 보고 신기해하는 레미프들이 조금 있을 뿐 큰 반향은 없었다.

레미프와 해마다 교류를 하는 루티아에서도 한번 그들이 나타나면 다들 구경하러 가곤 했다. 하지만 이곳 레미프들의 시선에서 두 사람은 그저 고립된 마을에 외부인이 들어온 정도로 비춰지는 모양이었다.

'좀 더 신기해해야 하는 게 아닐까?'

타냐는 툭툭이를 떠올렸다.

'이 마을에는 오파이라는 인간이 살고 있는 거야. 그래서 인간이라는 존재에 대해 큰 신비감을 갖지 않게 된 거고.'

카셀이 시작한 이야기의 주인공도 오파이였다.

"커다란 괴물의 입이 열리고 검은빛이 쏟아져 나올 때 저는 꼼짝 없이 죽는다고 생각했습니다. 그때 숲에서 누군가 저를 낚아채서 그 어둠의 불길로부터 구해 주었죠. 나중에 알았지만 그 사람을 라든에서는 오파이라고 부르더군요. 오파이는 저를 풀숲에 던져 놓고 드래곤과 마법사가 사라지길 기다렸죠."

"카셀은 그 괴물이 드래곤이라는 걸 바로 알았나요?"

"나중에 알았습니다. 프보에 종족의 수호 드래곤 중 한 마리라고 그러더군요."

타냐는 그의 얘기를 끊지 않기 위해 고개만 끄덕였다.

"오파이는 저를 끌어당겨 무작정 내달렸어요. 처음에는 좀 무서웠죠. 대체 누구지, 이 사람은? 제이메르와 타냐는 어떻게 된 거지? 온갖 걱정을 다 했죠. 하지만 드래곤이 쫓아오고 있으니, 그런 걱정을 할 겨를도 없이 생판 모르는 사람을 쫓아갈 수밖에 없었어요."

타냐는 카셀의 얘기에 자신이 봤던 흔적들을 대입했다.

"가까스로 괴물의 시야가 닿지 않는 나무 밑에 숨었을 때, 전 오파이에게 동료들이 걱정된다고 말했죠. 그러자 그는 둘 다 불길에서 피했으니 염려 말라고 했어요. 특히 당신은 그 불길을 옆으로 비껴 내기까지 했다고 하더군요. 솔직히 그 순간에 믿진 못했어요. 제 눈에는 타냐가 불길에 휘말린 것처럼 보였거든요."

타냐는 카셀을 구하면서 동시에 그런 상황까지 관찰할 수 있는 사람이 누군지 더욱 궁금해졌다. 그러나 카셀은 객관적인 상황과 결말만 전달하면 그만인 이야기를 얄밉게도 기승전결을 구성해서 말하고 있었고 타냐는 또 그게 재미있어서 계속 듣게 되었다.

"당시의 저는 오파이의 정체를 모르고 있는 상태라, 무서웠죠. 그때 제이메르가 절 부르는 목소리가 들리더군요. 전 가야 한다고 말했죠. 하지만 오파이는 저 목소리를 들은 건 적도 마찬가지니 쫓아가지 말라더군요. 오파이는 제 손을 잡고 뛰기 시작했습니다. 우습게도 그때까지도 저는 오파이가 한 팔뿐이라는 사실을 모르고 있었습니다. 오파이라는 단어는 레미프 언어로……."

"한 팔."

"네. 그 외팔의 남자는 이상한 곳으로 저를 계속 끌고 갔어요. 저는 폭발 때문에 귀도 멍하고 정신도 없어서 거의 반 시간 동안이나 끄는 대로 끌려가기만 했었죠. 지쳐 죽을 것 같더군요. 쉬자고 했지만 오파이는 '구아닐'이 쫓아온다면서 멈출 수 없다고 하더군요."

카셀은 가끔 얘기를 하다 보면 이성을 잃고 전력을 다하는 경향이 있었다. 그래서 자기가 당시 상황을 재현하기 위해 목소리까지 흉내 내고 있다는 것도 의식을 못했다. 대신 듣는 사람은 그의 목소리에 빨려 들어가 금방 얘기에 집중하게 되었다.

"제가 물었죠. '구아닐이 뭐죠?' 그가 말하길, '프보에 족의 수호 드래곤이다.' '프보에는 뭔데요?' '질문은 나중에 하지 않겠나? 그놈이 내열 걸음을 따라잡는 데는 두 걸음이면 충분하단 말이다. 더구나 너라는 혹까지 달고 달아나는 게 보통 어려운 게 아니야!' ……저는 어디를 가든 혹 취급이죠. 그래도 딱 하나는 대답해 달라면서 물었어요. '왜 드래곤이 저를 쫓아오는 거죠?' 그는 오히려 당연하지 않냐는 듯 말하더군요. '네가 울프 기사단의 캡틴이니까!'"

타냐가 쫓아오는 내내 가졌던 의문 중 하나였다. 정체불명의 마법사도, 정체불명의 드래곤도 카셀을 공격했다. 그리고 카셀을 구한 툭툭이 역시 카셀이 누구인지 알고 있었다. 카셀이 울프 기사단의 캡틴으로 공식적으로 인정받은 건 날짜로 치면 나흘도 되지 않았다. 그런데 그걸 어떻게 하늘 산맥에 있는 사람이 알 수 있단 말인가?

"저는 놀라 어떻게 그걸 알았는지 물었죠. 그런데 그가 말하길, '그걸 몰라서 묻나?'라고 하지 않겠습니까? 그때는 그게 무슨 뜻인가 싶었죠. 하지만 그의 목소리에는 확신이 차 있었고 점점 그에게 믿음이 갔죠."

"당신이 캡틴이라는 건 마스터 데다인도 믿지 않았던 사실인데 어떻게 처음 보는 사람이 알 수가 있습니까?"

타냐는 궁금함을 참지 못하고 물었다.

"저 역시 그게 궁금해, 먼저 그의 이름을 물었죠. 그제야 그의 이름이 오파이라는 걸 알았죠. 레미프 족과 같이 생활한 게 3, 4년은 되고, 그들이 자기에게 오파이라는 이름을 지어 주었다고 말해 주었고요. 외팔이 전사라는 뜻의, 오푸 아이븜 위바오브. 아아, 저는 레미프 언어의

'브' 발음이 정말 마음에 들더군요."

타냐는 그딴 건 됐고 얘기나 빨리해, 라고 소리치고 싶었다.

"인간 이름은 안 가르쳐 주더군요. 오히려, '캡틴 울프라면 나 정도는 금방 알아야 하지 않아?' 하고 웃으면서 말하더라고요. 안 본 사람을 제가 어찌 알겠습니까? 그 순간 구아닐이 우리 뒤를 바짝 쫓아왔어요."

카셀은 목소리를 낮추었다.

"그때 저는 꼼짝 없이 죽었다고 생각했지요. 우리 둘은 나무 뒤에 숨었죠. 저는 그 괴물이 주위 나무를 모조리 부러뜨리고 자기 몸을 활짝 펼치는 광경을 봤는데, 세상에 그 거대한 몸집이라니! 가넬로크의 드래곤 기사단은 저 엄청난 크기의 생명체와 어떻게 같이 생활할 수가 있었을까, 익셀런 기사단은 어떻게 저 크기를 죽일 수 있었을까 하는 느긋한 상상이나 하면서 절망했죠. 드래곤이 우리 있는 장소를 발견하자 오파이가 갑자기 칼을 뽑더니 그 앞에 서더군요. 그리고 레미프의 언어로 말하니 그의 칼이 빛을 내기 시작했죠. 마치 마스터 아이린의 검처럼요."

"마스터 아이린의 검?"

타냐의 눈썹이 꿈틀 움직였다.

"아세요? 베나 에사르크. 여왕 수호기사만 가질 수 있는 베나 실크와 동급의 검이죠. 그런데 오파이가 가진 검도 베나처럼 빛을 내면서 구아닐의 앞을 가로막았어요. 위험한 상황이었지만 저는 그 와중에도 그 장면을 한 편의 멋진 그림으로 남기고 싶다는 생각까지 들더군요. 그 빛 앞에서 구아닐은 암흑의 불길을 토해내지도, 거대한 발로 그를 짓밟지도 못했어요. 그냥 주위를 맴돌다가 뒤로 물러났죠."

타냐는 그제야 카셀의 동행이 남긴 발자국과 드래곤이 남긴 발자국이 겹치는 부분의 의미를 깨달았다.

"베나 에사르크란 건 드래곤을 막을 수 있을 정도의 검이었군요."

타냐가 말했다.

"저도 같은 걸 물었어요. '그건 드래곤의 진격을 막는 마법 검입니까?' 지금 생각해 보니 참 멍청한 질문이었군요. 그는, '베나 에사르크와 비슷한 검이지.'라고 하더군요. 그래서, '거참, 위험한 검이군요.' 했더니, '이게 위험해? 그럼 네가 가진 검이 위험하다는 생각은 하지 않나? 베나보다 더 강한 검이 세상에 딱 하나 있다면 그건 자네가 가진 즈토크 워그가 아닌가?'"

"즈토크 워그?"

카셀은 아란티아의 보검을 들었다.

"'늑대의 검'이라는 뜻이라더군요. 베나 실크보다 더한 검이라니 위험하긴 한가 보네요."

부담감이 카셀의 표정 곳곳에 묻어 있었다.

"그럼 그 암흑의 마법사도, 오파이도 그 칼을 보고 당신이 캡틴 울프라고 추측했나 보군요."

아란티아의 보검에는 어둠 속에서도 스스로 빛을 내는 보석이 박혀 있으니, 어둠의 마법사도 오파이도 캡틴 카셀의 위치를 정확히 알아낸 것이었다. 드래곤이 고함을 지르고 있는 제이메르를 죽이러 가지 않고 사라진 카셀을 쫓아간 것도 비슷한 맥락이었다. 그들은 카셀을, 정확히는 아란티아의 보검을 표적으로 하고 있었다.

즈비 레미프

‘아니, 아무리 보검이 빛을 낸다고 그 넓은 하늘 산맥에서 정확히 찾아내? 그건 누군가 데다인의 이동 경로를 알고 있고 데다인의 일행 중에 캡틴 울프가 섞여있다는 것도 알고 있었다는 뜻이야. 이건 우연히 발견해서 공격을 한 게 아니라 준비된 기습이야.’

타냐가 골똘히 생각하는 동안 카셀의 얘기는 계속 이어졌다.

“우린 검은 드래곤의 추격을 피해 계속 산을 내려왔죠. 갑자기 오파이가 걷는 속도를 줄이더니, 하늘 산맥을 다 내려왔으니 안전하다고 그러더군요. 여기서부터는 ‘논틸’의 영역이니 구아닐도 오지 못할 거라고.”

타냐는 손을 내밀었다.

“잠깐만요. ‘논틸’이라는 건 이곳 레미프들이 모시는 수호 드래곤의 이름이겠죠?”

“아, 금방 짐작하시는군요. 저는 몇 번이나 물어봐서 알았는데.”

“그럼 ‘하늘 산맥을 다 내려왔다.’라는 건 무슨 뜻이죠? 지금 여기는 하늘 산맥이 아니라는 뜻인가요?”

“저도 당연히 여길 하늘 산맥의 안쪽이라고 생각했어요. 마치 열심히 숲을 걷고 있고 주위에는 나무가 여전히 울창한데 옆에 가던 친구가 숲을 다 빠져나왔다고 말하는 것 같았죠. ‘이봐, 그럼 여긴 숲이 아니라 어디라는 거야?’ 뭐, 이런 느낌이랄까요?”

카셀은 웃으며 말했으나, 타냐가 전혀 호응하지 않자 정색하고 말을 이었다.

“레미프들이 생각하는 하늘 산맥과 우리 인간들이 생각하는 하늘 산맥은 사실 비슷한 개념이더군요. 오파이가 설명하길, 인간들은 하늘 산맥을 '남쪽을 가로막는 거대한 경계'라고 생각하고 레미프들은 하늘 산맥을 '북쪽을 가로막는 거대한 경계'로 여긴다더군요. 즉, 여긴 하늘 산맥 안이 아니라 하늘 산맥을 넘어서 존재하는 또 다른 대륙인 겁니다."

레미프들과 수없이 교류를 나눠 온 루티아 사람들도 여길 하늘 산맥 '안'이라고 하지, 하늘 산맥 '아래'라고 하지 않았다.

"확실히 레미프들은 인간들처럼 이 숲에서 길을 잃고 헤매지 않으니 금지의 영역이랄 것도 없고, 반대로 레미프들은 숲이 없는 아크랜드에서 방향 감각을 잃는다고 했으니⋯⋯."

타냐는 입술을 만지작거리며 중얼거렸다. 카셀은 그녀가 이야기를 곱씹을 시간을 주었다.

"궁금한 게 한두 가지가 아니지만 꼭 알아야 할 건 두 가지로 좁힐 수 있군요. 어째서 프보에 종족의 수호 드래곤이 인간을 공격한 것이고, 그 오파이란 사람은 누군데 레미프들과 같이 살고 있습니까?"

갑자기 두 사람의 뒤에 기척도 없이 나타난 남자가 말했다.

"프보에 레미프 부족들 중 하나가 자기들 수호 드래곤을 앞세워 안 좋은 음모를 꾸미고 있다."

그 남자의 한쪽 소매는 비어서 헐렁거렸고 다른 쪽 손에는 연기가 피어오르는 연초 파이프가 들려 있었다. 길지 않은 검은 머리카락이 찰랑거리는 외팔이 남자는 느긋하게 파이프를 물고 웅얼웅얼 말을 이었다.

"물론 그 드래곤이란 구아닐을 말하는 것이고 그 목표는 즈비 종족뿐 아니라 인간까지 포함되어 있지. 첫 번째 목표는 '루티아'와 이곳 즈비 레미프 족의 나라 '라든'이다. 그리고 나는 그 문제를 돕기 위해 여기에 머물고 있지."

그 남자는 메마른 얼굴에, 옷차림은 초라했고 눈까지 졸린 듯 반쯤 감고 있으니 드래곤에 맞섰다는 강한 인상은 보이지 않았다. 뺨과 코, 턱에 손가락 한 마디 길이의 수염이 골고루 자라 있는데 딱히 불결해 보이지는 않았다.

카셀과 얘기하던 흐름 탓에 타냐의 시선은 저절로 그가 차고 있는 '베나 에사르크와 맞먹는 검'으로 갔다. 칼집에는 일주일쯤 연구해야 겨우 해석할 수 있는 고대어들이 빼곡히 적혀 있었다.

"다른 질문 있나?"

그는 연초 연기를 푹 내뿜으며 물었다.

"아무래도 당신은 우리가 모르는 일들을 많이 알고 있는 것 같군요."

타냐는 자리에서 일어나 그와 눈높이를 맞춘 후 말을 이었다.

"루티아를 공격하는 게 누구라고요? 저는 정체를 알 수 없는 괴물들이라고 들었습니다만?"

"아하, 모즈들. 그게 루티아를 공격하고 있겠지. 맞아. 그걸 이끄는 게 누구냐고? 글쎄, 나는 그게 루티아의 마법사라고 보고 있었는데 아니었나?"

"후딘틴도 그런 말을 하더군요. 루티아에 배신자가 있다는 뜻입니까?"

"뭐, 너도 대충 그렇다고 짐작하고 있는 거 아니었나?"

표정도 느긋한 사람이 말하는 것도 느긋하니, 초조한 타냐는 그에게 짜증이 치밀었다.

"당신은 대체 누군데 루티아를 모욕하는 말을 함부로 하시는 겁니까?"

타냐는 일부러 강한 어조로 물었다. 가래가 낀 듯 탁한 목소리에 마법사라는 위치와 쏘아붙이는 박력을 합치면 보통 사람들은 타냐와 눈도 마주치지 못했다. 하지만 오파이는 아무렇지도 않게 타냐의 시선을 받으며 파이프를 입술로 우물거렸다.

"그러고 보니 내 소개를 안 했군. 나는 오파이다."

"그건 압니다."

"본명은 로핀이고."

"그러시군요. 아란티아의 보검을 어떻게 알고 계십니까?"

"그야 한때 울프 기사단이었으니까."

질문과 답변이 빠르게 오고 갔다.

카셀이 코를 긁적이며 추가했다.

"은퇴한 네 명의 하얀 늑대들 중 한 명이래요. 퀘이언, 메이루밀, 아이린, 그리고 여기 계신 로핀을 합쳐서 네 명. 다들 어디 갔는지 도무지 연락이 안 되는 한 사람이 있다더니 하늘 산맥 너머에 있지 뭡니까?"

속없는 카셀은 웃기만 했고 로핀은 지저분한 머리를 긁적였다.

"내가 누군지는 다 설명했고……. 또 다른 질문 있나, 마스터 타냐?"

✦ Chapter 13 ✦
오파이

테일드가 아란티아를 자주 방문했고 워낙 새나디엘 여왕을 좋아해서, 타냐는 본의 아니게 울프 기사단에 대해 알게 되었다.

십여 년 전 테일드가 전쟁을 도우러 아란티아로 떠나면서 루티아에 남은 타냐와 떨어져 지내던 시절이 있었다. 둘은 일주일에 한 번씩 편지로 소식을 주고받았는데, 거기에서도 테일드는 울프 기사단에 대한 얘기를 꾹꾹 눌러 담아 두곤 했다. 하얀 늑대들 얘기가 특히 많았다. 그의 연인인 아이린도 하얀 늑대였다. 그러나 편지에 가장 많은 분량을 차지하는 사람은 로핀이었다.

'내가 아는 가장 위대한 마법사는 러스킨이다. 그리고 내가 아는 가장 위대한 기사는 그란돌이지.'

한쪽은 루티아의 그랜드 마스터, 한쪽은 당시 여왕의 수호기사. 당연한 얘기였다. 테일드는 거기에 하나를 덧붙였다.

'하지만 앞으로 가장 위대해질 마법사는 나다. 그리고 앞으로 가장 위대해질 기사는 로핀이다.'

로핀은 당시 울프 기사단 전체에서 맏형 격이고, 퀘이언이 캡틴을 맡기 전까지 실질적인 캡틴 자리에 있었다. 어떤 대결에서 한 팔을 잃지 않았다면 그가 당연히 캡틴이 되었을 것이고, 마스터 그란돌에 이은 수호기사 자리도 그에게 넘어갔을 거라는 게 테일드의 의견이었다. 그는 아란티아를 위기에서 구해 낸 가장 큰 공로자이며 루티아에서조차 존경해마지 않는 최고의 기사였다.

타냐는 그런 수식어에 전혀 관심이 없었다. 그녀가 로핀을 만나고 싶었던 단 하나의 이유는, 그가 테일드의 실종에 대해 가장 많은 정보를 가지고 있는 사람이라는 점 때문이었다. 하지만 온 대륙을 떠돌아다니고 수소문해 봐도 만날 수가 없었다.

흔적조차 없었다. 방랑벽이 있어서 그렇다는 것만으로는 설명이 안 될 만큼! 테일드도 그렇지만 로핀 역시 아크랜드에서 완전히 증발한 것처럼 찾기 어려웠다.

이제 그 이유를 알았다. 엉뚱하게도 그는 하늘 산맥 너머에 와 있었다. 그것도 제이메르보다 더 지저분한 차림에 수염도 안 깎은 얼굴로.

새삼 그를 찾아다니며 고생한 순간들이 억울했다.

'그럼 내가 마스터를 찾아 헤맨 것 역시 헛수고였나? 마스터도 지금 하늘 산맥 어딘가에 은둔해서 도토리나 따고 있을지도 모르는 거잖아.'

타냐는 억울한 상황을 떠올려 보다가 이내 생각을 접었다. 테일드는 로핀처럼 아예 흔적이 없는 건 아니었으니까.

타냐는 오파이의 정체를 듣고 나서 놀란 건 사실이었다. 그러나 놀란 채로 가만히 있으면 온갖 의문이 더 떠올라 머리가 뒤죽박죽 될 것 같아서 제일 먼저 떠오르는 질문부터 했다.

"만약 카셀을 구할 정도로 우리들 가까이에 있었다면 어째서 우리에게 먼저 경고해 주지 않은 겁니까? 적들도 우리의 위치와 경로를 알고 있었고 당신도 알고 있었습니다. 그렇지 않나요?"

"으흥. 알고 있었어."

오파이는, 아니 로핀은 고개를 끄덕였다.

"만약 제가 드래곤의 힘을 쳐 내지 않았으면 우리는 전멸했을 겁니다. 그걸 보고만 있었습니까?"

"이렇게 말할 수 있겠군. 그놈들이 너희들을 기습하리라는 걸 내가 알고 있었듯 그쪽에서도 내 움직임을 알고 있었어."

"서로 알고 있었다고요?"

"정확히는 모르겠지만 감으로 알았겠지. 녀석들은 내가 자기들을 습격할 거라고 생각했던 것 같아. 꽤 몸을 사리더라고. 그런데 내가 먼저 움직여서 너희들과 접촉을 시도해? 자살하러 뛰어드는 꼴이 되겠지."

말 한마디에 연기 한 모금을 내뱉는 그는 말도 거칠었고 어조의 높낮이도 자기 멋대로였다. 가넬로크 쪽의 리듬 있는 억양으로 말했다가 이로피스 식으로 딱딱하게 끝맺음하기도 했다. 알아들을 수 없는 지방 사투리를 섞지 않은 게 그나마 다행이었다.

"그럼 거기에서 카셀을 데리고 숨어 있어야지 않습니까? 왜 굳이 레미프들의 영역까지 데리고 왔지요?"

타냐가 따지듯 물었다.

"흐음, 이 마법사 양반이 화가 나셨나?"

로핀은 파이프를 문 채로 입 주위로만 하얀 연기를 푸욱 내뿜더니 타냐의 어깨에 손을 터억 하니 올려놓았다.

"어이, 타냐."

타냐는 그를 확 노려보았고 카셀은 난처한 얼굴로 '저 로핀······.'이라며 중얼거렸지만, 로핀은 둘 다 개의치 않고 할 말만 했다.

"대체 넌 나와 카셀을 어떻게 쫓아왔나? 카셀의 흔적을 보고 왔겠지. 그쪽에도 너와 동일한 힘을 가진 마법사가 있었다. 너처럼 얼마든지 카셀을 추적해 올 수 있었어. 더구나 드래곤까지 같이 있었단 말이지. 거기에서 내가 뭘 할 수 있었을 것 같나?"

로핀은 타냐의 어깨 위에 얹은 손을 피아노 건반 치듯 두들겼다.

"더군다나 타냐 네가 저쪽 편이 아니라는 걸 어떻게 믿지? 내가 불쑥 튀어나왔으면 넌 날 믿어 줬을까? 루티아 식의 인사와 예의를 갖춰 한 시간쯤 루티아노로 회의를 한 다음, 상황 설명하고 내 입장을 설득하라고? 그럼 구아닐이 '어이쿠, 저 녀석들이 자기소개를 하고 있잖아? 나도 참 예의 없게 뛰어들어서 죽일 뻔했네. 저 친구들이 인사를 끝내는 것까진 보고 죽여야지.' 이러면서 기다려줬을 것 같아? 그냥 하늘 산맥을 벗어나는 쪽이 낫지, 암."

로핀은 올려놓았을 때보다는 부드럽게 어깨에서 손을 치웠다. 그리고 또 그 느긋하고 기분 나쁜 눈으로 타냐를 바라보았다. 마치 '다른 질문 있나?' 하고 묻는 것 같았다.

'어린애 취급이군.'

테일드의 제자가 된 이후로 한 번도 당한 적 없는 대접에 타냐는 화가 난다기보다 황당했다.

카셀이 중재에 나섰다.

"자, 로핀. 얘기를 재미있게 하려고 이상한 예시 들지 마세요. 예의는 지켜야죠. 타냐도 화 푸세요. 로핀은 진짜로 최선의 선택을 한 겁니다. 어찌 보면 혹이 되어 버린 제 잘못이죠."

로핀이 연기로 마른 혀를 적시며 침을 탁 뱉었다.

"하긴 캡틴 울프가 도리어 내 발목을 잡는 역할을 했던 건 놀랄 만한 일이지."

타냐는 참았던 화가 울컥 치밀었다. 전에 타냐가 카셀을 무시하는 말을 했을 때 제이메르가 화를 냈던 일이 떠올랐다. 지금 그 심정이 이해가 갔다. 하지만 카셀이 타냐의 옆에 서서 자기는 괜찮으니 참으라고 말했다.

'아예 이런 쪽으로는 내성이 생긴 모양이군.'

타냐는 전에 그에게 퍼부었던 말이 떠올라 화내기도 애매한 입장이었다.

"로핀, 저는 어떻게 해서 제가 울프 기사단의 캡틴이 되었는지 간단하게나마 설명해 드렸습니다. 그러니 이번에는 당신이 어떻게 레미프들의 마을에 살게 되었는지 얘기해 주세요."

로핀은 아직도 공깃돌 놀이를 하느라 바쁜 레미프 꼬마들을 앞에 두고 바닥에 앉았다. 꼬마들의 숫자가 어느새 여섯 명으로 늘어 있었다. 아이들의 목소리가 요란해지자 로핀이 좀 작게 말하라고 레미프어로 명령했고 아이들은 순종했다.

"앉아 봐. 타냐 너도."

"이제 아예 명령조군요."

타냐는 앉지 않고 말했다. 구슬을 목에 걸고 있다면 아마 저절로 마법의 힘이 발현되었을 것이다. 하지만 구슬 같은 게 없어도 머리카락 정도는 펄럭였다. 카셀은 놀랐지만 로핀은 눈 하나 깜짝하지 않았다.

"너, 테일드 딸이지? 그럼 내 딸도 돼. 그러니까 앉아."

올려다보는 로핀의 눈동자는 강압적이지 않았다. 도리어 앙탈부리는 자신을 귀엽게 바라보는 것 같았다. 타냐에게는 그런 게 더 미칠 노릇이었다.

"진작 얘기를 끝내려고 했지만 여기 있는 캡틴 울프가 동행이 더 올 거라며 기다리라고 해서 아직 아껴 둔 이야기다. 그런데 두 명이라면서?"

로핀이 카셀에게 묻자, 카셀은 타냐에게 물었다.

"제이메르는요?"

"데리고 오지 않았습니다. 지금쯤 데다인을 따라 루티아로 떠났겠지요."

"그 두 사람, 우리를 찾아 나서지 않을까요?"

"제가 데다인이라면 제이메르처럼 통제 안 되는 사람을 데리고 수색하기보다는 그냥 루티아로 데리고 갈 겁니다."

"확실히 그게 낫겠네요."

로핀에게 쏟아 낼 분노는 갈 방향을 잃고 헤매다가 흐지부지되어 버렸다.

타냐는 로핀이 옆에 내려놓은 통나무 의자에 다시 앉았다. 지금 보니 이건 통나무 의자가 아니라 살아서 움직이는 나무 그 자체였다. 사람이 그 위에 앉으면 움직이지 않는 것뿐이었다.

"그런데 동행을 기다리다니요? 제가 올 걸 알고 있었습니까, 카셀?"

타냐가 물었다.

"그렇지 않을까 생각했어요. 그런 사고가 있은 후 타냐가 사라졌으면 저라도 찾아 나섰을 테니까요."

그 상황에서 동료가 도우러 올 거라고 생각한 것이 당연한 건가? 타냐는 그냥 웃고 말았다.

"그런데 내 빌어먹을 친구들은 잘 지내던가?"

로핀이 물었다.

카셀은 로핀의 과격한 말투에 적응하지 못하고 어색하게 웃었다.

"제가 보기에 다들 건강하게 잘 지내십니다. 메이루밀께서는 카모르트에서 저희들을 도와주셨죠. 아이린과 퀘이언께서는 화이트 게이트에서 죽지 않는 자들의 군주를 물리치셨습니다."

"그 염병할 놈과의 싸움이 끈덕지게 우리를 따라다니는군. 그래, 얘기는 그 망할 자식으로 시작해야겠다. 죽지 않는 자들의 군주."

타냐는 저도 모르게 주먹을 꽉 쥐었다. 그 이야기는 짧게나마 메이루밀에게 전해 들은 적이 있었다. 얘기의 막바지에 저도 모르게 울음을 터트려 버렸던 이야기였기에 타냐는 다시 한번 얘기를 듣고 눈물을 흘리지 않으려고 배에 힘을 주었다.

얘기하는 내내 인식하지 못했으나, 로핀은 이미 '죽지 않는 자들의 군주'가 가지고 있는 마력을 한 가지 없애버렸다. 그 존재는 이름을 부르는 것만으로 루티아의 마스터들을 겁주었다. 일반적인 마법사들은 함부로 그 이름을 부르지도 못했으며, 아예 모르는 일반인에게도 알게 모르게 공포감을 주었다. 많이 알고 있는 사람일수록 그 이름에 대한 두려움은 커질 수밖에 없었다. 그런데 그는 그 어둠의 제왕을 이놈이니 저놈이니, 망할 자식이니 하고 불러, 존재 그 자체가 갖는 격을 떨어뜨려 버렸다.

카셀에게 그런 공포를 없애 주는 게 무엇보다 선행되었어야 할 일이었는데 방금 로핀이 해준 셈이었다.

"론타몬 전쟁의 목적이 외부에 알려진 것과 다르다는 것 정도는 알고 있나?"

로핀이 물었다.

"단순한 영토 확장 전쟁이 아니라 뭔가 음모가 있었다는 것 정도는……."

카셀은 침을 꿀꺽 삼키고 말했다.

"전쟁은 론타몬 국왕을 보좌하는 정체불명의 마법사이자 종교 지도자에 의해 시작되었지. 뒤에 알게 됐지만 그 사람은 원래 론타몬 북부에 꽤 큰 영지를 가진 백작이었다."

로핀은 '그 작자 이름이 뭐였더라?' 하고 중얼거리면서 말을 이었다.

"그가 내세운 종교라는 건 다른 종교와 조금 다르지. 그 종교는 죽은 후에 천국에 간다거나 영혼의 영생을 바란다거나, 삶의 지혜와 마음의 평안을 얻는 게 목적이 아니라, 생전에 불멸의 힘을 얻는 게 목적이거든."

"예, 카모르트의 덴모주를 비롯해 많은 지역에 산재해 있는 종교죠. 그리고 붉은 장미 백작처럼 직접적으로 그 힘을 얻은 사람도 있습니다."

카셀은 두려워하는 목소리로 말했다.

"아마 가넬로크나 이로피스에도 그런 사람이 있을걸."

"이로피스에는 그 존재가 나타나 왕실 기사단이 처리했다고 하더군요. 하지만 가넬로크는 아직 소식이 없습니다. 메이루밀이 알아본다고는 했습니다만……."

"넌 카모르트에서 검은 기사를 만나 봤다고 했지?"

"예."

"그리고 그 검은 기사의 갑옷은 익셀런 기사단의 것과 같겠지?"

로핀은 이미 다 알고 있다는 듯 웃는 얼굴로 물었다.

"정확합니다."

"그야 그럴 수밖에. 그놈의 자식이 직접 론타몬의 국왕을 뒤에서 조종해 만든 기사단이 익셀런이니까. 그 기사들은 모두 구슬에 십자가가 박힌 모양의 상징물을 가지고 다녔다는 게 그 증거지. 실제로는 칼이 심장을 찌르고 있는 모양을 상징한 것이고."

로핀은 바닥에 문양을 그려 보였다. 타냐도 대륙을 여행하며 그 문장을 몇 번 본 적이 있었으나, 그때는 별로 관심을 두지 않았다.

"전쟁은 모두 그자의 손에서 시작되고 완성됐다. 먹는 것 외에는 별로 취미도 없는 론타몬의 뚱땡이 왕 작품이 아니지."

"뚜, 뚱땡이요?"

로핀은 강의하는 교수처럼 할 말만 이어 갔다.

"얼굴 둘레가 여자 허리만 하고 허벅지 둘레가 내 허리만 한 자였지. 의자에서 일어나는 데 도움을 얻어야 하므로 시녀는 팔씨름으로 뽑는다나? 남자를 뽑으라 조언해 봤자 그런 놈들은 꼭 수발들어 주는 시종은 여자여야 한다고 고집이지. 허리 아래 존재하는 신체 기관은 배 두께 때문에 보지도 못할 놈이 챙기긴 더럽게 챙겨……."

카셀은 풋 하고 웃음을 터트렸다가 타냐의 눈치를 보며 헛기침을 했다. 사실 타냐도 웃을 뻔했다.

로핀은 여전히 두 사람의 반응을 개의치 않았다.

"오해하지 마. 난 뚱뚱한 사람 좋아해. 내가 각지에 심어둔 술친구는 다 뚱뚱하니까. 하지만 그 황제 놈이랑은 마실 일 없지."

"만나 본 적이 있나 봐요?"

"10년쯤 전에 한번. 전쟁 준비를 하기에, 하지 말라고 다그치면서…… 그랬더니 싫다면서 밥이나 먹고 가라고 한 10인분쯤 되는 음식을 내주더라. 음식 맛은 기가 막히긴 했지만, 그놈의 음탕한 농담을 듣다 보면 식욕이 날 수가 없지. 바로 뛰쳐나가 그 길로 익셀런 기사단을 찾아가서 제일 센 놈 나오라면서 한바탕 붙고 나왔다. 그때 팔을 잃었지."

로핀은 자신의 헐렁거리는 소매를 툭 치며 말했다.

"저, 이런 말씀 드리기 죄송합니다만, 은퇴하신 하얀 늑대들은 지금의 하얀 늑대들에 비해 조금도 기량이 떨어지지 않는다고 들었습니다. 그런데 당신의 팔을 벨 정도의 실력자가 당시의 익셀런 기사단에 있었습니까? 혹시 그게…… 캡틴 웰치?"

카셀이 조심스럽게 물었다.

"그 얘긴 민망하니 잠시 접어 두지. 역사 이야길 하는데 내가 패배한 얘기는 끼우고 싶지 않아. 아, 수정한다. 패배가 아니라 무승부였어. 왜냐면 나도 그 녀석 팔을 베어 버렸거든!"

로핀은 호탕한 척 웃었다. 하지만 억지웃음이라는 게 보였다.

"그놈도 기사도는 있는 녀석이었다. 피를 너무 흘려 실신하기 직전이었는데도 날 얌전히 보내 줬다니까. 아아, 죽을 뻔했어……."

"잠깐 이름 정리 좀 해도 될까요? 황제를 도운 마법사, 당신의 팔을 자른 기사. 두 사람의 이름이 뭐죠?"

"까먹었다 치고 얘길 계속하지."

로핀은 그런 중요한 이름을 까먹었다고 자신 있게 선언하더니 말했다.

"전쟁에 대한 이야기는 생략하고. 다들 지겹게 들어 알고 있을 테니까. 그러니까 마지막 네나드로스 평원 전투에서 캡틴 웰치가 죽은 후 론타몬은 아란티아에서 완전히 물러났고, 전쟁은 마무리되었다……. 내 진짜 얘기는 거기에서부터 시작된다. 그 모든 일의 최고 공로자는 울프 기사단이 아닌 루티아의 그랜드 마스터 테일드였다. 그건 잘 아나?"

"예, 어느 정도는 압니다."

카셀이 대답했다. 테일드가 타냐의 스승이라는 점 때문에 조심스러워 하는 말투였다.

타냐는 무표정하게 로핀의 눈만 바라보며 뒷얘기를 기다렸다.

"테일드는 아란티아에 쳐들어온 거의 모든 군대를 싸움도 못 하게 해 버렸지. 그걸 아란티아 여왕의 저주니, 론타몬 군대의 우둔함이니 하고 멍청한 사람들이 평가하지만, 모조리 테일드의 마법이었어. 그 친구에게 당한 군대는 아마 귀신에 홀린 기분이었을 거야. 칼이라도 뽑고 피라도 흘렸으면 차라리 전쟁의 희생자 명단에라도 올랐을 것을, 걷다가 전투를 마감해 버렸으니 오죽했겠나? 그걸 표현하자니 '저주'라는 단어밖에 없었겠지."

계속 듣고만 있기 힘들어, 타냐가 말했다.

"마스터의 마법은 생명을 해치지 않는 것에 근간을 두고 있습니다. 개인의 힘으로 전쟁의 승패를 결정지을 수 있는 마법사는 루티아에서도 둘 이상 존재하기 힘들죠."

"맞다. 성격은 소심해서 아이린이랑 키스도 벌벌 떨며 하는 녀석이 지팡이만 들었다 하면 천지를 뒤집을 만한 힘을 내곤 했으니, 안하무인이었던 우리 울프 기사단에게는 좋은 선생이 되어 주었지. 물론 아이린을 짝사랑하던 많은 사내 녀석들에게 그 정도 여자를 쟁취하려면 그 정도 조건을 갖춰야 한다는 교훈도 줬지. 아이린은 여전히 씩씩하게 섹시한가?"

워낙 느닷없는 타이밍에서 나온 질문이라 카셀은 한참 후에 대답했다.

"뭐, 강인해…… 보이시더군요. 여전히 아름다우시고요."

"어쨌든 전쟁은 끝났고 테일드는 전쟁을 일으킨 마법사를 찾아 론타몬으로 길을 떠났지."

그때 보낸 테일드의 편지가 타냐가 받은 마지막 편지였다. 조만간 돌아갈 테니 같이 만나 마실 와인을 준비하라고까지 했었다. 타냐는 정성껏 준비한 와인을 따지 못했다.

"론타몬도 귀를 막고 있지는 않았을 터! 몇만 명이나 되는 론타몬 군대를 손바닥 위에서 가지고 논 마법사를 상대로 협상 같은 건 꿈도 못 꾸지. 뚱땡이 왕이 테일드 말에 설설 기었을 걸 상상하면 자다가도 웃는다니까. 테일드는 이 전쟁을 일으킨 주범인 마법사를 내놓으라고 요구했고 론타몬 왕실은 자기들의 마법사를 수배했다. 하지만 그 마법사는……, 이제야 이름이 생각났군! 슈라이튼 백작!"

로핀은 손가락을 튕겼다.

"슈라이튼 백작은 전쟁에서 패배하자마자 북쪽 얼음 땅에 마련한 성으로 숨어 버렸지. 테일드는 백작 놈이 거길 근거지로 삼아 다시 전쟁을 준비 중이라는 걸 알아냈다."

"그래서 하얀 늑대들과 마스터 테일드께서?"

"나, 루밀, 아이린, 그리고 테일드. 퀘이언은 여왕 수호기사가 되어 남았지. 우리 간 사이에 녀석도 꽤 고생했을 거야. 최강의 적수를 상대로 여왕님을 지키는 싸움을 했을 테니까."

카셀이 불쑥 퀘이언의 싸움 부분을 자세히 들려달라고 끼어들까 봐 걱정했지만, 그는 아무 말도 하지 않았다.

타냐도 듣고 싶긴 했지만 지금은 테일드 얘기에만 집중하고 싶었다.

"얼음 성에서의 전투는……. 그런 끔찍한 전투는 다시 떠올리고 싶지 않아. 짧게 말하지. 지루할 정도로 길고 힘든 싸움을 이어 간 끝에 우리는 성의 가장 깊은 곳으로 들어갔지. 거기에서 슈라이튼 백작과 최후의 싸움을 벌였다."

어느 순간 로핀은 파이프의 불씨를 꺼 버렸고 졸린 눈은 활짝 열려 있었다. 오랜 옛날의 전투를 회상하는 영웅의 눈동자는 푸른 잎사귀에 가린 태양을 담았다.

"그때까지 제일 앞에 서서 제일 열심히 '걸어 다니는 시체들'과 '얼음 괴물들'을 부숴 버린 건 아이린이었고, 제일 힘을 써야 할 순간에 제일 지쳐 버린 것도 아이린이었다. 그래서 엄밀히 따지면 그녀를 대신하여 힘을 써야 할 나머지 세 사람이 실수한 거라 봐야 할 거야. 당시 나는 아직 한 팔로 쓰는 검술에 미숙하기도 했고……."

로핀은 담담하게 말하려 애썼지만, 어느 순간 목소리에 힘이 들어가고 말투에는 슬픔이 깃들었다.

"테일드는 백작의 움직임을 잡는 것에 전력을 쏟아부었고 나와 루밀은 녀석의 마법을 막아 내느라 몸도 마음도 만신창이가 되어 버렸다. 그래서 가장 망가져 있던, 가장 지쳐 있던 아이린에게 최후의 일격을 맡겨 버린 거야."

로핀은 후회하고 있었다. 지금도 그게 느껴질 정도로 큰 후회.

"지친 몸으로 아이린은 베나 에사르크를 휘둘렀지만 실패하고 말았지. 난 몇 년이나 울프 기사단에서 아이린을 지켜보았지만 그때처럼 힘 없고 볼품없이 칼을 휘두르는 모습은 처음 봤다. 아이린은 최후의 일격을 실패했고 그 대가로 놈에게 큰 부상을 당했지. 말이 부상이지 난 죽은 줄 알았어. 오죽하면 아이린의 옷이 다 찢어져서 나체가 된 걸 보고도 이 천하의 난봉꾼 로핀이 아무렇지도 않았다니까?"

로핀은 농담을 섞었지만 자기도 웃지 않았다. 그는 그저 얘기를 계속했다.

"당황한 테일드의 집중력이 느슨해진 틈을 타서 슈라이튼 백작은 결계에서 벗어나 달아나 버렸다. 그리고 테일드는 그놈을 쫓아갔지."

로핀은 두 손을 들었다.

"그게 끝이야."

카셀이 추가 설명이라도 바라듯 타냐의 얼굴을 바라보았다. 타냐는 고개를 끄덕였다.

"그리고 마스터 테일드는 다시 나타나지 않았죠. 루티아로 돌아오지도 않았고요. 지금처럼 구체적이진 않지만 이미 메이루밀에게서 들은 얘기입니다."

"나도 테일드가 죽었다고는 생각되지 않아. 그 후 나와 아이린은 테일드를 찾아 몇 년 돌아다녔는데, 대륙 여기저기에 녀석의 흔적이 남아 있었어. 그리고 동시에 죽지 않는 자들의 군주가 남긴 흔적도 비슷하게 나타나고 있지. 내 생각에 테일드는 아직도 그놈을 추적하고 있는 것 같아."

"그게 사실이라면 어째서 모습을 드러내지 않고 있죠? 만약 그 순간 죽지 않는 자들의 군주를 놓쳤다면 다시 루티아로 돌아와 힘을 합치는 게 맞지 않습니까? 마스터 아이린에게 연락을 줄 수도 있고요."

타냐가 따지듯 물었다.

"이봐, 타냐. 내가 '슈라이튼 백작'이니 '그 개자식'이니 하고 표현해서 잊어버렸나? 놈은 죽지 않는 자들의 군주다. 놈과의 싸움이 그저 '칼과 마법이 오고 가는 싸움'이었을 것 같나? 아란티아 여왕 앞에서 놈과 퀘이언의 전투를 같이 봤다면서? 그게 루티아의 마법사들이 힘을 합치면 죽일 수 있는 존재로 보였나?"

타냐는 말을 잇지 못했다.

"다시 8년 전 얘기로 돌아가지. 얼음 성에서 아이린이 다친 후 테일드는 혼자서 그 악마 녀석을 쫓아가 싸웠다! 인간 중 가장 위대한 마법사와 인간 모두를 멸망시킬 수 있는 암흑의 마법사, 두 사람이 만들어낸 최후의 전투가 어떤 결말로 나타났는지 우리 상식으로 그리긴 좀 힘들지. 지금 상황만 놓고 결말을 대충 짜 맞춰 보자면 그 둘 모두 살아남았다는 결론이 나온다."

로핀은 눈을 감고 말을 맺었다.

"하지만 한쪽은 점점 그 모습을 드러내고 있는데 테일드는 아직까지 우리 앞에 나타나지 않고 있어. 왜 그럴까? 테일드가 직접 우리 앞에 나타나 설명을 해 주기 전까지는 모르지."

"그렇게까지는 생각하지 못했군요."

타냐는 또 눈물이 날 것 같아 고개를 돌렸다.

로핀은 그녀의 모습을 가만히 지켜보다가 말했다.

"테일드의 제자에게만 특별히 내 생각을 말해 주지. 죽지 않는 자들의 군주가 가진 마법의 실체는 대체로 저주. 어쩌면 테일드는 마지막 순간에 '어떤 저주'를 받았고 그 저주를 풀지 못해 우리 앞에 나타나지 못하는 걸지도 모른다."

"어떤 근거로 그런 생각을 하십니까?"

타냐는 아직 마음을 다스리지 못해 고개를 돌리지 않고 물었다.

"그 싸움이 끝난 후 둘 다 나타나지 않았다고 했잖아. 만약 테일드가 죽고 그놈 혼자 살아남았다면 진작 나타났어야 했어. 왜냐고? 자기 힘에 유일하게 대항할 수 있는 루티아의 그랜드 마스터가 죽었는데 뭘 망설여? 다른 그랜드 마스터가 생기기 전에 전쟁을 다시 일으키는 게 낫지. 그러니 테일드가 죽었다면 루티아는 8년 전에 멸망했을 것이다."

테일드가 실종되어도 루티아에는 아무 변화도 없었다. 타냐는 스승의 실종을 슬퍼하느라 그걸 전략적으로 생각해 본 적이 없었다.

"루티아에 그런 일이 일어나지 않았지? 그건 암흑 군주 역시 테일드에게 '어떤 공격'을 받고 그걸 회복하는 데 긴 시간을 필요로 했다는 거지. 서로가 서로를 견제하느라 둘 다 피해 버린 거라 이거야. 이렇게까지 말하면 대충 내 생각을 알겠지? 테일드는 아직 살아 있다!"

다른 건 대강대강 말했으면서 테일드에 대해서는 자세히 말하는 로핀이 은근히 고마웠다. 말투는 여전히 재수 없었지만.

멀지 않은 곳에서 시나비아의 방까지 안내해줬던 덩치 큰 레미프, 판커틴이 세 사람에게 다가오고 있었다. 타냐는 마음을 진정시키고 물었다.

"해서 당신이 여기 있는 이유와 제 마스터의 실종이 어떤 관계가 있죠?"

"아직 어려서 마법사로서의 통찰력이 부족한 건가, 아니면 그런 통찰력을 발휘하기 위한 지식이 부족한 건가? 뭘 그렇게 계속 묻기만 해? 이 정도면 다 알아야지."

너무 얘기에 집중하느라고 로핀이 다음 얘기에 대한 힌트를 주고 있었다는 사실을 깨닫지 못하고 있었다. 그러나 굳이 이런 걸 지적해 무안 주는 그의 악랄함에 타냐는 잠깐이나마 가졌던 고마움을 당장에 잊어버렸다.

로핀은 불 꺼진 파이프를 도로 물고 시선을 카셀에게 돌렸다.

"너는 알겠어, 카셀?"

"글쎄요. 어떤 관계가 있는지 저도 잘······."

카셀은 그닥지 않게 뒤통수를 긁적였다.

로핀은 껄껄대고 웃었다.

"아란티아의 보검을 중심으로 일어난 일 중에 우연히 일어나는 사건과 우연한 인간관계는 없다. 즉, 지금까지 일어난 모든 일들이 한 가지

줄기로 엮여 있다고만 생각해 봐. 간단하지?"

카셀이 고개를 저었다.

"안 간단한데요."

"이 자식! 생각도 안 하고 대답하지 마라."

로핀은 버럭 소리 지르며 말을 이었다.

"죽지 않는 자들의 군주가 슈라이튼 백작이라는 이름으로 론타몬의 왕을 움직여 대륙 전쟁을 일으킬 당시 그가 맡은 역할이 무언가? 계략을 세우는 장수? 전투의 앞에 서는 기사? 왕의 보좌관? 아니, 그저 종교의 지도자였어. 카셀, 네가 겪은 카모르트의 사건에서 붉은 장미 백작의 역할은 뭐였지?"

로핀은 카셀에게 손가락을 치켜세우며 질문을 이어갔다.

"두 사람이 만나게 된 아란티아 내 사건의 핵심에는 누가 있나? 그 사건들이 우연의 일치가 아니라는 가정을 두면…… 자, 세 사건의 공통적인 요소가 뭔가?"

"검은 기사요?"

"다른 말로 바꾸면 익셀런 기사단이 되겠지."

로핀은 만족스레 웃었다.

"캡틴 웰치가 다시 살아나 골드 게이트를 무너뜨렸다? 그를 누가 살렸지? 복잡하게 얽힌 것 같지만 따지고 보면 간단하다. 그리고 거기에서 해답을 얻으면 루티아를 공격하고 있는 게 누군지도 알아낼 수 있다."

타냐는 힘을 주어 말했다.

"저는 그런 말장난을 하고 싶지 않습니다. 루티아를 누가 공격하고 있습니까? 말씀해 주시지요."

"내가 쉽게 말해 준다고 해결책이 뚝 떨어질 것 같은가? 그렇다면 난 이렇게 방황하지 않고 진작 나 혼자서 일을 해결해버렸을 거야. 해결책은 내가 아니라, 루티아의 마스터 그리고 캡틴 울프가 각자 알아서 풀어내야지. 내가 이런 결론에 도달하기까지의 과정을 똑같이 더듬으면 어떻게 하나? 그래서야 아직 내가 결론을 내리지 못하는 수수께끼를 풀 수가 없잖아!"

타냐는 그의 말하는 방식이 마음에 들지 않았다. 하지만 카셀은 로핀이 비비 꼬며 설명한 것을 충실히 곱씹어서 물었다.

"같은 단서를 줄 테니 다른 방식으로 생각해 로핀이 찾아내지 못한 해결책을 찾아내라는 건가요?"

"바보는 아니군."

"네. 하지만 로핀이 바보라는 건 알 것 같아요."

로핀이 살벌하게 눈을 치켜떴다. 우습게도 그의 입은 웃고 있었다.

카셀은 눈을 동그랗게 뜨고 로핀을 노려보고 있었다.

'복잡한 상황을 카셀이 더 복잡하게 만들고 있군. 하지만 저런 도발하는 방식은 좋아. 고분고분하게 듣고 있었던 것도 다 이런 말을 하기 위한 준비 자세였나 보군.'

그사이 로핀은 뒤에서 다가온 판커틴에게 레미프어로 뭐라고 말했다. 준비되었다, 잠깐만 기다려라 하는 일상적인 대화였다.

"따질 말 있으면 해. 나 바쁘다."

로핀이 카셀에게 말했다.

"왜 바쁜지 말해줘요."

카셀은 아직 공격을 멈추지 않았다. 타냐는 지켜보기만 했다.

로핀도 맞받아쳤다.

"넌 멍청한 거냐, 멍청한 척하는 거냐?"

"로핀처럼 선문답을 못할 정도는 멍청해요."

"나와 게임을 해보시겠다? 해주지, 캡틴 카셀."

로핀은 쏟아내듯이 말했다.

"나는 원래부터 한가한 사람이 아니야. 놀 것도 많고 돌아다닐 곳도 많아 원래부터 바빴지. 그러다 루티아 일이 터져서 완전히 바빠졌지. 그런데 네 녀석이 아란티아에 벌어진 위험한 일을 잔뜩 알려주는 바람에, 더 바쁘게 됐어!"

"아란티아의 일은 화이트 게이트 앞에서 죽지 않는 자들의 군주가 도망치면서 해결됐다고 말씀드린 건데요? 그게 이렇게 멀리 떨어진 로핀을 더 바쁘게 할 여지가 있나요?"

"그게 또 화이트 게이트로 쳐들어가지 않는다고 누가 장담할 수 있겠어?"

"그건 그러네요. 새나디엘 폐하도 그 비슷한 말씀을 하셨거든요."

"그런데 네가 와버렸어. 보검도 들고."

"제가 잘못한 것처럼 말씀하시네요? 아까 구아닐을 피해 달아날 때도 비슷한 말씀을 하시더니?"

"아란티아의 보검은 나디움을 지켜야 해. 방금 말했듯이 죽지 않는 자들의 군주가 또 쳐들어올지도 모르니까. 보검은 스스로 나디움에 남으려고 했을 거야. 자기 의지를 가진 칼이니까. 그런데 네가 가지고 왔잖아. 그게 무슨 뜻인지 알아? 보검은 지가 생각해도 여기가 더 위험하다고 본 거야."

"보검을 사람처럼 여기시는군요."

"당연하지. 넌 그렇게 생각 안 하냐? 얘만 해도 그래. 딱 성깔 고약하고 고집 세고 제 생각밖에 못하는 이기적인 여자 친구 같지."

로핀은 자기 허리에 차고 있는 칼을 탁 쳤다. 마치 그 말에 반응이라도 하듯 그의 칼 손잡이에 박힌 보석이 반짝거렸고 거기에 맞춰 카셀의 보검도 희미한 빛을 냈다. 두 자루 칼이 서로에게 동시에 반응하는 순간이었다.

카셀도 그걸 발견하고 칼 손잡이를 살짝 움켜쥐며 물었다.

"이런 식으로 칼끼리의 반응을 통해 하늘 산맥에서의 제 위치를 알아내셨군요?"

"형제 검이니까."

"남매 검이라고 합시다."

"응? 왜?"

"전 제 보검이 남자 같거든요. 로핀은 그 칼이 여자 친구 같다면서요? 그럼 둘은 남매죠."

로핀은 인상을 있는 대로 찌푸렸다. 언뜻 더 이상 화를 참지 못하고 호통을 칠 것 같은 표정이었다. 그러나 이내 푸하하하하 하고 박장대소를 했다.

타냐는 로핀이 화를 내면 끼어들려고 했다가 멈췄다. 화를 참은 게 아니라 웃음을 참은 것이었다. 그는 웃다가 눈물까지 흘리고 있었다.

"로핀, 우리 시간 낭비하지 맙시다. 전 이제 카셀을 데리고 여길 떠나야겠습니다. 전 당신이 무슨 말을 하는지, 뭘 원하는지 솔직히 하나도 알아들을 수가 없군요."

타냐는 카셀에게 손을 내밀었다.

"자, 카셀. 가요."

카셀은 손을 내밀었다. 타냐는 그의 손을 자연스럽게 잡았다. 하지만 카셀은 타냐의 손을 잡고 따라오는 게 아니라, 그녀의 손을 잡아 그자리에 멈춰 세우고 있었다.

미묘하게 불쾌한 저항감이었다.

"이봐, 타냐. 카셀을 구하느라 시간을 낭비하긴 이쪽도 마찬가지야."

로핀이 팔짱을 끼었다. 그 순간 타냐는 이상한 착각을 했다는 사실을 깨달았다.

'한 팔인데 어떻게 팔짱을 끼지?'

로핀은 소매에서 꽃을 꺼내는 마술처럼, 없는 쪽 팔의 소매를 있는쪽 손으로 가볍게 들어서 팔짱 끼는 동작을 해내고 있었다. 모르는 사람이 봤으면 위화감을 전혀 느끼지 못할 정도로 자연스러웠다.

"우린 계획을 벌써 하루나 늦췄다. 서둘러 회의를 시작해야 해."

로핀은 뒤에서 내내 기다리고 있는 판커틴을 엄지로 가리켰다. 그큰 키로 아침 햇살을 가로막고 있으니 타냐는 현기증이 났다.

밤에 드래곤과 마법사를 향해 힘을 소모한 후 전력을 다해 카셀을쫓아 뛰었고, 그다음에는 두 명의 레미프 마법사들과 괜한 신경전을 벌이는 바람에 정신력을 많이 깎아 먹었다. 그런데 이 로핀이라는 기사는지금 그녀에게 머리를 쓰라고 명령하고 있었다.

'평소라면 같이 논리적으로 싸워주고 싶지만 지금은 그러고 싶지 않

아. 난 지금 잠이 모자라. 생각은 나중에 할래.'

타냐가 따지듯 말했다.

"로핀, 지금은 아닐지 몰라도 당신은 과거 아란티아의 기사며 계속 루티아와 동맹을 유지해야 할 의무에 묶여 있습니다. 카셀은 물론이고 당신도 루티아를 먼저 구해야 합니다. 당신이 그런 임무도 잊고 참가해야 할 정도로 그 레미프의 회의란 것이 중요합니까?"

"프보에 족의 수호 드래곤인 구아닐이 깨어나 라든과 루티아를 공격하려 한다. 루티아를 공격하고 있는 모즈의 정체도 아직 잘 모르는 상태야. 하지만 그 일을 추진하고 있는 게 루티아 쪽 배신자라는 건 분명하지."

로핀은 팔짱을 풀고 콧잔등을 긁적이며 말을 이었다.

"드래곤과 마법사, 우리들의 힘만으로 그 연합을 꺾을 수 없다. 그래서 라든의 수호 드래곤인 논틸을 깨워 그 힘을 막고자 한다. 적어도 논틸을 깨우면 구아닐은 막을 수 있지. 그럼 레미프들의 마법사가 루티아의 배신자를 막을 수 있게 되고, 위험에 처한 루티아를 구할 수 있게 된다."

로핀은 타냐의 가슴을 찌를 듯이 손가락을 치켜세우며 따져 물었다.

"루티아를 구할 의무? 지금 나보다 루티아를 구하는 데 바쁜 사람이 있나?"

퀘이언은 자신이 무슨 일을 하고 있는지, 뭘 해야 하는지를 잘 알고 있는 책임감 있는 기사였다. 수호기사가 되었기 때문에 그런 모습을 얻었을까, 그런 모습이었기 때문에 수호기사가 되었을까? 타냐의 생각에 퀘이언은 고스란히 마법사로 바꾸어 놓아도 마스터의 지위에 있을 사람이었다.

아이린은 항상 편지 속 묘사로만 접하다가 이번에 처음 보게 되었다. 편지 속 묘사가 워낙 애틋해서 솔직히 질투가 날 정도였다. 하지만 이제 보니 정확한 묘사였다. 워낙 극찬이 심해 절반 이상은 과장이라고 생각하고 기대치를 낮춰 왔지만 과장이 아니었다. 넘치는 행동력과 굽히지 않는 강한 프라이드는 딱 테일드가 반할 만한 여자였다.

메이루밀은 유쾌한 음유시인 같았다. 그는 모든 일을 즐겁게 했고 매사에 적극적이었다. 사람을 좋아해서 같이 얘기하는 상대를 나쁘게 대하는 법이 없었다. 언젠가 한번 만나 이야기할 때도 그는 타냐를 마치 오래전 헤어졌다가 다시 만난 여동생처럼 편안하게 대해 주었다.

셋 다 타냐가 소문으로 들은 그대로의 모습을 가지고 있었다. 하지만 로핀의 평판은 종잡을 수가 없었다.

새나디엘 여왕은 로핀을 두고 '적에게 가지 않고 나에게 온 것 자체가 아란티아의 축복이다.'라고 말했다고 한다.

러스킨은 농담 삼아 '만약 아란티아와 전쟁을 벌이게 된다면 나는 제일 먼저 로핀 울프를 암살하겠다.'라고 평가했다.

테일드도 다음 순간 뭘 할지 알 수 없어서 재미있는 사람이라고 말했다. 하지만 타냐는 예측할 수 없는 행동 패턴을 가진 사람은 질색이었다.

"그런데 너희 두 사람."

로핀이 말했다.

"네?"

"네?"

카셀과 타냐가 동시에 대답했다.

"연인이냐?"

"아닙니다!"

타냐가 강한 어조로 말했다.

"근데 왜 아까부터 계속 손잡고 있어?"

로핀이 지적했다. 타냐는 즉시 카셀의 손을 놓았다. 끝까지 잡고 있으려는 카셀의 손이 딸려 오는 바람에 그의 손이 약간 들려왔다가 내려갔다.

로핀은 그 모습을 보고 피식 웃더니 말했다.

"루티아에 돌아가고 싶으면 네 맘대로 해라, 마스터 타냐. 내가 카셀을 구해준 건 아란티아에 대한 내 의무였다. 그리고 루티아의 의무는 지금 여기서 하고 있지. 동참하기 싫으면 돌아가. 피차간에 시간 낭비는 하룻밤으로 충분해."

판커틴과 로핀은 타냐가 처음 들어갔던 움막, 즉 홉트의 거처가 있는 곳으로 걸어갔다. 그렇게 커다란 덩치와 같이 걷는데도 로핀은 전혀 위축되어 보이지 않았다. 헐렁거리는 소매도 그를 초라하게 만들지 못했다.

"재미있는 분이네요."

카셀이 말했다.

"전 재미없습니다."

타냐는 솔직하게 내뱉었다.

레미프 꼬마들은 공깃돌 놀이를 하며 또 티격태격 싸우고 있었고 빨래를 마치고 온 여인들이 두 사람을 보고 수군거리고 있었다. 방금 머리를 감아 젖은 머리에 갓난아기처럼 맑은 피부를 가진 레미프 여인들은 타냐가 보기에도 예뻤다. 이런 미인들을 보면 어린아이 겁주려는 동화 속에나 나올 만한 자신의 마녀 같은 얼굴을 저절로 떠올리게 되었다.

"제가 지금 어째야 할지 모르겠군요. 루티아의 위험에 평상시의 냉정을 잃은 건 데다인뿐만이 아니었나 봅니다."

타냐가 말했다.

카셀은 로핀의 뒷모습에 시선을 둔 채로 고민에 빠졌다. 심각하게 정면만 주시하는 그의 눈빛을 보면 가끔 무서울 지경이었다.

'맙소사, 난 지금 이 남자가 얼른 침묵을 깨주길 바라고 있어. 말 안 하다가 무슨 결정을 내릴지 무서워서.'

카셀은 그녀의 시선을 의식하고 말했다.

"로핀을 따라가 봐요, 우리."

"싫습니다."

"바로 대답하시네요?"

"잊었습니까? 우린 루티아로 가야 합니다."

"맞아요. 하지만 로핀이 말한 루티아를 구할 방법에 대해서도 듣고 싶어요. 결정은 그다음에 내려도 돼요."

"제이메르나 하얀 늑대들이 걱정되지 않으십니까?"

"위가 시릴 지경이에요."

카셀은 표정 하나 바꾸지 않고 말했다.

"그런데 왜요?"

"가봐야 제가 아무짝에도 쓸모없다는 걸 아니까요."

카셀은 입술을 만지작거리며 말을 이었다.

"생각해 보세요. 데다인이 말해준 루티아의 상황. 지금 거긴 격전지라고 했잖아요."

"그러니까 로일 울프가 당신을 지목한 거겠죠. 마법사들을 대신해 군대를 지휘하고……."

"타냐는 저에 대해 잘못 알고 있어요. 전 전장을 다스릴 줄 아는 유능한 지휘관도 아니고, 하얀 늑대들 같은 검술의 천재도 아니에요."

"하지만 카셀은 화이트 게이트 앞에서……."

"아무것도 못했죠!"

"익셀런 기사단을 멈췄어요."

"제가 멈춘 게 아니에요. 블랙이 약속을 지킨 거죠."

카셀은 보검을 치켜들며 말을 이었다.

"로핀의 말마따나 이기적이고 변덕스러운 칼이 아란티아를 지키기 위해 빛을 낸 거죠. 제가 영웅이라서 빛이 난 게 아니에요."

'변덕스럽다고는 안 한 것 같은데.'

타냐는 괜히 따지고 싶었지만, 하려던 말만 했다.

"그래요. 그렇다 쳐요. 하지만 로일은 당신을 원했어요. 그런데 가지 않을 건가요?"

"로일이 원한 건 루티아를 구하는 겁니다. 그럼 여기서라도 제가 루티아를 도울 수 있다면 그게 로일이 원하는 바겠죠. 저는 아까 저를 심문하는 레미프들의 왕과 과거를 들여다보는 여자를 보고, 이런 막강한 힘을 가진 레미프 마법사라면 루티아를 도울 수 있겠다고 생각했어요."

카셀은 점점 목소리를 높여 말을 이었다.

"그리고 라든은 원래 루티아와 교류를 하고 있는 나라지 않습니까? 공동의 적이라면 서로 연합을 할 수도 있을 거예요. 가 봐야 아무 도움도 안 될 제가 루티아에 있기보다 이들을 원군으로 만드는 게 제가 할 일일 겁니다. 그래서 제가 여기에 오게 된 거라고 생각해요."

그것은 레미프에 대한 상식을 모르기 때문에 할 수 있는 잘못된 생각이었다. 그들은 절대 외부의 일에 개입하지 않는다. 루티아와 라든의 교류라는 것도 보통 인간 사회와 전혀 다른 방식이었다. 하지만 타냐는 말없이 고개만 끄덕였다.

'적어도 나보다 상황을 더 잘 보고 있어. 이 경우에는 내버려 두는 게 좋겠군.'

보통 인간이 하늘 산맥, 그것도 레미프의 마을 한가운데에 떨어지면 제대로 된 사고를 하기는커녕 당황해서 어쩔 줄을 몰라야 옳았다. 하지만 그는 알고 있는 지식이 모자랄 뿐, 침착했다.

검은 기사들이 쳐들어오고 있는 와중에 도서관에서 책을 찾는 대범함을 발휘한 카셀이었다. 이 와중에 레미프들과 힘을 합치겠다는 생각을 하는 게 그렇게까지 놀랄 일도 아니었다. 이런 냉정함은 어디서 배운 걸까? 밀 판 돈으로 책 사면 뭬진다고 말했던 그의 아버지로부터?

"그럼 우선 상황을 지켜보도록 하지요. 하지만 레미프들이 도와줄 거라는 기대는 하지 않는 게 좋을 겁니다. 기대가 꺾이는 것만큼 괴로운 일도 없으니까.”

“네, 각오하고 있을게요.”

“그리고 상황이 여의치 않으면 전 카셀을 강제로라도 루티아로 데려갈 겁니다.”

“좋아요.”

“그때도 이상한 논리를 내세워 설득하려 들지 말아요. 전 지금 너무 피곤해서 아무 생각도 하고 싶지 않으니까.”

“알았어요.”

“그럼 로핀에게 가요.”

“네.”

타냐는 모든 말에 고분고분 대답하는 카셀의 모습을 보고 순간, ‘지금부터 내가 시키는 대로 다 해! 손!’ 하고 말하고 싶은 충동이 일었다. 왠지 지금의 그는 손을 척 올릴 것만 같았다.

Chapter 14

늑대와 마법사

　레미프들의 회의는 요란하게 진행되고 있었다. 카셀과 타냐가 문을 열고 들어가도 알아채는 이가 별로 없을 정도였다.

　병사들 몇 명만 두 사람을 발견하고 약간 경계하는 빛을 보였다. 하지만 로핀이 두 사람 옆에 서며 병사들에게 괜찮다는 수신호를 보내자 그들은 바로 경계를 풀어 버렸다. 이곳에서 상당한 신뢰를 받는 모습이지만, 첫인상이 싫다 보니 이젠 그런 것도 밉살스러워 보였다.

　로핀이 다가와 말을 걸었다.

　"생각이 바뀌었나, 캡틴?"

　"레미프의 회의라는 게 재미있을 것 같아서 구경하러 왔어요. 재미없으면 루티아로 가버릴 거예요."

　카셀이 넉살 좋게 대답했고 로핀은 웃었다.

　'왜 저렇게 저 사람한테 친하게 구는 거야? 나한테는 딱딱하게 굴면서.'

괜히 분노의 방향이 카셀에게 흘러갔음을 깨닫고 타냐는 얼른 고개를 저었다.

레미프 노인들이 움막의 안쪽 절반 정도에 자리 잡고 있었고 나머지 절반은 젊은이들이 자리했다. 직사각형 모양의 움막에서 긴 쪽 끝에는 라든의 홉트인 후딘틴이 있었고 공교롭게도 그 맞은편에 로핀을 비롯한 두 사람이 서게 되었다.

후딘틴의 정면에 서자, 타냐는 아까의 기억이 떠올라 곤욕스러웠다. 후딘틴도 타냐를 발견했는지 그녀를 향해 살짝 손을 치켜들었다. 아까 맡겼던 마법 구슬이 허공을 천천히 날아와 그녀의 얼굴 앞에서 멈췄다. 그녀는 고개 숙여 인사한 후 구슬을 목에 걸었다.

레미프들은 서로에게 삿대질까지 해 대며 격렬히 뭔가를 토론하고 있었다. 음악과도 같은 멋진 목소리였음에도 이 정도로 서로 불협화음을 이루고 있으니 인간들이 시장 바닥에서 내는 소음과 다를 바가 없었다.

"지금 다들 무슨 얘기를 하고 있는 겁니까?"

레미프어를 전혀 모르는 카셀이 로핀에게 물었다.

"회의 시작하기 전에 목이라도 풀려고 열심히 자기 가문에 대한 자랑을 늘어놓는 거야. 레미프들은 들으면서 말하는 게 가능하니까 별로 시끄러울 것도 없지."

"형식적인 거군요."

"레미프들은 형식을 사랑하지. 예절 따지고 형식 따지기로 치면, 인간의 어떤 귀족 예법도 상대가 되지 않아. 원래대로라면 이런 게 반나절은 계속 진행되지만, 오늘은 급하니까 반 시간 정도면 끝나겠지. 좀 있어 봐."

'가문 자랑만 반 시간?'

수다 떠는 것에는 취미가 없는 타냐는 절로 한숨이 새어 나왔다. 그 시간을 조금이라도 활용하고 싶은 마음에 타냐는 로핀에게 말했다.

"새벽에 당신과 카셀의 흔적을 쫓아오다가 이상한 적을 만났습니다."

"뭔데?"

"검은 로브를 입고 있었고 검은 베논을 타고 있는 유령 같은 존재였지요? 루티아에서는 그걸 카구아라고 부릅니다. 그게 아까 하던 얘기와 연관성이 있습니까, 아니면 전혀 다른 존재입니까?"

로핀은 허리에 손을 얹고 말했다.

"나는 아크랜드에서 테일드를 찾아 헤매다가 그가 어디로 갔는지, 또 죽지 않는 자들의 군주가 어디로 갔는지를 추적하기보다, 어떻게 론타몬이 슈라이튼 백작의 손에 놀아나게 되었는지를 역추적해 보았다."

타냐는 또 짜증이 나기 시작했다.

'엉뚱한 걸 말하면서 교묘하게 핵심만 피해 가다가 상대가 짜증이 치밀 무렵, 아무것도 아닌 양 결론을 툭 던지는 게 로핀의 대화 방식이군.'

타냐는 이제 그런 방식에 놀아나고 싶지 않아 앞질러 물었다.

"그 중심에는 익셀런이 있었고요?"

로핀은 감탄하는 듯 미소를 지으며 말했다.

"이로피스 왕실 기사단, 카모르트의 군대, 드래곤 기사단. 모조리 익셀런에게 무너졌지. 그다음이 아란티아. 그런데 웃기는 건 론타몬의 대륙 정복 계획서에 아란티아라는 이름이 없었다는 거야. 고려조차 안 했어. 당시 전쟁에 관여했던 론타몬 대신들을 몇 명 만나 얘기해 봤더니, 전쟁 회의 때 아란티아라는 이름은 거론된 적도 없었다더군. 하나 있다면, 대륙을 론타몬이 지배한 후 아란티아와 어떤 관계를 가져야 할지에 대한 회의 정도랄까?"

"아란티아 침공은 갑자기 결정되었다는 소리군요?"

"그렇지."

테일드도 루티아노에서 비슷한 말을 했다.

'론타몬의 군대가 경로를 아란티아로 돌렸습니다. 있어서는 안 될 전쟁을 막기 위해서라도 루티아가 개입해야 하겠습니다.'

카셀이 떨리는 목소리로 말했다.

"카모르트에 있을 때 전직 익셀런 기사였던 팔콘, 아니 휴스펠 데이릭이라는 사람이 이런 말을 한 적이 있습니다. 익셀런 기사단의 존재 목적은 드래곤 사냥이었고, 가넬로크가 최종 목표라고 하기에는 당시 전쟁의 진행 속도가 너무 빨랐다고 했지요."

타냐도 퍼뜩 떠오르는 것이 있었다.

"익셀런은 가넬로크 정복으로 사명을 끝내는 게 아니라 그 이후를 대비했고, 그 이후란 것에 아란티아는 없었다?"

로핀은 두 사람을 쳐다보기만 하고 아무 말도 하지 않았다. 하지만 얼굴에는 만족스러워하는 빛이 역력했다.

"이제야 기억나는군요. 우리가 도서관에서 했던 얘기들. 그때도 가넬로크 정복과 아란티아 침공 사이에 어떤 사건이 있었다고 했지요?"

타냐는 목소리를 높이지 않기 위해 애쓰며 물었다.

"어떤 커다란 두 가지 사건이 벌어지면 보통 그 중간에 끼어 있는 작은 사건은 잊히기 마련이죠. 책을 읽을 때나, 노래를 들을 때와 마찬가지로. 문장을 읽는 데에만 신경을 쓰다 보면 작가가 정말 말하고 싶어 하는 행간은 놓치게 되고, 리듬과 가락에 취해 버리면 정작 가사를 신경 쓰지 못하는 것처럼요. 가넬로크가 무너지는 일, 골드 게이트 앞에서 벌어졌던 울프 기사단과 익셀런 기사단의 역사적인 전투, 그 극적인 사건 사이에 있어서 주목받지 못한 일이 있었습니다!"

카셀은 자기가 너무 흥분했다는 사실을 깨닫고 호흡을 가다듬으며 말을 이었다.

"당시 익셀런 기사단 중 일부가 하늘 산맥으로 들어갔다가 실종되었습니다. 들어가는 이라면 누구든 잡아먹는다는 하늘 산맥의 악명을 높여 주는 데에만 일조하고 잊혀 버렸죠."

이제 로핀은 두 사람이 말하는 데 끼어들지조차 않았다.

타냐가 속삭이는 목소리로 물었다.

"그건 지어낸 얘기라고 알고 있었습니다만?"

"동화처럼 퍼진 얘기라 안 믿는 사람도 많긴 하지만, 지금까지 정황을 따져 보면 오히려 그게 사실이라는 게 더 사실적이에요."

카셀도 목소리를 낮추었다. 레미프들의 토의는 더욱 격렬해지고 있었다. 여차하면 한바탕 싸울 태세였다. 그렇게 흘려듣자 외국어인 레미프들의 언어가 귀에 더 잘 들어왔다. 이제 몇몇 어려운 단어들을 빼고는 거의 모든 말이 이해되었다.

'엘레부나르 가문의 이름으로 말하건대, 그때 있었던 도난 사건은 결코 할아버지와 관계없는 일이오.'

'그 가문의 이름은 진실을 선고할 가치가 없다.'

'알긴 하나? 그 폭력 사건의 대가로 내 딸이 스스로 팔을 부러뜨렸

어. 그렇다고 그 애가 그 멍청한 신랑이랑 화해하겠다는 뜻은 아니야.'

'이혼을 하겠다는 건가? 내 삼백 년을 살아왔지만, 그런 프보에 놈들이나 하는 멍청한 관습을 따르려고 하는 레미프는 라든 땅에서 본 적도 없어.'

'요새 젊은것들은 도대체가 글러 먹었어. 옛날에는 하늘 산맥이 공기도 더 좋았지.'

'잠깐, 이건 아까 그 도난 사건이랑 관계없는 얘기지 않소?'

'왜 딴소리야? 공기가 더 좋았다니까! 그게 얼마나 중요한데!'

이런 얘기들이 오고 가는 데 걸리는 시간은 한 호흡도 되지 않았다.

타냐는 레미프들의 잡담을 귀에서 흘려버리고 카셀에게 말했다.

"그럼 론타몬 정복 전쟁의 최종 목표는 가넬로크도, 아란티아도 아닌 하늘 산맥이었군요."

"드래곤 사냥이기도 했고."

로핀이 마침내 입을 열었다.

"데이릭도 그랬습니다. 자기들은 드래곤 사냥을 훈련받았다고."

카셀이 말했고 타냐가 말을 이었다.

"하지만 어째서? 드래곤 기사단을 무너뜨리기 위해 드래곤 사냥을 훈련받은 건 이해할 수 있습니다. 하지만 하늘 산맥에는 왜 올라온……!"

말한 타냐도, 들은 카셀도 똑같이 놀랐다.

"드래곤 사냥!"

로핀은 왜 놀라느냐는 듯 당연하단 투로 말했다.

"내가 드래곤 사냥이라고 했잖아."

카셀이 말했다.

"가넬로크의 드래곤을 말하는 줄 알았습니다."

"난 하늘 산맥의 드래곤을 말하는 거였어."

"언제 아셨어요?"

"테일드가 실종된 다음에."

타냐는 자기도 모르게 숨을 헉 들이마셨다.

로핀은 계속 말했다.

"그렇다고 어디서 극적으로 해답을 얻은 건 아니야. 그냥 '그럴 것 같은데?' 하고 의심하는 정도였지. 그래서 내가 하늘 산맥에 오른 거야. 이 모든 일을 꾸민 게 죽지 않는 자들의 군주라면 이 일을 해결해야 할 사람은 울프의 기사가 아니라 루티아의 마스터다. 테일드가 있는 곳을 쫓아가는 게 아니라, 녀석이 와야 할 곳에 먼저 가 있는 것! 그게 내가 얻은 해답이다."

타냐는 나직이 신음했다.

"그럼 10여 년 전 벌어졌던 일의 여파가 지금 나타나고 있는 겁니까? 모즈들의 공격, 구아닐…… 이런 것들이 다? 전 잘 납득이 가지 않습니다만."

"여파? 여파라…… 응? 여파라니?"

로핀은 오히려 이해하지 못하고 되물었다.

"그러니까 그 익셀런 기사단의 일부가 드래곤 사냥을 위해 하늘 산맥에 오른 그 사건이 지금 루티아에서 벌어지는 안 좋은 일의 여파……."

"일부?"

로핀은 레미프들이 회의 중임에도 아랑곳 않고 큰 소리로 웃었다. 어차피 레미프들은 이쪽을 신경도 쓰지 않고 있었다.

"50명밖에 안 되는 울프 기사단에도 굳이 정예라고 할 만한 하얀 늑대들이 있는데, 그 몇백 명 규모의 익셀런에는 정예가 없었겠나? 그때 하늘 산맥에서 실종되었다는 기사들은 그냥 대강 추린 녀석들이 아니었어. 드래곤 사냥에 가장 뛰어난 기사들 즉, 가장 실력이 좋은 기사들로만 만들어 낸 익셀런 내의 또 다른 기사단!"

레미프들의 목소리가 점점 잦아들었다.

"익셀런 제1기사단이라고 하더군. 작명 센스하고는. 차라리 카구아가 낫지. 숲의 유령. 얼마나 멋있어?"

로핀은 요란했을 때나 조용해진 지금이나 똑같이 커다란 목소리로 할 말을 끝냈다.

"난 실패로 끝난 사건의 여파를 확인하기 위해 여기 머물고 있는 게 아니야. 실패? 내가 할 일은 실패라고 알려져 있는 일을 정말로 실패로 만드는 거다. 이런 씹어 먹을! 누가 실패래? 녀석들의 드래곤 사냥은 아직도 진행 중이다."

이제 움막 안은 거짓말처럼 조용해졌다. 카셀도 타냐도 입을 떼지 못했다. 회의장 안이 조용해서가 아니었다.

"오늘은 가문 자랑이 정말 짧게 끝났군. 벌써 회의가 시작되려나 봐."

로핀은 짧은 수염으로 덮인 뺨을 긁적이며 중얼거렸다.

회의 진행 방식은 나이가 많은 레미프부터 내림차순으로 의견을 말하고 제일 마지막에 의견을 종합해 결론을 낸 다음, 그것이 맞는지 점을 치는 것으로 끝난다고 로핀이 설명해 주었다. 회의 시작 때 떠들어 대는 시간에 비하면 그런 결정은 순식간에 난다는 말도 곁들였다.

"아, 결과가 나왔군. 안타깝게도 레미프들은 자네들을 조금도 염두에 두지 않았다."

전혀 안타까워하지 않는 얼굴로 로핀이 말했다.

타냐는 상황에 맞지 않는 엉뚱한 말을 내뱉었다.

"말도 안 돼요."

"응? 안 돼? 뭐가 안 돼? 너희들이 이 회의에서 배제된 게 그렇게 싫냐?"

타냐는 자신의 볼품없이 크기만 한 코를 만지작거리다가 말했다.

"10년 전 현역인 기사라면 지금쯤 나이가 꽤 될 텐데요······."

타냐는 거기까지 말했다가 멈췄다. 로핀이 노려보고 있었다.

"10년 전 현역으로 활동하던 내 나이가 어때서?"

타냐는 말을 바꿨다.

"일반인은······, 하늘 산맥에서 그렇게 오래 견디지 못해요."

"맞는 말이야. 난 여기 몇 년 살지도 않았는데, 점점 머리가 둔해졌거든. 어떻게 된 건지는 그 자식들한테 직접 물어봐."

로핀은 툭 내뱉었고 타냐가 뭘 더 물어볼지 기대하는 눈으로 기다렸다.

'그만 물어야겠어. 잘못 물으면 바보가 되는 것 같아서 기분 나쁘고, 제대로 물으면 칭찬받는 것 같아서 기분 나빠.'

대신 타냐는 다른 걸 물었다.

"그러고 보니 이건 무슨 회의죠? 가문 소개에 낭비하는 시간이 하도 길어서 회의도 길게 할 줄 알고 초반을 집중해서 못 들었군요."

"드래곤을 깨우는 의식이야. 라든의 지배자, 논틸은 수백 년 동안 잠들어 있어서, 깨우기 위해서는 특별한 의식이 필요하지. 인간으로 치면 신을 깨우는 종교의식이니, 그 의식에 참여할 이를 경건한 과정을 거쳐 뽑는 거야."

"중요하다고 강조한 것치고는 꽤 빨리 결정이 났군요."

"결정이야 빠르지!"

로핀은 거의 욕설을 내뱉는 어투로 말을 이었다.

"하지만 반년 전부터 매번 결정되고 또 결정된 일이야. 매번 같은 결과를 냈는데도 또 같은 회의를 하는 거다. 절대 '빨리'가 아니지. 그리고 한 달 전에 이미 똑같은 회의를 거쳐 인원을 뽑아서 출발했어."

타냐는 눈동자를 한 바퀴 돌린 다음 물었다.

"그래서요?"

"실패했다."

카셀이 얼른 물었다.

"드래곤이 깨어나지 않은 건가요?"

카셀은 벌써 드래곤에 대한 호기심을 불 지피고 있었다. 자기를 공격해 온 구아닐도 드래곤이라는 사실은 잊어버린 모양이었다.

로핀은 고개를 저으며 대꾸했다.

"아니, 논틸의 영역에 다가가지조차 못했어. 중간에 프보에 종족들이 기습을 하는 통에 큰 싸움이 벌어졌고 양쪽 다 엄청난 피해를 입고 퇴각했지."

프보에는 땅을 뜻하고 즈비는 하늘을 뜻하는 단어였다. 단어가 주는 의미 그대로, 그 둘은 앙숙 관계지만 이런 식으로 직접적인 전투를 벌이는 건 아마도 최근에 벌어지기 시작한 일일 거라고 타냐는 짐작했다.

"그래서 이번에는 소수 정예로만 가기로 한 거야. 멤버는 지난번과 동일하되, 동행하는 병사들은 최소한으로. 그게 한 달 전 회의 내용과 달라진 부분이지."

늙은 홉트는 붉게 타는 숯이 가득 차 있는 검은 항아리를 앞에 두고 그 위에 손을 올리고 있었다. 마법사의 눈에만 보이는 힘이 홉트의 손바닥 밑에 집중되었다.

"저건 무슨 의식입니까?"

"자기들이 한 회의 내용이 맞는지 확인하는 거야."

"점괘 같은 걸 보는 건가요?"

"점괘라기보다 신탁이라고 해야지. 레미프들에게 드래곤은 신이니까. 이것도 형식적인 거지. 원래 회의라는 것 자체가 신탁에 들어맞는 결과를 내는 게 목적이니까."

"결정을 이미 내려놓고 신에게 묻는다고요? 왜죠?"

"불안해서지. 권위를 확보하기 위해서이기도 하고. 레미프들의 종교 의식을 비웃을 생각은 아니지만, 난 이걸 보면 꼭 답을 먼저 써놓고 거기에 맞춰 문제를 내는 기분이 들어."

"그럼 지금 하고 있는 의식은 어떤 결정을 묻는 거죠?"

"드래곤을 깨우러 가는 사람, 다섯 명. 신탁이 다섯 명을 지목해 줄 거다."

로핀은 후딘틴의 손놀림을 바라보며 차근차근 설명해 주었다.

"그리고 그 다섯 명은 이미 결정되어 있다는 거군요?"

"맞아."

홉트의 주름진 손에 쥔 하얀 가루가 숯이 든 항아리 위에 떨어지자 깜짝 놀랄 만한 큰 소리가 나며 하얀 연기가 위로 피어올랐다. 카셀이 어깨를 움츠렸고 타냐는 고개를 뒤로 약간 젖혔다.

'마스터 러스킨에 필적하는 마법사군. 아까 싸웠다면 내가 졌을지도 모르겠어.'

후딘틴은 마을 하나를 통째로 날려 버릴 힘을 항아리 안에서만 맴돌 수 있도록 조절하고 있었다.

'저런 힘을 신탁 따위에 쓰다니, 차라리 이런 위기를 일으키는 적을 향해 쓸 것이지.'

타냐는 좁은 방 안에서 강력한 마법을 지켜보는 것이 불안해 괜한 불만을 품었다. 동시에 마음속에 잠들던 투지가 깨어났다.

'내가 봉인을 깨면 저 정도 마법에 맞설 수 있을까?'

항아리에서 피어오른 연기는 뭉게뭉게 하나의 형상을 갖춰 가기 시작했다.

카셀이 작은 목소리로 로핀에게 물었다.

"로핀, 여기 레미프들을 루티아의 원군으로 데려가는 걸 생각해 봤습니다. 아까 소수 인원만 드래곤을 부르러 간다고 했지요? 그 나머지는 여기서 기다릴 거 아닙니까?"

"그렇겠지."

"저는 아침에 우릴 맞이하러 나온 레미프들의 군대가 울프 기사단 못지않게 강하다고 느꼈습니다. 그 병력의 일부만이라도 루티아로 돌릴 수 있지 않을까요?"

"나더러 대신 부탁해달라는 말로 들리는데?"

로핀이 한쪽 눈만 크게 뜨고 되물었다.

"맞습니다. 아까 보니까 친해 보이던데요? 존경받고 있고."

허튼소리 말라고 거절할 줄 알았더니 의외로 로핀은 진지하게 대답했다.

"한 달 전에 프보에 족이 공격해 왔다고 했지? 그 일 때문에 여기 레미프들은 보통 조심하고 있는 게 아니야. 그런데 후딘틴은 루티아의 마법이 자신의 힘을 억제하고 있다고 생각한단 말씀이야? 그런 그가 루티아를 도우러 가려 하겠나? 애초에 레미프들은 외부 일에 신경 쓰는 종족도 아니야."

"말이라도 꺼내 보세요."

"어이쿠, 캡틴께서 명령이신가? 거절하겠다. 이들은 신탁에 절대적인 신뢰를 가지고 있고 신탁에 없는 명령에는 절대 따르지 않아. 봐라. 지금 내리고 있는 신탁에도 결국 드래곤을 깨우라고 결론이 나오고 있다."

로핀은 홉트 앞에서 몽실 거리는 연기를 가리키며 말을 이었다.

"레미프들에게 신탁은 곧 기더다. 기더란, 우리의 언어로 표현하자면 운명이라고 해석해야 하지만, 그 단어로는 설명하기 부족하지. 굉장히 함축적이고 다의적인 단어라서. 심지어 충동적으로 도둑질을 해도 레미프들은 기더가 정해진 대로 따랐다고 믿지. 프보에 족이건 즈비 족이건, 레미프들이 기더보다 중요하게 여기는 건 없을 정도야."

항아리 위에 만들어진 연기가 첫 번째로 그린 형상은 기도하고 있는 레미프의 형상이었다. 이 신탁에 대해 아무것도 모르는 타냐도 알아볼 수 있을 정도로 정교한 모양이었다.

후딘틴이 가래 낀 거친 음성으로 말했다.

"아이위버브."

로핀이 설명했다.

"잠을 깨우는 자. 즉, 드래곤을 깨울 수 있는 무녀를 뜻하지. 회의에서 거론된 인물은 시나비아다. 두 사람 다 만나 봤지?"

농도 짙은 연기가 꿈틀대며 다시 만들어 낸 그림은 레미프들이 가지고 있는 날개의 형상이었다. 후딘틴이 또 선언하듯 말했다.

"드루 기즈더즈 가이우브."

"가장 빨리 나는 자. 레미프의 세계에서는 가장 빨리 난다는 건 곧 가장 강한 전사를 뜻한다. 회의에서 거론된 인물은 당연히 이곳의 캡틴인 판커틴이지."

"검술이 뛰어난가요?"

카셀이 물었다.

"직접 싸워본 적은 없지만, 울프 기사단의 첫 번째 테스트를 통과할 정도는 돼."

로핀의 옆에 있던 판커틴이 손을 들어 보였다. 모두의 시선이 그를 한번 향했다가 다들 동의하는 듯 고개를 끄덕였다.

"레미프의 세계에서 '드래곤을 깨우는 무녀'는 홉트 다음으로 중요한 인물이다. 가장 강한 호위 무사가 따라가는 건 당연한 거야."

"그 당연한 걸 굳이 저런 엄청난 마법을 써 가며 결정하는군요."

타냐가 비꼬듯이 말했다.

"말했잖아. 형식적인 거라고."

로핀도 부정하지 않았다.

카셀은 뭔가 말하려고 입을 반쯤 뗐다가 도로 다물었다. 그리고 심각한 얼굴로 고개를 갸웃거렸다. 타냐는 그의 표정을 놓치지 않았다.

'이제 확실해졌어. 난 저 남자가 말을 안 하고 있으면 너무 불안해. 나랑은 뭔가 안 맞는 거야!'

연기는 금방 다음 모양을 만들어 내고 있었다. 이번 것은 맨발이 앞뒤로 걷고 있는 형상이었다. 이런 종류의 마법은 타냐가 알고 있는 이론과 지식으로는 설명하기도 힘들었다.

'저건 어떻게 만들어내는 마법일까? 전혀 모르겠어. 꼭 진짜 신탁 같잖아?'

후딘틴이 소리쳤다.

"드루 기즈더즈 베푸브."

"가장 빨리 걷는 자."

로핀은 그 말을 해석해 준 후 씨익 웃었다.

"아무래도 이 일에 나 역시 깊이 관련되어 있어서인지 회의에서도 빠지지 않더라고. 가장 빨리 걷는 자는 바로 나, 오파이다."

모두의 시선이 자신을 향하자 로핀은 살짝 손을 들어 보였다. 홉트를 포함한 모두가 인정하듯 고개를 끄덕거렸다. 그리고 그다음 연기가 만들어 내는 모양을 바라보며 로핀은 어깨를 으쓱했다.

"더 볼 것도 없어. 나머지 둘은, 일행을 보호할 수 있는 강력한 마법사인 '가장 높이 서는 자'와 드래곤의 동굴에서 길을 안내할 '어둠을 읽는 눈'이겠지. 이미 그 인물도 내정되어 있어. 저기 서 있는 두 젊은 레미프가……."

로핀은 이미 앞으로 나설 준비를 한 레미프를 가리키려다 말을 멈췄다. 연기는 그가 예상하지 못한 모양을 만들어 내고 있었다.

그다음을 호명하려던 후딘틴도 놀라 입을 다물었다. 주름진 입술은 움직거리기만 했고 소리는 새지 못했다.

당황한 레미프들이 웅성거리기 시작했다.

연기가 만들어 낸 것은 커다란 나무의 형상이었다.

카셀과 타냐는 모두의 이상한 반응에 눈치만 보았다.

"와자이브트…… 그봄 즈비 모에프디압."

후딘틴이 겨우 입을 떼며 말했다. 바로바로 통역해 주던 로핀도 조금 얼떨떨한지 눈만 깜빡이고 말하지 않았다.

타냐는 혼자서 레미프어를 해석해 보았다.

'무슨 마법사라고 말한 것 같은데? 즈비는 하늘, 모에프디압은…… 산 또는 산들. 적당히 이어 보면……, 하늘 산맥에서 온 마법사…….'

연기는 레미프들을 기다려 주지 않고, 다음 모양을 만들어 갔다. 안 그래도 네 번째 나무 모양에서 당황하던 레미프들은 마지막 모양에서 기겁을 했다.

후딘틴이 떨리는 목소리로 선언했다.

"라두 워그……."

연기가 마지막에 만들어 낸 것은 늑대의 형상이었다. 연기가 하얀색이다 보니 늑대도 하얀 늑대였다. 다섯 번째 신탁을 보여 준 마법의 연기는 로핀이 뿜어낸 담배 연기보다도 빨리 사라졌다.

타냐는 해석할 것도 없이 후딘틴이 말한 다섯 번째 인물을 알았다.

'하얀 늑대!'

레미프들은 큰 혼란에 휩싸였다. 그리고 처음 회의를 시작하기 전의 소란에는 비교할 수 없을 정도로 요란하게 떠들어 댔다.

"다들 왜 그러죠?"

카셀이 조심스럽게 물었다.

"신탁에서 지목한 인물이 회의 내용과 둘이나 달라졌다. 내가 그랬지? 가장 높이 서는 자와 어둠을 읽는 눈이 나와야 한다고. 그런데 하나는 '하늘 산맥에서 온 마법사', 또 하나는 '털빛 하얀 늑대'라고 나와 버렸다. 반년 동안 이런 적이 한 번도 없었는데……."

카셀이 후딘틴을 턱짓으로 가리키며 물었다.

"뭔가 격렬하게 논쟁을 하는 것 같은데요?"

"후딘틴은 신탁에 다른 힘이 개입되었을 가능성을 얘기하는 중이다. 논틸의 신탁과는 조금 느낌이 달랐다면서 말이야."

"신탁이 조작되었다는 뜻인가요?"

"불가능한 일은 아니지."

로핀은 허리에 손을 올리더니 갑자기 타냐를 휙 쏘아보았다. 타냐도 날카로운 시선으로 응수했다.

"뭡니까?"

"타냐, 네가…… 하늘 산맥에서 온 마법사이긴 하지?"

"전 루티아에서 온 마법사입니다."

"아니, 엄밀히 말하면 어제 우리 셋은 모두 하늘 산맥에서 내려왔잖

아. 자의적인 게 아니긴 해도."

"하지만 레미프들의 신탁에 인간이 나올 이유가 없잖습니까?"

"나는 그럼 인간이 아니던가?"

"그렇긴 하군요."

"그리고 털빛 하얀 늑대란 건 어쩌면……."

로핀은 카셀을 째려보았다.

카셀이 서둘러 말했다.

"다들 뭐라고 대화를 나누는 거죠? 로핀, 듣고 요약 좀 해주세요."

"이게 이제 아예 시켜 먹네?"

"후배 좀 사랑해 주세요."

"이 새끼가 점점……."

그러면서도 로핀은 설명해 주었다.

"……지금 서로 자기가 신탁의 주인공이라고 주장하는 중이야. 자기 이름에 늑대라는 단어가 들어간다는 둥, 자기 고향이 하늘 산맥에 있는 마을이니까 자기가 바로 하늘 산맥에서 온 마법사라는 둥, 11대째 조상이 늑대였다는 둥……."

로핀은 요약할 것도 없다는 듯 뒷말을 줄였다.

"소란을 진정시키지 않는 걸 보니 홉트도 당황하긴 한 모양이야."

금방 끝날 거라던 회의는 뜻하지 않게 길어지기 시작했다.

지루하게 하품을 하는 로핀에게 갑자기 카셀이 물었다.

"로핀, '내가 하얀 늑대다.'라는 말을 레미프어로 뭐라고 하죠?"

"뭔 헛소리야?"

"제가 해야 할 일을 하려고요."

"호오, 캡틴 울프께서 나서 보시겠다? 울프 기사단의 명성 따위 아크랜드에서나 통하지 여기서는 알지도 못해. 네가 가진 무엇으로 널 털빛 하얀 늑대라고 주장하겠느냐? 보검? 쳐다도 안 볼걸?"

로핀은 카셀을 무시하며 말했고 카셀은 그 무시를 무시했다.

"쳐다볼 겁니다!"

내내 로핀을 향해 동경과 존경을 보이며 어떤 말에도 순종적이던 카셀이 도발적으로 눈을 빛내고 있었다.

'안 돼. 이 남자, 뭔가 또 저지르고 말 거야. 말려야 해. 안 그러면 내가 말려들어.'

타냐는 로핀에게 협력을 구하고 싶을 지경이었다.

'로핀, 지금 카셀은 단순히 이 난장판인 회의 석상에 뛰어들어 뜬금없이 자기가 하얀 늑대라고 밝힐 생각으로 이러는 게 아닙니다. 분명 무서운 짓을 저지르고 말 겁니다.'

짧은 시간 동안 같이 생활하면서 타냐는 울프의 기사들에게 공통점이 있다는 걸 알았다. 그들은 가장 중요한 순간에 자기 목숨을 걸어도 아깝지 않을 '늑대의 이빨'이라는 기술을 가지고 있었다. 검술을 전혀 모르는 카셀 역시 울프 기사단과 퀘이언에게 인정받은 하얀 늑대였다. 그리고 지금 카셀 울프가 하얀 늑대의 이빨을 드러내려 하고 있었다.

"그렇게 자신한다면야 도와주지. '자이 임 드루 라두 워그.' 해 봐."

로핀이 말했고, 카셀이 몇 번 따라 했다.

"발음이 애매하네요."

레미프들의 발음은 아크랜드의 언어와 발음 구조부터 달랐다. 카셀은 이 와중에 문법까지 파고들었다.

"'자이'가 '나'라는 뜻이죠?"

"맞아."

"가장 빨리 나는 자는 '드루 기즈더즈 가이우브?'"

로핀도 뭔가 이상하다는 걸 깨닫고, 장난처럼 가르치던 레미프어 발음을 접고 물었다.

"기억력 하나는 좋군. 그런데 뭘 하려는 거냐, 카셀?"

카셀은 대답하지 않고 휙 돌아서서 목청 좋은 레미프들의 목소리를 압도하는 큰 목소리로 소리쳤다.

"드루 기즈더즈 가이우브 아즈 라이!"

타냐는 즉시 카셀의 어색한 레미프어를 알아들었다.

'가장 빨리 나는 자는 라이다!'

타냐는 눈을 질끈 감았다.

'내 이럴 줄 알았어!'

난장판이던 회의가 기적처럼 조용해졌다. 아주 짧은 순간 찾아온 정적에 가장 당황한 사람은 타냐였다.

타냐가 카셀의 등 뒤에 대고 속삭이는 목소리로 물었다.

"지금 뭐 하는 겁니까, 카셀?"

"제게 작전이 있습니다. 실패하면 우리 둘이서만 루티아로 돌아가면 그만입니다."

"홉트의 화난 눈이 보이지 않으십니까? 실패하면 우리 둘을 내보내 줄 것 같지도 않군요. 지금 당신에게 다들 미쳤다는 말을 반복하고 있습니다."

"상관없어요."

카셀은 로핀을 돌아보았다.

"로핀."

로핀은 조금 멍한 얼굴로 대꾸했다.

"엉?"

"말했던 대로 모두 절 처다보게 만들었습니다."

타냐는 또 한 번 잘못 생각했다. 카셀이 이빨을 들이댄 대상은 레미프들이나 홉트가 아니라, 로핀이었던 것이다.

"이제 통역해 주십시오. '내가 알기로 가장 빨리 나는 자는 라이다. 그렇지 않은가.'라고요."

로핀마저도 곱지 않은 눈길로 카셀을 노려보았다.

"지금 네놈이 무슨 짓을 하고 있는지 알고 있길 바란다. 나한테 불똥 튀면 난 널 모르는 놈이라고 우길 거야."

"로핀의 후배인데요!"

"나 너 몰라, 자식아!"

"보검만 보고도 캡틴 울프라고 구해줬잖아요!"

"칼 도둑놈인지 알게 뭐람?"

말은 그렇게 하면서도 로핀은 앞으로 나서서 카셀의 말을 통역해주었다. 다른 어떤 레미프들보다 먼저 판커틴이 격분하며 나섰다. 그가 치켜든 손가락 하나만으로 카셀의 머리를 으깰 수 있을 것 같았다.

로핀이 판커틴의 말을 다시 통역해 주었다.

"판커틴은 지금 자기가 가장 빨리 나는 자라고 하고 있다. 넌 지금 아란티아로 따지면 퀘이언의 분노를 사고 있는 거야."

"하지만 퀘이언은 아니죠. 아까 했던 말 한 번 더 반복해 주십시오.

판커틴이 아니라 후딘틴에게 말입니다."

카셀은 눈에 핏대가 선 판커틴을 최대한 무시하며 후딘틴을 바라보았다. 긴장된 공기가 모두를 휘감았다.

로핀은 다시 말했고 후딘틴이 받았다. 로핀이 작은 목소리로 통역해 주었다.

"말하고 싶은 게 무어냐, 우그?"

카셀은 로핀의 통역을 듣고 바로 대꾸했다.

"당신들의 회의가 틀렸다고 말하고 있는 겁니다. 가장 빨리 나는 자는 라이입니다. 그리고 털빛 하얀 늑대는 아란티아 울프 기사단의 캡틴인 저를 말하는 것이고 하늘 산맥에서 온 마법사는 여기 있는 마스터 타냐입니다."

로핀은 바쁘게 카셀의 말을 통역했고, 후딘틴의 말도 계속 통역으로 이어갔다.

"우그 주제에 함부로 신탁이 정한 늑대라고 자칭하는 것도 우습고 우그의 와자이브트를 감히 레미프들의 와자이브트에 비교하는 것도 우습다."

"한낱 우그의 와자이브트가 아니라 루티아의 마스터입니다!"

로핀은 그 말을 후딘틴에게 전달한 다음 키득대고 웃었다.

"어이, 카셀. 지금 직접 대화하는 게 아니라 후딘틴이 화났다는 게 안 느껴지지? 선배 입장에서 조언하건대, 다음 말은 신중히 하는 게 좋을 것 같다. 라든의 홉트께서 손가락만 까딱하면 네 머리는 하늘 산맥 안에서 찾지 못할 거야."

"제가 안 무서워하는 걸로 보이나요?"

카셀은 무섭게 치켜뜬 눈으로 로핀을 노려보았다.

'그런 눈으로 무섭다고 하면 설득력이 없지.'

타냐는 짧게 웃었다.

카셀은 로핀에게 강한 어조로 말했다.

"하늘 산맥에서 제 친구 두 명이 실종됐고, 또 다른 두 명은 루티아에서 위험을 맞이했으며, 다른 한 명은 그런 루티아를 구하기 위해 홀로 떠났습니다. 죽지 않는 자들의 군주 앞에서 울프 기사단이 전멸할 뻔했는데 전 아무것도 한 게 없어요. 그런데 하늘 산맥에서 친구들이 전부 죽을 위험에 처했는데 안 무섭다고요? 무서워 죽겠어요! 이러고 있는 사이에 친구들 중에 한 명이라도 죽으면 전 저 자신을 용서하지 못할 거예요."

카셀은 눈물까지 글썽였다.

'나중에 로핀에게 설명해 줘야겠어. 그 기적을 보지 못한 로핀은 지금 카셀이 정말 아무것도 못한 바보라고 생각하고 있을 거야.'

"책임은 다 제가 지겠습니다, 로핀. 홉트에게 죽어도 좋으니까 통역해주세요! '내가 모두를 이끌고 드래곤을 깨우겠다. 그러니 그대들은 원군을 모아 루티아를 구하라. 그대들이 루티아를 구하면 루티아의 마법사들이 다시 그대들을 도울 것이다!' 어서요."

로핀은 카셀의 말을 다 듣고 어깨를 으쓱하더니 '에라, 모르겠다.' 하는 표정으로 후딘틴에게 그 말을 통역해 주었다. 늙은 홉트는 길게 생각하지도 않고 소리쳤다.

"에피컨딕후!"

'받아들일 수 없다!'

아직 통역도 해주지 않았는데 카셀은 그 말을 알아들은 것처럼 소리 쳤다.

"그럼 여기에 앉아 누가 늑대고 누가 마법사인지 구아닐이 쳐들어올 때까지 회의나 하십시오!"

카셀은 휙 돌아서서 방을 나가 버렸다. 그가 나가고 방 안에는 일순 정적이 감돌았다.

로핀이 그 말을 통역해 주지도 않았는데 다들 알아듣기라도 했는지 웅성거렸다. 로핀은 고개를 숙이고 어깨를 떨고 있었다.

'겁을 먹은 건가? 아니면 우는 건가? 화가 난 건가?'

타냐는 로핀에게 다가갔다. 하지만 셋 다 아니었다.

'이 아저씨, 웃고 있어! 이 와중에.'

나중에 로핀은 벽으로 가서 다른 레미프들에게 안 보이게 얼굴을 숨기고 웃었다. 타냐는 회의실 안을 돌아보았다.

레미프들은 카셀을 두고 '이상한 우그' 또는 '정신 나간 우그'라고 자기들끼리 떠들고 있었다. 홉트는 화 난 얼굴로 입을 굳게 다물고 있었고, 판커틴은 괜히 타냐를 노려보았다.

타냐도 같이 노려봐 주고 그곳을 나갔다.

+ Chapter 15 +
가장 빨리 나는 자

마을을 떠나버릴 기세로 뛰쳐나갔으나, 카셀은 그냥 입구에서 몇 걸음 벗어난 곳에서 바지춤에 손을 찔러 넣고 먼 하늘을 올려다보고 있었다.

타냐도 같은 방향을 올려다보았다. 목과 꼬리가 몸길이보다 더 긴 이상한 새들이 무리를 지어 북쪽으로 날아가고 있었다.

타냐가 다가가니, 그가 먼저 뒤를 돌아 말했다.

"제 맘대로 되지는 않는군요."

사실 타냐도 약간은 기대한 바가 있었다. 그러나 애초에 레미프라는 종족에게 군대를 요청한다는 것 자체가 불가능한 일이었다.

"정말 그 나이 많은 레미프들이 외지인의 말을 들어 줄 줄 아셨습니까?"

"적어도 협상의 여지는 보일 줄 알았죠."

"레미프들은 협상이란 걸 모릅니다. 교류에 있어서도 자기들이 제시한 물건값을 쳐주지 않으면 그냥 가 버리죠. 손해를 보든 이익을 보든 언제나 가격이나 물물 교환 품목을 자기들이 결정합니다. 그런 것조차 '기더'대로 따른다, 그게 레미프들의 생활 습성이죠. 그래서 루티아도 실제로……."

타냐는 말하다 말고 고개를 저었다.

'내가 왜 이런 강의를 하고 있는 거야?'

타냐가 물었다.

"그런데 하나 묻죠, 카셀. 성공 여부는 접어 두더라도 무슨 배짱으로 그런 말을 한 겁니까?"

카셀은 아까 보여 줬던 박력은 잃어버리고 뒤통수를 긁적였다.

"여기 레미프들 하는 짓이 어딘지 인간들의 모습과 비슷해서요. 자제력을 잃고 울컥해 버렸습니다."

"비슷한 일이 있었나 보죠?"

"카모르트에서……."

카셀은 긴 얘기를 하려다가 그냥 접었다.

"……전 하늘 산맥의 요정들은 모든 면에서 인간보다 고귀하고 순수하다고 믿어 왔거든요. 하지만 자기들의 이익만 따지는 모습은 어떤 면에서 지독히 인간과 비슷해 보이더라고요. 그래서 실망했나 봐요."

"레미프들의 마을에 온 지 하루도 안 됐는데, 성급한 판단입니다."

"그런가요? 홉트는 빼더라도 주위에 있는 다른 레미프들은 카모르트 귀족들과 별반 다르지 않던데요."

"그럴 수도 있겠네요. 신화에 따르면 인간은 레미프들을 토대로 만들어졌다고 했으니까. 그건 그렇고 '라이'라는 건 어디서 들은 이름입니까? 저에겐 조금 갑작스럽군요."

타냐는 그 이름이 나온 경위와 관련된 극적인 이야기를 기대했다.

"아까 그 꼬마 애들에게 들었습니다."

"공깃돌 놀이 하던 그 꼬마 애들?"

"예."

"그 애들한테 들은 이야기를 저런 엄중한 회의실에서 말씀하셨습니까?"

"엄중한 회의라서 그랬어요. 중요하고 신성한 회의……. 저런 곳에서 루티아를 도와주세요, 해 봤자 안 먹힐 거라고 생각했어요. 레미프들은 협상을 할 줄 모른다면서요?"

"그래서 관심을 끌려고 어린애들에게 들은 터무니없는 말을 했다는 건가요?"

"결과적으로 다들 제게 집중했잖아요. 판커틴도 화를 냈고……."

"혹시 실패했을 경우 망신당하는 걸로 끝나는 게 아니라, 죽을지도 모른다는 가정은 안 하셨습니까?"

"안 했어요. 또 만약 그런 일이 벌어지면 타냐나 로핀이 구해 줬겠죠."

"저는 모르지만 로핀은 아닐 거예요."

"구해줄 거예요."

"뭘 믿고요? 선배라서?"

"아니요. 어제 밤새도록 공들여서 살려놓은 사람이 이런 곳에서 죽을 위기에 처하면 아까워서라도 구해줄 성격인 것 같더라고요. 적어도 내일까지는 유효할 거예요."

회의실 안은 여전히 소란했다. 카셀이 던져 놓은 돌멩이가 아직도 파문을 일으키고 있는 모양이었다.

타냐는 회의실 안에서 새는 레미프어를 들으며 물었다.

"그래서 꼬마 애들이 얘기해 줬다는 라이라는 레미프는 누굽니까?"

"저 꼬마들은 절 처음 보자마자 제가 누구냐고 묻더군요. 저는 어딘지 그 녀석들이 절 무시하는 것 같기도 하고 복잡하게 따지기도 싫고 해서, 간단하게 '나는 인간 세상에서 가장 강력한 기사단의 캡틴이다.' 라고 말해 줬죠."

"그런 긴말도 '앉아'를 배운 것과 같은 방식으로 말을 한 겁니까?"

"손짓 발짓 눈짓이죠, 뭐. 제가 기사단 캡틴이라는 걸 설명하는 데 아마 10분쯤 걸렸을 겁니다. 다행히 그 꼬마들은 제가 말을 못한다는 걸로 전혀 답답해하지 않았어요. 오히려 그렇게 설명하는 걸 즐겼죠. 외국어 배우는 데는 윽박지르는 선생들보다 같이 떠들어 주는 꼬마 애들이 더 좋더군요."

마스터 골베인의 지루한 고대어 수업 방식이 떠올라 타냐는 웃음이 나왔다.

'여러분. 레미프어의 즈 발음은 좀 더 길게 끌어주어야 합니다. 자, 다 같이 해봐요. 즈으으. 틀렸어요. 다시 하세요. 즈으으으. 어허! 더 혀를 많이 써서. 즈으으…….'

"그 애들은 자기들에게도 가장 강력한 전사가 있다는 말을 해 주었고 그 이름이 라이라는 것도 그때 알았죠. 저도 똑같이 말했어요. 판커틴을 가리키면서 저쪽에 있는 저 덩치 큰 레미프가 제일 세지 않냐고.

그런데 아니래요. 라이래요. 모두 입을 맞춰서 그렇다고 그러더군요."

타냐도 순간 설득당했다. 아이들이 너도 나도 같은 말을 했다면 카셀이 엄숙한 회의실에서 던져볼 만한 미끼 같았다.

"호기심이 생겨서 내가 만나 보고 싶다고 했더니, 무슨 이유에서인지 만날 수 없다고 하더군요. 아이들이 비밀로 해서 그런 게 아니라 제가 말이 딸려서 알아내지 못한 거죠. 이런 회의가 있을 줄 알았으면 아까 타냐와 로핀이 있을 때 통역 좀 해달라고 부탁하는 건데……. 그 당시에는 그냥 잡담한 거라."

카셀은 아쉬움에 회의실을 돌아보며 말을 이었다.

"이제 와서 그게 다 무슨 소용이겠습니까? 상황은 끝났습니다. 제 생각대로라면 문을 나설 때 레미프 중 누구 하나는 절 붙잡았어야 했는데, 안 잡는군요."

"이제 어쩌실 겁니까, 카셀?"

"약속대로 루티아로 갈게요. 끌고 가셔도 돼요."

카셀의 말에 타냐는 웃음을 터트렸다.

카셀은 금방 다음 계획을 세우느라 머리를 굴리기 시작했다.

"그런데 어떻게 가죠? 꽤 멀 텐데. 여기도 말이 있을까요?"

"말은 없어요. 대신 베논이라는 가축이 있지요. 숲에서는 말보다 빠른 대신, 성격이 거칠어 인간은 잘 태우지 않습니다."

불쑥 또 카구아가 떠올랐다. 검은 털의 베논은 등에 기사를 한 명 태우고도 엄청난 속도였다.

'다시는 마주치고 싶지 않아.'

카셀과 타냐가 베논을 구해서 루티아로 돌아가는 문제를 상의할 때 움막의 문이 다시 열렸다. 로핀이 문에 기대어 손짓했다.

"어이 카셀, 신탁을 얘기하는 자리에서 허락도 받지 않고 나가는 짓은 레미프들의 세계에서 굉장히 불경스럽고 무례한 짓이다. 네 제안이 받아들여지지 않았다고 해서 삐치는 것도 유치하고. 그러니까 돌아와서 사과해라."

카셀은 퉁명스러운 목소리로 대꾸했다.

"얼마큼 무례한데요? 디너 테이블에서 호스트 허락 없이 일어나 버리는 것만큼?"

로핀은 그런 사소한 농담에서 목을 꺾으며 웃어댔다.

'터졌군. 당분간은 잎사귀만 굴러가도 웃겠어.'

타냐는 모든 지인들로부터 전설처럼 여겨지던 로핀의 이미지를 진작 쓰레기통에 처박아버렸다.

"네 억지가 조금 통하긴 했다. 사실 그 정도로 과격하게 쏘아붙이는 녀석은 레미프 세계에서 드무니까 신기해서 얘기를 더 들어 보고 싶어 한다는 편이 옳겠지만……. 일단 들어가서 사과부터 하고 다시 얘기를 시작하지."

"통했다고요?"

카셀이 조금 놀라며 물었다.

로핀은 고개를 끄덕이더니 말했다.

"통했지. 대신 후딘틴이 너더러 스스로 증명해 보라고 하는군. 네 말대로 신탁을 해석해도 되는지 자기도 모르겠다면서."

타냐가 의아해하며 물었다.

"잘 모르겠다니, 레미프의 홉트가 그런 말을 해도 되는 겁니까?"

"인간으로 치면 국왕이 지나가는 농부에게 고개를 숙인 꼴이다. 즉, 이 신탁을 증명하지 못하면 홉트는 큰 모욕을 당했다고 여길 것이고, 카셀 넌 죽을지도 몰라. 그건 나도 막지 못한다."

"신탁을 증명하라니요?"

카셀이 긴장하며 물었다.

"라이라는 레미프를 이번 일에 동행시켜도 되는지 네가 증명하란 소리야."

타냐는 라이라는 이름이 나오자마자 어수선해진 움막 안의 분위기를 떠올렸다.

'레미프 꼬마들이 가장 빨리 나는 자라고 지목할 정도로 유명하지만, 정작 만날 수 없는 레미프, 그리고 흥분한 판커틴……. 평범한 레미프가 아니란 소리군.'

움막 안에서 후딘틴을 비롯한 늙은 레미프 몇 명이 걸어 나왔다.

늙은 홉트가 말했고 로핀이 옆에 서서 통역해 주었다.

"어떻게 외부의 우그가 라든의 비밀을 알아 버렸는지는 나중에 묻도록 하지. 네 말대로다, 우그. 가장 빨리 나는 자는 라이다. 허나 라이는 신탁의 뜻에 맞춰 데려갈 수 없다. 한 달 전에도 데려가지 못했고 이번에도 데려가지 못한다. 오파이가 제대로 통역을 하고 있는지 모르겠지만, 우리는 하지 않는다고 말한 것이 아니라 하지 못한다고 말하고 있다."

로핀은 자기 이름까지도 딴 사람 지칭하듯 통역을 이어갔다.

"그러니 우그, 네가 데려가 봐라. 만약 그렇다면 너를 털빛 하얀 늑대로 인정하겠다. 그러나 네가 라이에게 죽는다면 넌 신탁에 나온 존재가 아니라는 뜻이겠지."

로핀이 통역을 끝냈을 때 이미 후딘틴은 한참이나 걸어가 있었다. 후딘틴을 뒤따르는 판커틴이 카셀을 무섭게 노려보았다.

'카셀의 말이 맞으면 판커틴은 신탁에서 제외되는 꼴이니, 저렇게 나올 수밖에 없겠지.'

타냐는 카셀이 걱정되어, 로핀에게 물었다.

"저 사람들, 실패하면 카셀을 죽이겠다고 말한 게 아니라, 라이에게 카셀이 죽는다고 말한 거 맞습니까?"

로핀은 잔인한 호기심만 가득한 표정으로 말했다.

"맞다. 통역을 잘못했다면 공용어 쪽에서 했으면 했지, 레미프 언어 쪽에서 하지는 않았을 거다. 지금의 난 레미프 말에 더 익숙해. 뭐, 덕분에 얘기로만 들은 라이를 한 번 만나게 되겠구나."

"라이가 대체 누구죠?"

타냐가 물었다.

"글쎄, 나도 소문만 들어서……."

로핀은 판커틴과 후딘틴의 뒤를 따르며 말을 이었다.

"저 판커틴, 사실 이 마을 진짜 캡틴이 아니다. 원래 캡틴이 있었다더군. 판커틴도 제법 괜찮은 실력을 가졌지만, 검술은 내게 배우는 입장이야. 하지만 원래 캡틴인 테이놀스는 나와 비슷한 실력을 가졌다고 그러더군."

"겨뤄 보지도 않은 검사와 실력을 비교하는 게 가능합니까?"

"시나비아가 해 준 얘기니까 거의 맞을 거야. 물론 진짜로 싸우면 당연히 내가 이기겠지만 객관적인 전력이 그렇다는 거지. 솔직히 내가 세상 누구와 싸워서 지겠냐? 비슷한 상대도 못 찾아서 심심할 지경인데. 어쨌든 바로 그런 테이놀스를 라이가 죽였대. 기습도 아니고 정식 대결에서! 판커틴이 괜히 저렇게 민감하게 굴겠나?"

로핀은 일부러 놀리기라도 하는 것처럼 말하며 카셀의 팔을 이끌었다.

"걱정 마. 너의 기더가 여기에서 죽으라고 결정되어 있지 않았을 거다."

"근거가 있나요?"

"네가 여기서 죽으면 난 여기서 죽을 사람을 구하느라 밤새 고생한 꼴이 되잖아. 그러니까 안 죽을 거야."

타냐가 보기에 카셀은 도살장에 끌려가는 소 같았다. 그리고 여기서 제일 악독한 건 긴장을 풀게 한답시고 농담을 하고 있는 로핀이었다.

타냐의 생각에, 숲 그 자체라고 해도 좋을 정도로 주변과 조화를 이룬 라든에 절대 없을 것 같은 게 세 가지 있었다. 술이나 여자를 파는 뒷골목, 돌로 지은 건축물이나 채석장, 그리고 쇠창살로 막아 둔 죄인을 가두는 감옥.

둘은 없는 게 맞았다. 하지만 하나는 있었다.

마을의 외곽 쪽에 어설프게 계단이 만들어진 토굴이 하나 있었고 그 끝에 지하 감옥이 있었다.

쇠창살은 이중으로 되어 있고 그 안에 또 하나의 창살로 둘러싸인 방이 다섯 개 있었다. 판커틴은 비어 있는 네 개의 방을 지나 마지막 방으로 셋을 안내했다. 창살이 막혀 있는 큰 창문을 통해 후딘틴을 비롯한 나이 든 레미프들이 안을 들여다보고 있었다. 사형수가 맹수에 잡아먹히기를 지루하게 기다리는 관람객 같았다.

굵은 철창 안에 있는 레미프는 팔다리는 물론이고 날개까지 치렁치렁한 쇠사슬에 묶여 있었다. 얼굴을 푹 숙이고 있어 앞에서 보면 탈색된 잿빛 머리카락만 겨우 보였다. 사지가 고정된 건 아니었다. 사슬이 길어 얼마든지 방 안을 걸어 다닐 수는 있었다. 하지만 지금은 축 늘어져 있어 꼭 시체 같았다. 남을 괴롭힌다는 개념도 갖지 않는 레미프들이 단순히 죄인을 벌주려고 저런 조치를 하고 있을 리 없었다.

판커틴이 로핀에게 뭐라고 짧게 말했고 로핀이 전달했다.

"카셀 네게 안으로 들어가라고 하는군. 그리고 '눈앞에 보이는 것하고는 무조건 싸우려 드는 저 망나니를 어디 한번 성스러운 드래곤 깨우기 의식에 데려가 보라.'라고 그러는군."

"그렇게 길게 말 안 한 것 같은데요? 통역 제대로 한 거 맞습니까?"

카셀이 불안한 듯 묻자 로핀은 어깨를 으쓱했다.

"아, 긴장 풀라는 뜻으로 수식을 좀 덧붙였어."

로핀은 이 끔찍한 상황을 즐기고 있는 게 분명했다. 하지만 완전히 틀린 말은 아니었다. 후딘틴의 굳은 표정만 보자면, 신성한 회의를 더럽힌 대가로 카셀을 처벌하는 것 같았다. 거짓말을 할 줄 모르는 종족이 그런 고단수 속임수를 썼을 리 만무했지만, 창살 안에 갇혀 있는 레미프를 보니 그런 생각이 안 들 수가 없었다.

카셀은 거의 울 것 같은 표정을 지었다가 한숨을 쉬며 머리를 세차게 저었다.

"통역이 필요해요."

"밖에서 도와주지."

로핀이 말했고 판커틴이 덧붙여 말했다.

"호오, 판커틴이 그러는데 라이도 인간의 말을 조금 할 줄 안다 그러네? 그거 잘됐군. 너 혼자 가도 되겠다."

철창문이 열렸다. 별로 열린 적이 없는지 경첩에서 찢어지는 소리가 났다. 카셀이 안으로 한 걸음 들어가자 타냐도 그 뒤를 따랐다.

로핀이 말했다.

"너까지 따라 들어갈 의무는 없다."

"의무라고요? 그럼 의무 없는 로핀은 밖에 계십시오."

타냐는 로핀을 차갑게 쏘아붙이고, 카셀의 뒤에 붙어 섰다.

카셀은 고마워하면서도 걱정스러운 얼굴로 속삭였다.

"타냐."

"카셀의 판단을 믿어요. 제가 그 신탁 속의 존재라면 저 역시 살아남을 겁니다. 이런 게 아마 레미프들이 말하는 '기더'겠죠."

다른 레미프들도 타냐의 동행을 별로 상관하지 않는 눈치였다. 철문이 다시 닫혔다.

"고맙습니다, 타냐."

"하고 싶은 대로 하세요, 카셀. 여차하면 전 저 레미프를 태워 버릴 겁니다."

"제 판단을 믿는다면서요?"

"네. 하지만 공격 마법이라는 건 반사적으로 나가는 거라서."

"같이 태우지만 말아 주십시오."

"카셀, 로핀의 말투를 닮아 가는군요?"

"정말요? 오, 맙소사. 로핀을 수호기사로 뽑지 않은 새나디엘 폐하께 축복 있으라."

"이놈들, 다 들린다!"

로핀이 소리쳤다.

"어? 다 들렸어요? 젠장, 저 비겁한 놈한테 안 들릴 줄 알고 중얼거린 건데!"

카셀이 말했고 로핀은 또 벽을 치며 웃어댔다. 그의 웃음은 긴장을 푸는 데 전혀 도움이 되지 않았다.

"그보다 저렇게 묶어 놓으면 대체 먹고 자는 건 어떻게 해결하는 건지 모르겠군요."

카셀이 한 걸음 다가가자 끌고 다니기도 힘들 만한 무게의 쇠사슬을 몸에 건 채로 레미프가 몸을 스르륵 일으켰다. 몸에 걸려 있는 쇠사슬 몇 가닥이 바닥으로 떨어지며 요란한 쇳소리가 지하실을 울렸다. 저 정도 무게의 쇠사슬은 아무 문제없어 보였다.

그가 카셀을 향해 한 걸음 다가왔다. 타냐는 본능적으로 위협을 느끼고 한 걸음 물러났다. 하지만 카셀은 완전히 겁에 질려 얼어붙기라도 한 것처럼 꼼짝도 하지 않았다. 카셀이 먼저 입을 열었다.

"내가 하는 말을 알아듣나, 라이?"

라이라는 이름의 레미프는 고개를 끄덕였다. 그러자 카셀은 헛기침 한 번도 하지 않고 말을 쏟아 냈다.

"약해 보이는군. 예전에는 가장 빨리 나는 자였다고 들었는데, 지금은 몸이라도 움직일 수 있겠나?"

타냐는 전혀 그렇지 않다고 말하려다, 카셀의 의도를 짐작하고 입을 다물었다. 그는 지금 라이를 도발하고 있었다.

그 지저분한 레미프가 천천히 입을 열었다.

"칼…… 달라."

투박한 인간의 언어로 라이가 말했다.

"그다음, 이대로, 그다음, 죽인다, 널."

제대로 된 언어도 아니었는데도 그의 위협에는 어마어마한 살기가 묻어 있었다. 타냐는 숨이 막혀 그대로 마법으로 라이를 꽁꽁 얼리고 방 밖으로 달아나고 싶었다. 그러나 카셀은 물러나지 않았다.

'또 이러는군. 일이 닥치기 전에는 긴장으로 옴짝달싹 못하다가도 막상 일이 벌어지면 위험 속으로 돌격해. 그리고 난 또 그런 카셀의 뒤에 서 있군. 꼭 내가 카셀의 보호를 받고 있는 것처럼.'

타냐는 카셀을 지키기 위해 그의 오른쪽에 섰다. 그제야 그의 얼굴이 보였다. 그는 완전히 겁에 질린 나머지 눈동자 하나 깜짝이지 못하고 있었다. 모르는 사람이 보면 무표정하게 '노려본다'고 인식하겠지만, 타냐는 알았다.

그는 공포를 떠안고 레미프와 말하고 있었다. 그런데도 목소리는 흔들리지 않았다.

"그 말은, 아직 실력이 녹슬지 않았다는 뜻인가?"

"유즈."

타냐가 라이의 말을 통역했다.

"그렇다고 합니다."

카셀은 고개를 끄덕이며 말했다.

"나는 인간들 중 최강의 기사들을 이끄는 캡틴이다. 너는 지금 한쪽 팔을 쇠사슬에 묶인 채로 그런 기사를 이길 자신이 있다고 말하는 건가?"

"유즈."

"밖에 레미프들 중 가장 빨리 나는 레미프, 판커틴이 있다. 회복되지도 않은 그 몸으로 그와 싸워 이길 수 있는가?"

"유즈."

"진짜로 한쪽 팔과 두 날개를 묶인 채로도?"

"유즈."

두 사람의 대화에는 공백이 전혀 없었다. 카셀은 터무니없는 조건을 줄줄 읊었고 라이는 무조건 그렇다고 대답했다.

"무슨 죄로 여기에 갇혔는가?"

카셀이 물었다.

"레미프, 싸우지 않는다. 그러나 나, 싸우고 싶다."

어둠 속에서 라이는 한 걸음 다가오며 말을 이었다.

"그래서, 강한 레미프, 찾았다. 그리고 싸웠다. 그리고 이겼다."

습한 어둠 속에 묻혔던 라이의 푸른 눈동자가 햇빛에 드러나며 옅게 반짝였다. 오랫동안 빛을 쬐지 못해 얼굴빛이 하얀 데다가 머리카락까지 잿빛이라 그런지, 라이의 푸른 눈동자는 마치 타고 남은 잿더미에 박혀 있는 사파이어 같았다.

"인간들은 그것을 결투라고 부르지. 그 결투는 정당했나?"

"나, 선언했다. 날 피하는 자, 싸우지 않는다. 나와 싸운 자, 안 피했다. 싸웠다. 이겼다. 그리고 죽었다. 내 죄, 그거다."

카셀은 계속 숨을 안 쉬고 있었는지 짧게 숨을 토했다. 타냐는 그를 격려하는 뜻에서 어깨에 손을 얹었다.

아무리 검술에 대해 무지한 그라도 라이가 풍기는 이 살기를 정면으로 받아들이고 멀쩡할 리는 없었다. 그의 이마에는 식은땀이 송골송골 맺혀 있었다.

'진짜 무서워하고 있구나. 오늘 대체 이런 일을 몇 번 당하고 있는 거야?'

생각 같아서는 다 포기하고 그냥 이 방을 나가자고 제안하고 싶었다.

'충분히 할 만큼 했습니다. 보세요. 판커틴도, 후딘틴도 놀라고 있습니다. 이대로 멈춰도 이들은 당신을 욕하지 못합니다. 신탁 같은 건 무시하고 돌아갑시다. 루티아로.'

그러나 카셀은 다시 라이에게 말했다.

"나의 세계에서는 서로가 인정하면 설사 상대를 죽이더라도 그건 살인이 아니다. 그러나 레미프들의 세계에서는 그런 결투의 불문율이 없는가?"

"없다."

"몇 명이나 죽였는가?"

"오십."

"그들은 모두 너와의 결투를 인정했는가?"

"했다."

카셀은 뭔가 결심이라도 하듯 어깨에 올라가 있는 타냐의 손을 꽉 쥐었다. 타냐는 그의 손길이 의미하는 바를 몰라 당황했다. 카셀은 쥐고 있는 손에서 힘을 빼고 라이 쪽으로 걸어갔다.

"어이, 카셀."

뒤에서 로핀마저 경고하며 소리쳤다.

타냐는 잡았던 손을 놔주지 않았다.

"뭐 하는 겁니까, 카셀?"

"라이는……, 살인자가 아니라 전사입니다."

"이런 짧은 대화로 그런 걸 모두 알 수는 없습니다."

"레미프는 거짓말을 할 수가 없다고 했죠? 그렇다면 라이는 싸우려 하지 않는 자는 죽이지 않을 겁니다."

"그렇다고 다가갈 필요는 없잖아요."

"거리를 두고 창살 밖에서 고기를 던져 줘서는 사자와 친구가 될 수 없습니다."

"그렇지만 우린 이미……."

창살 안이라고 말해 봤자 카셀은 마음을 먹은 후였다.

카셀은 타냐의 손을 억지로 뿌리치지 않았다. 놓아달라고 눈으로 말하고 있었다.

'아아, 이 남자가 고분고분하게 굴 때 왜 기분이 좋은지 알겠어. 이럴 때는 죽어도 고집을 꺾지 않기 때문이야. 은유적인 죽음이 아니라, 진짜 죽음을 앞에 두고도!'

타냐는 실수라는 생각을 하면서도 카셀의 손을 놓을 수밖에 없었다. 카셀은 라이와 한 걸음 간격을 두고 정면에 섰다. 라이가 손을 뻗으면 닿는 자리였고, 타냐가 마법으로 보호할 수 없는 거리였다.

카셀은 칼을 뽑아 바닥에 꽂았다. 칼날의 강도가 워낙 좋아 돌로 만들어진 바닥에 금을 내며 칼이 박혔다. 검은 칼날이 희미한 쇳소리를 내며 파르라니 떨렸다.

"여기 세상에서 가장 강한 검이 있다. 그리고 나는 이 칼의 주인이다. 싸우고 싶나?"

"싸움, 내 기더다."

라이는 힘없이 말했다. 하지만 카셀이 농담으로라도 싸우자라는 말을 내뱉는 순간 주먹 한 번으로 카셀을 죽일 수 있을 것 같았다. 물론 그건 카셀도 잘 알고 있을 것이다.

타냐는 카셀이 지금 제대로 서 있을 수나 있을지 걱정이었다.

"그 기더를 내게 맡겨라. 그 기더대로 따르게 해 주겠다."

카셀이 말했다.

"네가, 나와?"

라이가 초점이 잘 맞지 않는 흐릿한 시선으로 물었다.

"아니. 상대는 내가 아니다. 나는 싸울 줄 모른다. 그러나 이 칼의 주인으로서 나는 너와 겨룰 만한 수많은 전사들을 알고 있다. 또한 이 칼과 함께하면 피하고 싶어도 싸워야 할 적이 끌려온다. 내겐 그 싸움을 대신할 전사가 필요하다. 네가 내 옆에 서라."

라이는 잠시 듣고 있다가 고개를 저었다.

"인간, 거짓말한다."

"못 믿나?"

카셀은 라이를 상대로 등을 획 돌렸다. 라이는 흐릿한 시선으로 카셀의 등을 바라보았다.

"로핀, 라이를 묶은 쇠사슬의 열쇠를 주십시오."

카셀의 돌발적인 행동에 로핀도 당황했다.

"제정신이냐?"

"로핀이 날 여기에 처넣었잖아요? 이 안에서라면 내 맘대로 하라는 뜻 아니었습니까?"

처음으로 로핀의 느긋한 표정이 무너지고 있었다.

"이거 후배를 죽음으로 몰아넣은 경력이 생기는 건 아닌가 모르겠군."

로핀은 판커틴에게 말해 열쇠를 얻었다. 그리고 창살 안으로 손을 넣어 던지려다 접었다. 무슨 생각인지 그는 창살문을 열고 안으로 들어왔다. 그리고 직접 카셀의 손에 열쇠를 쥐어 주었다.

"네가 죽으면 나도 그 운명에 동참해 주지."

카셀은 허탈한 미소를 지었다.

"같이 죽겠다는 겁니까?"

"내가 왜 죽어? 너 죽으면 저 녀석을 죽여 버리겠다는 뜻이야."

"아하! 지금 전 그랜드 마스터에 필적하는 마법사와 여왕 수호기사에 준하는 전사를 호위로 뒀군요. 새나디엘 폐하가 부럽지 않은데요."

카셀은 열쇠를 쥐고 웃으며 돌아섰다.

바닥에 꽂혀 있던 아란티아의 보검이 라이의 손에 들려 있었다.

검은 칼날이 카셀의 코를 겨냥했다.

카셀과 타냐, 로핀은 모두 그 자리에서 움직이지 못했다. 어설프게 위협할 상대가 아니었다. 로핀도 괜한 자극을 주지 않기 위해 검을 꺼내지 않았고, 타냐도 함부로 마법을 쓰지 못했다.

팔과 날개가 쇠사슬에 묶여 있고 표정도 힘 하나 없어 보였는데도,

타냐는 라이의 검보다 더 빠르게 마법을 쓸 자신이 없었다. 게다가 본의 아니게 카셀이 로핀과 타냐의 진로를 가로막고 있었다.

로핀과 타냐는 서로 시선을 교환했고, 눈으로 상대에게 말했다.

'나서지 마.'

'나서지 마십시오.'

라이는 보검을 앞으로 뻗은 자세로 검은 칼날을 유심히 살폈다. 하지만 언제라도 충동적으로 칼을 휘두르면 그걸로 카셀의 목숨은 끝이었다.

라이는 몇 년 만에 만난 연인을 대하는 손길로 칼날을 쓰다듬으며 말했다.

"인간, 거짓말한다."

"인간에게…… 속은 적이라도 있나?"

아무 말도 못할 줄 알았던 카셀이 거의 반사적으로 말했다. 라이가 뭐라 말하기도 전에 카셀이 먼저 말을 이어 나갔다. 마치 자신의 공포가 드러나기 전에 떠들어서 감추기라도 하려는 듯.

"너에게 상대 실력을 제대로 볼 줄 아는 눈이 있다면 지금 내가 무방비 상태라는 것도 보이겠지? 그러나 내 뒤에 있는 두 사람은 나와 다르다. 싸우고 싶다면 날 죽여 봐라. 그럼 내 뒤의 두 사람이 널 죽일 것이다. 넌 네 기더에 충실히 따를 수 있게 되지."

'그런 말 하지 마!'

타냐는 비명이라도 지르고 싶었다. 카셀은 라이가 살인자가 아니라, 진짜 전사라는 자기 이론을 시험하고 있는 것이었다.

보는 타냐는 숨이 막혔지만, 카셀은 흔들림 없는 목소리로 말했다.

"하지만 그렇게 하면 라이 너는 결국 나를 죽인 대가로 또다시 이곳에 갇히게 된다. 나를 죽여 다시 여기에 갇히는 것을 택하겠는가, 나를 따라 싸우는 것을 택하겠는가?"

라이가 침묵하자 세 사람도 침묵했다.

한참 후 라이는 전혀 생각지도 못한 말을 했다.

"무섭나, 내가?"

카셀은 웃었다. 로핀이 아까 카셀의 재미없는 농담에 웃는 것처럼 큰 소리로 웃고 있었다.

로핀조차 당황해 타냐를 쳐다보았다.

"라이 너 날 겁준 거였구나? 못된 녀석. 맞다. 무서웠다."

"그런 네가, 날, 기더로, 인도?"

라이는 말하면서도 타냐를 눈빛으로 묶어두고 있었다. 말투만 어눌할 뿐, 영리한 레미프였다. 그리고 마법사와 싸울 줄도 알았다. 게다가 로핀도 사정거리 안에 두고 있었다. 정말로 그는 쇠사슬에 묶인 채로 타냐와 로핀을 다 죽일 자신이 있는 모습이었다.

그때 카셀이 말했다.

"왜, 내가 네 기더를 따르게 해 줄 역량이 안 되어 보이나?"

"유즈."

"그럼 지금 당장 네 기더를 따르게 해 주겠다는 내 말을 지켜 보이지. 어디 한번 내 왼쪽의 로핀을 지금 베어 봐라."

카셀은 엄지로 어깨 너머 뒤를 가리켰다.

로핀의 눈빛이 일순 살기를 띠었다.

"나, 필요 없는 살생, 하지 않는다."

라이는 거절했다. 그러자 카셀이 버럭 호통쳤다.

"닥쳐라, 라이. 지금 이 감옥 안에서 살생 따윈 벌어지지 않는다! 해 볼 테면 해 봐!"

그 말이 끝남과 동시에 라이가 쥔 보검이 로핀의 목을 향해 날아들 었다. 순식간에 뽑은 로핀의 칼이 보검과 부딪쳤고 거의 동시에 타냐 는 라이의 얼굴에 마법을 쏟아 냈다. 라이는 고개를 젖혀 피했으나, 쇠 사슬 때문에 움직임에 제한을 받아 어깨와 한쪽 날개가 얼어붙어 버렸 다. 그의 날개가 다른 레미프들에 비해 터무니없이 크다는 건 그때서야 발견했다.

두 자루 칼이 카셀의 얼굴 앞에서 고정되어 있었다. 라이와 로핀은 한 치도 물러나지 않았다. 카셀은 뒤이은 마법을 준비하는 타냐를 손으 로 저지하고 말했다.

"봤나? 날 겁줄 수 없는 자는 내 옆에 서지 못한다, 라이. 싸우고 싶 나? 그럼 날 죽이고 로핀과 싸워라. 네 기더를 따르고 싶나? 그럼 날 따라와라. 평생 싸우게 해주겠다."

라이는 조금씩 힘을 빼 로핀의 칼에서 보검을 뗐다. 로핀도 칼을 뒤로 물렸다. 하지만 서로를 노려보는 시선에는 아직도 살기가 섞여 있었다.

"싸우고 싶다."

라이가 대답했다.

타냐는 그가 카셀을 죽이기로 결정한 것처럼 흠칫 놀랐다. 하지만 카셀은 느긋하게 그의 뒷말을 기다렸다.

"많이 싸우고 싶다. 많이, 아주 많이."

라이의 목소리에서 지금까지 보이던 살기와는 다른 감정이 엿보였다.

"그럼 내 옆에 서라. 내 명령에 따라라."

카셀은 거의 라이와 몸이 닿을 것처럼 가까이 다가갔다. 라이가 오히려 보검을 약간 뒤로 물려야 했다. 카셀은 강한 어조로 말했다.

"지금부터 내가 너의 기더가 되어주겠다!"

대꾸하는 라이의 목소리는 어딘지 슬프게 들렸다.

"그 말, 지켜라. 날……, 속이지…… 마라."

"네가 약속을 지키면 나도 약속을 지킨다. 잘 봐, 속이기 쉬운 위치에 있는 건 너야."

라이는 뭔가 생각하는가 싶더니 아란티아의 보검을 도로 내주었다. 카셀은 칼을 잡아 칼집에 넣었다. 그리고 그대로 몸을 구부려 손에 들고 있는 열쇠로 라이의 발목에 걸린 족쇄를 풀어 주었다. 손목과 발목, 그리고 날개를 걸고 있는 자물쇠가 모두 풀리며 그의 몸에서 묵직한 쇠사슬이 흘러내렸다.

철컹, 철컹 하는 쇳소리가 났다.

벌거벗은 몸은 조금 말랐다는 점만 빼면 특별히 다른 문제는 없어 보였다. 오래 갇혀 있었다고는 생각되지 않는 건장한 육체였다. 라이는 두 손을 몇 번 쥐었다 폈다 하면서 자신의 몸을 뜯어보았다.

카셀은 라이가 자유를 만끽하는 시간을 기다렸다가 로핀에게 물었다.

"로핀, 이제 후딘틴에게 어떤 증거를 보여야 합니까?"

로핀은 대답은 않고 카셀을 무섭게 째려보았다.

"왜요?"

"너 이 자식, 내 칼로 즈토크 워그를 막게 했겠다?"

"두 검의 상봉이라고 해 둡시다."

"아까 너 뭐라고 했더라? 후배를 사랑해 달라고? 이 자식아, 선배부터 아껴!"

로핀은 투덜대더니 후딘틴이 있는 창살문을 턱으로 가리켰다.

"세상 모든 일에 달관한 척했던 저 노인이 지금 놀라고 있는 모습을 봐라. 너는 이미 어떤 레미프도 감히 앞에 서지 못한 살인마의 칼날 앞에서 살아남았다. 그게 신탁에 대한 너의 해석이 옳았다는 증거로 보이겠지."

"라이는 살인마가 아니라, 전사입니다. 결투의 개념이 없는 레미프들이 모르는 사실을 제가 알아낸 것뿐이죠."

카셀은 라이에게 손을 내밀며 말했다.

"정식으로 소개하지. 내 이름은 카셀이다."

인간의 말뿐 아니라 인간의 예법에 대해서도 아는 건지, 라이는 카셀의 손을 잡고 악수했다. 그리고 굵은 목소리로 말했다.

"나, 라이다."

카셀은 묵직하게 고개를 끄덕였다.

"내게 와 줘서 고맙다, 라이."

라이는 카셀의 눈을 뚫어지게 바라보며 오랫동안 악수를 했다. 카셀이 악수를 그만하고 물러나려는 데도 계속했다. 억센 악수를 끝내고 카셀은 자기 손의 어디가 부러지지는 않았는지 살폈다.

타냐는 카셀 옆에 바짝 붙었다. 모두가 감옥을 나가고 마지막으로 두 사람이 감옥을 나서려는 순간, 그녀가 짐작했던 일이 벌어졌다.

카셀은 뒤늦게 몸을 떨며 타냐에게 기울어졌다. 가까스로 기대어 걸으면서 그는 물에 젖은 강아지처럼 부들부들 떨었다.

"저, 타냐. 여기서 조금 이러고 있다가 나가는 게 좋을까요, 나간 다음에 이러는 게 좋을까요?"

"여기서 이런 다음에 나갑시다. 밖에 다른 레미프들이 있고 여긴 우리 둘밖에 없으니까."

"그럼 잠시만 버텨주세요."

타냐는 말없이 그를 뒤에서 끌어안았다.

'정말 형편없는 남자군. 등에 식은땀 흘린 것 좀 보라지. 손은 또 왜 이렇게 떨고 있담? 이렇게 허약하고 겁 많은 남자는 처음이야. 앞으로는 항상 내가 곁에 있어야겠어. 딴 사람은 절대 이 남자의 약한 면을 못 보게, 이 모습은 오직 나만 볼 수 있도록!'

✦ Chapter 16 ✦
눈털의 영역

　라이가 임시 거처에서 묵은 때를 씻는 동안 카셀은 그 앞에서 계속 기다렸다. 라이를 구경하러 나온 레미프들이 사방에 잔뜩 있었다. 살인마라고 무서워하면서도 호기심은 동하는 모양이었다. 만약을 대비해 판커틴과 그의 병사들이 주위에 여럿 배치되어 있었다.

　카셀은 따가운 햇살을 피해 나무 그늘에 기대고 앉아 쉬고 있었다.

　타냐는 카셀의 옆에 계속 서 있다가 로핀이 움막 근처에서 손짓하는 걸 보고 그에게 다가갔다.

　"카셀은 괜찮나? 좀 불편해 보이는데."

　로핀이 물었다.

　"긴장이 풀려서 그렇습니다. 괜찮아요."

　"다행이군."

　로핀은 불도 안 붙은 파이프를 물었다.

타냐는 경비병들을 턱짓으로 가리키며 물었다.

"그자를 그 정도 쇠사슬에 묶어 둘 정도였다면 이제 와서 저런 경비 세우는 게 무슨 소용이 있다고 저럴까요?"

"마음의 안정이 필요했겠지. 그보다……."

"아까……."

둘이 동시에 말했다가 로핀이 먼저 말하라고 양보했다.

"아까 라이 앞에서, 로핀도 잠깐이나마 카셀의 기에 눌려 있더군요."

"젠장! 뭔 말 하나 했더니!"

"결국 라이를 제압한 건 로핀의 힘이잖아요."

"그랬지. 갑자기 막아서 아직도 손바닥이 아파. 그런데 그건 왜?"

"정말 라이가 카셀을 따를 거라고 생각하십니까? 순리대로라면 로핀을 따라야지요."

"내가 묻고 싶은 것도 그거였어. 나 역시 막은 거지, 굴복시킨 건 아니야. 힘으로 굴복시켰다고 따를 놈도 아니었지."

"더 싸우려 들었겠죠. 나의 기더는 싸움이다! 그러면서."

"그렇지."

"레미프에 대해서 잘 아시지 않습니까? 라이가 카셀의 말을 따를까요?"

"라이는 다른 레미프와 달라. 난 사실 협상이 실패로 끝나면 카셀을 끌고 나오려고 했었지. 살인마 레미프가 카셀을 죽이려고 들면 막으려고 했고. 그런데 둘 다 벌어지지 않았어. 이제 이 이후의 일은 나도 알수 없게 되었다."

나무에 기대고 앉아 있던 카셀이 로핀이 다가오는 모습을 발견하고 자리에서 일어났다.

"이제 제가 말한 대로 됐으니 라든 쪽에서 루티아로 원군을 보내 줄 차례겠지요?"

"난 모른다! 결정은 홉트가 내리는 거야."

로핀은 약간 화가 난 목소리였다.

'좀 전에 당한 일에 아직 분이 풀리지 않았나 보군. 하지만 자기한테 싸움을 시켜서 그런 건 아닐 거야. 허를 찔린 게 더 화가 나는 거지.'

그렇게 생각하니 타냐는 약간 통쾌했다.

"레미프들은 약속을 지킬 겁니다."

"약속? 카셀, 홉트는 라이에 대한 얘기를 할 때 원군에 대한 언급을 한 적이 없어."

타냐의 기억 속에서도 그랬다.

"아니, 그런 법이……."

뒤늦게 깨달은 카셀의 표정에는 실망감이 가득했다. 타냐도 목구멍에서 쓴 물이 올라왔다. 원래 레미프들은 자기들이 손해 보는 거래는 아예 시작하지도 않았다.

겨우 마음을 진정시킨 카셀이 다시 물었다.

"그럼 이제 어쩌죠?"

"일단 기다려 보지, 뭐."

이러니저러니 해도 감옥 안에서의 일이 있고 나서 카셀을 대하는 로핀의 태도는 많이 누그러져 있었다. 그러나 정작 뿌듯해해야 할 카셀은 것도 모르고 손해 보는 거래에 대한 해결책을 생각해 내기 위해 머리를 감싸 쥐었다.

"카셀, 라이를 풀어 줄 때 '어떤 확신'을 갖고 있었습니까?"

타냐가 물었다.

"무슨 뜻이에요?"

"대체 뭘 믿고 덤벼든 거냐고 물은 겁니다. 로핀을 공격해 보라질 않나! 너무 위험한 설득이었어요. 감옥에서 라이를 꺼내 온 게 아니라 당신 시체를 꺼내 왔을 상황이었지요."

"확신은 없었어요."

"확신도 없이 그런 무모한 짓을 했다는 소리입니까? 그것도 목숨을 내놓고."

"검술에 절대적인 실력을 가진 자들은 대체로 아무나 베지는 않습니다. 로핀이 없었으면 라이는 검을 휘두르지 않았을 거예요. 그렇지 않나요, 로핀?"

로핀은 콧방귀를 뀌었다.

"웃기고 있네. 내가 라이 입장이었으면 난 네 입을 찢어버렸을 거야."

카셀은 로핀을 엄지로 가리키며 자랑했다.

"보셨죠? 제가 여태까지 살아남은 행운이 이런 거예요. 제가 만난 기사들은 하나같이 굉장한 실력자들이었다는 겁니다. 어설픈 놈들한테 이런 짓 했다간 '뭐 어쩌라고? 죽어!' 그러면서 절 찔렀을 테니까요."

"방금 로핀은 카셀의 입을 찢어버린다고 했어요."

타냐가 지적했다.

"라이도 절 죽일 것처럼 말했어요. 하지만 안 죽였죠. 왜냐면 라이는 살인마도 아니고 길거리 양아치도 아니니까. 로핀도 자신이 라이 입장이었다면, 이라고 가정을 하잖아요. 로핀은 라이 입장일 수가 없으니 제 입을 찢을 일도 없죠."

로핀이 파이프를 손가락에 끼고 하품을 하다가 물었다.

"그러니까 요는, 라이를 처음부터 인정하고 들어갔다?"

"예. 그리고 로핀이 하도 뒤에서 밀어댔잖아요. 만약 거기에서 물러났으면 당신은 저를 캡틴 울프로 인정하지 않았을 겁니다. 그렇지요?"

"내가 테스트하고 있는 건 알고 있었나?"

"마스터 퀘이언께서도 그러셨고 아이린도 그러셨습니다. 메이루밀도요. 당신이라고 다를 거 있겠습니까?"

"맛있는 부분을 그놈들이 다 처먹어 버려서 네놈이 능구렁이가 다 되었다, 그 말이군."

"예?"

"아니야. 됐어, 됐어. 테스트고 지랄이고 너 상대하느라 괜히 나만 피곤해졌다."

타냐도 어디 가서 한숨 자고 싶었다. 하지만 카셀도 잠을 못 자고 있다는 점이 떠올라 참았다.

"어쨌든 제가 라이에게 당했더라도 로핀과 타냐는 몸을 지킬 수 있었잖아요. 책임은 저 하나만 지는 셈이 되니 차라리 과감하게 몸을 날린 거죠. 다행히 실패하지는 않았고요."

"걱정했던 내가 바보 같아졌군."

"걱정해 주셨나요, 로핀?"

"아주 쬐금."

"하지만 만약 제 제안이 성공한다면, 그리고 이 일이 끝난다면 라이는 저에게 충성을 맹세해야 합니다. 제가 약속만 제대로 지키면 거짓말을 하지 않는 레미프의 특성상 자연스럽게 따라오는 결과 아니겠습니까? 그럼 레미프들 중 가장 강한…….."

뒤에서 나는 커다란 소리에 카셀은 말을 끊고 돌아보았다.

모두의 시선이 그쪽을 향했다. 라이가 문을 열고 나와 있었다.

라이는 바깥에서 자길 구경하러 나온 레미프들을 쭈욱 훑어보았다. 그러나 별 관심을 보이지 않고, 대신 나무에 가린 푸른 하늘을 올려다보며 깊게 숨을 들이쉬었다. 다른 레미프들처럼 깔끔한 하얀 옷을 입고 잿빛 머리카락을 휘날리는 그는 갑자기 새하얀 날개를 활짝 펼쳤다. 감옥 안에서 봤을 때도 커 보였지만 밖에서 보니 더 컸다. 다른 레미프들과는 비교도 할 수 없었다.

라이는 큼직하게 날갯짓을 했다. 레미프들이 놀라 웅성거렸고 아이들은 환호하며 같이 날개를 펼쳤다. 발이 떠오른 그의 몸은 빠르게 하늘로 솟아올라 갔다. 아이들도 따라서 날았지만 작은 날개로는 몇 미터 따라가지 못했다. 하지만 라이는 나무를 뚫고 하늘을 날았다.

병사들은 순간 라이가 달아나는 거라고 생각하고 당황하며 무기를 들었다. 하지만 라이는 큰 원을 그리며 하늘을 비행하더니 금방 지붕 위로 되돌아왔다. 그가 떨어뜨린 몇 개의 깃털이 바닥으로 나풀거리며 떨어졌다.

카셀은 그 모습에서 눈을 떼지 못하고 하려던 말을 이었다.

"……가장 강한 데다 하늘도 나는 레미프 전사가 울프 기사단이 되는 겁니다. 제가 어찌 설레지 않을 수 있겠습니까?"

로핀은 굳은 얼굴로 말했다.

"가장 빨리 나는 자……. 이번 신탁은 레미프들의 언어에 지독히도 충실했군. 가장 강한 전사를 '상징'하는 말이 아니라 진짜로 가장 빨리 나는 자였어."

판커틴은 라이에게 당장 지붕에서 내려오라고 소리치고 있었고 라이는 먼 곳에 시선을 둔 채 못 들은 척했다.

타냐는 성인이 된 후에도 하늘을 날 수 있는 레미프를 들어본 적이 없어, 놀란 가슴을 쓸어내렸다.

"저 모습을 보십시오, 카셀. 저렇게 자유로운 존재가 누군가의 손에 통제될 것 같지는 않습니다. 그리고 그가 했던 약속과 당신이 생각한 맹세는 그 의미가 다를지도 모르지요."

"그런 건 상관없어요. 어차피 울프의 기사는 종속되는 존재가 아니니까요. 저는 그저 라이의 기더에 배신이 없기만을 빌 뿐입니다."

신탁의 결과가 나오기까지는 몇 달이 걸렸다지만, 떠날 채비는 몇 시간 만에 갖추었다. 마을 전체에 긴장된 분위기가 감돌았다.

카셀은 출발 직전까지 후딘틴을 설득하기 위해 노력했다.

"신탁에 나온 인물이 라이가 맞다면 제가 간다는 약속은 지키겠습니다. 이 의식이 꼭 성공하도록 노력할 겁니다. 그러니 당신들은 루티아와 연합해 주십시오. 서로가 사는 길입니다. 당신들을 공격하고 있는 그 미지의 적에 의해 루티아가 무너지면, 당연히 그 적은 당신들을 노리게 될 테니까요.”

　전에는 대강대강 통역해 주었던 로핀도 이번에는 적극적으로 카셀의 의견을 전달했다. 그러나 후딘틴을 비롯한 늙은 레미프들은 나이만큼이나 완고했다.

　“그 말도 옳다. 그러나 우리가 데리고 있는 전사의 숫자는 고작 이 나라를 지킬 수 있는 수준에 불과하다. 언제 적들이 쳐들어올지 모르는 상황에서 여길 비우라고 명령할 텐가, 워그?”

　후딘틴은 이제 카셀을 ‘우그’라고 부르지 않고 레미프어로 늑대, ‘워그’라는 호칭을 썼다. 카셀은 실망했으나 더 이상 설득하지 않았다.

　“그럼 당신들의 현명함에 루티아의 운명을 걸겠습니다. 다시 회의를 열고 또 한 번 신탁을 받으십시오. 당신들의 신께서 당신들을 지키고자 한다면 분명 루티아를 도우라는 신탁을 내릴 겁니다.”

　타냐도 실망이 컸으나 이제 되돌릴 수 없었다. 카셀은 출발 준비가 끝나는 저녁 무렵까지 라이가 지붕 위에 퍼져 있는 집 앞에 앉아 고민에 빠졌다.

　타냐도 그 옆에 앉았다.

　“타냐, 아까는 옆에 있어 줘서 고마웠어요.”

　“당신은 고맙다는 인사를 쓸데없이 많이 하시는군요. 굳이 그런 예의를 보일 필요 없습니다.”

　타냐는 말한 다음 후회했다.

　‘너무 냉정하게 말했어. 이럴 땐 그냥 괜찮다고만 하면 되는데.’

　타냐가 사과의 말을 떠올리는 사이 카셀이 말했다.

　“너무 경계하지 마세요.”

카셀은 두 다리를 쭉 뻗고 앉아 벽에 등을 기대었다.

타냐는 이게 뭔 소린가 싶어 카셀을 뚫어지게 쳐다봤다. 그리고 뒤늦게 지금 자신의 시선이 '차갑게 노려보는 마녀의 시선'이라는 사실을 깨달았다.

"타냐가 절 한심해하고 싫어한다는 건 잘 알고 있어요. 그렇다고 너무 밀쳐내진 마세요. 어쩔 수 없이 저랑 엮이는 게 불편하시겠지만, 제가 다른 의도가 있어서 그랬던 건 아니에요."

카셀은 약간 머뭇거리다가 말을 고쳤다.

"물론 그 의도에 제 호감이 들어있는 건 사실이긴 하지만요."

"전 카셀이 지금 무슨 말씀을 하고 있는 건지 잘 모르겠습니다."

타냐는 진심으로 물었다.

라이 앞에서도 그토록 당당하던 카셀이었지만, 타냐 앞에서 소심했다. 이어지는 그의 말은 더욱 한심스러웠다.

"그러니까……, 어, 이번 일만 끝나면 제가 타냐를 불편하게 만들 일이 없을 테니 조금만 더 참아주시면 좋겠다는 말씀을 드리고 싶었어요."

마치 마음속에 타는 모닥불에 카셀이 물을 한 바가지 들고 와서 확 쏟아부은 기분이었다. 타냐는 차갑게 말했다.

"알고 있습니다. 제 임무는 당신을 루티아까지 무사히 데려가는 것이고, 그때까진 서로 불편해하지 않는 게 좋겠지요."

"네. 또 저……."

"말씀하시죠."

"너무 절 싫어하진 말아주셨으면 좋겠어요."

"그런 적 없습니다."

"아까도 정말 다리에 힘이 풀려서 그랬던 거예요."

"아까?"

"라이의 감옥에서……."

"힘들 땐 돕는 게 당연합니다. 자, 여기 좀 앉아서 쉬십시오. 출발까지는 시간이 좀 남았으니 괜찮다면 눈도 좀 붙이고요."

"고마워요."

카셀은 자책하듯 말을 이었다.

"저도……, 제가 좀 더 강했으면 좋겠어요."

"카셀은 충분히 강합니다."

카셀은 빙그레 웃더니 벽에 머리를 기대고 눈을 감았다. 그리고 거짓말처럼 잠들었다. 타냐도 조금 피곤해 그의 옆에 앉은 채로 벽에 등을 기댔다.

막 잠이 들려는 순간 타냐는 방금 카셀이 뭘 말하고자 했는지 깨닫고 눈을 떴다.

'아까 나한테 약한 모습을 보이고, 내게 안겨 있었던 게 흑심이 있어서 그런 게 아니었다고 변명하는 거였구나. 거기다 대고 난 쏘아붙이듯 말하고 말았군.'

타냐는 한숨이 절로 났다.

'날 단단히 오해하고 있겠군. 그렇다 해도 대체 아까 로핀을 끌어들이고 라이를 밀어붙이던 기세는 어디다 팔아먹은 거야?'

겨우 잠들었다가 눈을 떠 보니, 타냐의 앞에 석양을 가리는 덩치 큰 레미프가 서 있었다. 판커틴인 줄 알았지만 라이였다.

타냐는 저도 모르게 가슴의 구슬을 쥐었다.

"출발이다."

라이는 어눌한 어조로 말하고 마을 입구 쪽으로 걸어갔다. 그의 주위에는 여전히 별 의미 없는 경비병이 두어 명 따라다니고 있었다.

타냐는 아직도 일어나지 않는 카셀을 깨웠다.

카셀이 일어나자마자 물었다.

"저 얼마나 잤죠?"

"해가 안 진 걸 보니 많이 잔 건 아닙니다. 한 시간쯤?"

"밤새 뛰어서 그런지 온몸이 뻐근하군요. 타냐는 괜찮아요?"

"익숙합니다."

카셀은 몸 이곳저곳을 주물럭대더니 휘청거리며 걸어갔다.

"카셀."

타냐는 잠시 그를 불러 세웠다.

"네."

"아까 했던 말이요."

"네?"

카셀이 눈을 동그랗게 떴다.

"전 당신을 한심하다고 생각하지 않습니다. 싫어하지도 않습니다."

타냐는 단호하게 말했다.

"고마워요."

카셀은 잠에서 덜 깬 목소리로 대꾸했다.

"그리고 제가 좀 말이 거칩니다. 그건 오랫동안 혼자 여행을 다녀서 생긴 버릇이에요. 그러니 카셀이……."

순간 타냐는 말문이 막혔다. 뒤를 기다리는 카셀의 눈동자를 보니 오래 고민할 수도 없었다.

"……익숙해지세요."

타냐는 자신의 주둥이를 두 손으로 후려치고 싶었다.

'타냐, 너 뭔 소릴 지껄이고 있는 거야?'

하지만 카셀은 받아 주었다.

"네, 익숙해질게요."

카셀은 웃으며 돌아섰다. 타냐도 미소 지으려고 했지만 잘되지 않았다.

'마법사가 말문이 막히다니. 루티아로 돌아가면 당장 마스터의 직책을 내려놔야겠어.'

마을 입구에는 신탁에서 지목한 세 사람, 시나비아, 로핀, 라이가 먼저 기다리고 있었다. 즈비 족 남자들은 대부분 머리카락이 짧은 편인데 라이는 유난히 길었다. 그걸 땋아서 단정하게 가슴 쪽으로 늘어뜨리고 있었다. 덩치 큰 남자가 그런 머리를 하고 있으니 우스꽝스럽게 보였다.

그 주위에 창과 칼로 무장한 레미프 스물다섯, 그리고 그들을 지휘하는 판커틴이 준비하고 있었다. 어둠 속에서 봤을 때는 몰랐는데, 시나비아는 머리 색깔이 푸른 하늘처럼 파랬다. 눈이 안 보이는 그녀는 발소리만 듣고 카셀과 타냐 쪽으로 고개를 돌렸다. 그리고 물결처럼 출렁이는 머리카락을 어깨 뒤로 넘기며 인사했다.

"놀랍군요. 아까 봤을 때만 해도 두 분과 이런 일을 같이하게 될 줄은 예상하지 못했는데. 제 예지력이 아직도 부족하다는 걸 실감하게 되는군요."

"저 역시."

타냐가 말했다.

카셀은 로핀에게 다가가 속삭였다.

"다른 레미프들이 많이 따라가네요. 소수라고 하지 않았어요?"

"소수 맞아. 저번에는 백 명이 넘었어. 프보에 족들이 길목을 막고 있을 테니까. 아무리 소수로 가야 한다지만, 논틸의 영역에 진입하기 전까지 아예 전투가 없을 거라고 기대할 수는 없잖아. 그래서 판커틴도 경비병 자격으로 따라오는 거지."

로핀이 설명해주었다.

판커틴은 매서운 눈매로 자주 라이와 카셀을 노려봤으나 라이는 무 관심했고 카셀은 모른 척하려고 애썼다. 드래곤을 깨우는 의식에 참여 하지 못하게 된 게 그 둘 탓인데 오죽 불만이 많을까 싶었다.

많은 레미프들의 환송을 받으며, 일행은 마을을 떠났다.

앞에 서는 사람은 '가장 빨리 걷는 자'로 지목된 로핀이었다. 그 뒤를 '털빛 하얀 늑대'인 카셀이, 그의 옆에는 '하늘 산맥에서 온 마법사'인 타냐가 따랐다. 눈이 보이지 않는 시나비아는 '드래곤의 잠을 깨울 무 녀'로서 판커틴의 호위를 받으며 걸었다. 판커틴은 시나비아에게 길에 있는 많은 장애물을 설명하면서 인도했는데, 눈이 안 보인다고는 생각 되지 않을 정도로 걸음걸이가 자연스러웠다.

'가장 빨리 나는 자', 라이는 느리게 걸었다가 빠르게 걸었다가 멋대 로였다. 그러나 많은 레미프들이 우려하는 갑작스러운 일탈은 없었다. 그럴 생각도 없어 보였다.

"루티아가 걱정되시죠?"

카셀이 물었다.

"제 표정에 많이 드러나나요?"

타냐가 물었다. 카셀이 고개를 끄덕였다.

"이 일이 루티아에 도움은 되겠죠. 동의합니다. 하지만 아무래도 직접 루티아 안에서 뛰는 것만큼 피부에 와닿지는 않습니다. 걱정되지 않을 수 없지요."

"죄송해요. 제가 신탁에 일일이 반응해서 타냐를 끌어들일 것까지는 없었…….."

"그건 카셀 잘못이 아닙니다! 제가 원하지 않았다면 아무리 부탁했어도 따르지 않았을 겁니다. 사과하지 마십시오."

타냐는 소리쳤다.

카셀은 고개를 끄덕였다. 하지만 아까처럼 소심한 모습은 아니었다. 정말로 그는 타냐의 말투에 익숙해지기로 결심한 모양이었다.

"네, 우리는 이곳에서 루티아를 지킬 겁니다. 그렇게 만들 거예요."

카셀의 자신감 있는 목소리를 들으면 타냐는 알게 모르게 용기를 얻었다.

'로일이 원한 게 이런 용기라고 해도 믿겠어. 만약 내 힘을 더 보태 해결될 위기라면 굳이 내 힘을 보태지 않아도 해결될 거야. 루티아에는 나를 능가하는 마스터가 여섯 명이나 더 있으니까. 그러니 루티아에 만약 도움이 필요하다면 그것은 일곱 번째 마스터가 아니라 전혀 다른 힘일 거야.'

타냐는 그 전혀 다른 힘이 루티아가 아닌 이곳 라든에서 일어날 거라고 믿어 보았다.

"그리고 마스터 데다인은 아즈윈과 게랄드가 하늘 산맥 어딘가에서 실종되었다고 했어요. 이 일에 협조하면, 레미프들이 찾아줄지도 몰라요."

카셀은 희망을 가지고 말했다.

타냐도 동의했다.

"숲은 그들의 영역이죠. 일이 좋게 끝난다면 홉트도 적극적으로 도울 겁니다."

문제는 시간이었다. 루티아의 일도, 실종된 두 하얀 늑대들의 일도.

그러나 타냐도 그 시간의 문제가 얼마나 구체적으로 그들을 괴롭히게 될지는 알지 못했다. 이튿날이 되어서야 이미 걷잡을 수 없게 되었음을 알게 되었다.

밤이 되어 이동이 점점 느려졌다. 카셀도, 타냐도 피곤한 눈으로 로핀이 들고 있는 작은 등불에 의지해서 걸었다. 적에게 들킬 염려가 큰 마법 조명은 시나비아도 타냐도 사용하지 않았다. 어둠 속에서 카셀의 보검에 박힌 보석만 희미하게 빛을 냈다. 로핀의 칼은 빛을 냈다 안 냈다 했다. 안 내는 경우가 더 많았다.

시나비아가 힘들어하자 판커틴이 그녀를 안아 들었다. 판커틴의 덩치가 워낙 커서 그녀는 마치 인형처럼 보였다. 그녀는 타냐를 보더니 작은 목소리로 말했다.

"우리의 입장은 서로 다르군요. 저는 누군가에게 보호받고 당신은 누군가를 보호하고. 저도 당신처럼 건강한 육체를 갖고 싶었지만, 신은 제게 가져야 할 것 이상의 능력을 부여해 주질 않으셨죠."

그녀는 마치 딸이 아빠의 품에 안기듯 판커틴의 가슴에 얼굴을 파묻고 잠들어 버렸다. 저 정도로 의지할 수 있는 사람이 있는 것은 어떤 면에서 부럽기도 했다. 타냐는 인생을 살아오며 스승을 제외하고 자신의 속내를 드러낸 남자는 없었다. 그럴 필요도 없었고 그리고 싶지도 않았다.

"어제부터 궁금했는데, 로핀은 어떻게 길을 그리 잘 찾죠?"

카셀이 졸린 목소리로 대뜸 물었다.

"뭐든 그렇지만 많이 하다 보면 잘하게 돼."

로핀도 졸린 목소리로 대꾸했다.

"친구 중에 한 명도 사냥꾼 출신이지만 하늘 산맥에서는 방향을 못 잡았거든요. 여기는 그런 곳이잖아요. 특별한 도구가 있습니까?"

로핀은 허리에 찬 검을 툭 쳤다.

"아크랜드에 사는 인간이 이런 숲에서 방향 감각을 잃어버리지 않고 길을 찾으려면 두 가지 중 하나가 필요하지. 마법, 아니면 나디우렌의 증표. 내 검이 바로 그 증표 중 하나지. 그렇다고 길이 저절로 찾아진다는 뜻은 아니야. 기본적으로 여긴 워낙 숲이 울창해서."

"그럼 제 친구도 이런 거 하나 있으면 얼마든지 숲을 내달릴 수 있겠군요."

"당사자의 노력과 실력에 달렸지."

"그런 건 어떻게 구하죠?"

로핀은 싱겁게 웃었다.

"이미 그걸 허리에 차고 있는 녀석이 뭘 또 구해?"

카셀은 깜짝 놀라며 자신의 보검을 내려다보았다.

"이 칼이요?"

"만들기야 르고가 만들었지만, 보검의 재료가 된 금속은 테일드가 직접 가져왔고 손잡이에 박힌 보석은 가넬로크에서 가져왔지. 인간을 대표하는 세 힘이 합쳐져서 나타난 검이라면 하늘 산맥의 여신이라 할지라도 통행을 허락해 줘야지."

그 말에 반응이라도 하듯 손잡이에 박힌 보석이 느릿느릿 깜빡거렸다. 경건한 눈으로 보검을 대하던 로핀은 걸음까지 멈추고 카셀에게 속삭였다.

"그리고 그 칼은 단순한 증표 이상의 힘을 가지고 있지. 기억해라. 보검의 출신은 하늘 산맥이고 칼의 진짜 용도 역시 하늘 산맥에 있다."

긴장한 카셀은 숨까지 멈추고 물었다.

"그 진짜 용도가…… 뭡니까?"

"몰라."

로핀은 휙 돌아서 가 버렸다. 괜히 같이 긴장해서 듣던 타냐도 인상을 구겼다.

카셀은 로핀의 어깨를 붙잡고 늘어졌다.

"이런 것까지 추리하라고 그러실 겁니까? 가르쳐 줘도 되잖아요, 이런 건."

"모른다니까 그러네."

"용도가 있다면서요?"

"그래, 있어."

"그러니까 그게 뭐예요?"

"그러니까 모른다니까."

"용도가 있긴 있는데 뭔지는 모른다는 겁니까?"

"아! 그런 셈이지."

"아! 그러시군요! 하늘 산맥에서 들고 다니면 조명 효과가 더 우수하다고 말씀하실 줄 알았는데요."

카셀은 투덜거렸고 로핀은 죽는다고 웃어 댔다. 낮에 터진 웃음보가 아직 봉합이 안 된 모양이었다.

타냐는 두 사람의 이야기가 희극적으로 변질되는 것 같아 진지하게 물었다.

"우리가 지금 드래곤을 깨우러 간다는 말은 들었습니다만, 구체적으로 어떤 일을 하는 겁니까?"

어둠 속에서 야행성 조류의 노랫소리가 들려왔다. 바람에 묻은 습기 많은 나무 냄새는 보통 아크랜드에 있는 숲에서는 맛보기 힘든 향기로움이 있었다. 하지만 저 깊은 어둠 어딘가에 있을 적을 상상하니 낭만에 젖을 틈은 없었다.

"드래곤은 수천 년을 살지만, 실제로 활동하는 시간은 몇백 년 되지 않는다더군. 대부분의 시간을 잠으로 보내. 아니, 잠이라는 표현은 좀 안 맞겠군."

로핀은 턱을 긁적이며 말을 이었다.

"자기들을 모시고 있는 레미프의 부름을 받으면 언제든 깨어날 수 있는 가사 상태라고 보는 편이 좋겠어. 하지만 아무 레미프나 부른다고 일어나면 그게 신이라고 할 수 있겠나? 하루에 아홉 시간만 자는 인간이란 존재도 자다 두들겨 깨우면 기분 더러워지기 마련인데 수십, 수백 년씩 자는 드래곤이 레미프가 부르는 소리에 매번 일어날 수는 없지 않나? 그래서 각 나라, 각 부족을 지배하는 드래곤이 한 마리씩 있으면 그 드래곤을 깨울 수 있는 레미프도 한 명뿐인 거야."

"그게 시나비아군요."

"시나비아는 그런 무녀들 중에서도 굉장히 높은 계급이야. 어지간한 루티아 마법사는 그녀 앞에서 숨도 못 쉴걸."

타냐는 그 말에 동의했다.

로핀은 계속 말했다.

"또 라든은 레미프들의 나라 중에서도 꽤 큰 나라고, 그들이 모시는 드래곤도 드래곤 세계에서 높은 계급의 존재지. 인간으로 치면 로드의 칭호와 비슷한 급이라 할 수 있는 '레'의 칭호를 가지고 있고, 이름은 논틸. 그를 모시고 있는 나라의 이름이 그의 성이야. 붙여서 부르면 레−논틸−라든, 그게 라든을 지키는 수호 드래곤이다."

"로드의 계급이 있다면 다른 계급도 있겠군요?"

이런 얘기라면 사족을 못 쓰는 카셀은 금방 또 눈을 반짝이며 물었다.

"아란티아의 계급 체계는 사실 드래곤들의 계급 체계에서 가져왔다. 그래서 로드의 계급은 '레'라고 부르고 기사 계급은 '카'라고 부르고, 하이로드의 계급은 '사'라고 부른다. 나도 드래곤들의 이름을 많이 알지는 못하지만……."

"사, 레, 카, 순이겠군요."

"쉽게 예를 들자면 드래곤들의 마스터라고 할 수 있는 '크나딜'은 가장 높은 계급이므로, '사─크나딜'이 되는 거지. 좀 알겠나? 물론 '사'의 칭호를 가진 드래곤은 중립을 지키므로 따로 영토를 갖지 않아서 뒤에 성이 붙지 않아. 그리고 오해할까 봐 미리 말해 두지만 계급만 그렇다는 거지, 어줍지 않게 계급으로 드래곤들의 힘을 판단하는 우는 범하지 말 것."

"와아, 인간들의 하이로드도 대단했는데, 드래곤들의 하이로드라면 어떤 느낌일지 감이 안 잡히는군요. 우리가 만난 그 검은 드래곤은 어떤 존재인가요?"

로핀은 뒤통수를 긁적였다. 마치 '이 말을 해, 말아?' 하는 표정이었다.

"구아닐. 그 사악한 녀석은 '카'의 계급을 가지고 있고 드래곤들 사이에서도 특별한 존재다. 존재해서는 안 되는 드래곤이지."

길게 뜸 들였던 것에 비하면 짧은 설명이었다. 타냐는 그가 뭔가를 숨기고 설명했다는 것을 눈치챘다. 로핀은 숨긴 것을 덮어 버리기라도 하듯 다른 설명을 바로 이어갔다.

"즈비 족이 프보에 족과의 오랜 갈등을 겪는 이유가 여기에 있지. 프보에 족은 '카'의 드래곤을 모시고 있어서, '레'의 드래곤을 모시고 있는 즈비 족이 상대적으로 우월감을 갖고 있거든. 그들은 그런 문제로 몇백 년이나 갈등을 빚어 왔고, 최근 구아닐의 출현과 동시에 서로 창을 들이대기에 이르렀지."

로핀은 머릿속으로 이야기를 가다듬다가 말을 멈췄다. 그대로 침묵이 길어졌다. 뒤따라오는 레미프들은 말을 하기는커녕 입도 열지 않았다.

타냐는 로핀에게 묻고 싶은 게 많았지만, 그런 침묵의 무게를 이길 수가 없어 묻지 못했다. 역시나 이럴 땐 카셀이 나서주었다.

"혹시 그 계기가 10년 전, 사건이 아닙니까?"

항상 묻는 말에 거침없었던 로핀이었지만, 그 질문에는 대답하지 않았다. 카셀은 대답을 기다리지 않고 말을 이어 갔다.

"그리고 로핀은 익셀런이 하늘 산맥을 오른 사건을 조사하기 위해 여기에 올랐다고 했지만, 혹시 진짜 목적은 그 검은 드래곤과 관련이 있는 건……?"

"한 가지만 부탁함세, 후배 울프. 논틸을 깨우는 작업이 끝나면 내가 아는 모든 얘기를 해 주지. 그러나 지금은 때가 아니야."

로핀은 속삭임을 넘어 거의 들리지도 않게 말을 이었다.

"엄밀히 말하면 지금 우리가 논틸의 영역을 향해 걸어가는 행위 자체가 종교의식 중 하나다. 난 레미프들과 오래 살아서인지 이런 종교의식에 부정 타는 걸 좋아하지 않게 되었거든? 구아닐의 이름은 레미프들에게 있어 악마의 이름과도 같다. 그러니 입에 올리지 않겠다."

카셀은 금방 납득하고 고개를 끄덕였다.

"알겠습니다. 기다릴게요."

로핀은 씨익 웃었다가 걸음을 멈췄다. 그리고 즉시 손에 든 등불을 카셀에게 넘겨주고 뒤따라오는 병사들에게 수신호를 보냈다. 훈련이 잘되어 있는 병사들이 창을 들어 사방을 경계했다. 시나비아를 안고 있는 판커틴이 달려왔다.

이제 타냐는 레미프어 발음에 많이 익숙해져서, 판커틴의 뭉개진 발음도 슬슬 들리기 시작했다.

"무슨 일인가, 오파이?"

"앞에 모즈들의 시체가 있다."

새삼 로핀은 어떻게 마스터 골베인처럼 수십 년 동안이나 언어를 연구한 사람보다 더 능숙하게 레미프어를 할 수 있는지 의문이었다.

"적은?"

"내 느낌에는 없지만, 혹시 모르지. 살펴보고 오겠다."

"나랑 같이 가야 한다. 오파이. 모즈들이 있는 곳에는 항상 카구아가 같이 있으니까."

"시나비아는 어쩌고?"

판커틴은 안고 있는 시나비아를 깨웠다. 그녀는 금방 쓰러질 것 같은 연약한 걸음걸이로 품에서 내려왔다. 그는 무릎을 꿇고 시나비아에게 고했다.

"죄송합니다. 시나비아 님. 잠시 다녀오겠습니다."

"내 걱정은 말아요. 루티아의 마법사와 울프 기사단의 캡틴이 저를 지켜 줄 겁니다."

"제가 걱정하는 건 라이입니다."

"라이는 절대 절 해치지 않을 거예요."

카셀은 몇 걸음 떨어지지 않은 위치에서 나무 위를 두리번거리는 라이를 돌아보며 말했다.

"자유를 만끽하고 있군요, 라이는."

라이의 얼굴에는 표정이 전혀 없어 그게 즐거워하는 건지 잠 깨려고 고개를 흔들고 있는 건지 분간이 안 갔다. 그래도 그 말을 듣고 보니 그런 것도 같았다.

"확실히 보초를 서도록."

판커틴은 마지막으로 병사들에게 명령했다. 그리고 등불을 든 로핀과 함께 어둠 속으로 나갔다. 등불이 멀어지자, 주변이 급격히 어두워졌다.

타냐는 어둠 속에서 저녁 무렵 카셀이 했던 말을 상기했다.

'나더러 경계하지 말라고?'

맞는 말이었다. 타냐는 만나는 모든 사람을 적으로 가정했다. 누구에게도 마음을 허락하지 않았다. 친하게 지내는 사람은 아무도 없었다. 루티아의 마스터들을 빼고 나면 사실 마법사들 중에서도 친한 사람은 없었다. 케인스윅의 선생도, 학생도, 주민도.

마스터 테일드를 찾는 여행 중에 타냐는 수많은 사람들을 접했다. 그중 열에 아홉은 그녀 앞에 똑바로 서지도 못했고, 그 나머지는 존경심이나 질투심만 큰 나머지 친해지지는 못했다. 적으로 만난 이는 말할 것도 없었다.

최근 기준으로 봐도 그랬다. 쉐이든은 존경 쪽이고, 제이메르는 두려움 쪽이고, 블랙은 적이었다. 새나디엘 여왕처럼 예외도 있었지만, 그건 테일드처럼이나 예외였다.

수년간의 여행 기간 동안 타냐는 한 번도 동행을 만들지 않았다. 만들지 못한 거라 해도 상관없었다. 그걸 중요하게 여긴 적은 단 한 번도 없었다.

마법에 봉인을 걸어 외모가 바뀌었을 때 이미 타냐는 인간관계를 포기했다. 억지로 내치지는 않았지만 억지로 관계를 맺으려는 노력은 전혀 하지 않았다. 상처 입을 거라고 생각했지만 의외로 아무렇지도 않았다.

남자들은 그녀를 보면 외면하려고 애썼고 여자들은 무서워서 피했다.

'원하던 바야. 아무렇지도 않아.'

타냐는 그 말을 주문처럼 반복했고 이제는 그 주문조차 필요가 없었다.

그 덕분에 긴 여행 중에 만난 수많은 적들 앞에서도 타냐는 망설임이 없었다. 생명을 빼앗는 마법을 인정하지 않던 스승님의 가르침을 따르고 싶어서, 반드시 죽여야 될 상대를 만나면 늑대로 변해 물어서 죽였다. 죽음으로도 죄를 씻지 못할 악한 이들에게는 평생 살아 있는 걸 원망하며 죽음을 기다려야 할 저주와도 같은 마법을 걸었다.

일반인들에게 있어 타냐의 마법이란 생사여탈권을 쥐고 있는 사신의 낫과도 같았다. 그런 과정에는 남들을 배려할 필요가 없었다. 그러고 싶지도 않았다. 한 가지 목표를 향한 그녀의 집념은 다른 쪽에 쓰일 집중력까지 끌어모았다.

사사로운 감정도 잊었다. 어린 시절의 일로 인해 어떤 멋진 남자를 봐도 흔들리지 않았다.

……그러던 중 아란티아에서 카셀을 만났다. 도서관에서 이야기했던 그는 오랫동안 하나를 위해 노력하던 자신의 집념 어린 모습을 닮아 있었다. 약하기 때문에 빈 곳을 채우려는 의지는 더욱 강했다. 그리고 그는 '친구'라는 것에 대해 유난히 많은 얘기를 했다.

친구와 만나게 된 사연을 이야기했고 친구를 구한 이야기를 했고 친구들이 자기를 구해 준 이야기를 했다. 사람들을 더 사귀고 싶다는 것도 카셀의 넓은 목표 중 하나였다. 그의 돌발적이고 무모한 행동에서 단 하나 일관된 건 '친구'였다.

지금도 카셀은 루티아가 아니라, 루티아에 있는 친구들을 위해 싸우고 있었다. 하늘 산맥의 운명을 위해서가 아니라, 하늘 산맥에서 실종된 친구들을 찾기 위해 레미프들을 돕고 있었다.

공교롭게도 그 친구들이란 사람이 모조리 중요 인물이다 보니, 사적인 감정으로 공적인 일을 그르치고 있는 것도 아니었다.

지금도 카셀은 실종된 두 친구에 대해 말하고 있었다. 카모르트에서 겪은 두 사람과의 에피소드들, 전혀 어울릴 것 같지 않은 아즈원과 게랄드지만 사실은 서로 좋아하는 사이인 것 같다는 장난 섞인 추측.

카셀의 이야기는 항상 재미있었다. 말을 잘하는 것을 떠나 그는 상대방을 재미있게 해 주려고 노력했다. 특히 친구들에 관한 얘기에는 열정이 타올랐다. 그런 카셀의 이야기 속에 황야를 걷는 자신의 모습이 겹쳐졌다.

거기에는 아무도 없었다.

어딜 가도 아무도 없었다.

사람들 주위에 있어도 그녀는 혼자였다.

그때 주문처럼 중얼거렸던 말, 아무렇지도 않아, 라는 건 거짓말이다.

사실은 외로웠다. 너무 외로워서 아무렇지도 않다고 거짓말을 해 댔다. 이제 그 거짓말이 자신의 진심이 되었다고 또 한 번 거짓말을 하고 있었다. 그리고 어느 날 인적 없는 황야에서 밤하늘의 별을 바라보던 그때 루티아로 돌아올 결심을 했다. 그냥 자신을 아는, 적어도 자신을 무서워하지 않을 루티아의 마스터들 곁으로 돌아가고 싶었다.

카셀의 친구들 얘기 따윈 듣고 싶지 않았다. 오랫동안 잊어버리고 있던, 잊어버려야 했던 감정들이 일어나니까. 그러나 들을 수밖에 없었고 결국 그 황야에서 외쳤던 말들이 떠올랐다.

'아무렇지도 않아, 괜찮아, 난. 괜찮지 않더라도 괜찮아질 거야.'

타냐는 무릎을 끌어안고 지는 석양을 바라보며 견뎠던 추위가 떠올랐다. 하얀 설원 위에 외롭게 찍힌 자신의 발자국이 떠올랐다. 악마의 마법을 빌려 쓰는 마법사들과 혼자서 싸운 전투도 떠올랐다.

'혼자서도 상관없어. 나는 테일드의 제자야. 약하다는 말은 하지 않아.'

지금은 그 빗나간 거짓말이 부메랑처럼 돌아와 진실을 이야기해 주었다.

외로웠다. 누군가와 같이 있고 싶었다.

카셀이 아즈윈과 게랄드에 대한 얘기를 즐겁게 하면 할수록 더욱 비참해졌다.

'카셀, 당신이 나와 그런 모험을 같이했다면……'

눈동자에 차는 눈물에 시야가 점점 흐려졌다가 방울지어 떨어진 후도로 눈앞이 맑아졌다.

'……그랬다면 당신은 나와의 일을 이렇게 다른 사람에게 열정적으로 얘기해 줄까?'

"……그래서 결국 아즈윈은 게랄드를 좋아하지 않는 척하는 것 같아요. 그러면 인정하는 꼴이 되니 싫다 이거죠. 반면에 게랄드는 다른 쪽에는 무모할 정도로 적극적인데, 아즈윈에 관련된 일에는 오히려 아닌척하죠. 그래서 겉으로 보기에 둘은 막 대하는 것처럼 보이고……, 어? 타, 타냐?"

카셀이 얘기하다가 멈췄다.

타냐의 목걸이가 그녀의 감정에 반응하여 희미하게 빛을 냈다. 어둠이 가려 주던 그녀의 눈물이 그 빛에 반짝이고 있었다. 타냐는 황급히 고개를 돌리고 눈물을 닦았다.

"그래서 둘은 아직도 밋밋한 관계인가요?"

타냐는 얘기 잘 듣고 있었다는 걸 보여 주려고 물었다.

"저……, 제가 무슨 잘못이라도 했나요?"

카셀이 물었다.

타냐는 고개를 돌린 채로 손을 내저었다. 그리고 정말 아무것도 아니니까 잠시 가만두라고 소리 지르려고 했다. 평소에 하던 대로, 냉정한 여자로 비추면 그만이었다. 그러다 그렇게 되지 않았다.

타냐는 내밀었던 손을 접었다.

"잠깐 옛날 생각이 났습니다. 그럴 때면 정말 이유 없이 눈물이 나죠."

타냐는 구슬의 빛을 수습해 꺼뜨리고 호흡을 정리했다.

"제 얘기의 어떤 부분이 그런 기억을 들췄나 보군요."

"비슷합니다. 하지만 이제 괜찮아요."

카셀은 더 따지고 들지 않았다.

타냐는 마음을 다잡았다. 10년 넘게 머릿속에 쌓아 둔 벽을 이렇게 쉽게 허물어 버리고 싶지 않았다. 그건 과거의 상처가 얕다고 인정하는 꼴이었다.

타냐는 자살하려 했던 그때를 떠올렸다. 자신의 손으로 그어버린 얼굴을 기억했다. 지금 살아가는 목숨은 이미 한 번 죽었기 때문에 존재한다는 것을 잊지 않기 위해 애썼다. 카셀의 말대로 두 사람은 이 일이 끝나면 서로 불편하지 않게 멀어져야 할 사이였다.

그때 시나비아가 레미프어로 말을 걸었다.

"이제 우리 언어를 조금은 알아듣는 것 같은데, 우리 쪽 언어로 말해도 괜찮을까요?"

"천천히 말해주면요."

타냐는 대답하면서도, 카셀에게 눈을 떼지 못했다. 카셀은 로핀이 사라진 방향만 쳐다보고 있었다.

시나비아가 레미프어로 말했다.

"지금 그를 놓치면 그는 돌아오지 않아요."

타냐는 시나비아를 확 쏘아보며, 레미프어로 말했다.

"나와 카셀은 당신이 생각하는 그런 관계가 아닙니다! 남의 과거를 보더니 이제 남의 사생활에 간섭하려는 겁니까?"

"저는 우그 사이의 감정을 알지 못합니다."

시나비아의 목소리는 어두운 골방 안보다 숲에서 더욱 맑게 울렸다.

"언젠가 로핀이 저에게 그러더군요. 이대로 무녀인 채로 사랑도 없이 수백 년을 살아갈 자신이 있냐고? 그는 레미프들이 갖는 감정을 몰라서 그런 말을 했죠. 저에게 있어 당연한 게 그에게는 당연한 게 아닌 겁니다. 그래서 저는 이렇게밖에 설명할 수 없었죠. 아란티아의 홉트 새나디엘도 천 년 동안 혼자였으나, 한 번도 외로워하지 않았으며 혼자임을 후회하지 않았다고."

여왕에게는 울프 기사단이 자식과도 같았고 루티아의 그랜드 마스터와 비슷한 주기로 바뀌는 수호기사를 연인처럼 여겼다. 그녀가 외로

위할 이유는 없었다. 시나비아는 감은 눈으로도 정확히 카셀이 있는 곳을 지적했다.

"그를 보세요. 저는 그의 얼굴은 볼 수 없지만, 숨소리에 깊은 고뇌가 묻어 있는 걸 들을 수 있습니다. 누가 잘못했나요? 저는 모릅니다. 그러나 그는 잘못이 자신에게 있다고 여기고 있어요."

타냐는 그녀에게 대꾸할 기력도 없었다. 한 번 터진 눈물샘이 제어가 되지 않았다.

그녀는 테일드를 만나 마법사가 되기 전, 자신이 얼마나 울보였는지 떠올랐다. 카셀도 그랬지만, 시나비아 역시 타냐가 오랫동안 감추어 온 기억들을 너무 많이 들춰내고 있었다.

"지금 그는 의지할 상대를 찾고 있습니다. 과거의 기억 속에서 본 그는, 의지할 상대를 만나야 진정으로 강한 힘을 발휘했습니다. 그는 지붕입니다."

시나비아는 마치 지붕을 그리듯 두 손을 모았다.

"주위에 받쳐 주는 기둥이 강하면 강할수록 더욱 넓게 퍼질 수 있는 지붕입니다. 반대로 받쳐 주지 않으면 홀로 서지도 못하지요. 그는 농사를 지을 때는 농사꾼이었고 패색이 짙은 군대에서는 패잔병이 되었으며 의적들 사이에 있을 때는 의적이 되었고 정치가들 사이에서는 정치가가 되었습니다. 그리고 하얀 늑대가 받쳐 주자 그는 하얀 늑대들의 캡틴이 되었습니다. 이제 당신 차례가 왔군요. 루티아의 마법사가 받쳐 주면 그는 무엇이 될까요?"

"나는 누군가를 받칠 기둥이 못됩니다."

"제가 아까 말했죠? 남자에게 보호받는 저와 남자를 보호하는 당신.

당신이 부러웠습니다."

시나비아는 가슴 앞에 모으고 있던 손바닥을 하늘로 펼쳤다. 하얀빛의 가루가 늑대의 형상과 나무의 형상을 만들어 냈다.

"우리에게 나무는 마법사를 뜻합니다. 하늘 산맥에서 온 마법사와 하얀 늑대. 전 당신들 두 사람이 신탁에 나타날 것은 예지하지 못했지만, 이제 당신 두 사람이 라든의 기더를 좌지우지하게 될 것임을 알았습니다."

시나비아는 다시 손을 접었다. 그녀가 만든 빛의 가루가 타냐의 머리 위로 눈송이처럼 떨어졌다.

"카셀을 지켜 줄 사람은 당신뿐입니다. 그리고 당신이 먼저 마음을 열면 카셀은 반드시 당신에게 응할 겁니다."

타냐는 눈을 감고 빛의 가루가 사라지는 마법을 맞았다.

"시나비아, 당신은 아란티아 여왕이 제게 해 준 예언도 읽었습니까?"

"예, 당신의 '연인'에 대한 짓궂은 예언이더군요."

"지금까지의 조언은 모두 그걸 염두에 두고서 한 말입니까?"

시나비아는 정확히 타냐가 신경 쓰고 있는 게 어떤 부분인지 이해하고서 미소 지었다.

"제 과거를 읽는 능력 따윈 새나디엘 홉트의 예언에 감히 댈 수 없습니다. 그리고 저는 약속드렸던 대로 당신의 과거를 들춘 게 아니에요. 오직 카셀의 과거와 당신의 현재를 재 본 것에 불과합니다. 어렵게 생각하지 않으셔도 돼요. 카셀에게 지금 필요한 건 친구죠. 그리고 당신도 마찬가지 아닌가요?"

"레미프는 거짓말을 하지 않는다고 했지만 지금 당신의 말은 믿기 어렵군요."

시나비아는 빙그레 웃었고 타냐도 따라 미소 지었다. 이런 식으로 미소 지은 적이 드물어 어색했다.

"하지만 고맙습니다, 시나비아."

타냐는 카셀에게 돌아섰다. 그는 발소리를 듣고 뒤를 돌아보았다. 그가 먼저 뭔가 말을 하려다 타냐가 말을 하려는 것을 보고 입을 다물었다. 타냐도 거의 동시에 그런 생각을 하는 바람에 마찬가지로 말을 멈췄다. 서로 배려하느라 서로 입을 떼기 힘들어 오히려 어색한 시간만 흘렀다.

타냐는 결심하고 말을 꺼냈다.

"카셀……, 저……."

그때 부스럭거리는 소리가 나면서 등불이 다가왔다. 로핀과 판커틴이 돌아왔다.

"구아닐이 근처에 있다."

로핀이 말했다.

"여긴 논틸의 영역이라면서요?"

타냐의 말을 들을 준비를 하던 카셀은 당장 벌떡 일어나 물었다. 어색한 참에 로핀이 나타나 준 걸 다행으로 여기는 것 같았다.

"어어. 우린 이미 논틸의 영역에 들어와 있지. 그런데도 구아닐이 돌아다닌다는 건 뭔가 안 좋은 일이 일어났다는 거야. 서둘러야겠어. 자세한 이야기는 가면서 하지."

로핀은 원래 가려던 방향에서 약간 우회하는 길을 택했다. 걷는 속도도 빨라졌다. 나름대로 열심히 쫓아오던 시나비아는 곧 판커틴을 불러 다시 들어 달라고 요구했다. 판커틴은 기꺼이 그녀를 안아 올려 타냐의 뒤에서 걸었다.

라이는 천천히 걸으면 천천히 따라오고 빨리 걸으면 빨리 따라왔다. 레미프들도 그에게 말을 걸지 않았고 그도 마을을 벗어난 후 아무 말도 하지 않았다.

"우리가 수색하러 간 자리에 모즈들의 시체가 널려 있었다."

로핀이 말했다.

모즈는 아이린이 끌고 왔다는 시체를 보기 전까지는 타냐가 한 번도 본 적이 없는 짐승이었다. 다리는 짧은데 팔은 길었으며, 지저분한 털이 온몸을 덮고, 뭉툭한 코 때문에 얼굴이 앞으로 길게 튀어나와 있는 것처럼 보였다. 하지만 다른 어떤 신체 부위보다 녀석의 눈이 놈을 사악하고도 강해 보이게 만들었다. 눈동자도 없이 눈자위 전체가 피로 물든 것 같은 눈이었다.

"격렬한 전투 흔적이 있었고 그 근처에는 구아닐의 발자국도 있었다. 어두워 확신하긴 힘들지만, 모즈 쪽이 기습당한 것으로 보이더군. 맨발 흔적과 날개 깃털이 어지럽게 널려 있는 게, 십중팔구 레미프들의 군대라고 생각되긴 하지만……."

로핀은 말끝을 흐렸다가 카셀에게 대뜸 물었다.

"너 지금 딴생각하냐?"

"예?"

그의 말을 경청하는 것으로 보이던 카셀이 화들짝 놀라며 대꾸했다. 눈치 빠른 로핀은 타냐의 얼굴을 살폈다.

"둘이 싸웠어?"

타냐는 카셀과의 문제를 둘이서만 풀고 싶었다. 지금 여기에서 로핀이 끼어드는 건 원치 않았다. 그래서 그녀는 일부러 굳은 얼굴을 하고 물었다.

"모즈들이 왜 이곳에 있는 거죠?"

로핀은 이미 몇 걸음 앞을 내다보는 늙은이처럼 미소 지었다. 기분 나쁜 농담이 이어질 줄 알았지만 그는 객관적인 상황만 설명했다.

"최근 들어서 라든은 프보에 레미프들뿐 아니라 모즈들의 위협도 받고 있었지. 근 한 달 안에만 벌써 두 번이나 전투가 있었거든. 그때마다 많은 수의 모즈들을 죽이긴 했지만 이쪽 피해도 심각했어."

로핀은 다시 앞을 바라보며 등불을 높이 세웠다.

"그게 후딘틴이 루티아에 원군을 내주지 않는 두 번째 이유다. 너는 모즈들이 루티아를 점령하고 나면 라든도 안전하지 않다고 했지? 루티아로 원군을 보내면 라든은 어쩌고? 이런 제기랄, 설명하는 동안 위험에 처해 버렸군."

로핀은 등불을 내려놓고 판커틴에게 손바닥을 밑으로 향해 신호를 보냈다. 그는 시나비아를 내려놓았고 병사들은 전투를 준비했다.

"타냐, 이제 빛을 숨기지 않아도 좋다."

로핀의 말에, 타냐는 구슬을 들어 푸른빛을 사방에 뿌렸다. 타냐의 마법 빛을 반사한 붉은 눈동자가 정면에 둥둥 떠다니고 있었다. 모즈들이었다.

"백 마리 정도 되는군."

로핀은 대강 숫자를 헤아리고 모두에게 레미프어로 명령을 내렸다.

"시나비아 주위로 집결하라."

판커틴이 그 명령을 받아 전달했고 병사들은 민첩하게 시나비아를 보호했다. 타냐도 카셀의 옆에 서며 말했다.

"제 옆에 잘 붙어 계십시오."

타냐는 주문을 외우며 정면에 있는 모즈들에게 푸른빛을 쏘았다. 부채꼴로 펼쳐져 있던 모즈들의 포위망 한쪽이 와르르 뒤로 무너지면서 전투가 시작되었다.

로핀이 제일 먼저 칼을 뽑아 달려들었다. 그의 칼이 모즈들에게 박힐 때마다 빛이 어둠을 깨뜨렸다. 여전히 그가 한 손이라는 사실을 믿을 수가 없을 정도로 부드러운 손놀림이었다.

판커틴은 시나비아의 옆에서 공격을 받아 낼 준비를 했다. 하지만 모즈들은 판커틴이 아닌, 다른 병사들만 공격했다. 그가 모즈들이 있는 쪽으로 돌아가면 다른 쪽 병사들이 공격당했고 공격당하는 쪽으로 다시 돌아가면 또 다른 방향이 공격당했다. 모즈들은 둥그렇게 시나비아를 보호하는 원을 따라 움직여 판커틴이 없는 부분만 공격했다.

그는 참지 못하고 원 밖으로 빠져나가 모즈들 사이로 뛰어들었다. 그리고 로핀의 옆에서 통나무라도 부술 것 같은 엄청난 칼 놀림으로 모즈들을 베어 나갔다. 하지만 로핀과 판커틴을 제외한 나머지 레미프들에게는 버거운 싸움이었다. 모즈 한 마리가 레미프 병사 둘을 물고 늘어질 지경이었다.

전열이 무너진 건 로핀과 판커틴의 반대쪽 자리였다. 레미프 병사들이 일제히 쓰러지며, 단숨에 모즈 다섯 마리가 시나비아에게 달려들었다. 다른 병사들이 일제히 달려들었지만 성급한 공격에 네 명이 죽었다. 타냐가 급히 세 마리를 마법으로 날려 버렸지만 기어이 한 마리는 들고 있는 뭉툭한 몽둥이를 시나비아에게 휘둘렀다. 보지 못하는 시나비아도 이마로 떨어지는 몽둥이를 느끼고 몸을 움츠렸다.

그때 모즈의 몽둥이가 시나비아에게 닿기 직전, 한 레미프의 팔뚝에 막혀 부러졌다. 모즈는 부러진 몽둥이 끝을 멍청하게 바라보았다. 시나비아 앞에 서 있는 레미프는 라이였다. 라이는 모즈의 목을 한 손에 쥐더니 그대로 허공에 내던졌다. 나뭇가지 너머로 사라진 모즈는 어디에 걸리기라도 한 건지 도로 떨어지지도 않았다.

다른 모즈들 몇 마리가 뒤이어 시나비아에게 달려들었다. 하지만 라이는 맨손으로 붉은 눈의 짐승들을 내리치고 목을 꺾어 놓았다. 라이는 다른 레미프들보다 월등히 덩치가 컸지만 훨씬 민첩하게 모즈들의 칼과 발톱을 피했다.

포위를 뚫고 들어온 모즈들의 대부분은 타냐와 라이에게 박살났다.

'도와주는 건가? 날 수 있으니 단지 피하는 거라면 혼자 도망가 버릴 수 있었을 텐데.'

타냐는 시나비아를 사이에 두고 앞뒤로 서서 모즈들을 처치하면서 라이를 몇 번 돌아보았다. 판커틴이 라이에게 무기를 지급하지 않았는데도 싸우는 데는 지장이 없었다. 그 모습을 보니 오히려 칼을 쥐어 주지 않은 판커틴의 걱정을 이해할 수 있었다.

그때 시나비아가 작게 비명을 질렀다. 타냐도 라이도 방심한 것은 아니었다. 둘은 시나비아에게 접근하는 모즈들을 모두 처치했다. 하지만 몸의 절반이 깨져 나간 녀석이 피를 철철 흘리면서 기어와 기어이 시나비아의 발목을 물어뜯는 것은 막지 못했다.

보검을 들고 다른 레미프들을 돕던 카셀이 때마침 옆에 있었다. 카셀은 칼을 거꾸로 들고 시나비아의 발목을 물고 있는 모즈의 등을 찔렀다. 하지만 몸의 절반이 뜯겨 나간 채로도 움직일 수 있던 녀석이라 그런 걸로는 발목을 놔주지 않았다.

타냐는 바깥쪽으로 뿜어내던 마법의 힘을 안쪽으로 돌리는 데에 시간이 걸렸다. 그것보다는 늑대로 변하는 게 더 빨랐다. 타냐는 구슬을 놓고 맨손으로 시나비아의 발목을 물고 있는 모즈의 머리를 잡아 눌렀다. 손등에서 하얀 털이 빠져나오면서 늑대의 발로 변했다.

늑대의 이빨을 가진 타냐는 모즈의 목을 물어 뼈를 부러뜨렸다. 목이 떨어져 나가며, 모즈의 몸통에서 붉은 피가 뿜어져 나와 카셀의 손과 타냐의 머리와 시나비아의 발목을 적셨다.

타냐는 빠르게 시나비아 근처로 달려드는 모즈들을 공격했다. 이 거대한 늑대와 하늘까지 날아올라 공격해 오는 라이를 본 모즈들은 허둥대다가 서로 몸뚱이를 부딪치며 달아나 버렸다.

타냐는 입에 문 모즈를 던져 버리고 더러운 피를 뱉었다. 다시 인간의 모습으로 돌아왔어도 그 피 맛이 남아 있어 또 침을 뱉었다.

"워그?"

레미프들이 경이에 가득한 목소리로 웅성거렸다.

"워그."

"라두 워그."

그들은 타냐를 보고 하얀 늑대라고 말하고 있었다. 카셀이 울프 기사단이라는 걸 알 리 없는 그들의 당연한 오해였다.

로핀이 맞아 싸우던 모즈들도 후퇴했다. 그는 피 묻은 칼을 털어 내며 돌아와 라이의 앞에 섰다. 라이는 아직도 한 손에 인형처럼 너덜거리는 모즈의 시체를 쥐고 있었다.

로핀이 라이에게 레미프어로 물었다.

"싸워 주기로 결심했나?"

"이런 건 싸움이 아니다."

라이는 그 시체를 휙 던졌다. 나무에 머리를 들이박은 모즈의 몸이 늘어졌다. 그는 허리를 숙여 로핀의 얼굴 정면을 주시하며 도전적으로 말했다.

"너 정도의 검사와 싸우는 것을 나는 싸운다고 말한다. 감옥 안에서 물러난 것도 묶이지 않은 상태로 싸우고 싶어서였다."

공용어가 아닌, 레미프어로 말하는 라이의 목소리는 부드러우면서도, 강했다.

"그런 건 카셀에게 부탁해 봐. 걔가 허락하면 나도 안 피하도록 하지. 그걸 조건으로 풀려난 거 아니었나?"

로핀은 절묘하게 도발을 피하지도 않고, 도전을 받아 주지도 않았다. 아마 카셀이 허락할 리 없다는 판단에서 그렇게 말한 것이겠지만 라이 역시 카셀에게 부탁하지 않았다.

짧은 싸움이었으나 피해는 컸다. 병사들이 열 명 가까이 죽거나 움직일 수 없는 큰 부상을 입었다. 그러나 어떤 면에서 가장 큰 피해는 시나비아의 부상이었다.

타냐는 마법으로 상처를 지혈했으나, 그녀가 걷는 건 불가능했다. 뼈가 으스러졌으니 어쩌면 평생 걷지 못할지도 몰랐다. 눈도 안 보이는데 이제 걷지도 못하게 된 것이다.

타냐는 옆에 있었음에도 지키지 못했다며 사과했으나, 판커틴은 자신의 잘못이라며 울음을 터트렸다. 그는 레미프들의 성녀를 부상 입힌 건 모즈가 아니라 공명심에 잠시 눈이 멀어 옆을 떠난 자신이라고 말했다.

고통과 출혈로 얼굴이 하얗게 질린 시나비아는 자기 앞에 무릎 꿇은 판커틴의 머리에 손을 얹었다. 늘어진 그녀의 하얀 날개가 고통을 참느라 파들파들 떨렸다. 거짓말을 모르는 종족이라 그런지 예의상 괜찮다는 말을 하지도 않았다. 그리고 몸조차 거짓말을 할 줄 몰랐다.

"판커틴, 나의 전사여. 내가 발을 잃었으니 당신이 나의 발이 되어 주세요. 아직 내 기더는 여기에서 멈추라고 정해지지 않았어요."

"기꺼이 그러겠습니다, 시나비아. 이제 절대 곁에서 떨어지지 않겠습니다."

레미프들의 상하 관계를 제대로 이해하기는 어려웠으나, 이런 식으로 희생을 강요하는 시나비아의 모습에서 타냐는 진짜 용서를 보았다. 판커틴은 울면서 그녀의 상처를 붕대로 감쌌고 시나비아는 힘겹게 고통을 참았다. 그 광경을 보는 타냐에게 카셀이 손수건을 내주었다.

"닦아요. 피가 많이 묻었네요."

얼굴을 닦아 내고 보니 정말 피가 많이 묻어 나왔다. 타냐는 그 손수건을 다시 내주려다가 그의 얼굴에 튄 몇 방울의 피를 손수 닦아 주었다.

피.

아란티아 여왕이 직접 말해 준 예언은 피와 직접적으로 연관이 있었다.

'암흑을 상징하는 더러운 피를 뒤집어쓴 자…… 내가 스스로 나의 모습을 드러내 보여 줄 자.'

지금까지 잊어버리고 있던 예언이었다. 타냐는 그런 기억을 털어 버렸다. 근처에 아직 모즈들이 남아있는 지금, 그런 걸 신경 쓸 때가 아니었다.

타냐는 손수건을 내주며 힘없이 웃었다. 카셀도 웃으며 손수건을 받긴 했지만 역시 아무 말 하지 않았다.

"두 사람, 다친 데 없나?"

또 로핀이 두 사람 사이에 끼어들었다.

"레미프들은 괜찮지만 인간은 모즈의 손톱에 긁히기라도 하면 독에 감염돼. 조금이라도 다치면 즉시 약을 발라 줘라."

로핀은 부상당한 병사들과 서너 명의 몸 성한 병사들을 한데 묶어 귀환을 지시했다. 동행하는 숫자가 상당히 줄어든 상태로 다시 이동이 시작되었다. 타냐는 한숨을 푹 내쉬고 일행을 뒤따랐다.

논틸의 영역에 진입하자마자 모즈들의 습격을 받은 탓에 판커틴은 경계를 더욱 강화시켰다. 다리를 다친 후 시나비아도 적극적으로 길 찾기에 가담했다. 주로 로핀에게 위험의 조짐이 느껴지는 방향을 알려주는 식이었다.

　로핀은 시나비아의 감이 자신의 수색 능력보다 더 위라고 말하며 순순히 의견에 따랐다. 하지만 아무래도 자신이 찾아낸 길로 가는 게 아니다 보니 로핀은 그만 방향을 잃고 말았다.

　"솔직히 말씀하세요. 지금 창피하시죠?"

　카셀이 무뚝뚝하게 말을 건넸다.

　타냐는 카셀이 갑자기 시비를 거는 모습에 깜짝 놀랐다. 그리고 로핀이 그 말을 듣고 박장대소를 하는 모습에서 더 깜짝 놀랐다. 로핀은 카셀의 머리를 사정없이 헝클어뜨리면서 말했다.

　"너 점점 마음에 든다? 퀘이언은 너보고 뭐라고 하디?"

　카셀은 무뚝뚝한 표정 자체가 농담이었음을 증명이라도 하듯 작은 소리로 웃었다.

　"옛날얘기로 하얀 늑대들 꼬셨다고 혼내시던데요."

　로핀은 상황이 상황인지라 더 크게 웃지 못하는 걸 한탄하기라도 하듯 크큭대고 웃었다. 타냐는 방금 카셀의 말 어디가 농담이었는지 알 수가 없었다.

　아직 프보에 레미프들을 보지 못했지만 그들이 얼마나 위험한 존재인지는 다른 병사들의 분위기를 보면 알 수 있었다. 길을 잃었다는 말에 거의 공포에 질릴 정도였다. 판커틴도 걱정스러워했고 길을 지시한 시나비아는 미안해했다.

　알게 모르게 모든 짐을 짊어지게 되는 사람은 로핀이었다. 자기를 따르는 사람들의 목숨을 책임지고 있는 상황. 하지만 로핀은 책임감이라고는 털끝만큼도 보이지 않고 제 갈 길만 재촉하는 사람처럼 모두를 이끌었다. 시나비아가 힘들어하는 것도 아랑곳 않고 불안해하는 병사들을 위로하지도 않고 어디로 가야 할지 가르쳐 주지도 않으며 카셀과 농담이나 하면서 걸어갔다.

결국 예정보다 두어 시간 정도 더 걸려 논틸의 동굴로 들어가는 입구를 발견했다. 동시에 아침이 밝아 왔다. 병사들은 안도했다.

"길을 잃어버린 거 아니었습니까?"

타냐는 동굴의 입구를 앞에 두고 다른 레미프들에게 들리지 않게 조용히 물었다.

로핀도 목소리를 낮춰 되물었다.

"그걸 왜 묻나?"

"길을 잃어버린 게 아니었다면 진작 말했어야지요. 모두들 두려워하는 게 안 보였습니까? 만약 진짜로 길을 잃어버린 거였더라도 모두를 안심시켰어야 하고요."

로핀은 큭큭대고 웃더니 엉뚱한 걸 되물었다.

"남자 좋아해?"

"그게 무슨 말씀이십니까?"

"그런 게 아니면 떨어져서 말해. 몇 년이나 여자에 굶주린 남자한테 그렇게 가까이 오면 위험하다."

장난으로는 보이지 않는 말투였다. 타냐는 불쾌한 표정으로 노려보았지만 로핀은 눈길을 거두지 않고 말했다.

"레미프들과 같이 지내다 보니 나도 거짓말을 못하게 되었다. 선의의 거짓말조차도. 그런데 잘할 줄도 모르는 위로의 말을 떠들어서 뭐하게? 어차피 길을 잃었다면, 길을 찾을 때까지 씩씩하게 움직여야지."

로핀은 키득대면서 동굴 옆에 앉아 있는 카셀의 옆으로 다가갔다.

타냐가 원치 않아도 강한 시선으로 노려보면 그녀의 주시 대상은 진짜로 한기를 느끼게 됐다. 지금처럼 노골적으로 시선에 힘을 실으면 뒤통수에 서리가 낄 정도였다. 하지만 로핀은 뒤도 안 돌아봤다.

타냐는 자신의 외모를 남자들이 접근 못하게 할 무기로 썼다. 남자를 상대할 때는 가장 차가운 말투를 택해 말했으며 가장 차가운 태도로 행동했다. 그런데도 여자라는 이유로 수를 쓰려는 남자는 얼마든지 있었다.

또 안 좋은 기억이 떠올랐다. 방금 로핀을 상대로는 불쾌함으로 끝난 게 아니라, 순간적으로 무서웠다.

'그동안 날 상대로 못된 마음을 품은 남자들을 쉽게 무시할 수 있었던 건 과거의 상처가 치유되어서가 아니었어. 언제라도 상대를 힘으로 제압할 수 있다고 확신했기 때문이지. 그래서 날 힘으로 제압할 수 있는 남자를 만나면 난 또다시 공포에 사로잡히고 마는 거야.'

로핀이 카셀에게 말했다.

"우리가 잘 숨은 게 아니라 적들이 우리를 피해 간 기분이다."

"시나비아가 안내해서 그런 게 아닐까요?"

"한 달 전에는 시나비아가 아무 말 안 해서 습격당했겠나? 난 최소한 서너 번은 싸우게 될 줄 알았다. 이걸 다행이라고 해야 할지⋯⋯."

논틸의 동굴 입구에는 나뭇가지와 넝쿨로 가려진 괴이한 모양의 석상이 왕을 모시는 신하처럼 좌우로 배치되어 있었다.

로핀은 그 넝쿨 중 한 개를 잘랐다. 그러자 다른 넝쿨은 혼자 힘으로 스르르 물러났다. 카셀이 깜짝 놀랐다.

"괴상한 놈들이지? 여기에는 식물 같은 동물이 있고 동물 같은 식물도 많아. 움직이는 식물이라 봐야 곤충을 잡아먹는 정도니, 무서워할 필요는 없어. 방금 같은 경우에도 내가 공격하니까 달아났다고 생각하면 돼."

로핀은 타냐에게는 사악한 남자가 되었다가 카셀에게는 자상한 선생님처럼 굴었다. 타냐는 어느 쪽에 장단을 맞춰야 할지 몰라 속이 끓었다.

"식물이 곤충을 잡아먹어요?"

카셀이 호기심을 보이며 물었다.

"햇빛을 받지 못해서 곤충 따위를 잡아먹어 영양을 보충한다더라. 작은 동물을 잡아먹는 녀석도 있어."

"사람 잡아먹는 식물도 있나요?"

"내가 알기로 그 정도 크기는 없어."

판커틴이 다가와 시나비아를 내려놓았고, 시나비아는 석상 앞에 무릎 꿇고 기도를 올렸다. 다른 레미프들도 따라서 무릎을 꿇고 고개를 숙였다. 카셀이 그 의식을 존중한 나머지 무릎을 꿇으려고 하자 로핀이 저지했다.

"석상 앞에 무릎 꿇을 수 있는 건 라든의 레미프들로 한정되어 있다. 다른 나라 레미프도 안 되는데, 우리는 더더욱 안 되지."

로핀은 석상 밑에 쓰인 글을 읽어 주었다. 몇몇 단어는 레미프어로 발음했다.

"레-논틸-라든. 운명, '기더'를 따르는 자의 출입을 허락하노라. 선택, '클로아쿠' 받지 못한 자의 출입을 금하노라. 여기 내 호흡이 닿는 곳에 내 힘이 함께하며, 여기 내 지혜가 닿는 곳의 존재는 나를 경배하라…… '자이', 논틸의 이름으로 축복하며 저주한다."

"운명이라는 단어와 선택이라는 단어가 같이 쓰이고 있네요? 제가 이해하는 바로는 의미가 중복되는데."

카셀이 말했다.

"몇 차례 설명했지만, 레미프들을 이해하려면 기더를 이해해야 한다. 레미프들은 기더를 따르며 기더는 신이 직접 클로아쿠한다."

"알 듯 말 듯 하군요."

"내가 어째서 라이를 조심하라고 했는지 알아? 레미프들은 결코 거짓말을 하지 않지만, 기더에 따른다고 생각하면 서슴지 않고 아군을 배신할 수 있다. 웃기는 건 배신을 당한 쪽에서도 그게 기더라고 인정하면 배신자를 욕하지 않는다는 거야. 그래서 배신이라는 단어도 있지만 거의 쓰이질 않아. '나쁜 쪽으로 기더를 따른다' 는 표현을 더 많이 쓰지."

기도는 끝났으나 시나비아는 석상 앞에 엎드린 채 움직이지 않았다. 다른 레미프들도 똑같이 따라 했다.

로핀은 목소리를 더욱 작게 했다.

"대신 상대를 죽이는 건 오래전 내려온 신탁에 따라 기더로 인정하지 않지. 즈비 족 레미프들이 프보에 족을 죽일 수 있는 건 그들을 아예 레미프로 인정하지 않아서야."

로핀은 협박조로 말을 이었다.

"자, 카셀. 너는 기더로 보호받는 레미프도 아니고 라이는 그런 기더를 거스를 정도로 자신의 전투 의지를 소중히 여긴다. 이래도 저 녀석을 컨트롤해서 네 부하로 두겠다고 자신할 수 있겠느냐?"

또 한 번 자신감을 상실할 줄 알았던 카셀은 어깨만 으쓱했다.

"부하로 둘 생각 없었어요. 친구가 되는 건 노력해 봐야죠."

"만나는 모든 이를 친구로 만들려고 노력하는 친구군. 나한테도 그런 방식을 적용하고 있는 거지, 지금?"

"그래 보여요?"

"그래 보인다. 하지만 나한테는 잘 안 통할 거다."

"그런다고 제가 실망할 것 같아요? 마스터 아이린한테도 안 통했는데요, 뭘."

"걔는 말 많은 남자를 질색하거든. 말 많은 테일드를 좋아하게 된 건 정말 불가사의한 일이야."

"마스터 아이린을 대했던 그 시간을 떠올리면 지금도 식은땀이 나네요. 의식에 필요한 시간은요?"

기도를 마치고 자리에서 일어난 시나비아가 카셀의 말을 알아듣고 레미프 언어로 대답했다.

"하루나 이틀 정도에요. 하지만 논틸께서 미리 준비를 하고 계셨다면, 오늘 중으로 깨어나실지도 모르죠. 뵙기 전까지는 알지 못해요."

로핀이 카셀에게 통역해 주었다. 그사이 판커틴이 다가와, 절룩거리는 시나비아를 부축해 석상 옆에 앉힌 후 말했다.

"제 임무는 여기까지입니다. 이제부터는 로핀이 대신 인도할 것입니다."

이미 알고 있는 듯, 시나비아는 고개만 끄덕였다.

판커틴은 무표정한 얼굴의 라이를 불러 레미프어로 말했다.

"네가 내 대신이 되었으니 반드시 시나비아 님을 지켜라."

라이는 대꾸조차 하지 않았다. 판커틴은 그에게 대답을 강요하고 싶었는지 주먹을 불끈 쥐었다. 싸움이 일어날 것 같은 분위기에 카셀이 끼어들었다.

"잠깐만요. 혹시 판커틴은 안 가는 겁니까?"

두 덩치 큰 레미프 사이에 끼자 카셀은 어린아이처럼 작아 보였다. 로핀이 카셀의 말을 전달해 주자 판커틴이 당연하다는 듯 대꾸했다.

"이 동굴에 들어갈 수 있는 기더가, 내게는 주어지지 않았다."

카셀은 로핀의 통역을 듣자마자 말했다.

"그러나 신탁에 나타난 사람이 걷지 못하게 되었지 않습니까? 그 신탁이 제대로 된 것이 맞는다면 무녀를 지키는 전사가 또 필요한 것 아닙니까? 기더? 제가 이해하고 있는 게 맞는지 시나비아께 여쭙겠습니다. 판커틴은 스스로의 불찰로 '잠을 깨우는 무녀'를 부상 입혔습니다. 그럼 거기에 대한 책임을 지고 무녀의 기더를 보호해야 하지 않나요? 여기서 기다리겠다는 건 오히려 기더에서 도망치는 거 아닙니까?"

언뜻 판커틴을 책망하는 말이었으나, 뒤집어 생각하면 판커틴을 배려하는 말이었다. 신탁은커녕 레미프 관습도 모르는 카셀이 낄 수 없는 건 당연했다. 그러나 시나비아와 같이 가고 싶어 하는 욕구를 자극하니 판커틴은 망설였다.

'이건 단순한 배려가 아니라 카셀의 작전이야. 실패해도 성공인 치밀한 계산!'

타냐는 감탄했다.

판커틴은 당연히 신탁에 개입한 카셀을 원망하고 있을 것이다. 반면 카셀은 라든의 군사력을 쥐고 있는 판커틴의 도움을 받아 루티아로 원군을 보낼 방법을 고민하고 있었다. 카셀이 그의 원망을 받아서 좋을 게 없었다. 그래서 카셀은 그 원망을 망설임으로 바꿔 버렸고, 망설임을 배려로 여기게 만들고 있었다.

게다가 시나비아는 판커틴을 좋아하고 있었고, 판커틴도 마찬가지였다. 카셀이 과연 거기까지 계산했는지 모르겠지만 그의 작전에 시나비아까지 끌려왔다.

"신탁대로라면 나머지 네 사람에게는 모두 해야 할 일이 있을 겁니다. 그러나 나머지 넷 중 누구라도 저를 보호하느라 그 일을 하지 못하게 된다면 신탁이 어긋나게 되는 거겠죠. 판커틴, 당신에게 절 부상 입힌 책임이 있다면 그 책임은 임무가 끝날 때까지 계속되는 거예요. 저도 카셀의 생각에 동의해요."

신탁이 저런 식으로 느슨하게 적용될 리 만무했다. 라든의 홉트가 이 자리에 있었다면 백 번을 회의해도 허락되지 않을 일이다. 그러나 현재 일행에게 있어 시나비아의 판단은 멀리 있는 홉트의 명령보다 우선되었다.

판커틴은 힘들게 결정을 내렸다.

"제가 모시겠습니다."

판커틴은 카셀을 보고 살짝 고개만 끄덕여 보였다. 판커틴을 보고 짓는 카셀의 천진난만한 미소를 보고 타냐는 다시 의문이 들었다. 방금 타냐가 했던 그런 계산대로 움직이는 사람이라면, 카셀은 그저 뒤에서 숨어서 머리 쓰는 책략가가 되었을 것이다. 그러나 카셀은 아란티아에서도, 지금도 그렇게 행동한 적이 없었다. 정말로 판커틴을 위해서 끼어든 것이다.

밤에 시나비아가 했던 말이 떠올랐다. 패잔병들 틈에서는 패잔병이 되었고, 정치가들 사이에서는 정치가가 되었고, 하얀 늑대들 틈에서는 하얀 늑대가 되었다. 그럼 지금은 뭐가 되고 있는 거지?

퀘이언과 아이린에 이어 또 한 명의 마스터인 로핀에게 인정받더니, 인간으로 치면 살인마라고 할 수 있는 라이를 상대로 친구가 되니 어쩌니 떠들고, 방금은 판커틴의 원망을 비껴갔다. 카셀을 중심으로 또 뭔가가 벌어지고 있었다.

"아까 그 말 진심이었습니까?"

타냐는 어깨 옆을 지나치는 로핀에게 으르렁거리는 목소리로 말했다. 늑대로 변하는 일이 잦다 보니 화가 나면 자기도 모르게 늑대처럼 반응할 때가 있었다.

"뭐? 아, 그거!"

로핀은 걸음을 멈추고 허리에 손을 올렸다.

"아까도 말했지만 레미프들처럼 살다 보니 거짓말을 못하거든. 입에서 나오는 대로 말하지는 않지만 원초적인 감정은 그대로 나와 버리는군. 레미프들이랑은 나오는 대로 지껄여도 별문제 없었는데, 이거 미안하게 됐군."

"당당하시군요. 그 솔직함이 부러울 지경입니다!"

타냐는 통하지 않을 걸 알면서도 한껏 비아냥거렸다.

"왜? 솔직해지고 싶은 남자라도 있어?"

"능글맞은 아저씨처럼 왜 이러십니까?"

"아저씬데 어쩌라고?"

"로핀, 당신을 높이 평한 사람들 때문에 계속 지켜보고 있긴 하지만, 더 이상 실망하게 만들지 마십시오."

"웃기는 말이군, 마스터 타냐. 지금까지 나한테서 실망하지 않은 사람들도 있었나 보지? 누군데, 그게? 적어도 난 모르는 사람이겠군."

"적어도 나의 마스터는 당신을 최고라고 칭했죠."

"테일드가 나쁘게 말하는 사람도 있던가?"

로핀은 휙 돌아서서 가 버렸다. 타냐는 또 한 번 속이 끓어올랐지만 걱정스럽게 두 사람 사이를 지켜보는 카셀 때문에 참았다.

판커틴은 병사들에게 경계 근무 일정을 지시했다. 언제부터 언제까지 누가 보초를 서고 휴식을 취할지 세세하게 정한 후, 시나비아를 품에 안아 들었다. 로핀이 앞에 섰고 다른 다섯 명이 동굴 입구로 뒤따라 들어갔다. 들어가자마자 타냐는 동굴이라는 표현을 신전이라고 바꿨다.

동굴의 첫머리서부터 타냐는 벽에 조각된 정교한 부조를 볼 수 있었다. 커다란 드래곤 밑에 무릎을 꿇고 있는 레미프들의 모습이었다. 부조가 있는 바위벽은 검은 금속 같은 재질이라 빛을 반사했다. 그래서 로핀이 든 등불의 일렁임은 조각된 레미프들의 날개가 펄럭이는 것처럼 보이게 했다.

더 안쪽으로 들어가자 입구보다 더 큰 부조가 조각되어 있었다. 세 마리 드래곤이 태양을 보호하고 있는 그림과 또 다른 세 마리 드래곤이 달을 보호하는 그림이 위아래로 겹쳐져 있었다. 반대편에는 아무 그림도 없는 것처럼 보였는데 타냐의 마법 구슬에서 나오는 파란 불빛에 반응하여 외곽선이 드러났다. 그것은 마치 잘못 그린 것처럼 형태가 불확실한 괴이한 생명체와 드래곤이 뒤엉킨 그림이었다.

안으로 들어가면서 더욱 복잡한 그림이 나왔다. 부조인 줄 알았지만 먹물로 채색한 그림인 것도 있고, 그림인 줄 알았지만 세밀하게 조각된 부조인 것도 있었다.

"우리의 달력으로는 셀 수 없는 긴 시간 전에 그려진 그림입니다. 하늘에서 내려온 신을 보살피는 레미프들의 역사라 할 수 있죠. 드래곤은 신과 우리를 이어 주는 천사임과 동시에 신 그 자체였습니다. 지금도 변하지 않았죠."

시나비아는 친절하게도 인간의 언어로 설명했다. 벽화를 대하는 시나비아는 동굴 앞의 석상을 대할 때처럼 경건해 보였다. 카셀은 입을 살짝 벌리고 조금 바보처럼 그림을 구경하고 있었다.

동굴은 점점 넓어졌고 커다란 벽이 가로막혀 있었다. 등불로는 천장 끝까지 빛이 닿지 않았다.

"이건 무슨 동물이죠?"

카셀이 벽면을 가리키며 물었다. 처음 봐서는 그림인 줄도 모를 정도로 한눈에 들어오지 않는 그림이었다.

그것은 거대한 새였다. 새의 발밑에 작은 레미프들이 무수히 깔려 있었는데, 그림의 비율대로라면 이 새는 나디움의 성도 날개로 가릴 수 있고 루티아의 탑도 꼭대기에 착지하는 것만으로 붕괴시킬 수 있을 것 같았다.

"느-라이프덤."

시나비아는 카셀이 뭘 가리키는지 보이기라도 하듯 말했다.

"우리는 '누라이'라고도 부르죠. 제 어머니가 태어나기도 전인 오랜 옛날 하늘 산맥에 존재했던 악마예요."

시나비아는 마치 역사적 사실처럼 얘기를 이어갔다.

"레미프들을 아무 이유도 없이 보이는 대로 학살하고, 살아 있는 것이라면 벌레부터 드래곤까지 닥치는 대로 잡아먹었던 괴물입니다. 하늘 산맥의 지배자이며 모든 질서를 관장하시던 사—크나딜조차 손대지 못했던……. 어느 순간 어떻게 사라졌는지 모르지만 만약 이 괴물이 계속 살아 있었다면 하늘 산맥은 지옥의 한 귀퉁이가 되어 있었을 거예요."

누라이의 벽화 옆은 돌문이 막고 있었다. 시나비아는 판커틴의 품에서 내려와 한 발로만 서서 돌문에 손을 댔다. 그녀의 손바닥 끝에서 나온 하얀빛이 돌에 흡수되었다.

밋밋한 벽인 줄 알았지만 가는 홈이 미세하게 파여 있었고, 우윳빛으로 반짝이는 빛이 홈을 채워 그림을 그렸다. 거대한 돌문에 누라이의 벽화만큼이나 거대한 나무 한 그루가 뿌리부터 차근차근 빛을 품었다. 완성된 나무 그림은 실제 나무가 산들바람에 흔들리는 듯 미세하게 움직였다.

시나비아는 살짝 문을 밀었다. 몇백 명이 달려들어도 꿈쩍 않을 것 같은 돌문이 그녀의 손짓 한 번에 천천히 밀려났다. 돌을 긁는 소리와 진동이 주변을 울렸다. 문틈으로 바깥과 전혀 다른 공기가 흘러나왔다. 오래된 먼지 냄새가 코를 찔렀고 습기가 얼굴을 덮었다.

안쪽은 빛이라고는 전혀 없어 로핀의 등불 하나만으로는 부족했다.

판커틴은 준비해 온 횃불에 불을 붙여 카셀에게 하나, 라이에게 하나 내주었다. 고작 횃불을 라이에게 넘겨주는 과정에도 판커틴은 살기를 내비쳤다. 라이는 전혀 받아 주지 않았지만.

돌문의 뒤에는 가파른 나선형 계단이 지하로 연결되어 있었다. 두 사람이 동시에 걸을 수도 없을 정도의 좁은 너비에, 왼쪽은 붙잡을 거 하나 없는 울퉁불퉁한 벽, 그리고 오른쪽은 낭떠러지였다. 빙글빙글 도는 나선형 구조로 바닥이 보이지 않는 어둠이 뚫려 있다 보니 꼭 우물 같았다. 아래쪽에서 더운 바람이 솔솔 올라왔다.

"차라리 어두운 게 다행이군요. 얼마나 내려가야 하죠?"

카셀이 물었다.

"반나절은 걸리지 않을 거예요."

시나비아가 말했다.

"음, 미끄러지면 인생을 통째로 되돌아볼 수 있을 정도로 오래 추락하겠군요."

카셀은 벽 쪽에 바짝 붙어 걸었다. 계단 자체는 튼튼하지만 반나절 동안이나 걸어 내려가야 할 까마득한 절벽을 옆에 두고 걷는 건 타냐에게도 유쾌한 일이 못 되었다. 타냐는 일부러 마법의 빛을 밝히지 않고 횃불 세 개가 타게 내버려 두었다. 왠지 힘을 아끼고 싶기도 하고 이보다 더 밝게 만들고 싶지도 않았다.

처음에는 약간 어지럽게 돌면서 나선 계단을 내려갔으나, 한 시간쯤 뒤에는 거의 직선을 걷는다는 생각이 들 정도로 회전 반경이 넓어졌다. 이제는 횃불로 나선의 반대편이 잘 보이지도 않았다.

"일종의 거대한 원뿔의 공간이 있고 그 벽을 따라 계단이 나 있는 구조군요. 이런 거대한 걸 건축해서 드래곤을 모실 정도로 레미프들의 건축 기술이 발달한 건가요?"

카셀이 허공에 손가락을 빙글빙글 돌리며 말했다.

"그렇다기보다 자연적으로 만들어진 공간에 드래곤이 살게 되었고, 고대의 레미프들이 자기들의 신을 방문하기 위해 계단이라는 것을 인위적으로 만들었다고 봐야지."

로핀이 말했다.

"하지만 신전답지 않게 불길한 기운이 가득 차 있군요."

타냐의 말에 시나비아가 말했다.

"이곳은 성스러운 힘이 지배하는 곳이에요. 불길한 기운이라니 말도 안 돼요."

"당신의 예언에는 미치지 못하지만 저 역시 마법사입니다. '레'의 칭호를 가지고 있는 드래곤의 서식처에 이런 공기가 맴돌고 있을 리가 없다고 봅니다만? 잠시 후퇴해서 작전을 짜야 하지 않을까요?"

타냐의 말에 모두 걸음을 멈췄다.

"그 정도로 수상해?"

로핀이 물었다.

"전략의 기본을 말씀드린 겁니다. 딱히 쫓기는 상황이 아니라면 지금은 잠시 후퇴하는 것도 좋을 거라는 뜻으로."

"진작 말하지. 얼마나 오래 걸었는데!"

로핀이 투덜댔다.

"처음에는 후퇴해야 한다는 생각이 들 정도로 불길하지 않았습니다. 지금도 그 정도는 아니에요."

"사실 나도 내려오면서 점점 수상한 게……."

로핀이 말을 끝마치기 전에 시나비아가 말했다.

"안 됩니다. 레미프도, 우그도, 어떤 힘도…… 드래곤의 기더를 거스를 수는 없습니다. 그러니 이 안에 서게 되었다면 우리는 거기에 순응해야 합니다. 계속 가야 해요."

시나비아는 과거를 보는 능력으로 미래를 읽는 통찰력을 발휘하는 레미프였다. 이 좋지 않은 예감을 모를 리가 없었다. 잘 알기 때문에 자신을 달래듯 고집을 부리는 것이었다.

"시나비아, 당신이 더 잘 알죠? 전 아주 작은 부분만 느끼고 있지만 당신은 선명하게 느끼고 있는 것 아닌가요? 혹시 논틸에게 무슨 일이 벌어지기라도 했다면 우리는 서둘러 되돌아가서……."

"감히 어느 누가 드래곤을 건드릴 수 있겠어요! 논틸에게는 아무 일도 없습니다. 자, 서두릅시다."

평온했던 시나비아의 얼굴이 무너졌고 목소리는 떨렸다.

"건드릴 수 있다. 드래곤도."

로핀이 말했다. 그러자 판커틴의 품에서 얼굴을 조금 앞으로 내밀고 시나비아가 입을 열었다.

"판커틴이 인간의 언어를 모르는 걸 다행으로 여겨야 할 겁니다, 오파이. 레미프들에게 드래곤은 당신들이 생각하는 신과 같은 존재예요. 함부로 그런 말은 하지 말아요."

눈을 뜨고 있지 않지만 횃불에 비친 시나비아의 표정이 무시무시하게 보였다.

"현실을 직시하라는 거지. 아무리 너희들이 드래곤을 신으로 모셔도, 죽음을 초월한 존재는 아니야."

로핀은 횃불을 잠시 바닥에 내려놓더니 칼을 꺼냈다. 칼집에서 빠져나오자마자 칼날이 붉은빛을 흩뿌렸다. 빛줄기 하나하나가 살갗을 베는 느낌이었다.

"이 칼이 바로 드래곤을 죽일 목적으로 만들어진 드래곤 슬레이어다. 드래곤을 죽이는 무기도 존재하며 그걸 다룰 인간도 존재한다."

"베나 에실크?"

언제나 고요하게 말하는 시나비아의 목소리가 극도로 커졌다. 그건 단순히 귀청을 때리는 고음이 아니라, 정신까지 흔드는 '마법'이었다. 놀란 카셀이 주저앉으며 횃불을 놓쳤다. 계단을 굴러간 횃불은 불똥을 뿌리며 계단 오른쪽 낭떠러지로 떨어졌다.

타냐는 저도 모르게 귀를 막았고 판커틴도 한쪽 눈을 질끈 감으며 고개를 젖혔다. 횃불을 떨어뜨리지는 않았으나 라이도 어깨를 움츠렸다. 하지만 로핀은 시나비아의 마법에 전혀 영향을 받지 않고 서 있었다.

"칼을 내려놔라, 오파이!"

눈꺼풀이 치켜 올라가면서 시나비아가 눈을 떴다. 초점을 잃은 맹인의 눈동자가 아니라 보석처럼 영롱하면서도 위협적인 빛을 내는 눈동자였다. 그녀는 레미프의 언어로 소리쳤다.

"그대는 지금 논틸의 영역을 더럽히는 무기를 들고 있다. 이럴 수가, 그 칼을 들고 라든을 몇 년 동안 활보했으며 그 칼을 들고 홉트 앞에 서 왔단 말인가? 아아, 통찰력을 잃어버린 어리석은 무녀여. 그저 루티아에서 만든 마법 검이라고만 생각하고 지금까지 알아보지 못했다니……."

당장 찢어발길 것처럼 목소리를 높이는 시나비아 앞에서 로핀은 두려움 하나 없이 레미프의 언어로 말했다.

"자책하지 마라, 시나비아. 이 칼을 만든 것도 드래곤이고 이 칼을 내게 준 존재도 드래곤이다. 레-가넬-란도르. 그분이 이 칼을 만든 목적은 단 하나뿐이다. 드래곤들을 죽이는 드래곤이자 하늘 산맥의 사생아. 카-구아닐을 죽이는 것. 논틸의 영역을 더럽혀? 논틸도 이 칼 앞에 경배해야 할 것이다."

로핀은 칼을 부드럽게 돌려 다시 집어넣었다. 붉은빛이 한순간에 사라지자, 어둠은 더욱 짙어졌다. 로핀은 조용히 덧붙였다.

"저주받을 이름을 이곳에서 언급한 점에 대해서는 사과한다. 그러나 이 칼 역시 레미프들의 기더 안에서 움직인다. 내가 걱정하는 건 논틸의 기더다. 타냐의 말이 맞아. 여기에는 있어서는 안 되는 불길한 기운이 가득하다. 무엇보다 네가 잘 알고 있지 않는가, 시나비아? 논틸의 힘을 자신하지 마라. 다시 말해 보라. 우리는 계속 내려가야 하는가, 아니면 되돌아가야 하는가?"

시나비아는 보석처럼 빛나는 눈으로 한동안 로핀을 노려보았다. 그녀의 이마와 뺨을 타고 식은땀이 흘렀다. 판커틴은 애처로운 눈빛으로 로핀과 시나비아를 번갈아 보았다.

"계속 내려가요."

시나비아는 겨우 눈을 감고 말했다.

로핀은 등불을 다시 들고 빠른 걸음으로 계단을 내려갔다. 레미프어로 오고 간 대화를 알아듣지 못한 카셀은 왜 두 사람이 저렇게 험악하게 싸웠는지 몰라 얼떨떨해하고 있었다. 타냐는 카셀을 끌고 로핀을 따라갔고 나머지도 계속 계단을 내려갔다.

"왜들 그러는 겁니까?"

카셀이 물었다.

"당신에게는 마법적인 감각이 없어 불안감도 없는 겁니다. 차라리 나을지도 모르지요. 지금 이 동굴 안에 뭔지 모를 끔찍한 기운이 잠자고 있어요. 그래서 로핀이 물어본 거죠. 강행할 것이냐, 돌아갈 것이냐. 시나비아는 강행하자고 했고 로핀이 그 말에 따른 겁니다."

"안 좋은 일이라면?"

카셀이 또 물었다.

타냐는 대답하지 못했다.

마침내 계단의 끝이 보였다. 좀 전에 카셀이 떨어뜨린 횃불은 아직 꺼지지 않고 바닥에서 타고 있었다. 하필 떨어진 자리가 평평한 광장 중앙이었다.

로핀이 먼저 광장의 중앙으로 달려갔다.

원뿔 모양을 한 지하 공동의 가장 밑바닥은 대리석처럼 반듯하게 닦여 있었다. 횃불의 빛을 반사하는 모양이 마치 거울 같았는데 이곳에도 입구와 마찬가지로 미세한 홈이 새겨져 있었다.

'어차피 무슨 문제가 벌어질 것을 대비해야 한다면 미리 마법을 준비하는 것이 좋을 거야.'

타냐는 구슬을 들어 푸른빛을 바닥으로 흘려보냈다. 검은 유리 같은 바닥의 홈에 타냐의 마법이 채워지면서 원형 광장 전체가 밝아지기 시작했다.

바위를 깎아서 바닥으로 만든 것이 아니라 평평한 석판 수천 개를

짜 맞춘 것이었다. 빛이 스며들면서 석판에 새겨진 홈이 모양을 드러냈
는데 그것은 그림이 아니라 글씨였다. 하나하나에 모조리 레미프들의
역사와 드래곤을 찬양하는 시가 고대어로 정성스럽게 새겨져 있었다.

원래대로라면 그 석판들 모두에 경배하고 의식을 치르며 한 걸음씩
나아가면서 무녀가 드래곤의 잠을 깨울 힘을 축적하는 시간을 가져야
할 것이다. 그게 석판의 용도였고 석판이 없는 곳에 세워진 조각상들이
할 역할이었다. 그러나 로핀은 무시하고 흙 묻은 발로 석판을 밟고 달
렸다.

시나비아는 그걸 저지하지 않았다. 아니, 오히려 판커틴을 재촉해
서둘러 로핀을 따라가라고 지시했다. 광장의 반대쪽 끝에는 거대한 문
이 있었다. 크기만 봐도 레미프들을 위한 문이 아니라는 것을 알 수 있
었다.

바닥의 석판을 따라 이동한 타냐의 푸른 불빛이 문까지 도달해, 문
에 새겨진 홈을 따라 흘러갔다. 기묘한 형상의 그림이 푸른빛을 타고
드러났다.

타냐는 마법을 멈췄다. 문을 열려면 처음에 시나비아가 했던 것처럼
진짜 무녀가 고유의 마법을 써야 했다. 하지만 문을 열 필요가 없었다.
문의 한쪽이 사람이 통과할 수 있을 정도로 크게 부서져 있었다.

안 좋은 냄새가 났다. 카셀이 먼저 코를 막았고 라이도 콧살을 찌푸
렸다.

'불길함 예감이나 느낌 따위가 아니었어. 진짜로 안 좋은 냄새가 났
던 거야!'

로핀이 제일 먼저 문의 부서진 곳으로 뛰어 들어갔다. 시나비아와

판커틴, 타냐와 카셀, 그리고 라이가 뒤따라 안으로 들어갔다.

안은 또 하나의 천장 높은 방이었다. 어떤 구조와 어떤 원리를 이용한 방법인지 모르나, 이렇게 깊은 곳까지 외부의 햇빛이 천장의 작은 구멍을 통해 안으로 들어오고 있었다. 바닥을 덮은 에메랄드빛 타일이 햇빛을 반사해 방 안을 오묘한 초록색으로 밝히고 있었다.

방 중앙에 인간이 이 땅 위에서 볼 수 있는 가장 거대한 생명체가 머리를 바닥에 대고 엎드려 있었다. 두 손으로 긴 머리를 받친 자세는 방금 잠에 빠진 듯 편안해 보였다. 한 뼘쯤 되는 긴 속눈썹이 뚫린 문을 통해 들어오는 미세한 바람을 타고 흔들렸다.

사람쯤은 한 손에 쥘 수 있는 거대한 팔은 바닥에 힘없이 늘어져 있었다. 긴 꼬리는 방 끝에 닿아 있고 색이 바랜 날개도 축 늘어져 있었다.

이 푸른 드래곤은 초록빛에 녹아들어 방과 하나가 되어 있었다.

"또 한 번 내가 늦었다."

로핀은 드래곤의 머리 앞에 무릎 꿇었다. 망연자실한 시나비아가 판커틴의 품에서 빠져나와 드래곤을 향해 절룩거리며 걸어가다가 그만 쓰러졌다. 하지만 그녀는 멈추지 않고 계속 기어가 드래곤 앞에 엎드려 절규했다.

"드라즈…… 아즈 포드…… 드베우, 포드 드베우……."

그녀의 눈물이 반짝이는 타일에 거짓말처럼 큰 방울을 이루어 뚝뚝 떨어졌다. 타냐도 이토록 아름다운 푸른 드래곤에게 저질러진 비극에 울음을 참을 수 없었다.

방 안을 채워야 할 드래곤의 호흡도 없었고 모두의 심장을 공명시켜야 할 드래곤의 박동 소리도 없었다.

드래곤의 머리 위로 뚫고 들어간 검은 창이 턱 밑으로 빠져나와 있었고 날개는 날 수 없도록 못질이 되어 있었다. 머리에서 흐른 피가 타일을 덮고 검고 딱딱하게 굳어 있었다.

레-논틸-라든은 자신의 성지에서 죽어 있었다.

❖Chapter 17❖

아란티아에서 온 원군

모즈와의 전투가 끝난 그날, 플로라는 밤까지 잠들어 있었다. 플로라의 제자인 시저는 몇 번인가 던멜에게 사과하려고 다가왔다가, 무안해진 나머지 끝내 사과하지 못했다. 괜히 불편해하는 것 같아 던멜은 플로라의 옆자리를 시저에게 양보하고 밖으로 나왔다.

격전의 중심이었던 라르비튼의 다리에는 경비병들이 많이 서 있었다. 절망감이 완전히 사라진 건 아니지만, 적어도 싸울 수 있다는 희망의 빛이 간간히 엿보였다. 앞으로가 더 문제라는 건 다들 알고 있었지만, 모즈를 상대로 한 루티아의 첫 번째 승리였기에 조금은 들떠 있었다.

던멜은 다리 너머를 관찰했다. 밤이었지만 탑 위에 놓인 화이트비가 내는 강렬한 흰빛에 잔뜩 늘어져 있는 모즈들의 시체가 보였다. 루티아에서 화이트비의 존재가 얼마나 대단한지 알았다. 빛이 강해지면 마음이 편해지고 두려움은 사라졌다.

멀리서 루티아의 마스터 루더가 던멜을 알아보고 손짓해 불렀다. 던멜은 정중히 인사했지만 루더는 인사를 무시하다시피 질문부터 던졌다.

"자네는 데다인이 데려온 그 제이메르라는 청년에 대해서 모른다던데, 정말인가?"

던멜은 내내 플로라에게 신경 쓰느라 반나절이 지나도록 그 남자에 대해서 잊고 있었다.

제이메르, 원래 왔어야 할 쉐이든 대신 온 아란티아의 원군.

"마스터 데다인에게 듣자니 캡틴 울프가 직접 그를 데려오겠다고 지목했다지 뭔가? 아란티아의 여왕은 그 이상의 지원을 거부했다지."

카셀은 쉐이든이 아니라 제이메르를 지목해서 이곳을 향했다. 던멜은 그 부분이 이해가 가지 않았다.

'카셀이 대체 무슨 생각이었을까? 누구보다 쉐이든을 믿고 의지하지 않았던가?'

새나디엘 여왕이 두 명 이상의 원군을 내주지 않았다면 그건 그대로 이유가 있을 것이다. 던멜은 여왕의 직관과 판단을 믿었다. 하지만 카셀은 어째서 그 한 명을 쉐이든도 아니고 울프 기사도 아닌, 제삼자를 택했을까?

'카셀이 울프 기사단에게 인정받지 못했을지도 모르겠군. 있을 수 있는 일이야.'

던멜은 카셀에게 묻고 싶은 게 많았다. 그런데 데다인이 카셀을 데려오는 과정에서 또 한 차례 사고가 있었다. 카셀이 실종된 것이다. 그것도 드래곤으로 추측되는 거대한 괴물체에게 공격받고서!

"처음 하얀 늑대들을 데려올 때도 그렇고 아무래도 데다인의 움직임이 적에게 노출되어 있는 것 같아. 그렇지 않고서야……."

루더는 신음했다.

던멜은 순간적으로 '그 적이 누구인가'에 대한 질문에 데다인을 떠올리고 말았다. 그러나 이런 일이 벌어지면 본인이 가장 의심받을 위치에 있는 사람이 데다인이었다. 그냥 아란티아로 오가는 중에 이틀 정도 시간을 지체하는 것만으로 루티아를 위험에 빠뜨릴 수 있는데, 뭐 하러 굳이?

겨우 플로라에 대한 걱정을 덜어내나 싶었지만 이제 그 자리에 카셀이 들어왔다. 어떻게든 알아서 잘 살아있겠거니 싶은 아즈윈이나 게랄드와는 사정이 달랐다.

- 로일은 어디에?

던멜이 바닥에 글자를 써서 물었다.

"아까 캡틴 울프의 실종 문제를 데다인에게 따지러 갔네. 안 그래도 그 문제로 제일 곤욕스러워하고 있을 텐데…… 어?"

루더는 놀라며 손가락으로 다리 건너를 가리켰다. 제이메르가 다운서치 쪽에서 뭔가를 질질 끌고 걸어오고 있었다.

이틀 전 모즈가 마스터 저스틴의 시체를 포대에 담아서 걸어왔던 것과 비슷한 걸음걸이로 보여, 던멜은 괜히 소름이 끼쳤다. 경계 서던 병사들도 깜짝 놀라 목책 가까이 붙었다. 그가 잡아 온 건 피투성이가 되어 있는 모즈였다. 목덜미의 털만 붙잡고 오는 꼴이 방금 먹잇감을 구해 온 사냥꾼 같아 보였다.

루더가 제이메르를 바라보며 물었다.

"원래는 저 친구 대신 쉐이든 울프라는 기사가 왔어야 했다지?"

- 네. 왜 그가 오지 않았는지 아십니까?

"자네가 자리에 없을 때 제이메르 저 친구가 우리에게 설명하길, 원래 왔어야 할 쉐이든 울프는 10년 전쯤에 죽은 캡틴 웰치와 싸우다 부상당했다고 하지 뭔가? 그제 새벽에 화이트 게이트에서 전투가 벌어졌다면서!"

죽은 자가 살아나는 광경을 직접 본 던멜에게도 그것은 황당한 얘기였다. 던멜의 얼굴에 떠오른 표정을 보고 루더도 이해한다는 듯 고개를 끄덕거렸다.

"게다가 울프 기사단의 전투 상대라는 게 또 죽음에서 살아난 익셀런 기사단이었다더군. 데다인도 그 싸움의 일부를 목격했다니 거짓말은 아니겠지만 저 친구 하는 말이 영 앞뒤가 맞지 않아서……. 길게 설명하면 꼭 뒷부분에서 얘기가 꼬이더……, 헉!"

루더가 깜짝 놀라 말을 멈췄다.

다리를 반쯤 건너왔을 때 제이메르가 끌고 온 모즈가 깨어나 저항한 것이었다!

'시체가 아니라 살아있는 모즈였어?'

던멜이 놀란 건 그다음 광경이었다. 제이메르가 깨어나 저항하는 모즈의 머리를 걷어차고 주먹으로 한 대 후려쳐 기절시킨 것이었다.

제이메르는 또 일어나면 더 두들겨 팰 자세로 주먹을 치켜세웠지만 모즈는 일어나지 않았다. 꼭 모즈가 더 맞을 게 무서워서 기절한 척하는 것으로 보일 지경이었다. 그는 놈이 정말 기절한 게 맞는지 몇 번 옆구리를 발로 툭툭 차보더니 다시 뒷덜미를 잡고 끌고 오기 시작했다.

지금까지 모즈를 상대로 어느 누구도 하지 못했던 행동이었다. 루티아 사람들은 모즈를 보고 달아나거나 맞서 싸울 대상으로 여겼고 던멜과 로일은 제거 대상으로 보았다. 하지만 제이메르는 모즈를 사냥한 짐승처럼 다루고 있었다.

루더는 제이메르의 황당한 행동을 보고 잠깐 말을 멈췄다가 겨우 말했다.

"데다인이 말하길, 하늘 산맥에서 저렇게 빨리 걷는 사람은 처음이라더군. 캡틴 울프를 잃어버린 후 급한 마음에 전력을 다해 걸었는데, 하늘 산맥의 마력에 영향을 받는 일반인 주제에 자기와 동일한 속도로 걸었다더군. 나중에는 오히려 앞질러 갈 정도였다고……."

루더는 제이메르를 턱짓으로 가리키며 말을 이었다.

"대체 저자의 정체가 뭔가? 정작 본인은 얘기하는 게 자신 없다면서 아무 말도 안 해 주더니 갑자기 다리를 건너가기에 뭘 하나 했더니, 저런 걸 잡아오는군."

제이메르는 허리에 긴 칼을 한 자루, 등에도 한 자루, 또 단검까지 한 자루 차고 있었다. 이런 차림으로 모즈들과의 싸움에서 그런 격렬한 움직임을 보일 수 있다는 것만으로도 평범한 녀석은 아니었다.

다리를 모두 건너온 제이메르는 루더와 던멜 앞에 모즈를 툭 던져놓았다.

"이 괴물 녀석들 낮에 보니까 자기들끼리 얘기 잘하더라. 물어봐. 여길 어떻게 할 건지, 그 검은 망토 뒤집어쓴 기사 놈들이 누군지."

제이메르는 예의라고는 눈에 씻고 볼 수 없는 말투로 말했다.

루더는 손을 내저었다.

"우리가 이들의 언어를 어찌 알고 그런 질문을 한다는 건가?"

"그렇지만 이 자식들, 서로 대화를 나눴다니까 그러네."

"그러니까 짐승들끼리의 대화를 우리가 어떻게……."

"그러니까 내 말은, 짐승들끼리가 아니라, 그 검은 망토 뒤집어쓴 녀석들이랑 이 녀석 말이다! 그러니까 얘랑 얘랑 얘기한 게 아니라, 쟤랑 얘랑 이야기했다고."

제이메르가 답답해하며 말했다. 던멜은 그가 무슨 말을 하는지 처음에는 알아들었는데, 설명이 길어지자 오히려 헷갈렸다.

루더는 얼떨떨해했다.

"그러니까……, 모즈와 카구아가 서로 대화를 나누었다고?"

"어느 쪽이 모즈고 어느 쪽이 카구아인데?"

제이메르는 꿈틀대는 모즈의 옆구리를 한 번 더 걷어찼다. 모즈는 몸을 움찔하더니 저항을 멈췄다. 던멜은 놀랐다.

'이놈, 진짜로 겁에 질려 몸을 웅크리고 있는 거였어?'

던멜은 물론이고 루더도 할 말을 잃었다.

"아, 이게 모즈라고 했었지?"

제이메르는 혼자서 깨닫더니 문득 던멜에게로 시선을 돌렸다.

"네가 또 한 명의 하얀 늑대구나? 카셀에게 약간 들었다. 던멜이지? 듣지도 말하지도 못하는? 그럼 나랑 비슷한가?"

던멜은 녀석이 농담이라도 한 건가 싶었지만, 그런 걸 헤아릴 여유가 없어 자신이 할 말만 글씨를 써서 보여 주었다.

– 카셀은?

다행히 제이메르는 글을 읽을 줄 알았다.

"잃어버렸다. 그 점에 대해서는 미안하군. 하지만 우릴 공격한 게 보통 괴물이 아니라서. 물론 이 괴물 말고."

제이메르는 모즈를 발로 톡톡 차 보였다.

병사들 사이에서도 이 놀라운 광경이 전해지고 있었다. 잡혀 온 모즈가 불쌍해 보이는 상황! 제이메르가 의도한 건 아니겠지만, 병사들의 두려움을 없애는 데 꽤 도움을 줄 수 있을 것 같았다.

모즈를 수백 마리 벤 로일이나 던멜도 하지 못한 일을 제이메르는 단 한 마리를 거칠게 다루는 것만으로 해내고 있었다.

"엄청 커다란 놈이었다. 게다가 웬 마법사가 공격해 오기까지 했어. 솔직히 말해 나 혼자 힘으로는 어쩔 수가 없었다. 카셀이 너희들을 굉장히 보고 싶어 했는데……."

제이메르는 씁쓸해하며 말을 이었다.

"뭐, 죽진 않았겠지. 아, 그리고 이건 부탁받은 물건."

그는 메고 있는 한 뼘 반 길이의 단검을 벨트째 풀어 던멜에게 건네주었다.

"르고라고 아냐? 애늙은이 대장장이. 루티아에 니들 둘만 남았다고 해서 다른 두 사람 것은 안 가져왔어. 이름이 뭐였지? 도끼랑 방패였는데……. 네 것도 뭐냐, 활이 하나 더 있다. 그런데 번거로워서 내버려 뒀다. 되게 커. 화살 가져오기도 불편하고. 특별한 화살이라던데 그런 거 쓰겠냐? 걸을 때 불편하고 해서. 그러니까 내 말은, 너한테 불편한 게 아니라 내가 갖고 오기에 불편했다고. 로일이라는 애한테는 벌써 줬고. 아니, 활 말고 칼. 그러니까 걔한테는 네 활이 아니라 칼을 줬다는 뜻이……."

던멜은 두서없이 말하는 제이메르의 말을 반도 알아들을 수가 없었다.

딱히 중요한 말 같지는 않아서 녀석의 입술을 보면서 의미를 해석하는 대신 던멜은 단검을 먼저 뽑아보았다. 칼날이 화이트비가 내는 마법의 빛을 반사했다. 어둠 속에서도 스스로 빛을 낼 것 같았고 날과 칼등으로 이어지는 라인이 소름 끼치도록 매끄러웠다. 굳이 제이메르가 설명하지 않았어도 누가 만들었는지 알 수 있었다.

- 쉐이든이 캡틴 웰치와 싸웠다고 들었다.

던멜은 아직도 이해가 안 되는 부분을 다시 물었다. 제이메르는 던멜이 쓴 글을 보고 눈살을 찌푸렸다.

"또 설명해야 해? 좋아. 짧고 간결하게 하자."

제이메르는 모즈를 잡아 올 때보다 더 긴장된 얼굴로 설명을 시작했다.

"검은 기사 놈이 카셀을 잡았다. 나는 마스터 아이린과 같이 있었는데, 아, 아이린 알지? 너희 선배. 몰라? 그럼 말고. 하여간 있어. 마스터. 네 마스터 말고. 내 마스터랑 같이 가다가 카셀이 엉뚱한 놈에게 잡혀 있어서 내가 구해 냈다. 그런데 그놈은 사실 알고 보니 죽음에서 되살아난 캡틴 웰치였던 거다."

던멜은 점점 알아듣기 힘들어졌다. 하지만 비장한 각오로 설명하는 제이메르의 말을 끊을 수가 없었다.

"그 녀석은 자기 부하들까지 살려내서 화이트 게이트를 공격해 왔고 쉐이든이 일대일로 싸워서 쓰러뜨렸다. 그러다가 어떤 빌어먹을 마법사가 공격했고 여왕이 나타나니까 달아나 버렸다. 그사이 쉐이든이 다쳤고 나는 그 녀석 대신 온 거다. 카셀이랑 같이 있다 보니 나도 꽤 말솜씨가 늘었군. 이 정도면 알아듣겠지?"

못 알아들었다.

던멜은 어떤 부분을 어떻게 물어봐야 저 혼자 말하다가 혀 꼬이는 이 친구를 진정시켜 자세한 내막을 들을 수 있을지 난감했다.

루더가 기다리다 못해 끼어들었다.

"그보다 기사 제이메르. 모즈들이 카구아와 대화를 나눴다는 게 사실인가?"

"난 기사 아니야."

"그럼 뭔가?"

"사냥꾼…… 은 이제 아닌가?"

던멜은 파악했다. 녀석에게 대화의 주도권을 주면 시간이 길어진다. 루더도 몇 번 오고 가지도 않은 대화로 엄청나게 시간이 흘러 버렸다는 사실에 당황하며 물었다.

"자네 직업이야 아무렴 어떤가? 사실인가?"

"뭐가?"

"모즈들이 카구아와 대화를 나눴다는 부분 말일세."

"난 못 알아들었지만, 어쨌든 서로 알아들었어."

"그럴 리가 없네. 카구아는 유령이나 다름없는 별개의 존재고 모즈는……."

루더가 혼란스러워하자 던멜이 글씨를 썼다.

- 카구아는 인간이오.

던멜은 가급적 짧은 문장으로 설명했다.

- 카모르트에서 검은 기사의 모습을 하고 있는 존재를 만나 본 적이 있소.

- 그것들은 인간이 아니었소. 인간이라는 느낌이 전혀 없었소.

- 그래서 더욱 확실히 알 수 있소.

- 이들은 인간이오.

"느낌만으로 그런 걸 알 수는 없는 법일세. 에틀리의 지도에도 나타나지 않는 존재들……."

- 난 사람의 기척을 찾아낼 수 있소.

마스터들과 같이 지내며 이제 그들의 기척도 찾아낼 수 있게 되었다.

던멜은 탑의 2층 쪽을 가리켰다.

- 필립.

그다음에는 탑의 17층을 가리켰다.

- 데다인.

그다음에는 탑의 5층을 가리켰다.

- 골베인.

"골베인은 지금 연구실에 있을 테니 19층에 있네. 거기가 아니야."

던멜은 고개를 저으며 손가락을 다섯 개 펼쳤다. 루더는 뒤늦게 떠올리며 말했다.

"아, 오늘 케인스월 선생들을 불러 회의를 한다고 했……."

루더는 그만 입을 다물었다.

러스킨의 위치는 항상 애매했다. 놀랍게도 그는 던멜의 감각으로도 찾기 힘들 만큼 자신을 숨기는 데 능했다. 심지어 같은 회의실 안에 있어도 기척이 희미할 때가 많았다. 그런 그가 화이트비가 빛을 내는 탑의 꼭대기로 들어가면 느낌이 완전히 증발되기도 했다.

지금까지 그런 게 가능한 사람은 새나디엘 여왕 외에 본 적이 없었다.

던멜은 설명을 마무리했다.

- 카구아도 처음에는 애매했지만 오늘 낮에 보고 확신했소.

- 그들은 괴물도, 유령도, 우리가 모르는 하늘 산맥의 레미프도 아닌,

- 인간이오!

루더는 묵묵히 쓰러져 있는 모즈를 내려다보았다. 들리지 않지만 뭔가 중얼거리고 있는 것 같기도 했다.

루더는 다시 고개를 들어 말했다.

"괴물들이 어떤 언어를 쓰는지는 모르나 인간과 의사소통을 했다면 우리도 할 수 있겠지. 한번 조사해 보도록 하겠네."

병사들은 기절해 있는, 또는 기절한 척하고 있는 모즈를 몇 겹이나 되는 밧줄로 묶어 끌고 갔다.

"나머지는 내일 아침에 있을 루티아노에서 얘기하세. 아마 루티아에서의 탈출 문제를 매듭지을 것 같네. 그때 그 문제까지 상의하도록 하지."

루더는 머리를 짚고 다시 다리 앞으로 갔다. 모든 것이 엉망이었고 명확한 건 하나도 없었다. 상황은 점점 복잡해졌고 해결책은 보이지 않았다.

"야, 던멜."

제이메르가 그의 앞에 섰다.

"여기에 무슨 일이 있는지 설명을 들었어도 잘 모르겠지만, 한 가지만 확실히 해 두자. 넌 카셀 친구냐?"

던멜은 주저 않고 고개를 끄덕였다.

"그럼 여기 일 빨리 끝내고 카셀 찾으러 가자."

던멜은 그의 말에 온몸이 얼어붙는 것 같았다.

제이메르는 던멜의 반응을 보고 의아해했다.

"로일도 그러던데, 왜 이 말 하면 다들 똑같은 얼굴을 하고 그러냐?"

루티아를 지켜낼 작전, 모즈들의 정체, 루티아의 배신자, 카모르트의 검은 기사와 루티아의 검은 기사 간의 관계, 아즈윈과 게랄드의 실종…… . 이런 골치 아픈 문제에 시달리다가 던멜은 가장 중요한 문제를 잊어버리고 있었다. 오히려 이곳의 위기를 실감하지 못하고 방금 합류한 이가 가장 간단하게 문제를 풀어낸 셈이었다.

빨리 끝내고 카셀 찾으러 가자.

답답했던 가슴이 후련해졌다. 던멜은 손을 내밀었다. 제이메르는 의심스러운 눈초리로 그를 보다가 곧 악수를 나누었다.

"근데 카셀 찾으러 가자는 게 이상한 말이냐? 로일 그 녀석은 이 말 듣자마자 자러 가 버리데?"

제이메르는 여전히 의아해하며 말했다.

던멜도 자러 가고 싶었다. 움직이기 시작하면 쉴 시간이 없을 테니까.

"이틀 후 일출을 기점으로 하겠습니다."

다리를 지키는 데다인을 제외한 모두가 모인 자리에서 루더는 단번에 결정을 내렸다.

제이메르의 등장은 다른 마스터들에게도 영향을 주었다. 우유부단함과 망설임이 사라진 것이다.

"모든 병력을 강 쪽에 집결시킨 후 공격을 시작합니다……. 만의 하나 그 시점부터 다시 마법이 통하지 않게 된다 해도 기습은 어느 정도 효과적이라고 봅니다. 여차하면 강을 건너 후퇴한 후 강물을 이용한 공격도 가할 수 있으니, 적어도 마을 사람들이 이동할 시간을 벌 수는 있습니다."

처음에는 주민들을 분산시켜 한 그룹씩 이동하는 방법을 생각했다. 그러나 모즈들의 신경을 분산시키는 작전을 여러 차례 쓸 수도 없고 해서, 결국 한꺼번에 움직이기로 했다.

"경로는?"

러스킨이 물었다. 그는 나날이 핼쑥해져 갔다. 던멜은 최근에야 알았지만, 화이트비를 정상적으로 가동시키는 것만으로도 보통 마법사들은 상상도 할 수 없는 많은 힘이 소모된다. 최근에는 그 빛을 강화했으니 부담이 커질 수밖에 없었다.

케인스윅의 몇몇 학생들은 최근 모즈들에게 마법이 통하는 이유가 마침내 러스킨의 힘이 놈들의 보호 마법을 벗겨 냈기 때문이라고 말했다. 하지만 러스킨은 다른 이유 때문이라고, 마스터들에게만 언급했다.

"강을 따라 리버 포레스트로."

골베인이 설명을 이어받았다.

"일단 길은 확보해 두었습니다. 걸음이 느린 사람을 고려해야겠지만, 최소 3일간은 강행군을 해야 합니다. 목적지는 아란티아의 나디움. 새나디엘 여왕이 원군을 루티아로 보내 주는 건 거절했지만 우리가 그쪽으로 가면 당연히 우리를 보호해 줄 겁니다."

"결국 루티아가 무너지고 마는군."

러스킨의 무덤덤한 말투에는 자책감이 깊이 담겨 있었다.

골베인이 희미하게 웃었다.

"잠시 비워 둔다고 생각하십시오. 괴물들이 이곳을 지배해 봤자 루티아는 마법사들의 도시입니다. 전력을 회복하고 놈들에게 마법이 통하지 않는 이유만 알아내면 금방 되찾을 수 있습니다."

"아무렴 그렇지. 우선 사람들의 생명이 우선일 테니."

말은 그렇게 했어도 러스킨의 얼굴에 새겨진 서글픔은 사라지지 않았다.

골베인이 계속 말했다.

"그리고 제이메르의 제안에 따라 모즈를 심문해 봤습니다. 아크랜드 공용어는 물론이고 각 나라 고유의 언어와 사투리까지 포함하여 열두 개의 언어로 말을 걸어 봤습니다만, 말을 할 줄 몰랐습니다. 그래서 혹시나 하고 레미프들이 쓰는 언어로 말을 걸었더니…… 몇 마디 했습니다."

"레미프어를?"

루더가 얼굴을 가까이 하고 물었다.

"녀석은 제가 묻는 몇 가지 질문에 단편적인 대답을 하다가 가장 결정적인 질문은 회피했습니다. 하지만 무슨 목적으로 루티아를 공격하느냐는 질문에는 대답하더군요. 녀석은, '여길 먼저.'라고 대답했습니다."

골베인이 말했다.

"아마도 여길 먼저 치고 그다음에는 다른 곳을 치겠다는 뜻인가 보군? 이 근처의 도시라면 레미프들의 도시 두 군데와 아란티아의 나디움 정도일려나?"

혼잣말 같은 루더의 질문에, 골베인도 혼잣말처럼 중얼거렸다.

"확실히 이 병력이라면 레미프들의 도시도 부술 수 있겠군. 최근 라든과 연락이 잘 안 되는 이유가 모즈들 때문이라면 충분히 납득이 가."

던멜은 모두의 대화를 지켜보다가 수화로 물었고, 로일이 전달했다.

"레미프들과 연관되어 있다면 그들의 도움을 받는 건 어떻습니까?"

골베인은 허허 웃었다.

"레미프들은 절대 외부의 일에 개입하지 않네. 특히 인간과는 말이야."

이런 자리가 불편하다며 끼지 않으려다 억지로 참가한 제이메르가 처음으로 입을 열었다.

"레미프고 뭐고…… 공격이 이틀 뒤라고?"

"뭐가 잘못되었나?"

골베인이 웃는 얼굴로 물었다.

"내일 당장 해! 내일도 늦어. 카셀은 언제 찾으러 가라고?"

제이메르의 입장에서는 당연한 질문이었지만, 마법사들에게는 조금 엉뚱한 의견이었다.

"준비가 필요하다네. 거의 천 명이나 되는 사람들의 이동인데, 이틀도 촉박하지."

골베인은 설득조로 말했지만, 루더는 강경하게 나섰다.

"자네는 국가 간 동맹에 의해 여기 있는 걸세, 제이메르. 캡틴이 희생되어 마음이 어지러운 건 이해하나, 어린아이처럼 억지 부리지 말게."

"웃기지 마! 카셀이 부탁해서 와 준 거지, 동맹 때문에 온 거 아니다. 그래! 이 자리에 카셀도 없는데, 내가 왜 있는 거야?"

제이메르는 회의실을 나가 버렸다. 다들 황당한 얼굴이었다. 로일이 입을 열었다. 수습이라도 하는 줄 알았지만 아니었다.

"저 녀석은 울프 기사단도 뭣도 아니니 제가 어찌해 줄 수 있는 건 아닙니다. 하지만 틀린 말도 아니지요. 저 역시 루티아 탈출 계획까지만 돕겠습니다. 루티아를 벗어나면 여러분의 마법이 통할 테니 모즈들을 상대할 수 있겠지요? 마법이 안 통하는 카구아 셋은 저와 던멜이 처리하겠습니다. 그 후에는 친구들을 찾으러 떠나겠습니다."

"천 명을 버리고 한 명을 구하러 가겠다고?"

필립이 화를 냈다.

"천 명은 당신들의 책임입니다. 그리고 한 명은 우리들의 책임입니다."

로일은 떨떠름하게 덧붙였다.

"아, 셋이구나. 다른 둘이 우리 도움을 필요로 하는지는 모르겠지만."

"아란티아의 대표자가 이런 식으로 우릴 농락하려는 건가?"

필립이 자리에서 벌떡 일어났다.

던멜이 손을 내밀어 두 사람을 진정시켰다. 던멜은 일부러 천천히 종이 위에 자신의 뜻을 적으면서 두 사람이 열을 식히길 기다렸다.

- 캡틴을 보호하는 것도 우리의 임무고 동맹을 소중히 하는 것도 우리의 임무입니다. 로일은 그 두 가지 모두 소중히 하겠다는 뜻이었습니다. 우린 탈출 계획에 전력을 다해 협조할 것이고, 우리가 동료들을 찾아 떠나는 시점은 루티아 주민들이 안전하다고 판단될 때일 것입니다.

던멜의 글을 보고, 마스터들도 더 말하지 않았다. 그러나 노기 어린 얼굴을 감추지도 않았다.

러스킨은 모두를 진정시키며 말했다.

"하늘 산맥의 숲에서 길을 잃지 않고 사람을 찾으려면 나디우렌의 증표가 필요하다네. 나중에 받으러 오게."

던멜은 고맙다는 뜻으로 고개를 끄덕였다.

"다른 마스터들도 더 이상 따지지 말게. 아란티아의 여왕이 원군으로 울프 기사단이 아니라 하얀 늑대들만 보낸 것에는 그만한 이유가 있을 테니, 따지는 건 우리가 우리 스스로를 지킨 후에 해야 할 일이지."

마법사들은 입을 모아 대답했다.

"예, 마스터."

"몸은 괜찮아?"

늦은 아침을 같이 먹으며 로일이 물었다.

던멜은 수화로 말했다.

'모즈의 독에 관해 묻는 거라면 너무 늦었어. 나아버렸으니까.'

로일은 웃다가 조심스레 말을 꺼냈다.

"생각해 보니 조금 이상하군."

'뭐가?'

"폐하 말이야. 정말 루티아의 이런 위기를 모르시는 걸까? 정말 우리들만으로 모든 걸 해결할 수 있을 거라 믿고 우리만 보내신 걸까? 게다가 추가 원군이라는 것도 카셀과 정체 모를 저 친구 하나뿐이라니."

'그분의 뜻을 미리 예측하지 마라. 우리는 우리에게 주어진 문제만 해결하면 돼.'

"해결이 안 되니까 하는 말이지."

제이메르가 밥을 받아 와 두 사람의 탁자 옆에 앉아 식판을 탁 내려놓았다. 우연히 앉은 것처럼 가장하고 싶었는지 한참 동안 빵을 뜯어 먹는 척했지만 이미 들통난 뒤라 시간이 지날수록 민망함만 가중되었다.

제이메르는 헛기침을 한번 하고 입을 열었다.

"니들의 이빨이란 게 뭐냐?"

로일은 빵을 먹던 입을 약간 벌려 앞니를 건드렸다.

"이거?"

"아니! 이 자식, 놀리냐?"

"그럼 뭔 이빨? 자세히 설명 안 하면 모르지."

"하얀 늑대의 이빨 말이다. 그거 보고 산 사람 없다 어쩐다 그거."

로일이 그 말을 듣고 웃자, 제이메르는 벌컥 화를 냈다.

"뭐가 우스워?"

"네 무기는 뭐냐?"

로일이 반문했다.

"칼이다."

"내 이빨도 칼이다. 그게 다다."

"그게 뭔 소리야?"

로일은 빵을 우물거리며 대꾸했다.

"쉐이든을 대신해서 왔나, 제이메르? 카셀이 지목했다면 어느 정도 실력은 갖추고 있겠지. 그럼 실력을 보이는 건 입이 아니라 칼로 해라."

"……해 보자는 거냐?"

제이메르는 진짜로 살기를 드러냈다. 로일도 피하지 않았다. 두 사람 사이에서 벌어지는 기 싸움이 한심스러워 던멜이 포크를 탁자 위에 내리찍었다. 괜히 옆에서 식기 나르던 아주머니가 깜짝 놀랐다.

제이메르는 살기를 거두었지만, 그렇다고 완전히 지우지도 않고 말했다.

"너도 한 걸음 안쪽짜리였냐?"

"그건 또 뭔 소리야?"

"너도 설명 안 했으니 나도 안 해 줄 거다!"

제이메르는 빵을 입에 우겨 넣더니 일어나 가 버렸다.

로일은 불만스럽게 던멜에게 말했다.

"카셀이 저 녀석을 지목해서 데려와? 저 녀석이 카셀을 협박해서 그리된 게 아닐까?"

'카셀을 몰라서 하는 소리냐? 그 반대라면 믿겠다.'

로일은 포크를 입에 물고 픽 웃었다.

"실력은 괜찮은 것 같다만 옆에 둬도 될 녀석인지는 모르겠군."

'지켜보면 알겠지.'

"생각해 보니 카셀의 친구라는 증거도 없어."

'그걸 포함해서 지켜보겠다는 소리다.'

던멜은 다시 밥을 먹으려다 수화를 덧붙였다.

'그런데 저런 행동이 속임수를 위한 연기라면 굉장히 효과적인걸. 전혀 의심하고 싶지가 않아.'

"실은 나도 그렇게 생각했어."

Chapter 18

화이트비

모즈들의 움직임은 분주했다. 데다인이 오후에 보여 준 에틀리의 지도에 따르면 모즈들은 다운서치뿐 아니라 아웃서치까지 넓게 퍼져 뭔가를 또 준비하고 있는 것 같았다. 그래서 그날 밤 다리를 지키는 중인 데다인도 이틀 후 아침이면 늦는 게 아닌지 걱정했다.

던멜과 데다인이 퇴각할 때의 계획을 논의하는 사이, 제이메르가 불쑥 찾아와 옆에 섰다. 이번에도 우연히 옆에 선 걸로 보이고 싶었는지 한참 동안 팔짱을 끼고 다리 건너를 쳐다보았다. 데다인도 금방 그런 행동을 간파하고 먼저 말을 걸었다.

"듣자니 루티아노에서 소란을 피웠다면서? 혼자서 다리 너머로 쳐들어갈 것처럼 굴었다더니, 아직 여기 있었나?"

제이메르는 눈을 부릅떴다가 다시 시선을 돌렸다.

"혼자서는 무리였어."

그게 당연하다는 걸 따로 알려 줬어야 했나? 던멜은 혼자 그런 생각을 하며 재미있어했다. 그러다 다짜고짜 제이메르는 데다인을 향해 말했다.

"당신, 배신자야?"

던멜은 이 상황에서 화를 내야 할지, 무시해야 할지, 웃어야 할지 곤욕스러웠다. 하지만 항상 굳은 얼굴을 한 데다인의 얼굴이 일그러지는 걸 보는 건 유쾌했다.

"배신자? 누가? 내가?"

데다인이 물었다.

"몇몇 사람들이 그러더라. 당신을 배신자라고 지목한 모임도 있던데?"

베드포드는 어느새 제이메르까지 끌어들인 모양이었다.

'최악의 영입이었군.'

던멜은 속으로만 웃었다.

데다인은 좀 어리둥절한 얼굴로 있다가 웃음을 터트렸다.

"루티아의 마스터 중에 배신자가 하나 있다는 소문이 퍼졌다는 건 들었지만 그게 나였나? 내가 저 이천 마리 넘는 괴물들을 보호하는 마법을 썼다고?"

데다인은 목책을 손바닥으로 탁탁 치며 계속 웃었다.

"이보게, 던멜 울프. 자네도 그런 소리 들었나? 내가 배신자라고?"

던멜은 솔직히 고개를 끄덕였다.

"제이메르. 그 모임에 가서 내 말 좀 전해 주게. 그 정도 마법을 쓰려면 적어도 그랜드 마스터 러스킨 정도는 돼야 하니 차라리 그를 배신자로 지목하라고."

"러스킨이라면 회의실에 앉아 있던 그 하얀 수염의 늙은이?"

"이 녀석, 말조심해라!"

"못해! 그리고 일리 있는 의심이다! 카셀이 실종될 때도, 또 먼젓번 하얀 늑대들 두 명 잃어버릴 때도 당신이 개입되어 있었던 건 사실이니까."

"사실이지."

"그 검은 로브 입은 마법사가 사실은 당신 아니야? 타냐도 그 검은 녀석이 자기랑 같은 종류의 마법을 썼다고 말했다고!"

"타냐가 그랬다고? 왜 이제야 말을 해?"

"방금 생각났으니까."

'편리한 대답이군.'

던멜은 혼자 감탄하며 고개를 끄덕였다.

"타냐와 같은 종류의 마법을 썼다면 그자는 루티아의 마법사겠군."

"어쨌든 그 괴물과 그 검은 마법사가 나타났을 때 당신은 자리에 없었어!"

"그 정도 증거밖에 없다면 아예 말을 꺼내지 말게나, 제이메르. 오히려 내가 반박할 기회를 주는 꼴이니."

데다인은 조금도 당황하지 않고 말을 이었다.

"하지만 이미 말이 나왔으니, 나를 배신자로 지목한 모임과 자네를 위해 차근차근 짚어 주겠네. 우선 내가 진짜로 루티아를 배신할 생각이었다면 그랜드 마스터 러스킨을 암살하고 그가 지키는 화이트비를 부숴 버렸을 걸세. 뭣하러 힘들게 모즈들을 지휘하고 마법으로 그놈들을 보호하고 배신자가 아닌 척 아란티아로 원군을 구하러 떠나고, 거기다 굳이 또 하얀 늑대들을 하늘 산맥에서 실종시키겠나?"

그건 던멜도 동감하는 바였다. 역의 역을 노리고 저질렀다고 생각하지도 않았다. 쉬운 방법은 얼마든지 있었다.

"루티아의 마스터가 루티아를 배신할 이유는 없다. 그건 마치 하얀 늑대들 중에 아란티아를 배신할 사람이 있냐고 묻는 것과 같다. 그리고 만약에, 정말 만약에 하얀 늑대들 중 한 명이 아란티아를 배신하고 아란티아를 멸망시키려면 어떻게 하겠나?"

데다인은 던멜을 쳐다보며 말을 이었다.

"정체불명의 괴물들을 외부에서 끌어들여 각 게이트를 차례로 부수면서 공격해 오겠나? 아니지! 여기 있는 던멜이라면 그렇게 생각하지 않을 걸세. 몰래 여왕에게 접근해서 목에 단검 하나 꽂으면 그만이니까. 아란티아는 여왕 새나디엘의 나라이고 그녀가 없으면 그건 더 이상 아란티아가 아니야. 마찬가지다. 화이트비가 없으면 그건 루티아가 아니다. 모즈들 가지고 번거로운 짓을 할 이유가 없지. 무슨 뜻인지 알아들었나?"

"못 알아들었다! 그럼 누가 저 괴물들을 데리고 오는 건데?"

"그런 번거로운 짓을 하면서까지 루티아를 공격하는 자? 당연히 외부의 적이지."

"죽지 않는 자들의 군주?"

제이메르가 묻자 던멜은 다급히 바닥에 글씨를 써서 물었다. 하지만 어둠 속이라 잘 보이지 않아 목책 위에 단검으로 다시 새겼다.

- 어떻게 그를 아는가?

"말했잖아. 죽지 않는 자들의 군주가 여왕을 공격했다고."

던멜은 가슴이 철렁 내려앉았다. 카모르트에서 벌어진 일이 이어지고 있는 건 루티아가 아니라 아란티아였다.

던멜의 놀란 표정을 알아보고 제이메르는 손을 저었다.

"걱정 마라. 그 일은 카셀이 해결했다. 카셀이 왔으면 그 일 싹 설명해 줬을 텐데…… 난 그때 일이 어떻게 돌아갔는지 정확히 몰라. 울프 기사단에 섞여서 싸운 게 다라……."

제이메르는 잠시 자기가 뭘 말하려고 했었는지 까먹었다가 다시 질문을 이었다.

"그럼 루티아에 배신자는 없다는 건가?"

"누가 그런 말을 퍼트리고 다니는지는 묻지 않겠다. 하지만 그자가 이 사실을 알아뒀으면 하네. 그런 말을 퍼트리는 자가 오히려 루티아가 가진 내부의 적이라고!"

데다인의 머리카락이 크게 일어섰다가 가라앉았다. 깜짝 놀란 제이메르가 뒤로 물러날 정도로 마법사의 살기는 강했다.

데다인은 다시 다리 건너를 노려보았다. 잠시 후 데다인은 던멜을 힐끗 보더니 입을 열었다. 다른 사람에게 들리지 않게 입 모양만으로 말하고 있었다.

'너희들의 캡틴이 여길 오면…… 그 어려 보이는 청년이 여길 왔다면 정말 로일이 말한 대로 사태 해결에 도움이 되었을 거라고 생각하나?'

던멜은 두 번 생각도 않고 고개를 끄덕였다.

데다인은 한숨을 쉬었다.

'어쩌면 루티아의 배신자는 정말 나인지도 모르겠군. 이곳에 데려오면 큰 힘이 될 사람을 벌써 네 사람 째 잃어버린 셈이 되니…….'

'넷?'

던멜은 손가락을 넷 펼쳤다.

'아즈윈, 게랄드, 캡틴 울프, 그리고 마스터 타냐. 그녀는 내 반밖에 살지 않은 어린 소녀에 불과하지만 숨기고 있는 힘을 끄집어내면 나보다 두 배는 더 강한 마법사다. 또 마스터 테일드의 수제자이기도 하지. 이 네 사람이 왔다면 정말 루티아를 지켰을지 모른다.'

던멜은 아무 위로도 하지 않았다. 이 사태에 가장 책임감을 크게 가지고 있는 사람도, 가장 죄책감을 크게 느끼고 있는 사람도 그였다. 그는 배신자가 아니었다. 그러나 분명 적은 내부에 있다고 던멜은 생각했다.

작전은 이틀 뒤. 만으로는 하루 뒤.

그전에 배신자를 찾아내야만 했다.

자정이 가까웠다. 던멜은 탑의 바깥쪽 벽에 붙어 있었다. 경계가 가장 허술한 벽면을 타고 올라 15층에 이르자 케인스웍의 첨탑이 손가락만 하게 보였고 바람이 셌다.

그곳은 마스터 루더의 방 밖이었다. 던멜은 창문에 붙어 안을 살폈다. 루더는 자고 있었다.

루티아의 지도와 하늘 산맥의 지도가 벽에 붙어 있었고 이름을 알 수 없는 시약병들이 책장에 꽂혀 있었다. 침실에 둘 정도의 약품이라면 그다지 위험한 종류는 아닌 것 같았다. 병에 붙은 라벨에는 읽을 수 없는 문자가 적혀 있었다. 온갖 종류의 역사서와 함께 책장 한쪽 끝에는 낡은 칼이 두어 자루 꽂혀 있었다. 특별한 건 없었다.

던멜은 더 기어 올라갔다. 이 정도 높이쯤 되니 갑자기 바람이 세질 때가 있었다. 미리 예측할 수가 없어 잠깐이라도 방심하면 튕겨 나갈 수도 있었다. 그는 바람이 그치기를 기다렸다가 잠잠해지는 순간 과감하게 이동했다.

이번에는 골베인의 방 창문에 기대었다. 검은 피부의 늙은 마법사는 머리를 감싸 쥐고 문서를 뒤적이고 있었다. 방문을 열고 케인스윅의 여선생이 들어왔다. 두 사람은 차를 한 잔 앞에 두고 차분히 대화를 나누었다. 입 모양을 보니 레미프어에 대한 이야기를 하는 것 같았다. 그래서 대화의 상당 부분을 알아볼 수가 없었다.

'모즈의 언어를 분석하는 건가?'

던멜은 더 위로 올라가 데다인의 방에 도달했다. 창문은 잠겨 있지 않았다. 하긴 이 높이에 도둑 걱정을 할 필요는 없을 테니까.

던멜은 소리 없이 비어 있는 방으로 들어갔다. 에틀리의 이름이 달린 온갖 물건들이 탁자 위에 잔뜩 펼쳐져 있었다. 찢어진 지도가 어지럽게 널려 있었고 구석구석 먼지가 많이 쌓여 있었다.

찢어진 지도를 살펴보니, 루티아의 집 한 채까지 자세히 묘사되어 있었다. 아마 실시간으로 모즈들의 움직임을 감지해 내는 에틀리의 지도가 완성되기까지 노력한 흔적들 같았다. 마법에 대해서는 아무것도 모르지만 이것만 봐도 이 일에 얼마나 시간을 들였는지 짐작이 갔다. 만약 베드포드가 말했던 대로 데다인이 배신자라면, 그는 루티아를 멸망시키기 전에 먼저 과로로 죽었을 것이다.

역시나 벽장에는 많은 책이 꽂혀 있었다. 책이 비어 있는 자리마다 수정 구슬이 껴 있었다. 무슨 의미가 있는 건가 싶었지만, 그냥 책을 고정시키는 용도 같았다. 오래 손대지 않았는지 먼지가 쌓여 있었고 그나마 하나는 금이 가 있었다. 만져보고 싶은 충동이 들었지만 손길 하나의 흔적도 남기고 싶지 않았다. 던멜은 들어왔던 창문으로 도로 나갔다.

필립의 방도 비어 있었다. 바닥을 밟고 다니기 힘들 정도로 잡동사니가 어지럽게 흐트러져 있었다. 데다인의 방에 있는 것과 비슷하게 생긴 수정 구슬이 두 개 있었고 그중 하나는 탁자 위에 얌전히 놓여 있었다. 던멜은 수정 구슬을 뚫어지게 쳐다보면서 지금 하는 수색이 아무 쓸모없다는 생각이 들기 시작했다.

마법사들의 방에 있는 물건이란 당연히 마법 관련 도구들이고 그런 건 본다고 용도를 알 수 있는 게 아니었다. 만약 필립의 방에 널려 있는 잡동사니 중에 적과 내통하고 있는 결정적인 증거가 섞여 있다고 해도 던멜은 알아볼 재간이 없었다.

방 밖에서 인기척이 느껴졌다. 던멜은 소리 없이 창문 밖으로 빠져나가 벽에 붙었다. 그리고 상대가 문을 열고 들어오는 타이밍에 정확히 맞춰서 창문을 닫았다.

두 사람이 방으로 들어왔다. 던멜은 그 방의 다른 쪽에 나 있는 더 작은 창문에 눈을 들이댔다. 필립과 케인스윅의 여선생이었다. 그녀는 의식을 잃은 던멜을 치료해 주었던 야전 병원의 의사 하이디였다. 그녀의 얼굴을 보고 던멜은 다친 팔을 괜히 휘둘러보고 관자놀이도 살짝 눌러 보았다. 나은 줄도 모르게 회복되어 있었다.

"미안하오, 하이디. 지금쯤이면 모두에게 약혼을 발표하고 결혼식을 준비할 시기인데."

필립이 말했다.

하이디는 던멜에게 등을 돌린 방향으로 서 있어 무슨 말을 하는지 보이지 않았다.

"고맙소. 이 일이 끝난 후라도 우리는 늦는 게 아닐 거요."

필립은 미소 지으며 하이디를 껴안았다. 행복해 보였으나, 한편으로는 슬퍼 보이기도 했다.

던멜은 창가에서 떨어져 탑을 더 올라갔다. 가장 높은 곳에 올라오니 다운서치는 물론이고 아웃서치의 외곽 숲도 보였다. 모즈들이 켜 둔 횃불이 분주하게 움직이고 있었다. 놈들이 뭘 하는 건지 알아보기에는 너무 멀었다.

던멜은 마지막으로 가장 꼭대기에 있는 화이트비가 있는 곳까지 올라갔다. 등대처럼 빛을 내는 보석은 언뜻 탑 외부에 노출되어 있는 것처럼 보였지만, 실제로는 투명한 유리로 보호되어 있었다.

던멜은 살짝 유리를 두들겨 보았다. 보통 유리와는 질감이 달라, 전력을 다해 내리쳐도 끄떡없을 것 같았다. 유리 안쪽에 보이는 화이트비는 너무 밝게 빛나고 있어서, 형태를 알아보기까지는 한참이나 걸렸다. 그 하얀 보석은 사람 키만 한 크기에, 길쭉한 팔면체의 형태였다. 하지만 팔면체의 각 면을 자세히 보니, 다시 수백 개의 면으로 깎여 있었다.

화이트비는 사람 한 명 겨우 서 있을 수 있는 좁은 복도로 에워싸여 있었고, 그 복도의 중앙에 밑으로 연결된 나무 계단이 있었다. 러스킨은 눈으로도 보이지 않고, 던멜의 감각으로도 기척을 찾을 수 없었다.

던멜은 한 층 더 아래 있는 창문을 통해 러스킨의 방 안으로 들어갔다. 여전히 기척은 느껴지지 않았다.

그랜드 마스터의 방이라고 해도 다른 마스터들의 방과 특별히 다른 점은 없었다. 안 좋은 기름을 등불로 쓰고 있는지 약간 매캐한 냄새가 났다. 거기에 고급스러운 향료 냄새와 마법사들의 방에서 나는 공통된 책 곰팡내가 섞여 있었다.

벽에는 여러 가지 색깔의 지팡이와 로브가 규칙 없이 걸려 있었다. 대부분 하얀색이었지만 개중에는 하늘 빛깔이나 숲의 빛깔도 있었고, 검은색 로브도 있었고, 회색 로브도 있었다.

아란티아의 여왕을 공격한 건 회색 로브를 입은 마법사라고 했고 카셀을 공격한 건 검은 로브를 입은 마법사라고 했다.

'그 두 마법사가 같은 인물인가?'

잠시 제쳐 놓았던 의문이 다시 고개를 들었다.

만약 배신자가 있다면 가장 마법이 뛰어난 러스킨이라고 말한 데다인의 말이 머리에 맴돌았다. 아란티아의 회색 마법사, 하늘 산맥 숲의 검은 마법사, 그리고 그랜드 마스터 러스킨.

마법사들에게 있어 로브의 색은 자신을 위장하는 보호색과도 같았다. 제이메르는 밤에 공격한 마법사의 로브가 검은색이라고 주장했으나, 다른 색의 로브가 색이 바뀐 것을 잘못 알아본 걸지도 몰랐다. 마법사에게 있어 로브의 색은 특정 개인을 지칭하는 단서라고 할 수가 없었다.

벽에는 루티아의 지도와 아란티아, 아크랜드 전체 지도가 걸려 있었다. 다른 곳에서 봤던 아크랜드 지도에 비할 수 없이 세밀했다.

던멜은 잠시 지도를 살피다가 뒤에서 접근하는 인기척에, 단검을 빼며 몸을 돌렸다. 러스킨이었다.

"온다면 미리 말하지 그랬나? 차를 한 잔만 준비했군."

러스킨은 손에 든 차를 탁자 위에 내려놓으며 말했다. 이렇게 가까이 접근했는데도 알아채지 못한 건 처음 있는 일이었다. 새나디엘 여왕도 투명한 기척을 가졌지만 이렇게 던멜을 놀라게 한 적은 없었다.

"자네가 있는 것에 내가 놀라야 하는데, 어째서 내가 있는 것에 자네가 놀라는가?"

러스킨은 관절을 걱정하는 노인네처럼 천천히 다리를 굽혀 의자에 앉았다. 눈에는 잠이 한가득 담겨 있었다.

"우선 앉게. 자네와 대화를 나누려면 쓸 종이가 있어야 하니 서로 앉는 게 편하겠군."

침입자 신세에 거부할 수 없는 제안이었다. 던멜은 자리에 앉아 러스킨이 내민 깃털 펜에 잉크를 묻혀 종이 위에 휘갈겼다.

- 사과드리겠습니다.

"이해하네. 루티아 내부에 배신자가 있다는 소문을 스스로 조사해 보고 싶었겠지? 다른 마스터들의 방도 살피면서 온 건가?"

떠보려고 묻는 게 아닌, 이미 알고 있는 것을 확인하는 말투였다. 던멜은 이 통찰력 깊은 현자를 상대로 일찌감치 머리싸움을 포기하고, 고개를 끄덕였다. 러스킨은 인자한 미소로 잠시 던멜을 바라보았다.

"루티아의 역사에 대해 아나?"

- 모릅니다.

러스킨은 마치 던멜을 식사에 초대한 사람처럼 느긋하게 대했다.

"루티아는 아란티아와 거의 같은 시기에 세워졌네. 아크랜드의 역사에 들어가지도 않고, 제대로 기록된 적도 없어 전설처럼 내려오는 이야기지. 시작은 천 년 전에 아크랜드에 있었던 커다란 전쟁부터일세. 아란티아라는 나라가 처음 생긴 직후에 벌어진 전쟁이라고 해야 할까, 가넬로크라는 나라가 생기기 직전에 터진 전쟁이라고 해야 할까? 어느쪽으로 따져도 일반인들에게는 그냥 까마득한 옛날일 뿐이겠지."

러스킨은 간간히 차로 입술을 적시며 건조한 목을 달랬다.

"세상을 지배하려는 어둠의 힘이 아란티아를 공격했네. 그 어둠의 힘이 어떤 존재인지는 나도 잘 모른다네. 론타몬의 정복 전쟁을 역사상 가장 커다란 전쟁이라고 알고 있는 사람들은 상상도 할 수 없는 거대한 규모의 전쟁이었겠지."

던멜은 러스킨의 입 모양에 집중했다.

"세상 모든 마법사가 동원되었고 하늘 산맥의 드래곤들까지 개입되었지. 10년 전 전쟁에서 드래곤 넷이 죽었다고 온 대륙 사람들이 슬퍼했다지? 하지만 천 년 전 전쟁에서 죽은 드래곤의 숫자에 비하면 아무것도 아닐 정도지. 당시 가장 커다란 건축물 중 하나였던 옐로우 게이트가 드래곤의 피로 물들어 레드 게이트라고 이름이 바뀌었을 정도니까. 그때 가장 큰 활약을 펼친 것도 울프 기사단이 아니었나 싶네. 루티아의 마법사와 울프 기사단이 같은 개념이 된 건 그런 배경 때문이지."

자신이 속해 있는 조직이 워낙 외부에 부풀려져 있다 보니 정작 그 안에 있는 사람들은 작게 평가하고 있었다. 새삼스레 하얀 늑대들의 이름값이 주는 책임감이 무겁게 어깨를 눌렀다. 물론 다른 친구들은 이런 얘기를 듣는다 해도 전혀 중요하게 여기지 않겠지만.

러스킨은 그의 고민을 이해하는 듯 웃어 보였다.

"하늘 산맥의 지배자께서 그 전투에서 승리한 마법사들에게 루티아라는 땅을 내리고 그 땅을 지킬 수 있는 힘을 선사했지. 그 선물이 바로 화이트비라는 보석일세. 라르비튼이 자신의 손자까지 대를 이어 완성한 이 탑의 꼭대기에 올라가 있는 루티아의 상징이지."

- 데다인에게 들었습니다. 화이트비가 없으면 그건 루티아가 아니라고.

"정확하네. 루티아 안에 화이트비가 보관되어 있는 게 아니라 이곳에 화이트비가 있기 때문에 이 땅이 루티아가 된 거야. 첫 번째 그랜드 마스터의 이름을 따서 루티아라고 지명이 정해진 건 별개의 얘기지만."

러스킨은 흐뭇하게 웃었다.

"이 방 아래층으로 내려가면 역대 그랜드 마스터들의 초상화를 모두 볼 수 있네. 마스터 루티아의 그림이라도 한번 보고 가겠나?"

던멜은 거절했다. 흥미는 있었으나, 이 방을 서둘러 나가고 싶었다. 그랜드 마스터의 배려가 오히려 던멜에게는 부담이 되었다. 어쩌면 이런 긴 이야기가 러스킨이 침입자에게 내리는 벌인지도 몰랐다.

"이 방도 사실은 마스터 테일드의 것이네. 나는 그의 자리를 임시로 맡고 있는 거야. 따라오겠나? 화이트비를 구경시켜 주겠네. 벌써 봤겠지만."

러스킨은 웃으며 안내했다. 던멜은 연이어 두 번이나 거절하기도 힘들고, 화이트비를 가까이서 볼 수 있다는 유혹도 커서 그를 따라갔다.

둘은 나무로 만들어진 계단을 통해 위층으로 올라갔다. 그 계단이

유리 밖에서 봤던 꼭대기 방과 연결된 계단이었다. 좁은 복도에 올라서자 손으로 만질 수도 있는 가까운 거리에 화이트비가 있었다.

바깥에서 봤을 때는 눈을 못 뜰 정도였으나 정작 바로 앞에 있으니 그다지 눈이 부시지 않았다. 따뜻한 빛에 감싸인 러스킨은 20년쯤 젊어 보였다.

"나는 루티아의 43대 그랜드 마스터네. 그리고 테일드는 44대 그랜드 마스터. 그리고 아직 45대는 뽑힌 게 아닐세. 나는 그의 빈자리를 잠시 지켜주고 있는 것뿐이야. 데다인이나 골베인이 다음 그랜드 마스터로 거론되고 있지만, 두 사람을 포함한 우리 모두 테일드가 돌아오길 기다리고 있지."

러스킨은 화이트비에 손을 댔다. 보석의 표면에서 불꽃처럼 일어난 빛의 안개가 천천히, 그리고 희미하게 노인의 몸을 감쌌다가 도로 화이트비로 되돌아갔다.

"테일드가 론타몬으로 죽지 않는 자들의 군주를 해치우러 떠난 게 대략 8년 전 일이지. 알겠지만 당시 아란티아의 하얀 늑대들 세 명도 동행했지. 나는 테일드가 적어도 40년은 루티아를 지켜 줄 거라고 믿고 있었건만 그는 그 싸움에서 사라져 버렸다네."

러스킨의 표정은 어두워졌고 기분 탓인지 화이트비의 빛도 어두워지는 것 같았다.

"나와 테일드는 스승과 제자의 관계였다기보다 아버지와 아들과 같은 관계였다네. 이해할 수 있겠나? 마침내 가르침을 끝내고 제자에게 물려줬던 자리에 도로 앉게 되는 그 허탈한 심정을……."

던멜은 생각하고 싶지 않아도 저절로 칼스텐이 떠올랐다. 칼스텐과 테마르, 스승과 제자 사이면서 동시에 아버지와 아들 같았던 관계. 던멜은 칼스텐의 심정을 온전히 이해할 수 없었기에 마찬가지로 러스킨의 슬픔도 이해할 수 없었다. 그러나 형체 없는 고통이 뭔지 조금은 알 수 있었다.

"이틀 후 탈출 계획이 시작되어도 나는 이곳을 지키겠네. 이곳을 버리고 떠날 때 탑 꼭대기를 봐 주게나. 빛이 사라지면 내가 죽은 것이고 아직 남아 있다면 살아있는 걸로 알아주게."

러스킨은 미소 지었다.

"아니, 아닐세. 늙어 느는 건 잔소리 아니면 헛소리뿐이군. 마지막 말은 그냥 못 들은 걸로 해 주게."

러스킨의 방을 들어갈 때는 몰래 창문을 통했지만, 나갈 때는 앞문으로 나가게 되었다. 그것도 작별 인사까지 받으며.

던멜은 복잡한 심경이었다.

루티아의 마스터가 루티아를 배반하는 건 하얀 늑대들이 아란티아를 배신하는 것과 같다. 마스터들이 스스로 말했듯, 그들이 루티아를 배신할 이유는 없었다. 그들 모두에게는 여길 지켜야 할 명분과 의지가 있고, 또 루티아를 멸망시키고자 한다면 굳이 모즈들을 동원할 필요도 없었다.

던멜은 내부의 배신자는 없다고 결론 내렸다. 있다면 오히려 케인스웍의 선생들 쪽이 아닌지 생각해 볼 일이었다.

'하얀 늑대가 새나디엘 폐하를 암살해?'

던멜은 마스터 칼스텐을 그리며 진지하게 고려해 보았다.

'만약 그러고자 한다면……, 그건 정말 그래야 할 이유가 있기 때문

이다.'

생각이 거기에 이르니, 던멜은 강을 일으켜 모즈들을 내리쳤던 러스킨의 마법과 대지에 거대한 불의 벽을 일으켜 세웠던 데다인의 마법이 떠올랐다. 그리고 허공에 피의 안개를 만들어냈던 플로라의 모습도 아른거렸다.

정말 던멜이 생각할 수 없는 어떤 이유로 루티아의 마스터가 루티아를 배신한다면, 그건 단순히 루티아의 재앙으로 끝날 일이 아니었다. 설사 의도하지 않더라도 그 재앙은 반드시 아크랜드로 연계될 것이다.

'그리고 러스킨이 루티아의 배신자라면 그건 퀘이언이 아란티아의 배신자라는 것과 동급의 일이야. 그건 알아도 막을 수 없어.'

Chapter 19

루티아의 마지막 밤

오전부터 플로라는 아직 회복되지 않은 몸으로 탑의 물건들을 수레로 옮기는 일을 돕고 있었다. 던멜이 다가가자 그녀는 손을 내저었다.

"미리 말해두지만, 전 괜찮아요."

대답도 기다리지 않고 플로라는 활발하게 말을 이었다.

"특별히 부상을 당한 것도 없었어요. 정신적으로 힘들었는데, 그런 건 침대에 누워 있다고 해결되는 건 아니죠."

머리를 짧게 자르고, 평소와 달리 옷도 밝은색으로 바꾼 플로라는 전과는 전혀 다른 적극성을 보였다.

"그보다 던멜은 간밤에 좀 주무셨나요? 오늘 저녁에는 또 밤을 새워야 할 텐데요."

던멜은 고개를 끄덕였다. 어제 러스킨을 만나고 온 후 서너 시간밖에 자지 않았지만 이런 비상시에 그 정도면 사치였다.

"시저가 이상한 말을 했다지요? 제가 혼냈어요. 하지만 절 생각하고 한 말이니 너무 마음에 두지 마세요. 그리고……."

플로라는 약간 붉어진 얼굴로, 그러나 당당한 미소로 말했다.

"고마워요. 힘들었던 순간마다 저를 지탱해 주셨어요."

던멜은 손가락으로 글씨를 써서 말했다.

- 전 한 게 아무것도 없습니다.

플로라는 웃으며 고개를 저었다.

"괴물들 사이에 잡혀 있을 때 저는 차라리 죽자고 생각했어요. 혀를 깨물든, 마지막 남은 마법으로 내 몸에 불을 지르든, 그 순간의 공포를 잊을 수만 있다면 무슨 짓이든 저지르려고 했죠. 그때 뭔가가 끓어올랐어요. 마음속에 있는 저를 억제하는 뭔가가……."

플로라는 한참이나 자기 손을 내려다보다가 던멜에게 내밀었다.

"마법의 잠재력이 끌려 나오는 계기란 언제나 엉뚱한 법이지만, 저에게는 당신의 수화였어요. 괜찮다…… 는 그 말. 그걸 꼭 다시 한번 보고 싶었거든요."

던멜은 희미하게 웃으며 그녀의 손을 잡았다.

"시저가 사과 전해 달래요. 진심이 아니었다고."

던멜은 고개를 끄덕였다.

"그리고 저도 진심을 전하고 싶어요."

플로라가 말했다.

던멜은 고개를 끄덕이지 못했다.

"당장은 아니에요. 언젠가 루티아의 상처가 아물고 저의 상처가 아물고 모든 것이 진정되면 그때라도……."

그때 베드포드가 다급히 두 사람에게 달려왔다.

"여기 계셨군요. 기사 로일은 어디 계시오? 마스터 데다인은?"

던멜은 다리를 가리켰다. 로일은 있었다. 하지만 데다인이 보이지 않았다. 대신 골베인이 있었다.

"무슨 일인가요, 베드포드?"

플로라가 궁금해하며 물었다.

"탑의 꼭대기 층으로 가 보십시오, 던멜. 플로라도 같이 가면 좋겠어요."

"그랜드 마스터의 방에요?"

"마스터 필립이……."

주위에 듣는 귀가 많아 베드포드는 뒷말을 잇지 않았다. 던멜과 플로라는 굳이 뒷말을 들으려고 애쓰지 않고, 그대로 탑을 올랐다. 아직 완전히 몸을 회복한 게 아닌 플로라는 10층까지 오르자 힘들어했다. 던멜은 그녀를 업겠다는 뜻으로 등을 내보였다. 그녀는 사양하지 않았다.

던멜은 플로라를 업고, 거의 내리막을 달리듯 계단을 뛰어 올라갔다.

꼭대기 방 앞에 데다인이 있었다. 골베인과 교대해서 자고 있는 게 아니었다. 러스킨과 루더도 같이 있었다. 방금 전에 자러 가겠다던 제이메르도 있었다. 그들이 빙 둘러 서 있는 가운데에는 시신이 한 구 놓여 있었다.

플로라는 잠시 그걸 시체라고 생각하지 못한 모양인지 뒤늦게 놀랐다. 시신의 앞에는 하이디가 주저앉아 울고 있었다. 그녀는 뭐라고 울부짖었다. 던멜은 그녀의 입 모양을 알아볼 수가 없었다.

플로라가 달려가 그녀를 안았다.

죽은 사람은 마스터 필립이었다. 어제 하이디를 안고 이번 일이 끝나면 결혼을 하겠다고 말했던 마법사.

플로라가 겨우 달래 하이디를 시신으로부터 떼어 내자 제일 먼저 제이메르가 살폈다. 던멜은 시신의 옆에 있는 흔적을 살폈다. 등에는 칼이 꽂혀 있었고 핏자국은 계단 앞까지 이어져 있었다.

러스킨은 무거운 호흡을 내쉬며 말했다.

"내가 아침에 방문을 열었을 때 필립이 여기에 쓰러져 있었네. 죽은 지 꽤 오래된 상태였지."

"지금부터 여섯 시간 전쯤. 그러니까 새벽 무렵에 죽은 것 같다."

제이메르가 말했다.

새벽. 던멜은 시간을 계산하고 속으로만 생각했다.

'그럼 하이디에게 결혼 얘기를 하고 얼마 되지 않아 죽었다는 뜻이군.'

제이메르가 시체에 손을 한번 대 보고 그 손을 천천히 핏자국으로 옮겨 갔다.

"단검에 찔린 채로 계단 중간에서 여기까지 기어 올라온 거야."

"핏자국은 계단 끄트머리에서 시작되지 않나?"

데다인이 물었다.

"출혈이 거기에서 시작된 거야. 걷는 속도로 계단을 이동했다면 찔린 자리는 계단 중간이 되는 거다."

제이메르는 방해하지 말라는 듯 설명을 이어 갔다.

"그리고 이 방문 앞까지 왔다가 숨을 거둔 거고…… 팔이 미처 방까지 닿지 못했군."

필립이 뻗은 손은 러스킨의 방문 앞에서 멈춰 있었다.

데다인이 정리했다.

"그러니까 누군가 필립을 뒤에서 찔렀고 그는 필사적으로 마스터 러스킨의 방을 향해 기어 왔다가 결국 마스터께 알리지 못하고…… 죽은 거군."

데다인은 한쪽 무릎을 꿇고 앉아 던멜에게 얼굴을 보이며 말했다. 단지 입 모양을 보여 주겠다는 의도는 아니었다. 그는 눈으로 묻고 있었다. 제이메르의 분석이 맞나? 분석이 틀리면 다른 사람에게 말하지 말고 자기에게만 말해 달라는 뜻까지 담고 있었다.

'어제는 아니라고 하더니 결국 자기도 내부의 적이 있다고 생각하고 있구나.'

모두 분노나 슬픔보다 황망함이 앞서 말이 없었다.

지금 이 자리에서 가장 냉정한 건 제이메르였고 가장 분석을 잘하는 사람도 그였다.

"이건 이 마법사를 아는 사람이 저지른 거야."

제이메르가 던멜을 쳐다보았다. 던멜도 고개를 끄덕여 보였다.

루더가 물었다.

"왜 그렇게 되지?"

제이메르가 대꾸했다.

"난 어려운 얘기를 하는 게 아니야. 이 마법사도 루티아의 마스터지? 그런 직급에 있는 마법사가 어느 정도인지는 당신네들이 보여 줘서 잘 알아. 기습에 당할 사람이야? 이 사람이? 그러니까 내 말은, 이 죽은 사람이 뒤에서 찌르는 칼에, 그러니까 적이 칼로 찌르려고 다가온 다면…….”

제이메르는 설명하다 말고 머리를 저었다.

“어쨌든 살인자가 적이었다면, 내 생각에는 적어도 이 근처를 박살 낼 규모의 싸움을 했지 않았을까?”

손가락 끝을 깨물던 루더가 중얼거렸다.

“화이트비를 지키려고 마법을 쓰지 않았을지도 모르지.”

제이메르는 손사래를 쳤다.

“그렇다고 반항도 안 하고 죽어?”

데다인만 그렇게 생각하는 게 아니었다. 이제는 다들 확신했다. 던멜도 마찬가지였다.

이 중에 배신자가 있다!

아무도 머릿속에 있는 말을 꺼내지 못하고 있을 때 러스킨이 결심한 듯 말했다.

“우리들 중 하나가 범인이겠군.”

다들 긴장된 눈빛으로 러스킨을 바라보았다. 러스킨은 작은 목소리로 말을 이었다.

“이 자리에 있는 한 명일 수도 있다. 나도 예외일 수는 없다. 우선 데다인은 밤새 다리를 지키느라 자리를 비울 수가 없었겠지. 자정 넘어 살해당한 거라면 데다인은 분명 아닐 것이다. 그러니 데다인, 자네가 이 일을 조사해 주게.”

데다인은 고개를 끄덕이며 말했다.

"예, 마스터. 하지만 저를 예외로 두고 싶지 않습니다. 다리를 지키고 있었지만 곁에 있는 병사들을 잠깐 속이고 여기까지 올라오는 건 그리 어렵지 않습니다. 그러니 던멜에게 부탁해 저를 조사하게 해 주십시오. 그래야 공평합니다."

러스킨은 힘없이 고개를 끄덕이며 던멜을 바라보았다.

"해 주겠나, 던멜 울프?"

갑자기 모두의 틈으로 하이디가 뛰어들었다.

"마스터 루더, 당신은 어제 어디 계셨죠? 어제 자정에 뭘 하고 있었어요?"

그녀는 눈물을 글썽이면서도 루더의 옷자락을 세게 잡고 있었다. 루더는 당황하여 그녀의 손을 떼어 내지도 못하고 뒤로 물러났다.

"하이디, 이러면 안 돼요. 적어도 지금 이 자리에서 이러는 건 옳지 않아요."

플로라가 말렸다. 그러나 하이디는 막무가내였다.

"아니, 난 알아야겠어. 필립은 쉽게 당할 분이 아니야. 날아오는 화살도 피할 수 있는 분이 단검 따위를 못 피할 리 없어. 아는 사람이고 필립만큼 강한 사람이라면 루티아의 마스터 외에 또 누가 있어? 예? 마스터 루더, 어제 자정 넘은 시간에 뭐 했어요? 당신이 필립을 죽인 게 아니라면 제발 말해 줘요."

루더가 난처한 얼굴로 데다인을 바라보았다. 데다인은 고개를 끄덕였다.

"어차피 조사해야 할 일이네. 그냥 이 자리에서 말해 주게. 사실 우린 시간도 많지 않아. 내일 작전을 강행하려면 오늘 안에 범인을 밝혀

내야 하니까."

"자, 자고 있었네……."

루더는 변명같이 들리는 걸 알면서도 어쩔 수 없이 계속 말했다.

"그 시간에는 자고 있었소, 하이디. 그리고 내가 그 시간에 방에 있었다는 걸 증명해 줄 사람도 없소. 미안하오."

루더가 자고 있을 때는 아직 필립이 살아 있던 시점이었다. 공교롭게도 던멜은 루더의 증인이 될 수 있었지만 자신이 몰래 방을 훔쳐보고 다녔다는 점을 발설하고 싶지 않았다. 또 큰 증거가 되지도 못했다. 러스킨도 아마 그렇게 생각하고 있는지 던멜과 만났던 일을 공개하지 않았다.

"골베인은?"

데다인이 이 자리에 없는 사람에 대해 묻자 플로라가 대신 대답했다.

"아마 어제 줄리 선생님과 같이 계셨을 거예요. 자세한 건 잘 모르지만 새벽까지 묶어 놓은 모즈 앞에서 계속 언어를 분석했다고 들었어요."

"나 역시 어제 혼자 있어서 따로 증명할 길이 없군."

러스킨은 스스로 고백했다. 던멜도 그렇다는 뜻으로 손을 들어 보였다. 제이메르는 고개를 저었다.

"난 어제 자경단 병사들이 잔뜩 모여 있는 숙소에서 잤어."

데다인은 턱을 쓰다듬다가 말했다.

"하이디, 우선 자리를 피해 주시오. 필립의 시신은 곧 수습해서 내려보내도록 하겠소. 작전을 앞두고 케인스윅 선생들 사이에 분란을 일으킬 수는 없으니 우선 이번 일은 비밀로 해 둡시다. 플로라, 하이디와 같이 가 주십시오."

플로라는 약하게 저항하는 하이디와 함께 계단을 내려갔다.

두 여자가 내려간 후 한참 후에 갑자기 데다인이 벽을 세게 후려쳤다.

"이해할 수가 없군. 만약 우리 중 하나가 배신자이고 필립의 살인범이라면, 왜 굳이 마스터 러스킨의 방 앞에서……? 그것도 작전을 하루 앞두고!"

러스킨이 말했다.

"필립이 뭔가를 알아낸 건지도 모르지. 그걸 내게 말하러 왔다가 범인에게 들킨 거고."

"필립의 방을 조사해 봐야겠습니다."

러스킨이 자리를 뜨려는 데다인의 어깨를 잡았다.

"던멜도 같이 데려가게. 그가 할 말이 있을 거야."

러스킨의 말대로 두 사람은 같이 계단을 내려갔다.

데다인은 필립의 방에 들어서자마자 문에 대고 뭔가 마법을 걸었다. 아마도 소리가 밖으로 새지 않는 종류의 마법 같았다. 던멜은 펜으로 글을 써서 어젯밤에 있었던 일들을 사실대로 털어놓았다. 자기 방을 뒤졌다는 말에도 데다인은 화내지 않았다.

"그러니까 필립은 하이디와 자정쯤까지 같이 있었다고? 그리고 자네가 러스킨과 얘기하고 다시 탑을 내려온 시점을 생각하면…… 재밌군. 결국 자네도 범인이 될 가능성이 있다는 뜻이야."

던멜은 손에 쥔 펜으로 뭔가를 쓰려다 포기했다. 그의 말이 옳았다.

"제이메르도 마찬가지야. 자경단 청년들과 같이 잤다고는 하나, 모즈들 틈에서도 기척을 죽이고 숨어 있었던 검의 고수가 잠깐 자리를 비우기는 어렵지 않겠지. 로일도 마찬가지인 데다 자네들 셋이면 필립을 암살할 만한 실력은 충분하다. 안 그런가?"

던멜은 그 말에 이의를 제기하지 않았다.

"미안하군. 생각에 제한을 두고 싶지 않아서 아무렇게나 떠들어 봤네. 난 좀 생각해 봐야겠으니 돌아가 보게. 그렇다고는 해도 아까 내가 했던 말을 번복하는 건 아닐세. 나를 감시하는 건 자유롭게 해도 좋아."

데다인은 던멜이 탁자에 내려놓은 펜을 쥐고 종이 위에 뭔가를 긁적이기 시작했다. 던멜은 그가 뭘 하는지 잠깐 지켜보다가 방을 나섰다.

모즈들의 바쁜 움직임은 멎었다. 반면, 루티아는 이튿날 아침에 있을 운명의 순간을 위해 바쁘게 움직였다. 던멜은 아무것도 하지 못하는 방관자가 될 수밖에 없었다.

필요한 물건만 챙기라고 했는데도 마을 사람들은 수레에 한가득 짐을 채워 넣기 바빴다. 캡틴 코렛은 절룩거리는 발로 뛰어다니며 제발 1인당 한 보따리 이상 짊어지지 말라고 애원하고 다녔다.

"우리는 완전히 떠나는 게 아니라 다시 돌아올 겁니다. 정말 소중한 물건이 아니면 두고 가세요."

로일은 피난 준비를 도왔고, 틈틈이 병사들의 검술 훈련도 챙겼다.

던멜은 어떤 방식으로 선공을 할지에 대해 루더와 지도를 앞에 두고 상의했다.

데다인은 그 일이 있은 후 보이지 않았다.

골베인도 모즈의 언어에 대한 분석을 마친다며 나타나지 않았다.

제이메르는 다리를 건넜다가 되돌아왔다가 던멜의 작전 상황을 훔쳐봤다가 강가를 어슬렁대며 나름대로 바빴다. 그리고 갑자기 로일에게 다가가더니 뭐라고 말했다. 잠시 루더에게 지도를 맡기고 그들에게 가 보니 로일이 한심스럽다는 듯 던멜에게 말했다.

"이 녀석 방금 나한테 뭐라는 줄 아냐? 결투 신청했다."

제이메르는 화를 냈다.

"내가 언제? 네가 그렇게 잘 싸우는 놈이냐, 내가 전력을 다해도 안 죽고 막을 만한 놈이냐고 물었지."

"그게 그거 아닌가?"

로일은 그답지 않은 비웃는 미소를 보였다. 제이메르는 그 단순한 도발에 넘어갔다.

"울프 애들한테 다 들었다. 네가 하얀 늑대들 중에서 일대일에 제일 능하다며?"

울프들을 애들이라고 표현하는 사람은 아즈윈과 게랄드밖에 없었다. 던멜이 보기에 제이메르는 두 번째 테스트도 무난하게 통과할 성격이었다.

"결국 결투 신청 맞네."

로일은 팔짱을 꼈다.

"결투는 아니야. 울프 애들이랑 싸워 보고 안 건데, 그런 녀석들이랑 매번 싸웠다가는……, 그러니까 실전처럼 했다가는 며칠 못 가겠더라. 내 말은, 물론 내가 진다는 소리는 아니고, 그러니까 이건 결투가 아니라 시합이다. 아, 같은 건가? 뭐, 시험이나 연습이라 해도 좋고……. 뭔 소린지 알지?"

"그게 뭐든 난 그냥 하는 법을 모른다. 큰 전투를 앞두고 몸 사리는 게 어때?"

'시합을 거절하는 로일이라…….'

던멜은 로일이 어딘가 성장했다는 기분이 들어 흐뭇했다. 하지만 제이메르는 포기하지 않았다.

"너 정도 되면 이런 것도 가능하지 않을까 싶은데……. 이봐, 솔직히 네가 나보다 더 강할 거야. 네가 쉐이든 녀석과 맞먹는 실력자라면 분명 그럴 거라 본다. 많이는 아닐 것이고 조금 더 세겠지. 아주 조금. 그러니까 쪼끔, 요만큼, 아주 살짝……."

녀석은 검사로서의 자존심을 지키면서도 로일을 설득할 수 있는 단어를 찾기 위해 무척이나 괴로워하며 말을 이었다.

"내가 진다고는 말 못하지만 한번……, 거리나 재 보자."

"거리?"

로일은 해석을 부탁하듯 던멜을 힐끔 봤다.

던멜은 어깨를 으쓱했다.

'나도 몰라.'

"음, 니들 식대로 말해 보면……."

제이메르는 갑자기 칼을 뽑았다. 그 순간 로일의 몸이 뒤로 젖혀졌고 동시에 손잡이 위에 그의 오른손이 올라갔다. 방금 얼마나 위험한 도발을 했는지 제이메르는 알고 있을까?

"그래, 그거. 이 '간격' 밖에서만 싸우자 이거다. 가능하지 않냐?"

제이메르의 말에, 로일은 웃음을 터트렸다.

"이게 네가 말한 '간격'이냐?"

"더 안으로 들어가면 네 목숨 책임질 자신 없어서."

"뭘 책임져?"

사실 이 정도로 로일을 도발시키며 싸움을 거는 녀석은 아즈윈 말고 처음이었다. 하지만 로일의 힘을 당해 보고도 계속 저런 식의 도발을 이어 갈 수는 없을 것이다. 던멜은 이런 식의 결투에 흥미가 생겼다.

'이거 해도 될 거 같냐?'

로일은 수화로 던멜의 허락을 구했다.

'재미있어 보인다. 원하는 대로 해 줘 봐라. 재미있을 것 같다. 아님 내가 할까?'

'어딜 뺏어가려고?'

로일은 칼을 뽑아 제이메르가 든 칼을 툭 쳤다.

"네가 말하는 간격을 한번 보여라. 내가 맞춰 보겠다."

로일이 말했다.

제이메르가 경고했다.

"어설프게 간격 맞추면 나도 모르게 실수로 죽일지도 모른다? 그러니까 내 말은, 내가 널 죽인다는 거야. 진짜로 죽인다는 뜻은 아니고, 내 말은……."

"되도 않는 설명은 그만하고 보이기나 해."

"우선 이게 두 걸음이다."

제이메르와 로일은 순식간에 칼을 세 번 교차했다. 세 번째가 워낙 빨라서 아마 평범한 사람이 보기에는 두 번 부딪힌 걸로밖에 보이지 않았을 것이다.

로일은 흥미로운 듯 왼쪽으로 몸을 틀며 가볍게 뛰었다. 제이메르도 그의 속도에 맞췄고 둘은 원을 그리며 서로를 바라보았다.

"좋아, 이게 두 걸음? 그다음은?"

로일이 물었다.

"한 걸음 반."

제이메르는 다시 칼을 휘둘렀다. 두 사람의 칼이 다시 교차했다. 주위에서 검술 연습을 하거나, 물건을 나르거나 목책을 세우던 병사들이 조심스레 다가왔다. 지도 위에 열심히 펜을 놀리던 루더도 고개를 길게 빼고 두 사람의 싸움을 지켜보았다.

"이게 한 걸음 반?"

로일이 물었다. 제이메르는 감탄하며 대꾸했다.

"응. 이게 한 걸음 반."

"그럼 이게 한 걸음이겠네?"

로일이 말하며 단숨에 거리를 좁혀 칼을 찔러 넣었다. 제이메르는 자칫 치명타가 될 수 있는 날카로운 공격을 막고 바로 반격했으며, 로일은 또 막으면서 찔렀다. 이건 어떻게 봐도 서로 목숨을 노리는 격렬한 싸움이었다. 바닥에서 피어오르는 먼지가 두 사람의 시야를 서로 가렸고 그 틈으로 칼이 여러 차례 부딪쳤다.

"너도……, 보이냐?"

제이메르가 물었다. 먼지 틈으로 겨우 보이는 그의 입술에 즐거운 미소가 깃들어 있었다.

로일이 되물었다.

"뭐가?"

"간격이."

"네가 간격을 보여 줬으니 대충 이 정도 될 거라고 봤지. 어쨌든 이게 '한 걸음'이라 그거지?"

"할 수 있어? 이 간격, 유지하면서 싸우는 거. 힘들면 가끔 두 걸음 밖으로 도망쳐도 된다."

로일은 빙그레 웃었다. 마치 새로 생긴 장난감을 발견한 어린아이 같은 미소 같았다.

"재밌겠네."

던멜도 동시에 생각했다.

'재밌겠는걸.'

두 사람은 칼을 부딪치기 시작했다. 격렬히 싸우는데도 서로 다치지 않는 게 신기할 정도였다. 던멜은 그 싸움의 경과가 흥미로웠다.

'서로 다치지 않게, 그러나 서로에게 여유를 주지 않고 싸운다? 이건 울프들에게도 써먹으면 괜찮을 훈련법이군.'

더구나 로일처럼 상대에게 여유를 주지 않는 녀석을 저런 식으로 억제시키며 싸우게 만드는 건 보통 수단이 아니었다.

'제이메르 이 녀석, 브나타이돌이나 에릴과도 막상막하이겠는걸. 잘하면 프란츠까지도.'

카셀이 쉐이든 대신 저 녀석을 데려왔다면 그럴 만한 다른 이유가 있나 보다 생각하고 있었지만, 어쩌면 순수하게 실력으로만 가려 뽑아 데려온 거라고 해도 믿을 만했다.

던멜은 쭈그리고 앉아 느긋하게 구경했다.

'먹을 것 좀 들고 보면 좋겠군.'

로일은 싸움을 계속 유지하며 말했다.

"한 걸음은 이제 익숙해졌는데, 한 단계 올려볼까?"

쩔쩔매는 제이메르의 표정에 당황하는 기색이 역력했다. 그러나 자존심 때문에 거부하지도 못하고 소리쳤다.

"한 단계 더?"

"반걸음!"

로일이 소리치며 칼을 찔렀다. 제이메르는 엄청난 속도로 날아오는 칼끝을 가까스로 비껴 나가게 칼을 틀었다. 칼이 엇갈리며 달려드는 로일의 어깨와 버티는 제이메르의 가슴이 부딪쳤다. 제이메르는 반사적으로 로일의 멱살을 잡았고 로일은 그의 손목을 움켜잡았다.

둘은 숨을 헐떡이며 서로를 노려보았다가 동시에 놔주었다.

"흐음, 반걸음은 오래 유지하기가 어렵군. 안 하는 게 낫겠다."

로일은 제이메르의 어깨를 주먹으로 툭 치고 뒤로 물러섰다.

제이메르는 지쳤는지 말은 못하고 고개만 까닥여 대꾸했다. 구경하던 병사들 사이에서 박수가 나왔다.

제이메르는 떨리는 손으로 칼을 집어넣었다. 던멜이 괜찮으냐고 물어보려는데 녀석은 물을 마신다며 가 버렸다.

'어떤가?'

던멜은 제이메르의 등을 돌아보면서 물었다.

"너도 봤잖아."

'옆에서 보기에는 훌륭하지. 부딪쳐본 사람의 의견은 어떤가 해서?'

"나도, 저 녀석도 마지막 순간에는 점점 간격이 좁아졌다. 그 한 걸음이란 게 폭이 꽤…… 아슬아슬했지."

'의식하지 못하고 있을 줄 알았더니 알고 있었군. 간격을 좁혀 온 건 저 녀석 쪽이지?'

"한 걸음을 유지하려고 노력했지만, 녀석이 그걸 의식 못했다. 그래서 막판에 내가 반걸음이라고 소리치면서 시합을 끊은 거야. 그대로 가다가는 위험해질 것 같아서. 그래, 맞아. 저 자식 겨우 이 짧은 시합을 하면서 나를 따라오고 있었다. 지금 당장은 모르겠지만, 조금만 가르쳐주면……."

'가르칠 거야?'

로일은 고개를 저었다.

"모즈 상대로는 지금도 충분해. 게다가 싸움은 내일 아침이 될 텐데 그사이에 가르쳐 봐야 얼마나 가르치겠어?"

'오늘 저녁이 될지도 모른다.'

한참 기분 좋게 땀을 닦던 로일의 표정이 급격히 어두워졌다. 그는 주변을 의식해 수화를 썼다.

'녀석들이 저녁에 올 것 같은가? 그럼 루더에게 말해야 하지 않아?'

'목표가 생겨 의욕적으로 움직이고 있는 병사들을 겁주고 싶지 않다. 밤에 놈들이 쳐들어온다면 그걸 알든 모르든 중요한 게 아니지. 어차피 병사들은 오늘 밤부터 경계하고 있을 것이고, 아마 루더도 짐작하고 있을 거다. 우리가 움직이는 게 먼저일지, 녀석들이 공격해 오는 게 먼저일지……. 작전 시작은 처음부터 우리가 아니라 모즈들이 정하는

거였어.'

던멜은 그 말이 틀리길 빌었다. 그러나 가넬로크의 유명한 철학자의 말에 따르면, 일어나지 않길 바라는 일은 대체로 일어난다.

⚬ ⚙ ⚬

던멜은 강가에 앉아 있었다. 뒤에서 다가오는 인기척에 돌아보니 플로라였다. 그녀는 치마를 부여잡고 그의 옆에 앉았다.

플로라는 무료함을 달래기라도 하듯 옆에 있는 돌멩이를 몇 개 주워 강에 던졌다. 그녀의 많은 부분이 변했지만 조용히 찾아와 옆에 있으려는 점은 변하지 않았다. 그리고 그녀가 다가오는 타이밍은 항상 던멜이 누군가를 필요로 할 때였다.

"하이디는 필립의 옆에 있겠대요. 모즈들이 쳐들어와도 떠나지 않겠다면서요. 그래서 저도 하이디를 여기에 두고 떠나지 않을 거예요. 싸우겠어요."

던멜이 안 된다고 말하려다 말았다. 플로라의 손이 하얗게 빛을 내고 있었다. 방금 집어 던진 몇 개의 돌멩이가 도로 강물 위로 떠오르더니 그녀의 손가락을 따라 화살처럼 날아가 반대편 강둑에 깊이 박혔다.

"이젠 싸울 수 있으니까요."

플로라가 손을 내민 방향으로 강물이 얼어붙었다. 손을 접자 금방 지진으로 갈라지듯 얼음이 부서졌다.

던멜은 마스터들을 접하며 마법에 대한 상식을 하나 배웠다. 마법사의 전투력은 마법의 강도가 아니라 마법을 쓰는 속도로 결정된다. 지금 플로라가 그랬다.

"지금까지 싸우지 않고 방 안에 숨어 있었던 죗값을 치를 거예요. 그게 제가 이 힘을 얻은 대가이기도 하고요. 그렇지 않나요, 마스터 데다인?"

플로라의 시선은 던멜의 등 뒤를 향하고 있었다.

"네 마음대로 싸우겠다 말겠다 결정하지 마라."

데다인은 던멜 옆의 질척거리는 진흙을 맨땅처럼 밟으며 서 있었다. 마치 무게가 없는 사람처럼.

"왜요? 한 명이라도 더 힘을 보탤 때잖아요."

플로라는 이해를 못하겠다는 듯 말했다.

"아직도 네가 케인스윅의 교사라면 앞에 나서서 싸우든, 남아서 하이디를 보호하든 난 상관하지 않았을 것이다. 내겐 지금 약자를 배려할 마음의 여유 같은 건 없다. 하지만 너는 이제 약자가 아니야. 정식으로 루티아노를 거쳐야겠지만 지금 이 자리에서 나의 권한만으로 플로라 너에게 마스터의 칭호를 내리겠다."

데다인은 강한 눈빛으로 덧붙였다.

"무슨 뜻인지 알겠지? 이제 네 힘은 너 혼자만의 것이 아니다. 그러니 거기에 대한 책임을 져라."

플로라는 인상을 찌푸리며 반발했다.

"이게 책임을 지는 거예요! 모르시겠어요? 그게 안 된다면 마스터 자리는 거절하겠습니다. 무엇보다 제겐……."

"마스터 플로라!"

데다인은 검지로 플로라의 이마를 가리키며 말을 이었다.

"네가 할 일은 따로 있다. 피난 행렬의 가장 선두에 서서 리버 포레스트를 안내해줄 마법사가 없다. 필립이 맡기로 한 그 자리에 네가 서 주어야 한다."

"싫습니다. 저는 던멜의 옆에서……."

"던멜을 좋아하니 옆에 있고 싶어서?"

데다인이 노골적으로 따져 물었다.

플로라는 도발적으로 대꾸했다.

"안 되나요?"

난처한 입장에 처한 던멜은 두 사람이 말할 때마다 번갈아 고개를 돌릴 따름이었다.

"좋아. 급한 때일수록 긴 대화를 해야 하는 법이지."

데다인은 로브가 더럽혀지는 것에 아랑곳하지 않고 진흙땅에 앉았다. 해는 진작 졌지만 화이트비의 조명 아래 셋은 서로의 얼굴을 정확히 알아볼 수 있었다.

"마스터 플로라, 이제 너도 이 일에 대해 정확히 알아야 할 위치에 있으니 말하겠다. 루티아 내부의 배신자에 대해서."

플로라는 데다인의 말을 듣기만 했다.

"필립이 죽은 후 나는 생각할 수 있는 모든 인물을 의심해 보았다. 루더, 러스킨, 골베인, 어느 정도 마법의 힘을 완성한 케인스윅의 선생들, 학생들……."

데다인은 던멜을 쳐다보며 말을 이었다.

"또한 하얀 늑대 두 명과 제이메르, 심지어 내가 누군가에게 정신을 조종당해 그런 짓을 한다는 가정까지 해 보았다. 루티아의 배신자와 필립을 살해한 자가 동일한 존재가 아니라는 가정도 상정해 보았고, 마을 사람들 중에 사악한 마법사가 자신의 정체를 감추고 탑을 드나드는 건 아닌가도 생각해 보았지. 그리고 난 거기에서 해답을 얻었다."

"배신자가 있나요?"

플로라가 성급하게 물었다. 그녀는 마지막까지 루티아 내부에 배신자가 있는 게 아니라, 외부의 적에 의한 짓이라고 생각하고 싶었던 모양이었다. 그러나 데다인은 그녀의 바람과는 달리 깊이 고개를 끄덕였다. 그는 플로라보다는 던멜을 향해 말하고 있었다. 단순히 입술을 보여주기 위해서가 아니라, 부탁을 하는 표정이었다.

"하지만 이 자리에서 말하고 싶지는 않군. 내일 새벽 나는 그 배신자 문제를 해결하려 하네. 만약 내가 실패하거든, 던멜 자네가 내 뒤를 이어 주게. 내 방에 잠입할 수 있다고 했지? 책장 속 수정 구슬 안에 내가 생각한 배신자의 이름을 써 두겠네. 그러나 그건 최후의 수단이니 미리 보지 말아 주게. 나는 그 배신자를 내 힘으로 직접 처리하고 싶으니. 내 심정을 이해해 주겠나?"

던멜은 고개를 끄덕였다. 만약 나디움에 같은 일이 벌어진다면 던멜도 그랬을 것이다.

데다인의 미소는 슬퍼 보였다.

"한 가지 더. 내가 배신자가 누구인지 알았다 해도 내가 배신자가 아니라는 추측은 접게나. 지금 내가 한 말도 나를 숨기려는 거짓말일지 모른다……. 그렇게 생각해 줘야 마지막 순간 자네에게 일이 떨어졌을 때 그 수수께끼를 풀 수 있을 걸세."

데다인은 곧 플로라에게 시선을 돌렸다.

"이제 마스터 플로라의 임무에 대한 이야기를 이어가 보지. 내가 배신자건 내가 찾아낸 다른 배신자를 내가 처리하건, 우리는 루티아를 보호해 줄 커다란 힘 하나를 잃게 된다. 내일 새벽에 작전대로 우리가 움직이게 될지, 아니면 괴물들이 먼저 공격을 하게 되어 강제로 이동을 하게 될지 모를 일이야. 어느 쪽이건 적어도 한 명, 최악의 경우 두 명이나 되는 루티아의 마스터를 잃은 후가 될 테지. 그때는 누가 마을 주민들을 숲으로 이끌겠나? 하얀 늑대들조차 숲에서는 마스터의 안내를 받아야 하는데……."

플로라는 눈물을 흘리고 있었다. 그녀도 알고 있었다. 데다인은 자신의 죽음을 예언하고 있었다.

"그런 고민을 하던 중 플로라, 너의 힘이 급성장한 걸 보게 되었다. 가장 힘이 필요한 시기에, 외부에서 힘을 끌어들이려고만 생각하던 날 비웃기라도 하듯이 루티아 내에서 스스로 성장한 마법사가 나타난 거야."

흐느끼던 플로라는 울음을 터뜨리고 말았다. 하지만 데다인은 쉼 없이 말을 이어갔다.

"배신자 문제가 아니더라도 이 싸움에서 모든 루티아의 마스터가 죽을지도 모른다. 마스터 테일드는 이미 오래전 사라져 생사를 모르고, 같이 왔어야 할 마스터 타냐 역시 하늘 산맥에서 사라졌지. 자, 누가 루티아를 재건해야겠나? 케인스웍에서 루티아의 역사를 강의하는 선생이자 마스터의 힘까지 얻은 마법사라면 딱 맞을 일이지."

플로라는 고개를 저으며 말했다.

"거기까지 내다보시고 제게 일을 맡기는 거라면 더욱 싫습니다. 이제야 겨우 마법에 눈을 뜬 제가 그런 막중한 책임을 어찌……?"

"시간이 많지 않다, 플로라. 더 이상 네 얘기를 자상하게 들어줄 수가 없구나. 나는 이제 탑으로 돌아가야겠다."

데다인은 자리에서 일어나더니 마치 윗사람을 대하듯, 던멜에게 정중히 고개를 숙여 인사했다.

"플로라를 부탁하겠소, 던멜 울프, 아란티아의 기사여. 루티아의 마지막 임무를 그대에게 맡기겠소."

데다인은 죽으러 떠나는 사람처럼 탑으로 사라졌다. 던멜은 오랫동안 그의 뒷모습을 잊지 못했다.

던멜이 다시 데다인을 만난 것은 새벽이었다. 그리고 모즈들은 그전에 쳐들어왔다.

✦ Chapter 20 ✦
배신자

아직 해가 뜨려면 두 시간은 더 있어야 하는 싸늘한 새벽, 은은한 빛을 내던 화이트비가 갑자기 대낮처럼 빛을 뿜었다.

다들 놀라며 탑을 올려다보았다. 마지막 밤이 끝나길 기다리며 플로라와 같이 서 있던 던멜도 돌아보았다.

원래 집중해도 찾기 힘든 기척이긴 하지만 빛이 터지는 순간 러스킨의 느낌은 탑 안에서 완전히 사라졌다. 던멜은 다른 마스터들의 기척을 찾아 바쁘게 눈을 움직였다.

루더는 던멜의 눈에 보이는 다리 앞에서 놀란 눈을 하고 있었다.

골베인의 기척은 탑의 아래쪽에서 감지되었다.

던멜은 감각을 최대한 동원하여 데다인의 기척을 찾았다. 그 역시 러스킨처럼 기척이 잘 느껴지지 않는 뛰어난 마법사였다. 이번에도 잘 찾아지지 않았다. 그의 방도 아니었고, 케인스윅도 아니었고, 넌서치

하늘 산맥에서 온 마법사
502

도 아니었다.

마침내 찾아낸 데다인의 기척은 화이트비가 있는 방에 있었다. 그리고 희미하긴 하나 데다인은 누군가와 같이 있었다. 러스킨? 아니면 다른 마법사? 감각을 최대한 동원했으나 지금 데다인과 같이 있는 사람이 누구인지 짐작이 가지 않았다.

마스터들 중 어느 누구와도 일치하지 않는 기척이었다.

'내가 모르는 제3자가 있는 건가?'

불길한 예감이 든 던멜은 데다인과의 약속을 어기고 미리 탑 쪽으로 가 볼 생각에 글씨를 썼다.

- 플로라, 난 잠시.

그러나 플로라는 글씨를 보지 않고 강 건너를 가리켰다.

"저기요!"

다운서치에서 모즈들이 횡렬로 서서 강 쪽으로 모습을 드러냈다. 그들은 창과 도끼로 무장하고 심지어 몇 마리는 투구까지 쓰고 있었다. 물론 루티아 병사들의 투구를 빼앗은 것이었다. 그들은 군대처럼 발까지 맞춰 가며 넌서치로 다가왔다. 그건 어떻게 봐도 훈련을 끝낸 정규 보병들의 모습이었다.

플로라와 던멜은 동시에 서로의 얼굴을 바라보았다. 만약 피난이 시작되기 전에 모즈들이 습격하면 두 사람에게는 각자 해야 할 일이 따로 정해져 있었다.

잠시 머뭇거리던 플로라는 던멜을 꽉 한 번 끌어안았다가 놓으며 말했다.

"꼭 살아서 만나요."

그리고 그녀는 넌서치로 달려갔다.

마을 사람들도 예정보다 일이 빨리 터질 경우를 대비하고 있었다. 그래서 그들은 당황하면서도 큰 혼란을 보이지는 않았다. 사람들은 플로라를 선두로 리버 포레스트를 향해 이동하기 시작했다.

던멜은 마을 사람들의 이동을 확인한 후, 라르비튼의 다리로 달려갔다. 자경단 병사들도 당황하지 않고 방어 태세에 들어가 있었다. 예전이라면 허둥댔을 테지만 지금은 아니었다.

두려움도 보이지 않았다. 모즈들의 기습도 예상된 부분 중 하나였으므로 이미 기습이라고 할 수 없었다.

먼저 공격하느냐 방어부터 하느냐는 중요하지 않았다. 애초에 모즈들의 시선을 최대한 라르비튼의 다리 쪽에 집중시켜 마을 사람들의 이동을 보호하는 것이 목적이었으니, 병사들에게 주어진 임무에는 변함이 없었다.

강의 라인을 따라 배치된 궁수들이 화살을 준비했다. 그러나 아직 시위를 당기지 않았다. 다들 명령을 기다리며 참았다. 훈련을 받은 건 괴물들만이 아니었다. 이쪽도 짧게나마 제대로 된 훈련을 받았다.

모즈들은 화살이 날아가면 겨우 닿을 만한 위치에서 멈췄다.

라르비튼의 다리 중심에는 루더와 던멜만 서 있었다. 병사들은 몇 겹이나 세운 목책 뒤에서 버티고 있었다.

루더는 주먹을 쥐었다 펴길 반복하다가 던멜에게 물었다.

"기사 로일은 어디에 있나?"

던멜은 북쪽을 가리켰다.

"제이메르는?"

남쪽.

"골베인과 데다인이 늦는군. 그런데 왜 갑자기 화이트비가 저렇게 밝아졌지? 저런 적이 없었는데."

루더는 안절부절못하며 탑의 꼭대기를 보았다가 다시 강에 집결된 모즈들을 훑어보았다. 화이트비가 만들어 낸 환한 빛 때문에 모즈들의 얼굴 하나까지 선명하게 보였다.

빛.

'저건 신호야.'

던멜은 혼자만의 고민에 빠졌다.

'어떤 의미의 신호일까? 좋은 쪽일까, 나쁜 쪽일까? 적을 향한 신호일까, 아군을 향한 신호일까? 전혀 모르겠어. 화이트비 옆에 데다인과 같이 있는 존재는 누구지? 러스킨인가? 러스킨이 아닌 다른 자라면 어떻게 저 높은 탑 꼭대기에 아무도 모르게 올라가 있을 수 있지?'

던멜은 궁금해 죽을 지경이었다.

'모두의 시선이 강 너머에 집중되어 있어. 지금 탑에 몰래 잠입하는 건 어렵지 않은 일이야.'

데다인은 자신이 죽은 뒤의 일을 부탁했다. 그런데 던멜은 그의 부탁을 들어주지 못할 거라는 예감이 들었다.

머릿속에 떠오르는 수많은 의문들을 채 정리하기도 전에 다운서치 쪽에서 혼란이 일어났다. 일렬로 서 있는 모즈들 뒤로 뭔가가 땅을 진동하며 빠르게 접근하고 있었다.

던멜은 처음 그것을 본 순간, 거대한 통나무에 바퀴를 달아 놓은 거라고 생각했다. 자세히 보니 통나무의 양 끝을 각각 수레가 받치고 있고, 그 수레에 톱니바퀴가 복잡하게 얽혀 있는 정교한 기계 장치가 달려 있었다.

'저건 뭐지?'

모즈에게 저런 기계 장치가 있다는 것도 놀라운 일이지만, 무슨 용도인지 던멜이 알아볼 수 없다는 건 더 놀라운 일이었다.

성벽을 오르는 기중기인가 싶지만 여기에는 성벽이 없었다. 다리에 세운 목책을 부수려고 수레에 통나무를 얹어 만든 충차 같기도 했다. 그러나 여기에는 언제든 다리를 무너뜨릴 수 있는 마법사가 있다. 적도 그걸 모르지는 않을 것 같았다.

단순한 돌격용 통나무라면 수레 앞에 있는 기계 장치가 의미가 없었다. 저걸 강에 띄워 타려고? 비효율적이었다. 바퀴를 만드는 시간 동안 배를 만드는 게 나았을 것이다.

모즈들은 멈추지 않았다. 다리를 달고 움직이는 기다란 통나무 수레는 곧장 강 쪽으로 달려왔다. 다리 쪽이 아니었다. 루더는 지팡이를 펼쳤다. 강에서 떨어진 쪽에서 불길이 치솟으며 모즈들의 길목을 차단했다. 그러나 모즈들은 아랑곳 않고 돌파했다.

다시 마법이 통하지 않았다. 루더는 짧게 입술을 깨물었지만, 당황하지 않고 명령을 내렸다.

"첫 번째 라인 공격!"

준비하고 있던 궁수들이 일제히 화살을 허공으로 날렸다. 화살은 포물선을 그리며 날아 모즈들의 머리 위로 떨어졌다. 통나무를 밀고 달려오던 녀석들이 우르르 넘어졌다. 밤사이 식은 차가운 바닥의 흙먼지가 뿌옇게 일어났다.

수레를 밀고 오는 모즈들이 강 가까이 붙자 루더는 주저하지 않고 라르비튼의 다리를 무너뜨렸다. 그는 다리를 무너뜨리는 걸 누구보다 반대해 오던 마법사였다.

하얀 돌 더미가 강물로 떨어지며 물방울이 튀었다. 돌가루가 짙은 안개처럼 시야를 가로막았다. 모즈들이 몰고 온 수레는 강 바로 앞에서 멈췄다. 통나무는 멀리서 보던 것보다 훨씬 길었다. 통나무를 두 개나 세 개를 이어 붙여서 길이를 늘인 것이었다. 그런 게 스무 개. 그리고 길이는 강폭만큼.

가까이 붙고 나서야 던멜은 통나무 앞에 달린 기계가 어떤 종류의 물건인지 알았다. 그것은 투석기와 같은 원리로 물체를 튕겨 오르게 하는 기계 장치였다. 그들은 단 일주일도 안 되어 그런 복잡한 기계를 스무 대나 만들어 낸 것이다.

던멜은 활을 들어 수레에 붙은 모즈들을 화살로 쓰러뜨렸다. 하지만 놈들이 기계를 작동시키는 것을 막지는 못했다.

그다지 정밀한 기계는 못 되었다. 스무 개 중에서 제대로 작동한 것은 열 개밖에 되지 않았고 나머지는 불발이었다. 나머지 열 개는 기나긴 통나무를 허공으로 튕겨 올렸다. 한쪽은 그대로 수레에 걸려 있고, 통나무의 반대쪽은 포물선을 그리며 꼿꼿이 일어섰다. 이십여 미터가 넘는 통나무가 강 반대편에 걸린 채로 탑처럼 우뚝 섰다. 그리고 천천히 강 너머로 쓰러지기 시작했다.

병사들은 눈을 크게 뜨며 뒤로 물러났다. 자기들을 향해 라르비튼의 다리만큼 긴 나무 열 개가 동시에 넘어졌다. 어떤 통나무는 쓰러지면서 강가에 세워 둔 목책을 박살 내기도 했고, 길이가 부족한 통나무는 강

끝에 닿지 못하고 물에 빠지기도 했다. 어떤 것은 튕기는 힘이 모자라도 로 모즈 쪽으로 넘어져 십여 마리를 깔아뭉개기도 했다. 하지만 여덟 개의 통나무는 정확히 강 끝에 닿았다.

그렇게 단 몇 초 만에 나무다리 여덟 개가 만들어졌다.

모즈들은 단숨에 나무다리를 타고 밀고 왔다.

가지고 있는 화살이란 화살을 다 쏘아 내고 남김없이 명중시켰지만 던멜의 힘으로는 단 하나의 통나무도 막아 내지 못했다. 다른 쪽도 마찬가지였다.

궁수들은 모즈들이 나무다리를 타고 건너오는 것을 몇 초도 막아 내지 못했다. 숫자가 너무 많았다.

'이렇게 많이 있었나?'

던멜은 화살이 떨어진 활을 버리고 칼을 들고 나무다리 한쪽에 뛰어올랐다. 즉석으로 놓인 다리는 서 있기 쉽게 깎아 낸 게 아닌 통나무 그대로라 급하게 뛰어오는 모즈들은 반도 못 건너오고 미끄러져 떨어지기도 했다.

던멜은 나무 끄트머리에 서서 칼을 휘둘러 모즈들이 건너오는 족족 쓰러뜨렸다. 상대적으로 불안정한 위치에 있는 모즈들은 던멜이라는 벽을 넘지 못하고 모조리 강 아래로 떨어졌다. 헤엄을 못 치는 모즈들은 물에 빠지자 허우적대며 하류로 하염없이 흘러내려갔다.

다른 쪽에도 병사들이 창을 들고 통나무 앞을 막아섰다. 하지만 모즈들은 창에 찔리는 것을 전혀 두려워하지 않고 병사들에게 뛰어들었다. 그렇게 서너 마리가 희생하는 것만으로 창병이 만든 벽을 뚫고, 뒤따라 모즈들이 강을 건넜다.

"비켜라!"

루더가 소리 지르며 지팡이를 내밀었다. 하지만 우렁찬 함성에 비해 뿜어져 나오는 불길은 미약하기 그지없었다. 얼마 전 불의 벽으로 모즈들을 휩쓴 데다인의 마법에 비하면 초라해 보일 지경이었다. 루더의 불길이 닿은 통나무는 꿈쩍도 하지 않았고 고작 모즈 두 마리를 나무에서 떨어뜨릴 따름이었다.

"저 나무에도 마법이 안 통해……."

당황한 루더는 지팡이와 함께 팔을 힘껏 쳐들었다. 강물이 끓어올라 뒤이어 물기둥이 올라왔다. 러스킨이 해일을 일으켜 모즈들을 쓸어 버렸던 그 마법이었다. 그러나 이번에는 통나무를 건너는 모즈들을 샤워시키거나 몇 마리 떨어뜨리는 게 고작이었다. 그나마 루더는 그런 마법이라도 썼지, 다른 마법사들은 아예 마법을 쓰지도 못했다.

루더는 그 두 번으로 힘을 소진해 비틀거리며 물러났다.

"우리의 마법이 억제당하고 있다. 지금 화이트비의 빛이 억제하고 있는 건 모즈 쪽이 아니라 우리야!"

던멜이 막고 있는 통나무 외에는 모든 다리가 뚫렸다. 모즈들은 개미 떼처럼 강 건너로 넘어왔고 수적으로 터무니없이 열세였다.

루더까지 지팡이 대신 칼을 들고 몰려오는 모즈들의 파도를 막아 내기 위한 저항에 나섰다.

나무다리를 건너려고 시도하는 모즈들의 3분의 1은 강에 빠져 죽었고, 건너온 즉시 활이나 창에 맞아 또 3분의 1이 죽었지만 그 나머지만으로도 병사들 전체를 위협할 만큼은 되었다. 지형적인 이점을 활용해서 막아 보겠다는 작전은 통하지 않았다.

"맙소사."

루더가 외마디를 내질렀다. 통나무 다리는 방금 것이 전부가 아니었다. 뒤쪽에서 또 수레를 앞에 단 통나무 열 개가 북쪽과 남쪽 강으로 내려가고 있었다. 거기에는 방금 온 숫자만큼의 모즈들이 달라붙어 있었다.

며칠 동안 열심히 세워 둔 목책은 한순간에 무용지물이 되었다. 수십 마리가 목책에 달린 나무창에 찔려 죽기는 했지만, 그 시체가 그다음 모즈들에게 완충막이 되어 버렸다.

강가는 완전히 모즈들이 차지했다. 이제 던멜은 앞이 아닌 뒤에서 덤비는 적까지 막아야 했다. 그는 몸을 돌려 접근하는 모즈들 다섯을 순식간에 해치워 강물에 떨어뜨렸다. 하지만 그사이 움직일 틈도 없이 몰려든 모즈들의 중앙에 포위되고 말았다. 한순간에 무수히 많은 창과 도끼가 날아들었다. 던멜은 몸을 돌리며 아슬아슬하게 공격을 흘렸지만, 다 피할 수는 없어 옷이 찢기고 살갗이 베였다.

실타래처럼 엉킨 칼날의 틈바구니에서 그는 검은 기사에게 쓰려고 아껴 뒀던 르고의 단검을 꺼냈다. 그리고 둘레를 싸고 있는 무기들을 쳐 낼 요량으로 단검을 휘둘렀다. 하지만 무기들은 단검에 튕겨 나가는 게 아니라 모조리 잘려나갔다. 부서진 파편들이 몸에 부딪혀 바닥에 우수수 떨어졌다. 게다가 그렇게 세게 부딪쳤는데 손목에 전해지는 반동도 거의 없었다. 휘두른 던멜이 더 놀랐다.

'르고, 당신 뭘 만든 거야?'

던멜은 순간적으로 만들어진 틈을 파고들어 포위망 사이를 빠져나갔다. 모즈들은 그가 도망가지 못하게 잡으려 했지만 처음부터 도망갈 생각은 없었다.

녀석들은 표적을 잃고 우왕좌왕했고, 던멜은 녀석들의 시선 이동 속도보다 한 단계 빠르게 주변을 맴돌았다. 일순간 모즈의 무리는 던멜을 따라가려고 우르르 한쪽으로 몰렸고 자연스럽게 스무 마리 가까이 되는 모즈들이 둥글게 뭉치게 되었다.

모즈들은 아직도 자기들이 던멜을 포위하고 있다고 생각했다. 하지만 포위를 당한 건 모즈들 쪽이었다. 녀석들은 무작정 던멜의 등만 쫓아 도끼를 내리치고 창을 찔렀다. 던멜은 피하면서 단검을 찌르고 휘둘렀다. 그의 손가락 위에서 빙글빙글 회전하는 단검에서 핏방울이 사방으로 튀었다.

던멜이 걸음을 멈추는 순간, 스무 마리의 모즈들이 한자리에 와르르 넘어졌다. 그 안에 살아남은 건 한 마리도 없었다.

다리를 건너온 모즈들이 또 몰려오고 있었다. 던멜은 숨 한번 몰아쉬는 걸로 휴식을 마치고 다시 단검을 내밀었다.

'물러날까? 아니야. 내가 물러나면 단숨에 무너져 버릴 염려가 있어. 힘들더라도 버텨야 해.'

던멜은 다수 대 혼자의 싸움에 익숙하지 않았다. 금방 체력이 고갈될 것이고 발이 생각을 못 따라가면, 사소한 일격을 막지 못해 죽을 것이다.

던멜은 몰려드는 모즈들을 보고 기어이 두려움을 갖고 말았다. 한번 가진 두려움은 쉽게 떨칠 수 없었고 일단 두려움을 떠올리면 몸이 굳었다.

'물러나야 해. 한 번 더 둘러싸이면 방금처럼 벗어날 수 없어!'

그때 뒤에서 익숙한 기운이 다가와 던멜의 오른쪽에 섰다. 로일이었다.

모즈들이 두 사람 앞에 들이닥쳤다. 자신과 동일한 실력을 가진 사람이 오른쪽을 맡아 주니, 마치 바퀴 하나짜리 수레를 몰다가 두 개짜리 수레를 모는 기분이었다.

둘은 그 자리에 서서 단 한 걸음도 물러서지 않고 몰려오는 모즈들을 내리쳤다. 무수히 많은 모즈들이 통나무 다리를 건너오자마자 나가떨어졌다. 다른 쪽 다리에서 건너오는 놈들이 두 사람에게 달려들려는 순간 다른 한 명이 던멜의 왼쪽에 섰다. 제이메르였다.

세 방향에서 수십 마리의 모즈들이 몰려들었지만 셋은 흔들림 없이 버텼다.

세 남자의 주변에 쌓인 모즈들의 시체가 백 마리를 넘어섰다.

모즈들의 움직임이 멈췄다. 던멜은 주변 상황을 살폈다. 강의 다른 쪽에서 건너온 모즈들은 넌서치로 밀고 내려가며 공격했지만, 거의 대부분은 부서진 라르비튼의 다리 근처에 모였다.

이대로 세 사람을 무시하고 탑으로 달려들면 더 큰 피해를 주었을 테지만 괴물들은 여기 살아있는 세 사람을 두고 전진하려고 하지 않았다. 전투의 시작에는 지휘관이 있었겠지만 지금은 아무 지시도 받지 않는 모양이었다. 의도하지는 않았지만, 던멜, 로일, 제이메르가 모즈들의 신경을 끄는 미끼이자 그물이 되어버렸다.

놈들은 세 사람을 향해 다가왔다. 희생된 자기 동료들의 시체를 밟는 것에 혐오감이나 동정심 같은 것도 보이지 않았다. 놈들의 입에서 하얀 김이 터져 나왔고, 거품 섞인 침이 바닥으로 뚝뚝 떨어졌다. 그러나 일정 거리 안으로 들어오지는 못했다.

　놈들에게 죽음의 공포는 없을지라도 세 사람에 대한 공포는 있었다.

　"아즈윈이 있으면 좋을 텐데."

　그의 오른쪽에 선 로일이 말했다. 던멜은 왼쪽에 선 제이메르를 살핀 후 수화를 보냈다.

　'제이메르를 게랄드 자리에 넣고 9번 포메이션은?'

　"저 녀석이 게랄드만큼의 돌파력을 가지는 건 힘들다."

　제이메르가 고개를 휙 돌려 따졌다.

　"뭘 가지고 둘이 쑥덕대냐?"

　로일은 숨기지 않고 말했다.

　"지금 하얀 늑대들끼리의 전투 포메이션에 대해 이야기하는 중이다."

　"그게 뭔데?"

　"세 명이서 하는 9번 포메이션. 네가 게랄드라는 친구의 역할을 대신할 수 있다면 지금 상황에 아주 적절한 배치가……."

　"해야 하는 거라면 한다!"

　제이메르는 딱 잘라 말했다.

　시간이 없었다. 모즈들은 곧 공포를 이겨 내고 한꺼번에 달려들 것이다.

　'제이메르를 앞에 세워라. 그리고 네가 지시해. 나머지는 저 친구가 할 수 있을 거라고 믿어 줘야지.'

　로일도 시간이 없음을 알고 제이메르에게 지시했다.

　"우리 두 사람 앞에 서라. 그리고 돌격한다는 마음가짐으로 몰려오는 놈들을 좌우로 쳐 내라. 돌격이라고는 해도 앞으로 움직이면 안 돼. 네 목표는 적을 베어 죽이는 게 아니라 적을 분산시키는 거다.”

“뭔 소리냐, 그게?”

말솜씨가 딸리는 로일이 말귀 어두운 제이메르에게 복잡한 전투 배치를 단시간에 설명하는 건 불가능했다.

던멜은 퍼뜩 떠오른 생각을 로일에게 수화로 전했고 로일은 얼른 그 말을 옮겼다.

“그러니까 나랑 던멜, 두 사람이 검의 양쪽에 있는 날이다. 그리고 네가 칼끝이다.”

모즈들도 자기들끼리의 의견을 조율하고 있었다.

‘제이메르의 말대로군. 녀석들은 서로 간의 의사소통이 가능해.’

놈들도 협의가 끝났는지, 동시에 세 사람을 향해 달려들었다. 그 순간 로일 입에서 튀어나온 말이 차라리 자신의 설명보다 더 낫다고 던멜은 생각했다.

“너 하고 싶은 대로 해라, 제이메르! 네가 뭘 하든 우리가 보조한다!”

그다음에 로일은 뭐라고 더 소리쳤으나 더 이상 던멜은 그의 입 모양을 살필 여지가 없었다.

제이메르는 거의 떠밀리다시피 두 사람 앞에 서서 모즈들을 한꺼번에 맞았다. 그는 급류처럼 몰려오는 숫자를 견디지 못해 세 걸음이나 밀려났고, 로일과 던멜도 하는 수 없이 같은 걸음을 물러나야 했다.

모즈들은 우선 눈에 들어오는 제이메르부터 공격했다. 로일의 생각대로 제이메르는 게랄드 같은 돌파력을 보이지 못했다.

제이메르는 또 네 걸음을 물러섰다.

로일과 던멜도 같은 거리를 물러섰다.

제이메르는 어깨를 스치는 부상을 입었고, 그걸 보호하려고 로일도 부서진 검의 파편을 옆구리에 맞아 가며 무리해서 앞으로 나가 싸웠다. 던멜은 포메이션을 약간 더 벌려 모즈들이 자기 쪽으로 오게 유인했다.

'안 돼. 역시 무리였어. 이건 게랄드가 아니면 할 수 없어! 지금이라도 포기해야 해.'

포기하는 타이밍이 늦으면 세 사람이 같이 당할 수도 있었다.

9번 포메이션의 핵심은 앞에 서 있는 사람이 좌우에 있는 두 사람을 믿어 줘야 한다는 점이다. 하얀 늑대들끼리 몇 번 실험해 본 결과, 좌우에는 누가 서도 상관없지만 선두에 서는 건 무조건 게랄드여야 한다는 결론을 내렸다.

앞에 선 사람은 옆에서 날아오는 공격을 무시하고 돌진해야 한다. 그러나 인간이라면 본능적으로 좌우를 신경 쓰게 되고 앞에서 오는 적만 집중하기는 힘들다. 특히 모즈처럼 죽음을 두려워하지 않고 칼 앞에 자기 몸을 들이미는 적을 상대로는 더더욱 어려웠다.

순간 던멜은 로일을 앞에 세우면 어땠을까 하는 후회가 들었다. 하지만 제이메르의 기량은 아무래도 두 사람에 비해 부족해서 정면에 선 로일의 위치가 불안해진다.

'달아나기에는 이미 늦었어. 제이메르가 해내야 한다. 할 거라고 믿어줘야 한다. 안 그러면 우리 셋은 다 죽는 거야.'

제이메르는 다시 두 걸음을 물러섰다. 던멜과 로일도 두 걸음을 물러났다. 던멜은 어금니를 악물었다.

제이메르는 한 걸음을 또 물러났다. 그러나 이번에는 모즈 다섯 마리를 떨어뜨리기 위해 스스로 물러난 것이었다.

그다음부터는 물러나지 않았다. 모즈들은 제이메르가 거칠게 휘두르는 검을 피해 좌우로 흩어졌고, 흩어진 녀석들은 로일의 검에 목이 날아갔고 던멜의 검에 고꾸라졌다.

주위에 쌓이는 모즈들의 시체 때문에 움직일 수 없게 되자 제이메르는 뭐라고 소리 지르며 왼쪽으로 이동했다. 던멜은 못 알아들었으나 그의 발 위치를 보고 똑같은 속도로 따라갔다. 두려움을 모르는 모즈들도 따라와 창을 찔렀다.

로일이 창과 모즈의 팔을 동시에 날려 버린 후 제이메르의 어깨를 쳤다. 두 사람이 뭐라고 소리치며 위치를 바꿨다. 던멜은 그들의 위치 변경만으로 작전을 알았다.

이번엔 로일이 칼끝이 되었고, 던멜과 제이메르는 서로 좌우를 바꾸었다.

로일은 자연스럽게 자기 쪽으로 몰려온 적들을 힘으로 밀어붙였다. 제이메르와 던멜이 급히 뒤따라가며 로일이 놓친 녀석들을 베었다.

로일은 거의 앞에 있는 놈만 베며 달려나갔다. 던멜과 제이메르는 로일을 보호하고 전진했다. 그리고 다시 넓은 곳에 이르자 모즈들은 순식간에 세 사람을 에워쌌다.

그때 다시 제이메르가 앞에 섰다. 두 사람이 또 뭐라고 말을 주고받았다. 던멜은 듣지 않아도 알 수 있었다.

로일은 지금 제이메르를 가르치고 있었다. 방금 로일이 9번 포메이션의 앞에 선 것도 선두에 선 사람이 뭘 해야 하는지 몸으로 가르쳐 준 것이었다. 또한 제이메르는 금방 자신의 역할을 이해했다.

제이메르의 등을 바라보며 싸우던 던멜은 문득 그의 움직임이 보이는 특정한 패턴을 찾아냈다. 제이메르는 보지 않아도 어느 쪽에서 누가 어떤 속도로 자신을 벨지 알았다.

그것은 느낌으로 적의 힘을 측정하여 대응한다는 점에서 울프 기사단의 첫 번째 테스트와 같았다. 그러나 제이메르는 막연한 느낌을 정확한 수치로 볼 수 있을 정도로 예민한 감각을 지니고 있었다. 그 복잡한 계산을 무의식중에 단시간에 끝내는 것이었다.

'제이메르 이 녀석.'

던멜은 제이메르의 움직임을 쫓아가면서 생각했다.

'훈련 한번 없이 하얀 늑대들의 포메이션을 해냈다.'

일단 쓰면 반드시 상대를 쓰러뜨릴 수 있는 기술이란 게 있을 수 있느냐에 대해 하얀 늑대들끼리 의논한 적이 있었다. 밤새도록 얘기한 끝에 지친 아즈원이 될 대로 되라는 듯 결론을 냈다.

'궁극적으로 상대를 쓰러뜨릴 수 있는 기술이 있다면 모든 공격을 막을 수 있는 방어 기술도 있겠지. 그런 건 모순이야.'

그러나 쉐이든의 의견은 달랐다.

'궁극적으로 상대를 쓰러뜨릴 기술을 가진 자가 궁극적인 방어 기술까지 가지고 있게 된다. 먼저 공격을 성공시키면 결국 공격을 당하지 않게 되니까. 그런 건 모순이 아니지.'

'그럼 어떤 방식으로 싸우면 그런 게 가능한가?'

던멜이 물었다.

가장 경험 많은 게랄드의 의견이 모두를 납득시켰다.

'상대의 공격을 미리 읽으면 되지. 1초 아니, 그 반의반의 반 초 만이라도 일찍 상대의 공격을 읽으면 뭔들 못해?'

물론 불가능한 일이었다. 진지하게 시작된 토론은 그렇게 터무니없는 결론으로 끝나 버렸다. 그런데 지금 그걸 제이메르가 하고 있었다.

로일은 그런 검술의 이론을 설명할 줄 몰랐지만, 언제나 상대의 공격을 미리 읽는 듯 방어하고 공격할 줄 알았다. 게랄드가 말한 궁극적인 공격에 가장 근접해 있는 건 로일이었다. 때문에 한 걸음 더 나아 생각하지 않으면 시합에서 로일을 이길 수 없었다.

그러나 로일은 그런 걸 계산해서 적용하는 게 아니었다. 제이메르는 그런 걸 계산해서 싸우고 있었다. 둘은 싸우는 방식이 비슷했으나, 자신만의 개성이 분명했다.

제이메르는 아직 미숙했다. 로일은 가끔 무의식중에 자기 자신을 억눌렀다. 그것은 결국 둘 모두 지금 실력이 아직 진짜 실력이 아니라는 뜻이었다.

'이 둘은 더 강해질 수 있다.'

모즈들의 공격이 점점 뜸해지더니 결국 멈추었다. 넌서치 한가운데에 뿌려진 모즈들의 시체는 셀 수가 없었다. 넘치는 시체를 보고 아군도, 적군도 질려 호흡을 멈추었다. 라르비튼의 다리를 중심으로 또 한번 소용돌이친 검의 폭풍이 잠시 멎었다. 세 사람이 만든 적막이 내려앉았다.

"끝이냐, 자식들아? 난 아직 힘 남아돈다."

팔 근육이 후들거리는 주제에 제이메르는 넌서치 입구에 몰려 있는 모즈들을 향해 기세 좋게 소리쳤다.

로일은 제이메르의 어깨를 툭 치면서 말했다.

"잘하더군, 제이메르."

"너도 좀 하더라?"

제이메르는 숨을 헐떡이면서도 지지 않고 대꾸했다.

던멜은 나란히 서서 서로를 격려하는 두 사람을 바라보며 희미하게 웃었다. 칼스텐의 유언이 되었던 말이 떠올랐다.

'잊지 마라, 테마르. 너는 내가 본 누구보다 재능 있는 아이다. 네가 마음만 먹는다면 어느 누구도 너를 따라오지 못할 것이다.'

던멜은 고개를 저었다.

'틀렸습니다, 마스터. 여기 저를 뛰어넘는 재능을 가진 사람이 두 명이나 더 있습니다.'

갑자기 던멜은 등 뒤쪽에서 희미하게나마 데다인을 감지했다. 그의 기척은 탑 위에서 아래로 급격하게 이동했다. 아무도 알아차리지 못하는 걸 보니 큰 소리가 난 것은 아니었다. 모즈들이 아직 많이 남아 있었지만 더 급하게 해야 할 일이 있었다.

'여길 부탁한다.'

던멜은 로일에게 수화로 말하고 탑으로 달려갔다.

데다인의 기척이 이동하는 속도는 계단을 따라 달리는 정도가 아니었다. 모르긴 몰라도 그 정도로 빠르게 아래로 이동하려면 '추락'하는 방법밖에 없었다. 게다가 이제 데다인의 기척은 거의 느껴지지도 않았다.

던멜은 희미한 흔적을 따라 케인스웍의 복도를 가로질러 뛰어갔다.

천장이 뚫린 복도 한가운데 마스터 데다인이 쓰러져 있었다. 떨어지는 순간 어떤 조치를 했는지, 아니면 단순히 운이 좋았는지 그는 아직 목숨이 붙어 있었다. 그러나 부서진 나무 파편이 폐를 찌르고 복부 바깥으로 튀어나와 있었고 머리 주위로 붉은 피가 넓게 퍼지고 있었다.

뚫린 천장 너머를 바라보며 데다인은 멍한 눈을 깜빡였다.

던멜이 다가가 그의 옆에 한쪽 무릎을 꿇고 앉았다. 이미 어떤 응급조치도 할 수 없는 상태였다.

"어째서입니까?"

데다인의 눈동자에 고인 눈물이 뺨을 타고 흘렀다. 그는 이미 앞을 보지 못하고 있었다. 그저 마지막 순간까지 누군가에게 묻고 있었다.

"루티아가 당신을 용서하길⋯⋯."

그 말을 끝으로 데다인의 몸에서 생명의 기운이 완전히 사라졌다. 던멜은 그의 눈을 감겨 주었다. 눈동자에 맺혀 있던 눈물이 눈을 감으며 뺨을 타고 흘렀다. 마치 죽음 후에 또 한 번 흘리는 눈물처럼 보였다.

던멜은 구멍이 난 천장을 통해 탑 위를 올려다보았다. 데다인이 추락하면서 부서진 곳이었다. 탑 꼭대기에 아직도 강렬한 빛을 내는 화이트비가 보였다.

'어째서 계속 제삼자의 기척이 있는 거지?'

화이트비가 있는 방에는 아직도 두 사람의 기척이 남아있었다. 하나는 잠깐 사라졌던 러스킨의 기운이고 다른 하나는 아까부터 데다인과 같이 있었던 존재였다.

던멜은 뚫린 천장으로 뛰어 올라갔다. 새벽의 찬바람이 그를 감쌌다. 화이트비의 하얀빛은 점점 옅어졌고 대신 동쪽에 떠오르는 여명은 점점 강해졌다.

던멜은 신발을 벗어 던지고 탑으로 달려가 단숨에 한 층을 뛰어 올라갔다. 그는 거의 받침대에 발가락 하나만 걸쳐 한 층을 뛰어오른 후 몸을 한 바퀴 돌려 거꾸로 선 자세로 한 층을 더 올라갔다. 그다음부터는 튀어나온 벽돌을 이용해 거미처럼 붙어 탑을 기어 올라갔다.

던멜은 벽을 타고 올라간 경험은 많았지만 지금처럼 급히, 그리고 조심성 없게 올라간 적은 처음이었다. 그는 거의 뛰어 올라가듯 수직으로 난 벽을 타고 달렸다.

던멜은 데다인의 방 창문을 부수며 안으로 뛰어 들어갔다. 던멜은 깨진 유리 위를 한 바퀴 구르며 단검을 꺼냈다. 아무도 없다는 것은 기척으로 진작 알았지만 이제 던멜은 자신의 감각을 믿을 수가 없었다.

눈으로 빈방임을 확인한 후에야 던멜은 책장에 꽂힌 수정 구슬을 끄집어냈다.

거기에 데다인이 생각한 살인자, 그리고 배신자의 이름이 적혀 있었다. 하지만 던멜은 그걸 보기 전에 이미 알고 있었다. 그러나 죽는 순간까지도 데다인이 말했듯이, 던멜도 '누구'인지보다 '왜'인지가 더 궁금했다. 아마 데다인의 추리가 늦은 것도 그 부분 때문일 것이다.

던멜은 계단을 따라 올라가며 르고의 단검을 거꾸로 쥐었다. 모즈들을 수 없이 베었음에도 전혀 날이 상하지 않은 뛰어난 검이었지만 상대는 이런 칼로도 상대하기 힘든 무시무시한 마법사였다.

던멜은 러스킨의 방문 앞에 잠깐 멈춰 섰다. 단검에 찔려 죽은 필립의 시체가 놓였던 자리에, 검게 말라붙은 피가 남아있었다. 필립은 그렇게 피를 흘리면서도 기어이 계단을 올라와 방문을 두들기기 위해 팔을 내밀고 죽었다. 어째서 그랬을까? 범인의 정체를 러스킨에게 알리려고?

그 자리에 있는 모두가 그 말에 속았다. 그러나 오직 한 명, 데다인만 속지 않았다. 데다인은 그 순간부터 조용히 범인과 심리 싸움을 한 것이었다.

'범인은 범인을 잡으라고 지시했고 데다인은 범인을 알면서도 지금부터 알아내겠다고 선언했다. 그 자리에서 범인은 데다인을 죽일 수도 있었고 데다인은 모두에게 공개해 버릴 수도 있었다. 그러나 둘 다 그렇게 하지 않았다.'

던멜은 문을 부수며 러스킨의 방 안으로 들어갔다. 러스킨과 차를 한 잔 나누며 테일드에 대한 얘기를 나누었던 탁자가 제일 먼저 눈에 들어왔다. 하지만 방은 비어 있었다. 두 사람분의 기척이 느껴지는 장소는 한 층 더 위쪽이었다.

화이트비가 있는 방.

던멜은 나무 계단 위로 올라가 바로 한 바퀴 구르며 자세를 잡았다. 어떤 기습에도 반응할 수 있도록 대비했지만 공격은 없었다.

화이트비가 중앙에 있는 좁은 방 안으로 세찬 바람이 돌았다. 뭘로 찍어도 부서지지 않을 것 같았던 유리 벽이 둥글게 깨져, 세찬 바람이 흘러들어오고 있었다. 한 노인이 화이트비에 손을 대고 서 있었다. 빛의 알갱이를 가득 품은 뿌연 안개 같은 것이 노인의 팔을 따라 뱀처럼 꿈틀거린 후 도로 화이트비로 돌아갔다.

이틀 전에 봤던 그때 그 모습이었다. 하지만 보석의 빛은 약해졌고 노인의 몸에서 나는 빛도 꺼지기 직전의 촛불처럼 꺼졌다 켜지길 반복했다.

노인은 한 사람임에도 두 가지 기척을 동시에 가지고 있었다.

"자네도 데다인과 같은 걸 물을 텐가? 누구인지는 애초에 궁금하지도 않았을 걸세. 어째서…… 겠지. 안 그런가, 던멜 울프?"

노인은 원래 입던 하얀 로브 대신 검은 로브를 입고 있었다. 어째서 한 사람 안에 두 가지 기척이 있는지는 궁금하지도 않았다.

"그 질문에 내가 뭐라고 대답해야 하나? 데다인에게도 대답할 수 없었네. 미안하다고밖에."

데다인이 아란티아로 이동하는 전 과정을 알고 있는 사람은 한 명뿐이었다. 삼천으로 늘어난 모즈들 전체에게 마법이 통하지 않게 만들 광범위 방어 마법을 걸 수 있는 사람도 오직 그 한 사람뿐이었다.

뜻밖에도 모즈들에게 마법이 통하던 나흘 전, 루티아에는 데다인만 자리를 비운 게 아니었다. 어디에 있는지 기척을 추적할 수가 없는 사람은 한 명 더 있었다. 그리고 바로 그 시기에 데다인이 데려오던 카셀은 의문의 마법사에게 공격을 받았다.

그의 방에서 나던 매캐한 냄새가 좋지 않은 기름 냄새라고 치부해 버렸던 건 던멜의 안일함이었다. 그것은 베논의 털에서 나던 냄새였다. 마법을 막아 내는 물질.

다들 어째서 필립이 내밀고 있는 팔을 '방문을 두들기기 위해 내민 손'이라고 생각했을까? 어째서 그가 마지막 순간에 기력을 짜내서 범인을 가리킨 채 죽은 거라고 생각하지 못했던 걸까?

모두들 같은 실수를 저지른 것이었다. 던멜도, 루더도, 골베인도, 플로라도……. 지나친 믿음이 모두의 판단력을 흐려 놓았다. 오직 한 명 그 함정에 빠지지 않은 데다인도, 어쩌면 마지막까지 자신의 추리가 틀리기를 바랐을지도 몰랐다.

"데다인은 누구보다 루티아를 사랑했고 누구보다 나를 믿었지. 그 믿음이 그의 명석함을 방해했을 걸세. 결단을 방해했고 행동력을 둔화시켰지. 차라리 어제 새벽 필립처럼 화이트비를 깨뜨려 버리자고 했으면 차라리 좋았을 것을……. 하지만 그럴 수는 없지. 오늘 모즈들의 마지막 침공 때 루더와 골베인, 플로라의 마법을 억제시켜야 하니까."

'그래서 필립을 죽였군. 필립이 모두의 의견을 무시하고 독단으로 화이트비를 깨뜨리려고…….'

던멜은 버릇처럼 수화로 말했다가 손을 접었다. 그가 굳이 던멜에게 루티아를 배신한 이유를 설명해 줄 리는 없었다. 그리고 자신의 정체를 알아낸 지금 던멜을 살려 둘 이유 또한 없었다. 수화가 서로 통하더라도 지금은 대화를 할 때가 아니었다.

던멜은 지금 아크랜드와 하늘 산맥을 통틀어 가장 강력한 마법사와 대치하고 있는 것이었다. 마법사의 상식, 가장 강력한 마법사는 마법의 강함이 아니라, 속도로 결정된다……. 던멜은 같이 죽는 한이 있어도 그의 목을 벨 각오로 칼끝에 신경을 집중시켰다.

목표는 루티아의 마지막 그랜드 마스터이자, 루티아의 배신자…….

러스킨.

✦ Chapter 21 ✦
케인스윅의 전투

던멜이 목숨을 노리고 있다는 걸 뻔히 알면서도 러스킨은 싸울 의지를 드러내지 않았다. 오히려 웃어 보였다. 상대를 방심하게 하려고 억지로 만든 표정도 아니었다. 몰래 침입한 던멜을 보고도 차를 권했던 그때처럼 느긋했다.

"기억나나, 던멜 울프? 내가 못 들은 걸로 해 달라고 했던 말."

러스킨은 화이트비를 에워싸는 둥근 복도를 걸으며 말했다. 던멜은 그의 입 모양을 볼 수 있는 각도를 유지하며 그가 다가오는 만큼 옆으로 물러섰다. 사람 키만 한 보석을 사이에 두고 둘은 좁은 방에서 빙글빙글 돌았다.

"화이트비가 깨지면 내가 죽은 걸로 알라고…… 그렇게 말했지."

러스킨은 눈동자만 약간 돌려 던멜의 등 뒤 먼 곳에 시선을 두었다가, 다시 던멜의 칼끝에 눈빛을 고정시켰다.

던멜은 그가 시선을 바깥쪽에 둔 순간, 뭔가 커다란 게 다가오고 있다는 것을 느꼈다. 처음에는 미세하던 진동이 점점 강해지면서 유리 벽이 흔들리고 뒤이어 탑이 통째로 흔들렸다. 하지만 러스킨의 지팡이를 앞에 두고 뒤를 돌아볼 수는 없었다.

'한순간만 방심해도 죽는다.'

던멜은 러스킨의 지팡이가 시위에 화살을 얹어둔 활이라고 가정했다.

"나는 지금 이 시간 이후로 죽었네. 만약…… 이 방에서 살아남는다면 모두에게 그렇게 알려 주게. 또 만약 모즈들로부터 살아남는다면 새나디엘 여왕에게도 전해 주게. 그랜드 마스터 러스킨은 루티아와 함께 죽었다고."

러스킨은 지팡이를 휘둘렀다. 던멜은 지팡이의 궤적만 보고 바닥에 납작 엎드렸다. 불처럼 꿈틀대는 붉은 기운이 뭔가를 산산조각 냈다. 러스킨이 노린 것은 던멜이 아니라, 화이트비였다.

보석이 박살 나는 충격에, 벽을 이루는 사방의 유리창이 모조리 터져나갔다. 던멜은 몸을 완전히 바닥에 붙이고 고개를 숙였다. 날카로운 보석의 파편들이 던멜의 등과 머리를 가린 팔뚝에 박혔다. 동시에 아까부터 접근해 오던 거대한 존재가 바깥쪽에서 유리 벽의 남은 부분을 후려쳤다. 천장의 두꺼운 유리가 내려앉았다.

던멜은 옆으로 한 바퀴 구르며 아래층과 통하는 출입구로 몸을 날렸다. 떨어지기 직전 그가 본 것은 마치 백 배는 확대시켜 놓은 것 같은 거대한 독수리의 발톱이었다. 그러나 그것은 새가 아니었다.

던멜은 거의 굴러떨어지다시피 계단을 내려왔다. 동시에 그의 뒤를 추적하며 붉은 불꽃이 위층에서 밑으로 꿈틀대며 날아들었다. 방 중앙에서 불줄기의 끝이 수십 갈래로 찢어졌다. 던멜은 입구로 달려갈 여유도 갖지 못하고 창문으로 몸을 던졌다. 방 안에 넓게 퍼진 불줄기가 던멜의 등을 떠밀며 탑 바깥으로 붉은 혀를 불쑥 내밀었다.

던멜은 팔을 뻗어 창문 난간을 붙잡아 공중에 매달렸다. 내려다보니 깨진 유리 파편이 까마득히 먼 바닥으로 하염없이 추락하고 있었다. 안에서 빠져나오는 뜨거운 열기가 손등을 달궜다.

던멜은 무리해서 방 안으로 들어가지 않고 그대로 창문에 매달린 채로 위를 올려다보았다. 거대한 검은 날개가 깨진 화이트비를 감싸고 있었다. 그것은 새의 깃털을 가진 날개가 아니라 박쥐처럼 피막으로 된 날개였다. 그 짐승은 날개를 퍼덕이며 다시 하늘로 떠올랐다. 거센 바람이 매달려 있는 던멜을 크게 흔들었다.

그래도 던멜은 방으로 들어가지 않고 거대한 짐승을 밑에서 올려다보았다.

그것은 검은 비늘로 몸을 감싼 드래곤이었다. 가넬로크의 드래곤보다 두 배는 더 커 보였다. 그리고 그 위에는 검은 로브를 입은 러스킨이 타고 있었다.

던멜은 시야 안에서 드래곤이 검은 점으로 보일 때까지 창틀에 매달려 있었다. 다시 방으로 들어가니 눈에 보이는 건 모조리 불에 타고 있었다. 특히 나가는 출구 쪽은 불길이 너무 셌다. 그리고 그 불길은 외부의 계단까지 태우고 있을 게 분명했다. 다시 밖으로 나갈까 하다가 던멜은 문득 아래층에 역대 그랜드 마스터의 초상화가 걸린 방이 있다는 러스킨의 말을 기억해 냈다. 다행히 비밀로 해 두는 방은 아니었는지 밑으로 내려가는 사다리가 쉽게 눈에 뜨였다.

아랫방은 아직 화재의 영향이 없었다. 둥근 방 벽에 초상화가 잔뜩 걸려 있었다. 그는 급히 문밖으로 뛰어가다가 걸음을 멈추었다.

당연히 던멜은 루티아 그랜드 마스터들의 얼굴을 본 적이 없었다. 그러니 몇 대 그랜드 마스터니 뭐니 하는 건 본 적도 들어 본 적도 없었다.

그런데 거기에 아는 얼굴이 하나 있었다. 그것은 데다인을 탑에서 떨어뜨린 사람이 러스킨이었다는 사실을 알았을 때보다 더 충격적이었다.

'저 사람이 루티아의 그랜드 마스터였다고? 말도 안 돼!'

지금은 거기에 대해 생각할 시간이 없었다. 지금쯤 자신이 빠진 공백 때문에 모즈들의 침입이 가속화되고 있을 것이다.

던멜은 서둘러 그 초상화를 떼어, 화재의 영향이 미치지 않을 만한 자리에 던져 놓았다. 누구에게든 나중에 물어볼 요량으로.

'여기가 전부 타버리면 소용없을 테지. 하지만 지금은 저걸 가지고 내려갈 시간이 없어.'

던멜은 계단을 타고 내려가면서 창문이 난 자리가 나올 때마다 아래를 내다보며 정황을 체크했다. 상당수의 모즈들이 케인스윅 앞까지 밀고 들어와 있었다. 이 방향으로 내려가면 나가자마자 모즈들과 마주치게 된다. 그리고 혼란 통에 로일과 제이메르의 위치도 잃어버렸다.

'후방으로 들어가자.'

던멜은 케인스윅의 반대편 창문으로 뛰어내렸다. 3층 높이였으나, 그는 바닥에 착지하는 순간 서너 바퀴를 구르며 가볍게 일어났다. 곧장 케인스윅으로 들어가 다른 병사들과 합류할 생각이었지만 던멜은 걸음을 멈췄다.

모즈를 피하려고 내려간 자리에, 검은 털의 베논을 타고 있는 검은 로브의 기사가 버티고 있었다. 그의 창끝에는 이미 붉은 피가 묻어 있었다.

카구아.

'하필이면.'

던멜은 계단을 뛰어 내려오느라 후들거리는 다리를 진정시키지도 못하고 싸울 자세를 잡았다. 검은 기사는 기다려 주지 않고 창을 찔러 넣었다. 던멜은 고개를 젖혀 피한 후 뒤로 물러났다. 평소라면 피하자마자 반격했을 테지만 지금은 지친 다리가 말을 듣지 않았다.

검은 기사는 그걸 알고 있기라도 한 듯, 던멜이 쉴 틈을 주지 않고 맹렬히 공격을 이어 갔다. 말보다 빠른 베논을 타고 있으니 달아날 수도 없었다. 검은 기사는 베논과 한 몸이 된 듯 빠르고 정확하게 창을 휘둘렀다. 머리 위로 날아오는 창을 막았지만 던멜은 끝내 버티지 못하고 그 자리에 주저앉고 말았다.

묵직한 창끝이 던멜의 가슴으로 날아들었다. 전력을 다해 몸을 틀었고 창은 가슴을 스쳐 바닥에 박혔다. 던멜은 마지막 힘을 다해 단검을 집어 던졌지만 그나마도 검은 기사의 손에 잡혀 버렸다. 던지는 힘이 모자랐다. 그리고 이제 피할 힘도 남아 있지 않았다.

검은 기사는 단검을 옆으로 던져 버리고 한번 빗나갔던 창을 다시 추켜올렸다.

그 순간 검은 기사의 투구에 화살이 한 자루 날아와 박혔다. 검은 기사는 뒤로 끌어당긴 창을 던멜에게 찍지 못하고 뒤로 휘청거리고 물러났다. 뒤이어 그자의 어깨, 목, 가슴에 화살이 퍽퍽 박히더니 마지막에는 베논의 이마 중앙에도 화살이 꿰뚫었다. 어찌나 뚫는 힘이 강한지 화살 하나가 박힐 때마다 그 무거운 갑옷의 기사가 뒤로 들썩거리며 물러날 지경이었다. 검은 기사는 끝내 벽에 등을 부딪치더니 축 늘어졌다.

던멜은 바닥에 떨어뜨린 단검을 다시 집어 들고 검은 기사의 생사를 확인했다. 갑옷에 박힌 화살을 따라 피가 흘렀고 로브를 적신 피가 흥건했지만, 카모르트의 검은 기사라면 이 정도로 죽지 않을 것이다.

던멜은 신중하게 다가가 그의 투구 밑으로 손을 집어넣어 목에 댔다. 죽었다.

이자는 루티아의 사람들이 두려워하던 하늘 산맥의 유령 카구아도 아니었고 죽음에서 되살아나는 유령 기사도 아니었다. 그는 인간이었고 머리에 화살이 박힌 채로 움직이는 괴물이 아니었다.

던멜은 화살이 날아온 방향을 돌아보았다. 북쪽 숲으로 주민들을 이동시키느라 이 자리에 없어야 할 플로라였다. 그녀의 온몸이 상처투성이였다. 찢어진 옷 틈으로 허벅지가 한 뼘이나 찢어져 있었고 얼굴에도 흉터가 진하게 남을 긴 상처가 그어져 있었다. 그녀는 피 묻은 손으로 왼쪽 눈 위를 꾹 누른 채, 오른쪽 눈을 깜빡거리며 말했다.

"우리의 작전이 노출되었어요."

던멜은 눈을 한 번 질끈 감았다가 떴다. 이 사실을 어떻게 말해야 한단 말인가? 루티아의 배신자가 그랜드 마스터였고, 작전은 노출된 정도가 아니라 아예 그 작전을 지시한 사람이 배신자였다고…….

"그래서 되돌아올 수밖에 없었어요. 지금은 마을 사람들 모두 탑 안으로 대피시켰으니 이제 탑을 지키며 싸우는 수밖에 없어요. 남은 병력은 모두 케인스윅 앞으로 집결하고 있어요. 그곳에서 우리의 마지막 전투가 있을 거예요."

플로라는 지친 얼굴로 말했다. 한쪽 눈만 뜨고 있는데도 포기하지 않는 의지가 드러나 보였다.

던멜은 죽은 기사를 내려다보다가 검은색 로브를 걷어 냈다. 투구를 뚫고 뒤통수까지 뚫고 나온 화살촉을 따라 흐르는 피가 멈추지 않았다. 어째서 분위기도 기척도 전혀 달랐는데, 이들을 카모르트의 검은 기사와 비슷하다고 느꼈는지 알 수 있었다.

그는 익셀런의 기사였다.

제이메르는 쉐이든이 죽음에서 살아난 익셀런의 캡틴 웰치와 싸웠다고 말했다. 횡설수설하긴 했지만 그는 '죽음에서 되살아났다.'라는 표현을 강조했다. 그러나 지금 눈앞에 죽어 있는 녀석은 죽음에서 되살아났다고 할 만한 존재가 아니었다. 그는 진짜 인간이었고 익셀런 기사단의 갑옷을 입고 있었다.

로일이 다가왔다. 어깨 오른쪽 끝에서 가슴의 왼쪽 끝까지 상처가 이어져 있었다. 플로라가 달려가 그의 상처에 손을 대어 마법으로 지혈을 시켰다.

"네가 죽였나?"

던멜은 고개를 저으며 플로라를 가리켰다.

'플로라가 죽였다.'

"그래?"

로일은 별 감흥 없이 말을 이었다.

"나도 하나 죽였다. 이제 하나 남았군."

로일이 말했다.

'익셀런이다. 확인했나?'

던멜의 수화에 로일은 고개를 끄덕였다.

"대체 어떻게 이런 일이⋯⋯?"

로일은 말하다 말고 뒤로 휙 돌았다. 던멜도 자리에서 벌떡 일어났다. 그리고 둘은 동시에 칼을 뽑아 들었다.

곧 또 하나의 검은 기사가 베논을 타고 세 사람의 앞에 나타났다. 플로라도 두 사람의 뒤에 서서 손을 치켜들었다. 벽에 박힌 화살 하나가 그녀의 손길을 따라 떠올랐다.

검은 기사가 뭔가 말했다.

"당신에게 누구냐고 묻는군요. 제가 대신 대답하겠어요."

플로라는 던멜의 옆에 서서 소리쳤다.

"아란티아에서 온 울프 기사단이다!"

검은 기사가 또 말했다.

"자기 동료 두 사람을 죽여서 놀랍다고 하는군요."

그사이 검은 기사의 왼쪽에서 제이메르가 조용히 걸어 나왔다. 젖은 소매에서 피가 뚝뚝 떨어지고 있는 것이, 제이메르 역시 큰 부상을 옷 속에 감추고 있었다. 하지만 여전히 그는 피할 줄 몰랐다.

"저 친구들이 네 동료들을 하나씩 죽인 것 같으니 넌 내가 맡으면 되겠군. 그 못생긴 말에서 내려라! 치사하니까."

플로라는 제이메르에게 대꾸하는 검은 기사의 말을 옮겨 주었다.

"저 기사, 제이메르의 말에 웃는군요. 아. 정말 내리네? 자기 이름이 네이슨이래요. 익셀런의…… 제1기사단이래요. 그런 게 있어요? 그런데 왜 론타몬의 익셀런이 하늘 산맥에 저런 모습으로……."

사실 그건 던멜이 묻고 싶었다. 제1기사단이 뭔지, 왜 그들이 여기에 있는지…… 그러나 분명한 건 이 네이슨이라는 자가 카모르트의 검은 기사들처럼 갑옷의 모양만 비슷한 다른 존재가 아니라, 진짜 살아 있는 익셀런의 기사라는 점이었다.

네이슨이 뭐라고 말했고 제이메르가 맞받아쳤다.

"하아! 한 번도 져 본 적이 없어? 그럼 지금 한 번 져 보겠군. 그리고 그거 아냐? 네 놈들이 신처럼 떠받들던 캡틴 웰치도 지금 저기 서 있는 하얀 늑대들 중 하나한테 졌다. 그러니 긴장하는 게 좋을 거다. 그러니까, 내 말은, 네가 나한테 말이다. 긴장하라고!"

그러나 이어진 네이슨의 대답에 제이메르의 인상이 구겨졌다. 플로라는 잠시 두 사람의 대화에 한눈을 팔다가 약간 늦게 던멜에게 설명했다.

"웰치는 그냥 범죄자들을 이끄는 안내자에 불과했을 뿐, '진짜 캡틴'은 자기가 모시고 있다는데요? 게다가 웰치 정도는 자기가 어렸을 때 꺾은 상대니까 별 관심 없다고……."

던멜은 네이슨이 말한 단편적인 이야기만으로도 머리가 아찔해질 지경이었다. 러스킨의 경우와 마찬가지였다. 이 검은 기사의 정체가 누구든, 그가 모시고 있다는 캡틴이 누구든, 그게 중요한 게 아니었다. 중요한 건 어째서 익셀런 기사단이 루티아를 공격하고 있는가, 였다.

말릴 겨를도 없이 제이메르가 네이슨을 공격했다. 네이슨은 긴 창으로 제이메르의 기습을 막아 옆으로 흘리더니 창 손잡이로 제이메르의 몸을 허공으로 들어 올렸다. 제이메르의 몸은 발로 차올린 낙엽처럼 공중에서 잠깐 멈췄다. 그다음 순간, 네이슨의 창끝은 정확히 그의 심장을 찌르고 들어갔다.

단 한 번의 공격이었다. 너무도 정확했고, 너무도 강했다. 던멜이 조금만 늦게 단검을 던졌다면 제이메르는 꼬챙이처럼 창에 꿰일 뻔했다.

네이슨은 창으로 던멜의 단검을 쳐내느라 제이메르를 찌르지는 못했다. 제이메르는 바닥에 머리를 부딪치는 걸로 끝났다.

네이슨은 고개를 살짝 틀어 던멜 쪽을 바라보았다. 뒤에 있던 로일이 나서니 던멜은 고개를 저어 보였다.

'물러서라. 내가 한다.'

던멜은 바닥에 떨어진 창을 주워들었다. 다친 로일보다는 지친 자신이 더 낫다고 생각했다.

던멜은 쓰러진 제이메르를 위해 방향을 고쳐 그의 앞에 섰다. 다섯 걸음 앞에 서 있는 그자는 묵묵히 창끝을 던멜에게 향했다.

검은 로브 안에 가려져 있었으나, 던멜은 그자가 모즈들을 이끌고 건너와 처음 맞아 싸운 검은 기사라는 걸 알았다. 루더의 어깨를 찔렀고, 늘 최전방에서 모즈들을 지휘했으며, 인질들을 묶은 십자가를 넘어뜨린 자였다.

'난 여기서 죽겠군. 저 녀석까지만 죽이고 죽을 수 있다면 좋으련만.'

혼자서 싸우려는 던멜의 오른쪽에 로일이 섰다. 이미 버틸 수 있는 한계를 벗어난 출혈이 있었는데도 그는 흔들리지 않는 자세로 칼을 쥐고 있었다. 기절한 줄 알았던 제이메르도 다시 일어나 양손에 각각 한 자루씩의 칼을 들었다.

셋 다 아무 말도 하지 않고 네이슨을 노려보았다. 던멜이 스스로 느끼기에도 놀라운 광경이었다. 부상을 입긴 했으나 하얀 늑대라고 알려진 기사 두 명과 그에 필적하는 검사까지 모두 세 명이 포위했는데도, 전혀 유리하다는 생각이 들지 않았다.

네이슨이 천천히 창을 들었다.

어디선가 북을 치는 듯한 진동이 느껴졌다. 루티아의 서쪽 바위산에 서였다. 바위를 타고 뭔가 빠른 물체가 뛰어 내려오고 있었다. 처음에는 스물 정도 되더니 바위 틈새에서 기어 나온 숫자가 점점 더해져 넌서치 끝에 이르는 순간에는 백이 넘었다.

그것들은 곧장 탑 쪽으로 달려왔다. 회색을 띤 털 빛깔을 가진 베논의 무리였다. 그리고 그 위에는 인간이 아닌 자들이 타고 있었다.

지금 탑을 향해 돌격해 오는 존재가 만약 적이라면 네이슨과 자신의 싸움의 결과에는 상관없이 루티아는 끝이었다.

'데다인이라면 화이트비가 깨지는 순간 루티아는 더 이상 루티아가 아니라고 했을까? 아니, 탑 안에 피해 있는 사람들이 곧 루티아라고 말했을 거야. 그는 누구보다 루티아를 사랑했던 사람이었어.'

던멜은 창을 머리 위에서 한 바퀴 휘두른 후 네이슨을 향해 찔러 넣었다. 동시에 네이슨도 던멜을 향해 창을 찔렀다.

'아즈윈, 게랄드, 카셀……. 다들 무사한가? 다들 무사히 다시 만났으면 좋겠다.'

두 자루 창이 허공에서 교차했다.

'예전처럼 다 같이 모여 웃는 모습을 보고 싶구나. 그리고 딱 한 번

만 목소리를 내어 모두에게 말해 주고 싶다. 그런 다음에 다시 목소리
가 나오지 않아도 되니까 딱 한 번만 말하고 싶다. 너희들을 정말 좋아
한다고…….'